BASTEI
LÜBBE
TASCHENBUCH

Von Anke Greifeneder sind als Bastei Lübbe Taschenbücher lieferbar:

Klatschmohn
Flurfunk
Fremd Flirten
Heute, morgen und für immer

Über die Autorin:

Anke Greifeneder, geb. 1972, studierte Jura in Konstanz, wo sie „weder Gerechtigkeit noch einen Ehemann fand“.
Sie tauchte ab in die Medienwelt und arbeitete für MTV in London, München und Berlin; heute ist sie Programmdirektorin von Turner Broadcasting System. Sie lebt und liebt in München.

www.anke-greifeneder.com

Anke Greifeneder

FLASCHEN DREHEN

ROMAN

BASTEI LÜBBE TASCHENBUCH

BASTEI LÜBBE TASCHENBUCH
Band 15 600

1. Auflage: Dezember 2006
2. Auflage: Februar 2008
3. Auflage: August 2011
4. Auflage 2012

Bastei Lübbe Taschenbuch
in der Bastei Lübbe GmbH & Co. KG

Originalausgabe

Dieses Werk wurde vermittelt durch die
Literarische Agentur Thomas Schlück GmbH, 30827 Garbsen
Lektorat: Sylvia Gredig/Karin Schmidt
Titelillustration: getty-images/Siri Stafford
Einbandgestaltung: Bianca Sebastian
Satz: hanseatenSatz-bremen, Bremen
Druck und Verarbeitung: GGP Media GmbH, Pößneck
Printed in Germany
ISBN 978-3-404-15600-0

Für Winston

So viel steht fest: Ich werde nie eine dieser Frauen sein, die bei Robbie-Williams-Konzerten im knappen Shirt auf den Schultern eines coolen Kerls zu *Angels* mitsingt, Robbies Blick auf sich zieht, um dann vor Millionen gesagt zu bekommen, dass sie echt sexy ist!

Es liegt nicht daran, dass ich unterlegen oder gar hässlich wäre. Höchstens langsam zu alt mit Anfang dreißig.

Der Grund ist auch nicht der, dass ich wie viele meiner Freundinnen auf Männer stehe, die nie in ein Robbie-Konzert gehen würden, weil sie befürchten, in der unbedeutenden Masse unterzugehen und die ihnen ansonsten uneingeschränkt zuteil werdende Aufmerksamkeit abgeben zu müssen – kurzum: Ich stehe nicht auf emotional behinderte Egoisten. Die Sorte Männer, bei der man sich so richtig anstrengen muss, um ein winziges Lächeln oder etwas Zuneigung zu bekommen. Robbie ist anscheinend auch so einer, wenn man seinen Songtexten Glauben schenken darf: *»Well, I am easily bored, is that o.k.?«*

Nein, der Grund, weshalb ich wohl nie sein Konzert von einem Schulterplatz aus sehen werde, ist weitaus profaner: Jedes Mal, wenn Robbie auf Tour kommt, ist bei mir gerade eine Beziehung in die Brüche gegangen. Keine Schulter zum Anlehnen mehr, keine Schulter zum Aufsteigen! Was will mir das Universum damit bitte sagen? Ist es ein Zeichen, dass ich die auserwählte Mrs. Williams in spe bin, vorausgesetzt, Robbie ist tatsächlich hetero?

Ist es eine kleine, gemeine Laune des Schicksals, um mich zu ärgern? Oder heißt das einfach: Du hast noch nicht den Richtigen gefunden? Erst mit dem Richtigen darfst du zu *Angels* mit Feuerzeug im Anschlag und völlig high mitsingen?

»Hey, du hast lange genug Pause gemacht, Gretchen. Mach endlich den Fernseher aus und hilf mit! Das Gejohle dieses untersetzten, völlig überschätzten Popjunkies halte ich nicht aus! Unten stehen deine Möbel und jede Menge Umzugskisten!«

Mein Bruder, durchgeschwitzt und leicht entnervt, zog mich vom Sofa hoch, das noch in Plastikhüllen eingewickelt war. Wenn man sich überlegt, dass manche Leute ein Leben lang auf diesen Plastikschutzhüllen sitzen!

Ich hatte vergessen, wie anstrengend Umziehen ist. Vor allem, wenn die neue Wohnung im dritten Stock eines Altbaus ohne Aufzug lag.

Widerwillig und mit schmerzenden Beinen ging ich die Treppen zum siebzehnten Mal runter und wieder hinauf, siebenundvierzig Stufen insgesamt, einen Karton und eine Lampe unterm Arm.

Als ich schnaufend auf der zweiten Etage einen Stopp einlegte, öffnete sich eine Wohnungstür, und eine freundliche Stimme fragte: »Ziehst du gerade über mir ein? Brauchst du Hilfe? Ich bin übrigens Leila.«

Leila war groß, mit langen dunklen Haaren, ein exotisch brasilianisch angehauchter Typ, auffallend hübsch und würde gleich von meinem Bruder an Ort und Stelle vernascht werden, wenn sie sich nicht in ihre Wohnung rettete. Bevor ich den Gedanken zu Ende gedacht hatte, zwängte sich ein circa sechsjähriges Mädchen, das Leila wie aus dem Gesicht geschnitten war, zwischen ihren Beinen hindurch, sah mich an, lachte und lief zurück in die Wohnung.

»Das war Mimi, meine Tochter. Also wie gesagt, wenn du Hilfe brauchst, vielleicht Lampen anbringen oder Vorhangstangen andübeln, sag Bescheid. Hab ich alles gelernt, seit Mimis Vater und ich uns getrennt haben!« Leila zwinkerte mir zu.

Ich fand sie auf Anhieb sympathisch.

»Danke für das Angebot, aber meine Familie hilft mir. Du kannst gerne später hochkommen und auf den Einzug mit anstoßen. Ich heiße Gretchen.«

Leila sah mich an, wie es fast jeder tat, der meinen Namen zum ersten Mal hörte. Eine Mischung aus Belustigung und Mitleid lag in ihrem Blick.

Meine Eltern, kulturell interessierte Menschen, hatten mir diesen Namen als Vermächtnis mitgegeben, und ja, ich hatte nicht erst einmal den lustigen Kommentar »Mein schönes Fräulein, darf ich wagen, meinen Arm und Geleit ihr anzutragen?« in meinem Leben gehört, und ja, ich hatte schon unzählige Male geantwortet: »Bin weder Fräulein, weder schön, kann ungeleit nach Hause gehn!«, was erstunken und erlogen war, denn erstens war ich hübsch, und zweitens nahm ich, bequem, wie ich es mochte, immer die Gelegenheit wahr und ließ mich lieber nach Hause kutschieren als zu laufen.

Fairerweise muss ich sagen, dass es mich noch schlimmer hätte treffen können. Meinen Eltern als vorbildlichen Achtundsechzigern hätte ich einen blumigeren Namen wie Sunflower, Ocean oder Gänseblümchen zugetraut, einen Namen also, mit dem man sich bei Familie Phoenix ohne Probleme zwischen River, Sun und wie sie alle hießen, locker hätte einreihen können.

Nein, mit Gretchen hatte ich geradezu Glück gehabt!

Natürlich hatte ich in der Oberstufe das Gretchen spielen müssen, als wir Szenen aus Faust aufführten, nicht nur des Namens wegen, sondern weil ich genauso aussah, wie man sich ein Gretchen vorstellt: wellige blonde Haare, große hellblaue Augen, eine Stupsnase mit Sommersprossen und Kussmund – eben das, was man landläufig als süß bezeichnet. In der eigens modernisierten Version des übermotivierten Deutschreferendars musste ich den Teufel küssen, dargestellt von Mathias Winkelmann. Mathias Winkelmann gab nicht nur eine klägliche Figur mit Mundgeruch ab, sondern hatte außerdem die fast unlösbare Aufgabe, den Teufel als Kapitalismus zu interpretieren. Ein Geniestreich des eben erwähnten Deutschreferendars, der mich aufforderte, in zerschnittenen Netzstrümpfen aufzutreten, um die Ambivalenz und die innere Zerrissenheit Gretchens angemessen darzustellen.

Dass selbst diese Bühnenerfahrung und die anzüglichen Bemerkungen des Deutschreferendars es nicht schafften, meine Begeisterung für Theater und Kino zunichte zu machen, zeigt, wie ernst es mir war, sodass ich beim Interview für die Abizeitung bei der Frage nach dem Berufswunsch »Irgendwas mit Film oder Theater« geantwortet hatte.

Meine neue Nachbarin Leila hatte ihre Fassung wiedererlangt und sich netterweise einen Kommentar verkniffen.

»Freut mich, Gretchen. Wenn du was brauchst oder wissen willst, klingel einfach. Ich komm später gerne vorbei. Die Wohnung wollte ich schon immer mal sehen, aber der Typ, der vor dir drin gewohnt hat, war ziemlich seltsam! Zog die Vorhänge nie auf, bekam nicht einmal Besuch und war immer daheim. Kein Geräusch hat der gemacht, keine Ahnung, wovon der eigentlich gelebt hat.«

Oh nein! Meine Mutter kam keuchend die Treppe herauf und hatte Leilas Bemerkung gehört!

»Da müssen wir unbedingt räuchern. Das Chi muss aus der Wohnung raus. Ich hatte gleich so ein Gefühl beim Eintreten.«

»Leila, das ist meine Mutter. Mama, das ist Leila, meine neue Nachbarin.«

Sollte ich gleich erwähnen, dass ich von Chi und Räuchern so gar nichts hielt?

»Leila, welch ungewöhnlicher Name! Schön! Ich finde es so wichtig, einem Menschen einen individuellen Namen mitzugeben, damit er sich zu einer eigenen Persönlichkeit entwickeln kann.« Meine Mutter sah Leila mit diesem verklärten »Ich bin okay, du bist okay«-Blick an, den sie auch bei ihren Schülern gern aufsetzte. Mit ihrem brasilianischen Einschlag sammelte Leila ohnehin jede Menge Pluspunkte. »Multikulti« war eine Lebensdevise meiner Mutter. Sie sammelte Bekannte und Freunde verschiedener Nationalitäten wie andere Panini-Bildchen. Das war so typisch für meine Eltern: In der Sache lagen sie richtig, mussten dann aber auch aller Welt demonstrieren, wie tolerant sie waren und wie moralisch einwandfrei sie lebten. Sie waren ein wandelndes Klischee und Abziehbild der achtundsechziger Generation.

Warum hatten sich ausgerechnet meine Eltern null weiterentwickelt und trugen immer noch das Gedankengut einer Generation mit sich herum, die inzwischen eigentlich nur noch zum Feinkostitaliener einkaufen ging, schwarze Rollis trug, Saabs fuhr und in riesigen Altbauwohnungen mit Designermöbeln wohnte?

Warum meine Mutter war, wie sie war, ließ sich relativ einfach erklären: einzige Tochter extrem wohlhabender, erzkonservativer Eltern, die ihr das gleiche Leben aufzwingen wollten. Dass da eine Auflehnung gegen das Establishment stattfand, okay. Aber hey, die Pubertät konnte man mit Ende fünfzig doch hinter sich gebracht haben, oder handelte es sich um den nahtlosen Übergang in die Menopause?

»So ein verfluchter Mist! Ekelhaft!«

Man hörte meinen Vater von unten bis in den zweiten Stock fluchen. Das viele Meditieren nützte wohl nichts, zumindest, was seine cholerischen Anfälle anging.

»Das war Papa. Er ist schon wieder in einen Hundehaufen getreten.« Laut lachend kam mein Bruderherz um den Treppenabsatz gebogen.

Leila sah ihn mit großen Augen an. Nichts Ungewöhnliches, wenn man einen älteren Bruder hat, der es vom Aussehen her mit jedem aus dem Rat Pack aufnehmen konnte und dabei auch noch charmant war. Wie er so durchtrainiert und unaufgeregt in Jeans und T-Shirt, durchnässt vom Regen, dastand, war mir klar, dass es um Leila geschehen war. Den Blick kannte ich. Nummer ziehen und hinten anstellen! Doch Leila fing sich schneller, als ich dachte.

»Willkommen in Berlin oder besser gesagt im Prenzlauer Berg! Hier gibt's mehr Hundehaufen als Gehwege. Aber soll ja Glück bringen!«

Ich war beeindruckt. Sie war weder hysterisch noch hektisch geworden und hatte auch nicht angefangen zu kichern.

»Leila, das ist mein Bruder Rudi. Rudi, das ist Leila.«

Falls Leila bei meinem Namen schon befremdet dreingeblickt hatte, so machte sie jetzt einen geradezu konsternierten Eindruck.

»Jaaahaaa, du hast richtig gehört! Er heißt wirklich Rudi!«, hätte ich am liebsten gerufen. »Und die erfinderischen Namensgeber sind auch in Reichweite, also bitte sag ihnen doch, was du davon hältst!«

Mein armer Bruder hatte bei der Namensgebung noch weniger Glück gehabt als ich, zumal er nicht, wie viele anfangs gern vermuteten, Rudi Völler seinen Namen zu verdanken hatte, sondern – wie hätte es auch anders sein können! – Studentenführer Rudi Dutschke. Ein ausreichender Grund, seine Eltern zu verklagen. Zum Glück war Rudi mit gutem Aussehen und Charme gesegnet, sodass bisher niemand auf die Idee gekommen war, sich über seinen Namen lustig zu machen. Das hätte aber auch böse ins Auge gehen können! Meine Eltern wussten bei der Namensgebung ja nicht, dass sich Rudi später einmal als Herzensbrecher entpuppen würde. Seit der Grundschule hatte ich die Angewohnheit, mir für alle Menschen immer neue lustige Spitznamen auszudenken, je zur Situation passend. Nur Rudi hatte ich nie einen gegeben, der sollte gefälligst schön mit mir leiden, wieso sollte es ihm besser ergehen als mir? Für solche Problemfälle gab es ja schließlich Geschwister.

Leila war entweder telepathisch veranlagt oder einfach nur clever, denn sie sagte passenderweise: »Freut mich, Rudi! Nennen dich deine Freunde wirklich Rudi, oder hast du auch 'nen Spitznamen?«

Mann, die war echt cool!

Rudi lachte und fixierte amüsiert ihre Augen.

»Nee, aber von dir lass ich mir gerne einen verpassen.«

Leila kicherte und wurde rot, soweit ihr Teint das zuließ. Rudi hatte es wieder einmal geschafft.

»Wieso steht ihr eigentlich alle hier im trockenen Treppenhaus und schwingt Reden, während ich im strömenden Regen Kisten schleppe?«

Mein Vater ächzte die Treppe hoch, schwer bepackt und nicht besonders gut gelaunt. Er hasste jede Art von körperlicher Ertüchtigung – wozu hatte man schließlich seinen Intellekt! Zu Schulzeiten hatte ich von seiner Abneigung gegen profanen Schweiß profitiert: Mit Genugtuung hatte er mir jedes Mal eine Entschuldigung für den Sportunterricht geschrieben. Seine späte Rache am Schulsystem! Unsportlich wie er war, wurde er als pickeliger Teenager stets als Letzter in die Völkerballgruppe gewählt, und diese Wunde saß tief. Grinsend stellte ich Leila das letzte Mitglied meiner Familie vor.

»Leila, das ist mein Vater. Was so stinkt, ist wahrscheinlich der Rest Hundehaufen an seinem Schuh.«

Mein Vater, dem nie etwas peinlich war, schon gar nicht natürliche Hundeexkremente, hob die Hand zum lockeren Gruß.

Leila, gut erzogen, begrüßte ihn höflich.

»Guten Tag. Freut mich, Sie kennen zu lernen!«

Au Backe! Sie hatte ihn gesiezt.

Woher sollte sie auch wissen, dass mein Vater Siezen generell hasste? Für ihn war Siezen nicht nur ein Hinweis darauf, dass er nicht mehr jung war, nein, er betrachtete es auch als gesellschaftliches Zeichen der Unterdrückung und Abgrenzung.

»Hi Leila, kannst mich Frank nennen. Die Zeiten, in denen junge Menschen gezwungen wurden, Alter, Geld und Einfluss durch ein affektiertes Siezen zu würdigen, sind ja zum Glück vorbei.«

Super! Gerade hatte ich Freundschaft geschlossen, und schon toppte ich den komischen Typen, der vor mir hier gewohnt hatte. Wer sonst außer mir gab mit dreiunddreißig Jahren, wenn er gut verdiente, seinen Umzug nicht an eine Firma ab, sondern erledigte das mit seinen Eltern? Meine Idee war es nicht gewesen, meine Eltern wollten unbedingt mal wieder nach Berlin, in diese »verrückte, freie Stadt« …

»Wie heißt du eigentlich mit Nachnamen?«, fragte Leila, als mein Vater außer Sichtweite war. Bestimmt erwartete sie einen neuen Brüller, einen Doppelnamen wie Klemm-Marsch oder Mundke-Ruch.

»Mein Vater heißt Schneider, und Rudi und ich heißen Fingerhut, wie meine Mutter.«

Leila sah mich verwundert an. Hatte sie noch nicht begriffen, dass bei meiner Familie einfach alles anders lief?

»Und warum trägst du den Nachnamen deiner Mutter?«, flüsterte Leila mir zu, während der Rest meiner Familie zur dritten Etage hinaufstieg.

»Weil meine Eltern auf einer Insel im Indischen Ozean nach einem papua-neuguineischen Ritual geheiratet haben, was in Deutschland niemand anerkennt. Da sie sich bis heute weigern, ein Standesamt, Inbegriff deutscher Spießigkeit, zu betreten, sind sie eben nicht richtig verheiratet, und Rudi und ich heißen deshalb wie meine Mutter.«

Spätestens jetzt würde Leila den Hausverwalter anrufen und zu Recht einen außerordentlichen Kündigungsgrund vorweisen können. Weit gefehlt! Leila sah das ganz anders.

»Witzig! Du hast echt 'ne interessante Familie!«

War die unerschrocken! Obwohl, in Berlin war man sicher einiges gewöhnt im Gegensatz zu dem kleinen Vorort Hamburgs, wo ich aufgewachsen war.

»Geht so. Manchmal wäre mir langweilig lieber. Bis später!«

Ich schleppte meine Sachen ein Stockwerk höher, und noch bevor ich eingetreten war, stieg mir ein penetranter Duft aus meiner neuen Wohnung entgegen: der Duft brennender Ylang-Ylang-Räucherstäbchen. Super, meine Mutter war bereits dabei, das schlechte Chi auszuräuchern!

»Mann Eva, das Zeug stinkt widerlich! Wir müssen hier heute Nacht schlafen!« Rudi hustete erzürnt und kniff dabei die geröteten Augen zusammen. Rudi nannte meine Eltern beim Vornamen, ein Überbleibsel aus Kinderladenzeiten; ich jedoch hatte mich strikt geweigert, die »Wir sind gleichberechtigt, und Autorität hat nichts mit Eltern sein zu tun«-Masche mitzumachen, und immer schön Mama und Papa gesagt. Fehlte noch, dass ich meinen Freundinnen erklären musste, dass ich nicht adoptiert war und meine Eltern wirklich meine Eltern waren, nur nicht als solche angesprochen werden wollten. War schon schwer genug, den nicht vorhandenen Fernseher zu erklären, wenn man dreizehn ist und Sätze wie »Wir machen das aus pädagogisch wertvollen Gründen« gesellschaftlichen Selbstmord garantierten.

»Jetzt lass aber wirklich gut sein, Eva!« Mein Vater riss ein Fenster auf, nur um sich innerhalb von Sekunden das gerade getrocknete

Haar erneut patschnass regnen zu lassen. Fluchend knallte er das Fenster zu.

»Also, die Sommer sind in Berlin auch nicht mehr das, was sie mal waren. Als ich hier studiert habe …«

Nein! Bitte keine Studienzeitengeschichten! Die endeten immer damit, dass meine Eltern sich viel sagende Blicke zuwarfen, die garantiert nicht jugendfrei waren, und sie von ihrer freien Kommune im Bergmannkiez in Kreuzberg erzählen wollten.

Rudi nahm es locker, ich hingegen hielt mir immer demonstrativ die Ohren zu und rief, so laut ich konnte: »Lalala, Blumenwiese, Blumenwiese!«

Ganz ehrlich, gibt es etwas Schlimmeres als Eltern, die über Sex sprechen wollen?

Ich meine, mit Anfang dreißig hatte auch ich meine Erfahrungen gesammelt, aber belästigte ich jemanden damit? Gut, im Gegensatz zur eher liberalen Einstellung meiner Familie hatte ich schon immer die romantische Vorstellung vom einzig Richtigen, vielleicht aus Protest, aber wohl noch eher, weil es meinem Naturell entsprach. Auch meine Freunde konnte ich an einer Hand abzählen.

Ich hatte Freundinnen, die bekamen auch heute noch von ihren Eltern vorgeworfen, zu aufreizend gekleidet zu sein oder zu oft den Freund zu wechseln. Und was musste ich mir anhören?

»Jetzt sei doch nicht so verklemmt!«

Das war der Lieblingskommentar meiner Eltern! Und das musste ich mir nur deshalb anhören, weil ich ihren völlig veralteten sexuellen Befreiungsreden nicht lauschen wollte! Dabei gab es heutzutage niemanden, der nicht in allem, was es so an Spielereien in Sachen Sex oder Perversionen gab, aufgeklärt war, ob er wollte oder nicht!

So sehr ich meine Eltern liebte, manchmal war ich mir sicher, ein Findelkind zu sein. Seit ich zwölf war, wartete ich insgeheim auf den Moment, in dem ich ins Wohnzimmer gebeten wurde, um gesagt zu bekommen, dass ich adoptiert worden sei!

Leider sprach die Tatsache, dass ich meiner Mutter wie aus dem Gesicht geschnitten war, gegen diese These, aber zumindest mein

Vater könnte theoretisch auch der Postbote oder Milchmann gewesen sein, tröstete ich mich. Irgendwoher musste ich ja das Bodenständige haben.

»Deine Nachbarin gefällt mir!« Rudi hatte sich eine Cola genommen und lümmelte sich auf dem in Plastikplanen verhüllten Sofa herum.

Mir schwante Übles.

»Du lässt die Finger von ihr! Ich bin neu in der Stadt und wäre froh, nicht gleich wieder deine verbrannte Erde löschen zu müssen! Sie hat eine Tochter und ist allein erziehend, da braucht sie jemanden wie dich wie 'nen Pickel am Hintern! Außerdem kennst du unsere Abmachung! Du rührst keine engen Freundinnen von mir an, und ab heute gilt das auch für Nachbarinnen!«

Rudi lachte.

»Was du wieder denkst!«

Von wegen denken – wissen!

»Ich möchte einfach nur auf Nummer sicher gehen!«

Mit Grauen dachte ich an meine Schulzeit zurück, in der sich ganze Jahrgangsstufen von Mädchen unter fadenscheinigen Vorwänden bei mir eingeladen hatten, um vor Rudis Zimmer zu lauern und kichernd wegzurennen, wenn er sich zeigte! Welche Dramen sich abgespielt hatten, als die Mädels alt genug waren und Rudi sich mit der ein oder anderen einließ. Das Schlimmste war, dass Rudi diese ganz spezielle Art hatte. Man konnte ihm einfach nicht böse sein und entschuldigte ihm jegliches Fehlverhalten.

Als seine Kumpels jedoch plötzlich Interesse an mir zeigten, war der Spaß vorbei. Da nutzte auch die aufgeklärte Kinderstube nichts. Rudi ließ jeden Rottweiler wie ein Weichei aussehen, wenn es um die Ehre seiner kleinen Schwester ging.

»Sag mal, willst du deine Wände nicht bunter gestalten? Das Weiß wirkt so trist!«, unterbrach meine Mutter meine Gedanken.

Wenn es nach ihr ginge, müsste ich jedes Zimmer in Regenbogenfarben streichen und selbst gebastelte Objekte aufstellen. Die Anleitung dazu gab es inzwischen auf allen möglichen Privatsendern.

Diese ganzen *Do-it-yourself*-Ratgebershows, die aus England herübergeschwappt waren, zeigten einem, wie man es mit einigen preiswerten Kniffen selbst mit Gelsenkirchener Barock zu einer Fotostrecke in *Schöner Wohnen* schaffen konnte! Ich wurde das Gefühl nicht los, dass die so genannten »Designer« sich in Wohnungen Fremder mal so richtig austobten. Mit all den Ideen, von denen sie allzu gern wissen wollten, wie die wohl umgesetzt aussehen würden, wofür ihnen die eigenen Häuser als Versuchsobjekt jedoch stets zu schade waren.

Losgelassen sauten sie deutsche Durchschnittswohnungen mit »krazzzy« selbst gemischten Farben ein, sägten absurde Objekte aus Styropor und überlegten sich einen üblen Stilbruch nach dem anderen. Mit weiteren »Experten«, von denen auch nie veröffentlicht wurde, welche Ausbildung sie befähigte, der armen Familie Hinrichs ernsthaft zu versichern, kackgelbe Holzvertäfelungen seien wieder schwer im Kommen, wurden abwegigste Designerfantasien umgesetzt. Bestätigt fühlte ich mich, als sich meine Vermutung in Form einer Homestory in der *Elle Decoration* verdichtete. Diesen Möchtegern Philippe Starcks mangelte es nicht, wie befürchtet, an Geschmack und Sachverstand, nein, die Fotostrecken ihrer eigenen Häuser und Wohnungen sahen genauso aus, wie Familie Hinrichs es sich eigentlich für ihr eigenes trautes Heim vorgestellt hatte, als sie sich für *Tapeten runter* bewarb. Nämlich geschmackvoll und ohne türkisfarbene Wände. »Puristisch« nannten die Designer ihren eigenen Wohnstil.

»Wenn man beruflich den ganzen Tag mit Formen und Farben zu tun hat, braucht man einen Rückzugsort, wo das Auge entspannen und zur Ruhe kommen kann«, so der Kommentar einer Fernsehdesignerin laut Bildunterschrift. Ja, das würde Familie Hinrichs mit neuerdings drei verschiedenen Knallbonbonfarben – auf den Wänden – das ehemals weiß gestrichene Wohnzimmer war von den Experten als trist und langweilig eingestuft worden – auch gern haben: einen Rückzugsort für das Auge.

»Atmen, hier kann ich nicht atmen!«, hatte Olivia, die Affektierteste und Grausamste des Dreiertrupps ausgerufen, während Familie Hinrichs schuldbewusst zu Boden geblickt hatte.

Ich war fest überzeugt, dass der Sender eine zweite Reihe mit dem Titel *Architektenhaftung, und wie Sie an Ihren Schadensersatz kommen* plante und Familie Hinrichs gleich doppelt gecastet wurde. Ich würde auf alle Fälle bei meinem langweiligen Beamtenweiß bleiben, da konnte meine Mutter mir noch so viel von der Aura einer Farbe erzählen.

»Hallo! Es hat geklingelt! Macht vielleicht mal jemand auf?«

Mein Vater, der mühsam meinen Schrank zusammenbaute, war immer noch nicht besser gelaunt, was zum einen an der zwangsweise körperlichen Ertüchtigung lag, vor allem aber an seinen nassen Haaren. Ächzend stand ich auf und öffnete.

»Leila! Das ist ja schön! Komm rein!«

Leila, meine neue unerschrockene Freundin, trat ein.

»Du hast ja Stuck und Dielen! Und Flügeltüren! Da sieht's bei mir ein wenig anders aus. Ich habe aber auch selbst renoviert.«

War das jetzt gut oder schlecht?

Rudi hatte die Champagnerflasche und zwei Gläser besorgt, mehr war nicht ausgepackt.

»Dann wollen wir mal anstoßen. Leila bekommt das eine Glas, wir teilen uns das andere.«

Meine Eltern sahen den Champagner angewidert an. Wie konnte ich nur vergessen, dass sie nur selbst gepantschten ökologischen Rotwein tranken, dessen Trauben wenigstens von einem Paar nackter Hornhautfüße zertreten worden waren. Champagner war etwas für die Bourgeoisie, meine kapitalistischen Großeltern – und mich!

Immerhin waren sie keine Spielverderber, sondern stießen mit unserem Gemeinschaftsglas an und tranken sogar tatsächlich davon, was nicht wünschenswert war, denn besonders meine Mutter erzählte in beschwipstem Zustand gern Geschichten oder sprach mal offen Dinge an, die ihr schon länger auf der Zunge brannten.

»Was verschlägt dich nach Berlin?« Leila hatte ihr Glas ziemlich schnell geleert, wie ich mit Kennerblick sah.

»Ich fange am Montag bei der *Phosphor* als Ressortleiterin Film an. Außerdem leben mein Bruder und fast alle meine Freunde inzwischen hier. Und was machst du?«

»Ich bin Designerin und habe 'nen kleinen Laden nicht weit von hier, wo ich meine eigenen Sachen verkaufe.«

Eine Designerin. Wie praktisch! Ob es unverschämt war, nach Rabatt zu fragen?

»Du kannst auch Rabatt haben!« Leila grinste mich an. Hatte ich eben laut gedacht, sah ich derart gierig aus, oder war ich so einfach zu durchschauen? Leila musste telepathisch begabt sein.

Und auf alle Fälle konnte man mit ihr Spaß haben. Rudi dachte das ebenfalls, wenn er auch eine andere Art Spaß meinte als ich, wie ich unschwer an seinem »Du bekommst mich zwar nur für eine Nacht, aber an die wirst du für immer denken«-Blick erkennen konnte. Super, und ich durfte hinterher dann wieder die Taschentücher reichen und mir anhören, warum nur ich die Verständnisvolle in der Familie sei! Vorsichtshalber warf ich Rudi einen warnenden Blick zu, dem er aber geübt auswich.

»Mimi schläft schon fest, ich könnte kurz mit was trinken gehen. Wie wär's im Wohnzimmer, das ist um die Ecke, dann lernst du gleich den Kiez kennen.«

Begeistert nickte ich. Weggehen klang gut, nach einem Tag zwischen Kisten und Treppenhaus.

»Na, dann wollen wir mal!«

Mein Vater zog sich ungefragt seine Straßenschuhe an. Wieso kam meinen Eltern nie in den Sinn, dass ihre Kinder und deren Altersgenossen unter sich bleiben wollten? Das Gefasel älterer Semester, dass Alter keine Rolle spiele und es nur auf die Einstellung ankäme, ignorierte die Tatsache, dass es durchaus einen Generationsunterschied gab. Ich fand es alles andere als normal, wenn meine Freunde auch die Freunde meiner Eltern waren. Da ich jedoch keinen Streit wollte, sagte ich nichts, denn schlimmer wurde es erst, wenn wir begannen, ein Thema auszudiskutieren. Das endete immer damit, dass ich aufgefordert wurde auszusprechen, was mich störe, und meine Eltern, wenn ich es tat, beleidigt waren.

Dann warfen sie sich beide diese viel sagenden »Also von mir hat sie das Spießige nicht«-Blicke zu, und Rudi musste wieder vermitteln.

Das Wohnzimmer war ein Lokal, wie der Name es vermuten ließ: gemütlich ungezwungen, und man fühlte sich sofort zu Hause. Jeder Raum war in einem anderen Stil eingerichtet, in einem gab es eine orangefarbene Küche aus den Siebzigern mit eierfarbenen Plastikstühlen, ein anderer war mit Kamin und plüschigen Sofas im Wiener Rokoko bestückt, und wieder ein anderer gab den Blick auf Lederkissen in den unterschiedlichsten Formen und Farben wieder. Das Licht war mal mehr, mal weniger gedimmt, die Geräuschkulisse nicht laut, aber angeregt, die Musik angenehm leise. Das Publikum altersmäßig durchwachsen, selbst meine Eltern wurden nicht schräg angeschaut, was meinen Vater sofort zu dem anerkennenden Kommentar »Toller Schuppen hier!« veranlasste.

Ich brauchte einen Drink, und zwar schnell.

»Wer möchte was trinken?«

Leila stand auf.

»Ich komm mit und helf dir die Getränke tragen«, bot sie sich an.

Obwohl mein Bruder sie fast schon hypnotisiert hatte, stand sie auf. Das rechnete ich ihr hoch an.

»Die machen hier gute Mai Thais. Magst du?«

Und ob ich mochte, auch noch nach der dritten Runde, als ich merkte, dass ich mich auf der bequemen Couch herumzulümmeln begann, weil ich so entspannt und nicht mehr Herr meiner Glieder war. Leila war allerdings auch gut dabei, sie hatte sich sogar schon den lustigen kleinen Papierschirm hinter die Ohren gesteckt und kicherte über alles und jeden. Meine Eltern saßen abseits, allerdings nicht weniger angetrunken, hatten ein diskussionswilliges schwules Pärchen als Opfer gefunden und waren glücklich, mal wieder ihre Toleranz gegenüber einer Randgruppe zur Schau stellen zu können.

Plötzlich zuckte Leila zusammen.

»Ich fass es nicht. Mein Ex!«

In der Tür stand ein gut aussehender Typ, ohne Frage, allerdings so sehr nach dem kleinen Szene-Einmaleins gestylt, dass er wie geleckt aussah. Im Schlepptau hatte er eine geklonte Leila.

Schlagartig setzte Leila sich auf. Ihrem Gesichtsausdruck nach zu urteilen, kamen ihr nicht die allerschönsten Erinnerungen an die Zeit mit dem »Szene-Berlin-Mitte-Exfreund« in den Sinn.

»Ist das Mimis Vater?«, wagte ich zu fragen.

Leila schüttelte energisch den Kopf.

»Nein, das ist Ole ›Ich brech die Herzen der stolzesten Frauen‹-Schmidt, das letzte egomanische Arschloch in meiner Sammlung. Fast ein halbes Jahr hat sich die Sache mit uns hingezogen nach altbewährtem Muster … Distanz, Nähe, Distanz. Und abschließend der obligatorische Satz: Leila, du bist wunderbar, eigentlich sogar perfekt. Du siehst hinreißend aus, bist intelligent, kreativ, lustig und aufregend! Aber irgendwas fehlt, damit ich dich lieben kann. Wenn ich nur wüsste, was!«

Leila bekam vor lauter Aufregung hektische Flecken im Gesicht.

»War der echt so übel?«, wunderte ich mich. So schlimm sah er auf den ersten Blick nun doch nicht aus.

Leila blickte mich aufgebracht an.

»Übel? Der hat vergessen, mit mir Schluss zu machen! Die Aussprache musste ich hinterher einfordern! Tagelang hab ich vergebens auf ein Lebenszeichen gewartet. Auch so eine Schwachsinnsidee, aber ich hatte gerade *Regeln für Ihre Beziehung* gelesen und Regel Nummer eins befolgt, die da lautet: ›Rufen Sie nie einen Mann von sich aus an!‹

Irgendwann war ich dem Wahnsinn ziemlich nahe und bin bei Ole vorbeigefahren.«

»Aber nicht Ole hat die Tür geöffnet, sondern ein Mädchen, das meine Zwillingsschwester hätte sein können.«

»Meinst du diesen Klon dort?«, fragte Rudi interessiert. Ich wollte lieber nicht wissen, welche Fantasien ihm im Kopf zu Leila und ihrem Klon herumspukten.

»Nee, das ist schon wieder 'ne Neue. Ich weiß nicht, wo er die immer findet; dass ich so alltäglich aussehe, wusste ich nicht, auf alle Fälle gibt's mich mindestens noch zweimal in Berlin.«

»Alltäglich würde ich das nicht nennen. Einen guten Geschmack hat er ja. Das muss man ihm lassen!« Rudi pfiff anerkennend durch die Zähne.

Leila sah ihn missbilligend an und fuhr fort.

»Also auf alle Fälle stand dieses Mädel an der Tür und starrte mich entsetzt an. Eigentlich hätte ich sagen sollen:

›Nein, du bist nicht geklont worden, und wir sind auch keine von Geburt an getrennten siamesischen Zwillinge. Optisch scheint Ole ja zu wissen, was er will, jetzt sucht er wohl noch den passenden Charakter zum Model!‹

Stattdessen wartete ich, dumm wie ich war, tatsächlich ab, bis Ole sich zur Tür bequemte.«

Rudi hing an Leilas Lippen. Ich wollte nicht wissen, wie oft er sich in ähnlichen Situationen befunden hatte. Vielleicht hoffte er, von Leilas Ex etwas lernen zu können.

»Also, Ole sieht mich, schlägt sich die Hand vor den Kopf und ruft erschrocken:

›Mist, das hab ich total vergessen!‹

Ich frage:

›Was hast du vergessen?‹

›Na, dir zu sagen, dass ich Mia kennen gelernt habe und mit uns Schluss ist. Mann, das ist mir jetzt aber peinlich!‹

Wieso peinlich? War doch vollkommen in Ordnung, mir zu stecken, dass ich doch so bedeutungsvoll war, dass er vergessen hatte, mit mir Schluss zu machen! Und hey, wer konnte es ihm verdenken? Bei der Ähnlichkeit hat er wahrscheinlich gar nicht gemerkt, dass ich nicht die Neue war!«

Ich war baff! So etwas hatte ich wirklich noch nie gehört. Wenn das die Gepflogenheiten in Berlin waren, dann gute Nacht!

Bevor ich mich versah, steuerte Ole auf uns zu.

Abtauchen war zu spät, er stand schon vor uns und strahlte Leila an.

»Mensch Heike! Das ist ja schön, dich mal wieder zu sehen. Das ist doch jetzt bestimmt fünf Jahre her! Wie geht's dir?«

Leila riss entsetzt die Augen auf. Nicht nur, dass das Herzblatt vergessen hatte, mit ihr Schluss zu machen, jetzt wusste er nicht mal mehr, wer sie war!

Schockgefroren überspielte Leila die Situation, so gut es ging. Wer war Heike, wo war Heike, und warum hatten Heike und Leila noch keine Selbsthilfegruppe gegründet?

Rudi schaltete schnell, legte seinen Arm um Leila und rief: »Du, Schatz, ich bin so müde, lass uns nach Hause gehen. Außerdem weißt du doch, dass ich es nicht mag, wenn du dich von Proleten ansprechen lässt!« Und schon zog er sie vom Tisch weg zur Tür und auf die Straße. Ich hinterher, nicht ohne unseren Eltern Bescheid zu sagen, die natürlich in ihr Gespräch vertieft waren und nichts von alledem mitbekommen hatten.

Leila und Rudi standen lachend da.

»Ha, hast du sein verdutztes Gesicht gesehen! Das tat gut. Danke!«

Leila war bester Laune, dank Rudi. Wenn jemand wusste, wie man mit Frauen umzugehen hatte, dann er.

»Mann, ich hab fast eine Stunde 'nen Parkplatz bei dir vorm Haus gesucht! Ich hab dir gleich gesagt, du sollst nicht in den Osten zu den anstrengenden Szeneheinis ziehen, und schon gar nicht an den funky Helmholtzplatz, da ist nie was frei!«

Meine beste Freundin Sarah. Wir hatten gemeinsam Abi gemacht, zusammen in München studiert, sie Medizin, ich Filmwissenschaften, und wohnten jetzt wieder in derselben Stadt.

»Danke für den herzlichen Empfang!«

Wir mussten lachen, und ihre Zornesfalte verschwand. Sie umarmte mich, trat ein und ließ den Blick schweifen.

»Na, dann wollen wir mal!«

Sarah packte Plastikhandschuhe und allerlei Putzutensilien aus.

»Sag nicht, dass du zum Putzen gekommen bist?«

Sarah streckte mir ein zweites Paar Handschuhe entgegen.

»Klar, oder willst du mir sagen, dass du das schon mit deinen Eltern gemacht hast? Die haben bestimmt wieder nur Wünschelruten ausgepackt, damit das Töchterlein auf keiner Wasserader schläft, und sind dann abgerauscht.«

Sarah kannte meine Eltern seit dem Gymnasium.

»Nee, ausgeräuchert haben wir diesmal, weil hier angeblich ein schräger Typ gewohnt hat.«

Sarah nickte wissend.

»Siehste! Und woher wisst ihr das mit dem Typen?«

»Von Leila. Wohnt unter mir. Sehr sympathisch und leider auch gut aussehend. Sie ist Rudi schon über den Weg gelaufen.«

Sarah musste ich nicht erklären, was das bedeutete. Sie kannte Rudi seit der Schulzeit. Außerdem war Sarah das einzige nicht mit ihm verwandte weibliche Wesen, das gegen seine Ausstrahlung immun war.

»Mann, Mann, Mann. Kann man nur hoffen, dass Leila nicht labil ist. Sonst liegt *sie* demnächst vor deiner Wohnungstür.«

Sarah spielte auf Tina Wertheim an, die sich vor einigen Jahren in den Kopf gesetzt hatte, Rudi sesshaft und monogam zu machen, und zwar mit allen Mitteln. Erst hatte Tina es mit der »Aufreizenden Unterwäsche, Sex zu jeder Zeit und an allen Orten«-Nummer versucht, dann mit der »Ich mache mich unersetzbar, koche, wasche und erledige deine Steuererklärung«-Variante. Als das nicht zog, setzte sie auf Eifersucht, zu der sich Tina Rudis besten Freund Lars auserkoren hatte. Wie Jungs so sind, sprachen sie sich ab, und da Rudi nicht kleinlich war und Lars auch etwas gönnte, denn ungeschickt stellte sich Tina im Bett anscheinend nicht an, hatte Lars viel Spaß mit Rudis Segen. Nur Tina hatte sich das anders vorgestellt, und so zog sie den letzten Trumpf, um Rudi gefügig zu machen. Sie schluckte zwei Schlaftabletten, drapierte sich theatralisch in unserer Auffahrt und hinterließ einen Abschiedsbrief. Mit roter Tinte! Darin durfte Rudi lesen, dass er ihr junges Leben zerstört habe, sie ihm zwar keine Vorwürfe mache, aber weiterleben könne sie so auch nicht mehr, denn ihren Glauben an die Männer habe er ihr für immer zerstört. Sie wünsche ihm ein schönes Leben und er solle nicht allzu sehr an sie denken, was Rudi dann auch nicht mehr tat, denn die Aktion war eher beängstigend gewesen. Er kümmerte sich so lange um Tina, bis sie einen Therapeuten gefunden hatte, denn dass es der Guten wirklich schlecht ging, hatte selbst Rudi bemerkt.

Meine Mutter, die sich für alles und jeden verantwortlich fühlt und gern das Wort »Kollektivschuld« benutzt, mussten wir davon abhalten, Tina in eine ihrer Frauengruppen aufzunehmen.

»Ich fang mal mit der Küche an!« Sarah war in ihrem Element. Putzen gehörte zu ihren Lieblingsbeschäftigungen, ich hegte den Verdacht, dass sie gern an den high machenden Mitteln schnüffelte; auf alle Fälle konnte man bei Sarah jederzeit alle Schubladen und Schränke öffnen: Es blitzte selbst in der hintersten Ecke geradezu unnatürlich. Warum zogen Zwangsputzer nicht mit Messies in eine WG? Da wäre beiden Seiten geholfen.

»Wann sind denn deine Eltern gefahren?«, rief Sarah aus der Küche.

»Heute Morgen. Sie wollten den Sonntag nutzen, um sich zum Trommeln zu treffen. Sie lassen dich übrigens grüßen und haben angedroht, bald wieder vorbeizukommen, von Dehling ist es ja nicht so weit nach Berlin.«

»Sag mal, hat Ben sich schon gemeldet?«

Für einen kurzen Moment krampfte sich mein Magen zusammen.

»Nee, du kennst doch Ben. Der macht nie, was man von ihm erwartet. Der tut nur, wozu er Lust hat.«

Ben war ein gemeinsamer Freund, eigentlich Rudis bester Freund. Sie waren in einem Jahrgang gewesen, und ab der fünften Klasse hatte ich für ihn geschwärmt, später war ich phasenweise heftig in ihn verliebt gewesen, auch weil er immer so unnahbar und geheimnisvoll war. Das war er zwar immer noch, aber inzwischen hatte er eine ziemlich gut aussehende, wenn auch völlig hohle Freundin. Sie war um einiges jünger, Anfang zwanzig, und studierte im vierten Semester BWL. Sarah musste auch an sie gedacht haben, denn sie rief:

»Oder darf er dich nicht besuchen, weil sein Häschen Liv was dagegen hat? Es will mir einfach nicht in den Kopf, was jemand wie Ben, der wirklich was draufhat, mit diesem Einzeller macht!«

»Echo« wäre ein passender Spitzname, denn Liv, die vor Ben zur Meinungsbildung höchstens in der *Vogue* geblättert hatte, *Kuck mal wer da spricht 2* als Lieblingsfilm angab und Blue als die prägende Band der letzten Jahre bezeichnete, sprach plötzlich über Adorno, hörte Tom Waits und ging nur noch in untertitelte Kinofilme.

»Die muss ’ne Granate im Bett sein, anders kann ich mir das nicht erklären!«, hörte ich Sarah dumpf weitersprechen, was daran lag, dass ihr Kopf gerade im Backofen steckte, dessen Ecken sie mal gründlich reinigen wollte.

»Selbst wenn. Wie erträgt er sie die restliche Zeit? Ich bekomme schon Kopfweh, wenn ich ihr einen Abend lang zuhören muss, und so gut kann jemand gar nicht aussehen, um das wettzumachen.«

Vor allem, wenn man ein so kluger Kopf wie Ben war, der als Berater von hochrangigen so genannten Persönlichkeiten aus Politik und Wirtschaft Reden und Vorträge schrieb und einen Lehrauftrag für Philosophie an der Uni hatte.

»Bist du immer noch eifersüchtig, Gretchen? Ich sage nur: Abiball!«

Wenn es ein Ereignis gab, an das ich nicht erinnert werden wollte, dann an meinen peinlichen Auftritt beim Abiball. Angetrunken und im festen Glauben, nichts verlieren zu können, hatte ich Ben an seinem Abiball meine Liebe gestanden, nur um feststellen zu müssen, dass man immer etwas verlieren kann, und wenn es nur die Würde ist. Wir hatten am Rand der Tanzfläche gestanden, es lief *Perfect Day* von Lou Reed, was ich in meinem angetrunkenen Zustand als Wink des Schicksals gedeutet hatte. Tja, wenn ich geahnt hätte, dass dieses Lied Drogen und nicht der Liebe gewidmet ist, wäre ich vielleicht gewarnt gewesen.

Bis heute konnte ich mich an jedes Wort erinnern. Meinen ganzen Mut hatte ich zusammengenommen für diesen Satz: »Ben, ich muss dir was sagen … Ich bin in dich verliebt, und zwar, seit ich denken kann.«

Keine Ahnung, welche Reaktion ich erwartet hatte, aber die folgende garantiert nicht.

Er sah mich mit seinen dunklen, undurchsichtigen Augen an und antwortete einfach nur: »Ich weiß.«

Schweigen. Ich wartete auf »Ich auch in dich«, »Ich aber nicht in dich«, doch stattdessen küsste er mich auf die Stirn, murmelte, »Lass uns besser nichts ändern« und ging.

Rudi erzählte mir am nächsten Morgen, nach einer für mich endlosen schlaflosen Nacht, dass Ben sich so betrunken hatte wie noch nie und mit meiner Englischreferendarin öffentlich rumgeknutscht hatte, was im Übrigen einen ziemlichen Skandal auslöste.

Damit war das Thema vorerst erledigt gewesen. Wie sehr hatte ich gelitten! Ich konnte wochenlang kaum etwas essen, weinte mich Abend für Abend in den Schlaf und brachte Rudis und Bens Freundschaft beinahe auseinander, weil Rudi nicht mit ansehen konnte, wie seine kleine Schwester wegen eines Typen so leiden musste, der ausgerechnet auch noch sein bester Freund war. Ich glaube, er fühlte sich verantwortlich. Natürlich hatte ich danach immer wieder einen Freund gehabt, was mich aber nie davon abgehalten hatte, weiterhin in Ben verliebt zu sein. Wenn ich ehrlich war, scheiterten meine Beziehungen letztlich immer daran, dass ich alle anderen Jungs mit Ben verglich. Das Schlimmste an der Sache beim Abiball war, dass ich mir so sicher gewesen war, dass Ben meine Gefühle erwiderte. Die Art, wie er mich ansah, die Zeit, die er mit mir verbrachte, der Humor und die Liebe für Musik, Kino und Bücher, die uns verband. Es dauerte lange, bis ich wieder einen normalen Umgang mit Ben hatte, und inzwischen waren wir sogar wieder befreundet, aber uns ausgesprochen oder meine Liebesbeichte thematisiert hatten wir nie.

»Sarah, das ist ewig her, und ich bin so was von drüber weg! Wie du weißt, hatte ich inzwischen auch andere Freunde.«

Von denen keiner an Ben herangereicht hatte, aber das würde ich nie zugeben, außerdem: Was blieb einem anderes übrig, wenn sich langsam, aber sicher die Kinderfrage stellte und endlich der richtige Mann gefunden werden musste.

»Erinnere mich bloß nicht an diese Langweiler. Ich versteh nicht, warum du abgesehen von Ben auf so konservative, brave Typen stehst!« Sarah schüttelte den Kopf. Mein Faible für spießige Juristen und Arztsöhne war ihr vollkommen schleierhaft. Die Diskussion führten wir nicht zum ersten Mal, und meine Verteidigung war auch nicht neu.

»Das ist nicht fair. Wenn du aus einem so gestörten Elternhaus wie ich kommen würdest, hättest du auch alles, was normal ist, prickelnd gefunden. 'nen Spießerfreund mit Bausparvertrag zu präsentieren war eben meine Art der Rebellion, und was meinst du, warum ich mit dir befreundet bin?«, spottete ich.

Sarah ging mit dem verdreckten Putzlappen auf mich los.

»Na warte, wenn ich dich zu fassen bekomme, du kleines undankbares Hippieluder. Was ich deinetwegen an Diskussionen mit meinen Eltern durchgemacht habe, wenn ich von euch nach Hause kam und mal wieder nach Gras gerochen habe, weil deine Eltern gekifft hatten!«

Kichernd ließen wir uns auf das mittlerweile ausgepackte Sofa fallen. Sie stieß mich in die Seite.

»Sag, hab ich dir schon gesagt, wie glücklich ich bin, dass wir wieder in derselben Stadt wohnen?«

»Nicht direkt, aber ich bin auch froh. Wenn's jetzt noch mit dem neuen Job gut läuft, bin ich wunschlos glücklich.«

Sarah legte einen Arm um mich.

»Wann geht's denn los am Montag?«

»Um halb zehn.«

Sie sah mich neidisch an.

»Du hast es gut. Ich werde an dich denken, wenn ich als brave Ärztin im Dienste der Menschheit ab sieben Uhr früh meine Schicht im Krankenhaus absolviere.«

Ich war kurz davor durchzudrehen! Wieso musste ich ausgerechnet heute meine Tage bekommen, und zwar mit allem, was dazugehört? Schweißausbrüchen, einem Pickel am Kinn und dem obligatorischen Blähbauch, was sich hervorragend traf, denn ich hatte extra eine ziemlich sexy, aber enge Jeans für den ersten Arbeitstag gekauft, die ich mit Blähbauch nicht zubekam, sodass ich den obersten Knopf offen lassen musste. Konnte ich nur hoffen, dass das Oberteil lang genug war und meinen Bauch verdeckte und eventuelle Fragen wie »Sind Sie etwa schwanger?« gar nicht erst aufkommen ließ. Gegen die Schmerzen hatte ich vorsorglich gleich zwei Buscopan eingeschmissen. Nur kein Risiko eingehen heute! Meine aufwändig gestylte Frisur konnte ich getrost vergessen, die hielt heute garantiert nicht. Also Pferdeschwanz.

Der Pickel ließ sich nicht vollständig abdecken, und wie ich so vor meinem gnadenlosen Vergrößerungsspiegel stand und die Mischung aus sich immer deutlicher abzeichnenden Fältchen um die Augen und einem erbsengroßen Pickel betrachtete, dachte ich, dass die Welt alles andere als gerecht war. Da steuerte man auf die Menopause zu und züchtete Eiterpickel wie 'ne Dreizehnjährige!

Wenig später kreiste ich zu allem Übel schon die vierte Runde um das Redaktionsgebäude auf der Suche nach, wie könnte es in Berlin auch anders sein, einem Parkplatz! Ich schaute auf die Uhr: Mist, ich war bereits fünf Minuten zu spät! In einem verzweifelten Anfall stellte ich den Wagen kurzerhand in der zweiten Reihe ab. Da in Berlin ja angeblich alles billiger war, hoffte ich, dass das für Abschleppkosten ebenso galt.

Mit hektischen roten Flecken im Gesicht und einem feinen

Schweißfilm um den Mund stürmte ich das Treppenhaus des sanierten Altbaus hinauf. Eine Woche lang über mein Outfit und den damit verbundenen ersten Eindruck zu sinnieren hätte ich mir sparen können.

Zum Glück kannte ich den Weg noch vom Einstellungsgespräch, damals war ich pünktlich, wenn auch mit den gleichen roten Flecken im Gesicht, bei Feline Wagenknecht, Verlagschefin und Mitherausgeberin von *Phosphor,* eingelaufen.

Die Redaktion lag im zweiten Stock des Hauses.

Außer Puste stieß ich die Tür auf, hinter der sich drei Kolleginnen, wie ich annahm, versammelt hatten und mich neugierig ansahen.

»Hallo, ich bin Gretchen!« Ich lächelte so einnehmend ich konnte, während ich nach Luft schnappte und mir die Stirn abwischte.

»Die Neue!«

Dieser nicht nett klingende Kommentar war, wenn ich es richtig einstufte, auch nicht nett gemeint.

Er kam von der großen Dunkelhaarigen, Mitte dreißig, die mich von Kopf bis Fuß abschätzig musterte.

Sie hatte etwas vom Typ höhere Tochter, und es würde mich nicht wundern, wenn sie Chiara Ohoven und einen Nerzmantel zu ihren besten Freunden zählte, mit denen sie gemeinsam bei Charitys Reden auf die Rettung unseres wunderschönen blauen Planeten halten konnte. Der schnippische Zug um den Mund machte sie nicht wirklich hübscher, wenn auch das Gesicht makellos war und bestimmt nur mit La-Prairie-Produkten Bekanntschaft gemacht hatte.

»Na, wenn die so arbeitet, wie sie pünktlich ist, gute Nacht.« Sprach's und rauschte ab.

Verdutzt blickte ich ihr hinterher.

»Ja, Diane hast du jetzt kennen gelernt. Die ist eigentlich immer so, wie sie gerade war. Wir nennen sie Rittmeister, weil sie gern diesen Ton draufhat und Befehle austeilt, auch an Kollegen, die auf einer Stufe mit ihr stehen. Nur damit du schon mal gewarnt bist. Ich bin übrigens Marion, und das ist Michi.« Marion war mir auf

Anhieb sympathisch, sie hatte eine offene, natürliche Art, und Michi schien auch nett zu sein. Etwas schüchtern und blass vielleicht, aber durchaus freundlich. Wenn zwei von dreien nett waren, war das doch ein guter Schnitt, sprach ich mir Mut zu. Marion, die eher der sportliche, athletische Typ war und zu den wenigen Frauen gehörte, denen eine dunkle Kurzhaarfrisur stand, nahm sich meiner an.

»Pass bloß auf! Rittmeister Diane arbeitet auch erst seit vier Wochen hier, tritt aber schon auf, als ob ihr die Firma gehörte. Übrigens, ich hab was für deinen Einstand in der Küche vorbereitet.«

Eine Prügelgasse fürs Zuspätkommen?

Nein, zu meiner Freude stand da ein Tablett mit Sektgläsern.

»Eigentlich wollten wir später alle gemeinsam anstoßen, aber ich glaube, so 'nen kleinen Schluck, um Dianes Bekanntschaft zu verdauen, können wir uns schon gönnen!« Marion kicherte, und ich stimmte nur zu gern zu.

Konnte mir nicht schaden, etwas lockerer zu werden, auch wenn jeder Business-Knigge von Alkohol in dieser Situation bestimmt abgeraten hätte. Spielverderber.

»Also, willkommen Gretchen!« Wir stießen an.

Kaum hatte ich das Glas geleert, fielen mir siedend heiß die beiden Buscopan-Tabletten ein, die soeben begonnen hatten, ihre Wirkung zu entfalten.

Wie konnte man so unvorsichtig sein! Das Ergebnis dieser Kombination kannte ich leider schon. Schon einmal war mir dieser Anfängerfehler passiert, und seitdem wusste ich, was Auf-Watte-Gehen hieß und wie man sich selbst in Zeitlupe beobachten konnte. Wo gab es hier Kaffee?!

»Ich bring dich schnell an deinen Platz, da kannst du deine Sachen ablegen, und dann würde Clemens Vogelmann dich gerne kennen lernen.«

Clemens war der neue Chefredakteur, von dem Feline Wagenknecht erzählt hatte und der »den Karren« wieder aus dem Dreck ziehen sollte. Feline hatte nach zwei erfolglosen Jahren mehr oder weniger das ganze Team ausgewechselt, und wir waren die neuen Besen, die jetzt bitte auch gut kehren mussten. Hoffentlich konnte man gut mit Clemens Vogelmann arbeiten, und hoffentlich hielt er mich nicht für zurückgeblieben, denn ich spürte deutlich, wie die Wechselwirkung der Tabletten mit dem Sekt einsetzte.

Meinen Arbeitsplatz hatte ich schon beim letzten Mal gesehen. Ich teilte mir das Büro den Fotos nach mit Michi. Der Raum war großzügig geschnitten, mit altem Fischgrätenparkett ausgelegt, Stuckdecken und Flügeltüren und einem großen Fenster mit Blick auf den begrünten Hinterhof. Ja, das war der Vorteil an Berlin. Solche Häuser gab es hier zuhauf, und man musste sich nicht gleich verschulden, um die Miete bezahlen zu können.

Ich stellte meine Tasche an meinem Platz ab und hätte mir jetzt gern etwas Wasser ins Gesicht gespritzt oder den Puls gekühlt, aber mir blieb keine Zeit, denn Marion zog mich auch schon hinaus auf den Flur und zwei Türen weiter, klopfte an, steckte kurz den Kopf ins Büro von Clemens Vogelmann und sagte: »Gretchen wäre dann so weit.« Schließlich schob sie mich hinein und überließ mich meinem Schicksal.

Mist, ich war null vorbereitet, meine Zunge fühlte sich schwer an, und meine Augen waren auf halbmast. Wenn er nur ein wenig Erfahrung mit Tablettenabhängigen hatte, würde ein Blick in mein Gesicht genügen.

Clemens stand mit dem Rücken zu mir am Fenster und schien etwas Interessantes auf der Straße zu beobachten. Schön, hoffentlich blieb er so stehen. Was ich von ihm sehen konnte, war viel versprechend. Groß gewachsen, leicht welliges, braunes Haar, seine Klamotten eine Mischung aus englischem Landgrafen- und Berliner Chic, ein wohlhabender Intellektueller dem Anschein nach. Von hinten würde ich ihn auf Ende dreißig schätzen.

Ohne seinen Blick vom Fenster abzuwenden, fragte er mich unverhofft: »Wann warst du zum ersten Mal im Kino, und woran erinnerst du dich, Gretchen?«

Seine Stimme klang angenehm dunkel, auch wenn ich es befremdlich fand, dass er noch immer keine Anstalten machte, sich umzudrehen, und mit dieser Frage das Gespräch eröffnete. An das Duzen in der Branche hatte ich mich gewöhnt. Nicht, dass ich etwas dagegen hatte, im Gegenteil, ich zuckte trotz meiner dreiunddreißig Jahre zusammen, wenn mich jemand Frau Fingerhut nannte, und sah mich spontan um, ob nicht zufällig meine Mutter in der Nähe war. Aber dass man auch Chefs, gleichgültig wie alt und in welcher Position, duzen durfte, fand ich immer noch bemerkenswert. Ich konzentrierte mich, um meine Zunge unter Kontrolle zu halten, und beantwortete seine Frage.

»Mein erster Film war *E. T.* Meine Großeltern hatten, gegen den Protest meiner Eltern, meinen Bruder und mich mit ins Kino genommen. Ich war kaum schwer genug, um den Klappsessel unten zu halten, aber allein, dass es Popcorn und Cola gab, war schon super, weil das Teufelszeug zu Hause strikt verboten war. Ich kann mich nicht mehr an jede Szene erinnern, auf alle Fälle war ich fasziniert von diesem Film, wollte so aussehen wie Drew Barrymore und konnte wochenlang von nichts anderem sprechen und träumen – sehr zum Leidwesen meiner Eltern, die höchstens *Michel aus Lönneberga* als adäquaten Film für Kinder durchgehen ließen.«

Mann, was erzählte ich da? Meine Familiengeschichte interessierte ihn wohl kaum. Aber wieso fragte er mich nicht einfach, wie ich gedachte, meinen Job zu machen? Und wieso war es hier so warm?

»Welchen Oscar-ausgezeichneten Film hältst du für komplett überbewertet und warum?«

Hä? Was wurde das denn? Na gut, er ist der Chef, also antwortete ich lieber mal.

»Chicago. Wer behauptet, Richard Gere könne singen, lügt. Und diese Pseudo-Beweihräucherung Hollywoods fand ich einfach lächerlich und nicht gelungen.«

Ob er meine Antworten gut fand, konnte ich nicht erkennen, er kommentierte sie nicht – und daran, sich umzudrehen, dachte er immer noch nicht. Wer weiß, vielleicht hatte er auch seine Tage und gleich vier fiese Pickel mitten auf der Nase.

»Wann hast du das letzte Mal im Kino geweint?«

Kam jetzt die Psychotour, auf die ich schlau reagieren musste? Aber wie? »Ich weine nie«, lag mir auf der Zunge, aber nee, mit dieser Antwort würde ich womöglich als Serienmörderin eingestuft.

Obwohl ich es seltsam fand, dass Clemens mich nicht ansah, während er mit mir sprach, hatte ich das Gefühl, dass er mir genau zuhörte. Ich entschied mich, wahrheitsgetreu zu antworten.

»Geweint? Gute Frage, ich weine schon, wenn mir eine Grünpflanze eingeht, nur mal so als Maßstab. Also generell weine ich sehr inflationär, aber das letzte Mal so richtig geweint habe ich bei *Sturm.*«

Er drehte sich um, und nein, er hatte keine Pickel und auch keine Hasenscharte! Im Gegenteil. Ich blickte in ein Paar blitzende hellgraue Augen! Er sah viel zu gut aus, um einen Job zu haben, der Intellekt erforderte. Man stelle sich einen jungen Ulrich Wickert vor, allerdings mit dem Charme und der Leichtigkeit eines Hugh Grant! Das nannte ich Verschwendung und unfair den viel zu dünnen, blassen Jungs gegenüber, die allein mit Geist bei den Mädchen punkten müssen.

»Ich bin gleich wieder da!« Sprach's und verließ das Büro.

Äh? Okay, vielleicht war ich noch nicht gut genug, was Gedankenlesen anging, vielleicht rief er auch nur bei der Betty Ford Klinik an, um mich auf Entzug zu schicken.

Wenigstens konnte ich mich jetzt in aller Ruhe in seinem Büro umsehen. An der Wand hinter seinem Schreibtisch hatte er ein Spruchband aufgehängt, auf dem stand: *»Don't let yourself get attached to anything you are not willing to walk out on in thirty seconds flat if you feel the heat around the corner.«* In der deutschen Synchro war der legendäre Satz mit den Worten wiedergegeben: »Binde dich an nichts, was du nicht innerhalb von dreißig Sekunden loswerden kannst!« Verkürzt und verhunzt nach meiner Meinung.

Ein Satz aus *Heat,* und zwar von Robert de Niro. Typisch Männer! Warum fanden die alles, was De Niro machte, so toll? Würde mich nicht wundern, wenn Clemens auch eine dieser mäßigen Paten-Imitationen auf Lager hatte.

Noch einmal las ich das Filmzitat an der Wand. Was sagten uns diese Zeilen? Dass man Single bleiben sollte? Frei und ungebunden?

Warum hängte sich ein erwachsener Mann diesen Spruch an die Wand? Weil er nicht über das emotionale Stadium der Pubertät hinweggekommen war? Oder dienten die Zeilen als Abschreckung für alle Frauen, die ihn festnageln wollten?

Clemens Vogelmann musste Single sein, hoffte ich plötzlich und vergaß für einen kurzen Moment, dass es sich um meinen neuen Chef handelte, wenn auch um einen unverschämt gut aussehenden Chef.

An einer Pinnwand hingen Fotos, die ihn bei verschiedenen Filmpremieren und Konzerten zeigten, auf dem Schreibtisch stapelten sich Bücher, CDs und DVDs. Für Notizen benutzte er ein Moleskine-Notizbuch und einen Montblanc-Füller. Ansonsten gab es nicht viel zu entdecken. Gut, er hatte auch erst vor kurzem hier angefangen.

»Wo waren wir stehen geblieben?«, fragte er unvermittelt. Clemens stand hinter mir und verursachte eine Gänsehaut in meinem Nacken. Sollte ich mich umdrehen, oder wollte er in Ruhe meine Schuppen bewundern? Vielleicht hatte er auch Angst, ich könnte plötzlich umkippen, und wollte mich auffangen. Eigentlich sehr fürsorglich.

»Wann ich das letzte Mal im Kino geweint habe ...«

»Stimmt. Übrigens, mach dir keine Sorgen wegen deines Autos. Ich habe Marion gebeten, schnell runterzugehen und mit dem Abschleppdienst zu sprechen. Sie holt deinen Schlüssel und fährt es weg.«

Wie, was? Ach, das hatte er am Fenster beobachtet. Wie sich der Abschleppdienst an meinem Auto zu schaffen machte. Wie aufmerksam und fürsorglich, ein wahrer Gentleman.

»Äh, danke«, stammelte ich.

Endlich ging er zu seinem Schreibtisch und setzte sich mir gegenüber. Er sah nicht nur gut aus, sondern war zweifelsohne auch sehr interessant. Sein Blick war lebendig, hellwach, und die Art, wie er sprach und zuhörte, intensiv!

»Ich habe dich beobachtet. Ich mag es, wie du kurz entschlossen zweite Reihe geparkt hast, um rechtzeitig hier zu sein. Auch, wie du reingestürmt bist, zeigt mir, dass du mit dem Herzen dabei bist. Ich freue mich, dich im Team zu haben. Wir sehen uns gleich in der Konferenz.«

Damit war ich wohl entlassen. Langsam aufstehen, zügig zur Tür gehen und nur nicht einsacken!

Ich ging in mein Büro.

Michi sah mich erwartungsvoll an.

»Und wie war's?«

»Interessant! Ich glaube, es wird Spaß machen, mit ihm zu arbeiten.«

Michi nickte heftig.

»Ja, nicht? Clemens ist toll!«

Sie war offensichtlich in ihn verknallt.

Michi war klein und zierlich, fast mager, hatte große blaue Kinderaugen, die sie beim Sprechen mehr als nötig aufriss, und zog die Schultern hoch, als ob sie sich vor jemandem verstecken oder ducken wollte.

»Allerdings verstehe ich nicht, was ein so toller Mann an Diane finden konnte!«

Ich sah sie fragend an.

»Na, angeblich hatten die beiden was miteinander. Clemens hat eine Einstandsparty gegeben, außer uns beiden haben ja alle schon vor 'nem Monat angefangen, und auf der Party hat Diane die Gunst der Stunde ergriffen und sich an den nicht mehr nüchternen Clemens rangemacht. Angeblich mit Erfolg, zumindest hat das Diane behauptet, aber Clemens war das Ganze wohl eher unangenehm, und er hat es sofort beendet. Aber Diane meint wohl immer noch, dass sie ihn irgendwann rumkriegt, und sieht jede weibliche Kollegin als Konkurrenz, vor allem die gutaussehenden. Du musst dich also nicht wundern, dass sie so unfreundlich zu dir war. Nimm es als Kompliment!«

Das fing ja heiter an! Wenigstens mochte ich Michi gut leiden. Sie hatte sofort meinen Beschützerinstinkt angesprochen, obwohl sie maximal zwei Jahre jünger war als ich.

Michi erklärte mir, dass sie für die Literatur zuständig sei, der Rittmeister Diane für Musik. Marion war Clemens' Assistentin, und ansonsten wimmelte es von Volontärinnen, Praktikantinnen und freien Mitarbeiterinnen, die immer wieder reinschneiten, um Themen und Artikel durchzusprechen. Ein leichter Frauenüberschuss war zwar üblich in unserem Metier, aber bei *Phosphor* schien er mir extrem hoch, was vor allem daran liegen mochte, dass Feline, die Chefin, viel von Frauen hielt.

Ob das allerdings mit diesem Prachtexemplar von Chef gut ging? Mich beschlich das Gefühl, dass Clemens zu der seltenen Sorte Männer gehörte, um die sich alle Frauen, und nicht nur Diane, im Ernstfall auch schlugen, selbst wenn es sich um den Chef handelte – oder gerade weil …

Ich hatte meinen Laptop noch nicht angeschaltet, als Marion auch schon zur Konferenz zusammentrommelte.

»Kommt ihr bitte.«

Wir folgten Marion in den Konferenzraum, dessen moderne Möbel sich gut vom Altbauambiente und dem knorrigen Parkett abhoben. Sehr geschmackvoll, wie die gesamte Einrichtung im Haus.

Marion hatte Getränke bereitgestellt und blieb, um Protokoll zu führen.

Unauffällig schüttete ich in kürzester Zeit zwei Tassen Kaffee hinunter – schwarz. Gerade rechtzeitig, denn Clemens ließ nicht lange auf sich warten und begrüßte uns schon im nächsten Moment freudestrahlend mit einem warmen, wachen Lächeln, bei dem ich das Gefühl hatte, persönlich gemeint zu sein. Aufmerksam beobachtete ich ihn und versuchte herauszufinden, wie er sich Diane gegenüber verhielt. Mir fiel nichts Besonderes auf. Womöglich war das doch nur ein Gerücht gewesen, mit dem sich Diane hatte wichtig machen wollen.

»Schön, jetzt sind wir vollzählig. Wie ihr wisst, habe ich *markt: schau* gegründet, war danach für einen öffentlich-rechtlichen Sender jahrelang in Paris und New York als Korrespondent und bin von Feline Wagenknecht mit der Aufgabe betraut worden, *Phosphor* mit eurer Hilfe zum führenden Kulturmagazin in der Altersgruppe achtzehn bis fünfundvierzig zu machen. Gretchen habt ihr bestimmt schon kennen gelernt. Sie wird für Kino und DVDs zuständig sein, war vorher bei der *Cinema* und *Film ab.* Diane, unsere Fachfrau für Musik, arbeitete bei verschiedenen Labels und Konzertagenturen, hat ein Volontariat beim *Rolling Stone* gemacht und bei *Duett* gearbeitet. Michi, promovierte Germanistin, ist für die Literatur zuständig und war jahrelang bei der *Neuen Zürcher Zeitung.* Wie ihr seht, sind wir eine hochkarätige Truppe, und dementsprechend viel wird auch von uns erwartet.«

Ich staunte nicht schlecht. Das war wirklich eine gute Besetzung, zumindest den Namen der Medien nach zu urteilen, für die wir alle bisher gearbeitet hatten. Lediglich die Vorstellung, dass Michi promoviert hatte und eine »Frau Doktor« war, fand ich eher lustig. Das passte überhaupt nicht zu ihrem scheuen Wesen.

Mich wunderte, dass Diane Vollzeit arbeitete und anscheinend auch gut war. Frauen wie sie studierten Kunstgeschichte höchstens zum Zeitvertreib und um sich bei Galadiners nicht zu blamieren. Wir hatten ganze Heerscharen blondierter, strassbesetzter Düsseldorfer Wohltätigkeitstöchter an der Uni gehabt, die meistens schon vor ihrem Abschluss verheiratet wurden und das Studium erst mal aussetzten, um eine einjährige Flitterwochenweltreise anzutreten.

Clemens ging zum Fenster, hielt inne und sah minutenlang hinaus. Mein Auto konnte diesmal nicht der Grund sein, es war wohl eine Masche oder eben seine Art nachzudenken.

»Habt ihr die letzten *Phosphor*-Ausgaben gelesen?«

Alle nickten gleichzeitig.

»Wie fandet ihr sie? Diane?«

Diane machte ein angewidertes Gesicht, was gut zu ihrer gesamten Erscheinung passte. Ungefähr so musste sie dreinblicken, wenn ein Kellner wagte, ihr Lachskaviar anstatt Beluga unter die Nase zu halten.

»Sterbenslangweiliges Geseiere und keine Ahnung von guter Musik!«

»Michi? Wie war der Literaturteil?«

Michi zuckte zusammen und antwortete mit dünner Stimme: »Also, ich möchte den Vorgänger nicht schlecht machen, jeder hat ja seine eigene Art, Bücher zu behandeln, aber ich fand es nicht sehr ansprechend.«

»Selbstverliebtes Lamentieren war das«, warf Diane ein, die Frau für klare Worte, wie man schnell merkte. Den scharfen Ton lernte man sicher im jahrelangen Umgang mit den Bediensteten.

»Gretchen, wie sah es im Filmbereich aus?«

Clemens sah mich interessiert an. Dieser Blick!, fuhr es mir durch den Kopf. Dann fasste ich mich wieder.

»Die Filme waren zu spezifisch ausgewählt und viel zu ausführlich beschrieben. Ich hatte nach den meisten Rezensionen keine Lust mehr, den Film zu sehen, weil ich das Gefühl hatte, jede Szene schon zu kennen. Außerdem fehlte mir die Begeisterung, die Artikel waren mit viel zu vielen Fachtermini gespickt, was vielleicht für Freaks spannend ist, aber nicht für den gebildeten Durchschnittsmitteleuropäer.«

Clemens nickte und fuhr sich durch die Haare. Eine Geste, die ihm ausgezeichnet stand und sein dichtes Haar betonte.

»Ihr habt genau erkannt, woran es liegt. Ich denke, wir müssen keinem Leser beweisen, dass wir studiert haben und wissen, dass man Rhythmus mit ›th‹ schreibt und Molière kein französisches Mineralwasser ist. Dieses selbstverliebte pseudointellektuelle Getue, um sich selbst einen Altar zu schaffen, ist der Anfang vom Untergang. Schließlich wollen wir den Leser ja gerade ins Kino bekommen, ihn auf ein Buch neugierig machen oder mal wieder zum Kauf einer CD animieren.

Bono von U2 sagt, man ist dann alt, wenn man sich nicht mehr für neue Musik begeistern kann und nur noch Songs aus der Vergangenheit hört. Diane, ich erwarte von dir, dem Leser klar zu machen, dass neue Musik auch für seine Entwicklung wichtig ist, wenn er nicht stehen bleiben will, und sie ihn bereichern wird.«

Diane nickte zustimmend.

»Michi, ein Buch muss unterhalten! Wenn du dich durchquälst, wird das dem Leser nicht anders ergehen, also sag ihm ehrlich, was ihn erwartet.«

Michi strahlte.

»Gretchen, ich habe dich vorhin nicht umsonst gefragt, wann du das letzte Mal im Kino geweint hast, denn das Letzte, was ich will, ist jemanden fürs Filmressort, der so viele Filme konsumiert hat, dass er längst abgestumpft ist und keine Emotionen mehr hat. Ihr müsst Begeisterung nahe bringen, ohne die Leute zu belehren. Schreibt, wie ihr sprecht, wie ihr es euren besten Freunden erzählen würdet. Macht sie neugierig und verratet nicht zu viel und – ganz wichtig – bleibt euch treu und kümmert euch nicht darum, wie andere Kollegen eine CD, ein Buch oder einen Film bewerten. Ihr müsst euch selber zum Maßstab machen, ohne dabei arrogant oder abgehoben rüberzukommen!«

Wow, was war der Mann leidenschaftlich! Und mitreißend sprechen konnte er auch. So hätte ich mir eine deutsche Antwort auf John Kennedy jr. vorgestellt. Smart, gut aussehend, charmant und mit 'ner Menge Stil. Er wusste, was er wollte, und das Beste: Er sprach mir aus der Seele! Genau so wollte ich meinen Job machen und nicht anders!

Mich musste er auf alle Fälle nicht überzeugen.

Diane und Michi schienen ebenfalls Feuer und Flamme zu sein. Aber wenn mich nicht alles täuschte, hatte er mich immer einen Tick länger angeschaut als die anderen!

»Hier sind wir, Gretchen!«

Sarah fuchtelte wild mit den Armen. Toll, jetzt wusste jeder im Mao Thai, wie ich hieß. Sarah, Rudi und Leila hatten es sich schon im hinteren, ruhigeren Teil des Restaurants, das einer Bambushütte nachempfunden war, gemütlich gemacht. Ich war zwar erst zweimal hier gewesen, hatte das Mao Thai aber sofort zu meinem Lieblingsthailänder erklärt. Überall standen Schalen, in denen frische Orchideen und Teelichter schwammen. Ein aus Holz geschnitzter Hahn mit Goldüberzug zierte den Eingang, und die Bedienung trug landestypische Gewänder. Das Essen schmeckte himmlisch und war mit viel Liebe zum Detail zubereitet. Jedes Gericht wurde mit kunstvoll geschnitztem Gemüse garniert, vom aufmerksamen Personal bekam man die Servietten auf den Schoß gelegt, und zwar mit einem Lächeln.

Leila und Sarah aßen Satayspieße und tunkten sie abwechselnd in ein Schälchen mit Erdnusssauce und ein Schälchen mit saurer Chilisauce, was einer Auszeichnung gleichkam, denn Sarah tunkte nicht gern ihr Essen mit anderen in eine Sauce. Sie fand alles, was nicht dem hygienischen Standard eines OP-Saales entsprach, eklig und trug stets ein Fläschchen Sagrotan für die Reise bei sich.

Natürlich konnte ich mir einen Kommentar nicht verkneifen.

»Mensch, du traust dich was. Heute haust du aber mal richtig auf die Pauke, was? Mit anderen aus einem Topf essen. Hut ab!«

Sarah verdrehte gespielt genervt die Augen.

»Haha, sehr witzig. Setz dich, Bazillenschleuder! Ich hab dir 'nen frischen Ingwertee bestellt.«

Gern folgte ich ihrer Anweisung … Hach, tat das gut, nach einem aufregenden Tag wie heute!

»Ben kommt auch noch«, sagte Rudi und nahm einen Schluck von seinem Asahi-Bier.

Mein Herz klopfte kurz schneller, aber nur einen klitzekleinen Moment, dann hatte ich mich wieder im Griff.

»Mit oder ohne Liv?« Ich hoffte inständig ohne Liv, wenn es ein netter Abend werden sollte.

»Keine Ahnung. Ich kann nicht immer so auffällig nachfragen. Ich glaube, Ben weiß auch so, dass wir Liv nicht wirklich spannend finden!«

Nein, spannend war wirklich nicht der richtige Ausdruck für sie. Nervtötend eher, außerdem konnte sie mich nicht leiden, seit Rudi ihr in bekifftem Zustand von meinem peinlichen Auftritt beim Abiball erzählt hatte und sie seither überzeugt war, ich sei noch immer hinter Ben her! Lächerlich!

»Wer ist denn diese Liv, und wieso könnt ihr sie nicht leiden?«, fragte Leila, die sich bemühte, unauffällig etwas dichter an Rudi heranzurücken.

»Bens Freundin. Lass dich einfach überraschen, und mach dir dein eigenes Bild!«

Ich atmete tief aus und schloss die Augen. Das sanfte Licht und die beruhigenden asiatischen Klänge taten ihr Übriges. Rudi trat mir unsanft ans Schienenbein.

»Hallo? Schlaf gefälligst zu Hause! Wir wollen wissen, wie dein erster Tag bei *Phosphor* war. Meinst du, du überlebst die Probezeit?«, foppte mich Rudi.

Bestimmt nicht, wenn ich versuchte, meinen neuen Chef ins Bett zu bekommen.

»Abgesehen davon, dass ich zu spät gekommen bin und eine meiner Kolleginnen einen übersteigerten Selbstdarstellungsdrang hat, war's ziemlich gut. Der Chefredakteur ist umwerfend! Gut aussehend, gebildet, interessant und ungewöhnlich anziehend. Der hat mich als Erstes gefragt, bei welchem Film ich das letzte Mal geweint habe …«

Sarah sah mich skeptisch an.

»Was willst du andeuten? Dass du dich in deinen Chef verknallt hast?«

Nein, aber ich war auf dem besten Weg dahin, nach nur einem Tag!

»Quatsch, aber der Mann hat auf alle Fälle Ausstrahlung. Ich kann es nicht mal richtig erklären, aber irgendwas hat der. Unsere Zusammenarbeit wird super, das spüre ich. Und wir haben auf alle Fälle dieselbe Auffassung, was den Job anbelangt.«

Leila lachte.

»Solange es nur den Job betrifft, ist es doch okay, oder gilt heute nicht mehr: niemals jemanden in der Firma flachlegen?«

Rudi war auf einmal hellwach. Klar, er hatte »flachlegen« gehört.

»Also, so weit würde ich nicht gehen. Bei uns heißt das: niemals dieselbe Kostenstelle flachlegen, andere Abteilungen sind okay. Zum Glück arbeiten in meiner Abteilung fast nur Männer, und Praktikantinnen fallen unter eine Sonderregelung, schließlich gehen die nach ein paar Monaten wieder, was eigentlich ganz praktisch ist, wenn man es gut timt.« Rudi arbeitete als Werbetexter bei einer angesagten Agentur, deren Praktikantinnen vor allem danach ausgesucht wurden, wie dekorativ sie waren. Ja, Chauvinismus gab es nach wie vor in unserer aufgeklärten Berufswelt. Wenn unsere Eltern wüssten, dass ihre Generation in dieser Hinsicht nicht viel verändern konnte und der eigene Sohn den Missstand auch noch ausnutzte, wären sie entsetzt. Rudi hatte es gut raus, seine Vielweiberei mit etwas Ideologie gewürzt als freie Liebe und Auflehnung gegen kleinbürgerliche Zwänge zu verkaufen. Hatte er sich bestimmt in Poona abgeschaut, als wir damals meine Eltern in den Ferien in den Aschram begleiten mussten. Mit Grauen dachte ich heute noch an die sechs Wochen in Poona zurück, wo meine Eltern seltsame Aggressions-, Meditations- und Tantragruppen besuchten, während wir zu Kindern gesteckt wurden, deren Eltern im Aschram lebten. Meistens sich selbst überlassen, durften diese Kinder alles, was sich für Rudi und mich erst einmal toll anhörte, letztendlich aber ziemlich langweilig war. Denn mir wurde schnell klar, dass ohne Grenzen keine Grenzüberschreitung Spaß macht, weil der Kitzel, Verbotenes zu tun, wegfiel. Rudi, der schon vierzehn und mitten in der Pubertät war, fand's mit den Mädchen dort natürlich Klasse und wollte meine Eltern überreden, für immer im Aschram zu bleiben. Offiziell tat er so, als gefielen ihm die Lehren Bhagwans und die Meditationen, aber eigentlich hatte er nur keine Lust mehr aufs deutsche Schulsystem.

Ich hingegen wollte so schnell wie möglich nach Hause und meine neue Freundin Sheena am liebsten mitnehmen. Ihre Mutter gehörte zum engeren Kreis des Gurus. Abends ließ sie sich vor Publikum durch Gesänge und Tänze in Ekstase versetzen, um dann das dritte Auge vom Meister massiert zu bekommen. Sheena langweilte sich schrecklich im Aschram und beklagte, dass ihre Mutter nie Zeit hatte, weil sie sich den ganzen Tag selbst verwirklichte. Zurück in Deutschland war meine größte Angst, die orangefarbenen Klamotten in die Schule anziehen zu müssen, wo ich doch schon alles getan hatte, um unseren Indienausflug zu verheimlichen. Mal abgesehen davon, dass mir Orange überhaupt nicht stand und Markenklamotten angesagt waren. Zum Glück waren meine Eltern letztlich deutscher und pflichtbewusster, als sie selbst gemerkt oder zugegeben hätten, denn ihre Jobs aufs Spiel zu setzen und ganz wegzuziehen, dazu waren sie nicht in der Lage. Und die Bhagwan-Klamotten konnte ich mit meinem Recht auf Selbstbestimmung erfolgreich ablehnen, das erste Mal übrigens, dass ich meine Eltern mit ihren eigenen Mitteln und Argumenten schlug.

»Warum lädst du nicht deinen Chef auf deine Einweihungsparty ein, wenn er so toll ist? *Wir* dürfen ja was mit ihm anfangen«, schlug Sarah vor.

»Mit wem wollt ihr was anfangen?«, hörte ich eine dunkle, nur zu bekannte Stimme fragen.

Ben war unbemerkt hereingekommen. Lieber rannte ich nackt durch den Supermarkt um die Ecke und rief vor der Käsetheke »Holla die Waldfee«, als zuzugeben, dass es mich doch noch jedes Mal traf, wenn ich ihn sah. Diese Anziehung war zumindest von meiner Seite aus nicht wegzudiskutieren. Dabei war Ben keine Schönheit im klassischen Sinne, aber eben ein guter Typ. Er war groß, hatte kurz rasierte Haare und das, was man ein Charaktergesicht nannte, dunkle, wache Augen und ein mitreißendes Lachen, wenn es zum Vorschein kam, denn oft wirkte er eher in sich gekehrt oder grübelte.

»Mit Gretchens neuem Chef Clemens. Der muss wahnsinnig faszinierend sein. Er hat Gretchen gefragt, bei welchem Film sie das letzte Mal geweint hat. Bei welchem Film hast du denn das letzte Mal geweint, Ben? Wobei: Du weinst bestimmt nie, oder?«

Sarah war in ihrem Element, was nicht zuletzt an ihrem Cocktail lag. Bei Sarah brauchte es nie viel. »Billige Verabredung« nannte Rudi diesen Schlag Frauen.

Ben schaute mich erstaunt an und setzte sich.

»Was hast du geantwortet?«

Wie wäre es erst einmal mit »Hallo Gretchen, willkommen in Berlin. Tut mir Leid, dass ich bisher nicht vorbeigeschaut habe, auch wenn ich nur fünfhundert Meter Luftlinie von dir entfernt wohne«. Aber nein, Ben tat so, als ob ich seit Jahren hier wohnte und wir uns zu unserem wöchentlichen Stammtisch trafen.

»Ich hab geantwortet, dass ich im Prinzip schon weine, wenn ich einen frierenden Hund sehe.«

Ben schmunzelte.

»Stimmt, das ist typisch Gretchen.«

Ach ja? Und woher wollte er bitte wissen, was typisch für mich war?

»Was hättest du denn gesagt?«, stellte ich die Gegenfrage. Warum nur fühlte ich mich in Bens Gegenwart unsicher und klein? Vor allem versuchte ich, ständig witzige und kluge Dinge zu sagen, die ihm gefielen.

»Keine Ahnung, vielleicht, dass es meine Privatsache ist oder aber, dass ich es wie Rossini halte, der sagte, er habe nur drei Mal in seinem Leben geweint. Das erste Mal, als seine Mutter gestorben ist, das zweite Mal, als ein anderer Komponist ein schöneres Stück geschrieben hat, und das dritte Mal, als ihm ein kandiertes Hühnerbein bei einer Bootsfahrt ins Wasser gefallen ist.«

Wir mussten alle lachen.

Typisch Ben! Ließ sich nie in die Karten schauen. Typisch Liv, die gerade dazugekommen war, sofort übertrieben laut mitlachte und ihn bewundernd ansah. Ben merkte wie immer nichts davon oder ignorierte es. Im Gegensatz zu mir und den anderen. Ihre schnarrende Stimme nach einem harten Tag war zu viel des Guten. Mir war es ein Rätsel, wie eine Frau wie Liv, die es mit ihrer Größe, Figur, den wallenden Haaren und dem schönen Gesicht mit jedem Model aufnehmen könnte, so unsicher war, wenn es um ihren Freund ging.

Ben setzte sich zu mir.

Wie üblich hatte er mich angelächelt zur Begrüßung, und das war's. Keine Umarmung, keinen Kuss auf die Wange. Gut, er war dafür bekannt, niemanden gern an sich ranzulassen, aber irgendwie fand ich es übertrieben, wenn man bedenkt, dass ich gerade nach Berlin gezogen war. Wenigstens eine kleine Willkommensgeste hätte ich erwartet, und wenn's nur ein verlegener Schulterklopfer gewesen wäre. Stattdessen fragte er mich interessiert: »Na Gretchen, wie isses, wieder in Rudis Obhut zu leben? Passt er auf, dass du keine Männer triffst?«

Er spielte auf Rudis übertriebenen Beschützerinstinkt an. Bis ich zu Hause ausgezogen war, hatte Rudi kontrolliert, wen ich traf und ob es sich um vertrauenswürdige Jungs handelte oder ob ihnen ein mieser Ruf vorauseilte. Er war bestimmt deshalb so besorgt, weil er sich selbst und die Art, wie er mit Mädels umging, bestens kannte, da konnte einem schon angst und bange um die kleine Schwester werden.

Lachend winkte ich ab.

»Ach, die Zeiten sind vorbei. Seit ich die dreißig überschritten habe, ist er um jeden froh, der mir auch nur das leiseste Anzeichen von Sympathie entgegenbringt. Ich glaube, er hat Angst, auf mir sitzen zu bleiben. Noch kann ich ihn abhalten, mir knallrote Sonderpreissticker aufzukleben, aber ich glaube, er bastelt schon an einem ›Alles muss raus‹-Schild für den Räumungsverkauf.«

Ben lachte. Ich mochte sein Lachen, die vielen Grübchen und die intelligenten, blitzenden Augen.

»Und was ist mit deinem neuen Chef? Kommt der infrage?«

Sieh an! Das interessierte ihn! Oder hoffte er nur auf weitere peinliche Aktionen meinerseits, die man Jahre später zur allgemeinen Belustigung an kalten Winterabenden erzählen konnte? Nach dem Motto: Wisst ihr noch, als Gretchen wegen Stalking ihres Chefs diesen Gerichtsbeschluss zugestellt bekam und sich ihm nicht mehr näher als fünfhundert Meter nähern durfte? – Brüller, Schenkelklopfer und wieder ein Abend gerettet!

»Ich glaube kaum, dass er sich erbarmen wird, außerdem ist die

Konkurrenz ziemlich stark, ich weiß nicht, ob ich da mithalten kann.«

Wenn ich allein an Diane, die strenge Rittmeisterin, dachte. Ich wollte nicht wissen, welche Tricks die auf ihrem Eliteinternat gelernt hatte, um Konkurrentinnen auszustechen.

»Gretchen, wer es wie du geschafft hat, trotz Batikshirt und Cordlatzhose in der neunten Klasse, den Schwarm der Schule, Timo Harder, zu bekommen, für den muss das Wort Konkurrenz neu erschaffen werden!«

»Woher weißt du das mit Timo Harder? Du warst doch viel älter und hattest schon Abi gemacht! Oder warst du auch auf Timo Harder scharf?« Ich sah Ben entgeistert an.

Liv, die auf dem Klo gewesen war, quetschte sich sofort zwischen Ben und mich auf die Bank, nahm seine Hand und begann an seinem Hemd zu nesteln. Wenn sie aufgestanden wäre, ihr Bein gehoben und auf Ben zur Reviermarkierung gepinkelt hätte, wäre es nicht viel unangenehmer gewesen. Zumal Liv ja nie einfach nur zuhören konnte. Dementsprechend säuerlich fragte sie: »Wer ist auf wen scharf?«

Paranoia stand ihr nicht gut. Ben und ich übergingen die Bemerkung, was Liv noch mehr zur Weißglut trieb.

»Jetzt sagt doch mal, wer ist auf wen scharf?«

»Das ist nicht weiter wichtig. Eine alte Geschichte, ohne Belang«, versuchte Ben, Liv zu beruhigen.

Leider bewirkte er das Gegenteil damit.

»Aha, eine alte Geschichte? Hätte ich mir ja denken können. Bei euch geht es ja immer um alte Geschichten, nicht wahr? Wann merkt ihr eigentlich mal, dass wir in der Gegenwart leben und eure alten Geschichten keinen interessieren?«

Wenn »schnippisch« ein Gesicht hatte, dann sah es aus wie Liv, und wenn ich auf etwas keine Lust hatte, dann auf weitere Diskussionen.

Zum Glück wurde genau in diesem Moment der Hauptgang gebracht. Ich hatte Garnelen in Chili-Kokos-Sauce mit Thai-Basilikum bestellt, die in einer ausgehöhlten Kokosnuss mit frischen geraspelten Kokosstückchen serviert wurden. Allein der Geruch war ein Erlebnis und machte den Unterschied zum Take-away-Thai an der Ecke mehr als deutlich.

Sarah hatte mit halbem Ohr zugehört und fragte leise: »Na, hat's gekracht?«

»Klar, Liv ist mal wieder grundlos ausgerastet.«

Sarah zog skeptisch eine Augenbraue hoch.

»Weißt du, vielleicht ist das gar nicht so grundlos.«

Bitte? War Sarah jetzt völlig durchgeknallt? Sie bekam doch auch Livs grundlos überzogenes Verhalten mit.

»Was soll denn das heißen?«, fragte ich empört.

Sarah sah mich beschwichtigend an und senkte die Stimme, damit die anderen nicht hörten, worüber wir sprachen.

»Ist dir noch nie aufgefallen, dass sie nur auf dich so reagiert? Das nennt man weibliche Intuition. Liv hat anscheinend ein Gespür dafür, welche Frau ihr gefährlich werden könnte. Wahrscheinlich ist sie gar nicht so doof und hat gemerkt, dass Ben dich anders behandelt als alle anderen.«

Unfreiwillig musste ich auflachen!

»Wenn mich jemand nicht anziehend findet, dann ja wohl Ben. Er vermeidet jeglichen Körperkontakt mit mir! Wenn ich ihn mal umarme, versteift er sich sofort und schiebt mich dezent, aber bestimmt von sich weg. Ich glaube, dem sitzt der Schock, dass ich ihn mal gut fand, Betonung liegt auf ›fand‹, Vergangenheit, so tief in den Knochen, dass er mir ganz deutlich zeigen will, dass ich ja nicht auf dumme Ideen kommen soll.«

Sarah sah ein, dass eine weitere Diskussion zwecklos war, und wechselte das Thema. Ihre Krankenhausgeschichten hörte ich eh viel lieber. Regelmäßig überkam mich ein angenehmes Gefühl aus Faszination, Grusel und Bewunderung, wenn sie von Notoperationen oder schwierigen Fällen erzählte. Jedes Mal war ich froh, dass es Menschen wie sie gab, die unerschrocken Blut sehen und Körperteile aufschneiden konnten. Rudi und Ben unterhielten sich über einen Werbetext, an dem Rudi arbeitete; Leila betrieb höflich Konversation mit Liv, wobei sie nicht amüsiert aussah. Liv musste nach dem Hauptgang los, weil sie noch beim Geburtstag einer Kommilitonin eingeladen war, worüber ich nicht wirklich traurig war. Ben war nicht mit eingeladen, oder er wollte als Lehrbeauftragter der Uni nicht auf den Geburtstag einer Studentin. Liv verabschiedete sich so überschwänglich von Ben, dass man glauben konnte, sie lasse ihn in den Krieg ziehen und würde ihn nicht ein paar Stunden später beim Zähneputzen wieder sehen. Ben war kein Freund großer öffentlicher Szenen und ließ die Verabschiedung eher »geschehen«.

Ich bestellte die hausgemachten Kokosgeleetäschchen, Sarah den grünen Teekuchen und die anderen Bananen im Honigteigmantel.

»Also wenn Liebe wirklich durch den Magen geht, dann würde ich dieses Restaurant vom Fleck weg heiraten!«, sinnierte Sarah leicht beschwipst. Sofort entbrannte eine Diskussion über Heirat – ja, nein –, Kinder – ja, nein, und wenn ja, wann …

Bedachte man, dass keiner von uns verheiratet war und Leila als Einzige ein Kind hatte, musste man sich wirklich nicht wundern, dass die Renten nicht sicher waren und wir Deutschen laut *Spiegel* in zwölf Generationen ausgestorben sein würden, wenn die Geburtenrate nicht anstieg. An mir sollte es nicht liegen, ich würde meine vaterländische Pflicht nur zu gern erfüllen, sobald der richtige Mann, also Clemens, bereitstand.

Sarah und Rudi diskutierten derweil über die Existenz der großen Liebe.

»Glaubst du an die große Liebe?«, fragte ich Ben.

Er überlegte kurz.

»Na ja, an die große Liebe schon, aber an ihre Haltbarkeit nicht. Ich denke, es läuft immer nach dem gleichen Muster ab. Man verliebt sich, denkt, das wird immer so bleiben, hat großartigen Sex zu jeder Tages- und Nachtzeit, ist sicher, dass es bei diesem einen Menschen nie anders sein wird, will jede Minute mit der geliebten Person verbringen, was man dann auch tut, um dann einige Jahre später festzustellen, dass man doch wieder in der Tretmühle gelandet ist, in die man nie geraten wollte. Man trennt sich, verliebt sich, und das Ganze geht von vorne los.«

Wenn er seine Theorie Liv ebenfalls anvertraut hatte, tat sie mir Leid; dann verstand ich auch, weshalb sie so deutlich machen musste, dass Ben zu ihr gehörte, damit ja keine andere Frau auch nur auf die Idee kam, sich in ihn zu verlieben und großartigen Sex mit ihm zu praktizieren.

»Angenommen, deine Theorie stimmt, heißt das dann, dass du alle paar Jahre eine neue Frau suchen wirst?« Innerlich dankte ich dem Schicksal, dass es Ben an mir hatte vorbeiziehen lassen und mir stattdessen Clemens geschickt hatte.

Ben kniff für einen Moment die Augen zu, was er immer machte, wenn er begann, sich ernsthaft Gedanken zu machen.

»Da bin ich noch unentschieden. Eine Möglichkeit wäre tatsächlich, in wechselnden Beziehungen zu leben, wobei man ab einem bestimmten Alter womöglich an seine Grenzen stößt, weil entweder alle verheiratet sind oder man selbst nicht mehr attraktiv genug ist und dann allein übrig bleibt ohne Familie und Kinder, denn diese Lebensform schließt Kinder aus – zumindest fände ich alles andere verantwortungslos.«

Immerhin wollte er keine Kinder in die Welt setzen, die sich alle paar Jahre den neuen Namen der Stiefmutter merken mussten.

»Eine andere Möglichkeit ist, dass man akzeptiert, mit jeder Frau immer an denselben Punkt zu gelangen, und deshalb einzusehen, dass man sich die Wechselei auch sparen kann. Man sucht sich die passendste Frau, die man bekommen kann, und gründet mit ihr eine Familie. Und jetzt wird es schwierig, denn entweder ist das Leben mit Kindern so erfüllend, dass man auch ohne die ganze Aufregung der ersten Verliebtheit, die Schwärmerei und die Schmetterlinge im Bauch glücklich ist, denn, machen wir uns nichts vor, nach zehn Ehejahren wird man die nicht mehr verspüren, wenn der Partner zur Tür reinkommt. Oder …«

»Oder?«, forderte ich Ben auf weiterzusprechen.

»Oder du sitzt mit genau denselben Gefühlen wieder da, nur dieses Mal mit Kindern dazu. Da du aber niemanden sitzen lassen willst, suchst du dir eine Affäre, wirst Amateurradfahrer oder beginnst mit Gartenarbeit.«

Jetzt tat mir Liv wirklich Leid, mir war nie klar gewesen, wie schwierig es sein musste, Ben als Freund zu haben. Ich meine, welche Frau hörte schon gern, dass der Partner der Beziehung bereits im Vorhinein bloß Halbwertzeit zuspricht. Außerdem gab es sicher genug Frauen, die solch einen Fall wie Ben besonders interessant fanden und sich zum Ziel machten, ihn zu knacken – je höher die Messlatte, umso besser.

»Dich muss ich erst gar nicht fragen. Du glaubst an die große wahrhaftige, ewige Liebe, seit ich dich kenne. Du warst schon in der Schule eine Schwärmerin«, foppte mich Ben. Es sollte wohl lustig klingen, aber eigentlich hörte es sich fast traurig an.

»Hast du schon mal an die Möglichkeit gedacht, einen Menschen zu finden, der einfach nicht ersetzbar, austauschbar ist, weil euch so viel verbindet und eine Faszination und Anziehung besteht, die du bei noch keinem anderen Menschen zuvor erlebt hast? Eben keine Kompromissbeziehung, weil man aus derselben Stadt stammt oder Angst hat, übrig zu bleiben. Du scherst gerade jede Frau über einen Kamm, nur weil Beziehungen auf den ersten Blick nach dem gleichen Muster ablaufen, füreinander schwärmen, sich verlieben, sich binden usw. … Aber du willst mir doch nicht erzählen, dass es sich jedes Mal gleich angefühlt hat! Es muss doch Mädchen gegeben haben, bei denen du gezittert hast, wenn du sie geküsst hast, und andere, mit denen du lieber gelacht hast. Was ich damit sagen will, ist, dass wir bis zu einem bestimmten Level mit vielen Partnern kompatibel sind, es aber nur einen oder zwei gibt, die nicht ersetzbar für einen sind und mit denen sich alles fügt.«

Mir wurde heiß, so sehr hatte ich mich in Rage geredet. Ben lächelte undefinierbar.

»Sag ich doch, du bist eine romantische Schwärmerin!«

Sollte er mich nennen, wie er wollte: Ich würde auf alle Fälle mit jemandem glücklich werden, und wenn er mit Liv nicht das fand, was eine gute Beziehung ausmachen sollte, musste er sich eben früher oder später von ihr trennen, aber bitte ohne seine düsteren Theorien in der Welt zu verbreiten.

Mir war die Lust zu weiteren Grundsatzdiskussionen vergangen. Gefühle und Liebe zu diskutieren und analysieren brachte sowieso nichts, genau deshalb waren es ja Gefühle und keine Theorie! Sie passierten und wurden nicht konstruiert, außerdem war ich müde und musste morgen früh raus.

Ben musste ebenfalls los, *Liv die Heilige,* wie ich sie ab heute nennen würde, abholen. Er bot an, mich zu begleiten, weil er sein Motorrad holen wollte und meine Wohnung auf dem Weg lag.

Die anderen blieben noch. Mimi war bei Leilas Eltern, Sarah hatte ihren freien Tag, und Rudi war gewohnt, die Nacht zum Tag zu machen, und zeigte im Gegensatz zu mir keine Abnutzungserscheinungen, wenn er am nächsten Tag früh arbeiten musste. Ben und ich verabschiedeten uns und machten uns auf den Heimweg.

Vor meiner Tür angekommen, sagte ich »Gute Nacht« und schloss auf.

»Es gibt noch eine Möglichkeit! Die unerfüllte Liebe. Man liebt sich, will sich, kommt aber nie zusammen: Diese Sehnsucht, diese ungelebte Liebe kann für immer halten, weil sie immer die Möglichkeit offen hält, wie es gewesen wäre, und sich nicht im Alltäglichen und dem Wissen, wie es tatsächlich ist, verliert.«

Hatte ich schon erwähnt, dass ich echt müde war?

»Du spinnst! Schon mal dran gedacht, dass Alltag auch was Schönes sein kann?«, erwiderte ich. Gut, vielleicht nicht mit Liv, ihre Stimme und ihr Wesen waren ja trotz meiner Heiligsprechung immer noch nervend, aber das war zum Glück nicht mein Problem!

»Leg bitte endlich den Schwamm aus der Hand und komm, wir müssen los! Die Premiere beginnt in einer halben Stunde!«

Ungeduldig zerrte ich Sarah aus meinem Badezimmer, die sich am Waschbecken mit Viss zu schaffen machte.

»Du hast dein Becken mit dieser völlig überzogenen Schminkorgie komplett versaut!«, tadelte sie mich.

»Ja genau, MEIN Becken. Wenn du deinem Putzzwang frönen möchtest, bitte in DEINER Wohnung!«

Und überhaupt von wegen überzogene Schminkorgie! Etwas Puder, Wimperntusche und Lipgloss! Mehr legte ich fast nie auf. Rote Wangen hatte ich leider auch ohne nachzuhelfen. Machten einen gesunden Eindruck, sahen ländlich aus, wie Rudi es gern nannte.

Sarah als klassisch-herber Typ schminkte sich so gut wie nie. Sie benutzte höchstens mal 'nen Lippenstift, der dann aber so rot und auffällig war, dass selbst die Perlenohrringe und der glatte Pagenkopf komplett dahinter verschwanden. Man durfte nicht vergessen, dass Sarahs Modesinn in den späten Achtzigern geprägt worden war. Sie als Paradepopperin hatte natürlich stets ein faltenfreies, nach Weichspüler riechendes hellblaues Lacoste-Polohemd getragen und im Winter die obligatorische rosafarbene Elho-Daunenjacke. Wie hatte ich sie um ihre Markenklamotten beneidet! Für meine Eltern war Marco Polo ausschließlich der Name eines Entdeckers, nach dem höchstens noch Reiseführer benannt werden durften. Aber simple Shirts, deren Preis sich durch den Aufdruck des gleich klingenden Markennamens um ein Vielfaches erhöhte? Rudi, dem alles stand, hätte auch mit Takko-Klamotten noch eine gute Figur gemacht, aber für mich gab es nichts Schlimmeres, als diese ohne Pestizide gefärbten Wollklamotten vom Wochenmarkt, die mir meine Mutter damals andrehen wollte und die sie am selben Stand kaufte, an dem es auch den Fair-Trade-Kaffee gab. Muss ich mehr erläutern?

Zum Glück gab es meine Großeltern oder »die Kapitalisten«, wie mein Vater sie zu betiteln pflegte. Sie standen für alles, wogegen meine Eltern kämpften. Villa in bester Lage, zwei Limousinen und einen kleinen Wagen für die Stadt, Segelboot und Wochenendhaus. Bedienstete, Golfspieler, Flugschein und Swimmingpool. Beim »Feind«, ich zitiere meinen Vater, gab es alles, was mich für einen kurzen Moment zum normalen Teenager machte. Lenor, Eszet-Schnitten aufs WEISS!Brötchen, Cola, Fernsehen und Markenprodukte, wohin das Auge reichte! Ohne meine Großeltern hätte ich die Pubertät niemals ohne größere Schäden überstanden.

»Die Premiere ist am Potsdamerplatz. Wie kommen wir da am besten hin?«

»Lass mich fahren, das geht schneller. Sieh dir die Straßenschilder an und lerne!« Sarah nahm auf dem Fahrersitz Platz.

Sehr gut, dann durfte sie 'nen Parkplatz suchen und kam außerdem nicht auf die Idee, im Auto zu rauchen. Sarahs Laster war das Rauchen, und zwar Kette, was überhaupt nicht zu ihrer ansonsten so disziplinierten, aufgeräumten blütenweißen Art passte. Ich zog sie immer damit auf, dass sie nur so viel putze, um gelben Raucherfingern vorzubeugen, und sich die Hautkuppen lieber abscheuerte, als das Qualmen zu lassen.

»Und was ist das jetzt noch mal für ein Film?«, fragte Sarah zerstreut. Man konnte nur hoffen, dass sie diese Aussetzer nie im Job hatte.

»Wie oft denn noch? Ein Haifilm«, antwortete ich ungeduldig.

Sarah bremste gerade noch rechtzeitig vor der roten Ampel und sah mich irritiert an.

»Aha, und wer spielt da mit?«

Wie bitte? Sprach ich Chinesisch?

»Na, ein weißer Hai, vielleicht ein Hammerhai, und wenn wir Glück haben, ein Katzenhai. Sarah, hörst du mir eigentlich zu? Ich hab dir doch schon gesagt, dass wir ins IMAX gehen, zur Europapremiere des Haifilms von Jacques Cousteaus Sohn.«

Sie winkte genervt ab.

»Ist ja gut. Eigentlich auch egal, welcher Film prämiert wird, Hauptsache, ich lerne deinen Wunderchef Clemens kennen und es gibt Häppchen!«

Sarah war notorisch scharf auf Häppchen. Ich hatte die Theorie, dass Häppchen gut zu ihren anderen anal fixierten Neurosen passten, weil Häppchen immer so akkurat und fast schon abgezirkelt zubereitet waren. Sozusagen ordentliches Essen. Und was den Wunderchef anging, konnte ich gut verstehen, dass sie ihn kennen lernen wollte, schließlich erzählte ich seit Wochen von nichts anderem. Noch nie war ich so gern zur Arbeit gegangen, und Überstunden gehörten neuerdings zu meinem liebsten Hobby, vorausgesetzt, Clemens machte auch welche. Leider war ich nicht die Einzige, auf die Clemens' Anwesenheit motivierend zu wirken schien, denn der Rest der weiblichen Belegschaft war genauso arbeitswillig. Keine Ahnung, wie er es schaffte, aber er hatte so eine Art an sich, dass man einfach da sein wollte, wo er war. Zumindest kam unser Einsatz dem Blatt zugute. Unsere erste Ausgabe sollte in einigen Wochen erscheinen und hatte, soweit ich es objektiv beurteilen konnte, nichts mehr mit der früheren *Phosphor* gemein. Covergröße, Layout, Rubriken und natürlich der lockere Schreibstil machten die *Phosphor* zu einem völlig neuen Blatt.

Da Sarah sich wirklich gut auskannte, waren wir schnell am IMAX, stellten das Auto in der Tiefgarage ab und eilten mit den Einladungen in der Hand zum roten Teppich.

Wir wedelten mit den Karten, wollten schnell weiter, doch die Security hielt uns zurück. »Kann ich bitte die dazugehörigen Presseausweise sehen?« Der auf FBI aufgemotzte Typ – »Wir kommen jetzt mit dem Präsidenten raus« – sah nicht so aus, als ob er mit einem netten Augenaufschlag zu besänftigen wäre. Der war sozusagen immun gegen weibliche Raffinesse. Brachte sein Job wohl mit sich. Mist, es war sicher kein Problem, wenn man als Kritikerin bekannt wäre und jemanden übers Pressekontingent mitbringen konnte. Krampfhaft überlegte ich, wie ich Sarah reinbekommen konnte, vielleicht sollte ich sie als Ärztin für Notfälle vorstellen? Sarah war die Situation sichtlich peinlich. Klar, jemand, der noch nie eine Mahnung bekommen hat, weil er Rechnungen immer sofort bezahlt, hasst jede Art von Unkorrektheit.

»Das geht in Ordnung. Die Dame ist mit mir hier!«, hörte ich eine bekannte Stimme souverän sagen.

Clemens!

Er zeigte sein Bändchen, das eine Art Wunderbändchen zu sein schien, denn das Gesicht von Mr. Unbestechlich verzog sich in Sekundenschnelle zu einem herzlichen Lächeln. Er öffnete die Absperrung, ließ uns rein und wünschte viel Spaß beim Film.

»Darf ich vorstellen: Meine beste und älteste Freundin Sarah, mein neuester und hoffentlich auch bester Chef Clemens.«

Clemens und Sarah lachten sich an.

Clemens streckte Sarah die Hand entgegen.

»Freut mich sehr!«

»Mich auch. Und vielen Dank für die spontane Rettung! Als Möchtegern-Groupie in die Historie einzugehen, eine, die mit allen Mitteln versucht, auf die Premiere zu gelangen, und dann auch noch wegen eines Haifilms, wäre wenig schmeichelhaft gewesen!«

»Wie? Nur der Groupiebonus allein hat dich gerettet! Eine junge, gut aussehende Frau, die bereit ist, alles zu tun, um einen Haifisch zu sehen, lasse ich mir doch nicht entgehen. Die greif ich immer ab.«

Clemens verzog keine Miene, bis Sarah, die erst laut losgelacht hatte, wirklich glaubte, er meine es ernst. Sie blickte unsicher von mir zu ihm. Erst als Clemens ihr zuzwinkerte und grinste, wurde sie wieder locker und fand erleichtert das Lachen wieder.

»Ich besorge Getränke«, sagte Clemens und zog los, um das Tablett einer ziemlich hübschen Hostess leer zu räumen.

»Mann, der hat was!« Sarah war beeindruckt, was nicht oft vorkam. Noch seltener kam es allerdings vor, dass wir einer Meinung waren, was Männer betraf.

Dass man sich auf den kleinsten gemeinsamen Nenner wie Johnny Depp einigen konnte, war klar, aber dann wurde es schon schwierig.

Clemens kam mit Champagner für uns und einem Bier für sich zurück, und im nächsten Moment wurde auch schon der Saal geöffnet, und die Masse begann, sich in Bewegung zu setzten.

Unter ihnen sogar einige Promis, was mich angesichts eines Films mit Haien in der Hauptrolle eher verwunderte, aber wenn es dazu diente, dass mehr Leute sich auch mal einen Tierfilm ansahen, sollte es mir recht sein.

»Ich hab Hunger! Ich hab extra nichts gegessen, weil du gesagt hast, es gibt Häppchen«, knurrte Sarah, während sie ihre 3-D-Brille in Empfang nahm.

»Wer musste denn noch Zeit verplempern und das Waschbecken schrubben, du oder ich?«, gab ich zurück. Auch mein Magen knurrte, außerdem hatte ich die Befürchtung, dass Sarah, die Alkohol auf nüchternen Magen nicht vertrug, gerade aber ein Glas Champagner leerte, gleich super albern werden würde.

»Wenigstens wurde dein Waschbecken zur Abwechslung mal geputzt«, musste Sarah hinterherschicken.

Wir nahmen unsere Plätze ein. Clemens baten wir in die Mitte.

»Lässt du mich noch mal kurz raus?«, flüsterte Clemens. Hatte er gerade eben erst bemerkt, dass die überdimensionalen 3-D-Plastikbrillen ziemlich bescheuert aussahen, oder hatten Sarah und ich den Bogen überspannt? Männer stehen anscheinend nicht auf Freundinnen, die sich schon so lange kennen, dass sie wie ein altes Ehepaar wirken.

»Super, jetzt hast du ihn vertrieben!«, zischte Sarah.

»Wie bitte? Wieso denn ich? Du hast doch gemeckert, dass du unbedingt Häppchen willst!«, gab ich zurück.

»Ach ja, und wer musste das mit dem Waschbecken ausbreiten?«

Bevor wir weiter herumzicken konnten, wurde es dunkel, nur ein Spot richtete sich auf den Regisseur des Films, ein lustiger Franzose, der sich netterweise eine kleine Rede auf Deutsch zurechtgelegt hatte, die er vom Blatt ablas. Er musste über seine Aussprecheversuche selbst am meisten lachen. Einige Fakten über die wahre Natur von Haien und die Notwendigkeit, warum Haie als wichtiger Aspekt für ein funktionierendes Ökosystem geschützt werden mussten; dann wurde es ganz dunkel, und wir setzten die Brillen auf. Entspannt ließ ich mich in den weich gepolsterten Sessel zurückfallen.

»Entschuldigen Sie bitte vielmals, ich müsste noch mal durch!«, hörte ich Clemens am Anfang der Stuhlreihe flüstern. Sieh an, er war nicht durchgebrannt. Während ich in solchen Situationen nur Kommentare wie »Wer nicht kommt zur rechten Zeit ...« oder »Immer diese Extrawürste!« von den Besuchern erntete, die es sich gerade in ihren Kinosesseln bequem gemacht hatten, wurde Clemens ohne Murren durchgelassen. Und im Gegenteil, hier und da tauschte er noch einen kleinen Scherz aus! So musste Moses das rote Meer geteilt haben!

»Ich hab euch was mitgebracht.« Clemens hatte Häppchen aufgetrieben und reichte Sarah und mir je eine Portion. Als er unsere strahlenden, dankbaren Gesichter sah, musste er laut lachen, senkte aber sofort wieder die Stimme, da der Vorspann bereits lief und alle anderen ihre Gespräche und das Rascheln der Popcorntüten eingestellt hatten.

»Ihr seid ja einfach zufrieden zu stellen.«

Allerdings! Gab es etwas Besseres, als köstliche Häppchen zu verspeisen, die ein charismatischer Mann extra für uns ergattert hatte, damit wir kurz darauf gestärkt in den aufgerissenen Rachen eines Hais abtauchen konnten? Okay, wie gesagt, die alberne Riesenbrille trübte etwas das schöne Bild, aber wann war das Leben schon mal perfekt?

Wie er so neben mir saß und selbst die eben erwähnte Brille ihn weder entstellen noch ihm etwas von seiner Würde nehmen konnte, wurde mir ziemlich warm. Ich musste mir wieder und wieder klar machen, dass es sich um meinen Chef handelte, der hier aus rein beruflichen Gründen an meiner Seite saß, und ich mir romantische Gedanken abschminken konnte, sollte, musste! Was zwar nicht leicht war, denn Clemens' Charme reichte von hier bis Timbuktu, aber ich wollte nicht unvernünftig sein und meinen Job aufs Spiel setzen oder, noch schlimmer, mich lächerlich machen.

Auch wenn er mich immer einen Moment länger ansah als andere Frauen!

Ich fand den Film wie alle 3-D-Filme im IMAX beeindruckend, was aber auch daran liegen konnte, dass ich auf diese Art Filme stand. Den 3-D-Streifen von den Galapagosinseln hatte ich sicher acht Mal gesehen und kreischte immer noch, wenn es im Vorfeld des Films eine Achterbahnfahrt zu sehen gab. Ja, was Reizüberflutung anging, war ich eben noch nicht abgestumpft, womöglich kam mir zugute, dass ich bis zur Pubertät ohne Fernseher aufgewachsen war. Da war der Nachholbedarf höher, und man war leichter zu erfreuen und zu unterhalten. Brille auf, und schon konnte der Spaß losgehen. Ja, so kann man auch mit kleinen Dingen Kindern eine Freude bringen! Nach einer guten Stunde ging das Licht wieder an. Schnell zog ich die Brille ab und lächelte Clemens breit an, der sogleich wissen wollte, wie ich den Film fand.

»Na, super! Aber leider kann ich über so 'nen Film in der *Phosphor* wohl nichts schreiben.«

Clemens schien anderer Meinung.

»Warum denn nicht? Warum sollte er den Lesern nicht auch gefallen, wenn du ihn toll gefunden hast. Ist doch mal was anderes!«

Er hatte Recht. Und es zeigte sich mal wieder, wieso Clemens so gut war. Er vertraute auf das Urteil seiner Leute und hatte keine Angst, Neues zu wagen.

Wir gingen Richtung Shuttle, der zur Afterparty fuhr.

Clemens öffnete sein Wunderbändchen, das im Gegensatz zu gewöhnlichen Partybändchen nicht so festgemacht war, dass man es nur zerschneiden konnte, und legte es Sarah ums Handgelenk.

»So, ich muss weiter. Euch noch viel Spaß. Ich hoffe, wir sehen uns bald wieder, Sarah. Gretchen, bis morgen!« Sprach's, verschwand und ließ uns verblüfft zurück.

»Äh, wo muss er denn um die Uhrzeit noch hin?« Sarah fasste in Worte, was mir durch den Kopf ging.

»Hat er eigentlich 'ne Freundin?«

»Keine Ahnung. Bisher hat er nichts erwähnt, woraus man schließen könnte … Aber wer soll ihn sonst so spät erwarten?!«, seufzte ich.

Natürlich hatten wir alle in der Redaktion versucht herauszubekommen, ob Clemens liiert war. Tine aus der Personalabteilung, die seinen Lebenslauf kannte, hatte uns verraten, dass Clemens ledig war. Marion, die als seine Assistentin am engsten mit ihm zusammenarbeitete, konnte auch nicht mehr zu seinem Privatleben sagen, zumindest kamen keine privaten E-Mails im Geschäftsaccount an. Und wer ihn auf seinem Privathandy anrief, wusste sie auch nicht.

»Gretchen, ich fasse nicht, was ich jetzt sage, aber ich glaube, ich habe mich verknallt!« Sarah stand immer noch regungslos mit seinem Bändchen am Armgelenk da.

»Ich weiß. Ich auch.«

Wir sahen uns an.

»Mist! Das gab's noch nie! Was machen wir jetzt?«, fragte sie.

»Na ja, bisher haben wir doch auch alles geteilt!«, versuchte ich die Stimmung aufzulockern. Dabei war mir nicht zum Lachen zumute. Wenn ich auf etwas keine Lust hatte, dann, dass Sarah und ich den gleichen Mann toll fanden, denn eines war klar: Entweder würde sie oder ich zwangsläufig verletzt werden, im schlimmsten Fall sogar wir beide.

»Er ist immerhin dein Chef. Dafür könntest du gefeuert werden. Das kann ich natürlich nicht zulassen«, versuchte Sarah ihrerseits einen kläglichen Witz.

»'nen Job finde ich locker wieder. So 'nen Mann nicht!«, entgegnete ich.

Das fing ja super an. Ich atmete tief durch.

»Okay, entweder wir entscheiden uns, vernünftig zu sein, und schwören ihm beide jetzt und sofort ab, oder wir spielen mit offenen Karten und sehen, für wen er sich entscheidet. Was denkst du?«

Innerlich fluchte ich, wie ich auf die Idee gekommen war, Sarah Clemens überhaupt vorzustellen. Hätte ich mir auch denken können, dass er keine Frau kalt ließ, auch Sarah nicht. Dabei hatte ich so gern ihr Urteil über ihn hören wollen. Sie sollte beobachten, ob er mich länger als nötig ansah, sie sollte tun, was die beste Freundin eben so macht, wenn man sich verknallt hatte. Und jetzt stand sie da, meine beste Freundin, vom Blitz getroffen, und erklärte uns von einem auf den anderen Augenblick zu Konkurrentinnen. Aber nein, das konnte nicht sein. Ihr würde bestimmt noch eine Lösung einfallen. Sie war immer so logisch und pragmatisch! Ich meine, wenn jemand mit

’nem Matheleistungskurs und super Physikum keine Lösung fand, dann konnten wir es gleich bleiben lassen.

»Ich bin für diesen Versuch. Warten wir es ab. Wir sind erwachsen genug, um mit dieser Situation umzugehen, und so viele gute Typen gibt es schließlich nicht.«

Na gut, vielleicht wusste sie doch nicht für jedes Problem die Lösung. Ihr Wort in Gottes Ohr! Ich war mir nicht so sicher, ob wir das hier im Griff hatten, aber einen Rückzieher wollte ich auch nicht machen; ich war schließlich im besten Alter, um endlich sesshaft zu werden und eine Familie zu gründen. Da konnte man ein Prachtexemplar und potenziellen Ehemann wie Clemens nicht einfach laufen lassen.

»Magst du noch auf die Party? Irgendwie habe ich keine Lust mehr. Du?«

Sarah schüttelte den Kopf.

»Nee, lass uns mal lieber nach Hause gehen. Ich muss morgen früh raus.«

Wir stiegen später schweigsam und grübelnd ins Auto. Kaum waren wir aus der Tiefgarage raus, klingelte mein Handy. Dankbar für die Unterbrechung ging ich gleich ran.

»Gretchen, Frank und ich kommen am Fünfzehnten für eine Woche nach Berlin! Ist das nicht toll?«

Frank war mein Vater und die Frau, die sich vor dem Anruf wieder in Ekstase getrommelt hatte, meine Mutter.

Bevor ich fragen konnte, was Anlass des Besuches war, kam sie mir zuvor.

»Ich möchte unbedingt auf die Berliner Esoterikmesse. Da stellt eine Frau aus, die Auren bestimmen kann, Gabi aus meiner Pilatesgruppe schwört auf sie, und ich wollte schon immer mal zu ihr. Dein Vater möchte zeitgleich einen Schamanenkurs belegen. In Kreuzberg gibt es einen sehr bekannten Schamanen. Wir können doch bei dir wohnen? Bei Rudi ist es enger, und außerdem hat er den unsteteren Lebenswandel.«

Seit wann hatten meine Eltern etwas gegen einen unsteten Lebenswandel? Als ob es sie stören würde, jeden Morgen ein anderes nacktes Mädel aus Rudis Schlafzimmer kommen zu sehen!

Bestimmt war das nur ein Vorwand, um bei mir noch mal das schlechte Chi zu vertreiben. Meine Mutter hatte erst kürzlich wieder angedeutet, dass sie beim Einzug nicht alles rausbekommen hatte.

»Gretchen, du freust dich ja gar nicht. Sag doch was!«

»Mama, ich fahre gerade Auto!«

Das hätte ich nicht sagen sollen.

»Was? Schlimm genug, dass du dauernd mit diesem Teufelshandy telefonierst, wo die Langzeitfolgen der Strahlenwirkung noch gar nicht untersucht worden sind. Jetzt telefonierst du auch noch im Auto damit? Weißt du denn nicht, dass sich das Auto wie ein faradayscher Käfig verhält und die Strahlen verdoppelt? Mal ganz abgesehen davon, was für eine Gefahr du für die anderen Verkehrsteilnehmer darstellst. Ich war ja immer gegen das Auto, wozu gibt es öffentliche Verkehrsmittel! Aber deine Großeltern mussten dir ja unbedingt diese stinkende Blechkiste schenken. Abgesprochen war das ja nicht mit uns!«, keifte meine Mutter außer sich. Dass sich ihre Tochter mit dreiunddreißig Jahren auch ohne finanzielle Hilfe der Großeltern ein Auto zugelegt hatte, kam meiner Mutter natürlich nicht in den Sinn. Sie dachte, Rudi und ich seien immer noch von ihnen und den Großeltern abhängig. Dabei waren wir beide weit gehend abgenabelt, doch diese Tatsache hatte sich noch nicht bis zu unseren Eltern herumgesprochen. Mit diesen schrillen Tönen im Ohr konnte ich mich jedenfalls nicht mehr auf den Verkehr konzentrieren.

»Mama, ich hab dich auf Lautsprecher gestellt und beide Hände am Lenkrad. Reg dich ab. Ich freu mich, wenn ihr kommt, und natürlich könnt ihr bei mir wohnen!«, rief ich, während Sarah ein Lachen unterdrückte.

Meine Mutter klang sogleich beruhigt. »Na schön, aber gut finde ich das immer noch nicht. Versprich mir, nicht mehr im Auto mit dem Handy zu telefonieren!«

»Klar, verspreche ich dir!«

Sie konnte ja nicht sehen, dass ich gerade eine Hand vom Lenkrad genommen hatte, um mit den Fingern ein »Gilt nicht«-Kreuz zu formen.

Kaum hatte ich aufgelegt, lachte Sarah lauthals los.

»Aura bestimmen? Da will ich mit!«

Sarah liebte die kruden Ideen meiner Eltern. Für sie war ein Ausflug mit ihnen wie ein kostenloser Zirkusbesuch, Getränke inklusive. Klar, wenn die eigenen Eltern die samstägliche Ziehung der Lottozahlen als Höhepunkt der Woche feierten, war nicht viel an Unterhaltung geboten. Da waren meine Eltern mit ihren Geistrückführungen, Demos und Tantrastunden um einiges unterhaltsamer – zumindest für Außenstehende.

Nach einer halben Stunde hatte ich endlich einen Parkplatz und verfluchte die zwar nett anzusehenden Altbauten, die aber alle nicht über Tiefgaragenplätze verfügten.

Sarah umarmte mich und stieg in ihr Auto um.

»Gute Nacht, Gretchen. Schlaf gut. Und danke, dass du mich heute mitgenommen hast. Weißt du, was echt komisch ist? Ich hatte irgendwie das Gefühl, dass Clemens mich immer etwas länger angeschaut hat als die anderen Frauen um uns herum!«

Das fing ja gut an!

»Wie war der Haifilm?«, fragte Michi interessiert, als ich morgens im Büro ankam. Michi war meist lange vor allen anderen da.

»Super! Musst du dir unbedingt ansehen. Meine Freundin Sarah und Clemens fanden ihn auch toll.«

»Ach, Clemens war auch da?«, fragte Michi erstaunt.

Ich hatte das Gefühl, eine leise Enttäuschung mitschwingen zu hören.

»Ja, war ja schließlich die Europapremiere!«, spielte ich es runter.

Michi machte den Versuch eines Lächelns.

»Stimmt, das gehört ja zum Job sozusagen. Mich hat er ja auch letzte Woche zur Autorenlesung von Friedrich Mitsch begleitet.«

Sieh an! Jetzt war ich an der Reihe, enttäuscht zu sein. Clemens ging also, wie es schien, mit uns allen auf wichtige Abendveranstaltungen.

Jetzt erst fiel mir auf, dass Michi heute anders ausschaute. Ihre Klamotten waren sonst eher einfach und unauffällig, oft etwas zu groß, was ihre zierliche Gestalt noch zerbrechlicher wirken ließ. Doch heute trug Michi Farbe! Und zwar figurbetont mit Ausschnitt! Und was für einem Ausschnitt! Damit würde ich eventuell abends ausgehen, sehr spät abends, aber auch nur, wenn ich wüsste, dass ich den ganzen Abend stehen könnte und mich nicht einmal bewegen müsste, aber bestimmt würde ich so etwas Gewagtes nicht an einem stinknormalen Freitagmorgen im Büro tragen.

Michi hatte ihr neues Motto »Farbe« auch gleich aufs Gesicht übertragen und ein – sagen wir mal – recht eigenwilliges Make-up aufgetragen. Dass Michi sich sonst nie schminkte, sah man den ungelenken Kajallinien, dem bröckeligen, viel zu grellen Lippenstift und dem ungleichmäßig aufgetragenen Rouge an. Sie sah aus wie ein kleines Mädchen, das sich am Schminktopf ihrer Mama vergriffen hatte, oder jemand, der mit der Rocky Horror Picture Show durchbrennen wollte.

Wie brachte ich ihr das nur taktvoll bei, ohne sie allzu sehr zu verunsichern? Michi war sowieso schon ein wandelndes Bündel an Komplexen, Zweifeln und Schüchternheit. Niemand konnte so gekonnt mit den Schultern zusammenzucken wie sie. Ein falsches Wort, und eine Welt brach zusammen. Aber bevor Rittmeister Diane sie so zu Gesicht bekam und einen niederschmetternden, gehässigen Kommentar losließ, musste ich etwas unternehmen.

»Du hast ja ’nen neuen Look, Michi!«

Unsicher zuckte sie zusammen und stammelte: »Ich dachte, ich könnte vielleicht mal was anderes ausprobieren?«

Auweia, ich musste sehr vorsichtig vorgehen, Michi wurde sofort nervös.

»Finde ich super! Das steht dir auch toll. Solltest du öfter machen. Wobei, ich würde vielleicht für tagsüber ein bisschen weniger Make-up verwenden, sonst verdrehst du hier ja allen Männern den Kopf. Aber für abends ist das der Hammer!«

»Ja, wirklich?« Michi lächelte stolz. Die Röte, die ihr ins Gesicht stieg, mischte sich mit dem fleckigen Rouge und erinnerte an ABBA in ihrer Hochphase Mitte der Siebziger.

»Unbedingt. Du hast das perfekte Gesicht zum Schminken! Ich glaube, dass dir auch Naturtöne super stehen würden. Darf ich vielleicht mal?«

Michi nickte begeistert.

Schnell holte ich Tissues aus der Tasche, wischte ihr die Karnevalsfarben ab und schminkte sie dezent, was ihr ausgezeichnet stand.

Kaum war ich fertig geworden, kam auch schon Clemens herein. Er sah umwerfend aus, wie jeden Morgen. Zum lockeren Jeans- und Polohemd-Look hatte er sich ein Cordjackett übergeworfen, was ihm einen Hauch von New Yorker Understatement verlieh. Schlagartig war ich wach und äußerst gut gelaunt, nur das Schlucken fiel mir vor lauter Aufregung schwer.

»Guten Morgen, die Damen! Na, wie war die Party, Gretchen? Hab ich was verpasst? Übrigens ganz bezaubernd, deine Freundin Sarah.«

Bevor ich etwas erwidern konnte, schweifte sein Blick zu Michi.

»Donnerwetter! Michi, neuer Look? Steht dir gut!«

Michi strahlte übers ganze Gesicht. Das gab mindestens hundert Punkte auf meinem Karmakonto!

»Kommt ihr um vier in mein Büro? Ich möchte was mit euch besprechen.«

Und raus war er. Zu gern hätte ich gewusst, wo er gestern Abend so schnell hinverschwunden war und *wie* bezaubernd er Sarah fand.

Zumindest war klar, wem wir Michis neuen Ausflug in die Modewelt zu verdanken hatten. Offensichtlicher konnte man nicht verknallt sein, hoffentlich war meine Schwärmerei nicht auch so auffällig!

Den restlichen Morgen verbrachte ich damit, die Rezension zum Hai-Film zu schreiben. Ich kam gut voran, nur das Geklapper von Michis Taschenspiegel, den sie im Viertelstundentakt zückte, um sich davon zu überzeugen, dass ihr neuer Look noch saß, lenkte mich wiederholt ab. Zumal ich aus den Augenwinkeln wahrzunehmen meinte, dass sie sich im Schmollmundziehen übte. Was für ein Irrenhaus, und alles nur wegen Clemens!

In der Mittagspause holte ich mir ein grünes Curry vom Thai um die Ecke und rannte dabei fast Diane um, die angewidert die Nase rümpfte.

»Iiih, in der Billo-Bude kaufst du dir was zu essen? Legst es wohl auf 'ne Salmonellenvergiftung an, was? Will nicht wissen, was passiert, wenn man da mal den WKD vorbeischicken würde. Da würde ich lieber 'n paar Euro drauflegen und mir was Anständiges zu essen kaufen!«

Es würde schon reichen, wenn sie sich überhaupt mal was zu essen kaufen würde. Ihr Essverhalten war alles andere als gesund. Außer ein paar Äpfeln oder Karotten sah man sie nie etwas essen. Bestimmt hatten ihre Societyfreundinnen ihr eingeimpft, ja nicht so Teufelszeug wie Kohlehydrate zu sich zu nehmen.

»Ach, Diane. Lieb, dass du dich so um mich sorgst. Man könnte fast meinen, du hast ein Herz«, entgegnete ich genauso charmant.

Wenn Blicke töten könnten! Zumindest gab ich wegen ihrer herrischen Art nicht gleich klein bei wie andere, und Michi würde ich auch noch beibringen zu kontern und sich nicht von der fiesen Kuh einschüchtern zu lassen!

Ich wollte mich gerade wieder an meinen Schreibtisch setzen, da hörte ich, dass Michi telefonierte, und zwar privat, wie mir schien, denn sie flüsterte. Anstandshalber blieb ich solange vor der Tür stehen. Vielleicht war es wieder ihr übervorsorglicher Vater, der täglich anrief, um sich zu vergewissern, dass es seinem einzigen geliebten einunddreißigjährigen Kind auch gut ging und es ja nicht zu leicht angezogen oder gar krank war. Michi neigte dazu, jeden Tag an einer anderen mittelschweren Krankheit zu leiden.

Hm, ihr Vater konnte es wohl doch nicht sein, denn Michi gluckste aufgeregt.

»Du, und dann hat er gefragt, ob ich einen neuen Look hätte, und gesagt, dass mir das gut stehen würde! Ja, wirklich! Ich glaube, du hattest Recht! Morgen zieh ich den kurzen Rock an, wie du gesagt hast. Du, und ich habe das Gefühl, als ob er mich immer etwas länger anschaut als die anderen!«

Es war nicht schwer zu erraten, um wen es ging. Jetzt waren wir also tatsächlich schon zu viert im Rennen um Clemens. Konnte man nur hoffen, dass Michis Stilistin ihr keine neuen Schminktipps gab und der Rock, den sie vorhatte zu tragen, wenigstens die Scham bedeckte.

Pünktlich um zwei trudelten Michi, Diane und ich bei Clemens ein und warteten gespannt, was er mit uns besprechen wollte.

Diane setzte sich natürlich neben Clemens und strahlte ihn betörend an, diesen Gesichtsausdruck hatte sie uns bisher vorenthalten.

Clemens schien davon keine Kenntnis zu nehmen, er sah konzentriert ein paar Unterlagen durch. Wie er so versunken und selbstvergessen dasaß! Ich wollte, nein, ich musste diesen Mann haben! Keine Ahnung, wie er es schaffte, aber es schien, als ob es nie einen anderen Mann zuvor gegeben hätte und es auch nie wieder einen anderen geben würde, der auch nur im Ansatz Clemens das Wasser reichen konnte. Wenn es so etwas wie den Mann der Männer, den Urmann gab, dann war es Clemens!

Clemens war fertig und stand auf.

»Ihr fragt euch sicher, weshalb ihr hier seid. Nun, ich habe erfreuliche Nachrichten. Unser erstes Heft kam sowohl in der Geschäftsleitung, aber auch, und das ist viel wichtiger, in durchgeführten Fokusgruppen, in denen wir repräsentative Testleser befragen, gut an. Wenn die Verkäufe sich mit den Ergebnissen der Testleser decken, werden wir einen beachtlichen Start hinlegen. Da wir alle ziemlich geschuftet haben die letzen Wochen, möchte ich die Redaktion heute nach der Arbeit spontan ins Café Petersburg einladen. Ich hoffe, ihr habt noch nichts anderes vor! Und sagt den anderen bitte auch Bescheid.«

Natürlich hatten wir eigentlich alle schon was vor, schließlich war es Freitag, aber keine von uns würde sich einen Abend mit Clemens entgehen lassen. Was konnte schon wichtiger sein?

Mist, wie sah ich aus? Konnte ich so ausgehen? Schnell verdrückte ich mich vor Feierabend aufs Klo, aber anscheinend war ich nicht die Einzige, die einen Spiegelblick riskieren wollte. Michis und Dianes Restaurationsarbeiten waren schon in vollem Gange.

»War ja klar«, schnaubte Diane verächtlich, als sie mich mit Beautycase unter dem Arm sah, und schickte ein »Das könnt ihr euch abschminken. Zufällig weiß ich schon, worauf Clemens steht!« hinterher, bevor sie abzischte.

Es wurde spannend im Rennen um die Weihnachtsgans.

Das hatte ich noch nie erlebt! Gut, in der neunten Klasse waren fast alle Mädchen einschließlich mir in Timo Harder verliebt gewesen, aber seither hatten sich doch glücklicherweise sehr unterschiedliche Geschmäcker herausgebildet. Clemens hingegen schien den Geschmack aller Frauen abzudecken, denn unterschiedlicher als Michi, Diane, Sarah und ich konnte man nicht sein.

Und das Schlimmste daran war, normalerweise hätte ich in so einem Fall meine liebe Freundin Sarah angerufen, die mir einen guten Ratschlag gegeben oder mich zum Lachen gebracht hätte, aber nein, Sarah war ja auch hinter Clemens her!

Ich beschloss, sie trotzdem anzurufen. Das musste unsere Freundschaft aushalten! Wäre doch gelacht.

Sarah hob außer Puste ab.

»Was ist, Gretchen? Ich hab eigentlich gar keine Zeit!«

Wenn Sarah das sagte, stimmte das. Wenn sie keine Zeit hatte, rettete sie Menschenleben.

»Alles klar, ist nicht so wichtig. Wollte dir den neuesten Stand bezüglich Clemens mitteilen.«

»Schieß los! Ein paar Minuten sind drin.«

Die Neugierde hatte gesiegt!

»Clemens hat die Redaktion samt Volos und Praktis für heute Abend spontan auf 'nen Drink ins Café Petersburg eingeladen, und wir haben zwei neue ernst zu nehmende Nebenbuhlerinnen, Michi und Diane.«

Ich konnte hören, wie Sarah sich eine Zigarette ansteckte.

Bestimmt hatte sie sich wieder auf eine Toilette geschlichen, rauchen war strikt verboten im Krankenhaus.

»Damit das klar ist, wenn Clemens jemand bekommt, dann du oder ich, aber bestimmt keine andere! Sag mal, ist das heute Abend strikt auf eure Redaktion beschränkt? Sonst komme ich mit und sehe mir unsere Konkurrenz mal genauer an.«

Ich musste grinsen. Ein gemeinsames Feindbild zu haben war gut für den Zusammenhalt.

»Natürlich kommst du heute Abend mit! Übrigens, Clemens sagte, dass er dich ganz bezaubernd fand.«

Es fiel mir nur ein bisschen schwer, das zu sagen, aber ich hatte mir fest vorgenommen, nicht zur Zicke zu mutieren und immer mit offenen Karten Sarah gegenüber zu spielen. Das waren wir uns und unserer Freundschaft schuldig. Hach, was war ich doch edel, hilfreich und gut! Fragte sich nur, wie lange noch.

Sarah freute sich hörbar über Clemens' Kommentar.

»Wirklich? Danke, dass du es mir erzählt hast. Süße, ich muss los, wir treffen uns dann später im Café Petersburg. Und halte die Stellung, bis ich da bin.«

Das musste man mir nun wirklich nicht zweimal sagen.

Im Café Petersburg war zum Glück so früh am Abend nicht viel los. Es war eine dieser typischen Ostkneipen, abgerockt mit Retromöbeln und orangefarbenen Lampen. Alles in allem gemütlich, unaufgeregte Musik im Hintergrund und ein super Ausblick durch die hohen Fenster auf das Treiben unten auf der Straße. Früher war ich mit Sarah oft in solchen Clubs unterwegs gewesen, bis früh in den Morgen, und zwar freitags und samstags. Der Samstag wurde nur dazu benutzt, bis in den Nachmittag hinein auszuschlafen, um den

Rest des Tages sich ein neues Outfit zu überlegen und die Ereignisse des Vorabends durchzukauen. Diese Zeiten waren längst vorbei, denn was während Schule und Studium locker ging, war nach einer stressigen Arbeitswoche einfach nicht mehr zu schaffen. Inzwischen passierte es mir sogar, dass ich ab und zu freitags vor dem unsäglich schlechten Fernsehprogramm aus lauter Erschöpfung einschlief, was ich in dieser Runde jedoch niemandem sagen konnte. Allerdings hatte ich die Weggehphase so sehr ausgereizt, dass ich nicht das Gefühl hatte, irgendetwas zu verpassen. Nur tanzen ging ich immer noch für mein Leben gern, dann aber eben nur bis ein Uhr und nicht mehr bis um fünf.

Wir konnten uns einen der begehrten Ecksofaplätze sichern. Wie Clemens entspannt auf dem Sofa saß, Scharen ihn anhimmelnder Frauen um sich drapiert, mussten wir ein ziemlich komisches Bild abgeben. Vor allem für denjenigen, der möglicherweise den Kampf beobachtet hatte, der um die beiden freien Plätze neben Clemens losgegangen war. Eine Erwachsenenversion der Reise nach Jerusalem war nichts dagegen. Leider hatte ich gegen Dianes knochigen Ellenbogen keine Chance gehabt, und Michi war einfach zu klein und geschickt gewesen, und so saß ich taktisch ungünstig zwischen Diane und einer Volontärin. Sarah würde nicht zufrieden mit meinem Platz sein, zumal Diane Clemens bei jedem Lachen ihre Hand auf den Schenkel legte. Mir wandte sie freundlicherweise ihren Rücken zu, sodass ich nur Clemens' Haaransatz sehen und unzusammenhängende Gesprächsfetzen aufschnappen konnte.

Es war nicht einfach zuzugeben, aber die Konkurrenz hatte mich gnadenlos kaltgestellt auf meinem Platz in der dritten Reihe.

Clemens versuchte zwar, mich einzubinden, leider erfolglos, denn kaum hatte ich auf seine Frage geantwortet, da nahm ihn Michi von der anderen Seite wieder in Beschlag, damit sich ja kein Gespräch entwickeln konnte. Vielen Dank auch! Dabei hatte ich ihr heute Morgen mit meinen Profivisagistentricks das Leben gerettet! Das würde fetten Abzug auf ihrem Karmakonto geben. Da half auch kein Dispo mehr!

Es lief nicht gut, es lief überhaupt nicht gut, ganz zu schweigen von der einsetzenden Halsstarre und den Genickschmerzen, die ich vom ständigen Langmachen bekam, nur um an Clemens' selbst ernanntem Bodyguard Diane vorbeischielen zu können und mich so bei Clemens kurz in Erinnerung zu bringen, bevor ich abermals hinter Dianes Riesenrücken verschwand.

Das erkannte auch Sarah, die gerade zur Tür reinkam. Clemens winkte sie erfreut zu uns herüber, was Dianes und Michis Gesicht kurz schockgefrieren und mich frohlocken ließ. Sarah, Frau ohne Furcht und Tadel, begrüßte Clemens mit einem Kuss auf die Wange und quetschte sich ungerührt zwischen ihn und Diane.

Ha! Eins zu null. Das Blatt begann sich zu wenden.

»Darf ich vorstellen: Sarah, meine beste Freundin seit Kindertagen. Sarah, rechts von dir sitzt Diane, und das da drüben ist Michi.«

Michi, die gute Seele, machte wenigstens den Versuch eines Lächelns, während Diane in ihrer gewohnt stutenbissigen Art fragte: »Ach, und du arbeitest also auch für die *Phosphor,* oder was genau ist dein Beitrag zum neuen Heft, das wir heute feiern?«

Ich konnte nicht fassen, wie jemand wirklich so feindselige, unhöfliche und durchschaubare Kommentare abgeben konnte und damit auch noch durchkam. Dreistigkeit schien wirklich zu siegen. Aber Diane hatte nicht mit Clemens gerechnet.

Er zwinkerte uns zu.

»Sarah ist unsere Betriebsärztin und fürs mentale Wohl zuständig. Aber du hast Recht, Diane. Wenn Gretchens Freundin mitfeiert, sollten eure Freundinnen auch mitfeiern. Also wenn ihr wollt, ruft sie an. Heute geht alles auf mich!«

Noch einmal ha! Diesmal ein genialer Schachzug von Clemens und ein Selbstschuss ins Knie Dianes! Erstens hatte sie keine Freundinnen, sondern höchstens gesellschaftliche Bekannte, und zweitens war Diane bestimmt nicht so dumm, sich zusätzliche Konkurrenz herzubestellen. Auch Michi wollte kein Risiko eingehen.

Beide murmelten unisono: »Nee, das ist zu kurzfristig. Die sind bestimmt schon alle unterwegs und anderweitig verplant.«

»Na, dann bleibt es bei unserer kleinen, feinen Runde. Was möchtet ihr denn trinken?«

Clemens machte der überaus attraktiven Bardame Bella ein Zeichen. Bella war eine Institution im Café Petersburg, ach, was sag ich, im Berliner Nachtleben. Es gab genug Männer, die nur wegen ihr herkamen, und in fast jeder Ausgabe der üblichen Stadtmagazine war ein Bild von ihr mit Prominenz abgelichtet. Das Einzige, was Bella nie machte, war bedienen. Wer ’nen Drink wollte, musste an die Bar und ihn sich holen. Aber selbst an der Bar nahm sie sich das Recht heraus, nur zu bedienen, wer ihr passte.

Und da geschah das Wunder von Berlin. Genau genommen, gleich zwei!

Wunder Nummer eins: Bella lächelte!

Wunder Nummer zwei: Sie bewegte sich hinter der Bar hervor und kam auf uns zu.

Ich hatte nie zuvor ihre Zähne oder Beine gesehen, beides konnte sich durchaus sehen lassen.

»Hallo, Clemens. Schön, dass du mal wieder da bist. Ich hab dich schon vermisst!«

Eine Welt brach zusammen. Bella, Ikone der coolen, mürrischen Nachtschattengewächse, war eine von uns! Sie konnte lächeln und jemanden vermissen. Gut, es handelte sich um Clemens und nicht um irgendjemanden ...

»Die letzte Zeit waren wir mit der Umgestaltung der *Phosphor* beschäftigt. Das sind meine neuen unschlagbaren Redakteurinnen Gretchen, Diane und Michi.«

Ha, er hatte mich zuerst genannt!

»Wir sind drei Engel für Clemens!«, kicherte Michi schon angesäuselt. Kein Wunder, bei dem kleinen Körper reichte ’ne Kindercola für ’nen ordentlichen Rausch.

Bella hatte sich zumindest uns gegenüber wieder gefangen, zog die Augenbrauen hoch, blickte auf Sarah und fragte: »Und wer bist du? Der Reserve-Engel?«

Sarah lachte.

»Nee, nur Freundin.«

Bella, die dachte, »Freundin« würde sich auf Clemens beziehen, war offensichtlich geschockt, bis sich das Missverständnis klärte und sie ihre gesunde Gesichtsfarbe wiederhatte, soweit man von gesund bei einer im Nachtleben verankerten Legende überhaupt sprechen konnte.

Vor lauter Erleichterung fragte sie uns, was wir trinken wollten!

Schnell bestellte ich einen Wodka Tonic, bevor sie es sich anders überlegte. Clemens wollte einen Bourbon. Das passte zu ihm, zeitlos und voller Klasse.

Bella ließ es sich tatsächlich nicht nehmen, uns die Getränke, die auch noch »aufs Haus« gingen, selbst zu bringen.

Langsam wurde mir Clemens' Wirkung auf Frauen unheimlich. Gut, er sah atemberaubend aus, war brillant und hatte Manieren, ohne spießig zu sein. Sein Charme und herzliches Lachen konnten alles Leiden dieser Welt mit einem Schlag vergessen machen, und seine Hände weckten Fantasien, die fürs Nachmittagsprogramm bestimmt nicht geeignet waren. Vor allem aber behandelte er Frauen mit unglaublicher Aufmerksamkeit, und wenn er mich ansah oder mit mir sprach, gab es nur mich in diesem Moment, und alles andere war unwichtig. Clemens gab einem das Gefühl, besonders zu sein, nur leider schien das nicht nur ich zu empfinden. So unauffällig wie möglich musterte ich unsere Runde, sah, wie Diane ihr garantiert unechtes Dekolletee möglichst wirkungsvoll in Szene setzte und jede Gelegenheit nutzte, um Clemens anzufassen, auch über Sarahs Beine hinweg. Sarah hingegen trumpfte mit ihrem Grips und witzigen Kommentaren auf, und Michi, die schnell erkannt hatte, dass sie zwar nicht mit Dianes Busen mithalten konnte, aber schöne Beine hatte, zupfte ihr Röckchen noch ein Stück höher. Bella, die wandelnde Versuchung, seit es Frauen gab, umsorgte Clemens und achtete darauf, dass es ihm an nichts fehlte. Unsere Praktikantinnen und Volos hatten noch zu viel Respekt, um sich am Treiben zu beteiligen, aber wenn ich in die verträumten, glänzenden Augen der ein oder anderen blickte, wusste ich, was die Stunde geschlagen hatte.

Wenn die Venusfalle einen Bruder hatte, war das zweifelsohne Clemens! Und was machte ich? Ich beobachtete regungslos die Szenerie, ohne einzugreifen oder meine Vorzüge auszuspielen. Wenn ich denn wüsste, welche das waren.

Abrupt wurde ich von Diane und Sarah aus meinen Überlegungen gerissen, die sich gerade ein Kopf-an-Kopf-Rennen lieferten, wer Clemens länger berührte. Clemens hatte unüberlegt erzählt, dass er sich beim Laufen eine Oberschenkelzerrung zugezogen hatte, worauf Sarah die Arztkarte zog, um das Bein fachmännisch abzutasten. Diane wäre nicht Diane, wenn sie nicht sofort gehandelt hätte.

»Massagen helfen bei Zerrungen am besten!«, rief sie affektiert und fing an, seinen Oberschenkel mit ihren Rouge-Noir-lackierten, langen und bebrillten Krallen zu massieren.

Hallo? Fiel eigentlich irgendjemandem außer mir auf, dass Clemens trotz magischer Wirkung in erster Linie unser Chef war? Clemens schien zu meiner Erleichterung dasselbe zu denken und wehrte lachend ab.

»Danke, das war sehr angenehm, die Schmerzen sind praktisch verschwunden.«

Mein Handy klingelte. Es war Rudi. Ich stand auf und ging in Richtung Toilette, wo man ungestört telefonieren konnte.

»Gretchen, wo steckst du?«

»In meiner Hölle und deiner Vorstellung vom Paradies!«

Rudi verstand nicht, was ich damit sagen wollte – wie auch?

»Ich ringe im Café Petersburg mit mindestens vier Nebenbuhlerinnen inklusive Sarah um die Aufmerksamkeit meines Chefs, dessen Oberschenkel gerade von Sarah und Diane massiert wurde.«

Rudi pfiff anerkennend durch die Zähne.

»Klingt gut, vielleicht komme ich auch noch schnell vorbei!«

Vielleicht war das gar keine dumme Idee, schließlich war Rudis Wirkung auf Frauen legendär, und wer weiß, vielleicht konnte er wenigstens die ein oder andere Clemens abspenstig machen … Rudi war mein Joker, den ich bestimmt nicht sofort setzen würde, es kamen sicher noch schwierigere Situationen auf mich zu.

»Nee, lass mal. Sag mir lieber, was ich machen soll?«

Rudi musste nicht einmal eine Sekunde nachdenken.

»Das ist wirklich nicht so schwer. Dass ihr Frauen das immer noch nicht raushabt! Du stehst jetzt auf und gehst.«

Wie bitte? Lieber würde ich Peter Maffay die Zehennägel schneiden!

»Spinnst du? Und einfach den anderen das Feld überlassen? Ich geb doch nicht auf!«

Rudi lachte.

»Schon mal von dem Spruch ›Willst du gelten, mach dich selten‹ gehört? Mann, wir Männer sind immer noch Jäger und Sammler, egal, ob wir gelernt haben, auch mal im Sitzen zu pinkeln und Blumen zu kaufen. Unser biologisches Erbgut hat sich nachweislich nicht mitentwickelt. Da könnt ihr noch so viel von Gleichberechtigung und ›Die Frau kann den ersten Schritt machen‹ labern. Wir wollen unsere Beute nicht auf dem Tablett serviert bekommen, also mach dich interessant, mach es ihm schwer und geh; du wirst sehen, das funktioniert.«

Meine Mutter würde Zustände bekommen bei den Neandertaleransichten ihres Sohnes, dabei hatte sie ihr Leben der Aufklärung und Gleichberechtigung von Mann und Frau gewidmet. Tja, da hatte die ganze Kinderladenerziehung nicht wirklich gefruchtet.

Aber vielleicht hatte Rudi ja Recht.

»Pass auf, Gretchen. Stell dir einfach vor, du hast ein Paar sündhaft teure Prada-Stiefel gesehen, die du unbedingt haben willst. Du stehst vor dem Fenster, und weil der Verkäufer ’nen guten Tag hat, kommt er raus und schenkt sie dir. Einfach so! Natürlich kannst du dein Glück erst nicht fassen und freust dich wie blöde, aber wirst du sie richtig schätzen? Variante zwei. Du siehst die Schuhe, willst sie unbedingt haben, sparst Monate darauf, gehst jede Woche zweimal am Schaufenster vorbei und stellst dir vor, wie es sein wird, sie zu tragen. Schließlich hast du das Geld durch Entbehrungen und ’nen extra Job beisammen und kaufst dir die Schuhe. Was meinst du, was dir dasselbe Paar Schuhe im Vergleich zu dem geschenkten bedeuten wird?«

Das leuchtete selbst mir ein. Ein guter Vergleich und so anschaulich!

»Mal davon abgesehen, dass jeder Prada-Verkäufer sich lieber die Hände abhacken würde, bevor er ein Paar Stiefel verschenkt, hast du mich überzeugt. Ich möchte kein geschenktes Paar Stiefel sein! Ich gehe und werde dich als Grund vortäuschen. Wo steckst du?«

»Im Watergate. Und Gretchen, vertraue deinem großen Bruder. Das ist die richtige Entscheidung.«

Das würden wir ja gleich sehen! Widerstrebend ging ich zu Clemens und den Nebenbuhlerinnen zurück, denn mein Bauch sagte ganz klar: »Bleib hier bei Clemens.« Aber wenn ich eines begriffen hatte, dann, dass ich auf meinem ungünstigen Platz nichts bewegen konnte, und bevor ich mir die Brautschau von den billigen Rängen noch länger ansah, ging ich lieber.

»So, ich pack's mal. Ich treff mich noch mit meinem Bruder im Watergate. Danke für die Einladung, Clemens. Feiert schön weiter. Viel Spaß und bis Montag dann!«

Ja! Ich hatte meinen Satz leicht und unbekümmert klingen lassen, so als ob ich wirklich froh gelaunt im Watergate weiterfeiern wollte und nicht aus lauter Verzweiflung abzog.

Sarah sah mich verständnislos an, Diane und Michi strahlten, Bella verzog keine Miene.

Und Clemens?

Clemens schien verwirrt. Bevor er was sagen konnte, war ich auch schon abgerauscht, mit einem Lächeln auf den Lippen und sehr souverän, wie ich fand. Draußen rief ich mir ein Taxi. Gerade als ich einsteigen wollte, hörte ich Schritte hinter mir.

»Gretchen, warte!«

Ich drehte mich um. Es war Clemens! Er rannte fast. Mein Atmen setzte kurz aus, in meinem Kopf begann es zu surren.

Ohne Vorwarnung nahm er mein Gesicht in seine Hände und küsste mich, wie ich noch nie zuvor geküsst worden war.

»Jetzt kannst du gehen!« Sprach's, verschwand und ließ mich vollkommen fassungslos stehen.

»Was ist denn jetzt, junge Dame? Wollen Se mit oder bleiben Se hier?«

Der Taxifahrer schien solche Szenen zu kennen, zumindest blieb er ziemlich ungerührt und schaltete das Taxameter ein.

Benebelt stieg ich ins Taxi, immer noch nicht in der Lage, einen klaren Gedanken zu fassen.

Das Adrenalin schoss nur so durch meinen Körper, mein Atem ging jetzt schnell, und der Magen zog sich vor Glück zusammen. Clemens hatte mich geküsst! Und wie! Nie hatte ich mich lebendiger gefühlt!

Vor lauter Überschwang gab ich dem ungläubig dreinschauenden Taxifahrer zehn Euro Trinkgeld, heute Nacht sollten alle Menschen so glücklich sein wie ich. Auf dem Weg in meine Wohnung nahm ich gleich drei Stufen auf einmal. Ich war so aufgedreht, aufgekratzt und außer mir, dass ich Stunden später erst mit einem einzementierten Lächeln im Gesicht einschlief.

»Gretchen, schläfst du immer noch?«

Sarah sprudelte geradezu über vor guter Laune und war mir definitiv zu energetisch für einen Samstagmorgen um elf. Ich hielt das Telefon erst einmal weit weg vom Ohr.

»Mann, ich muss dir von gestern Abend erzählen! Du glaubst nicht, was sich für Szenen abgespielt haben, als du weg warst.«

Mit einem Schlag war ich wach, mein schlechtes Gewissen auch! Clemens hatte mich geküsst, und ich hatte es Sarah entgegen unserer Abmachung verschwiegen. Was, wenn er geplaudert hatte? Dann würde sie sicher nicht so fröhlich klingen, beruhigte ich mich.

»Was war denn?«, fragte ich mit belegter Stimme beiläufig. Sarah wollte am Telefon nicht mit Einzelheiten rausrücken.

»Erzähl ich dir lieber ausführlich! Zieh dich an, wir treffen uns in einer Stunde im Eckstein zum Brunch. Die anderen kommen auch.«

Brunch! Wenn ich etwas hasste, dann Brunch. Das war wie Pauschaltourismus. Dieses Schlangestehen wegen ein paar Rühreiern, das ewige Hin- und Hergelaufe, bis man alles auf einem viel zu kleinen Teller gestapelt hatte, während der Tischnachbar schielte, ob man etwa die letzten Pfannkuchen ergattert hatte. Warten, bis das Buffet endlich nachgefüllt wurde, sich durch viel zu enge Tischreihen zwängen, um die Hälfte des aufgetürmten Essens auf dem Boden zu zerstreuen. Ich wollte *entweder* frühstücken *oder* mittagessen, diese Kompromissbrunchs, die sich meistens auch noch bis in den Nachmittag hineinzogen, nervten. Leider schien es in Berlin am Wochenende nur Brunch zu geben, man suchte vergebens nach einem anständigen Frühstück, das man nach Karte am Tisch wählen konnte.

»Sei mir nicht böse, aber das ist mir zu früh, ich lieg noch im Bett. Sag schon, was ist gestern noch passiert?«

Voller Eifer legte Sarah jetzt doch los.

»Als du weg warst, wurde es erst richtig spannend. Ach, wieso bist du eigentlich so abrupt gegangen? Na ja, auf alle Fälle wagte Diane, die blöde Zicke, tatsächlich, mich aufzufordern zu gehen, da du ja nicht mehr da seist und ich nichts auf der Redaktionsfeier verloren hätte! Natürlich hat sie das nur gewagt, weil Clemens kurz verschwunden war. Kaum kam er zurück, setzte sie wieder ihr Dauergrinsen auf, die Schlange. Nimm dich bloß vor der in Acht, der traue ich alles zu! Sie hat dann vor Clemens angegeben, wen sie alles kennt und wen sie nicht alles schon interviewt hat, *name dropping* bis zum Erbrechen betrieben und ein Theater veranstaltet. Richtig widerlich!«

Das konnte ich mir nur zu gut vorstellen. Diane und ihr krankhafter Drang, im Mittelpunkt zu stehen, war schon im Arbeitsalltag mehr als anstrengend.

»Wie hat denn Clemens reagiert?«, fragte ich interessiert. Sarah zuckte mit den Achseln.

»Schwer einzuschätzen. Nicht genervt, aber auch nicht begeistert, eher neutral. Er scheint sie so zu nehmen, wie sie ist, was heißt, dass er mehr Geduld als der Dalai-Lama haben muss. Auf alle Fälle schaffte es die kleine Michi, Dianes Logorrhö zu stoppen und die Unterhaltung aufs Thema Reisen zu lenken. Es stellte sich heraus, dass Clemens Indienfan ist, dort einige Monate gelebt hat und regelmäßig hinfliegt.«

Ja, Indien war bestimmt toll, wenn man nicht wie ich Eltern hatte, die einem Indien mit 'nem unfreiwilligen Aschram-Aufenthalt versauten.

Sarah fuhr gut gelaunt fort:

»Da habe ich einfach behauptet, dass ich total gut indisch kochen kann, und ihn für nächste Woche eingeladen. Du kommst natürlich auch, er ist ganz gespannt auf deine Indienfotos.«

Auf einen Schlag war ich hysterisch. Mir schwante Übles!

»Sag nicht, du hast ihm von meinem Aschram-Besuch erzählt!«

Sarah wusste, dass ich es hasste, von der Bhagwan-Vergangenheit meiner Eltern oder dem Aufenthalt in Poona zu erzählen.

Sie versuchte mich zu beruhigen.

»Wie war das? Im Krieg und in der Liebe ist alles erlaubt! Außerdem musste ich doch der oberflächlichen Kuh Diane was entgegensetzen, und die Aschram-Geschichte ist immer der Knüller! Zumal Clemens das sehr spannend fand und sofort zugesagt hat!«

Super! Ich war bis auf die Knochen blamiert, durfte mal wieder in meiner Zirkusrolle als Exotin auftreten, die dank ihrer durchgeknallten Eltern total irre aufgewachsen war. Dabei versuchte ich, seit ich von zu Hause ausgezogen war, nichts anderes, als ein stinknormales Leben zu führen. Sarah hatte schon öfter todlangweilige Abende mit Aschram-Geschichten gerettet, mal wieder getreu dem Motto *»Better lose a friend than a joke«*.

Aber Clemens, ausgerechnet Clemens davon zu erzählen, wo sie wusste, wie sehr ich das hasste!

»Sarah, wenn dein eigenes Leben nicht spannend genug ist, um Männer einzuladen, erfinde von mir aus, was du willst, aber halte mich da raus, und mach mich nicht zur Schaubudenfigur!« Ich war sauer! Stinksauer!

Sarah hatte mit einer so heftigen Reaktion meinerseits nicht gerechnet und war leicht zerknirscht, was mir wiederum Leid tat, weil ich sie eigentlich gerade hinterging, was ja wohl viel schwerer wog als eine alberne Anekdote aus meiner Teenagerzeit.

Schnell lenkte ich ein und versprach, entweder nachzukommen oder mich später mit ihr auf einen Kaffee zu treffen. Kaum hatte ich aufgelegt, stieg das Glücksgefühl wieder in mir hoch. Clemens hatte mich geküsst, und ich war kurz davor zu platzen, wenn ich es nicht endlich jemandem sagen, der ganzen Welt entgegenschreien konnte.

Ich rief Rudi an.

»Gretchen, du bist …«

Ohne ihn aussprechen zu lassen, unterbrach ich ihn und rief überschwänglich:

»Ich bin die glücklichste Frau in Berlin! Clemens hat mich gestern geküsst! Aber sag es bitte niemandem. Ich muss es erst Sarah beichten, die weiß nämlich noch nichts!«

Rudi antwortete nicht gleich, und ich dachte schon, die Verbindung sei abgebrochen, aber dann antwortete er zögerlich:

»Äh, das ist jetzt leider zu spät, denn was ich dir zu Beginn sagen wollte, war, dass ich im Auto sitze und ich auf Lautsprecher gestellt habe! Ben ist bei mir.«

Natürlich war Ben bei ihm, und natürlich passierte das mal wieder mir, weil ich immer vorschnell war und nicht mal eine Sekunde meinen Bruder aussprechen lassen konnte. Wie peinlich! Und ausgerechnet vor Ben! Rudi versprach, sich später noch mal zu melden, und versicherte mir, dass er und Ben dichthalten würden.

Nach diesem Schreck beschloss ich aufzustehen. Mühsam zog ich meine Lieblingsjeans über, die ich kaum zugeknöpft bekam. Toll, durch den Arbeitsstress, das lange Sitzen am Schreibtisch und null Bewegung hatte ich mindestens drei Kilo zugenommen. Die mussten wieder runter, und zwar schleunigst! Bis Montag wollte ich ’nen flachen Bauch haben, man wusste ja nie, wann man sich näher kam und nackt präsentieren musste, also fasten oder noch besser die Kohlsuppen-Diät. So ziemlich jede meiner Freundinnen schwor auf die

Kohlsuppen-Diät. Bisher hatte ich sie nicht nötig gehabt, aber wenn es darum ging, einen Mann wie Clemens zu betören, musste ich wohl oder übel zu härteren Mitteln greifen.

Schnell googelte ich mir die Kohlsuppendiät, druckte mir die Zutaten aus und beschloss einkaufen zu gehen.

Auf dem Weg in den Supermarkt überlegte ich, ob ich Clemens' Kuss Sarah wirklich beichten sollte? Und überhaupt Clemens! Weshalb hüllte der sich eigentlich in geheimnisvolles Schweigen? Erst mich verwirren mit dem leidenschaftlichsten Kuss aller Zeiten und sich dann nicht melden! Toll! Hätte wenigstens mal anrufen oder 'ne SMS schicken können.

Ich würde mich bestimmt nicht melden! Ich wollte schließlich ein Paar hart verdienter Prada-Stiefel sein!

Mit Tüten voller Kohl, Zwiebeln, Tomaten und Paprika bepackt, stieß ich im Treppenhaus fast mit Leila und Mimi zusammen. Leila hatte sich ausnahmsweise freigenommen und Mimi gerade vom Kinderturnen abgeholt.

»Magst du mit zu uns reinkommen? Mimi und ich haben gestern Abend gebacken.«

Ja, so konnte man auch seine Abende verbringen. Mit sinnvollen Beschäftigungen, anstatt seinen Chef zu küssen und der besten Freundin nichts davon zu sagen.

Dankend nahm ich das Angebot an und ließ beim Eintreten »Du willst nicht wissen, was ich gestern Abend gemacht habe« fallen, woraufhin Leila mich interessiert ansah.

Leilas Wohnung merkte man an, dass sie Designerin war und ein Gefühl für Farben, Kombinationen und Ideen hatte. Die Küche war mintgrün gestrichen, mit weißen Holzmöbeln versehen und wirkte schwedisch frisch. Auf dem Küchentisch stand eine Kugelvase mit rosa Ranunkeln, am Kühlschrank hingen Fotos von Mimi, wie sie beim Kochen und Backen half, und an der Wand waren Haken angebracht, an denen zwei Küchenschürzen hingen. Eine große für Leila und eine kleine für Mimi. Am Boden standen schöne helle Holzkisten für Milchflaschen und Äpfel, und auf der Fensterbank in hellblauen Emailleübertöpfen Basilikum, Pfefferminze und Rosmarin. Ich setzte mich an den Küchentisch auf einen der Holzstühle mit den verschiedenfarbigen Kissen und sah Leila zu, wie sie den Kaffee aufsetzte, während Mimi stolz den Käsekuchen präsentierte.

Mimi durfte im Wohnzimmer pädagogisch wertvoll und unbedenklich *Nick* schauen, und es dauerte nicht lange, da hörten wir Mimi zu Spongebob, dem spaßigen Schwammkopf, im Bild kichern.

»Das mach ich nur in Ausnahmefällen, ich will nicht, dass sie zu viel Fernsehen schaut, aber leg los, was hast du gestern Abend gemacht?«

Ich holte tief Luft.

»Leila, kannst du ein Geheimnis behalten?« Ich kannte Leila zwar noch nicht lange, aber erstens mochte ich sie sehr gern, und zweitens sagte mir mein Bauchgefühl, dass ich ihr vertrauen konnte. Normalerweise wäre es Sarah, mit der ich die frohe Botschaft teilen würde, was sich aber aus gegebenem Anlass leider verbot.

»Klar, ich halte dicht. Was ist denn passiert?«

Ich holte tief Luft.

»Ich hab dir doch von meinem Wahnsinns-Chef Clemens erzählt. Du wirst es nicht glauben, aber er hat mich gestern Abend geküsst!«

Leila kreischte aufgeregt.

»Nee! Ich glaub's nicht! Aber ist das nicht so 'n Frauentyp, hinter dem alle her sind, einschließlich Sarah?«

Ich nickte, und mein schlechtes Gewissen meldete sich sofort wieder.

»Genau deshalb ist es ja ein Geheimnis. Ich hab nämlich keine Ahnung, was der Kuss zu bedeuten hatte. Er rannte mir einfach nach, als ich ins Taxi steigen wollte, küsste mich und ging wortlos wieder. Das heißt, nein, er sagte noch: ›Jetzt kannst du gehen.‹ Eigentlich müsste ich sofort mit Sarah sprechen, zumindest haben wir es so abgemacht, aber ich möchte erst von Clemens wissen, warum er mich geküsst hat und was er für mich empfindet. Schlecht fühl ich mich trotzdem. Meinst du, ich muss es Sarah doch sagen?«

Leila nahm einen Schluck Kaffee und dachte nach.

»Hm, ehrlich gesagt, ist die Situation so oder so nicht ideal für eure Freundschaft. Ich will ja nicht schwarz sehen, aber ich habe noch nie eine Freundschaft erlebt, die so was einfach weggesteckt hat. Blessuren, verletzte Eitelkeiten, traurig und abgewiesen sein, während die andere gerade im siebten Himmel schwebt und frisch verliebt ist, keine gute Kombi.«

Leider sah ich das genauso, zumal Sarah und ich noch nie auf ein und denselben Mann gestanden und null Erfahrung damit hatten, wenn eine von uns vorgezogen wurde. So überglücklich ich wegen Clemens' Kuss war, so sehr zog es mir den Magen zusammen, wenn ich an Sarah dachte und wie sie sich fühlen würde, falls ich mit Clemens zusammenkam.

»Auf der anderen Seite«, unterbrach Leila meine trüben Gedanken, »wenn wir mal ehrlich sind, hat sie Clemens wie oft getroffen? Zweimal? Dreimal? Das ist noch so neu, so schlimm kann das eigentlich nicht sein, wenn es nichts wird mit ihr und Clemens. Wir sind ja auch keine Teenies mehr, die sich gleich von der Brücke stürzen!«

Ha, sie kannte Clemens und seine hypnotische Wirkung noch nicht! Da sollte ich überhaupt drauf achten, dass wenigstens eine von ihm verschont blieb und mir als neutrale Ratgeberin blieb, zumal Leila schon Rudi gut fand, und das war genug Beschäftigung für ein hartes, modernes Frauenleben.

»Was machen bei dir die Männer, mal abgesehen von meinem Luftikusbruder Rudi?«

Leila lachte.

»Rudi finde ich schon sehr sexy, aber ich suche keinen Mann für eine Nacht oder eine kurze Affäre. Ich möchte endlich einen Mann für eine feste Beziehung. Aber wer weiß, vielleicht hab ich ja schon bald Glück ... In meinem Tai-Chi-Kurs gibt es diesen René, der sehr niedlich ist und heftig mit mir flirtet. Er wollte eigentlich nächstes Wochenende was mit mir unternehmen, schauen wir mal.«

Wie sehr würde ich mich für Leila freuen, wenn dieser René etwas taugte und sie nicht an Rudi geriet. Obwohl ich mit dem Namen René eher Rausschmeißer von Dorfdissen assoziierte, die gern unter der Woche in Billardcafés abhingen, dort Dart spielten und sich Kickboxvideos ausliehen. Aber Leila hatte ja Geschmack, da musste man sich keine Sorgen machen.

Das Telefon klingelte, und Leila ging in den Flur. Aufgeregt hörte ich sie sprechen und mit heller Stimme lachen. Wenige Sekunden später kam sie in die Küche gestürzt.

»Das gibt's doch nicht! Wenn man vom Teufel spricht! Das war René! Stell dir vor, er schlug vor, spontan wegzufahren. Er meinte, er muss unentwegt an mich denken und will nicht bis nächste Woche warten! Ist das nicht toll? Ein Kerl, der sich so nach mir verzehrt!«

Leila strahlte über das ganze Gesicht, ihre Mandelaugen funkelten.

»Auf alle Fälle holt er mich gegen vier Uhr ab! Ich soll Klamotten und einen Bikini einpacken, und wir sind erst Sonntagabend wieder zurück! Ist das nicht wahnsinnig aufregend und romantisch? Vielleicht fliegt er mit mir ans Meer, auf eine einsame Insel!«

Der legte ja ein Tempo vor, der gute René! Wie auch immer, Leila schien glücklich zu sein, und das war die Hauptsache.

Trotzdem mahnte ich zur Vorsicht.

»Das geht aber rasant! Du kennst ihn nur von deinem Tai-Chi-Kurs, und jetzt verreist du gleich mit ihm? Ich meine, du weißt überhaupt nicht, wer er eigentlich ist!«

Sie lachte.

»Du musst gerade was sagen, wie lange kennst du deinen Chef? Ich kann deine Zweifel verstehen, aber ich habe ein gutes Gefühl. Man merkt es einfach, wenn es zwischen zwei Menschen stimmt, oder etwa nicht?«

Sagen wir so, ich hätte stundenlang Gegenbeispiele von missglückten Verabredungen und Typen, die sich als Nullen entpuppten, aufzählen können, aber ich wollte Leila nicht die Vorfreude verderben. Sie wirkte so hoffnungsvoll, und außerdem hatte sie mit ihrem Vergleich, was Clemens anging, nicht ganz Unrecht.

»Was machst du mit Mimi?«

»Die kommt mit!«, antwortete Leila todernst, und einen Moment lang hatte ich ihr geglaubt.

»Quatsch. Mimi ist dieses Wochenende bei meinen Eltern, meine beiden Nichten sind auch dort, und da darf Mimi nicht fehlen, die beiden sind ihre Ersatzschwestern.«

Ich umarmte Leila und wünschte ihr viel Glück für ihr Date.

Mit meinen Einkäufen schleppte ich mich in meine Wohnung rauf und begann die magische Kohlsuppe aufzusetzen. Während ich das Gemüse klein schnippelte, dachte ich – wie könnte es anders sein – an Clemens. Warum bloß meldete er sich nicht? War das gestern eine Übersprungshandlung gewesen oder seine übliche Verabschiedung? Wer weiß, vielleicht hatte er die anderen Mädels genauso verabschiedet und Sarah war deshalb so aufgekratzt? Mir kamen Zweifel: Was, wenn dieser Kuss wirklich eine Art Übersprungshandlung gewesen war und er es heute zutiefst bereute, so wie den One-Night-Stand mit Diane? So glücklich ich über den Kuss war, so wenig verstand ich ihn!

Am liebsten hätte ich Clemens angerufen, aber Rudis Prada-Parabel hielt mich ab. Ich wollte kein geschenktes Paar Stiefel sein, sondern ein hart verdientes, »erlegtes«. Was machte ich, wenn er sich bis Montag nicht meldete und wir uns zum ersten Mal im Büro wiedersehen würden?! Oh Mann! Mir war klar, dass es keine gute Idee war, Berufliches und Privates zu mischen, dabei war es ja nicht schwer, die einfachsten Grundregeln einzuhalten. Eigentlich gab es nur drei Regeln: Schlafe nie mit deinem Chef, gehe niemals mit deinem Chef ins Bett, und fange niemals etwas mit deinem Chef an!

Ich war auf dem besten Weg, alles über den Haufen zu werfen. Regeln, was sind schon Regeln? Wenn ich erst mit Clemens offiziell zusammen war, würde ich mir eben einen anderen Job suchen. Einen neuen guten Job fand ich leichter als einen neuen guten Mann.

So war ich noch nie durch den Wind gewesen wegen eines Mannes, na gut, wegen Ben vielleicht, aber das zählte nicht, denn als Teenie hat man erwiesenermaßen einen so absurd verwirrten Hormonspiegel, dass man sich auch in eine Straßenlaterne verlieben könnte, wenn die einem zuzwinkert. Und meine anderen Exfreunde waren Langweiler gewesen, wie Sarah es nennen würde. Kein Wunder, Aufregung und abnormes Familienleben hatte ich genug erlebt, deshalb konnte der bodenständige Typ mit Bausparvertrag eher bei mir punkten als der wilde, unkonventionelle Mann. Meine Eltern hingegen wünschten sich einen Künstler für mich: am besten einen Schriftsteller oder Maler, der besessen Farben mischte und vor lauter Besessenheit vergaß zu schlafen und zu essen. Natürlich hatten sie von der Sorte brotloser Künstler kurz vor dem Durchbruch genug im Freundeskreis und beherbergten regelmäßig das ein oder andere »Genie«, das vor lauter Kunst nicht dazu gekommen war, die Miete zu zahlen, und natürlich nur übergangsweise eine Bleibe suchte. »Übergangsweise« ging dann meistens in die Verlängerung, bis meine Mutter eine neue Wohnung für das Genie aufgetrieben hatte und ihren Ruf, der ihr selbstverständlich gleichgültig war, aufs Spiel setzte. Ich weiß nicht, für wie viele ihrer Freunde sie schon gebürgt oder die Miete übernommen hatte, damit sich diese Künstler nicht um diese profanen weltlichen Dinge kümmern mussten.

Die Kohlsuppe roch nicht besonders gut, hoffentlich schmeckte sie besser!

Gerade wollte ich einen Löffel versuchen, als das Telefon klingelte.

Clemens! Es musste Clemens sein! Jetzt nur nicht panisch werden und ja nicht zu schnell abheben. Eins, zwei, drei, meins!

»Hallo?«

Stille.

»Hallo? Wer spricht denn da? Hier ist Gretchen.«

Komm, Clemens, trau dich!

»Ich weiß, wieso klingst du denn so affektiert? Für 'nen Moment dachte ich, es sei jemand anderes dran.«

Meine Mutter. Ich versuchte, meine Enttäuschung zu verbergen, was nicht sonderlich schwer war, denn meine Mutter, die eigentlich sonst übers Telefon schon hören konnte, wenn mir ein Pickel am Kinn wuchs, war in Rage und brauchte mich, um Dampf abzulassen. Es ging wie immer um ihre Eltern, meine Großeltern oder »die Klassenfeinde«.

»Stell dir vor! Ich bekomme heute Morgen die Post, öffne sie nichts ahnend und finde ein Schreiben des hiesigen Golfclubs, der sich freut, mich als neues Mitglied begrüßen zu dürfen! Ich rufe natürlich sofort an und versuche, das Missverständnis aufzuklären. Stattdessen versichert man mir, dass das alles seine Richtigkeit habe, der Jahresbeitrag in Höhe von zwanzigtausend Euro auch schon beglichen sei! War ja nicht schwer zu erraten, wer dahinter steckt! Also rufe ich deinen Großvater an, der nicht mal versucht zu leugnen. Er habe nur an meine Zukunft gedacht, und auch in meinem Alter sei es noch nicht zu spät, einen soliden Partner zu finden! Schließlich hätte ich mich doch ganz gut gehalten!«

Ich musste mir das Lachen verkneifen. Es war kein Geheimnis, dass mein Vater und mein Großvater sich nicht ausstehen konnten. Aufgeregt fuhr sie fort:

»Mir blieb die Luft weg! Vater, ich bin seit über dreißig Jahren verheiratet! Wann begreifst du das endlich? Weißt du, was er da antwortet? ›Das begreife ich dann, wenn du einen Ehering trägst, auf einem deutschen Standesamt heiratest und einen anderen Nachnamen als ich hast!‹«

Ha, ha, ha! Da war es wieder! Mein Großvater tat nichts lieber, als auf das in Deutschland ungültige Papua-Neuguinea-Hochzeitszeremoniell hinzuweisen. Leider konnte ich diese Art von Streit nicht mehr ernst nehmen, zu oft war ich schon Zeuge gewesen. Am Ende rauften sie sich wieder zähneknirschend zusammen, natürlich nur der Kinder wegen. Was Rudi und ich schon als Alibi oder Druckmittel hatten herhalten müssen, ging auf keine Kuhhaut.

»Mama, jetzt reg dich nicht auf! Du musst Opa so nehmen, wie er ist, bei anderen hast du doch auch kein Problem damit. Lass dir das Geld auszahlen und spende es oder verwende es für eines deiner Projekte.«

Mein Vorschlag war ihr bestimmt zu pragmatisch, denn am Ende ging es immer auch ums Prinzip.

»Hm, gar keine schlechte Idee. Frank könnte das Geld gerade gut für seine Jugendgruppe brauchen. Ich denk darüber nach.«

Oh, oh! Wenn mein Großvater irgendwas mehr hasste als die kommunistischen Reden meines Vaters, dann diese Punks aus gutem Hause, die einen runtergekommenen Altbau besetzt hielten. Subtile Rache nannte man das dann wohl.

Inzwischen hatte ich so großen Hunger, dass ich mir einen Teller randvoll mit Kohlsuppe füllte.

So schlecht schmeckte sie gar nicht.

Also noch einen Teller! Soll ja umso besser wirken, je mehr man davon isst, und bis Montag wollte ich in meinen neuen Rock passen, die Konkurrenz schlief ja nicht, wie ich seit kurzem wusste.

Den Rest des Tages verbrachte ich damit, mich auf Vorderfrau zu bringen, erst mal joggen, dann ein Bad nehmen, gefolgt von einem Ganzkörperpeeling und cremen, cremen, cremen, eine glänzende Seidenhaut fiel nicht vom Himmel.

Eigentlich war ich froh, den Abend mal für mich zu haben. Die letzten Wochen waren ziemlich aufregend gewesen. Sarah hatte Dienst, worüber ich erleichtert war, denn bis die Sache mit Clemens nicht geklärt war, vermied ich es, mit ihr zu viel Kontakt zu haben. Rudi zog um die Häuser. Ben und Liz machten einen auf Pärchenabend. Da wollte ich nicht Mäuschen spielen. Bestimmt lief es so ab, dass Ben ein Buch las und Liz ihn einfach nur dabei anschaute und bewunderte! Und Leila war mit ihrem Tai-Chi-René ins Wochenende abgerauscht. Schon komisch, dass eine so auffällige Schönheit wie Leila nicht mehr Glück in der Liebe hatte als andere. Na ja, das mit René klang ja viel versprechend.

Mit meiner Kohlsuppe und einem schönen Film würde ich mir einen tipptopp Abend machen, natürlich immer in der Hoffnung, dass Clemens sich endlich meldete. Bei der Auswahl des Films achtete ich streng darauf, keinen Liebesfilm einzulegen. Das fehlte noch, ich war so schon neben der Spur, und wer weiß, auf welche Ideen mich eine Liebesschnulze bringen würde.

Nicht auszudenken, wenn ich schwach würde und vor lauter Sehnsucht unbedachte Dinge täte, wie zum Beispiel Clemens anzurufen oder ihm liebestolle Sätze zu simsen. Ich entschied mich für Spannung. *Donnie Darko* war genau der richtige Film, um mich abzulenken.

Was Clemens wohl gerade machte?

Klappte ja super mit der Ablenkung ...

Im besten Fall dachte er an mich, im schlimmsten Fall bereute er es, mich geküsst zu haben. Vielleicht war das Verlangen derart unkontrolliert aus ihm herausgebrochen, dass er sich nicht hatte zurückhalten können, und jetzt machte er sich Vorwürfe. Ich meine, die Rechtslage sah alles andere als rosig für ihn aus, wenn ich ihm übel mitspielen wollte: von wegen Schutzbefohlenen und sexueller Belästigung am Arbeitsplatz ...

Das penetrante Klingeln meines Handys ging mir ganz schön auf die Nerven. Ich musste eingeschlafen sein, draußen war es völlig finster, die DVD stand wieder auf Menü, und die Kohlsuppe war eiskalt, stank aber nach wie vor. Schlaftrunken griff ich nach meinem Handy. Was, wenn es Clemens war? Mit einem Schlag war ich wach und sah auf die Uhr. Es war gleich Mitternacht. Wie romantisch: Der Prinz, der Gretchen Aschenputtel anruft, bevor sie wieder zum Spreu-vom-Weizen-Trennen in die Küche muss.

Hoffentlich klang meine verschlafene Stimme sexy.

»Jaa?«, stieß ich so lasziv wie möglich aus.

»Gretchen?«

Es war nicht Clemens, nein, am anderen Ende hatte ich eine hysterisch klingende Leila. Wieso rief die denn an?! Sie war doch mit Mr.

Right René auf Liebespfaden unterwegs. Gab es schon die Verlobung bekannt zu geben?

»Gretchen, du musst mich abholen. Ich muss hier weg!«, flüsterte sie gehetzt.

Wie, was? Ich verstand nur Bahnhof. Was war passiert? Und vor allem, wie sollte ich sie denn abholen?! Renés Andeutungen zufolge waren sie gerade auf einer einsamen Insel.

»Wo bist du denn überhaupt?«

Leilas Stimme überschlug sich.

»Das wirst du mir nie glauben! Rate mal?«

»In Timbuktu?« Keine Ahnung, aber so gehetzt, wie sie klang, hätte ich meine Zeit nicht für Ratespielchen vergeudet. Oder es war gar nicht so dringend. Wenn sie noch Zeit hatte, aus dramaturgischen Gründen eine spannungsaufbauende Frage zu stellen.

Meine Antwort schien sie nicht sonderlich zu amüsieren, denn sie fuhr ungerührt fort: »Ich bin im Tropical Island!!«

Wieder verstand ich nicht ganz!

»Wie? Sag nicht, der hat dich in die Karibik verfrachtet!«

Kaum hatte ich das ausgesprochen, fiel mir auf, dass das rein zeittechnisch gar nicht möglich war.

»Nee, doch nicht Karibik! Hier bei uns, Tropical Island, hinter Königs-Wusterhausen, eine Stunde hinter Berlin!«

Jetzt erst begriff ich das Ausmaß der Katastrophe!

»Bleib, wo du bist! Ich hol dich ab!«

Als Antwort lachte Leila höhnisch.

»Sehr witzig! Wo soll ich denn sonst hin? Hier gibt's doch nichts außer der Glaskugel und G-String-René!«

Das klang gar nicht gut! G-String-René? Mir schwante Übles. Schnell ließ ich mir den Weg erklären, stärkte mich noch rasch mit einem Teller Kohlsuppe und fuhr los.

Tropical Island! Wie kam man denn um Himmels willen auf die Idee, jemanden ins Tropical Island für ein erstes Date einzuladen? Wie kam man überhaupt auf die Idee, dorthin zu fahren?

Zum Glück war um diese Uhrzeit kaum etwas los auf den Straßen, sodass ich schnell durchkam. Den Weg hätte ich mir gar nicht so ausführlich beschreiben lassen müssen, denn schon einige Kilometer hinter Berlin gab es die ersten Wegweiser.

Vor dem riesigen Tropical Island Dome angekommen, musste ich nicht lange nach Leila suchen. Sie stand mit patschnassen Haaren am Eingang und fuchtelte unnötigerweise wild mit den Armen, um sich bemerkbar zu machen.

»Verkneif dir deinen Kommentar! Nichts wie weg hier!«

Sie stieg ein, und ich fuhr den Fluchtwagen. Schade, dabei hätte ich so gern noch einen Blick in das Urlaubsparadies Nummer eins von Brandenburg geworfen oder »Strandenburg«, wie man hier sagte. Doch allein die vielen »Willkommen in Strandenburg«-Schilder hinterließen einen bleibenden Eindruck.

»Und wo ist René?«, wagte ich zu fragen.

Leila kniff die Augen zusammen, und eine Ader an der Stirn schwoll merklich an.

Ich deutete es als Zeichen großer Wut und schien damit richtig zu liegen.

»Keine Ahnung. Baggert wahrscheinlich immer noch eine der Tänzerinnen an!«, knurrte sie mürrisch.

»Das scheint dich aber nicht sonderlich zu stören?«

»Nein, das stört mich wahrlich nicht! Den kann haben, wer will!«

Huch, das war ja schnell gegangen! Am Morgen hatte sie sich noch Gedanken über die gemeinsame Rente gemacht, und jetzt konnte ihn haben, wer wollte.

Ja, die Liebe war vergänglich, außer Clemens und meiner Liebe. Die würde natürlich für immer halten.

»Aber du fandest René doch so toll?«, wagte ich einzuwenden.

»Ja, das war, bevor ich ihn in seinen Buffalo-Tretern und der G-String-Badehose gesehen habe!«

Leila schüttelte sich nachträglich beim Gedanken an den Anblick.

»Buffalo-Treter? Die gibt's doch gar nicht mehr! Wurde da nicht erst ein Gesetz erlassen, dass das Tragen von Buffalo-Schuhen zur Aberkennung der Staatsangehörigkeit ermächtigt?«, versuchte ich, die Stimmung zu lockern.

»Wohl gibt's die noch! Und die rote G-String-Badehose auch. Aber selber schuld! Wie kann man auch so blöd sein und mit jemandem verreisen, den man bis dahin nur barfuß und in einem weißen Tai-Chi-Anzug gesehen hat?«, machte Leila sich Vorwürfe.

Ja, hinterher war man immer schlauer! Aber Hand aufs Herz, wer rechnete damit, ins Tropical Island verschleppt zu werden, was schon schlimm genug war, und sich dann auch noch an der Seite eines Mannes zeigen zu müssen, der allen Ernstes mit freiem Po herumspazierte! Konnte man ja schlecht jedes Mal rufen: »Ich gehöre eigentlich nicht dazu!«

Die Hoffnung stirbt bekanntlich zuletzt, und so wagte ich einen letzten Versuch.

»Mal abgesehen von seinem fragwürdigen Kleiderstil, ist er denn sonst nett? Klamotten kann man ja andere kaufen.«

Leila atmete tief durch.

»Was meinst du, warum ich so lange mitgespielt habe! Erst dachte ich, es kann doch nicht wahr sein, dass ich so 'ne oberflächliche Trulla bin und einen Mann, den ich ja zweifelsohne gut fand, wegen seiner Klamotten abschreibe. Kann man zur Not ja ändern, wozu bin ich Designerin. Also bin ich eingestiegen und habe sogar meine Abneigung gegen das Tropical Island für mich behalten. Als wir dann aber zu dieser komischen Beach Party sind, hat's mir echt gereicht! Schlimmer als Ballermann 6! Und jetzt kommt's: René steht auf den exotischen Typ und wollte, dass ich mir 'ne Blumenkette umhänge. Der findet mich original nur gut, weil ich in sein Beuteraster passe. Vor mir hat er 'ne kenianische Freundin gehabt und davor 'ne pakistanische. Und ich sei ja auch – O-Ton! – ›ein ganz heißes Schokostückchen‹!«

Das gab es doch nicht. Leila hatte sich anscheinend schon wieder einen richtig miesen Typen ausgesucht! Sauer fuhr sie fort zu erzählen.

»Als ich mich dann – O-Ton – ›echt zickig‹ angestellt habe, weil ich mich nicht begrapschen ließ und mich weigerte, seinen freien Hintern einzucremen, hat die Spaßkanone mich ins Wasser geschmissen, um mich ›'n bissel aufzulockern‹. Haha, was'n Witzbold! Da hat's mir vollends gereicht! Hab meine Sachen gepackt und bin gegangen. Meinst du, das hat den interessiert? Nee, als ich ging, baggerte er schon an einer echten Südseeschnecke rum, die in einer der Shows tanzt.«

Puh! Nicht schlecht für ein erstes Date!

Ich versuchte Leila aufzumuntern.

»Sieh es positiv. In ein paar Wochen lachen wir drüber, und du hast 'ne super Geschichte für langweilige Partys. Und glaub mir, ich kenn mich mit so was aus!«

Leila sah nicht überzeugt aus.

»Ich versuch's. Aber eigentlich hätte ich lieber zur Abwechslung mal 'nen guten Mann kennen gelernt, anstatt alle mit meinem Geschick für Blindgänger zu unterhalten.«

Ja, das konnte ich verstehen. Doch es gab eben auch nicht so viele Männer wie Clemens. Das war schon eine Seltenheit.

Mein Magen zog sich schon wieder zusammen, wenn ich an ihn dachte. Es rumpelte regelrecht im Unterleib. Oder war das der Darm? Blähungen? Lag wohl doch eher an meiner Kohlsuppe.

Wie peinlich, aber ich musste einen Wind lassen, der auch sehr deutlich zu riechen war und sich keinesfalls auf die ländliche Region, durch die wir gerade fuhren, schieben ließ.

Leila sah mich fragend an.

»Äh, sorry, ich mache gerade so 'ne Kohlsuppendiät, und anscheinend ist das 'ne kleine Nebenwirkung. Aber die funktioniert super, sag ich dir!«

Leila ließ das Fenster runter.

»Die hätte ich mal essen sollen. Was meinst du, wie lustig meine Fahrt mit René dann geworden wäre?«

Wir prusteten los. Obwohl die Nase angeblich nach fünf Minuten jeden Geruch adaptiert, achtete ich darauf, nicht zu heftig zu lachen.

Am Helmholtzplatz angekommen, musste ich wie immer mehrere Runden drehen, bis endlich ein Parkplatz frei wurde.

Jetzt nichts wie ins Bett! Es war fast zwei, und ich war todmüde. Am Treppenabsatz verabschiedete ich mich von Leila und schleppte mich die letzten Stufen zu meiner Wohnung hoch.

Am Montagmorgen erwachte ich, noch bevor der Wecker losging, von einem fürchterlichen Gestank.

Mist, hatte der Hausmeister mal wieder die Müllkübel im Hinterhof stehen lassen? Wie ekelhaft! Ich musste mich unbedingt bei der Hausverwaltung beschweren. Völlig benebelt stand ich auf und schloss das Fenster. Leider brachte das keine Linderung. War mein Abfluss verstopft, oder lag irgendwo gammliges Fleisch herum? Komisch, weder im Bad noch in der Küche stank es so stark wie im Schlafzimmer. Ich bückte mich, um unterm Bett nachzuschauen, ob sich dort ein Teller mit Essensresten versteckte – Fehlalarm. In dem Moment, in dem ich mich bückte, um unter das Bett zu blicken, wusste ich mit einem Schlag, was den Gestank verursachte: ICH!

Nicht Montezumas Rache hatte zugeschlagen, sondern die Kohlsuppe setzte chemische Reaktionen frei, von denen ich nicht einmal geahnt hatte, dass mein Körper, geschweige mein Darm, dazu in der Lage waren.

Ich war eine lebende Stinkbombe! Sofort schossen mir Horrorszenarien in den Sinn, wie mir vor versammelter Mannschaft in der Redaktionskonferenz einer dieser Winde entwich und das Büro vom Immissionsschutz zwangsgeräumt werden musste. Das durfte doch nicht wahr sein! Den ganzen Sonntag über hatte ich gefastet und nur die verfluchte Kohlsuppe gegessen, um in meine knappe sexy Jeans reinzupassen. Ich musste heute so umwerfend wie möglich aussehen, schließlich traf ich zum ersten Mal nach dem legendären Kuss wieder auf Clemens. Mir wurde ganz heiß, aber nicht vor Vorfreude, sondern vor Entsetzen. Ich konnte ihm unmöglich mit diesen Blähungen gegenübertreten. Lieber ließ ich mich feuern! Ich beschloss, die Ärztin meines Vertrauens anzurufen, wozu hatte man eine beste Freundin, die Ärztin war?

»Sarah, wusstest du, dass die Kohlsuppendiät übernatürliche Blähungen verursacht?«

Ich konnte hören, wie sie krampfhaft versuchte, ein Lachen zu unterdrücken, was mich leider nicht milde stimmte, sondern meine Panik eher verstärkte.

»Ha, ha, sehr witzig! Du hast es also gewusst und seelenruhig zugelassen, dass sich deine beste Freundin in ein Dixiklo auf Beinen verwandelt! Vielen Dank auch!«

Sarah protestierte.

»Moment! Das kann passieren, wenn man zu viel davon isst und sie ohne Kartoffeln kocht. Aber das hast du ja wohl nicht gemacht, oder?«

Was sollte das denn heißen? Natürlich hatte ich keine Kartoffeln mitgekocht, schließlich hieß die Diät »Kohlsuppendiät« und nicht »Kartoffel-Kohlsuppendiät«. Außerdem wusste doch jedes Kind seit Atkins, dass Kohlehydrate sozusagen der Feind einer jeden Diät waren. Gut, dass er selbst verfettet und arm gestorben war, hatte mich schon ein wenig gewundert, aber wenn man bis Montag in ein Kleidungsstück passen wollte, durfte man nicht kleinlich sein und musste die Diät eben etwas verschärfter durchziehen. War ja kein Kinderfasching hier!

»Wieso? Natürlich hab ich sie ohne Kartoffeln gemacht. Willst du etwa sagen, dass ich dadurch diese Gase entwickle?«

Sarah lachte immer noch, was mich nur noch wütender machte.

»Sagen wir so: Die gärende Wirkung ist noch stärker, wenn Kohlehydrate fehlen.«

Ich war ein durchaus geduldiger Mensch, den so schnell nichts aus der Ruhe brachte, zumindest behauptete ich das gern von mir. Was mich aber sehr unruhig werden ließ, war die Frage, wie lange diese Beschwerden anhalten würden. Allein während des Gesprächs mit Sarah hatte ich unentwegt Dampf ablassen müssen. Wenn es überhaupt so etwas wie Glück im Unglück gab, dann war es die Tatsache, dass die Winde wenigstens geräuschlos waren. So blieb mir im schlimmsten Fall immer noch die Möglichkeit, pikiert zu schauen und auf andere zu deuten, falls ich in einer Menschenmenge stehen oder noch schlimmer mit Clemens in einem Fahrstuhl gefangen sein sollte. Clemens!

Aaah! Sollte ich etwa als wandelnde Stinkqualle zur Arbeit? Der Diätplan war völlig nach hinten losgegangen. Anstatt einige Kilos leichter zu sein, hatte ich einen Blähbauch, der von Berlin bis Peking reichte, und das Odeur eines Güllefasses oder Hardcore-Frutariers. Die sollten angeblich ja auch so schlimm stinken. Zumindest behauptete das Rudi, der einmal das Vergnügen gehabt hatte, nach einem Frutarier die Toilette zu benutzen. Dass es sich dabei um einen Freund meiner Eltern handelte, war ja klar, von deren Freunden aß ja keiner normale Kost. Die gewöhnlichen Ökos, die nur kontrollierte Anbauprodukte zu sich nahmen, waren noch die Harmlosesten. Wenn man erst einmal ins Vokabular eingeführt war, wunderte man sich über Wörter wie Laktoseintoleranz, Blutgruppendiät, Gluten, Veganer, Orthorexie, makrobiotisch oder makroidiotisch, wie Rudi gern sagte, nicht mehr. Es gab nichts Anstrengenderes, als meinen Eltern zu helfen, ein Essen für Freunde vorzubereiten: unzählige extra Schälchen und Schüsseln – »Das ist der gelatinefreie Ricotta-Käse für Annegret« –, endlose Gespräche, auf welchem Markt zu welcher Uhrzeit man die regionalen, beschallten und liebevoll gezüchteten Pfifferlinge kaufen und wie frisch man die Rohkost wirklich essen musste. Manchmal hatten diese Essen fast etwas Religiöses und Zeremonielles, was Ansichten und Zubereitungsarten anging. Rudi und ich hatten oft überlegt, was die Essbewussten machen würden, wenn sie eine Woche in einem Tengelmann unserer Wahl eingeschlossen wären und sich ausschließlich mit Fertigprodukten und keinem Demeterobst ernähren konnten. Rudi ließ es sich auch nicht nehmen, die vegetarischen Essen mit Maggi oder Fleischbrühe nachzuwürzen, wenn ihm die Diskussionen mal wieder auf den Zeiger gingen.

»Sarah, wie lange dauert das denn bitte noch? Was kann ich dagegen machen?«, rief ich panisch in den Hörer. Ich war zu allem bereit. Zehn Hühnerherzen gratinieren? Handstand machen und dabei drei frisch gepresste Knoblauchzehen essen? Mir war jedes Mittel recht.

»Hm, das kann schon einen Tag dauern. Am besten, du versuchst mit Kohlehydraten zu stopfen. Salzstangen, Nudeln, Bananen, und ich kann dir ein Mittel gegen Blähungen vorbeibringen.«

Das Angebot nahm ich dankend an. Sie konnte mir auch gleich eine Krankschreibung ausstellen und sich eine schicke Krankheit überlegen. Blähungen machten sich nicht so toll, wenn der Empfänger der Krankschreibung der Liebhaber in spe war. Eins war sicher! Ich würde heute garantiert nicht bei der Arbeit erscheinen! Meine anfängliche Enttäuschung, Clemens nicht zu sehen, wich dem Gefühl, dass es vielleicht ein kluger Eingriff des Universums war, um mich noch interessanter wirken zu lassen? So, dann durfte sich Clemens mal zur Abwechslung Gedanken machen, wo ich blieb und ob ich wirklich krank war oder ihm aus dem Weg ging. Oder, noch besser, schon beim Anwalt saß, um mich nach rechtlichen Möglichkeiten und Schmerzensgeld wegen sexueller Belästigung am Arbeitsplatz zu erkundigen.

Es klingelte. Vorsichtig lugte ich durch den Türspion. In Zeiten, in denen man es mühelos mit einem verwesenden Iltis aufnehmen konnte, was den eigenen Körperduft anging, musste man vorsichtig sein und konnte nicht unbekümmert die Tür öffnen. Am Ende war es Clemens, der sich Sorgen machte, wo ich blieb.

Zum Glück war es Sarah.

»Puh, mach mal die Fenster auf und lüfte, oder willst du, dass deine Nachbarn den Immissionsschutz rufen?«

Super! Anstatt Mitgefühl oder wenigstens einen geheuchelten Anteil nehmenden Blick zu bekommen, hatte meine beste Freundin nichts Besseres zu tun, als wieder mal klipp und klar zu sagen, was Sache war.

Sie konnte ja nicht ahnen, dass ich innerlich fast verbrannte, weil ich unbedingt Clemens wiedersehen wollte – oder doch? War das ihre subtile Idee gewesen, um mich von ihm fern zu halten? Wusste man, ob Blähungen auch paranoide Schübe verursachen konnten? Denn unter selbigen schien ich gerade zu leiden.

»Schreibst du mich jetzt bitte krank?«, fragte ich ungeduldig.

Sarah zog ihren »Ich bin so was von seriös, weil ich der Menschheit diene und, ohne umzukippen, Bäuche aufschneiden kann«-Blick auf.

»Was für 'ne Krankheit hättest du denn gerne?«

Ich überlegte. Es kam nicht oft vor, dass das Objekt der Begierde der eigene Chef war, der gleich die körperlichen Schwächen mitgeteilt bekam, und das gerade mal zwei Tage nach dem Kuss des Jahrhunderts.

Es musste etwas sein, was schlimm genug war, um zu Hause zu bleiben, schließlich wollte ich ja keine Memme sein, aber trotzdem nicht peinlich oder unangenehm. Also keine Blasenschwäche und auch kein Reizdarm.

»Ich hab's! Ich will 'ne Blinddarmreizung, die beobachtet werden muss. Mit einer Blinddarmreizung darf man nicht spaßen, muss liegen und zu Hause bleiben, richtig?«

Sarah nickte und füllte die Krankmeldung aus.

»Und das Gute ist, dass ich morgen schon wieder gesund sein kann!«, frohlockte ich.

»Wenn ich es nicht besser wüsste, könnte man gerade meinen, du hättest deinen Jahresbonus bekommen, so wie du dich freust.« Sarah schüttelte den Kopf.

Eigentlich hatte so ein erzwungener Ruhetag auch etwas für sich. Nachdem Sarah gegangen war, machte ich es mir im Bett gemütlich und konnte endlich mein Buch über italienische Opern weiterlesen. Leilas großzügiges Angebot, mich zu besuchen, hatte ich abgelehnt. Man wollte ja nicht frisch gewonnene Freunde so mir nichts, dir nichts wieder verlieren, und Gasmasken hatte ich nicht auf Lager.

Sarah hatte meine Krankschreibung persönlich abgegeben – klar, die Chance, Clemens zu sehen, ließ sie sich nicht entgehen, wer weiß, vielleicht hatte er ihr als Dankeschön fürs Vorbeibringen auch die Zunge in den Hals gesteckt ... Angeblich war Clemens sehr besorgt um mich gewesen und hatte gefragt, ob er was tun könne. Ja, verdammt noch mal, mich anrufen und seine unsterbliche Liebe gestehen! Wie wär's denn damit?

Aber sowohl Handy, Festnetz als auch der E-Mail-Eingang blieben stumm. Ich rechnete nach: Clemens hatte mich jetzt also geschlagene zwei Tage und fünf Stunden zappeln lassen. Ich befand mich im Tal der Ahnungslosen, wie man im Ostteil der Stadt so schön sagte, in Anlehnung und Erinnerung an DDR-Zeiten, in denen ganz Sachsen kein Westfernsehen empfangen konnte. Dass ich dabei fast durchdrehte, weil ich nicht mit meiner besten Freundin darüber sprechen konnte, mir sämtliche Szenarien und Erklärungen zurechtschusterte und eigentlich nur eines hören wollte: nämlich, dass ich die einzige, wahre, noch nie da gewesene, aber immer gesuchte Liebe seines Lebens sei, die ihn nicht mehr schlafen, sondern an Wahnsinn grenzen ließe, und dass er nur noch weiteratmen könne, wenn ich ihn küsste, immer und immer wieder!

Mist, ich musste mit jemandem sprechen, bevor auch noch der letzte Rest Verstand vernebelte. Leila war jetzt sicher in ihrem Laden, und Rudi konnte ich nicht bei der Arbeit anrufen; die Werbefuzzis taten zwar immer so locker, waren im Grunde aber spießiger als jedes Einwohnermeldeamt und fanden es überhaupt nicht »supi«, wenn ihre Mitarbeiter Privatgespräche führten. Und mein Privatgespräch würde länger dauern, so viel stand fest. Mir war klar, wer jetzt noch übrig blieb, und die Auswahl war nicht wirklich das, was man unter einer guten Auswahl verstand. Eher so, als ob man sich zwischen erhängen oder erschießen entscheiden konnte. Ben oder meine Mutter. Ben hatte den Vorteil, dass er nicht meine Mutter war, meine Mutter hatte den Vorteil, dass sie mir keine Vorwürfe machen würde. Ich entschied mich für meine Mutter. Die war wenigstens weit genug weg.

»Gretchen! Das ist ja eine Überraschung. Warte einen Moment, ich muss nur schnell Elli verabschieden.«

Elli war eine ihrer allein erziehenden Mütter, um die sie sich kümmerte. Warum meine Mutter ausgerechnet Elli besonders unterstützte, war mir ein Rätsel. In ihrer Gruppe waren so viele sympathische Frauen, die aus verschiedenen Gründen mit ihren Kinder allein leben wollten oder mussten. Nur Elli war ätzend, so stur und Angst einflößend, dass sogar ich verstehen konnte, weshalb ihr Exmann vor ihr geflohen war. Seither nannte sie den armen Mann nur noch den Kindsvater oder Erzeuger, erkannte ihm alle Rechte am gemeinsamen Kind eigenmächtig ab, trotz anders lautendem Gerichtsbeschluss. Ihre Rache an den Männern und der Welt sicherte sie stellvertretend über eine antiautoritäre Erziehung ihres kleinen Rasputin. Ja, der Name war echt und nicht erfunden! Ich konnte hören, wie meine Mutter »'tschüss« sagte und die Tür ins Schloss fiel.

»So, jetzt habe ich Zeit für dich. Was gibt's denn? Wieso bist du denn um diese Zeit nicht im Büro?«

Allzu bereitwillig begann ich zu erzählen, zu beichten, mein Gewissen zu reinigen. Angefangen von der Kohlsuppe über Clemens bis hin zu Sarah, der ich bisher alles verschwiegen hatte. Die Schleusen waren geöffnet, und wenn überhaupt jemand diesem Schwall entgegentreten konnte, dann meine Mutter. Wer allein erziehende Mütter, fanatische Veganer mit Glutenallergie und pubertierende Landeier jeden Tag ertrug, wurde auch mit mir fertig – dachte ich.

Eva, so nannte ich meine Mutter nur, wenn ich etwas von ihr wollte, war sichtlich überrascht.

»Dich hat es vielleicht erwischt, so konfus wie du sprichst! So kenn ich dich gar nicht!«

Wie denn auch? Schließlich hatte ich bisher vermieden, mit ihr über Liebschaften zu sprechen. Vor dieser Art Mutter-Tochter-Diskussion hatte ich mich stets gefürchtet, und nicht etwa, weil meine Mutter Hemmungen hatte. Im Gegenteil, allein der Gedanke, sie könnte mir gegenüber »Es ist völlig normal, sich selbst zu befriedigen« äußern, ließ mich jedes Gespräch, das Liebe, Sex oder Beziehung zum Inhalt hatte, von vornherein abbiegen.

Davon abgesehen waren meine wenigen Freunde, wenn ich zufällig nicht gerade in Ben verliebt war, so genannte Söhnchen aus besserem Hause gewesen, so vorhersehbar und berechenbar wie Sabine Christiansens Kostüme.

»Ja, Mama, so kenne ich mich auch nicht. Und Sarah kenne ich so auch nicht, und meine Kolleginnen im Büro kannte ich zwar vorher nicht, aber glaube mir, die hat es ebenfalls erwischt. Und ich schwöre dir, selbst dich würde es erwischen, wenn du Clemens treffen würdest.«

Am anderen Ende war es still. Ich hörte nur ein leises Klirren von Metall. Das Geräusch kannte ich. Meine Mutter knetete ihre silbernen Handschmeichler, um besser nachdenken zu können.

»Ich glaube, dieser Clemens ist gefährlich, und zwar aus einem einzigen Grund. Er weiß nicht, was er will oder wer er ist. Und wenn du mich fragst, versucht er, das über Frauen herauszufinden, der Arme.«

Wie bitte? War das der Trost, die Weisheit, die sie ihrer Tochter mit auf den Weg geben wollte?

»Mama, was soll denn das heißen? Ich bin ernsthaft verliebt, wie noch nie zuvor! Wenn alles nach meinem Plan läuft, ist das der Mann, der deine Enkel zeugt, also pass besser auf, was du sagst.«

Das Klirren im Hintergrund erklang in immer kürzeren Abständen.

»Du verhütest doch, oder?«

Sieh an! War das meine »Jedes Kind ist auf dieser Welt willkommen«-Mutter? Wer hätte es gedacht, vielleicht hätte ich schon früher mal diese Themen anschneiden sollen, um ihre konservative Seite kennen zu lernen, die sie zweifelsohne in sich tragen musste. Sie war immerhin die Tochter meiner Großeltern.

»Natürlich verhüte ich, wobei mir bei Clemens alles egal wäre, glaube mir! Diese Magie, Mama, ich spüre es, das ist er!«

So pathetisch hatte meine Mutter mich nie zuvor erlebt. Bestimmt wäre es klüger gewesen, Ben anzurufen.

»Ich hab immer gedacht, dass du und Ben …« Bevor sie weitersprechen konnte, unterbrach ich sie.

»Oh Mann! Wann begreift ihr eigentlich alle, dass Ben und ich nie zusammen waren und auch nie zusammenkommen werden. Er hat eine Freundin, und das bereits seit zwei Jahren! Außerdem bin ich in einen anderen Mann verliebt!«

Es klingelte an der Tür.

»Warte mal. Da will jemand zu mir.«

Ich lugte durch den Spion und sah: einen riesigen Blumenstrauß. Dahinter stand ein Fleurop-Lieferant.

Ich legte das Telefon zur Seite und öffnete.

»Gretchen Fingerhut?«

»Ja, das bin ich!«

»Und der Name ist echt?«, fragte der Kurier nach.

Sehr witzig! Kurz überlegte ich, ob ich ihn an meine Mutter weiterreichen sollte.

»Leider ja, für 'nen Künstlernamen hat's noch nicht gereicht!«

Aufgeregt nahm ich den Strauß entgegen. Ein Gebinde aus Margeriten und Fingerhut! Sozusagen mein Name als Strauß! Wieso war auf die Idee eigentlich noch nie jemand zuvor gekommen, und in welchem Blumengeschäft konnte man Fingerhut kaufen? War der nicht giftig?

Eilig öffnete ich die angehängte Karte.

»Ich sehne mich nach dir! Clemens.«

Kreischend rannte ich auf und ab und vergaß beinahe, dass meine Mutter darauf wartete, dass ich zurück ans Telefon kam.

»Das war Fleurop. Ein Strauß von Clemens! Er sehnt sich nach mir! Und stell dir vor, er hat mir Margeriten und Fingerhut geschickt.«

Meine Mutter sprach aus, was ich nicht hören wollte.

»Das heißt dann wohl, dass du mit Sarah sprechen musst!«

Toll! Nicht einmal eine Minute durfte man sich ungetrübt freuen.

Schnell beendete ich das Gespräch und stellte die Blumen ins Wasser. Wie reagierte ich denn jetzt am besten darauf? Normalerweise würde ich Sarah anrufen, nur leider ging das ja nicht. Inzwischen war ich mir sicher, dass es besser war, Sarah erst etwas zu sagen, wenn garantiert feststand, dass Clemens und ich ein Paar waren. Zumindest, bis er sich eindeutig geäußert hatte, dass er in mich verliebt war und mit mir zusammen sein wollte. Da reichte ein Strauß mit »Ich sehne mich nach dir«-Botschaft noch nicht aus. Das konnte ja alles bedeuten, redete ich mir ein.

Dann wollte ich mal loslegen.

»Danke für die Blumen. Sie sind wunderschön!«, tippte ich in mein Handy. Nicht sehr originell, aber mehr wollte ich erst mal nicht schreiben. Sich bloß nicht zu schnell in die Karten schauen lassen. Wenn er mich wollte, würde er um mich kämpfen müssen!

Keine zehn Sekunden später kam die Antwort.

»Wie geht es dir? Wann können wir uns sehen?«

Sobald ich nicht mehr pupsen muss?

Das konnte ich wohl schlecht schreiben. Meine Finger zitterten. Clemens schien sich überhaupt keine Gedanken zu machen, von wegen Chef – Untergebene ... Es schien alles klar und natürlich für ihn zu sein, ohne schlechtes Gewissen.

»Komme morgen wieder zur Arbeit. Wie wär's danach?«

Ob das wohl zu einfach war? Andererseits, wenn ich überhaupt kein Interesse signalisierte, war es auch nicht gut, bei der Teilnehmerliste für das Rennen um Clemens die Weihnachtsgans!

Mein Handy piepte. Hach! So ein SMS-Ton konnte doch wirklich Musik in den Ohren sein. Er schrieb: »Gute Idee. Wir sind beide bei Sarah zum indischen Abend eingeladen. Lass uns gemeinsam hingehen.«

Wie bitte? Hatte er innerhalb von drei Tagen vergessen, wer Sarah war? Wie stellte er sich das denn bitte vor? Dass wir ihr gemeinsam zwischen Curry und gepfeffertem Maisbrot mitteilten, jetzt ein Paar zu sein? Das war ja wohl mehr als grausam. Auf der anderen Seite konnte er ja gar nicht wissen, dass Sarah in ihn verliebt war.

Absagen wäre megaauffällig. Ihn allein hingehen lassen ebenfalls – was, wenn er sich verplapperte? Und wenn ich Sarah doch einfach alles sagte? Clemens schien es ja ernst mit mir zu meinen. Am besten ging ich morgen einfach früher zu ihr und gestand ihr alles in Ruhe, bevor Clemens kam. Dann wusste sie Bescheid. Das war zwar nicht gerade eine gute Nachricht, aber das würde die Nachricht nie sein, und wenigstens würde ich sie davor retten, sich vor Clemens zum kompletten Deppen zu machen. Und sie hatte immer noch Gelegenheit, das Essen abzublasen, weil im Krankenhaus ein Notfall dazwischengekommen war.

Selig legte ich mich auf die Couch, malte mir die schönsten Szenen aus, die nur ab und an von einem strengen Duft gestört wurden.

»Du siehst ja blendend aus!«

Marion sah mich überrascht an. Mist, ich hätte mich wohl etwas blasser schminken sollen!

»Ja, ich sag dir, ich habe so viel geschlafen. Das hat wahre Wunder gewirkt!«

Und das stimmte in der Tat, denn endlich waren alle Gase aus meinem Körper entwichen, und auch der Blähbauch hatte sich zurückgebildet. Ich konnte mich wieder befreit hinsetzen, zwei Treppenstufen auf einmal nehmen, und auch ein herzhaftes Lachen konnte mir nichts anhaben, sprich: Die Welt war wieder in Ordnung.

»Na schön! Und die Schmerzen sind völlig weg?«

»Völlig!« Ich nickte.

»Clemens möchte dich sehen. Du kannst gleich rein, sobald seine Stalkerin weg ist.«

Bitte wer?

Marion deutete meinen fragenden Gesichtsausdruck richtig und flüsterte vertrauensvoll: »Clemens wird von einer Stalkerin belästigt. Anscheinend eine Exfreundin, die nicht von ihm loskommt. Sie verfolgt ihn wohl schon seit über einem Jahr und hat gerade seinen neuen Arbeitsplatz ausfindig gemacht.«

Ich versuchte, so geschockt wie möglich dreinzublicken, obwohl ich ein gewisses Verständnis für Clemens' Stalkerin aufbrachte und für mich keine Garantie abgeben wollte, ihm nicht auch hinter einem Blumenbeet oder Laternenpfahl aufzulauern, falls er mich verschmähen sollte.

»Aber es gibt doch jetzt das neue Stalkinggesetz, kann man da nichts machen?«, antwortete ich.

Marion blickte sich um, ob auch wirklich niemand zuhörte.

»Ich glaube, Clemens ist die Sache eher unangenehm, und er möchte es nicht an die große Glocke hängen. Sag ihm ja nicht, dass ich dir das erzählt habe! Irgendwie fühlt er sich verantwortlich für sie, weil sie ja auch mal zusammen waren, wenn auch nur kurz.«

Aha, kurz. Kurz schien ja bei Clemens sehr beliebt zu sein, wenn ich an seinen Ausrutscher mit Diane dachte. Vielleicht war es ja kein Zufall, dass er mich gleich nach der Stalkerin sehen wollte, so nach dem Motto, wenn er schon in Rage war, konnte er mich gleich mit abservieren.

Gespannt setzte ich mich auf einen der Sessel in Clemens' Vorzimmer und wartete.

Nach einigen mir unendlich erscheinenden Minuten ging endlich die Tür auf, und heraus kam eine unscheinbare blasse Frau mit mittelblonden kurzen Haaren. War das die Stalkerin oder die Steuerberaterin der Stalkerin? Ich konnte mir beim besten Willen nicht vorstellen, dass Clemens mit ihr zusammen gewesen war. Noch weniger konnte ich eine Verbindung zwischen Diane, ihr und mir herstellen. Wo bitte, war die Gemeinsamkeit? Wie bitte konnte jemand Diane, mich und diese graue Maus gut finden?

Marions betont unauffälligen Blicken und Gesten nach zu urteilen, musste sie es aber sein. Kaum war sie vorbeigehuscht, ging ich zu Marions Tisch.

»Also, die habe ich mir anders vorgestellt. Bist du dir sicher, dass Clemens mit ihr zusammen war?«

Marion nickte.

»Glaube mir, ich hab genauso verdattert geschaut, aber Clemens meinte, manche Frauen hätten erst was auf den zweiten Blick.«

Ah ja, keine Ahnung, was ich davon halten sollte, stellte ich verwirrt fest.

Marions Telefon klingelte. Sie nahm ab, sagte »klar, mach ich« und gab mir das Zeichen, dass Clemens mich erwartete.

Meine Beine sackten im gleichen Augenblick fast unter mir weg. Reiß dich zusammen, Gretchen!, ermahnte ich mich selbst.

Mit einem Puls, der jedem Fassadenkletterer Ehre gemacht hätte, klopfte ich an Clemens' Tür.

»Ja?«

Allein seine Stimme schaffte es, mit einem Schlag Bilder von wilden Nächten in durchwühlten Laken zu erzeugen.

Ich trat ein, schloss die Tür und blieb unsicher stehen.

Clemens sah mich an, und ein Leuchten ging über sein Gesicht. Er stand auf, kam auf mich zu, und ehe ich mich versah, drückte er mich an die Tür, seine Hände waren überall, und sein Mund suchte meinen.

»Endlich! Ich habe mich so gesehnt, dich zu spüren«, flüsterte er beinahe atemlos. Ich war jenseits von gut und böse, nicht mehr in der Lage, auch nur eine Silbe zu formen, und gab mich einfach seinen Küssen hin.

Plötzlich klopfte es an der Tür. Erschrocken zuckte ich zusammen und wollte mich aus der Umarmung lösen, aber Clemens dachte gar nicht daran, mit seinen Liebkosungen aufzuhören. Die eine Hand in meinem Nacken, die andere an der Hüfte und seine Lippen, die fortfuhren, meinen Hals auf und ab zu streichen. Das Klopfen wurde lauter.

»Clemens?«

Das war nicht irgendeine Stimme, sondern die von Feline Wagenknecht, unserer Herausgeberin.

Seelenruhig strich sich Clemens die Haare zurecht, ging an seinen Schreibtisch und rief: »Komm doch rein!«

Feline trat ein und sah wie immer umwerfend aus. Klein, zierlich, dunkle lange Haare, ein Gesicht wie Audrey Hepburn, extrem stylish gekleidet, ohne dabei verkleidet zu wirken. Sie war Ende dreißig, hatte eine Bilderbuchkarriere hingelegt, wurde in fast jedem Artikel über Businessfrauen als leuchtendes Beispiel einer erfolgreichen Managerin hergenommen, die es außerdem noch schaffte, Mann und Kind unter einen Hut zu bringen.

Der erste Eindruck, den ich beim Vorstellungsgespräch von ihr hatte, war, dass sie so schnell nichts und niemand aus der Ruhe bringen konnte. Sie strahlte eine unglaubliche Gelassenheit aus, wusste gleichzeitig aber genau, was sie wollte oder erwartete.

Inzwischen hatte ich sie ein paar Mal in Meetings erlebt und ab und zu auf dem Flur getroffen und war erstaunt gewesen, wie witzig und ausgelassen sie sein konnte. Kichernd auf der Toilette zu stehen oder vertrauliche Frauengespräche mit ihr zu führen war möglich, gleichzeitig verlor man nie den Respekt vor ihr. Und die Stärke, die sie ausstrahlte, bewahrte einen davor, zu denken, man könne sich alles erlauben. Aber wenn sie nicht meine Chefin wäre, hätte ich sie gern zur Freundin, so viel stand fest.

Sie wüsste bestimmt, wie man mit Männern wie Clemens umging!

Es war ungewöhnlich, Feline bei Clemens im Büro zu sehen, meistens wurde er zu ihr gebeten. So lange war ich schon hier, um zu wissen, dass sie nur vorbeischaute, wenn es etwas Erfreuliches oder Unangenehmes zu besprechen gab.

Ich versuchte, mich unauffällig zu verdrücken.

»Du kannst dableiben, Gretchen. Das betrifft dich auch in gewisser Weise.«

Sie sah nicht besonders fröhlich aus. Es schien sich um keine guten Nachrichten zu handeln.

Sie bedeutete mir, mich zu setzen, blieb selbst aber stehen.

»Ich mach es kurz. Ein alter Freund, der über sehr gute Kontakte zum Schmidt-Verlag verfügt, rief mich gerade an. Sie werden nächsten Monat ein neues Magazin launchen. Es wird *Zeitgeist* heißen, und ihm wird im Prinzip unser neues Konzept zugrunde liegen, außerdem richtet es sich an unsere Zielgruppe. Ihr werdet nicht erraten, wer den Chefredaktionsposten bekleiden wird.« Sie schwieg einen Moment lang bedeutungsvoll, bevor sie fortfuhr: »Ilona Richter!«

Das waren ja gleich zwei Hiobsbotschaften auf einmal! Erstens war der Schmidt-Verlag nicht irgendein Verlag, sondern der größte Verlag Europas, verfügte über ganz andere finanzielle Mittel und Vertriebsmöglichkeiten sowie Crosspromotion. Bisher hatte er eher in seichten Gewässern gefischt, abgesehen von einem großen politischen und renommierten Wochenmagazin.

Vor kurzem hatte ein Personalwechsel in der Chefetage stattgefunden und damit anscheinend auch ein Richtungs- und Imagewechsel.

Ilona Richter war in der Branche bekannt – oder eher berüchtigt, musste man wohl sagen.

»Kettenhund« war einer der netteren Spitznamen. Angeblich hatte sie ihre Karriere vor allem über Vorstandsbetten beschritten, sie sah auf gewisse Weise gut aus, hatte auf alle Fälle Sexappeal, war das, was man unter gerissen verstand, und wusste, wie man gute Leute antreiben und ausnutzen musste, um zu bekommen, was eigentlich von ihr selbst erwartet wurde.

Das Prekäre an der Situation war, dass Ilona Richter selbst für einige Monate bei der *Phosphor* gearbeitet hatte. Als das Schiff ins Wanken geraten war und die Situation so verzweifelt aussah, hatte man Ilona Richter als Brandlöscherin angeheuert. Es kam, wie es kommen musste, sie hatte ihre gewohnt charmante Art und Arbeitsweise zutage gelegt, intrigiert und geherrscht, wo es ging, und war letztlich mit Feline aneinander geraten, die trotz der widrigen Umstände immer darauf achtete, dass ein respektvoller Umgang unter den Mitarbeitern herrschte. So wurde Ilona Richter noch in der Probezeit gefeuert, was keinesfalls ruhig abgelaufen war. Im Gegenteil, Ilona hatte so viel Gift und Galle gespritzt, dass jedes noch so kleine Lokalblatt das Zerwürfnis mitbekommen hatte. Seither ließ sie keine Gelegenheit aus, um unseren Verlag, die *Phosphor* und insbesondere Feline niederzumachen, wo es ging. Feline war zu souverän, um sich öffentlich auf diese Spielchen einzulassen, aber intern wusste jeder, wie sehr sich Ilona Richter und sie hassten.

Natürlich ließ sich Ilona eine solche Chance wie *Zeitgeist* nicht entgehen. Endlich konnte sie es Feline heimzahlen, und zwar da, wo es am meisten wehtat. Der Erfolg von *Phosphor* lag, soweit ich das beurteilen konnte, Feline besonders am Herzen, sie hatte das Projekt aus der Taufe gehoben.

Ilona Richter war ich bisher nur einmal persönlich begegnet, aber das war mehr als eindrucksvoll gewesen. Bei der letzten Berlinale hatten wir einen gemeinsamen Interviewtermin gehabt. Zweier- und Dreierrunden mit Journalisten bei Interviews waren durchaus üblich, aber Ilona hatte ein Gezeter veranstaltet, sie wolle den Regisseur exklusiv befragen, das habe man ihr zugesagt, was natürlich erstunken und erlogen war. Da sie aber so renitent und laut auftrat, hatte sie am Ende tatsächlich fünfzehn Minuten Sondergesprächszeit erhalten, weil die arme Pressedame jeden weiteren Aufruhr verhindern und die peinliche Szene so schnell wie möglich beenden wollte. Es gab nicht viele Menschen, die mir auf Anhieb unsympathisch waren, Ilona gehörte dazu. Gegen sie verspürte ich sogar eine körperliche Abneigung.

»Diese stutenbissige Rampensau!«, rutschte mir ziemlich unfein raus.

Feline musste lachen.

»Danke, endlich mal jemand, der mir aus dem Herzen spricht!«

Clemens sah nachdenklich aus. Auch dieser Gesichtsausdruck stand ihm hervorragend. Man hatte das Gefühl, dass es nichts gab, was er nicht wieder in Ordnung bringen konnte. Ich war gespannt, wie er reagierte.

»Wir dürfen auf keinen Fall nervös werden und unser Konzept ändern. Wir müssen uns auf unsere Stärken konzentrieren und nicht danach schielen, was die anderen machen. Im Zweifel setzt sich das Original durch. Wichtig ist jetzt umso mehr, dass wir einen fulminanten Start hinlegen, unsere Marketingkampagne greift und wir uns unter gar keinen Umständen auf einen Wettbewerb auf persönlicher Ebene einlassen, denn dass es darauf rauslaufen wird, ist dir klar, Feline, oder? Ihr werdet verglichen werden, und genau deshalb macht Ilona den Job. Sie will gegen dich antreten, um zu beweisen, dass sie besser ist. Der Rausschmiss muss sie noch mehr gekränkt haben, als alle angenommen haben.«

Clemens hatte es auf den Punkt gebracht.

Feline sah nicht besonders glücklich aus. Kein Wunder, wenn man wusste, dass es jemanden gab, der kein anderes Ziel verfolgte, als einen zu stürzen. Ich mochte Feline, und wir würden sie bestimmt nicht im Stich lassen oder enttäuschen.

»Also, auf unsere Unterstützung kannst du zählen!«

Sie sah mich lächelnd an.

»Danke, das weiß ich, und im Moment ist Loyalität das Wichtigste, denn ich befürchte, wir können erst mal eh nichts anderes tun, als einen guten Job zu machen und abzuwarten, was sich die Konkurrenz ausdenkt. Clemens, du kannst ja gleich die Neuigkeiten verkünden. An die Arbeit, meine Lieben!«

Feline verließ das Zimmer.

Was für ein Gefühlschaos! Gerade noch berauscht von Clemens' Küssen, nun schon wieder auf dem Boden der Tatsachen. Ich stand ebenfalls auf. Clemens zog mich zurück. »Wir sehen uns heute Abend, ja?«

Stimmt, bei Sarah, schoss es mir durch den Kopf. Mist, ich hatte mit Clemens nicht klären können, was das zwischen uns war. Ein Flirt? Eine Büroaffäre? Oder wie ich hoffte, der Beginn einer großen Liebe? Nur konnte ich unmöglich in dieser Situation und aus dem Nichts heraus ein Gespräch anfangen, à la: »Sind wir jetzt eigentlich ein Paar?« … Nein, damit würde ich ihn nur überrumpeln oder drängen, was ich auf keinen Fall riskieren wollte.

»Ja, wir sehen uns, aber eine Bitte: Können wir uns vor Sarah zurückhalten?«

Clemens sah mich erstaunt an.

»Warum?«

Ich druckste verlegen herum. Wenn ich ihm sagte, dass Sarah auf ihn stand, war das Verrat, also sagte ich: »Ich denke, es ist einfach zu früh, okay?«

Er küsste mich als Antwort auf den Hals.

»Wie du meinst. Es ist eh nicht mein Stil, öffentlich oder vor anderen rumzumachen. Diskretion finde ich sehr wichtig. Aber hinterher darf ich schon da weitermachen, wo wir jetzt aufhören müssen?«

»Mal sehen …« Ich grinste und wand mich aus der Umarmung. Ich war sehr stolz auf mich! Rudi hatte so Recht. Man sollte es Männern nicht leicht machen, vor allem nicht, wenn sie in Clemens' Liga spielten.

Ich war überzeugt, alle würden mir ansehen, was mit mir los war. Zuerst zwang ich mich, mein Dauergrinsen auszuschalten, schließlich gab es schlechte Nachrichten wegen *Zeitgeist* zu verkünden. Besser, ich schaute Clemens nicht mehr an, denn wenn mir die Röte ins Gesicht schoss, war auch der Letzten klar, was lief.

Bemüht, normal zu wirken, ging ich an meinen Schreibtisch.

Michi freute sich sichtlich, dass ich wieder gesund war.

Anscheinend war es öde ohne mich gewesen, und das nach nur einem Tag. Vielleicht war sie aber auch nur froh, nicht mehr allein Dianes boshaften Kommentaren ausgesetzt zu sein.

Ihren neuen Look zog Michi konsequent durch. Einmal gepunktet damit, ab jetzt Lieblingsoutfit: Minirock und Stiefel, dazu Make-up im Gesicht, und zwar nicht zu wenig. Sie war auch beim Friseur gewesen und hatte sich einen neuen Haarschnitt verpassen lassen. Leider hatte sich weder ihre Körperhaltung noch ihre Stimme verändert. Sie wirkte nach wie vor schüchtern, verhielt sich auffällig leise und zuckte schon zusammen, wenn nur die Tür aufging.

Michi wirkte wie eine verkleidete Komparsin am Set eines Kostümfilms. Komischerweise weckte sie mehr denn je meinen Beschützerinstinkt.

Die Nachricht des Tages verbreitete sich wie ein Lauffeuer.

Besonders Michi war extrem aufgeregt, als sie von *Zeitgeist* erfuhr.

»Meinst du, wir müssen jetzt wieder gehen? Wir sind ja noch in der Probezeit. Was, wenn die anderen erfolgreicher sind?« Sie seufzte. »Dabei habe ich mir gerade eine Eigentumswohnung gekauft. Mein Papa sagte, die Zeit sei günstig.«

Michi riss ihre Kulleraugen weiter auf denn je und atmete heftig. Erst kürzlich hatte sie erzählt, wie sie als Kind bei Aufregung hyperventilieren musste, und ich konnte mir lebhaft vorstellen, wie sie in eine Plastiktüte ein- und ausatmete, um sich wieder zu beruhigen.

Auf ihrem Tisch lagen schon die Baldrianpillen und ein Allergiespray gegen Asthma.

»Mach dir mal keine Sorgen. Wir sind gut!«

Eigentlich wollte ich weitersprechen, aber Diane war ins Zimmer gekommen. Sie sah wie immer aus: als ob sie bei der *Vanity Fair* arbeiten würde und an einer deutschen Version von *Der Teufel trägt Prada* schrieb.

»Sprecht ihr von *Zeitgeist?* Also, ich würde mir Sorgen machen. Zufällig kenne ich Ilona Richter ein wenig, und die Frau weiß, was sie tut«, bemerkte sie fast bewundernd. Kein Wunder, Kettenhund und Rittmeister würden ein tolles Paar abgeben, die gleichen Charakterzüge hatten sie allemal.

Michi fingerte aufgeregt an ihrer neuen Frisur herum.

»Vielleicht war das mit der Eigentumswohnung doch ein Fehler!«

Na Klasse, Diane hatte wieder ganze Arbeit geleistet. Anstatt ihre Klappe zu halten oder Michi zu beruhigen, musste sie natürlich einen draufsetzen!

»Tja, jetzt zeigt sich eben, wer besser ist. Natürliche Auslese, Darwin lässt grüßen. Also, ich persönlich mag Konkurrenz. Das belebt ja bekanntlich das Geschäft, und wenn man weiß, dass man besser ist, hat man eh nichts zu befürchten! Das gilt im Großen wie im Kleinen.« Sprach's, zeigte ihr breitestes Lächeln und stolzierte zufrieden aus dem Zimmer.

Am liebsten hätte ich ihrem durchtrainierten Po den Tacker hinterhergeschmissen, aber provozieren ließ sich eine Diane nicht so schnell. Gefühlsregungen bei anderen hingegen freuten sie. Das war genau, was sie herauskitzeln wollte, um dann kühl und unberührt darüber hinwegzugehen, denn Regungen setzte sie mit Schwäche gleich. Ob man das im Eliteinternat oder beim Debütantinnenball lernte? Sie sollte mal auf meine Mutter treffen! Ich war sicher, dass, wenn jemand es schaffen konnte, Diane zur Weißglut zu bringen, dann meine Mutter. Wenn meine Eltern in Berlin waren, um Auren zu bestimmen und diesen Schamanenkurs zu besuchen, musste ich unbedingt ein scheinbar zufälliges Treffen zwischen Diane und meiner

Mutter arrangieren. Eva würde sofort diese angestaute Energie verspüren und Diane helfen wollen und den Rittmeister mit ihrem Eso-Kram schrecklich nerven. Das stellte ich mir sehr unterhaltsam vor.

Aber erst musste ich Michi beruhigen, was mir nach einiger Zeit auch gelang, indem ich ihr versicherte, im schlimmsten Fall beim Wiederverkauf ihrer Wohnung zu helfen.

Am späten Nachmittag hatte Feline eine außerordentliche Redaktionssitzung anberaumt. Alle Redaktionen samt Volontären, Praktikanten und Assistentinnen fanden sich im großen Konferenzraum ein. Ich ließ den Blick in die Runde schweifen, und mir wurde mal wieder bewusst, dass ich in einer sehr jungen Branche arbeitete. Der Großteil unseres Teams war Anfang, Mitte zwanzig. Alles offene, interessierte und intelligente Leute mit nur einem Ziel: einen guten Job zu machen. Bis vor einigen Jahren ging es mir genauso, da zählte nur, dass der Job Spaß machte und man weiterkam. Inzwischen dachte ich immer häufiger darüber nach, wie es sich wohl mit einer kleinen eigenen Familie lebte; wenn es besonders stressig war, bemühte meine Aussteigerfantasie nicht das typische Bild einer einsamen Insel. Nein, ich träumte davon, Hausfrau zu sein und die Wohnung jahreszeitengerecht zu dekorieren, auf dem Markt einkaufen zu gehen und Dinners für meine Freunde zu kochen. Natürlich hatte ich in dieser Fantasie auch eine fleißige Putzfrau und einen Mann, der das alles zu schätzen wusste. Im Prinzip war mir klar, dass ich solch ein Leben höchstens zwei Wochen lang aushalten würde, bevor mir sterbenslangweilig würde, aber Sarah meinte in dieser Vorstellung eindeutig einen Nestbautrieb zu erkennen und hatte prophezeit, dass es beim nächsten Mann bestimmt ernst würde. Beim Gedanken »Mann« fiel mein Blick sofort auf Clemens, der neben Feline stand und diese Souveränität ausstrahlte, die ich von Piloten oder Kapitänen erwartete.

Im Prinzip gab es nichts Neues zu verkünden, aber Feline und Clemens wollten uns auf den gemeinsamen Kurs einschwören.

»Unsere Testlesungen und Fokusgruppen liefen sehr, sehr gut. Donnerstag erscheint unsere erste Ausgabe, die sich entsprechend verkaufen müsste. Damit haben wir vorgelegt. Viel Zeit bleibt uns zwar nicht, aber die werden wir nutzen. Was wir jetzt nicht wollen, ist: Angst zu bekommen oder sie gar zu zeigen. Wir haben mit euch allen ein exzellentes Team, und genau das ist unser Vorteil. Wenn wir an einem Strang ziehen, sind wir unschlagbar. Es kann durchaus passieren, dass ihr in nächster Zeit einen Anruf von der Konkurrenz mit einem guten Angebot erhalten werdet. Ich bitte euch, so fair zu sein, es uns zu sagen, damit wir miteinander sprechen können und die Möglichkeit haben, euch ein Gegenangebot zu machen. Es ist euer gutes Recht, ein besseres Angebot in Erwägung zu ziehen, aber ich würde im Moment nur ungern jemanden verlieren, wo sich die Zusammenarbeit gerade eingespielt hat. Umgekehrt hoffe ich nicht, dass jemand von euch die Situation zu seinen Gunsten ausnutzt, aber so schätze ich euch nicht ein.«

Feline hatte wie immer ruhig und besonnen gesprochen. Falls sie nervös war, ließ sie es sich nicht anmerken.

Jetzt räusperte sich Clemens, und alle Augen ruhten auf ihm – die der weiblichen Belegschaft verzückt. Sie schienen sich ebenfalls zu fragen, wie es wohl war, ihn zu berühren, und ich war die Einzige, die es wusste. Halt, nicht ganz. Diane wusste es auch, was mir überhaupt nicht gefiel. Allein der Gedanke daran, wie sie Clemens angefasst hatte, verursachte mir Übelkeit. Mir war einfach schleierhaft, wie Clemens sich auf die eiskalte Diane hatte einlassen können. Das passte so überhaupt nicht zu dem Bild, das ich von ihm hatte. Clemens sah zu mir herüber, und zwar einen Tick zu lange. Mir wurde schlecht, und es waren keine Auswirkungen der Kohlsuppe, sondern die Tatsache, dass mir bewusst wurde, wie sehr ich Clemens bereits verfallen war.

Es gab wenige Menschen mit diesem gewissen *»Je ne sais quoi«*, kein Wunder also, dass die Massen ihm zu Füßen lagen.

Gegen sieben packte ich meine Sachen zusammen. So früh hatte ich selten das Büro verlassen, was Diane, das Herzstück, natürlich veranlasste mir »Hast wohl ’nen Halbtagsjob!« hinterherzurufen. Gut, es war nicht passend, gerade heute früher zu gehen, aber ich hatte Sarah versprochen, ihr zu helfen, den indischen Abend vorzubereiten, und davon abgesehen konnte ich mich nach dem Zwischenfall in Clemens' Büro sowieso nicht mehr konzentrieren, dafür brannte jede seiner Berührungen zu frisch und ließ mich schon zusammenzucken, wenn ich nur daran dachte, was ungefähr jeden zweiten Wimpernschlag geschah.

Sarah musste etwas merken. Sie kannte mich viel zu gut, um nicht zu kapieren, was mit mir los war. Sollte ich ihr nicht lieber alles sagen? Beziehung hin oder her, ich würde umgekehrt auch wissen wollen, wenn Clemens mit ihr diese unaussprechlichen Dinge machte, gleichgültig ob es ernst oder als Affäre gemeint war. Je näher ich ihrer Wohnung kam, umso klarer wurde mir, dass ich mit Sarah sprechen musste. Alles andere würde sie mir nie verzeihen.

Nervös klingelte ich und war bereit, meine Beichte loszuwerden.

Doch es war nicht Sarah, die mir öffnete. Nein, vor mir stand Ben!

»Was machst du denn hier?«, fragte ich verblüfft.

Ben amüsierte mein verdutzter Gesichtsausdruck sichtlich.

»Hallo erst mal. Sarah hat mich angefleht zu kommen. Sie dachte, es wäre ungezwungener, wenn ein weiterer Mann eingeladen ist, sozusagen zwei und zwei.«

Typisch Sarah! Im Ansatz ja nett gedacht, aber musste es ausgerechnet Ben sein? Ich hatte keine Lust, dass das Gespräch auf peinliche alte Geschichten kam, das Thema Indien reichte mir, und außerdem war mir Ben nicht gleichgültig, auch wenn ich das niemals zugeben würde. Warum hatte sie nicht einfach Rudi eingeladen? Sarah wusste doch, dass zwischen mir und Ben immer etwas in der Luft lag, was sich nicht beschreiben ließ. Plötzlich kam mir ein Gedanke, und zwar kein netter. Was, wenn sie genau aus diesem Grund Ben eingeladen hatte, um mich sozusagen abzulenken, damit sie freie Bahn mit Clemens hatte?

Das durfte doch nicht wahr sein! Ich war noch nicht einmal mit Clemens offiziell zusammen und schon paranoid und meiner besten Freundin gegenüber misstrauisch!

Dabei war es sie, die allen Grund hatte, mir zu misstrauen. Hoffentlich sah man mir Clemens' Küsse nicht an der Nasenspitze an!

Wenigstens hatte Ben zwei und zwei gesagt, was darauf schließen ließ, dass Nervensäge Liv nicht dabei war!

Sarah kam hektisch aus der Küche gelaufen.

»Wo bleibt ihr denn? Ich brauche eure Hilfe. Wir haben nur noch eine halbe Stunde!«

Mich traf der Schlag! Sarah, die alte Perfektionistin, hatte sich in einen Sari gewickelt, einen roten Punkt auf die Stirn aufgemalt und ging barfuß über ihren lupenrein gebohnerten Boden.

Sie sah umwerfend aus! Ob Clemens als Indienfreund es sich anders überlegte, wenn er sie so sah? Mit meinen blonden Haaren, hellblauen Augen, Sommersprossen und roten Wangen war ich das Gegenteil einer exotischen Schönheit.

»Kommt schnell, der Lieferservice war schon da. Und spart euch eure Kommentare, aber in so kurzer Zeit hätte selbst ich es nicht geschafft, indisch kochen zu lernen, und schließlich habe ich Clemens damit für heute Abend geködert. Das heißt, wenn er fragt, koche ich oft und gerne indisch für euch, klar? Wir wollen ja nicht, dass der Schwindel auffliegt!«

Sie steckte sich mit zitternden Händen eine Zigarette an. Sarah musste wirklich aufgeregt sein, denn obwohl sie mehr oder weniger Kette rauchte, tat sie es nie in ihrer Wohnung, sondern ging immer auf den Balkon, weil sie es so eklig fand, wenn die Wohnung nach Rauch stank! Sollte einer mal die Raucher verstehen. Allein aus Protest gegen meine Eltern war ich Nichtraucher geblieben. Inzwischen rauchten sie zwar nicht mehr so viel und wenn, dann natürlich nur selbst gedreht mit Schwarzer-Krauser-Tabak, aber soweit ich es mitbekam, kifften sie nach wie vor ziemlich häufig, was meine Großeltern regelmäßig veranlasste, ihnen mit Enterbung zu drohen. Meinen Eltern war das offiziell gleichgültig, schließlich waren sie ja keine Materialisten. Umso peinlicher war es gewesen, als ich sie heimlich mit einem Erbrechtskommentar erwischte, in dem sie die Pflichtteilregelung nachgeschlagen hatten, um zu sehen, wie viel ihnen vom

Erbe meiner Großeltern rechtlich zustand. Als herauskam, dass allein der Pflichtteil sie von allen Lasten und Schulden befreien und ihnen ein Leben in Saus und Braus sichern würde, kifften sie getrost weiter.

Sarahs Küche sah geleckt aus wie immer, so als ob sie gerade neu geliefert worden wäre.

Stundenlang konnte sie damit verbringen, ihre Küche zu putzen, die Schränke aus- und wieder einzuräumen, den Besteckkasten neu zu ordnen, das Silber zu putzen, alles Tätigkeiten, die ich hasste.

»Sarah, das glaubt niemand, dass hier gekocht wurde, nicht mal dir!«

Sie winkte ab.

»Bin ja nicht blöd!«

Kurz entschlossen stellte sie ein paar Töpfe auf den Herd, goss das gelieferte Essen um und dekorierte Hühnchen, Gemüseabfälle und Reisreste passend auf die Arbeitsplatte. Hier ein Schneidebrettchen mit einem Stumpf Karotten, dort ein halb geöffnetes Rosinenpäckchen. Ein drapierter Mangokern auf der Spüle. Selbst hierfür hatte Sarah alles generalstabsmäßig durchgeplant und überließ nichts dem Zufall. Ich konnte mich nicht daran erinnern, dass sie sich je für einen Typen zuvor so ins Zeug geschmissen hatte.

Ben musste dasselbe denken.

»Ich hoffe, dieser Clemens ist das Theater wert.«

Mein schlechtes Gewissen sog Bens Sorge wie ein ausgetrockneter Schwamm auf.

»Das mit dem Essen wäre wirklich nicht nötig gewesen!«

Ben sah mich so komisch an.

»Du warst noch nicht im Esszimmer! Das Essen ist nur ein kleiner Teil des Clemens-Unterhaltungsprogramms.«

Ich ging ins Esszimmer, besser gesagt, was davon übrig oder noch zu erkennen war. Sarahs Einrichtung hatte bis zu diesem Tag ganz ihrem Naturell entsprochen: praktisch, pur, vernünftig ohne Schnickschnack, modern – und natürlich hatte alles zusammenzupassen. Man kann sich vorstellen, was es bedeutete, Sarahs Esszimmer einen Indienlook zu verleihen. Mehr noch: Sarah hatte in ihrem Dekowahn das Zimmer in einen indischen Aschram oder das, was sich der gebildete Westeuropäer darunter vorstellte, verwandelt. Mit bunten Teppichen, Stoffen, Farben, glitzernden Tüchern, denen kleine Spiegelpailletten aufgenäht waren, war eine Art Zelt aufgebaut, ausgestattet mit riesigen Kissen. Orchideen, hinduistische und Ritualgegenstände, Räucherstäbchen und indische Musik vervollkommneten die Wandlung.

Niemand, vor allem kein Clemens würde Sarah abnehmen, dass sie einen solchen Aufwand einfach so für eine ungezwungene Einladung mitten in der Woche veranstaltete. Jeder und vor allem Clemens, der ja nicht blöd war, würde erkennen, dass Sarah unsterblich verliebt oder nicht ganz richtig im Kopf sein musste!

Mir wurde schlecht! Ich hatte sie ins Messer laufen lassen, anstatt ihr zu sagen, dass Clemens mich wollte, und zudem musste sie sich auch noch verschuldet haben. Die Dekomittel sahen allesamt recht teuer aus!

Ben, der kopfschüttelnd neben mir stand, schien meine Gedanken lesen zu können und sah mich an.

»Offensichtlich weiß Sarah noch nichts von dir und Clemens. Wann willst du es ihr sagen?«

Da war er wieder, der Inquisitionsblick. Wieso hatte ich immer das Gefühl, mich vor Ben rechtfertigen zu müssen? Und wieso war mir seine Meinung so wichtig?

»Am liebsten würde ich es ihr gar nicht sagen. Zuerst möchte ich mit Clemens sprechen, um Klarheit zu haben. Nicht, dass ich etwas beichte, was gar nichts zu bedeuten hat.«

Wenn unsere Küsse nichts zu bedeuten hatten, musste Bedeutung neu definiert werden, dachte ich dann noch.

»Aha, du willst dich also drücken«, nannte Ben das Kind beim Namen. Leider konnte man ihm nicht leicht etwas vormachen, kein Wunder, Menschen richtig einzuschätzen war Teil seines Jobs.

»Sagen wir so, ich werde noch etwas abwarten.«

Ben runzelte die Stirn und sah dabei verdammt attraktiv aus.

»Warte nicht zu lange, Sarah hat es ganz schön erwischt. So habe ich sie noch nie erlebt, dich übrigens auch nicht. Will nicht wissen, was dieser Clemens mit euch macht!«

Zum ersten Mal sah er wirklich besorgt aus, was ich süß und rührend fand, aber nicht zeigte.

»Ben, wenn du das rausfindest, sag Bescheid. Ich wüsste es auch gerne! Du wirst ihn gleich kennen lernen.«

»Ich kann's kaum abwarten!« Täuschte ich mich, oder klang plötzlich der volle Sarkasmus aus seiner Stimme? Was wollte Ben eigentlich? Und was ging es ihn an, in wen Sarah und ich uns verliebten? Die große »Ich bin um euch besorgt«-Nummer wurde mir jetzt doch zu viel. Ein großer Bruder reichte, außerdem: Hatte ich ihm gegenüber je etwas gegen Liv gesagt? Okay, ja, hatte ich, sogar ziemlich deutlich, aber Liv war ja auch objektiv eine üble Schnalle und mit einem Kaliber wie Clemens nicht im Ansatz vergleichbar.

Ich ging zu Sarah in die Küche, aus der es jetzt sehr authentisch nach Chicken Masala roch.

»Sag mal, wie viel hast du für die Esszimmerdeko ausgegeben?«, fragte ich vorsichtig nach.

Sarah schmeckte die Sauce ab, damit es einen benutzten Probierlöffel gab, den sie drapieren konnte.

Freudestrahlend schaute sie mich an.

»Gefällt's dir? Ist der Hammer, oder? Das ist alles geliehen, und du kommst nie darauf, von wem! Livs Mutter hat ein kleines Möbelgeschäft in Wilmersdorf mit sehr exquisiten Stücken aus aller Welt. Liv war supernett und hat mir sofort geholfen!

Wir müssen nur aufpassen, ja nichts zu versauen. Das gilt vor allem für dich, Gretchen. Du bist ja gerne schusselig!«

Ich war erleichtert und stinksauer zugleich. Wie konnte sie solch einen Verrat begehen und sich ausgerechnet von Liv dabei helfen lassen, und wieso hatte Ben mich erst mal in dem Glauben gelassen, dass Sarah diesen Abend bis zu ihrer Rente abbezahlen musste?

Leider konnte ich ihn das nicht fragen, denn es klingelte.

Aaaah! Das Spiel konnte beginnen, und ich war mittendrin! Sarah durfte nie und unter keinen Umständen erfahren, dass Clemens und ich an ihrem legendären Indienabend schon getestet hatten, wer welches Mundwasser benutzte. Das würde ich nicht überleben – zu Recht!

Sarah ging zur Tür, um Clemens zu begrüßen.

»Du siehst ja umwerfend aus!«, hörte ich ihn voller Bewunderung sagen, und obwohl ich wusste, dass er sich für mich interessierte, versetzte es mir einen kleinen Stich! Was war ich für eine alberne Kuh! Clemens war höflich und ich eifersüchtig, ausgerechnet auf meine beste Freundin, die es schwer genug haben würde, wenn sie erst erfuhr, wen von uns beiden Clemens umwerfender fand.

Überglücklich führte Sarah ihn ins ehemalige Esszimmer, seit einigen Stunden auch als der indische Aschram bekannt, wo Ben und ich auf den Kissen saßen. Eigentlich komisch, dass Ben so ein Schauspiel mitmachte, obwohl, wenn Sarah einen energisch bat, schaffte es niemand, auch Ben nicht, ihr etwas abzuschlagen.

Falls Clemens wegen Bens Anwesenheit überrascht war, ließ er sich das nicht anmerken. Ben stellte sich höflich, aber nicht besonders herzlich vor. Die beiden musterten sich gegenseitig von unten bis oben.

Sarah war noch aufgeregter als vorhin, falls eine Steigerung überhaupt möglich war. Clemens hatte ihr ein Geschenk mitgebracht, das sie sofort auspackte. Es war in einem großen grünen Karton mit roter Schleife verpackt.

Jetzt war ich aber gespannt, was Clemens Sarah wohl schenken würde! Schmuck konnte es bei dieser Größe schon mal nicht sein, stellte ich beruhigt fest.

Wäsche auch nicht.

Sie öffnete den Deckel, sah hinein und kreischte erfreut auf. Clemens musste ihren Geschmack genau getroffen haben, was nicht einfach war, denn Sarah hatte immer eine sehr genaue Vorstellung, was Geschenke anging. Ich hingegen war leicht zu beschenken; allein schon Geschenkpapier öffnen zu dürfen, fand ich toll, egal, was später zum Vorschein kam. Womöglich hatte die nicht-materialistische Erziehung meiner Eltern doch Mikrospuren hinterlassen.

»Ich fasse es nicht, der neue HS 20!«, rief Sara und hielt entzückt einen Tischstaubsauger in die Luft.

Ben und ich schauten uns erstaunt an. In meinem gesamten Freundeskreis gab es niemanden, der einen Tischstaubsauger hatte, nicht einmal Sarah, zumindest bis heute. Sie machte mir Angst, denn wer wusste bitte über Tischstaubsauger so genau Bescheid, dass er nicht nur den Namen des Modells kannte, sondern auch wusste, dass es das neue Modell war? Und wie kam Clemens auf diese Idee? Gut, dass sie eine Sauberkeitsfanatikerin war, fand man schnell heraus. Zudem hatten Sarah und ich uns beim ersten Treffen mit Clemens sogar über Sarahs Putzzwang gestritten. Aber auf die Idee, ihr einen Tischstaubsauger zu schenken, war noch niemand gekommen.

»Du hast erzählt, dass du gerne putzt, und da hab ich gehofft, dass dir der in deiner Sammlung fehlt!« Clemens lachte amüsiert über Sarahs Begeisterungssturm.

Zum Dank fiel Sarah ihm um den Hals wie ein Junkie seinem Dealer, den er seit Wochen nicht gesehen hatte, und klammerte sich eindeutig länger als nötig an ihm fest.

Höchste Zeit, dazwischenzugehen!

»Habt ihr auch so Hunger? Wollen wir essen?«, versuchte ich, der für Sarah peinlichen Situation ein Ende zu bereiten.

Ben stand auf und half Sarah die Teller zu füllen.

Clemens verhielt sich wie abgemacht zurückhaltend mir gegenüber. Fast schon zu zurückhaltend für meinen Geschmack. Was zwischen uns lief, war zwar nicht definiert, aber ich war durchaus empfänglich für ein Lächeln oder einen viel sagenden Blick. Natürlich nur, wenn es niemand sah. Im Flur drückte ich mich an ihm vorbei, und ohne dass es Ben oder Sarah bemerkt hätten, streichelte er kurz meine Taille. Die Welt war wieder in Ordnung, dachte ich, zumindest bis wir uns setzten und über Indien sprachen. Natürlich war die Bhagwan-Geschichte die Sensation. Sarah erzählte von meinen Erlebnissen, als ob sie selbst dabei gewesen wäre. Irgendwie verständlich, wenn man selbst aus einer Familie kam, die einen zweiwöchigen Urlaub im Harz mit gemeinsamem Kneippbaden als das größte Abenteuer überhaupt darstellte. Mein gequältes Grinsen interessierte niemanden. Clemens warf mir zwar interessierte Blicke zu, wenn Sarah wieder ein spannendes Detail zum Besten gab, wie zum Beispiel, dass es Aggressionsabbaugruppen gab, in denen man sich auch schlug, aber niemand kam auf die Idee, es könnte mir unangenehm sein. Natürlich stand ich inzwischen über meiner chaotischen Kindheit und konnte mit dem nötigen Abstand das Lustige daran sehen, aber als Gassenhauer missbraucht zu werden, war etwas völlig anderes, denn damals fand ich das Leben mit meinen Eltern alles andere als witzig und hatte sehr mit dem Anderssein meiner Familie zu kämpfen gehabt. Leider war ich selbst nicht ganz unschuldig an der jetzigen Situation. Während der Studienzeit hatte ich bemerkt, dass es besser war, mit meiner verrückten Familie und all den seltsamen Geschichten offensiv und selbstbewusst umzugehen, und lieber lachte ich mit anderen darüber, als schräg angeschaut oder, noch schlimmer, dafür bemitleidet zu werden. Sarah glaubte seither, ich hätte alles verarbeitet, und ging deshalb auch sehr ungezwungen mit diesen Geschichten um.

Nur Ben schien zu ahnen, dass ich innerlich litt, und versuchte das Thema zu wechseln, wofür ich ihm sehr dankbar an. Leider wurde nichts daraus, denn Clemens stellte nur eine Frage, und wir waren wieder mitten in meinem seltsamen Leben angekommen.

»Wie muss ich mir deine Familie heute vorstellen?«

Bevor ich antworten konnte, lachte Sarah los und getreu dem Motto *»Better lose a friend than a joke«* legte sie los, berichtete vom anstehenden Schamanenkurs in Berlin und was meine Eltern als Erstes in meiner neuen Wohnung gegen das schlechte Chi unternommen hatten.

»Sie wollen, dass man sie beim Vornamen anspricht, und wenn sie denken, sie seien allein, kiffen sie. Früher gab's bei mir zu Hause immer Ärger, wenn ich nach Hause kam und nach Gras roch. Meine Eltern hatten mir sogar eine Zeit lang verboten, Gretchen zu besuchen, vor allem, als sich auch noch Rudis schlechter Ruf rumgesprochen hatte.«

»Wer ist denn Rudi?«, fragte Clemens interessiert, der wohl dachte, dass es sich bei Rudi um meinen Vater handelte.

Ben sprang ein und sagte kühl, bevor ich antworten konnte:

»Rudi ist Gretchens Bruder und mein bester Freund. Nur weil die Frauen ihm zu Füßen liegen und er nicht gerade der Bindungsfähigste ist, hat er einen schlechten Ruf. Tatsächlich ist er aber der beste Freund, und ich glaube, auch der beste Bruder, den man sich vorstellen kann. Wollen wir zur Abwechslung nicht über eure Familien sprechen, oder sind die zu langweilig?«

Ben war mein Held! Zumindest heute Abend.

»Sarah, lass uns neues Mango-Lassi machen, das ist schon alle!« Ich zog Sarah in die Küche, um endlich ungestört mit ihr sprechen zu können.

Ich musste mich beherrschen, nicht laut zu werden.

»Spinnst du eigentlich? Wie, denkst du, ist das für mich, wenn du einen Kalauer nach dem anderen über mich und meine Familie erzählst? Clemens ist mein Chef.«

Sarah sah sichtlich betreten drein und begann zu stottern.

»Ich weiß auch nicht, aber ich dachte, wir müssen Clemens was bieten, und zum Thema Indien sind deine Geschichten einfach die unterhaltsamsten, die ich kenne. Und er fand das ja auch spannend. Ich konnte nicht ahnen, dass es dir so unangenehm ist.«

Sie merkte selbst, dass sie zu weit gegangen war, und versuchte sich zu erklären:

»Gretchen, es tut mir schrecklich Leid. Keine Ahnung, aber in Clemens' Gegenwart weiß ich irgendwie nicht mehr, was ich mache. Ich will einfach, dass ich seine Aufmerksamkeit bekomme, und wenn er mir an den Lippen klebt wie gerade eben und mich so intensiv anschaut, fühle ich mich schön, perfekt und als ob ich das einzige Wesen in dieser Atmosphäre wäre. Ich fürchte, dazu war mir gerade jedes Mittel recht.«

Jetzt oder nie! Jetzt musste ich mit der Wahrheit herausrücken!

»Du hast ihn doch erst ein paar Mal getroffen. Sarah, was würdest du denn machen, wenn ich mit Clemens zusammen wäre?«

Sie sah mich an und wurde kalkweiß. Im selben Moment bereute ich meinen Vorstoß.

»Bist du etwa … Wieso fragst du mich das? Wann? Wie? Ich versteh nicht!«

Sarahs Lippen zitterten, nie zuvor hatte ich sie so außer sich wegen eines Kerls gesehen. Sie tat mir Leid, und feige, wie ich war, brachte ich es einfach nicht übers Herz, ihr jetzt die Wahrheit zu sagen. Clemens saß unterdessen völlig ahnungslos in Sarahs indischem Essparadies.

Wie sollte sie denn ihr Gesicht wahren, wenn ich ihr jetzt alles sagte? Ich musste einen Moment abpassen, in dem wir allein waren, sie keinen Sari trug und keinen albernen roten Punkt auf der Stirn aufgemalt hatte.

»Vergiss es. Ich meine nur, wir sollten uns nicht so sehr reinsteigern, schließlich kann es gut möglich sein, dass keine von uns Clemens bekommt oder jeweils die andere, und deshalb sollten wir lieber den Ball flach halten.«

Wer hätte gedacht, dass ausgerechnet ich solch einen Kommentar verlauten ließ, wo sonst Sarah für nüchterne und sachliche Ratschläge zuständig war.

Wortlos füllten wir die vier Gläser mit Mango-Lassi auf und gingen zurück ins Esszimmer. Dort war die Stimmung nicht viel ausgelassener. So viel stand fest: Ben und Clemens standen nicht am Beginn einer langen Männerfreundschaft, anscheinend wirkte Clemens' *»Je ne sais quoi«* nur auf Frauen. Wie ich Clemens einschätzte, hatte er bestimmt versucht, ein Gespräch zu beginnen. Ben, der es Menschen deutlich zu verstehen gab, wenn er sie nicht leiden konnte, hatte Clemens' Worte vermutlich mit einer »Komm mir nicht auf die gute Kumpel«-Tour abgewehrt. Er versuchte dann nicht einmal, freundlich oder höflich zu sein, und brachte es manchmal sogar fertig, gar nichts zu sagen. Nicht einfach, der Gute.

Clemens strahlte uns erleichtert an, als wir zurück ins Esszimmer kamen, sodass ich mir vornahm, Ben später zu fragen, was in aller Welt er mit Clemens angestellt hatte.

Dieses gemeinsame Essen war aber auch eine absurde und komplett bescheuerte Idee gewesen. Sarah und ich im Kampf um Clemens, und dabei Ben, meine erste große Liebe.

Wieso tat ich mir das eigentlich an? Wieso hatten meine Alarmglocken nicht schon beim Betreten von Sarahs Wohnung geschrillt? Jeder, der seine fünf Sinne zusammenhatte, würde fluchtartig die Szenerie verlassen oder hätte sich erst gar nicht auf die Einladung eingelassen. Wie konnte ich mich jetzt noch, und zwar schnellstmöglich, zurückziehen?

»Du und Gretchen kennt euch also noch aus Schulzeiten?«, versuchte Clemens das Gespräch mit Ben wieder in Gang zu bringen. Super, jetzt hatte Ben seine Chance, peinliche Momente mit mir auszuplaudern.

»Ja, wir kennen uns schon sehr lange. Uns verbindet sehr viel«, gab Ben als zweideutige Antwort, die Clemens – blöd war er ja weiß Gott nicht – sofort richtig deutete.

Ben sah ihn feindselig an. Sein Blick sagte unmissverständlich: Und wage ja nicht, weiter zu fragen! Ich verstand die Welt nicht mehr! Ben hatte ein riesiges Problem mit Clemens, und wenn mich nicht alles täuschte, wegen mir. Was für ein Idiot! Da rannte ich ihm jahrelang hinterher, bekam ihn nicht aus meinem Kopf, litt wie ein Sternchen auf Entzug in der Betty Ford Klinik, als er mit Liv ankam, und ging nur deshalb mit anderen Männern aus, um ihn zu vergessen. In dem Moment jedoch, in dem ich den Mann traf, der alles andere einschließlich ihn verblassen lassen konnte und der in der Lage war, mich lebendig und glücklich werden zu lassen, reagierte Ben plötzlich wie ein wild gewordener Rottweiler, dem man das Stöckchen wegnehmen wollte. Getreu dem Motto: Ich will sie zwar nicht, aber ein anderer soll sie auch nicht haben. Ganze Litaneien von Popsongs waren diesem Thema gewidmet worden. *Keep me hanging on* von Kim Wilde war einer in meiner Teenagerzeit gewesen.

Ich musste hier raus, nichts wie weg!

Geistesgegenwärtig fiel mir mein Blinddarm ein, und ich legte mir die Hand auf die rechte Bauchseite.

»Mist, ich glaube, ich hätte mich heute schonen sollen. Mein Blinddarm tut wieder weh. Seid mir nicht böse, aber ich geh lieber nach Hause und leg mich hin.«

Verwunderte Blicke seitens Sarah, die ja wusste, dass ich nie eine Blinddarmentzündung gehabt hatte, besorgte Blicke von Ben und Clemens, die sofort aufsprangen und anboten, mich nach Hause zu fahren. Ich lehnte dankend ab.

Sarah brachte mich zur Tür und nahm mich in den Arm.

»Du gehst jetzt hoffentlich nicht wegen mir? Es tut mir Leid, wenn ich vorhin übers Ziel hinausgeschossen bin!«

Und mir tat es Leid, dass ich sie anlog und es nicht übers Herz brachte, ihr zu sagen, dass ihre Bemühungen um Clemens aussichtslos waren. Wenn mir vor kurzem jemand prophezeit hätte, ich würde mit meiner besten Freundin in so eine Situation geraten, ich hätte dagegengehalten, und zwar mit all meinem Gesparten, notfalls auch dem kleinen Finger. Überfordert mit der Situation, umarmte ich Sarah und ging zu meinem Auto.

»Gretchen, warte mal!«

Ich wollte gerade einsteigen. Hoffentlich war es nicht Clemens! Dann würde Sarah sofort kapieren, was hier lief. Aber nein, es war Ben. Außer Atem, er war wohl gerannt, stand er vor mir.

Er sah mich an, aber ich konnte seinen Blick nicht deuten. Er würde mich jetzt doch nicht etwa auch küssen? Hatten er und Clemens vorhin etwa Tipps ausgetauscht, wie man am besten Mädels verwirrt und um den Verstand bringt? Hinterherlaufen und am Taxi oder Auto einfach niederknutschen.

Ich sah Ben fragend an.

Er holte tief Luft.

»Lass die Finger von Clemens. Der Typ ist gefährlich. Und mach reinen Tisch mit Sarah. Ich kenne euch, seit ihr elf seid, und habe euch noch nie so erlebt. Hör auf, bevor es zu spät ist. Ich will nicht, dass der Typ dich verletzt.«

Wie bitte? Hatte ich mich verhört, oder meinte Ben das ernst? Ausgerechnet Ben?

Langsam verlor ich die Geduld. Für wie blöd hielten die mich alle?

»Hör mal zu! Wenn dir das mit Clemens und mir nicht passt, dann sag es einfach, aber lass Sarah aus dem Spiel. Wie mies, sie zu erwähnen, um mir ein schlechtes Gewissen zu machen, wenn es dir doch eigentlich nur um die eigene Eitelkeit geht, weil du merkst, wie wichtig Clemens mir ist. Und wenn dir so viel daran liegt, dass man mich nicht verletzt, wieso hast du dann die letzten Jahre nichts anderes getan? Von dir hätte ich mehr Format erwartet, Ben!«

Er sah mich erstaunt an, und ich sah, wie er getroffen zusammengezuckt war bei meinen Worten.

So offen hatten wir noch nie zueinander gesprochen! Weder damals beim Abiball, als ich mich entblödet und ihm meine Liebe gestanden hatte, noch hinterher, als ich litt, er es wusste und mit ansah.

Ben hatte mir nie gesagt, wie er zu mir stand, und damit alles nur noch schlimmer gemacht, denn wenn er mir ein für alle Mal gesagt hätte, dass er nichts für mich empfand, hätte ich mich damit abfinden müssen. Aber nein, Ben behielt alle Gefühle lieber für sich und ließ mich im Dunkeln oder entzog sich einfach jedem Gespräch. Dabei verband uns ein unausgesprochenes Verstehen, Vertrauen und eine Anziehung, die man ganz selten mit jemandem hat, zumindest dachte ich das. Erst als er vor zwei Jahren mit Liv aufgetaucht war, natürlich wieder ohne Erklärung, wusste ich, woran ich war. Liv war seine Freundin. Punkt.

»Was willst du von mir?«, rief ich sauer.

Ben schüttelte den Kopf.

»Er ist dein Chef, Gretchen! Ich hoffe, du weißt, was du da machst!«

Genau um solche Kommentare zu vermeiden, wollte ich nicht, dass Ben etwas mitbekam.

»*Er* hat mich geküsst, nicht ich ihn!«, protestierte ich.

Wieso rechtfertigte ich mich überhaupt vor Ben? Gerade Ben, den mein Liebesleben am allerwenigsten anging!

»Pass einfach auf dich auf!«, antwortete Ben, zuckte hilflos mit den

Schultern, schüttelte den Kopf, als ob er noch etwas sagen wollte, und ging. Ja, so kannte ich das. Genau so! Aber das Schöne daran war, dass es mich nicht mehr traf, mal abgesehen von der Bemerkung über Clemens.

Clemens! Was er wohl dachte? Dass ich verrückte Eltern und einen durchgedrehten Freundeskreis habe und er sich nun mittendrin befindet? Dabei könnte er jede in Berlin haben? Ach was, Berlin! In ganz Deutschland, in Europa, die ganze Welt lag ihm zu Füßen. Dieses gewisse Etwas war international, völkerverständigend, dazu musste man nicht einmal eine Sprache sprechen.

Dafür reichte ein Blick, ein Lachen, eine Berührung von ihm.

Zu Hause angekommen, überlegte ich kurz, ob ich bei Leila klingeln sollte, ließ es aber sein, ich wollte Mimi nicht wecken.

In Gedanken versunken, sperrte ich auf, ging in die Küche, setzte Teewasser auf, machte Musik an und legte mich aufs Sofa. Was war das nur für ein Einstand in Berlin gewesen. Gerade mal knapp zwei Monate hatten völlig ausgereicht, um mein Leben und alles, was ich bisher für selbstverständlich hielt, aus den Fugen zu heben. Im Guten wie im Schlechten. Es schien mir, dass ich mich doch nicht so gut kannte, wie bisher angenommen, oder lag es daran, dass fast im Stundentakt neue Situationen beruflicher wie privater Natur auf mich einstürzten? Wenn ich nur den Tag heute als Beispiel nahm. Clemens verführte mich im Büro, kurz danach verkündete Feline, dass wir starke Konkurrenz – *Zeitgeist* mit Ilona Richter als Chefredakteurin – bekommen würden, dabei arbeitete ich gerade mal etwas länger als einen Monat bei der *Phosphor*. Dann der Abend heute bei Sarah, die neuerdings nicht mehr die Alte war und mit der ich offiziell um denselben Kerl buhlte, obwohl ich ihn eigentlich schon hatte, was ich feigerweise aber verschwieg.

Und dann auch noch die Kombination Ben und Clemens. Die beiden konnten sich offensichtlich nicht ausstehen, und Ben hatte zudem nichts Besseres zu tun gehabt, als mich vor Clemens zu warnen! Ja, das war eindeutig zu viel, dabei könnte alles so einfach und schön sein. Wenn Sarah Clemens einfach nur nett fände, könnte ich mit ihm offiziell und ohne schlechtes Gewissen zusammen sein. Ben würde endlich nur ein guter Freund sein und die *Phosphor* zum unumstrittenen Marktführer werden.

Meine Mutter sagte immer, alle sieben Jahre würden wir uns erneuern. Ich steuerte schwer auf die fünfunddreißig zu. Bei mir war es also in absehbarer Zeit so weit.

Ich schreckte auf. Ein Geräusch an der Tür? Auf Zehenspitzen schlich ich auf das Geräusch zu. Es war ein Klopfen. Bestimmt Leila. Ich öffnete und wurde im selben Moment von einem atemlosen Clemens an die Wand gedrückt und stürmisch geküsst. Seine Hände waren überall, seine Lippen auch.

»Das will ich seit heute Nachmittag machen. Du gehst mir nicht mehr aus dem Kopf! Weißt du, wie schwer es heute Abend für mich war, dich zu behandeln, als sei nichts zwischen uns? Lass uns aufhören mit dem Versteckspiel. Ich will mich nicht verstecken müssen, ich will, dass alle sehen, was zwischen uns ist, okay?« Er nahm mein Gesicht in seine Hände und sah mich eindringlich an, als er das sagte.

Ich nickte nur wortlos und ließ geschehen, wogegen ich sowieso nicht ankam und nicht ankommen wollte, weil ich mir in diesem Moment nichts sehnlicher wünschte.

Am nächsten Morgen hätte ich nicht aufgedrehter sein können, zumindest erinnerte ich mich an keinen glücklicheren im Zusammenhang mit Liebe.

»Sag mal, was meinte Ben eigentlich damit, dass euch so viel verbindet?«

Clemens war aufgewacht und sah mich hellwach an, als ob mit dem ersten Augenaufschlag seine Batterie auf hundert wäre. Er sah auch nach einer kurzen Nacht frisch und unverbraucht aus. Das nannte man Naturschönheit. Stundenlang könnte ich ihn anschauen.

»Guten Morgen erst mal! Was sind das denn für Fragen am frühen Morgen?«, versuchte ich abzulenken, meinte es aber genau so. Wie wär's mit, Gretchen, das war die wichtigste Nacht meines Lebens, denn ich weiß jetzt, dass du die Einzige für mich bist. Lass uns zusammen leben! Zumindest spukten mir solche Sätze im Kopf herum.

Stattdessen die Frage nach Ben. Wen interessierte denn in diesem Moment bitte Ben?

Clemens küsste mich auf die Nasenspitze – er war Profi, das merkte ich sofort, nur Amateure küssten mit ungeputzten Zähnen am Morgen danach auf den Mund.

Die männliche Venus Clemens fuhr fort.

»Na ja, ich hatte das Gefühl, als ob er ein Problem mit mir hätte, dein Ben!«

Grundsatzdiskussionen am frühen Morgen?

»Von wegen mein Ben. Ben ist ein Freund. Punkt! Er ist seit zwei Jahren mit Liv zusammen, davor hatte er immer wieder Freundinnen, einmal sogar 'ne Referendarin an unserer Schule, aber zwischen uns lief noch nie was, nicht einmal ein Kuss, es sei denn, du zählst einen freundschaftlichen Kuss auf die Stirn dazu.«

Seltsamerweise schien Clemens diese Antwort nicht zu beruhigen. Im Gegenteil, er zog die Augenbrauen hoch.

»Dann ist es ja noch viel schlimmer, als ich dachte. Das Schlimmste sind ungelebte Gefühle, die verfolgen einen am längsten.«

Er wurde mir unheimlich. Woher wusste er, dass ich mir bis vor kurzem nichts sehnlicher gewünscht hatte, als endlich Ben zu küssen, und die bohrende Frage, wie es wohl wäre und sich anfühlen würde, zu klären. Natürlich war Ben ein Grund gewesen, weshalb ich unbedingt nach Berlin gewollt hatte, auch wenn ich das niemandem gestand – nicht einmal mir selbst gestand ich es ein.

Clemens fuhr fort, mich zu verwirren.

»Glaube mir, nicht nur Frauen bemerken Zwischentöne, auch Männer kapieren so was untereinander. Ben und du habt euch einfach nicht so verhalten, wie man es von alten Freunden, die sich schon aus Schulzeiten kennen, erwarten würde.«

Es war nicht zu fassen. Da lag ich im Endorphinwahn nach einer unbeschreiblichen Nacht neben dem Ziel aller Irrungen und Wirrungen, in Form von Clemens, und was war unser Gesprächsthema? Ben!

Ich konnte nur hoffen, dass Liv, die offensichtlich ein Problem mit mir hatte, Ben genauso auf die Nerven ging und hinterfragte, wie Clemens gerade mich. Gerecht wäre es!

Positiv, wenn man denn das Wort in diesem Zusammenhang benutzen wollte, war, dass Clemens sich sehr für mein Leben interessierte, und wenn mich nicht alles täuschte, eifersüchtig auf Ben war. Eigentlich niedlich.

»Hast du Hunger?«, meinte ich elegant das Thema zu wechseln.

Clemens lachte laut los.

»Sag doch einfach, wenn du nicht darüber sprechen willst, aber ja, ich habe Hunger, und wie! Nach so einer Nacht brauche ich dringend neue Energien.« Sprach's, sprang nackt und völlig unverklemmt ins Bad, wo er sich gut gelaunt und ungefragt meiner elektrischen Zahnbürste bediente, wie ich hören konnte. Dieser Körper machte mich allein beim Hinterherschauen wahnsinnig!

Während Clemens singend gurgelte, dachte ich, wie einfach das Leben doch sein konnte!

Ohne kompliziertes Rumgehirne, ohne Distanz-Nähe-Spielchen, sondern einfach nur leben, fühlen, loslassen und den Rausch, die Unbeschwertheit genießen. Wenn ich bisher Plattitüden wie »Liebe lässt dich fliegen« oder »Die Liebe macht alles federleicht« gehört hatte, konnte ich zwar verstehen, was damit gemeint war, aber nicht nachempfinden.

Clemens schaffte es, Seiten an mir zutage zu fördern, die ich nicht kannte, von denen ich nicht einmal geahnt hätte, dass ich sie in mir trug. Eigentlich war ich grüblerisch veranlagt, wenn es um Männer ging. Zudem war ich auch noch mit dem romantischen Bild vom Mr. Right der *Dirty-Dancing-und-Pretty-Woman*-Generation aufgewachsen, doch das hier übertraf alles, was ich mir bisher hatte vorstellen können. Hilfe!

Und plötzlich komplett ungefragt war der Richtige da. Einfach so! Wer hatte denn gesagt, dass alles im Leben kompliziert sein musste und ich nicht glücklich werden konnte? Clemens war mein Glück, und jeder sollte es sehen und mit mir teilen. Jeder? In diesem Moment schienen die Hormone aufzuhören zu wirken, denn wie sagte ich es Sarah und wie sollten Clemens und ich bitte in der Redaktion mit der neuen Situation umgehen? Ein Gehirnzellen stärkendes Frühstück musste her.

Clemens kam frisch geduscht und pfeifend in die Küche, setzte sich an den Tisch, goss sich Kaffee ein und begann Schokomüsli zu essen. Kein peinliches »Äh, das gestern war aber auch etwas schnell mit uns beiden« oder »Ja, was machen wir zwei Hübschen denn jetzt bloß, blöd, dass du mich eigentlich verklagen kannst, so als Schutzbefohlene und wegen sexueller Belästigung am Arbeitsplatz«. Nein, hier saß ein souveräner, entspannter Mann, der mich anstrahlte und überhaupt keinen Zweifel aufkommen ließ. Das Leben war schön, die Welt gerecht, und diese kleinen Probleme am Rande würden wir auch noch in den Griff bekommen.

»Du, was sagen wir denn in der Redaktion?«, wagte ich zu fragen und hielt ungewollt gleichzeitig den Atem an.

Clemens schob sich einen Löffel Müsli in den Mund und antwortete ungerührt:

»Viele Möglichkeiten haben wir nicht. Entweder wir sagen es gleich, dann muss einer von uns gehen, denn solche Beziehungen sind ja unerwünscht, wie du weißt. Unter Kollegen vielleicht noch geduldet, aber Chef und Mitarbeiterin geht nicht, mussten wir sogar unterschreiben. Oder wir sehen uns jeder nach einem anderen Job um, und wenn wir den haben, machen wir es publik. Aber privat können wir es ja völlig offiziell machen, das ist ja kein Problem.«

Mein Herz hüpfte! Es war ihm ernst! Natürlich würde ich mich nach einem neuen Job umsehen, ich trug ja nicht so viel Verantwortung wie er, und einen neuen Job fand ich bestimmt, einen neuen Clemens sicher nicht! Außerdem, wenn erst mal ein Kind unterwegs war, würde mein Gehalt vorläufig ausfallen.

»Gute Idee. Clemens, ich muss dir was sagen. Sarah hat sich in dich verliebt, und zwar ziemlich heftig. Ich habe es bisher nicht übers

Herz gebracht, ihr von uns zu erzählen, aber ich denke, da komme ich jetzt nicht mehr drumrum.«

Er wirkte nicht sehr erstaunt.

»Ehrlich gesagt, dachte ich mir so was schon. Wie sie sich ins Zeug gelegt hat, nur für ein indisches Essen … Dann bring es ihr aber schonend bei, ich mag Sarah nämlich sehr. Tolles Mädchen!«

Wie er das sagte, versetzte es mir einen Stich. War ich noch zu retten? Ich hatte Clemens bekommen, und trotzdem war ich eifersüchtig auf meine Sarah, die mich durch alle naturwissenschaftlichen Fächer im Abi gepaukt, mich immer aufgebaut, wenn Ben oder andere Schwachmaten mir den letzten Nerv geraubt hatten, und mir alles, was pragmatisch und normal war, beigebracht hatte, während meine Eltern wieder mal dem Nirwana entgegenmeditierten.

Was hatten wir schon alles gemeinsam durchgestanden, leider würde das mit Clemens eine Premiere.

»Was denkst du denn? Sarah ist meine beste Freundin! Natürlich sage ich ihr das schonend. Wollen wir los? Meinst du, es fällt auf, wenn wir gemeinsam im Büro erscheinen?«

Mit einer Handbewegung wischte Clemens meine Bedenken weg. Wenn er etwas nicht war, dann ängstlich!

Im Treppenhaus trafen wir zufällig Leila, die natürlich sehr interessiert schaute und mir bedeutungsvolle Blicke zuwarf. Als Clemens gerade zur Seite blickte, streckte sie sogar den Daumen in die Höhe. Clemens war einfach bezaubernd zu Leila, und sie war hingerissen, so gut kannte ich sie inzwischen. Nichts wie weg hier!

»Wir telefonieren!«, rief ich ihr zu und schob Clemens, der einen Scherz hinterherrief, zur Eingangstür.

So viel hatte ich verstanden. Clemens war Allgemeingut. Der gehörte einem nicht allein. Mir blieb nur übrig, mir eine dicke Haut anzulegen. Vielleicht war das der Grund, weshalb zu schöne Frauen immer ein Problem hatten, Partner zu finden oder sie zu halten, denn mit ständiger Konkurrenz zu leben, tat sich vermutlich niemand gern an, außer mir ab heute.

An meinem alten Käfer angelangt, traute ich meinen Augen kaum.

Hinter die Scheibenwischer war ein riesiger Zettel geklemmt, den ich erst für eine typische Reklame hielt, solche Handzettelaktionen – »Viel Geld für Ihr Auto« oder »Zwei Kilo abnehmen in drei Stunden« – gab es in Berlin täglich.

Ich riss den Zettel an mich und las die mit schwarzem Edding handschriftlich notierten Zeilen.

»Hör auf, solange du noch kannst, Gretchen. Er ist gefährlich!«

Also wenn nicht ausdrücklich mein Name dort gestanden hätte, ich hätte es für eine Verwechslung gehalten. Wortlos reichte ich das Blatt Clemens, der es ebenfalls überflog, den Kopf schüttelte und mit einem Schlag sehr wütend aussah!

»Sie geht eindeutig zu weit. Das geht jetzt über meinen Anwalt!«

Auf den Kopf gefallen war ich nicht, und so konnte ich mir denken, dass ich die frohe Botschaft seiner Stalkerin zu verdanken hatte, die mich wohl ab jetzt mitstalkte. Clemens nahm meine Hände und erklärte die Situation.

»Viola und ich waren einige Wochen liiert. Ich hab schnell gemerkt, dass ihre Anhänglichkeit ein normales Maß bei weitem übersteigt und krankhafte Züge annahm. Als ich mich getrennt habe, hat sie es nicht akzeptieren wollen und versucht seither, in alles, was mir wichtig ist, hineinzufunken. Bisher habe ich versucht, es diskret zu handhaben, aber wenn sie anfängt dich zu belästigen, gebe ich alles an meinen Anwalt weiter. Versprich mir, dass du nie mit ihr sprichst. Wenn man ihr auch noch Aufmerksamkeit schenkt, bekommt man sie erst recht nie wieder los!«

Eigentlich fand ich es ganz amüsant, eine Stalkerin zu haben, das hatte was, und solange sie mir nur Zettel an die Autoscheibe klebte. Ja, mit Clemens lief eben alles ein wenig anders.

Im Büro fiel es mir schwer, mich wieder in die nüchterne Chef-Angestellten-Rolle einzufinden. Michi hatte uns zusammen kommen sehen und natürlich sofort nachgefragt, wie das gekommen sei.

»Sein Auto sprang nicht an, und da hab ich ihn mitgenommen. Liegt ja quasi auf dem Weg!«, schwindelte ich, anscheinend überzeugend genug, denn Michi war zufrieden mit der Antwort. Fröhlich ließ ich mich auf den Drehstuhl fallen und schaltete meinen Laptop an.

Michi sah mich an.

»Hast du eigentlich abgenommen oder 'ne neue Frisur? Du siehst so verändert aus. Irgendwie so frisch!«

Sollte ich sagen, ja, so sieht man aus, wenn man eine Nacht mit Clemens verbracht hat, da braucht es kein Peeling oder La-Mer-Produkte.

»Das ist mein Kampfwille, Michi, der mich so aussehen lässt. Der blöden Richter und ihrem Schmierblatt werden wir mal zeigen, was wirkliches Know-how und Qualität sind. Solche Herausforderungen machen mich wach und lebendig. Man muss den Kitzel spüren und die Gefahr zulassen, Michi, dann macht es auch Spaß! Karnickelstarre vor lauter Angst hat noch niemandem etwas gebracht.«

Meine Jeanne d'Arc-Rede für Arme war wohl ziemlich überzeugend gewesen, denn Michis Augen funkelten plötzlich.

»Du hast Recht! So müssen wir an diese Sache rangehen! Sollen die doch *Zeitgeist* herausbringen, wir sind besser. Auf in den Kampf, Torehehehero.«

Den letzten Satz hatte sie gesungen, was Diane auf den Plan rief, die den Kopf zur Tür reinsteckte, herablassend den Kopf schüttelte, irgendwas von »durchgedreht und echt nicht belastbar, die Kleine« murmelte, was Michi aber nicht im Geringsten beeindruckte. Sie sang weiter, schließlich stand ihre Eigentumswohnung auf dem Spiel.

In der morgendlichen Redaktionssitzung fiel es mir noch schwerer, mich zu konzentrieren. Ich musste aufpassen, nicht die ganze Zeit mit debilem Grinsen Clemens anzuhimmeln, während er ernsthaft auf unsere Pläne für die nächste Ausgabe einging. Zwischendurch warf er mir einen Blick zu, der alle Bilder der letzten Nacht hervorrief und mich fast verrückt machte. Noch nie hatte ich mich so begehrt gefühlt!

»Habt ihr schon in die heutige Ausgabe von *Netzwerk* reingeschaut?«, fragte Clemens.

Netzwerk war die wöchentlich erscheinende Branchenzeitung, die Personalien, Käufe und Verkäufe, Auflagenzahlen und Strategie- und Führungswechsel bekannt gab.

Diane hatte wohl, zumindest überschlug sie sich vor Eifer. Ihre Hand mit Cartier-Uhr und lackierten Fingernägeln schoss in die Höhe. Seit wann waren wir denn hier in der Schule? Vielleicht sollte ihr jemand sagen, dass es keine Noten mehr für Mitarbeit gab, und Fleißbildchen waren seit der Grundschule auch nicht mehr verteilt worden.

»Meinst du das Interview mit Ilona Richter?«

Clemens nickte, und Diane schaute triumphierend in meine und Michis Richtung. Fehlte nur noch, dass sie aufsprang und mit Clemens abklatschte!

Clemens sah sie anerkennend an. Mist, ab morgen würde ich eine halbe Stunde früher im Büro sein und alle Zeitungen und Onlinemagazine durchstöbern. Michi schien dasselbe zu denken, sie kritzelte eifrig in ihr Notizbuch.

»Worum ging es denn in dem Interview?«, fragte Marion, die Protokoll führte und nicht wusste, was sie aufschreiben sollte.

Diane, die zwar nicht gern ihr Herrschaftswissen teilte, auf der anderen Seite es sich nicht entgehen lassen konnte, uns zu belehren, kam Clemens zuvor und zitierte Ilona Richters Interview fast auswendig. Kein Wunder, Schlangen unter sich, da konnte man sich dann auch gut merken, was die andere giftete.

Im Großen und Ganzen hatte Ilona Richter keine neuen Inhalte verlauten lassen, vielmehr zielte das Interview auf uns und natürlich Feline ab, wie Clemens vorausgesagt hatte. Gefragt, ob der Markt groß genug sei für zwei Magazine dieser Art, antwortete Ilona Richter, dass sie *Phosphor* bei den Auflagenzahlen und dem Inhalt nicht als Konkurrenz sehen würde, schließlich habe sie ja auch eine Zeit lang dort gearbeitet und wüsste, wie unstrukturiert und veraltet dort gearbeitet würde. Die Gegenfrage des Journalisten, die *Phosphor* habe sich doch von ihr getrennt, wischte sie mit einem »Ja, dort war man noch nicht weit genug für meine Visionen« weg.

Wie war das? Wer Visionen hat, soll zum Arzt gehen. Warum regte ich mich eigentlich so auf? Ich würde mir sowieso einen neuen Job suchen und Dianes Möchtegern-höhere-Tochter-Gehabe nicht mehr länger ertragen müssen.

Aber das erzählte ich besser erst, wenn ich einen neuen Job hatte.

Die Konferenz war vorbei, alle stoben nervös auseinander, denn Clemens hatte noch mal daran erinnert, dass es am Nachmittag die ersten Verkaufszahlen unserer Ausgabe gab.

»Gretchen, kannst du bitte kurz dableiben?«

Und ob! Wenn er wollte, zog ich in sein Büro ein und saß dekorativ auf seinem Schoß, Tag und Nacht.

Bestimmt wollte er mich wieder an die Wand drücken und küssen, ungestüm wie er war.

Nichts dergleichen. Stattdessen sah er mich ernst an und überlegte. Mir wurde schlecht. Das konnte nichts Gutes bedeuten.

Hatte er etwa in den Spiegel geschaut und festgestellt, wie unglaublich umwerfend er aussah? Hatte Angelina Jolie Brad Pitt rausgeworfen, um endlich mit Clemens zusammen zu sein? Gut, verstecken musste ich mich nicht, ich war hübsch und süß, das hatte ich schon oft gehört, aber Clemens spielte in einer anderen Liga. Bundesliga gegen Kreisklasse. Das war, als würde Mr. Big plötzlich mit Aschenputtels zehenloser »Rugediguh, Blut ist im Schuh«-Schwester ausgehen, mit dem Unterschied, dass ich natürlich nicht so eine fiese Kuh war.

Sein Schweigen wurde immer unerträglicher. Ich entschied mich für einen direkten Vorstoß.

»Was ist los? Du schaust so ernst?«

Clemens lächelte zaghaft.

»Ja, und zwar, weil ich dich gleich um etwas bitten muss, was mir überhaupt nicht leicht fällt und gegen den Strich geht. Zumal es mich zu einer Abwägung zwischen Beruf und Privatleben zwingt.«

Ich sah ihn so aufmunternd an, wie ich konnte. Jetzt bloß nicht den Kopf verlieren. Was auch immer kam, ich würde hier mit erhobenem Kopf rausgehen.

Clemens holte tief Luft.

»Ich hab unsere Zahlen und Analysen unter der Hand vorab bekommen.«

Mist! Waren die Zahlen so schlecht gewesen, oder wieso sah er so unlocker aus?

Da er nicht weitersprach, musste ich nachfragen. Leicht machte er es einem ja nicht gerade.

»Und? Waren die so schlecht?«

Clemens schüttelte den Kopf.

»Ganz im Gegenteil. Wir haben die Erwartungen nicht nur erfüllt, sondern um fast dreißig Prozent übertroffen, was eine fantastische Nachricht ist, denn die Erwartungen waren ja extrem hoch gesteckt.«

Ich verstand die Welt nicht mehr! Wo war dann bitte das Problem?

»Äh, aber weshalb schaust du dann so bedrückt und lässt nicht die Korken knallen? Ist doch super, oder bist du nicht zufrieden damit?«

Wer weiß, vielleicht gehörte er zu den Menschen, die sich nie freuen konnten und immer mehr wollten, aber so schätzte ich ihn nicht ein.

»Gretchen, ich bin überglücklich, eigentlich! Das Dumme ist nur, dass in den Auswertungen und Umfragen gerade dein Filmteil als besonders gelungen und unterhaltsam bewertet wurde. Über die Hälfte der befragten Leser würden die *Phosphor* erneut kaufen, weil sie den Filmteil und die Kritiken so unterhaltsam und erfrischend anders fanden.«

Okay. Männer waren wohl doch vom Mars und Frauen von der Venus, auf alle Fälle sprachen wir nicht die gleiche Sprache, denn was mich betraf, waren das großartige Nachrichten, ich hatte gleich doppelt Grund zur Freude, oder gönnte er mir die gute Bewertung nicht?

»Ja, aber auch das ist, wenn mich nicht alles täuscht, 'ne ziemlich gute Nachricht, zumindest freut es mich riesig!«

Clemens sah mich ruhig an. Dieser Blick! Egal, was er gleich sagte oder wollte, ich würde alles schlucken. Wo bitte musste ich unterschreiben? Drei Versicherungen on top? Ach, was soll der Geiz! Solange er mich nur weiterhin so ansah, war mir alles gleichgültig ... wenn es ihn glücklich machte, würde ich ebenso betrübt zu sensationell guten Nachrichten dreinblicken. Falls laut Clemens ab heute zwei und zwei gleich sieben war, dann sollte es so sein.

»Natürlich sind das gute Nachrichten, und glaube mir, ich freue mich für dich, für uns alle, aber leider bedeutet das gleichzeitig, dass du gerade unser wichtigstes Redaktionsmitglied bist und ich auf keinen Fall auf dich verzichten kann. Ich will dich bitten, dich nicht wegzubewerben, was bedeutet, dass wir, was zwischen uns ist, geheim halten müssen, und ich kann dir nicht einmal sagen, für wie lange. Wenn wir Glück haben, schlagen wir *Zeitgeist* schon nach einigen Monaten in die Flucht, wenn es schlecht läuft, sprechen wir von ein, vielleicht zwei Jahren. Verstehst du jetzt, weshalb sich meine Begeisterung in Grenzen hält?«

Allerdings!

Dilemma nannte man das. Sie haben die Wahl, erhängen oder erschießen, Cholera oder Pest? Gleichgültig, wofür ich mich entschied, es wäre immer eine schlechte Lösung. Natürlich könnte ich sagen, ich geh trotzdem, damit wäre uns privat geholfen, aber beruflich hätte es weit reichende Konsequenzen– hier war Verantwortung gefragt. Jetzt, wo ich schwarz auf weiß hatte, dass ich gute Arbeit leistete, packte mich die Eitelkeit doch, vor allem, dass Clemens und das Magazin mich wirklich dringend brauchten, schmeichelte mir. Auf der anderen Seite stellte ich es mir wenig amüsant vor, meine große Liebe so lange geheim halten zu müssen. Jeden Tag Zeuge zu sein, wie Diane, Michi und wie sie alle hießen an Clemens herumbaggerten, in der festen Überzeugung, er sei noch zu haben, während ich gute Miene zum bösen Spiel machen musste. Es gab wirklich Angenehmeres.

»Was machen wir jetzt?«

Er seufzte tief.

Eigentlich hätte ich mir die Frage sparen können. Ich war ihm hörig.

Clemens wandte den Blick nicht von mir.

»Das hängt allein von dir ab. Ich würde dich bitten, bleibe! Und lass uns versuchen, ob wir nicht damit leben können. Vielleicht versuchen wir, dem Ganzen etwas Reizvolles abzugewinnen … und wenn es gar nicht mehr geht, müssen wir es eben doch publik machen mit allen Konsequenzen. Du musst dich nicht gleich entscheiden. Überlege es dir, und sag mir Bescheid.«

Unerwartet zog er mich zu sich und küsste mich lange und innig. Sehr witzig! Sollte mir dieser Hormoncocktail beim Denken helfen? Falls ihm bisher kein Mädchen gesagt hatte, dass seine Küsse eigentlich einer Zulassung bedurften, musste ich das schleunigst nachholen. Ungestraft so berauschend zu küssen war bestimmt illegal und in Texas mit Höchststrafe belegt. Apropos Mädels vor mir. Wieso wusste ich eigentlich nicht – mit Ausnahme von Viola der Stalkerin –, wer meine Vorgängerinnen waren, die es zweifelsohne geben musste? Mir fiel auf, wie wenig ich überhaupt von Clemens wusste. So zugänglich und offen er einerseits war, so wenig erzählte er andererseits über sein Privatleben. Dadurch, dass wir zusammen arbeiteten, war man sich sehr nah, auch ohne in die Vergangenheit abzutauchen. Der gemeinsame Feind, das anvisierte Ziel, ließen einen in kürzester Zeit zu einer eingeschworenen Gemeinschaft werden, dass man schon bald das Gefühl hatte, sich gut und lange zu kennen, obwohl dem eigentlich nicht so war. Ich wusste zum Beispiel überhaupt nichts über seine Familie oder wer seine Freunde waren. Was machte er gern außerhalb der Redaktion, mal abgesehen davon, mich um den Verstand zu bringen? Gut, so viel Zeit allein hatten wir noch nicht verbracht bzw. sie anders gefüllt, aber ich nahm mir fest vor, dass ich beim nächsten Treffen das Mysterium Clemens genauer ergründen würde.

Kaum saß ich an meinem Schreibtisch, brachte mich Michi auf andere Gedanken.

»Du, da hat eine Eva angerufen und meinte, du sollst sie anrufen. Es ginge um den Besuch am Wochenende.«

Mist, meine Eltern! Die hatte ich vor lauter Aufregung komplett vergessen.

Eigentlich passte mir ihr Besuch gerade jetzt überhaupt nicht in den Kram. Ich wollte mein erstes Liebeswochenende mit Clemens verbringen. Wenn jemand für so etwas Verständnis hatte, dann meine Eltern, aber genau das war ja das Schlimme. Mir war es mehr als peinlich, das auch nur anzudeuten, es schien, als ob ich alle Hemmungsgene abbekommen hatte, Rudi hingegen nicht einmal das Wort Hemmung buchstabieren konnte.

»Du Gretchen, findest du mich eigentlich hübsch?«

Michis Frage ließ meine Wochenendpläne abrupt abreißen. Sie hatte einen Taschenspiegel hervorgezogen und zog sich die Lippen nach, zum Glück nur mit Gloss und nicht dem knallroten Lippenstift, den sie am Anfang ihrer neuen Make-up-Karriere verwendet hatte und der sie wie eine verirrte Professionelle hatte aussehen lassen.

»Klar, bist du hübsch, wieso fragst du?«

Sie stand auf und schloss die Tür.

»Weil ich zufällig gehört habe, wie Diane über mich gesprochen hat, und das war ziemlich unschön.« Sie sah mich unsicher an.

Typisch Diane, als sensible Naturkatastrophe, die sie war, hatte sie bestimmt wieder über Michi hergezogen, laut genug, damit sie es auch hören konnte.

»Du kennst doch Diane, die findet niemanden außer sich selbst toll. Nimm das bloß nicht persönlich. Was hat sie denn genau gesagt?«

Michi zögerte, dann flüsterte sie so leise, dass ich angestrengt zu lauschen begann.

»Ich hab dir doch von meinen Verdauungsproblemen erzählt. Also saß ich ziemlich lange auf dem Klo. Diane kam rein, bemerkte mich nicht und begann zu telefonieren. Sie fing an über uns alle, die hier arbeiten, herzuziehen.

Es ging dabei die ganze Zeit um Clemens, zumindest denke ich, das rausgehört zu haben. Über mich sagte sie, ich sei nicht mal würdig, überhaupt Konkurrenz genannt zu werden, so unscheinbar sei ich. Er, ich nehme an, sie sprach von Clemens, würde sich nach einem freien Wochenende bestimmt nicht einmal erinnern können, wer ich sei, so grau und durchsichtig sei ich. Zwar würde ich seit kurzem versuchen, auf peinliche Weise meine Steckenbeinchen zu präsentieren, aber das sei eher peinlich als sexy. Die hat echt Steckenbeinchen gesagt!«

Ich wunderte mich, dass Michi während ihres geflüsterten Berichts nicht in Tränen ausgebrochen war. Diane war genauso fies und berechnend, wie sie sich gab. Meine Neugierde war geweckt.

»Was hat sie denn über uns andere gesagt?«

Michi riss ihre großen Kinderaugen auf.

»Willst du das wirklich wissen?«

Natürlich wollte ich. Eine Einschätzung seitens Dianes interessierte mich brennend.

Ich nickte heftig.

»Na gut. Über Marion sagte sie, die sei mit ihrem Freund erst so kurz zusammen, die könnte man ausschließen, außerdem würde sie zwar passabel aussehen, aber sie habe einen viel zu fetten Arsch und Bauarbeiterwaden.«

Jetzt war ich aber wirklich gespannt, was die gute Dreckschleuder über mich gesagt hatte, wenn sie schon Marion, die wirklich außer Konkurrenz lief und weder einen zu dicken Hintern noch dicke Waden hatte, so niedermachte.

Michi räusperte sich und fuhr fort.

»Ja, über dich sprach sie am längsten. Sie meinte, wenn jemand schon Gretchen heißen würde … Und du würdest zwar niedlich aussehen und könntest bestimmt auf 'nem Dorfrummel viele Tölpel abbekommen, aber Eleganz könntest du noch nicht mal buchstabieren. Außerdem seiest du ein Hippiekind von so durchgeknallten achtundsechziger Eltern, wie deine ebenfalls total unsympathische Freundin Sarah durchblicken ließ. Überhaupt seiest du dreist, und man würde sich wundern, woher du dein Selbstvertrauen nimmst, ihm, ich nehme an, Clemens war gemeint, immer so zweideutige Blicke zuzuwerfen. Da wäre jeder Backfisch cooler dagegen. Ach, besonders übel nimmt sie dir, dass du vor kurzem Sarah mitgebracht hast. Denn jetzt kommt's: Vor Sarah hat sie, glaube ich, Schiss oder zumindest Respekt. Ärztin und nicht gerade schreckhaft sei die, zwar keine Schönheit, aber bei der müsse man aufpassen, die sei noch dreister als du und habe sich demonstrativ neben ihn gesetzt und an ihm rumgefingert. Außerdem sei sie wohl die Einzige, die gesellschaftlich zu ihm passen könnte.«

Warum wunderten mich Dianes Kommentare nicht? Genau so hatte ich sie eingeschätzt. Anscheinend waren das noch nicht alle Lästerattacken gewesen, denn Michi holte Luft und fuhr fort.

»Stell dir vor, selbst vor Feline hat sie nicht Halt gemacht! Ihrer Ansicht nach lässt sie die Zügel viel zu locker und mischt sich zu wenig ein, davon abgesehen wirke sie in letzter Zeit ziemlich abgespannt, und man würde ihr langsam ansehen, wie viel sie arbeitet. Bei dem Geld, das sie verdiene, könne man doch erwarten, dass sie sich mal ein Wellnesswochenende gönnt, schließlich müsse sie den Verlag auch nach außen repräsentieren, da dürfe man mehr erwarten.«

Damit hatte sie wirklich den Vogel abgeschossen, denn wenn jemand immer aus dem Ei gepellt, frisch und der *Vogue* entsprungen aussah, dann Feline. Nicht umsonst war sie in fast jedem Hochglanzmagazin abgebildet, und in jedem Porträt über sie wurde erwähnt, wie stilsicher und schön sie sei. Der blanke Neid sprach aus Diane, die nämlich leider viel zu auffällig versuchte, Felines Stil zu kopieren, und bereits öfter ein Outfit eins zu eins nachgekauft hatte. »Die waren mir zu sauer, die Trauben«, sprach der Fuchs. Und wieder einmal bewährte sich die alte Weisheit: Wer sich gern ein Vorbild nimmt, beachte, ob die Größe stimmt, denn ist das Vorbild fern und weit, frustriert die Unerreichbarkeit.

Was mich viel mehr interessiert hätte, war, mit wem Diane ihre liebreizenden Beobachtungen teilte, denn Freunde konnte sie eigentlich nicht haben.

»Weißt du denn, mit wem sie telefoniert hat?«

Michi verneinte.

»Nein, denn plötzlich kam Feline herein, und sie machte sofort Schluss, nur um Feline anzuschleimen und ihr zu sagen, wie großartig sie wieder aussehen würde, und heuchlerisch zu fragen, wie sie das nur immer schaffe, die falsche Schlange.«

Immerhin lagen die Karten jetzt auf dem Tisch. Wir wussten also alle voneinander, dass wir Clemens toll fanden, ihn haben wollten. Leider wusste nur ich, dass ich mit ihm zusammen war, und durfte diese frohe Botschaft nicht einmal unters Volk bringen.

Es würde alles andere als leicht werden, zumal ich mich kannte und wusste, wie impulsiv ich reagieren konnte und gern auch einmal herausschleuderte, was ich dachte. Mist, ich musste mir selbst einen Maulkorb verordnen, sonst flog alles auf. Vor allem musste ich Clemens Bescheid sagen. Nur er konnte verhindern, dass ihn alle anbaggerten, indem er mehr auf Distanz ging und nicht allen gegenüber so freundlich und charmant war.

»Gretchen, ich muss dir was anvertrauen, du kannst doch dichthalten?«

Natürlich konnte ich das.

Michis Stimme war kaum noch zu vernehmen, so leise sprach sie jetzt.

»Ich habe mich in Clemens verliebt. Es war Liebe auf den ersten Blick. Ich weiß nicht, wie er es macht, aber ich kann an nichts anderes mehr denken. Das ist total unprofessionell, ich weiß, aber ich kann einfach nichts dagegen machen. Noch nie habe ich einen Mann mit solch einem Charisma getroffen. Du?«

Bevor ich antworten konnte, fuhr sie fort.

»Mir ist natürlich klar, dass er jede haben könnte und ich bestimmt nicht außergewöhnlich aussehe, ich merke, dass ihn hier alle toll finden, du auch, oder? Na ja, aber trotzdem habe ich das Gefühl, und das klingt jetzt vielleicht total bescheuert, dass da was zwischen uns ist. Er sieht mich immer diesen einen Tick länger an und scheint mich genau zu verstehen und zu kennen, ohne Worte. Glaubst du, so etwas gibt es, oder spinne ich jetzt komplett?«

»Beides«, hätte ich am liebsten gesagt. Ja, sie beschrieb Clemens' Wirkung genau, wie auch ich sie empfand, aber der Rest war Einbildung, denn ich wusste ja, für wen Clemens' Herz tatsächlich schlug. Leider konnte ich das nicht sagen, wenn ich meinen Job erst mal weiter machen wollte, außerdem reichte es mir vorerst völlig, Sarah beichten zu müssen.

»Michi, du bist sehr süß und genau richtig so, wie du bist. Du wirst sehr glücklich werden, davon bin ich überzeugt. Ob es allerdings mit Clemens sein wird, kann ich dir nicht sagen, zumindest würde ich mich nicht allzu sehr reinsteigern, denn eines darf man nicht vergessen: Am Ende des Tages ist er unser Chef, und in Zeiten wie diesen wollen wir doch unseren Job nicht einfach so aufs Spiel setzen.« Das war das einzige Argument, das bei Michi ziehen würde. Niemals würde sie leichtsinnig ihren Job oder die Eigentumswohnung gefährden. Wenn es funktionierte, dass sie sich dadurch Clemens aus dem Kopf schlug, war ihr schon geholfen.

»Ja, du hast bestimmt Recht, aber solange ich verliebt bin, genieße ich einfach dieses Gefühl. Und vorstellen kann ich mir ja, was ich will. Dann schwärme ich eben etwas, und wer weiß, vielleicht bietet sich eine Gelegenheit, wenn ich warte und immer zur Stelle bin.«

Ja, das waren Aussichten, auf die ich mich mal so richtig freute. Wo wir gerade von freuen sprachen. Es war Zeit für unser Meeting, in dem alle Zahlen und Ergebnisse verkündet werden sollten, die ich bereits seit heute morgen kannte.

Feline war dabei und eröffnete uns freudig die gute Nachricht, gab die Analysen und Zahlen auch in gedruckter Form aus. Jetzt hatten wir schwarz auf weiß, dass wir einen guten Job machten.

Feline lobte mich vor versammelter Mannschaft, was mich sehr freute. Auch Michi wurde lobend erwähnt. Ihre Literaturseiten waren nämlich gleich hinter meiner Kinoseite gelandet, nur Dianes Berichte lagen deutlich hinter uns. Tja, wer hätte das gedacht. Anscheinend beherrschte Diane mehr das Klappern als das Handwerk. Umso mehr mussten sie harte Fakten und Zahlen schmerzen. Das ganze Getue, was sie alles schon auf die Beine gestellt hatte und wie erfolgreich sie war, wen sie alles kannte, zählte plötzlich nicht mehr und fand sich in keiner Analyse wieder. Für Michi, die unter der Sumpfkuh mehr leiden musste als ich, freuten mich die guten Ergebnisse besonders.

Ich sah Diane förmlich an, wie sie immer wütender wurde, je länger sie die Präsentation verfolgte. Auch so ein sympathischer Wesenszug: Anstatt leiser zu treten oder bescheidener zu werden, wurde sie nur wütend. Wie konnte es jemand wagen, solche Zahlen überhaupt zu veröffentlichen! Bestimmt zweifelte sie die Richtigkeit der Angaben an.

»Noch mal ein großes Dankeschön an euch alle. Wir sind auf dem richtigen Weg. Lasst uns so weitermachen. Ach, und was das Interview von Ilona Richter anbelangt, wir werden morgen als Antwort einfach unsere Zahlen als Pressemitteilung rausgeben. Das ist die beste Art, ihr Kontra zu bieten. Mit Fakten, und zwar erfolgreichen!«

Feline strahlte über das ganze Gesicht. Sie war sensibler, als die meisten dachten, und ich wusste von Clemens, dass es ihr sehr wohl etwas ausmachte, ihren Namen in Zusammenhang mit Ilonas Kleinkrieg jetzt ständig in der Presse lesen zu müssen.

Auf dem Flur hörte ich, wie Diane Marion anschnaubte.

»Was weiß denn ich? Ich jedenfalls kann nicht glauben, dass Gretchens Teil der beste sein soll, es sei denn, unsere Leserschaft besteht neuerdings aus Hauptschülern! Allein dieser Name, Gretchen! Wie affig und verstrahlt zugleich!«

Es reichte eindeutig! Jemand musste dieser unverschämten Zicke den Mund stopfen, und dieser jemand würde ich sein!

»Diane. An deiner Stelle würde ich nicht so laut schreien, wenn meine Eltern mich nach einer Pille benannt hätten, die wegen Krebsgefahr vom Markt genommen werden musste. Sie scheinen deine giftigen Eigenschaften wohl sehr genau zu kennen. Zumindest ist dein Verhalten dem eines fiesen Geschwürs sehr ähnlich. Ach, und was die Zahlen angeht: ganz schön arm, wenn man nicht mit Würde verlieren kann. Da helfen auch keine Cartier-Uhr und Vitamin B. Bei dem Geschrei und Getue, das du täglich veranstaltest, hätte ich ein bisschen mehr Können erwartet. So kann man sich täuschen, oder sollte ich besser sagen, so konntest du uns bisher täuschen?«

Ohne eine Antwort abzuwarten, ließ ich Diane, die ich zum ersten Mal sprachlos erlebte, stehen. Dafür hörte ich schallendes Gelächter von allen, die in der Nähe gestanden und mitgehört hatten. Auweia, so gut es tat, ihr endlich ihre Grenzen aufzuzeigen, so wusste ich doch, dass ich mir hiermit für den Rest meines Lebens eine Erzfeindin zugelegt hatte, und Diane würde dem Titel Erzfeindin ganz sicher alle Ehre machen. Dumm nur, dass ich den Dispo auf meinem Karmakonto nach dieser Zickenaktion vom Feinsten gründlich überzogen hatte!

Bevor ich in meinem Büro verschwand, hörte ich, wie sie mir ihre offizielle Kampfansage hinterherzischte: »Das wirst du bereuen. Wir werden ja sehen, wer zuletzt lacht!«

Das würden wir, aber momentan lachten Michi und ich, und zwar aus vollem Herzen. Wir kriegten uns gar nicht mehr ein. Michi kicherte zwar eher, lauthals zu lachen lag ihr nicht, aber Diane konnte uns hören, so viel war sicher.

»Diane, die Piiiiiillleeeee!« Michi kamen die Tränen. Auch ich konnte mich nicht einkriegen. Willkommen in der ersten Klasse und viel Spaß beim Niveau Limbo. Wir waren nämlich mittendrin beim Hanni-und-Nanni-Gedächtniswetteifern. Diane war die doofe hochnäsige Cousine Elli aus reichem Hause. Schlimmer als jedes Mädcheninternat. Wieso wurden hier eigentlich fast nur Frauen eingestellt? Das musste ich Clemens heute Abend unbedingt fragen.

Aber zuerst rief ich meine Mutter zurück, der ich meinen Namen zu verdanken hatte. Eigentlich mochte ich meinen Namen, auch wenn er mit drei niedlich, mit dreizehn kess, mit dreiundzwanzig lustig und mit dreiunddreißig langsam peinlich wurde. Aber immerhin wurde ich nie verwechselt, wenn man meinen Namen erst mal kannte.

Meine Mutter klang aufgeregt. Was war denn jetzt schon wieder passiert? Eine weitere bedrohte Tierart ausgestorben oder eine Saite ihrer Gitarre gerissen, mit der sie bei Friedensmärschen die Gesänge ihrer Mitstreiterinnen begleitete?

»Deine Großeltern sind am Wochenende auch in Berlin und wollen dich sehen. Sie bestehen darauf, dass wir alle gemeinsam essen gehen, schließlich sehen sie dich und Rudi so selten. Ich habe versucht, es abzubiegen, aber da kommen wir nicht drumrum.«

Oh nein! Ein Zusammentreffen meiner Eltern und Großeltern durfte man sich ungefähr so gemütlich vorstellen wie ein gemeinsames Abendessen von Bushs schlimmsten Right-Wing-Freunden, Michael Moore und Vertretern der Friedensbewegung. Rudi und ich versuchten stets, uns einen Spaß aus dieser Art Familientreffen zu machen, und vertraten abwechselnd komplett idiotische Positionen, wie zum Beispiel »Es müsse im Grundgesetz das Recht auf einen Porsche ab Volljährigkeit für jeden deutschen Bundesbürger verankert werden«, womit wir zeitweise eine Verbrüderung meiner Eltern und Großeltern erreichten, die leider nie lange anhielt, denn schnell ging die Diskussion zu Fragestellungen über wie »Wieso braucht man überhaupt Autos, geschweige denn einen Porsche?« und Ausrufe wie »Freie Fahrt für freie Bürger« oder »Alles nur Sozialneid!« …

Kurzum, ich freute mich und konnte mir nichts Schöneres vorstellen, als dieses Wochenende wieder eines dieser Essen hinter mich zu bringen, anstatt mit Clemens romantisch bei Chez Maurice und Kerzenschein zu dinieren. Denn eines stand fest, wenn ich Clemens noch eine Weile behalten wollte, durfte er auf keinen Fall Zeuge eines solchen Familientreffens werden, am Ende fragte er sich zu Recht, ob die Macken vererbbar waren.

»Fragst du Sarah und Ben, ob sie nicht auch Lust haben mitzukommen, wir haben die beiden so lange nicht mehr gesehen und würden uns sehr freuen.«

Stimmt, ich vergaß, vor Publikum ließ sich noch besser streiten, und dann hatte man zwei Unbeteiligte mehr zur Verfügung, die man versuchen konnte, in die Diskussion einzubeziehen oder auf seine Seite zu ziehen. Zu gern würde ich normalerweise beide fragen, momentan herrschte in unserer Freundschaft allerdings eher ein Ausnahmezustand. Ben hatte ich seit dem denkwürdigen indischen Essen bei Sarah nicht mehr gesehen oder gesprochen, und Sarah wusste immer noch nichts von mir und Clemens. Apropos Clemens: Wie er wohl reagieren würde, wenn unser erstes gemeinsames Liebeswochenende für ein Familienduell geopfert wurde?

Zuerst brachte ich hinter mich, was ich schon lange hätte tun sollen. Ich rief Sarah an, um endlich eine Aussprache zu vereinbaren.

Das Familientreffen würde sich gut mit meiner Beichte Sarah gegenüber verbinden lassen, bloß hatte ich vergessen, dass Sarah nicht in Berlin war.

»Ich würde ja gerne kommen, eure Familientreffen sind legendär, aber ich bin doch jetzt zwei Wochen lang unterwegs. Hab ich dir aber auch gesagt. Erst bin ich auf der Fortbildung in München, und dann hänge ich eine Woche Italien dran und besuche Dani. Ist ja nicht weit von München.«

Was war ich nur für eine treulose Freundin! Vor lauter Clemens und Zickenkrieg im Job hatte ich wirklich vergessen, dass Sarah ab morgen erst mal verreist war. Einerseits erleichtert, anderseits mit noch schlechterem Gewissen wünschte ich ihr viel Spaß, nicht ohne anzukündigen, dass wir dringend sprechen mussten, wenn sie wieder zurück war.

»Worum geht's denn? Ist was passiert?«, fragte sie besorgt.

»Das will ich dir nicht am Telefon sagen, lass uns sprechen, wenn du wieder da bist«, bog ich schnell ab.

»Aber mit dir ist nichts Schlimmes, oder? Es geht dir doch gut?«

Jetzt fühlte ich mich noch schlechter. Sarah dachte sofort an mich und wie es mir ging, und ich würde ihr wehtun müssen, und das, obwohl ich mich nur verliebt hatte.

»Huhu, Gretchen, wie schön, dich zu sehen. Ich dachte, ich überrasche dich einfach mal bei der Arbeit!«

Es war Freitagnachmittag. Vor mir stand die Frau, die lieber Eva als

Mama genannt werden wollte, wie immer ausdrucksstark gekleidet, das lange glatte Haar dunkel mit rotem Hennastich gefärbt. Um den Hals trug sie eine dieser schweren Edelsteinketten, die eine ihrer kreativen Goldschmiede-Freundinnen entworfen hatte, Unikat versteht sich und auch als Schutzzauber einsetzbar. Wenn man es nicht besser wüsste, konnte man meinen, meine Mutter arbeitete als professionelle Wahrsagerin und nicht als Lehrerin.

Was um alles in der Welt machte sie hier? Und wo war mein Vater?

Natürlich hatten alle sie sofort bemerkt, kein Wunder bei ihrem Organ und der Aufmachung. Meine Kolleginnen kamen interessiert aus ihren Büros und mussten rein zufällig kopieren oder sich Kaffee nachschenken. Meine Mutter, das Zirkuspferd, wie mein Opa sie gern nannte, war das, was man eine Erscheinung nannte, ich fand Naturgewalt das treffendere Wort.

»Was machst du denn hier, Mama? Ich muss noch arbeiten!«

Unbeeindruckt umarmte sie mich und stellte sich gleichzeitig den Hälse reckenden Kollegen mit »Ich bin Eva, Gretchens Mutter« vor.

»Und wo ist Papa?«

»Frank hat seine erste Stunde bei diesem Schamanen in Kreuzberg. Meine Messe beginnt erst morgen, und da wollte ich sehen, wo du arbeitest und wie sich deine Arbeit anfühlt!«

Mir schwante Übles. Sie würde doch nicht einen Vorwand gesucht haben, um meinen Arbeitsplatz nach esoterischen Gesichtspunkten zu durchleuchten? Stiftung Warentest für Paranormales sozusagen. Ein bisschen Auren spüren hier, ein wenig Fengshui dort. Wehe, wenn sie eine Wünschelrute auspackte!

Bevor ich mich versah, war sie umringt und sofort in Gespräche vertieft.

Vorstellen musste ich sie also nicht mehr.

»Gretchen, wir leihen uns mal schnell deine Mutter aus. Sie soll mal ein paar Räume anschauen wegen Chi und so.«

So schnell konnte ich gar nicht gucken, schon waren Marion und die neue Praktikantin mit ihr verschwunden. Das gab mir immerhin Zeit, um Clemens vorzuwarnen. Bei meiner Mutter mit ihrer impulsiven, schonungslos direkten Art wusste man nie, was sie auslöste. Es war auf alle Fälle besser, Clemens auf sie vorzubereiten. Zum Glück war Marion als Erstes mit meiner Mutter in ihr Büro gegangen, denn so konnte ich mich schnell in Clemens' Reich stehlen.

Clemens war sehr erfreut, mich zu sehen, und wollte mich sofort küssen. Ich wehrte ab.

»Meine Mutter ist hier!« Anscheinend sah ich panisch genug aus, denn Clemens ließ sofort von mir ab.

»Ist was passiert?«

Hach, er war einfach großartig. Machte sich als Erstes Sorgen, anstatt die Beine in die Hand zu nehmen und so schnell wie möglich wegzurennen. Aber wenn er sie erst einmal kennen gelernt hatte, würde seine Reaktion beim nächsten Mal bestimmt anders ausfallen.

»Nein, es ist nichts passiert. Meine Eltern sind dieses Wochenende zu Besuch, das wollte ich dir noch sagen. Wie du dir seit dem Indienabend denken kannst, sind sie eben ein wenig anders als die meisten Eltern. Also falls dir meine Mutter gleich über den Weg laufen sollte, wundere dich nicht!«

Ich hatte noch nicht einmal den Satz zu Ende gesprochen, da hörte ich ihre Stimme vor Clemens' Büro. Sie schien sich prächtig mit Marion und den anderen zu verstehen.

»Ach, und hinter dieser Tür verbirgt sich also euer legendärer Chef. Ich würde mich ja allzu gerne schnell bekannt machen.«

Bevor ihr jemand antwortete, klopfte sie an und stand, ohne ein »Herein« abzuwarten, plötzlich in Clemens' Büro.

Berührungsängste waren meiner Mutter fremd. Mit der gleichen Unerschrockenheit würde sie auch beim Vorstand der deutschen Bank reinmarschieren – schließlich sind wir alle gleich – und munter drauflosduzen. Ja, wenn man finanziell abgesichert war und wusste, dass ein so großes Erbe auf einen wartete, das selbst die Schuh-fanatische philippinische Diktatorenwitwe Imelda Marcos im Kaufrausch nicht durchzubringen schaffte, konnte man es sich leisten, politisch korrekt zu sein, auf die Barrikaden zu gehen und gegen einfach alles zu sein. Wahrer Luxus war das.

»Clemens?« Meine Mutter war in ihrer erfrischenden Art, andere würden es dreist nennen, einfach auf seinen Schreibtisch zugestürmt.

Nach ihrem »Ich bin okay, du bist okay«-Lächeln musste er sie einfach sympathisch finden. Meine Mutter schaffte es tatsächlich immer, dass die Leute sie mochten und sich vertrauensvoll an sie wandten, ja, ihr sogar Dinge anvertrauten, die sie lieber mit ins Grab nehmen sollten. Man wunderte sich, wie viele auf den ersten Blick vernünftige Menschen sich plötzlich Karten legen ließen, Reinigungsrituale mitmachten und sich am Ende sogar einen Schutzzauber von ihr anhexen ließen.

Eigentlich hätte man sie unglaublich gut mit ihrer überzeugenden Art im Verkauf einsetzen können.

»Ich bin Eva, Gretchens Mutter. Und du bist also Clemens. Verstehe. Du siehst ja wirklich umwerfend aus, da hat Gretchen nicht zu viel versprochen.«

Ja, es gab einen Grund, weshalb ich hatte vermeiden wollen, dass meine Mutter auf Clemens traf, und in diesem Moment wusste ich wieder, welcher das war. Ging es noch peinlicher? Jetzt dachte Clemens, dass ich ihn mit meiner Mutter durchgehechelt hatte. Es hätte mich nicht gewundert, wenn er gerade überlegte, wie er mich elegant loswerden könnte, aber man merkte ihm nichts dergleichen an.

Stattdessen lachte er. Wenn mich nicht alles täuschte, hatte sie schon wieder gewonnen, Clemens mochte sie.

Sie wandte sich mir zu.

»Was du mir aber verschwiegen hast, ist seine Aura! So etwas Unglaubliches habe ich ja noch nie gesehen. Diese Farbkombination und so fließend, überhaupt nicht abgegrenzt, unglaublich!«

Clemens sah sie interessiert an.

»Was heißt das denn genau?« Hilfe, er gehörte also auch zu der Sorte, die ganz vernünftig wirkten, bis sie meiner Mutter in die Hände fielen.

Was würde erst passieren, wenn meine Mutter von Clemens' Liebe für Indien erfuhr? Nicht auszumalen! Er würde sie bitten, bei uns einzuziehen und in der Mitte des Bettes zu schlafen!

»Lieber Clemens. Das bedeutet eine Menge, aber das sage ich dir lieber unter vier Augen, das ist eine sehr private Sache.«

Clemens blickte sie gespannt an.

»Ich habe keine Geheimnisse vor Gretchen. Sie können mir ruhig sagen, was es bedeutet.«

Wie niedlich von ihm, nur leider aussichtslos.

»Lass mal, ich muss sowieso noch meinen Artikel zu Ende schreiben.«

Wenn ich etwas vermeiden wollte, dann eine unnötige Diskussion mit meiner Mutter.

Draußen warteten schon die anderen.

»Mensch, hast du eine tolle Mutter! Eva ist ja so interessant und offen, wenn ich mir dagegen meine Spießereltern vorstelle.«

So war das wohl. Man wollte immer das, was man nicht hatte. Meinen linken Arm hätte ich mir früher für ein Paar Spießereltern abgehackt, die mich im Benz zur Schule gefahren und mir Tennisschläger zum Geburtstag geschenkt hätten.

In unserem Büro war Michi damit beschäftigt, ihren Schreibtisch wie wild herumzuschieben, auch den Sessel und die Lampe hatte sie umgestellt. Es war rührend zuzusehen, wie sie sich mit ihren dünnen Ärmchen abmühte.

»Was machst du denn da, Michi? Brauchst du Hilfe?«

Erschöpft ließ sie sich in den Sessel plumpsen.

»Ja, bitte, der Schreibtisch ist schwerer, als ich dachte, und wenn ich ihn in die Reichtumsecke stellen will, muss er ganz nach hinten.«

Super, Michi hatte also auch schon von meiner Mutter Instruktionen erhalten.

»Eva, also deine Mutter, rechnet mir noch mein persönliches Fengshui aus, damit wir sehen, welcher Himmelsrichtungstyp ich bin. Dann muss ich vielleicht noch mal schieben. Das ist jetzt erst mal das normale Bagua. Deine Mutter ist 'ne tolle Frau!«

Es war nicht zu fassen. Sie brauchte keine halbe Stunde, und schon lag ihr die Redaktion zu Füßen.

»Die tolle Frau ist gerade bei Clemens und spricht mit ihm über seine ungewöhnliche Aura«, rutschte mir heraus.

Michi fand das vollkommen in Ordnung und überlegte laut, ob meine Mutter ihre Aura auch noch bestimmen könnte. Da ich die Einzige war, die noch normal dachte, setzte ich mich an den Laptop und begann an meinem Artikel zu arbeiten.

Zwei geschlagene Stunden später bekam ich meine Mutter wieder zu Gesicht. Sie sah leicht erschöpft aus, aber ihre Wangen leuchteten. Klar, sie hatte ihre Eso-Botschaften unters Volk bringen können. Zu gern hätte ich gewusst, was sie mit Clemens besprochen hatte, aber dafür kannte ich meine Mutter zu gut, als dass ich gefragt hätte. Sie sprach nie über ihre Sessions mit anderen, was ich im Prinzip auch richtig fand. Nur bei Clemens hätte es mich eben schon interessiert, vor allem weil die Sitzung zwei Stunden lang gedauert hatte.

Ich zog meine Jacke über und wollte sie so schnell wie möglich fort von hier bringen, bevor meine Mutter noch mehr Unfug anrichtete.

»Es ist schon fast sieben. Meinst du nicht, wir sollten langsam los? Papa und Rudi warten bestimmt schon auf uns.«

Ich wollte nicht wissen, in welchem Zustand, denn mein Vater nach seiner ersten Schamanenstunde, das konnte ebenfalls anstrengend werden. Er nahm solche Seminare immer sehr ernst, arbeitete sich tief in die Materie ein und ließ einen detailliert daran teilhaben, ob man wollte oder nicht.

Meine Mutter packte ihre Sachen zusammen, nicht ohne mir einen Schutzkristall auf den Schreibtisch zu stellen und eine Stoffhandyhülle mit durchwobenen Metallfäden hinzulegen, begleitet von der dringenden Aufforderung, mein Handy ab jetzt darin mitzuführen, damit ich vor den Strahlen, die Hirntumore hervorrufen konnten, geschützt war. Michis entsetzten Blick deutete sie richtig und packte eine zweite Hülle dazu. Sie und eine ihrer Yogafreundinnen entwarfen die Dinger und verkauften sie eigentlich superteuer samstags auf dem Wochenmarkt.

Während sie und Michi über die Handyschutzhülle sprachen, stahl ich mich kurz davon in Clemens' Büro.

Er strahlte übers ganze Gesicht. »Gretchen, deine Mutter ist eine Wucht. Ach, was sage ich da, eine Magierin, eine Weise. Sie hat unglaubliche Fähigkeiten. Das Gespräch – oder die Sitzung, sagt man eher, nicht? – war so reinigend und wohltuend.«

»Schön, freut mich. Du, wir packen es jetzt mal. Ich wollte nur sagen, dass wir uns dieses Wochenende nicht sehen können, meine Eltern und meine Großeltern werden mich und Rudi die ganze Zeit belagern.«

Clemens sah kurz enttäuscht drein, fing sich aber schnell wieder und überlegte dann laut, spontan übers Wochenende einen alten Freund im Süden zu besuchen.

Er flüsterte mir etwas wie »Vorfreude und Sehnsucht steigern die Lust und Liebe« ins Ohr, gab mir einen langen Kuss mit Vorgeschmack auf das, was mich bei unserem Wiedersehen erwarten würde, und wandte sich immer noch beseelt seinen E-Mails zu.

Es war wie immer! Seit einer geschlagenen Viertelstunde diskutierten wir, ob man die Foie Gras, die meine Großeltern mitgebracht hatten, unbedenklich essen konnte oder nicht. Zwar würde meine Mutter als Vegetarierin nichts davon essen, was sie aber nicht im Geringsten davon abhielt, allen, die vorhatten, eine Scheibe zu nehmen, den Appetit zu verderben, indem sie detailliert die Haltung der Gänse beschrieb, wie die armen Tiere gestopft wurden, und dann noch erläuterte, wie viel Abfall sich in so einer Gänseleber anhäufte. Da könne man ja gleich einen Mülleimer mit Sonderabfällen spachteln.

Mir wurde es zu blöd! Erstens mochte ich Foie Gras sowieso nicht, und zweitens war ich schon genervt genug, das Familienessen ausgerechnet in meiner Wohnung auszurichten. Leider war mir nichts anderes übrig geblieben, denn ein Restaurant zu finden, das sowohl meinen Eltern als auch meinen Großeltern genehm war, stellte sich immer wieder als Ding der Unmöglichkeit heraus.

Meine Großeltern wollten natürlich vornehm speisen, am liebsten französisch, was sich bekanntlich gern blutig und speziell gestaltete. Schnecken und fast rohes Fleisch waren nun mal nicht jedermanns Sache. World Food aber auch nicht. Man saß in den Restaurants, die meine Eltern vorschlugen, meistens auf dem Boden, es gab besagtes World Food, das man mit den Fingern aß und das meistens so scharf war, dass selbst mir als hart gesottener Chiliesserin die Tränen kamen, dazu lief unsägliche Musik. Nicht, dass ich Trommeln oder Gamelanmusik generell nicht mochte, aber in der Penetranz und Lautstärke zusammen mit all den Gutmenschen, die sich die ganze Zeit wohlwollend zulächelten, weil sie alle das Richtige taten und sich den Himmel untereinander aufteilen würden, war mir zu viel.

Diplomatisch wie ich war, hatte ich einfach alle zu mir eingeladen, um uns wenigstens einen Streit im Vorfeld zu sparen, auch wenn es für mich bedeutete, dass ich selbst kochen musste. Das Gute daran war, dass weder meine Eltern noch meine Großeltern wagen würden zu meckern, wenn die einzige Tochter bzw. Enkelin sich für sie ins Zeug legte.

»Rudi, hilfst du mir bitte in der Küche?«

Rudi sah mich dankbar an, er wurde gerade von unserem Großvater ins Kreuzverhör genommen, der wissen wollte, wann Rudi endlich sesshaft würde, um eine Familie zu gründen und die lang ersehnten Urenkel zu liefern. Großvater dachte gar nicht daran, Rudi so einfach gehen zu lassen.

»Junge, was willst du denn in der Küche? Das ist doch Frauensache!«

Sein Statement zog erwartungsgemäß einen erzürnten Aufschrei meiner Eltern nach sich.

Schnell aus der Schusslinie und ab in die sichere Küche. Die Wortfetzen »Wir haben unsere Kinder gleichberechtigt erzogen« und »Ja, das merkt man, so verwirrt wie die heutige Generation ist. Da weiß doch keiner mehr, wer Mann und wer Frau ist« drangen selbst durch die geschlossene Küchentür.

Rudi und ich mussten schallend lachen! Die Grundsatzdiskussionen waren in vollem Gange.

»Schwesterlein, womit vereinen wir die Streithähne denn heute? Hast du dir schon ein gutes Thema ausgedacht, das beide Parteien nicht gut finden werden und sie für einen kurzen Moment gegen uns vereint?«

Ja, so einfach war es nicht, die Themen gingen langsam aus. Das letzte Mal hatte ich mich für Zwangsreligionsunterricht sämtlicher Glaubensrichtungen an deutschen Schulen eingesetzt mit zweifacher Wertung im Abitur.

»Hm, wie wär's mit verbilligtem genmanipulierten Kaviar für Mensas, damit unsere zukünftige Elite standesgemäß isst?«

Rudi lachte wieder los.

»Die haben schon 'nen Knall, findest du nicht? Wie kann man in dem Alter immer noch so starrköpfig sein und sich wegen allem streiten? Die müssen doch inzwischen wissen, dass sie in keinem Thema einer Meinung sind und keiner auch nur einen Millimeter von seiner Überzeugung abrücken wird. Die ganze Streiterei bringt nichts außer Bluthochdruck, oder hat jemals einer nachgegeben? Gelassenheit im Alter scheint an allen vorbeigegangen zu sein.«

Allerdings. Zumindest konnte man niemandem in der Familie vorwerfen, konfliktscheu zu sein. Da kam alles auf den Tisch, ob man wollte oder nicht. Einfach mal zu schlucken und sich still seinen Teil denken, das war bei uns nicht drin.

»Hast du dir mal überlegt, dass es denen vielleicht gar nicht um Themen oder Inhalte, sondern ums Streiten an sich geht? Ich hab das Gefühl, dass sie das antreibt und hochputscht. Hinterher die roten Wangen, die glitzernden Augen und die Gewissheit, noch einen Monat von den unglaublich schwachsinnigen Kommentaren und Meinungen der jeweils anderen zehren zu können, scheint mir ihr Leben zu bereichern. Eine spezielle Art der Kommunikation!«, gab ich zu bedenken.

Meine Art der Kommunikation war es bestimmt nicht. Ich war froh, wenn alles harmonisch und zivilisiert zuging.

Rudi fing an, Salat zu putzen, die Vinaigrette war schon fertig. Nach dem Salat würde es eine Maronensuppe mit Sherry geben. Hoffentlich verflog nicht aller Alkohol, der Stimmung war Alkohol zuträglich. Als Hauptgang gab es selbst gemachte Pasta mit Trüffeln, Walnussöl und Parmesanhobeln – dekadent genug für meine Großeltern und vegetarisch für meine Mutter. Zum Nachtisch stand Panna cotta mit frischer Himbeersauce bereit, natürlich ohne Gelatine und mit Agar-Agar. Sollte mal einer wagen, etwas an dem Menü zu bemängeln!

Es klingelte.

Rudi trocknete sich die Hände ab.

»Das ist Ben, ich mach auf.«

Stimmt, hatte ich fast vergessen. Das Publikum war noch nicht da. Leila musste auch jeden Moment kommen, ich hatte sie als Sarahs Ersatz eingeladen.

Seit unserem Streit bei Sarahs Essen hatte ich Ben weder gesehen noch gesprochen. Mir war etwas mulmig zumute. Hoffentlich wurde es nicht gleich verkrampft. Das fehlte noch.

Ein Wochenende mit Familie und Ben, der womöglich noch sauer war, aber kein Clemens!

Ach Clemens!

Was er wohl gerade machte? Ich vermisste ihn schmerzlich nach bereits nur einem Tag und konnte an nichts anderes denken. Bisher hatte er sich nicht gemeldet, ich wusste nur, dass er Freunde im Süden besuchte, aber wer sie waren, ob männlich oder weiblich, wusste ich nicht. Die Momente mit ihm waren immer so intensiv und einnehmend, dass ich komplett vergessen hatte, nachzufragen, was seine Vergangenheit oder familiäre Situation betraf.

Ben steckte gut gelaunt den Kopf zur Tür herein. Kein Anzeichen von schlechter Laune. Typisch, tat mal wieder so, als ob nichts vorgefallen war. Mir sollte es recht sein.

»Na, wie steht's? Wer gewinnt?« Ben, der meine Familie gut kannte, sah die Treffen als eine Art Verwandtschafts-Championsleague.

Er vergab Punkte nach verschiedenen Kriterien, wie zum Beispiel: wer öfter empört den Mund aufriss; wer häufiger »lass mich bitte ausreden, ich hab dich auch ausreden lassen« sagte; wer erfolgreicher Unbeteiligte auf seine Seite zu ziehen vermochte durch Sätze wie »Sag Ben, das siehst du doch auch so, oder?«. Außerdem gab es Bonuspunkte für denjenigen, der als Erstes sagte »Das hat eh keinen Sinn, mit euch zu diskutieren!«.

»Keine Ahnung. Ich hab mich zurückgezogen, aber wenn du dich nützlich machen willst, schenk am besten Wein nach!«

Wie gesagt, sie abzufüllen war die einzige Möglichkeit, die Situation zu entschärfen, denn zum Glück wirkte sich der Alkohol bei allen gleich aus. Sie wurden müde, und ihre Reaktionen verlangsamten sich, was die Aggressivität aus den Gesprächen nahm, und Streit in Zeitlupe war schon lustig.

Ben legte seinen Motorradhelm ab.

»Mach ich gleich. Schau mal, ich hab dir was mitgebracht.«

Wie aufmerksam, ob da das schlechte Gewissen nachgeholfen hatte?

Ich riss das Geschenkpapier auf. Es war *In the mood for love,* einer meiner Lieblingsfilme von Wong Kar-wai. Obwohl Filme meine Leidenschaft waren, besaß ich kaum DVDs, was daran lag, dass ich nur wenige Filme mehrmals schauen wollte.

Aber *In the mood for love* gehörte dazu, den hätte ich mir bald selbst gekauft.

»Danke! Woher wusstest du, dass ich den Film mag und noch nicht habe?«, freute ich mich.

Ben grinste.

»Hast du dich noch nie gefragt, wer eigentlich deine Filmrezensionen liest? Also, ich bin das, und von daher weiß ich, dass du den Film magst. Ich übrigens auch. Und dass du den Film noch nicht hast, lässt sich ja einfach rausfinden. Ich will nicht zu viel verraten, aber du solltest vorsichtig sein. Es gibt da undichte Stellen in deinem Umfeld.«

Ja, Ben konnte charmant und nett sein, wenn er wollte.

»Leute, wir brauchen Nachschub, wo sind die Flaschen, und wo bleibt Leila? Wir sollten mit dem Essen anfangen, da sind sie eine Zeit lang abgelenkt.«

Rudi wirkte unlocker, was sehr selten vorkam. Bestimmt hatte mein Großvater wieder das Bindungsthema aufgegriffen und Rudi nach einer festen Freundin gefragt.

»Rudi, geh einfach runter und hol Leila. Ben, kannst du mir bitte helfen, den Salat zu servieren?«

Mit Salattellern balancierend machten wir uns auf in die Höhle der Löwen. Fast gleichzeitig kam Rudi mit Leila dazu. Sie sah mal wieder umwerfend aus, mit ihren schwarzen langen Haaren, der getönten glatten Haut und den strahlend weißen Zähnen.

Meine Großeltern schienen ebenfalls von ihrer Erscheinung angetan zu sein und lächelten freundlich.

»Sie kommen Brasilien, ja? Gefällt Deutschland?«

Meine Großmutter, die in ihrem Leben ganz im Gegensatz zu meiner Mutter kaum in Berührung mit anderen Kulturen gekommen war, ausgenommen ihr Personal, nahm einfach an, dass jeder, der anders aussah, kein Deutsch verstand oder zumindest nur rudimentär. Nur so war zu erklären, weshalb sie gebrochen und langsam sprach und jedes Wort so betont formte, als ob Leila Lippenleserin sei.

Leila war zu souverän, um sich darüber aufzuregen. Sie lächelte freundlich zurück und antwortete in schönstem Hochdeutsch.

»Ja, ich bin zwar in Brasilien geboren, aber nach Deutschland gekommen, als ich zwei Jahre alt war.«

Meine Großmutter, wie immer tadellos und elegant gekleidet mit silberner Föhnwelle, wusste Leila offensichtlich nicht einzuordnen.

»Sie sprechen ja sehr gut deutsch? Man hört gar keinen Akzent. Und arbeiten Sie auch?«

Mir wurde die Fragerei unangenehm.

Leila hingegen schien diese Art Interesse gewöhnt zu sein.

»Ja, ich habe Modedesign studiert und arbeite seit einigen Jahren in meinem eigenen Geschäft als Designerin.«

Das klirrende Geräusch war das einstürzende Weltbild meiner Großmutter, der es zwar an materiellen Dingen nie gefehlt hatte, aber die man nun auch nicht als aufgeschlossene Kosmopolitin bezeichnen konnte.

In ihrer Welt arbeitete Leila als Zimmermädchen oder hielt sich illegal im Land auf.

»Wie war der Salat? Jetzt gibt es Suppe«, versuchte ich, die peinliche Fragerei zu beenden, doch so schnell gab meine Großmutter nicht auf.

»Das ist ja interessant. Schneidern Sie dann Sambakostüme?«

Immerhin siezte sie Leila.

»Nein, ich entwerfe meine eigene Kollektion und lasse schneidern. Wenn Sie mögen, zeige ich Ihnen meine neue Kollektion. Ich habe unten einen Katalog.«

Leila war wirklich durch nichts aus der Ruhe zu bringen. Diese Gelassenheit.

»Aber Seide verwenden Sie dann bestimmt viel, oder?«, überlegte meine Großmutter, die hoffte, dass sich wenigstens ein Klischee bewahrheiten würde.

Bevor Leila antworten musste, zog ich sie mit in die Küche.

Zum Glück war sie amüsiert und kein bisschen beleidigt.

»Du weißt, du bist freiwillig hier und kannst jederzeit gehen«, bot ich ihr an.

Doch Leila dachte gar nicht daran.

»Spinnst du, jetzt, wo es spannend wird? Ich finde es super interessant. Mir ist sofort klar geworden, weshalb deine Mutter ist, wie sie ist, und wieso sie sich deinen Vater als Mann ausgesucht hat.«

Na dann, viel Spaß bei der Familienforschung. Leila war schon zur Küchentür raus, da drehte sie sich noch einmal zu mir um.

»Ach, was ich dir übrigens schon die ganze Zeit sagen wollte. Dein Clemens ist 'ne Wucht! Ich hab ihn ja nur kurz im Treppenhaus kennen gelernt, aber dass der ganze Damenbataillons um den Verstand bringt, glaube ich sofort. Ich glaube, das liegt an seinem Blick. Er sieht einen so interessiert und intensiv an, dass man meint, man sei der erste Mensch, der ihm je begegnet sei. Ich glaube, er kann mit einem Blick in das Innerste anderer Menschen sehen. Und irgendwie hat er mich einen Tick länger angesehen, als es nötig gewesen wäre«, sinnierte sie weiter. Höchste Zeit, Leila wieder ins Wohnzimmer zu schicken.

Bis zum Hauptgang verlief alles extrem ruhig, beängstigend ruhig sogar. Wir würden doch nicht etwa dem Weltfrieden ein Stück näher rücken? Aber nein, planmäßig zur Trüffelpasta war wieder alles beim Alten.

Mein Vater konnte sich natürlich nicht verkneifen zu bemerken, wie überzogen und dekadent die Preise für so ein bisschen Trüffel waren, während es drei Viertel der Weltbevölkerung an Grundnahrungsmitteln fehlte.

»Also mir schmeckt's!«, giftete mein Großvater zurück und nahm sich als Provokation noch mal nach, bedacht darauf, extra viele Trüffelblättchen auf den Teller zu häufen.

Mein Vater, von jeher cholerischer Natur, trotz Meditation und Rückreisen in vergangene Leben, konterte: »Ja, dein Gewissen wollte ich haben. Hauptsache, uns geht es gut und wir schlagen uns den Bauch voll, während andere Menschen verhungern.«

Der Klassiker, den hatten wir schon lange nicht mehr. Mein Großvater, von einer auf die nächste Sekunde ganz blau im Gesicht vor Aufregung, schoss zurück.

»Das musst du gerade sagen. Hast du jemals mehr dagegen getan, als zu spenden, du scheinheiliger Hippie?«

Er fuchtelte wild mit den Armen und zeigte auf Leila.

»Hier, ihre Eltern dürfen mit dem Finger auf andere zeigen. Nicht du. Anstatt nur Reden zu schwingen, haben ihre Eltern ein armes hungerndes Kind aus Südamerika adoptiert, es in ihr Haus geholt und es großgezogen, wer weiß, was sonst aus dem Mädchen geworden wäre. Man weiß ja, wie sie in Brasilien mit Straßenkindern umspringen. Das nenne ich Nächstenliebe!«

Oh mein Gott! Wo war die Tür? Ich wollte einschreiten, doch Leila war schneller.

»Äh, das ist ja nett gemeint, aber ich bin nicht adoptiert. Mein Vater ist als Diplomat in der brasilianischen Botschaft in Deutschland tätig, und meine Mutter ist Lehrerin an der internationalen Schule.«

»Was?« So schnell hatte ich meinen Großvater noch nie seinen Kopf bewegen sehen.

Ben musste sich das Lachen verkneifen und flüchtete in die Küche, Rudi hinterher. Meine Mutter sah sich wieder einmal darin bestätigt, wie erzkonservativ und reaktionär ihre Eltern waren, und legte nun ihrerseits los. Zwischendrin entschuldigte sie sich nach jedem Satz bei Leila für das unmögliche und taktlose Verhalten ihrer Eltern und versuchte vorsichtig herauszuhören, ob Leila öfter in Deutschland mit dieser Art Vorurteil und Anfeindungen leben müsse. Den Blick kannte ich. Sie suchte nach traumatisierten Frauen, die sie unter ihre Fittiche nehmen konnte.

Mein Handy klingelte. Clemens!

Schnell ging ich ins Schlafzimmer, um ungestört sprechen zu können. Bevor er etwas sagen konnte, legte ich los.

»Hol mich hier raus. Es ist mal wieder die Hölle! Gerade beleidigen sie alle Leila, jeder auf seine Weise, und wir sind noch nicht mal beim Nachtisch!«

Clemens lachte sein unverwechselbares, leicht raues Lachen. Es tat so gut, seine Stimme zu hören.

»Wenn ich es richtig interpretiere, habt ihr Spaß, oder? Sag, ich versteh nicht, wie man mit Eva in Streit geraten kann. Sie hat so viel Verständnis.«

Clemens hatte sie ja auch erst einmal getroffen und wusste noch nicht, dass meine Mutter für alle und jeden, nur nicht für ihre eigenen Eltern Verständnis aufbrachte. Nicht, dass ich von ihr verlangte, verstaubte Ansichten zu akzeptieren, aber sich einmal zurückzuhalten um des lieben Friedens willen wäre eine willkommene Abwechslung.

»Abgesehen vom Familienzwist, vermisst du mich schon? Also, ich denke die ganze Zeit an dich und bin völlig abwesend. Wir sehen uns aber Sonntagabend, wenn ich wieder da bin und deine Familie weg ist?«

Wieso wusste Clemens immer genau das Richtige zu sagen? Ein Anruf, ein Lachen von ihm, und das Leben war leicht, meine Stimmung in Topform und die Schmetterlinge am Flattern. Wie konnte ein Mann so mein Leben verändern. Da orakelten alle immer, es liege nur an einem selbst, wie man sich fühlt … und wer allein nicht glücklich sei, würde es erst recht nicht zu zweit. Von wegen, mit Clemens wären selbst die verbitterte Marquise de Merteuil aus *Gefährliche Liebschaften* und Cruella DeVil aus *101 Dalmatiner* glücklich geworden.

Glückselig und mit leicht debilem Grinsen im Gesicht legte ich auf und stieß prompt im Flur mit Ben zusammen, der meinen Gesichtsausdruck richtig deutete, sich einen Kommentar netterweise verkniff, mich stattdessen in Richtung Küche schob und mir flüsternd mitteilte: »Schnell, deine Mutter mischt irgendwas in den Nachtisch!«

Wie bitte? Konnte man die Meute denn nicht ein paar Minuten aus den Augen lassen? Wurde meine Mutter jetzt zur Giftmischerin aus Überzeugung, oder was ging hier vor sich?

Vorsichtig schlichen wir uns heran und tatsächlich, sie träufelte drei verschiedene Flüssigkeiten in die Himbeersauce.

»Was machst du denn da?«, rief ich sauer.

Meine Mutter zuckte vor Schreck zusammen und hätte beinahe ein Fläschchen fallen lassen.

Mit dem Zeigefinger vor dem Mund machte sie Zeichen, nicht so laut zu sprechen.

»Pssst. Ich mische Rescue-Bachblüten und einige Chakren in den Nachtisch. Die Aura deiner Großeltern sieht nicht gut aus, das wird ihnen gut tun. Und mithilfe der Bachblüten regen sie sich nicht mehr so schnell auf. Das funktioniert bei den Katzen zu Hause auch immer.«

Schön für sie oder für die Katzen, aber ich wollte nicht, dass jemand meinen Gästen irgendwelche Sachen ins Essen mischte … auch nicht, wenn es nur harmlose Bachblüten oder Chakrentropfen waren.

»Lass gefälligst diesen Eso-Quatsch sein. Das hier ist meine Einladung, und das hast du zu respektieren. Was du deinen Gästen ins Essen mischst, ist mir egal, aber hier bleibt alles so, wie es ist, verstanden?«

Unglaublich, aber wahr, selbst meine Mutter schien verstanden zu haben, dass sie den Bogen eindeutig überspannt hatte. Sie nickte kleinlaut und packte die Fläschchen wieder ein. Ob sie Rudi und mir auch Tropfen ins Essen mischte, wenn wir zu Hause aßen?

Die Himbeersauce schmeckte zum Glück wie immer, trotz Bachblüten und Chakren. Süßes setzt ja Endorphine frei, und dementsprechend friedlich war die Stimmung. Ich atmete auf. Wir waren schon beim Dessert, da konnte nicht mehr viel passieren, dachte ich zumindest.

Ben, der sich bisher nicht groß am Gespräch beteiligt hatte, wollte sich wohl interessiert zeigen und fragte meine Großeltern, was denn der eigentliche Grund ihres Berlinbesuchs war.

Die Augen meines Großvaters begannen zu leuchten, endlich konnte er über sein Lieblingsthema sprechen.

»Wir sind bei Freunden auf einen Generalsball eingeladen. Fast alles Generäle, die da kommen. Sehr anständige Menschen, pflichtbewusst und mutig.«

Mist! Wenn ich das gewusst hätte, wäre jedem striktes Frageverbot erteilt worden, denn die Diskussionen um die Bundeswehr oder um den Zivildienst gerieten jedes Mal völlig außer Kontrolle und waren, einmal eingeläutet, nicht mehr zu stoppen.

Wie auf Kommando legte mein Vater auch schon los.

»Mut ist Definitionssache. Ich finde es viel mutiger zu verweigern, Verantwortung zu übernehmen und Dienst an unserer Gesellschaft zu üben.«

Was jetzt kam, wussten alle. Mein Großvater würde irgendwas von »Waschlappen« und »Vaterlandsverrätern« rufen, mein Vater Gandhi zitieren, ab einem bestimmten Zeitpunkt schalteten sich dann meine Mutter und Großmutter ein, nicht etwa um zu vermitteln, wie man das Frauen gern nachsagt, sondern einzig und allein, um ihre Männer anzufeuern und zu unterstützen. Das Ganze gipfelte dann darin, dass mein Großvater meine Mutter fragte, wie sie nur diesen Mann hatte heiraten können, nur um noch einen draufzusetzen und zu betonen, dass ihm gerade einfiele, eigentlich seien sie vor dem deutschen Recht ja gar nicht verheiratet. Meine Mutter, die daraufhin alle »In der Ruhe liegt die Kraft«-Vorsätze über Bord warf, rief stets, dass sie einen Mann gesucht habe, der so wenig wie möglich mit ihrem Vater gemeinsam hatte, und das sei ihr ja offensichtlich gelungen. Ja, selbst einem Laien und Nicht-Außenstehenden wie mir war klar, wie viel Freude ein Psychologe an dieser Konstellation hätte. Unsere Familie wäre wohl so etwas wie der Sechser im Lotto für jeden Therapeuten. Bis wir mit systemischer Familientherapie, Stühlerücken und was man da noch so alles machen konnte, fertig wären, hätten wir dem Psychologen sein Haus, Urlaub und Praxisräume abbezahlt.

Ich weiß nicht, ob es daran lag, dass ich gerade mit Clemens gesprochen hatte und mich so glücklich fühlte und mir dieses Gefühl nicht verderben lassen wollte, oder ob einfach eine Grenze erreicht war, aber ich hatte endgültig genug.

Mit einer Bestimmtheit in der Stimme, die ich mir selbst nicht zugetraut hätte, unterbrach ich meinen Großvater, der gerade zum »Wie konntest du nur diesen Mann heiraten« ansetzen wollte.

»So, jetzt ist Schluss! Das ist meine Wohnung, ich hab den ganzen Tag nichts anderes gemacht als einzukaufen und euch ein Vier-Gänge-Menü zu kochen – und zum Dank darf ich mir eure albernen Streitereien anhören und muss mich vor meinen Freunden schämen! Seit wie viel Jahren kennt ihr euch jetzt? Ihr wisst, dass ihr in so ziemlich allem anderer Meinung seid und das auch immer bleiben werdet. So, und ab jetzt werden wir uns das Rumgekeife sparen, zumindest so lange ihr bei mir seid. Wenn noch einer anfängt zu streiten oder zu provozieren, fliegt ihr alle raus. Sprecht von mir aus über Blumen oder das Wetter, aber der Erste, der Streit anzettelt, den setze ich vor die Tür!«

Stille! Alle inklusive Ben und Leila schauten mich erstaunt an. Anscheinend war ich überzeugend gewesen, denn plötzlich verhielten sich alle kleinlaut und murmelten leise, ob sie bitte noch mal die Himbeersauce haben könnten, das Essen schmecke ja ausgezeichnet, und andere belanglose Dinge. Keiner von ihnen wagte, mir in die Augen zu blicken. Wow, ich konnte wohl richtig Autorität verströmen, das war eine neue Erfahrung.

Alle halfen anstandslos, das Geschirr abzutragen, und mein Großvater stellte seine Schale sogar direkt in die Spülmaschine, jawohl, er betrat die Küche, wo sich sonst seiner Meinung nach doch nur Frauen aufhalten sollten.

Ein bisschen ungewohnt und gezwungen war diese neue Harmonie, vor allem der betont höfliche Umgang – »Nach dir«, »Nein, nach dir« – wirkte sehr gestellt. Einmal noch wäre fast ein Streit entfacht, als meine Mutter erzählte, dass sie am nächsten Morgen auf die Esoterikmesse ging, während mein Vater seine Schamanenstunden besuchte. Mein Großvater wollte schon allein aus Gewohnheit etwas dagegen sagen, aber ein Räusperer und ein scharfer Blick von mir ließen ihn sofort verstummen. Ich war derart stolz, dass ich beschloss, falls es nichts mehr werden sollte mit der Karriere in den Medien, mich sofort als UN-Botschafterin für Krisengebiete zu bewerben.

Ben und Leila schienen eher enttäuscht ob der neuen Wendung, fast gelangweilt. Leila gähnte sogar kurz, bis Rudi ihr zuzwinkerte und sie wieder hellwach zurücklächelte.

Um die Stimmung in Gang zu bringen, fuhr ich sämtlichen Alkohol, den ich im Haus hatte, auf. Die Rechnung ging auf. Es dauerte nicht lange, da tranken Leila und mein Großvater Brüderschaft, meine Mutter erzählte Ben, wie ich als kleines Mädchen gewesen war. Mein Vater und Rudi versuchten, sich auf die schönste Frau aller Zeiten zu einigen, wobei Jane Fonda bei meinem Vater hoch im Kurs stand, Rudi sich dagegen überhaupt nicht festlegen konnte und von Kate Moss über Audrey Hepburn bis hin zu Cameron Diaz eigentlich alle toll fand. Meine Großmutter sang *»Do, do the Voodoo, that you do so well«*. Sie sang immer nur diese eine Zeile, den Rest des Textes hatte sie anscheinend schon vor langer Zeit vergessen, und ich räumte selig die Küche auf. Gegen eins war Ende, meine Eltern torkelten ins Gästezimmer, meinen Großeltern rief ich ein Taxi, das sie zum Adlon brachte, und Rudi begleitete sehr rührend und bestimmt nicht ohne Hintergedanken Leila ein Stockwerk nach unten.

Ben nahm seinen Helm in die Hand, er fuhr bestimmt noch zu Liv, und wollte sich verabschieden.

»Du willst doch in deinem Zustand nicht Motorrad fahren. Da kannst du auch gleich hier vom Balkon springen!«, warf ich energisch ein.

Ben sah sichtlich betrunken ein, dass das keine gute Idee war.

»Ich nehm mir ein Taxi, versprochen!«

Versprechen von Betrunkenen waren so eine Sache. Sicherheitshalber nahm ich ihm den Schlüssel ab. Ben kam näher und umarmte mich.

»Gute Nacht und danke. Das Essen war wirklich lecker!«

Er umarmte mich immer noch und drückte mich langsam immer fester an sich, ohne etwas zu sagen. Er sah mich an, und mein Atem ging ungewollt schneller, seiner auch. Ruckartig ließ er mich los und verschwand so schnell ich gar nicht gucken konnte.

Lag es an dem Alkohol, oder hatte ich gerade Schmetterlinge im Bauch gehabt? War das momentan angesagt, mich zu verwirren, so eine Art Volkssport unter Berliner Männern, oder waren einfach alle durchgedreht? Ben hatte Liv und ich den unglaublichen Clemens. Kaum hatte ich an Clemens gedacht, war Ben sofort vergessen, die Schmetterlinge zwar noch da, aber die flatterten eindeutig für Clemens, den Mann aller Männer!

Was für eine merkwürdige Zeit. Alles schien im Wandel zu sein und ich mitten drin.

Verkatert und viel zu früh weckte mich meine Mutter am nächsten Morgen.

»Magst du nicht aufstehen? Ich hab schon Frühstück gemacht!« Sie stellte zwar eine Frage, aber in einem Ton, der klar machte, dass sie kein Nein dulden würde. Ausschlafen war heute nicht drin, also quälte ich mich aus dem Bett und setzte mich völlig verschlafen an den Küchentisch.

Es roch nach frisch gebrautem Matetee, den meine Mutter erst kürzlich wieder entdeckt hatte. Anfang der Neunziger war Matetee der Renner gewesen, weil er angeblich entschlackte und einen dünn werden ließ.

Sie stellte mir eine Tasse hin, und ich nippte aus Anstand kurz daran, obwohl ich die bittere Brühe widerlich fand und mich nach schwarzem Kaffee sehnte. Aber heute verzichtete ich lieber auf meine Ration, denn meine Mutter würde mir wieder erklären, wie ungesund und schädlich Kaffee sei, und mir sagen, dass ich, wenn schon, Tee trinken solle.

»Wo ist denn Papa?«, fragte ich nach.

Meine Mutter holte selbst gebackene Dinkelbrötchen aus dem Ofen.

»Der ist heute ganz früh weg. Sein Kurs wollte den Sonnenaufgang mitnehmen.«

Das stellte ich mir lustig vor. Mein Vater hasste früh aufstehen, und wenn er verkatert war, hatte er extrem schlechte Laune.

Eigentlich hatte ich gar keinen Hunger, das Essen vom Vorabend war so viel gewesen, dass mein Magen noch voll war. Trotzdem nahm ich mir ein Brötchen, wenn meine Mutter sich schon so viel Mühe gemacht hatte. Sie nahm es wohlwollend zur Kenntnis und versuchte sofort, in die Verlängerung des Mutter-Tochter-Moments zu gehen.

»Sag, hast du nicht doch Lust, mit auf die Esoterikmesse zu kommen? Sieh dir das doch mal ganz unbefangen an, vielleicht entdeckst du ja sogar etwas Interessantes. Ich würde mich so freuen, und wir könnten etwas Zeit zusammen verbringen. Dein Clemens war ja auch nicht abgeneigt.«

Clemens das Totschlagargument. So viel hatte sie verstanden.

»Mama, sei mir nicht böse, aber ich glaube, mich interessiert das wirklich nicht. Ich würde mich lieber noch einmal hinlegen und ausschlafen. Übrigens, was Clemens angeht: Er ist zwar mein Clemens, aber das ist nicht offiziell. Es darf also keiner wissen, bis wir mit *Phosphor* die Marktführerschaft gesichert haben, okay?«

Sie seufzte und sah mich enttäuscht an.

»Na gut, ich will dich ja nicht zwingen. Dein Clemens ist übrigens ein äußerst interessanter Charakter, der hat fast mediale Fähigkeiten, würde ich sagen.«

Allerdings! Was Clemens anging, waren wir einer Meinung. Seine Fähigkeiten konnte ich auch nur als medial beschreiben.

»Allerdings …«, fuhr sie zögerlich fort.

Ich sah sie erwartungsvoll an.

»Allerdings solltest du sehr vorsichtig sein, was Clemens betrifft.

Ich habe sofort gespürt, dass er eine ganz besondere Aura hat, und sein Geburtshoroskop war auch sehr ungewöhnlich, so viele Schütze mit Waage/Venus Konstellationen habe ich zuvor nie gesehen. Dazu den Mond in den Fischen, macht ihn zu einem Getriebenen auf der Suche nach etwas, was er wohl sehr schwer oder nie finden wird. Und die Konstellation seiner Sterne bedeutet einen unruhigen, feurigen Jäger, Sammler, Abenteurer mit der Verführungsgabe der Venus und dem übergroßen Einfühlungsvermögen und der Mystik der Fische. Die Mischung macht ihn unwiderstehlich und gefährlich zugleich!«

War das ein Gespräch, das man gern unausgeschlafen zum Frühstück führte? Gut gemeinte und astrologisch fundierte Ratschläge besorgter Mütter?

»Heißt das, du magst ihn nicht?«

Wir sprachen immerhin von ihrem künftigen Schwiegersohn und Vater ihrer Enkel!

»Doch, sehr sogar. Ich glaube auch, dass er aufrichtige Gefühle für dich hat, aber ich weiß nicht, ob er gegen seine Natur ankann.«

Wenn das ihre einzige Sorge war, konnte ich beruhigt sein. Mir war wichtig, dass sie ihn mochte, alles andere würde sich fügen. Ihre Bedenken konnte ich nachvollziehen, bei so einem Prachtexemplar wie Clemens, Horoskop hin oder her.

Meine Mutter räumte die Küche auf, und ich durfte wieder ins Bett.

Hach, wie schön, zwischen den Daunen mit vollem Magen noch mal die Augen zu schließen, von Clemens zu träumen und die Ruhe nach dem Sturm zu genießen. Die Tür fiel ins Schloss, meine Mutter war auf dem Weg zur Esoterikmesse und ich auf dem Weg ins Traumland, wo Clemens schon wartete.

Von wegen, ich konnte nicht mehr einschlafen. Stattdessen wälzte ich mich von einer auf die andere Seite und dachte an nichts anderes als den enttäuschten Gesichtsausdruck meiner Mutter, nachdem ich gesagt hatte, ich würde sie nicht auf ihre Messe begleiten. Was war ich nur für eine schlechte Tochter. Da bat sie mich, sie zu begleiten, weil ihr die Messe so wichtig war, und ich wollte lieber ausschlafen. Ich beschloss, ihr hinterherzufahren, und das nicht nur aus schlechtem Gewissen heraus. Nein, tief in mir drin interessierten mich Dinge wie Kartenlegen oder Horoskope sehr. Allerdings so sehr, dass ich einen Heidenrespekt, ja fast Angst davor hatte, ich könnte alldem eine zu große Bedeutung beimessen. Mir wurde mulmig bei Übersinnlichem, Spirituellem, und deshalb hatte ich mir nach außen hin eine äußerst skeptische und nüchterne Haltung zu allem Übernatürlichen zugelegt. Bestimmt war die Abgrenzung zu meiner Mutter ein weiterer Grund gewesen, denn gemeinsam mit der Mutter zum Pendeln zu gehen findet man als Siebzehnjährige nicht sehr angesagt.

Mit dem Fahrrad machte ich mich auf den Weg nach Friedrichshain. Es wurde langsam Herbst. Die Blätter begannen sich rot und golden einzufärben, und die Sonne prallte nicht mehr ganz so heiß.

Inzwischen war ich einigermaßen ortskundig, aber auch ohne Wegweiser hätte ich die Messe nicht verfehlen können. Trauben von Menschen, die wie Klone meiner Eltern aussahen, strömten in Richtung eines großen Platzes, auf dem lauter bunte Zelte aufgebaut waren. Heutzutage war es ja kein Problem, auf Massenveranstaltungen zu gehen, denn man konnte sich per Handy ja jederzeit orten, es sei denn, man hatte eine Mutter, die Handys wegen der Strahlung strikt ablehnte und stattdessen Handyhüllen aus Seide und Metallfäden nähte. Am Eingang empfing mich eine Frau in meinem Alter, die recht normal aussah. Nachdem ich sage und schreibe fünfundzwanzig Euro Eintritt bezahlt hatte, fragte ich sie nach dem Stand, wo man Auren bestimmen lassen konnte.

»Da gibt's vier von. Hier ist ein Lageplan, ich kreuz dir die vier an, dann kannst du schauen, welchen Stand du suchst.«

Also nett waren sie hier zweifelsohne. Ich ließ mich ein wenig treiben und sah mir die Stände mit Kristallen und Edelsteinen gegen bestimmte Krankheiten, die Zelte mit Pendel- und Hexenbedarf an und blieb vor einem Zelt stehen, das einer Wahrsagerin gehörte.

Sie warb mit dem Slogan »Die Zukunft zu sehen ist nicht das Problem, dafür stark genug zu sein schon eher.« Hm, ob das eine kluge Taktik war? Mir machte das eher Angst. Anscheinend war ich einen Moment zu lange stehen geblieben, denn eine blonde Frau mit sanfter Stimme sprach mich an.

»Sie passen hier nicht her. Das ist Ihr erstes Mal auf der Messe, und Sie finden es beängstigend, dabei wüssten Sie zu gerne, wie es in Ihrer Liebesbeziehung weitergeht.«

Sahen heutzutage so Wahrsagerinnen aus? Wo waren die schwarz gefärbten langen Haare, roten Fingernägel und das metallic-dunkle Make-up? Wieso saß kein Rabe auf ihrer Schulter, und wo war die schwarze Katze, die ihr um die Beine strich?

Dieses kleine sanfte Wesen mit der Ausstrahlung einer Grundschullehrerin sollte die dunklen Geheimnisse des Schicksals sehen können?

Telepathisch schien sie zumindest in Form zu sein, denn sie sprach genau das aus, was ich dachte.

»Ich weiß, ich sehe nicht so aus, wie Sie sich das vorgestellt haben. Aber diese Gabe sucht man sich nicht aus. Man hat sie eben oder nicht, und wieso soll ich mich verkleiden, um einem Klischee oder einer veralteten Vorstellung zu entsprechen. Was ich sehe, ist so eindeutig, dass die Menschen schnell vergessen, dass ich optisch eher Blumen verkaufen könnte.«

Sie hatte mich neugierig gemacht.

»Was kostet denn eine Sitzung?«

Sie machte mir Zeichen, mit in ihr Zelt zu kommen.

»Es kostet, so viel es dir wert ist. Du gibst mir einfach, was du mir geben willst.«

Jetzt waren wir schon per du. Kurz überlegte ich, ob ich ihr die Gesetze der freien Marktwirtschaft erläutern oder ihr anbieten sollte, künftig für sie die Buchhaltung zu machen, aber wie um alles in der Welt wollte sie mit diesem Geschäftsprinzip überleben. Dann fiel mir ein, dass meine Mutter und all ihre Freunde bestimmt gern und mit vollen Händen viel Geld für ihre Weissagungen ausgeben würden.

Wir einigten uns, dass ich erst nach der Sitzung bezahlen würde.

Das Zelt war sehr gemütlich und überhaupt nicht okkult eingerichtet. Zwei schöne, große weiße Sitzkissen mit einem kleinen Tisch standen in der Mitte, überall waren Blumen und Kerzen aufgestellt. Engelsfiguren hingen an der Decke, und einer dieser Wasserbrunnen, der bei manchen Menschen das Bedürfnis weckt, dringend aufs Klo zu müssen, plätscherte vor sich hin. Es roch nach Vanille und Zimt, und wenn ich nicht gewusst hätte, dass ich im Zelt einer Wahrsagerin gelandet war, hätte es auch durchaus eine Zweigstelle von Laura Ashley sein können.

Birgit, so hieß meine Wahrsagerin, schenkte mir einen Roibuschtee mit Honig ein, holte ein Set Karten und begann zu mischen.

Sie schloss die Augen, atmete ruhig ein paar Mal hörbar ein und aus und fing dann an, mit leiser, konzentrierter Stimme zu mir zu sprechen.

»Denke jetzt bitte an deine Frage, nimm dir mit der linken Hand zehn Karten aus dem Stapel und gib sie mir der Reihe nach.«

Zugegeben, ich war nervös. Birgit nahm die Ziehung so ernst und schien überhaupt nicht durchgeknallt zu sein. Was, wenn sie wirklich in die Zukunft sehen konnte und ich das gar nicht wissen wollte.

Sie bemerkte, dass ich zögerte.

»Keine Angst, ich gebe dir Hinweise, Warnungen und Hilfsmittel, ich sage dir keine schlimmen Schicksalsschläge, die du nicht verhindern kannst. Wenn es dir zu viel wird, kannst du jederzeit abbrechen.«

Sie lächelte so warm und vertrauenerweckend, dass ich gleich beruhigter war.

Clemens, Clemens, Clemens dachte ich, während ich mit links zehn Karten zog.

Sie öffnete die Augen, legte die Karten in einen Kreis und drehte eine nach der anderen um. Die Karten waren mit bunten, mittelalterlichen Motiven verziert. Frauen mit langem, wallendem Haar, Reiter, ein Totenschädel mit Granatäpfeln umgeben, Briefe und Füchse waren auf meinen gezogenen Karten zu sehen.

Gespannt schaute ich auf Birgits Gesicht, um ihre Reaktion zu deuten.

Sie murmelte nur Ahas und Hms vor sich hin.

»Das ist ja komisch. So habe ich das erst einmal gesehen. Kannst du bitte zwei weitere Karten ziehen?«

Was hatte das denn zu bedeuten? Stand es so schlimm um meine Zukunft?

Birgit nahm die Zusatzkarten entgegen, drehte sie um, schüttelte den Kopf, sprach mehr zu sich als zu mir, »das ergibt alles keinen Sinn«, und bat mich, noch einmal drei Karten zu ziehen.

Sie drehte die drei Karten um und war mit einem Schlag hellwach.

»Also doch!«, entfuhr es ihr. Geduld war noch nie eine meiner Stärken gewesen, erst recht nicht, wenn meine Zukunft auf dem Spiel stand.

»Was sagen die Karten denn?«

Birgit holte tief Luft und begann zu sprechen, sehr klar und nicht in Trance, wie ich mir das eigentlich vorgestellt hatte.

»Ich weiß nicht, wie ich es ausdrücken soll, aber ich bekomme den Mann, nach dem du gefragt hast, nicht zu fassen. Kann es sein, dass er einen Zwillingsbruder hat?«

Gute Frage, ich wusste noch nicht mal, ob Clemens Eltern hatte oder der erste perfekte gentechnisch mutierte Mann aus einem geheimen südkoreanischen Genlabor war.

»Keine Ahnung, wir sind erst frisch zusammen.«

Birgit schüttelte weiter den Kopf.

»Das ist auch so seltsam, ich bekomme keine wirkliche Verbindung zu dir und ihm. Stattdessen habe ich lauter Umbrüche, Wandel, weibliche Einflüsse und Frauenkarten um deine Person herum liegen. Mindestens zwei, wenn nicht sogar drei sind sehr negativ und dir schlecht gesonnen. Eine verhält sich neutral, und zwei Einflüsse sind unterstützend und stärkend. Du wirst auf alle Fälle eine Überraschung erleben, die einen Umbruch, eine tiefe Zäsur in deinem Leben darstellt. Aber eine Frau, die dir momentan noch nicht sehr nahe steht, wird dich beschützen und auf dich aufpassen, denn ich muss dir leider sagen, dass ich alles in allem nur eines sehe, nämlich eine Schlangengrube und du mitten drin.«

Geld zurück! Ich wollte sofort mein Geld zurück! Blühende Landschaften, Heirat, Kinder, ewiger Reichtum – so etwas wollte ich hören, doch nicht, dass ich in einer Schlangengrube saß.

So leicht gab ich nicht auf.

»Aber was ist denn mit der Liebe? Ich bin glücklich verliebt wie noch nie. Was wird daraus werden?«

Birgit sah mich mit ihren hellgrauen Augen offen an. Sie war niemand, der einem etwas vormachte, das konnte ich spüren.

»Ich habe nicht gesagt, dass dein Glück in der Liebe versagen wird. Im Gegenteil, du hast die lang ersehnte erfüllte Liebe gefunden, aber für diese Liebe werden vorher Herzen gebrochen werden.«

Das war eine gute und schlechte Nachricht, wenn ich es richtig deutete.

»Kannst du nicht konkreter werden? Wessen Herzen werden gebrochen, und vor wem muss ich aufpassen?«, drängte ich.

Birgit schien mit sich zu ringen. Fordernd sah ich sie an. Wer A sagte, musste auch B sagen.

»Na gut, du wirst das nicht gerne hören, aber ich denke, du musst vor allem vor einer Person aufpassen, und das bist du selbst, denn du wirst dich in Gefahr bringen. Wenn ich dir einen Rat mit auf den Weg geben darf, dann vergiss nie, was dich ausmacht: dein großes Herz, deine Fähigkeit zu verzeihen, aber vor allem der Glaube, dass die Liebe kühner als die Bosheit ist und am Ende immer siegt.«

Der Schock saß tief. Da wollte man ein wenig Schicksal spielen und bekam solche saftigen Aussichten präsentiert. Ich wusste, weshalb ich solche übersinnlichen Dinge mied: Wer wollte schon durchs Leben marschieren und bei jeder Frau, die ihm begegnete, überlegen, ob das jetzt die war, die einem das Messer in den Rücken rammte, oder die, die einen beschützte. Birgit würde nicht mehr sagen, das war klar. Sie hatte meinem Eindruck nach sowieso schon mehr preisgegeben, als sie eigentlich hatte äußern wollen. Wie viel sollte ich ihr denn für diese kryptische und eher unerfreuliche Prophezeiung geben? Ich entschied mich für fünfzig Euro, denn wenn sie Recht hatte, war ich wenigstens gewarnt, und das sollte mir das Geld wert sein.

Bei der Verabschiedung sah sie mich eindringlich an und wiederholte: »Wenn du dich an meinen Rat hältst, kann dir nichts passieren. Und denk daran, dass Ausnahmesituationen und Umbrüche immer etwas Gutes sind und uns zu dem machen, was wir sein sollen.«

Obwohl ich nicht die erhoffte Vorhersage bekommen hatte, mochte ich Birgit. Es umgab sie so eine friedliche und weise Ausstrahlung, dabei war sie bestimmt erst Mitte vierzig. Ich steckte ihre Visitenkarte ein, man konnte ja nie wissen.

Geplättet und ziemlich neben der Spur riss mich der Menschenstrom mit. Nach meinem Faltplan steuerte ich Aurenstand Nummer eins an, von meiner Mutter keine Spur. Nachfragen konnte ich mir sparen. Normalerweise war es sehr einfach, meine Mutter zu finden. Allein die Beschreibung ihrer auffälligen Frisur, Klamotten und Klunker blieben fast jedem im Gedächtnis haften, aber hier sahen ja alle so aus. Das war, als ob man bei Hugh Hefner auf einer Bunny-Party eingeladen war und nach der Blondine im kurzen Rock mit den 90-60-90-Maßen fragte.

Beim zweiten Stand war fast gar nichts los, anscheinend gab es auch beim Aurenbestimmen Qualitätsunterschiede. Gerade wollte ich mich auf den Weg zu Stand drei begeben, da hörte ich eine Stimme nicht weit von mir entfernt, eindeutig die meiner Mutter.

»Sieh mal, hier kannst du eine Shiatsu-Massage ausprobieren. Die regt den Energiefluss an!«

Ich zwängte mich durch die Massen durch, immer ihrer Stimme nach. Sie schien bereits ein Opfer gefunden zu haben, dem sie die heilende Welt der Esoterik nahe bringen konnte. Hätte ich mir auch denken können, dass sie nicht lange ohne Gesellschaft blieb. Den

Shiatsu-Stand konnte ich bereits sehen. Verschwitzt vor lauter Gequetsche stand ich endlich hinter meiner Mutter und wollte ihr als Überraschung die Augen von hinten zuhalten.

Die Überraschte war ich! Neben meiner Mutter stand einträchtig niemand anderes als Diane! Ich musste zweimal hinschauen, um glauben zu können, dass die mit Gucci-Brille im Haar und Louis-Vuitton-Täschchen aufgemotzte Diane inmitten dieser spirituellen, friedliebenden Menschen stand – und neben meiner Mutter! Das konnte kein Zufall sein, das hatte Methode!

Gerade wollte ich etwas sagen, da hatte meine Mutter mich auch schon entdeckt. Sie strahlte übers ganze Gesicht.

»Gretchen, du bist ja doch gekommen! Wie schön! Diane und ich haben zwar fast alle Stände durch, aber ich zeige dir gerne noch mal alles. Der Feenstand ist besonders schön, nicht wahr, Diane?«

Diane nickte gequält, sie schien genauso erfreut zu sein, mich zu sehen wie ich sie.

Nicht sehr höflich nahm ich meine Mutter beiseite.

»Sag mal, wie kommst du auf die Idee, dich ausgerechnet mit dieser hohlen Plantschkuh zu treffen? Und wieso sagst du mir nichts davon! Dir ist schon klar, dass wir alle in der Redaktion Diane hassen, weil sie fies und niederträchtig ist. Ich hab mich erst letzte Woche mit ihr gestritten, und jetzt läufst du mit ihr über den Eso-Markt?!«

Meine Mutter setzte ihren »Ich bin okay, du bist okay«-Blick auf, der mir zu verstehen geben sollte, »Selbst Diane ist okay«, und strich mir beruhigend über den Arm. Ich hasste es, wenn sie das tat. Das machte man vielleicht, um Hühner zu hypnotisieren, aber mich machte es nur noch aggressiver.

»Diane hat es nicht leicht, glaube mir. Ich habe mich lange mit ihr bei euch im Büro unterhalten, und sie braucht sehr viel Unterstützung und Liebe. Vielleicht siehst du es ihr nicht an, aber unter den teuren Markenkleidern und dem ruppigen Ton steckt ein verwahrlostes, vernachlässigtes Kind.«

Das verwahrloste und vernachlässigte Kind hatte sich vor mir aber mehr als gut versteckt. Doch meine größte Sorge war in diesem

Moment nicht, dass meine Mutter ein weiteres schwarzes Schaf in ihre Problemsammlung einreihen wollte, sondern die Frage, warum Diane sich über die Eso-Schiene an meine Mutter ranmachte.

Was, wenn sie nur deshalb mit meiner Mutter sprach, um mehr über mich zu erfahren, oder noch schlimmer, was, wenn meine Mutter sich verplapperte und ihr rausrutschte, dass Clemens und ich … Panik stieg in mir hoch.

Ich zog sie zur Seite.

»Eva« – ich sprach sie mit ihrem Vornamen an, um sicherzugehen, dass sie mir besonders gut zuhörte –, »hast du ihr irgendwas von Clemens und mir gesagt?«

Beleidigt schüttelte sie den Kopf.

Vorsicht war besser als Nachsicht, und so schwor ich sie noch mal ein.

»Du musst mir beim Leben von Papa versprechen, dass du unter keinen Umständen mit Diane über Clemens und mich oder auch nur über mich sprichst, okay?«

Verständnislos sah sie mich an.

»Übertreibst du nicht ein wenig? Bei Papas Leben schwören? Ich bin ja nicht blöd. Ich habe kapiert, dass du sie nicht magst und es dir wichtig ist, dass ich nicht über dich und Clemens mit ihr spreche. Glaube mir, ich bin Vertrauenslehrerin, ich bin deine Mutter, sicher kannst du mir vertrauen.«

Vertrauen? Wem sollte ich noch vertrauen, nachdem mir soeben gesagt worden war, ich sei von einer Schlangengrube umgeben. Gut, meine Mutter zählte wohl kaum dazu, aber Diane war bestimmt eine der Schlangen gewesen.

Diane beobachtete uns die ganze Zeit argwöhnisch. Ihre Motivation, sich mit meiner Mutter abzugeben, war mir immer noch nicht klar. Brauchte sie wirklich nur jemanden, der sich um sie kümmerte, oder hasste sie mich so sehr, getreu dem Motto: Halte deine Freunde nah bei dir, deine Feinde jedoch noch näher.

Andererseits hatte meine Mutter ein mitreißendes Wesen, nicht umsonst waren alle in der Redaktion von ihr begeistert gewesen.

Warum sollte Diane nicht auch dazu gehören. Meiner Mutter den Umgang mit ihr zu verbieten, konnte ich mir abschminken. Dazu kannte ich sie und ihren eigenen Kopf viel zu gut.

Diane und ich würden heute bestimmt nicht Freunde werden, und so machte ich mich schnell wieder aus dem Staub, ohne auf den Vorschlag meiner Mutter einzugehen, zusammen eine Licht- und Aromatherapie auszuprobieren. Das konnte Diane als Ersatztochter von mir aus gern übernehmen, denn ich hatte Wichtigeres zu tun. Clemens kam heute zurück!

Es war zwar noch einige Stunden hin, bis er vorbeikam, aber es konnte nicht schaden, die Wohnung und mich auf Vordermann zu bringen. Noch hatte ich keine Putzfrau gefunden, also blieb mir nichts anderes übrig, als selbst zu putzen. Danach gönnte ich mir ein ausgiebiges Minze-Grapefruit-Bad, das mich herrlich erfrischte.

Da Clemens nach der langen Fahrt bestimmt hungrig sein würde, kochte ich kleine, tapfere Hausfrau etwas für ihn. Zutaten vom Vortag waren genug übrig, und so bereitete ich das gleiche Menü noch einmal vor, und dieses Mal würde es gewürdigt werden und nicht als Streitkulissenbegleitung dienen. Während ich die Panna cotta zubereitete, kamen meine Eltern kurz hintereinander relaxed und glücklich wieder. Wir tranken einen Tee zusammen, bevor sie abfuhren. Alles in allem war es ein schöner, wenn auch anstrengender Besuch gewesen.

Die restliche Zeit bis zu Clemens' Eintreffen war ich damit beschäftigt, den Tisch zu decken, Blumen und Kerzen zu drapieren, Musik auszuwählen und mich wie blöd auf ihn zu freuen. Oft genug war ich wegen meiner romantischen Ader ausgelacht worden, Sarah war – vor Clemens – in dieser Hinsicht immer um einiges pragmatischer gewesen und hatte die Erwartungen nie so hoch angesetzt wie ich. Ihr waren andere Dinge wichtig, dass man sich vernünftig unterhalten konnte und gemeinsam zum Klettern ging zum Beispiel. Und Ben? Ben hielt ich für einen Romantiker, auch wenn ich keine Ahnung hatte, weshalb. Liv gegenüber verhielt er sich, soweit ich das beurteilen konnte, nicht sehr romantisch. Andererseits, wenn ich an seine Platten- und CD-Sammlung dachte, die Bücher, die er las, oder die Filme, die er mochte, er bevorzugte meist melancholische Liebesthemen: Es ging häufig um eine unerfüllte Liebe oder eine Liebe, die widrige Umstände unmöglich machte.

Meine Form der Romantik war zugegebenermaßen nicht so subtil wie Bens. Ja, ich glaubte an den einzig wahren Mr. Right oder Mr. Big, wie man ihn seit *Sex and the City* nannte, und ich wollte Liebesbriefe, spontane Wochenendausflüge, Candle-Light-Dinner und selbst geschriebene Gedichte bekommen.

Seelenverwandter war kein Wort, bei dem ich kichern musste, im Vergleich zu meinem abgebrühten Freundeskreis, von dem mich die meisten »sooo niedlich« fanden, wenn ich wieder einmal heulend aus einem Hollywoodstreifen kam, weil sich die Liebenden bekommen hatten.

Meine Gedankensprünge zu Clemens im Allgemeinen und Romantik im Besonderen wurden jäh durch die Türglocke unterbrochen. Clemens!

Jubelnd fiel ich ihm in die Arme. Es tat so gut, ihn zu spüren, zu riechen und endlich wieder küssen zu können. Clemens schien mich auch vermisst zu haben. Er wollte mich gar nicht mehr loslassen, lachte, küsste mich und lachte wieder. Mein Herz tanzte vor Freude, mein Magen vor Aufregung. Ich würde bestimmt keinen Bissen herunterbekommen, aber es war mir gleichgültig, mir reichte es auch einfach nur, Clemens über den Tellerrand hinweg anzuschauen. Mir war vollkommen bewusst, dass ich ihm verfallen und gegen sein Charisma machtlos war, gleichzeitig spürte ich, dass mich diese Liebe in gewisser Weise unverwundbar machte, mir Kraft gab und mir jede Angst nahm.

»Was riecht hier so gut?«, fragte Clemens, ging geradewegs in die Küche und sah in die Töpfe. Ungeniert nahm er sich Besteck, probierte alles und gab zufriedene Laute von sich.

»Kochen kannst du also auch? Gibt es etwas, das du nicht kannst, kleines süßes, perfektes Gretchen?«

Wie zärtlich er mich anschaute. Wenn es jemanden auf dieser Welt gab, der glücklicher war als ich, sollte er jetzt aufstehen und sprechen oder für immer schweigen.

Wir setzten uns an den Tisch. Clemens aß nur mit einer Hand, mit der anderen strich er mir zärtlich über den Handrücken oder über die Wange. Ich musste ihm haarklein von meinem Wochenende erzählen, er lachte an den richtigen Stellen und fand meine neu gewonnene Autorität meiner Familie gegenüber sehr gut. Natürlich konnte ich mir nicht verkneifen, von meinem unfreiwilligen Zusammentreffen mit Diane zu erzählen, meine Patience bei Birgit der Wahrsagerin verschwieg ich lieber.

»Stell dir vor, da trifft sich meine Mutter mit dieser fiesen Schlange und sagt mir nichts, außer dass Diane unbedingt Zuwendung braucht, ausgerechnet Diane, die sich immer so ekelhaft verhält, dass sie sich nicht wundern muss.«

Clemens sah mich ernst an. Was war denn jetzt los? Hatte ich was Falsches gesagt?

Er nahm meine Hände in seine und sah mir tief in die Augen.

»Gretchen, Goldstück, du bist mein Ein und Alles, aber wir werden jetzt und hier einen Pakt schließen, dass wir niemals über Kollegen sprechen werden, verstanden? Ich bin nach wie vor Chef der gesamten Abteilung und möchte dich nicht bevorzugt behandeln, außer im Bett.« Er grinste verwegen.

Ob es mir passte oder nicht, er hatte nicht nur Recht, sondern auch noch einen guten Charakter. Wo kam er bloß her? Wem hatte ich dieses Prachtexemplar nur zu verdanken? Höchste Zeit, endlich mal nach seiner Familie zu fragen.

»Weißt du, was ich dich schon lange fragen wollte?«, setzte ich an.

»Ob ich Krampfadern habe? Das kann ich mit bestem Gewissen verneinen«, scherzte er.

Es fiel mir schwer, mit Clemens ernst zu sein, ihn umgab immer diese Leichtigkeit, die das Leben und alles, was damit zu tun hatte, so einfach und unbedeutend erscheinen ließ.

»Mann, ich will wirklich was wissen. Wie ist deine Familie so, hast du Geschwister, kurz: Wo kommst du eigentlich her?«

Clemens nahm einen Löffel Panna cotta, bevor er antwortete.

»Dann will ich mal deine Neugierde befriedigen. Ich habe drei ältere Schwestern, zwei sind lange schon verheiratet, die älteste lebt in London. Mein Vater war Literaturprofessor für deutsche und englische Literatur, ist inzwischen pensioniert. Als ich klein war, sind wir viel umgezogen, mein Vater war eine Koryphäe auf seinem Gebiet und bekam ständig spannende Lehrstuhlangebote, auch im Ausland. Zwei Jahre lebten wir in Paris, vier in London und drei Jahre in Madrid. Meine Mutter ist vor zwei Jahren gestorben, und ich vermisse sie immer noch sehr.«

Seine Lippen zitterten, als er von seiner Mutter sprach. So verletzlich hatte ich ihn zuvor nicht gesehen. Er musste eine sehr gute Beziehung zu ihr gehabt haben, und ich hatte die Wunde bloßgelegt.

»Das tut mir Leid«, stammelte ich unsicher.

Clemens stand auf, zog mich aus meinem Stuhl hoch und umarmte mich fest.

»Wieso, das konntest du nicht wissen, außerdem muss jeder mit solchen Schicksalsschlägen in seinem Leben fertig werden; und lieber habe ich einen Grund zur Trauer, weil wir alle zuvor eine so schöne Zeit hatten, anstatt Angst davor zu haben, zu fühlen und zu lieben. Gefühle machen mir keine Angst. Die einzige Angst, die ich habe, ist die, nicht gelebt oder etwas nicht versucht zu haben, was ich versuchen wollte, und es später zu bereuen. Was wirklich schmerzt, sind die Gefühle, die wir nicht leben.«

Vielleicht lag es daran, dass Clemens diese Intensität ausströmte, weil ihm Gefühle so wichtig waren und er keine Angst davor hatte, sie zu leben. Das musste einen Teil seiner Faszination ausmachen, diese Unerschrockenheit und dieses angstfreie Leben. Genau das machte ihn aus: sich mit Begeisterung in neue Situationen und ohne Handbremse ins Leben zu stürzen. Diese Lebendigkeit spürte ich, und ich wollte ein Teil davon sein. Und wenn man Teil dessen war, kam einem das Leben plötzlich wie ein fortwährender Rausch vor, der einen wieder offen und neugierig werden ließ und jeden Tag zu einem Ereignis machte.

»Sag, haben dir die vielen Umzüge nichts ausgemacht?«, lenkte ich das Thema in weniger verfängliche Bahnen.

»Mir überhaupt nicht, im Gegenteil, ich fand es sehr spannend. Meine Schwestern haben eher gelitten. Sie waren aber auch schon älter und bauten Bindungen auf. Für mich war in erster Linie wichtig, dass wir als Familie zusammen waren. Eigentlich habe ich mich an diese Art Nomadenleben gewöhnt. Mein Umzug nach Berlin war der insgesamt sechzehnte in meinem Leben. Du müsstest mal meine Wohnung sehen, da hängt immer noch kein Bild, und es sieht aus, als ob ich gestern eingezogen wäre.«

Wie praktisch, dass er das Thema selbst anschnitt, bisher hatte er mich noch nie zu sich eingeladen. Wir trafen uns immer bei mir.

»Davon würde ich mich zu gern überzeugen, lädst du mich ein?«

Clemens küsste mich als Antwort.

»Na klar, was denkst du denn? Schließlich will ich mich für dein Sterneessen revanchieren. Ich kann übrigens auch ganz gut kochen, und du weißt, was man Männern nachsagt, die gut kochen?«

Nein, wusste ich nicht und schüttelte den Kopf.

»Ich auch nicht. Hab ich gerade so dahergesagt«, prustete Clemens los. »Aber ich bin überzeugt, dass man es ähnlich wie tanzende Männer interpretieren kann. Beides sind ja sehr sinnliche Tätigkeiten.« Sprach's, fasste mich bei den Händen und wirbelte mich tanzend in Richtung Bett. Schwindelig ließ ich mich in die Kissen fallen, und bevor ich mich versah, lag Clemens neben mir und begann mich zu streicheln, und zwar genau da, wo ich es mochte. An den Seiten von der Achsel über die Taille zu den Hüften. Kaum zu glauben, aber er machte das intuitiv richtig.

»Wie schaffst du es bloß, mir so den Kopf zu verdrehen, Gretchen«, flüsterte er und wartete keine Antwort ab.

»Schau mal, hab ich gestern in so 'nem Laden bei den Hackeschen Höfen gefunden, wie findste?« Michi zeigte stolz auf ein Spaghettitop, bauchfrei und extrem brustbetonend. Aha, ihre Modeberaterin musste ihr zu einer neuen, verschärften Taktik geraten haben, die Röckchen schienen nicht zu genügen, Michi ging jetzt aufs Ganze.

Nichts gegen Michis neuen Stil, alles in allem sahen die Klamotten gut aus, nur leider passten sie nach wie vor überhaupt nicht zu Michis unsicherem Auftreten. Das war wie Selbstbräuner für die Beine, theoretisch 'ne tolle Sache, in die Praxis umgesetzt ein fleckiges Desaster.

»Hübsch«, speiste ich Michi kurz ab, denn mich beschäftigten andere Sachen. Diese Woche würde grausam werden, so viel stand fest. Ich hasste es, wenn ich es schon vorher wusste. Unliebsame Überraschungen gab es ja immer, die einem die Laune verderben konnten, aber wenn man schon vorher wusste, dass zwei unangenehme Themen anstanden, wollte man am liebsten gar nicht erst aufstehen und wünschte sich mal wieder eine eineiige Zwillingsschwester, die einen vertreten konnte.

Sarah kam Freitag von ihrer zweiwöchigen Fortbildung zurück. Wir hatten uns schon für Freitagabend bei ihr verabredet, und dieses Mal würde ich reinen Tisch machen, es gab keinen Aufschub mehr.

Der zweite Termin war ein beruflicher und nicht minder unangenehm. Mittwoch durfte ich die Starregisseurin Cathy McGillivray interviewen, was an sich eine spannende und tolle Aufgabe war, nur leider handelte es sich ausgerechnet um eine Zweierrunde mit Ilona Richter. Keine Ahnung, weshalb sie als Chefredakteurin selbst noch ein Interview führte, dafür hatte sie eigentlich Redakteure, aber entweder pickte sie sich die Rosinen raus und war promigeil oder sie ließ es sich nicht nehmen, persönlich gegen *Phosphor* auf der Matte zu stehen.

Nachdem Ilona keine Gelegenheit ausließ, gegen uns zu schießen, mal öffentlich, mal subtil, machte ich mich auf ein ätzendes Interview gefasst, vor allem seit ich von Feline vorhin auf dem Klo erfahren hatte, dass Feline von der *Netzwerk* zur einflussreichsten Frau im Printbereich gewählt worden war, wofür auch Ilona eine Nominierung erhalten hatte. Wenn Ilona etwas nicht mochte, war es, nicht genug Aufmerksamkeit zu bekommen, und wenn sie etwas hasste, dann zu verlieren, vor allem gegen Feline.

»Ich will nicht wissen, wer von ihren Leuten wieder unschuldig als Blitzableiter herhalten musste, als sie erfahren hat, dass sie nicht gewonnen hat«, hatte Feline kopfschüttelnd überlegt und ihre Hände unter den Trockner gehalten. Sie sah müde aus.

»Alles klar bei dir?«, wagte ich nachzufragen. Sie lächelte.

»Im Prinzip ja, mein Kleiner ist krank, und ich habe die ganze Nacht kein Auge zugetan. Jakob ist in New York.«

Jakob, Felines Mann, war irgendein hohes Tier in der Automobilbranche. Sie hatte ihn mir vor kurzem vorgestellt, als er sie abgeholt hatte. Abgesehen davon, dass Jakob offensichtlich vernarrt in Feline war, war er eine große, beeindruckende und sympathische Erscheinung. Bestimmt war er nicht immer einfach, aber Feline liebte Herausforderungen, mit einem gewöhnlichen Mann konnte ich sie mir nicht vorstellen, sie musste sich auch privat reiben können.

»Wie bekommst du das alles unter einen Hut? Ich falle abends auch ohne Kind immer schon todmüde ins Bett.«

Es war mir wirklich ein Rätsel. Soweit ich wusste, hatte sie kein festes Kindermädchen, dafür zwei Tage, an denen sie von zu Hause aus arbeiten konnte, und ab und zu nahm sie ihren Kleinen einfach mit ins Büro. Der krabbelte dann während der Meetings munter auf dem Boden herum und leerte den Papierkorb aus, um seelenruhig wieder alles einzuräumen. Damit war er erst einmal beschäftigt.

»Ach weißt du, man muss eben ein wenig mehr organisieren, und Jakob hilft in der Regel ja auch mit und hat einen Tag, an dem er sich um den Kleinen kümmert. Das geht schon alles, nur Mut, das schaffst du auch. Wir können alle viel mehr, als wir immer glauben«, munterte sie mich auf.

Diese Energie und Zuversicht wollte ich auch haben, wenn ich hoffentlich bald Familie und Job unter einen Hut bringen musste.

Momentan fühlte ich mich alles andere als energetisch. Mein sonst so fröhliches Wesen war tief vergraben, und man merkte es mir deutlich an. Michi fand kein offenes Ohr für ihre Probleme, Marion musste allein lachen, und Diane bekam von mir Blicke zugeworfen, die übersetzt heißen sollten, wage ja nicht einen dummen Kommentar zu lassen, was von ihr mit einem »Die hat wohl ihre Tage« quittiert wurde – und zwar laut genug, damit es jeder hören konnte, Clemens inklusive.

Clemens hingegen war der Einzige, der definitiv wusste, dass ich nicht meine Tage hatte. Dummerweise stand heute eine Pressevorführung des neuen *Rosenstein*-Blockbusters an, ausgerechnet eine Komödie. In meiner Gemütslage war es keine gute Idee, sich einen fröhlichen Film anzuschauen, den man rezensieren sollte. Einen depressiven Kunstfilm gern, da konnte man sich dann reinsuhlen, sich selbst bemitleiden und 'ne passende Kritik schreiben. Aber in dieser Stimmung über Hollywoodmainstream schreiben zu müssen war nicht fair. Vielleicht hatte ich ja Glück, und es gab noch eine weitere Vorführung vor der Deadline für die nächste Ausgabe.

Die freundliche Pressedame am Telefon konnte mir tatsächlich zwei Ausweichtermine nennen, ich deutete es als Zeichen, dass alles gut werden würde und das Universum mir zur Seite stand.

Das Einzige, was mich wirklich aufheitern konnte, war Clemens, und der war den ganzen Tag in Meetings oder zu Terminen außer Haus. Da wir höllisch aufpassen mussten, uns ja nicht auffällig zu benehmen, konnten wir auch keine E-Mails mit privatem Inhalt verschicken, was mir sehr schwer fiel.

Diane war im Gegensatz zu mir bestens gelaunt. Wenn mich nicht alles täuschte, trug sie einen Amethyst um den Hals, den – dafür verwettete ich meinen Hintern – meine Mutter ausgesucht hatte. Ein Amethyst galt als Schutzstein gegen den bösen Blick! Wogegen brauchte jemand wie Diane Schutz? Sie konnte sich ja schlecht an ihrer eigenen Zunge verletzen. Mir fielen die Worte der Wahrsagerin wieder ein. Dass Diane eine der Frauen war, die mir Böses wollten, bezweifelte ich nicht, aber wer waren die anderen? Gut, potenziell jede Frau, die auch auf Clemens stand, aber das wären dann dreißig Millionen Frauen und nicht nur drei. Oder wie viele Frauen in geschlechtsreifem Alter hatten wir in Deutschland? Allerdings müssten sie erst einmal wissen, dass ich mit Clemens zusammen war, um mich zu hassen.

Kaum hatte ich an Clemens gedacht, piepste mein Handy mit einer SMS von ihm. Das war Schicksal, Gedankenübertragung und ein weiterer Beweis, dass wir füreinander geschaffen waren.

»Schluss mit schlechter Laune. Heute Abend koche ich für dich, Überraschung inklusive. Komm gegen acht bei mir vorbei. Clemens. P. S. Was trägst du drunter?«

Rot, scharlachrot, nein puterrot lief ich an. Hoffentlich bemerkte Michi meine gesunde Gesichtsfarbe nicht, sonst musste ich mir einen Alibiliebhaber zulegen.

Schnell tippte ich meine Antwort.

»Schlechte Laune schon verflogen. Was ich drunter trage? Komisch, das hat mich Dr. Stegmaier gerade in der Küche auch schon gefragt …«

Dr. Stegmaier war Mitglied des Vorstands, Anzugträger und stets gestriegelt, was ihn aber nicht abhielt, ungeniert der weiblichen Belegschaft auf den Busen oder Hintern oder die Beine zu starren, je nachdem, welches Teil besonders bevorzugt von der Natur ausgestattet worden war. Wie wir aus zuverlässiger Quelle wussten, war er Wäschefetischist, was an sich bei Männern ja nichts Ungewöhnliches war. Spitzenwäsche, Strapse und halterlose Strümpfe sind eben nett anzusehen, doch Dr. Stegmaier schien ansehen nicht auszureichen. Er wollte das Nylon auf seiner Haut spüren und zog angeblich selbst halterlose Strümpfe an. Unsere Praktikantinnen, die knapp bei Kasse waren, kein Wunder bei dem Hungerlohn, hatten schon oft die Köpfe zusammengesteckt und sich ausgemalt, wie schön doch alles sein könnte, wenn man Dr. Stegmaier unter amerikanischem Arbeitsrecht als Vorstand hätte, und wie viel Schadensersatz man wohl bei sexueller Nötigung bekommen konnte.

Clemens' Antwort folgte prompt.

»Tüchtiger Mann, Dr. Stegmaier, einfach einer unserer Besten. Hab ich schon immer gewusst, aber du weißt hoffentlich, was du zu antworten hast, falls er dich fragt, ob er deine Wäsche tragen darf?«

»Dass er bitte darauf achten soll, nichts auszuleiern?«, schrieb ich zurück und musste kichern.

»Nein, dass du ihn gegen ein noch festzulegendes Entgelt gerne regelmäßig mit deiner getragenen Wäsche versorgst, dann kann er sich auch die teuren Bestellungen aus Japan künftig sparen. Dein dich vermissender Zuhälter.«

Ich lachte laut los.

Michi schaute interessiert auf.

»Na, wieder besser drauf? Was ist denn so witzig?«

Ich redete mich damit raus, Sarah habe einem lästigen Verehrer eine Abfuhr erteilt, und machte mich daran, einen Artikel meines liebsten freien Mitarbeiters über Truffaut zu redigieren.

Punkt sieben ließ ich den Griffel fallen, spurtete nach Hause, parkte zweite Reihe, es war natürlich wie immer nichts frei am Helmholtzplatz, sprang unter die Dusche und zog mich um. Wieder im Auto drehte ich Radio eins auf und sang lauthals zu einem alten Morrissey-Song mit. Clemens wohnte im Westen, im Reicheleuteviertel in Zehlendorf, wo auch einige Freunde meiner Großeltern lebten. Ich fuhr über den Ku'damm, was ich gleich bitter bereute, denn um diese Zeit gab es Stau ohne Ende. Bis acht schaffte ich es bestimmt nicht, aber die Vorfreude würde sich jetzt noch steigern. Bei dem Schneckentempo konnte ich noch ein paar Telefonate erledigen, Rudi etwa hatte ich seit einigen Tagen nicht zurückgerufen.

»Na, wenn das nicht meine kleine Schwester ist. Du hast deinen Bruder wohl im Liebeswahn vergessen?«, scherzte er über die Freisprechanlage. Rudi gehörte auch zum verschwiegenen Kreis der Eingeweihten.

Meinen Protest, dass ich einfach zu viel arbeiten musste, überging er geflissentlich. Ihn interessierte vielmehr nur ein Thema, wann ich meine lang angekündigte und fest versprochene Einweihungsparty endlich feiern wollte, schließlich sei ich jetzt schon über drei Monate in der Stadt, und er habe mal wieder Lust auf 'ne Party – als ob das das Totschlagargument schlechthin wäre. Da ich aber zu meinem Wort stand, wie es mein Name, der deutsche Tugenden wie Zuverlässigkeit und Pflichtbewusstsein geradezu assoziierte, schon vermuten ließ, willigte ich ein und versprach, die Party Ende des Monats zu feiern.

Wieder einen Mann glücklich gemacht, dachte ich, als ich in Clemens' Straße einbog. Das hier war im Vergleich zum Ostteil, in dem ich wohnte, beinahe wie eine andere Stadt. Riesige gediegene Villen mit parkähnlichen Anlagen zierten die engen, wenig befahrenen Straßen, die jeweils von Baumalleen eingesäumt wurden. Auf den Straßen, die im Gegensatz zu Pankow nicht von Bierflaschen und Hundehaufen gesäumt waren, war wenig los. Man sah teuer gekleidete Menschen aus ihren Luxuslimousinen steigen, vereinzelt Mütter mit Kinderwagen, allerdings nicht Mütter wie im Prenzlauer Berg, die mit ihren Freundinnen und Kindern morgens im Café abhingen, sondern von der Sorte, die eine Nanny haben, wenn sie zum Nachblondieren zu Udo Walz gehen. Der wahre Luxus bestand jedoch in der Auswahl freier Parkplätze, wohin das Auge reichte.

Clemens wohnte standesgemäß nahe der norwegischen Botschaft in einer alten, aus roten Backsteinen erbauten Jugendstilvilla. An dem aufwändig verzierten gusseisernen Tor standen inklusive Clemens' nur drei Namen auf den weißen Klingelschildern.

Aufgeregt drückte ich die Klingel, kurz darauf surrte es, und das schwere Tor gab den Weg zu Clemens' Prachtzuhause frei. Man ging einen mit hellen Kieseln ausgelegten Weg zum Eingang, vorbei an angelegten Blumenbeeten und Jasminsträuchern, die leider schon verblüht waren.

An der Tür erschien Clemens und winkte mich heran.

Wie er dastand, in die Abendsonne blinzelte, groß, schön und lachend, musste ich denken, dass diese Häuser genau für diese Sorte Mann gebaut worden waren. Er füllte den Raum aus und wirkte nicht klein, das war seine natürliche Umgebung, in der er sich ungezwungen bewegte. Nolde hätte es besser nicht malen können.

Zur Begrüßung küsste er mich zärtlich auf die Stirn.

»Na, Augenstern, magst du eine Führung, bevor wir essen?« Mir war alles recht. Die warme Septemberabendsonne, die Ruhe, die das

Anwesen ausstrahlte, und Clemens verliehen dem Abend einen besonderen Zauber.

Wir gingen über einen gepflegten englischen Rasen in den hinteren Teil des Gartens, der alte, hohe Baumbestände aufwies. Eine Blutbuche stand dunkelrot eingefärbt neben einigen Kastanienbäumen. Ein schmaler waldiger Weg führte zu einem Bootssteg. Das Grundstück hatte direkten Zugang zu einem privaten Badesee. Idyllisch war überhaupt kein Ausdruck, es fehlte an nichts. Kleine Entenscharen schwammen auf dem klaren Wasser. Clemens besaß ein Ruderboot, das an dem Steg angetaut war, und ringsherum war auch hier kein Mensch zu sehen. Wenn ich da an die belebten Straßen in Mitte und meiner Wohngegend dachte, wo einen selbst morgens um vier noch weggehfreudige Mitmenschen auf der Straße umrannten, war das hier wirklich eine andere Welt. Ein Atemzug, und ich hatte abgeschaltet, war ruhig und entspannt.

»Schön, nicht?«, Clemens umarmte mich von hinten und küsste mich in den Nacken, was meine Härchen gleich mit Aufstehen quittierten.

»Allerdings! Wie hast du diese Wohnung gefunden?«, wollte ich wissen.

Gar nicht, wie sich herausstellte. Das Haus gehörte nämlich seiner Familie, und praktischerweise war gerade eine Wohnung unterm Dach frei geworden, als er nach Berlin kam.

Ja, wenn man Clemens Vogelmann hieß, fügte sich einfach alles im Leben wunderbar, und wenn man mit ihm zusammen war, schien dieser Glückszauber abzufärben.

Wir gingen durch das nach Pinienholz riechende Treppenhaus in Clemens' Wohnung unter dem Dach. Die Wohnung war einfach atemberaubend. Man sah aus dem Wohnzimmer direkt auf den See, die Böden waren mit einem alten, gut erhaltenen Holzboden ausgelegt, verwinkelte Zimmer mit Einbauschränken und Doppelglasfenstern gaben der Wohnung ihren verwunschenen Charme. So müsste eine Wohnung aussehen, wenn Schneewittchen und Jil Sander in eine WG ziehen würden. Nur an Möbeln und Bildern fehlte es. Ein schlichtes Futonbett im Schlafzimmer, ein naturbelassener Holztisch mit zwei Stühlen in der Küche und ein Fernseher mit einem großen Sitzkissen im Wohnzimmer waren alles, was Clemens als Einrichtung besaß.

»Hast du denn gar keine Bücher, Filme oder CDs?«, fragte ich.

Als Antwort öffnete er einige Einbauschränke, in denen sich Kartons stapelten.

»Die Kartons, die du siehst, sind mein gesamtes Hab und Gut. Ich habe mir abgewöhnt, Filme, Bücher oder CDs zu sammeln. Meistens umgibt man sich doch nur mit ihnen und benutzt sie, abgesehen von einigen wenigen, kein zweites Mal. Irgendwann habe ich bewusst entschieden, so wenig wie möglich besitzen zu wollen, um frei und wach zu bleiben. Ich will nicht mein Leben lang für ein Haus, eine Wohnung, also einen Haufen Steine arbeiten und gebunden sein müssen. Man sollte sich immer Möglichkeiten offen halten, außerdem kommt diese Lebensweise meinem bisherigen Nomadenleben sehr entgegen.«

Nomadenleben! Diese Vokabel hatte er schon öfter benutzt, es klang immer so, als ob er auf dem Sprung war, was mir gar nicht passte und kleine Alarmglocken läuten ließ. Hoffentlich legte sich sein unruhiges Blut langsam, oder er nahm mich ab jetzt auf Entdeckungsreise mit. Clemens zuliebe würde ich auch nach Bitterfeld ziehen.

In der Küche duftete es verführerisch, mein Magen knurrte hörbar. Clemens lachte und gab mir ein Zeichen, am Tisch Platz zu nehmen.

»So, das Essen steht unter einem Motto, du wirst überall Hinweise finden. Wenn du sie richtig zusammensetzt, kommst du alleine auf die versprochene Überraschung.«

Aufmerksam schaute ich mich um. Es gab nicht viel, was ich als Hinweis deuten konnte.

Clemens stand am Herd und bereitete die Vorspeise vor. Es sah so einfach, gekonnt und ziemlich sexy aus, wie er mit Schüsseln, Löffeln und Brettchen herumhantierte. Garnelen in Knoblauch und Butter geschwenkt mit frischer Petersilie, dazu frisches Baguette. Hm, was könnte der Hinweis sein? Ein Besuch im Aquarium?

Im Hintergrund lief leise Musik. Spanische oder italienische Musik, wenn mich nicht alles täuschte. Bei genauerem Hinhören war es ein italienisches, sehr langsames, melancholisches Lied und wunderschön romantisch.

»Was ist das für ein Lied?« Es klang älter und war keines der typischen Mainstream Italoschlagerexporte à la Tiziano Ferro oder Eros Ramazzotti.

»*Il cielo in una stanza* heißt es. Es ist ein bekanntes Lied aus den Sechzigern von Gino Paoli. Er singt davon, wie sich alles in einem Raum ändert, wenn seine Liebste da ist, die Decke plötzlich zum Himmel wird und eine unglaubliche Magie den Raum füllt. Es ist eins meiner Lieblingslieder«, sagte Clemens verträumt, und für einen kurzen Moment hatte ich das Gefühl, dass er eine bestimmte Erinnerung mit dem Lied verband, beschloss aber lieber nicht nachzufragen.

Als nächsten Gang gab es eine kleine Portion Pasta mit Steinpilzen, die Hinweise auf Italien schienen sich zu häufen, ich war mir ziemlich sicher, als er mir noch einen Custozza, einen leichten Sommerwein, einschenkte.

Ich wagte einen Versuch.

»Hat die Überraschung mit Italien zu tun?«

Anscheinend ja, denn Clemens fuhr mir über den Kopf.

»Kluges Mädchen, das war leicht, aber jetzt wird's schwieriger.«

Egal was es war, solange es mit Italien zusammenhing, konnte er nichts falsch machen. Seit ich mit siebzehn das erste Mal in Rom die unfassbaren Farben und fast 3-D-artig gemalten Wände der Sixtinischen Kapelle gesehen hatte und anschließend die umwerfend gut aussehenden Männer, nicht die Sorte, die einem *»Ciao, bella bionda«* auf der spanischen Treppe hinterherruft, sondern die stolzen Männer mit Geschmack, hatte ich mich in das Land mit dem besten Essen der Welt und den schönsten Trümmern, die eine vergangene Weltmacht vorweisen konnte, verliebt.

Als Hauptgang gab es Fisch, das konnte alles Mögliche bedeuten. Clemens schenkte mir Wein nach, die Wirkung blieb nicht aus, ich musste über alles, was Clemens sagte, lachen, auch wenn es nicht lustig war.

Es schmeckte alles so frisch und raffiniert, der Wein und die Musik rundeten den Abend perfekt ab.

Als Nachtisch servierte Clemens ein Stück Torte mit einer kleinen Taube obendrauf. Zum Glück waren die vorherigen Portionen klein gewesen. Nachtisch war für mich seit Kindertagen das Beste am Essen. Lieber verzichtete ich auf alle Vorspeisen, solange ich am Ende Chocolate Fudge oder Tiramisu bekam.

Clemens, dem mein angetrunkener Zustand nicht entgangen war und der darüber lachte, gab mir einen weiteren Tipp.

»Sieh mal Gretchen, auf der Torte?«

»Eine Taube«, antwortete ich brav, wenn auch leicht verlangsamt.

Die Antwort war richtig.

»Genau, und jetzt überleg mal, Italien und Tauben, was fällt dir dazu ein?«

Das wollte er nicht wissen. Eine Hochzeit in Italien, bei der man Tauben fliegen ließ, war bestimmt nicht das, was er im Sinn hatte.

Verlegen zuckte ich mit den Achseln. Geduldig holte er eine Postkarte aus seiner Tasche. Auf der Postkarte war ein Porträt von Mussolini abgebildet. Okay, jetzt setzte es aber bei Clemens und nicht bei mir aus. Was sollte das bitte heißen? War Clemens heimlich Fascho und versuchte, mit italienischen Gleichgesinnten eine neue Liga zu gründen? Dann aber ohne mich! So weit ging selbst meine Liebe nicht!

Wenn mir nur nicht so schwindelig wäre, dann könnte ich bestimmt klarer denken.

»Bist du Nazi?«

Clemens sah mich erst entsetzt an, dann lachte er lauthals los.

»Okay, für dich gibt's ab jetzt nur Wasser. Mensch, Gretchen, du bist doch sonst nicht auf den Kopf gefallen. Drei Hinweise: Italien, Tauben und Mussolini. Wofür könnte das stehen?«

Italien war klar. Tauben, wo waren in Italien Tauben? Überall, besonders da, wo viele Touristen waren. Auf dem Markusplatz zum Beispiel, da waren sie eine richtige Plage.

»Steht die Taube vielleicht für den Markusplatz?«, wagte ich einen neuen Versuch.

Volltreffer! Clemens' Gesichtsausdruck sah sehr zufrieden aus.

»Ja, und in welcher Stadt ist der Markusplatz?«

»Na, Venedig«, legte ich nach. Das war ja nun wirklich Pipikram und nicht mal als 500-Euro-Frage bei *Wer wird Millionär* tauglich.

Aber wie in aller Welt hing das jetzt mit Mussolini zusammen? Denk nach, Gretchen, denk nach!, spornte ich mich an. In welchem Zusammenhang hatte ich Mussolini mit Venedig schon einmal gehört. Hatte er da gelebt? Nein, vielleicht irgendwelche Verträge ratifiziert oder eine wichtige politische Niederlage eingefahren?

Was war denn typisch für Egomanen und Diktatoren an sich, abgesehen davon, dass sie gern vegetarisch aßen? Na klar, sie wollten unvergänglich sein, etwas Bleibendes schaffen, sich selbst ein Denkmal setzten. Und wie machte man das am besten? Indem man irgendein Gebäude baut.

Plötzlich machte es klick.

»Ich hab's!«, rief ich erfreut. Clemens sah mich gespannt an.

»Es geht um die Biennale in Venedig, stimmt's? Mussolini hat in den Dreißigern auf dem Lido neben dem Casino und dem Pala Galileo den Festivalpalast gebaut und mit der Biennale das erste Filmfestival der Welt gegründet!«

Tja, Herr Jauch, da staunen Sie, was? Die Einemillionfrage ohne Publikums- oder Telefonjoker gelöst.

Anstatt zu antworten ging Clemens zum Kühlschrank, holte eine Flasche Taittinger heraus und ließ den Korken knallen.

»Ja, das ist des Rätsels Lösung. Wir beide fliegen in genau zwei Wochen nach Venedig zur Biennale. Marion hat uns bereits akkreditiert und im Hotel des Bains eingebucht.« Er hielt mir ein Glas zum Anstoßen hin.

Sprachlos, ich war sprachlos, und es lag nicht an der alkoholbedingt verlangsamten Motorik. Die Biennale war mit Abstand mein Lieblingsfestival. Für die *Film ab* hatte ich jedes Jahr hingedurft, um zu berichten, für eine reine Filmzeitschrift und zudem eine der renommiertesten war das selbstverständlich.

Bei der *Phosphor* deckte der Filmteil nur eine Sparte von mehreren ab. Zwar nahm er etwa ein Drittel des Heftes ein, aber ich war mir nicht sicher gewesen, ob wir Festivals besprechen würden, und nachfragen hatte ich mich nicht getraut, man wollte ja nicht gleich als Rosinenpicker auffallen, auch wenn die Biennale wirklich Arbeit bedeutete. Wenn man es richtig machen wollte, musste man während des Festivals drei Filme pro Tag schauen, um alles, was im Wettbewerb lief, gesehen zu haben – und um am Ende keine unliebsame Überraschung zu erleben, weil ein Film gewann, den man verpasst hatte.

Das alles spielte im Moment aber keine große Rolle. Vielmehr musste ich daran denken, dass ich mit Clemens im Hotel des Bains wohnen würde, dem schönsten und ehrwürdigsten Hotel auf dem Lido mit einem wunderschönen großen Garten und Swimmingpool, um den herum stets diese großen, bequemen und einladenden Liegen aufgestellt waren, in denen sich Schauspieler, Produzenten und Journalisten gern zum Plausch oder Interview verabredeten und dieses Jahr auch Clemens und ich. Mit ihm würde ich die alten Kanäle entlangspazieren, die warme Sonne zwischen den einzelnen Filmvorstellungen genießen, um dann gemeinsam wieder im Dunkel der Kinosäle abzutauchen und neue gute Filme zu sehen. Die Nächte mit einem Essen in der Osteria beginnen, dann auf eine der organisierten Filmpartys gehen, nur um sich in die Augen zu schauen und Stars und Sternchen links liegen zu lassen, und dann nichts wie zurück in die großen aufgeschüttelten Betten des Hotel des Bains eilen, um zu tun, wovon alle auf der langweiligen Party eigentlich träumten … Ausschlafen bis um zehn, die Italiener, die wussten, wie man *la dolce vita* lebte, begannen immer erst um elf Uhr mit der ersten Filmvorführung für Journalisten, sodass genug Zeit für ein ausgiebiges Frühstück auf der Hotelterrasse oder im Garten mit frischen Croissants und dem besten Kaffee der Welt blieb.

»Gretchen, freust du dich? Du sagst ja gar nichts?« Clemens streckte mir immer noch das Glas entgegen. Freuen? Als Antwort stieß ich einen Freudenschrei aus, den man bis ins Dschungelcamp hören musste, und fiel ihm freudestrahlend um den Hals.

»Das ist die tollste Überraschung, die ich je bekommen habe!«, jubelte ich außer mir vor Freude.

»Wir fahren nach Venedig, wir fahren nach Venedig«, sang ich und hüpfte dabei auf und ab. Ich musste ein lustiges Bild abgeben. Zumindest lachte Clemens schon wieder und dieses Mal eindeutig über mich.

Er zog mich nahe an sich heran. Mein Herz begann wie wild zu flattern. Würde das denn nie besser werden in seiner Gegenwart? Ich konnte doch nicht auf Dauer den Puls eines Stabstreckenläufers haben, das war bestimmt ungesund. Clemens hatte wieder diesen Blick, gegen den ich so machtlos war. Seine Lippen kamen dicht an mein Ohr und küssten mich auf den Hals.

»Ja, wir fahren nach Venedig, Augenstern, aber vorher sehen wir mal nach, ob Dr. Stegmaier dir schon deine Unterwäsche abgekauft hat.«

Die Antwort hätte ich ihm auch so geben können, aber ich war ja nicht blöd, sollte er mal schön selbst nachschauen.

Am nächsten Morgen fühlte ich mich, als ob ich alles bezwingen könnte. Ilona Richter, wer war schon Ilona Richter? Ich hatte doch keine Angst vor einer Frau, die nicht halb so viel wie ich draufhatte, dafür aber fast doppelt so alt war. Na gut, dreiundvierzig, also zehn Jahre älter, um genau zu sein. Und Sarah? Wenn sie erst Clemens und mich zusammen sah, würde sie verstehen, dass wir füreinander bestimmt waren. Eine solche Liebe gab es nur einmal, das würde sie verstehen und uns ihren Segen geben.

»Magst du lieber Kaffee oder Tee?«, rief Clemens aus der Küche. Als notorischer Frühaufsteher war er schon unter der Dusche und beim Bäcker gewesen. Ich hätte gern noch etwas geschlafen, aber wenn man von Clemens mit einer Rückenmassage und frisch gepresstem Orangensaft geweckt wurde, gab es keinen Grund, länger liegen zu bleiben.

»Kaffee schwarz, bitte«, antwortete ich und ging ins Bad. Frisch, fromm, fröhlich, frei und vor allem sauber kam ich gut gelaunt in die Küche, schnappte mir ein Schokocroissant und setzte mich auf die Anrichte und ließ die Beine baumeln. Clemens stellte sich mit seiner Tasse neben mich, gab mir einen Kuss auf die Nasenspitze und sah mich zufrieden an.

»So gefällst du mir gleich besser. Die schlechte Laune passte so gar nicht zu dir.«

Zu wem passte die schon außer zu Diane.

»Wenn ich für jedes Mal schlechte Laune so eine Überraschung bekomme, werde ich ab jetzt öfter deprimiert sein«, neckte ich ihn.

Aufgekratzt verabschiedete ich mich von Clemens. Das Interview mit Cathy McGillivray war für zehn Uhr im Hyatt am Potsdamer Platz angesetzt, da lohnte es sich nicht, vorher in der Redaktion vorbeizuschauen. Diktiergerät und Mappe mit den vorbereiteten Fragen steckten zum Glück in meiner Handtasche. Praktischerweise hatte ich mich am Abend zuvor so angezogen, dass ich nur frische Unterwäsche benötigt hatte, das Outfit war fürs Interview ebenso wie fürs Büro bestens geeignet.

In Gedanken ging ich alle Informationen und Fragen zu Cathy McGillivray durch. Meistens teilte ich das Interview in zwei Teile auf. Der erste war zum Warmwerden gedacht und stieg mit relativ belanglosen Fragen zum Film ein. Wenn man sich gut verstand, versuchte ich persönlichere oder detaillierte Fragen zu stellen. Bisher war die Taktik immer aufgegangen. Auf Cathy McGillivray freute ich mich besonders. Sie schien eine tolle Frau zu sein, stammte aus Irland und hatte mit ihrem ersten Film *Frühlingserwachen,* der von einer jungen Frau handelte, die nach einem Schlaganfall wieder von vorn beginnen und jeden Schritt im Leben neu lernen musste, weltweit für Aufsehen gesorgt. Es war ihr gelungen, den Film ohne den üblichen Kitsch und stattdessen mit einer gehörigen Portion Humor und gelassener Lebensweisheit umzusetzen, und das alles in einer wunderschönen Landschaft mitten in Irland. Ich hatte recherchiert, dass ihre Schwester tatsächlich einen Schlaganfall mit Mitte zwanzig erlitten hatte, aber Cathy bisher nur äußerst knapp und ungern darüber gesprochen hatte. Vielleicht würde ich Cathy dazu befragen können. Aber abwarten, solche Interviews konnten ganz unterschiedlich verlaufen. Manchmal war es ein extrem durchorganisiertes, von Managern und Pressedamen überwachtes Gespräch, das keinen Raum für spannende Fragen oder eine Gesprächsentwicklung ließ. Meistens waren diese unpersönlichen Gespräche mit vertraglich vereinbarten Promotiontouren verknüpft, und Mittelpunkt des Geschehens war ein A-Promi, etwa ein aktuell angesagter Schauspieler, der einen Blockbuster promoten wollte und viel zu gewieft und ängstlich war, um sich in die Karten schauen zu lassen. Gekonnt legte sich so einer ein paar private Neuigkeiten zurecht, die nicht wirklich intim waren, aber durchaus als neue Nachricht oder Headline für ein Interview verwendet werden konnten.

Im Hyatt fuhr ich in die Tiefgarage, stellte den Wagen ab und fuhr mit dem Aufzug in die Lobby. Da Cathy als Regisseurin öffentlich kaum bekannt war und nicht an jeder Ecke erkannt wurde, wollten wir uns in der Lobby vor dem Kamin treffen. Fotos brauchten wir keine, da nahmen wir die, die von ihrem Management freigegeben und uns zur Verfügung gestellt wurden.

Ich meldete mich wie üblich an der Rezeption an und wurde freundlich zu einer Sitzgruppe im hinteren Teil der Lobby geleitet, die für uns reserviert worden war. Ich hielt Ausschau nach Pitbull Ilona Richter, aber noch war von ihr nichts zu sehen, was aber auch daran liegen konnte, dass ich eine gute Viertelstunde zu früh war.

Beim aufmerksamen Kellner bestellte ich mir einen frisch gepressten Ananassaft und ließ mich in den tiefen, weichen Sessel fallen mit Blick auf die Bar, wo um diese Zeit noch nicht sehr viel los war. Kein Wunder, wer wollte schon gleich nach dem Frühstück picheln?

Einzig eine auffällig gekleidete Dame nippte an einem klaren Cocktail. Vielleicht war sie von ihrem Mann verlassen worden und brauchte dringend einen Drink – obwohl Ehemänner Ehefrauen wahrscheinlich selten in Hotels verließen, Geliebte hingegen schon eher. Zwar sah ich sie nur schräg von der Seite, aber ihre Haltung war eindeutig nicht die einer sitzen gelassenen, in Mitleid zerfließenden Geliebten. Einer käuflichen schon eher. Für eine Kurtisane oder Edelhure der perfekte Platz, um allein reisende Männer kennen zu lernen. Die Haare, die toastergebräunten Beine, die Designerklamotten, die so auffällig mit Labels verziert waren, dass man meinte, sie als wandelnde Litfaßsäule mieten zu können, alles war einen Tick zu viel und zeugte von einem Touch ins Ordinäre. Also entweder neureich oder käuflich, überlegte ich und fand mich im selben Moment ziemlich oberflächlich. Was, wenn die Gute eine angesehene Unternehmerin war, die gerade einen Deal versenkt oder noch besser gewonnen hatte und sich zur Feier des Tages einen Drink gönnte? Ging mich ja auch alles nichts an.

Sie drehte sich um, und plötzlich war mir klar, dass es mich doch etwas anging. Die vermutete Edelhure entpuppte sich als niemand anderes als Ilona Richter, die geradewegs auf mich zusteuerte.

Von nahem war sie noch unnatürlicher gebräunt und faltiger als von weitem.

»Gretchen Fingerhut?«

Wie hatte ich vergessen können, dass ihre Stimme genauso unangenehm war wie ihr Wesen. Schneidend und laut.

Sie musterte mich unverhohlen von oben bis unten und gab sich nicht einmal die Mühe zu lächeln. Dass sie mich nach meinem Namen gefragt hatte, sollte wohl signalisieren, dass ich es nicht wert war, sich an mich zu erinnern, schließlich hatten wir uns schon einmal bei besagtem gemeinsamen Interview getroffen, wo ihr mein Name sehr wohl mitgeteilt worden war. Damals waren ihre Haare noch rot, inzwischen blond gefärbt, bestimmt der Tipp ihres Friseurs, weil blond einen jünger aussehen lässt, vorausgesetzt man hat nicht sein halbes Leben Kette rauchend auf der Sonnenbank verbracht.

»Ja, und wer sind Sie, wenn ich fragen darf?«, stellte ich mich dumm. Wenn sie dachte, sie könne mir blöd kommen, konnte ich es auch. Jetzt konnte sie nämlich schlecht sagen: »Das müsstest du doch wissen.«

Sie spielte das Spiel mit.

»Ilona Richter, *Zeitgeist.*«

Zum Glück musste ich nicht antworten, ihr Handy klingelte. Der Klingelton war die Titelmusik von *Sex and the City,* was nicht nur völlig out war, sondern statt weltgewandt oder sexy bei ihr lediglich verzweifelt wirkte.

»Das ist mir egal. Wenn Sybille nicht richtig redigieren kann, hat sie bei uns nichts verloren. Sie ist doch noch in der Probezeit, also schmeiße sie raus und besorge Ersatz«, bellte sie ins Telefon. Wenn es so etwas wie den wahr gewordenen Albtraum einer Karrieristin in den Medien gab, dann saß er vor mir. Widerwillig musste ich mir eingestehen, so sehr sie einen auch abstieß, hatte sie doch eine Ausstrahlung, die sie interessant wirken ließ. Bei Männern setzte sie bestimmt einige Fantasien frei, wenn auch eher Reitstiefel dabei eine Rolle spielen könnten. Einige gute Jahre lagen noch vor ihr, bevor sich der verbitterte Zug um den Mund und die hängenden Mundwinkel unwiederbringlich eingegraben hatten.

Ungefragt steckte sie sich eine Zigarette an, wohlgemerkt im Nichtraucherbereich. Nicht, dass ich etwas dagegen gehabt hätte, schließlich rauchten viele meiner Freunde, Sarah sogar Kette, nein, eher störte mich diese »Jetzt komm ich und nach mir die Sintflut«-Attitüde, die Fräulein Richter verströmte. Rücksichtsvoll war sie höchstens beim Zahnarzt, der mit dem Bohrer in der Hand am längeren Hebel saß.

»Gibst du mir mal den Aschenbecher rüber!«

Wie bitte? Einmal abgesehen davon, dass dies keine Frage war, sondern ein Befehl, ohne bitte und danke, war ich nicht ihre Zofe.

Ich beschloss, nicht darauf zu reagieren, und betrachtete stattdessen ihre Aufmachung genauer. Ich wusste gar nicht, wie viele Chanel- und Dior-Schnallen auf Kleider, Taschen und Sonnenbrillen passten, man war richtig geblendet von den Glitzerpailletten und Strasssteinen.

Ungerührt aschte Ilona Richter einfach auf den Glastisch, aufzustehen, daran dachte sie im Traum nicht.

Der Kellner, der meinen Ananassaft brachte, machte sie darauf aufmerksam, dass sie im Nichtraucherbereich rauchte und er sie bitten müsse, das zu unterlassen.

»Bin schon fertig«, lächelte sie ihn an und reichte ihm den noch glühenden Stumpf hin. Kommentarlos nahm er ihn entgegen. Dreistigkeit schien tatsächlich zu siegen.

Endlich, es kam mir wie eine Ewigkeit vor, erschien Cathy McGillivray zusammen mit einer Pressereferentin des deutschen Kinoverleihs.

Sie setzten sich zu uns, und Cathy bestellte sich einen Latte macchiato. Das Interview startete mit einem kurzen Smalltalk. Cathy liebte Berlin. Sie fand die Stadt inspirierend.

Ich ließ Ilona ihre Fragen stellen, die ziemlich gewöhnlich und nicht besonders vorbereitet waren. Sie wollte zum Beispiel wissen, ob Cathy überrascht gewesen sei vom weltweiten Erfolg ihres Filmes. Ilona sprach gut Englisch und gab sich alle Mühe, sympathisch zu wirken, aber irgendwie kam alles sehr gezwungen und aufgesetzt rüber, bestimmt lagen ihr Männer als Interviewpartner besser. Cathy ließ sich jedoch nichts anmerken, auch nicht, dass sie diese Frage schon zum hundertsten Mal beantwortete.

Ilona stellte eine Standardfrage nach der anderen. Wenn die Artikel von *Zeitgeist* ähnlich geschrieben waren, mussten wir uns vor gar nichts fürchten. Man konnte nur für Ilona Richter hoffen, dass ihr Ruf, sich gute Mitarbeiter zu halten, stimmte, denn sie selbst war, was inhaltliches oder fachliches Arbeiten anging, keine Leuchte, das war mir nach einigen Minuten klar geworden.

Cathy McGillivray sah mich an und fragte, was ich denn wissen wolle. Sie hatte wache Augen, einen klaren Blick.

»Was mich am Film besonders berührt hat, war, wie humorvoll Sie dieses Thema umgesetzt haben, ohne dabei Grenzen zu überschreiten oder es zu einem Klamauk werden zu lassen. Nun sagt man, dass Menschen, die selbst ein schweres Schicksal oder eine schwierige Phase in ihrem Leben hinter sich gebracht haben, genau dieses feine Gespür für Humor entwickeln. Gab es so ein Erlebnis in ihrem Leben?«

Ich hielt selbst erst einmal die Luft an. Mir war klar, dass das der entscheidende Moment des Interviews war. Sie konnte auf die Frage eingehen, und dann befanden wir uns im Privaten und hatten die Interviewebene gewechselt, oder sie blockte diese und somit alle weiteren persönlichen Fragen ab, vielleicht mit einem »Das ist mir zu privat« oder einer allgemeinen Floskel, dass jeder Mensch im Leben schwere Phasen hätte. Ihre Pressedame blinzelte nervös, Cathy hingegen ließ sich nicht aus der Ruhe bringen. Sie rührte ihren Latte macchiato um, sah mich mit ihrem direkten Blick an und antwortete: »Ja, solch ein Erlebnis gab es, als meine Schwester vor einigen Jahren plötzlich einen Schlaganfall mit Mitte zwanzig hatte.«

Auf dem Tennisplatz hätte ich jetzt die Beckerfaust gemacht. Aufschlag Gretchen.

»Ich habe einen älteren Bruder, mit dem ich mich sehr gut verstehe, bei der Vorstellung, er würde so schwer erkranken, wird mir geradezu schlecht. Ich wäre komplett hilflos, wie ich ihm helfen könnte oder was man in so einer Situation sagt. Wie ist es Ihnen ergangen?«

Unglaublich, aber wahr, Cathy schien mich zu mögen und beantwortete alle Fragen, angefangen von »Wie geht es Ihrer Schwester heute?« bis hin zu »Wie viel von der Geschichte Ihrer Schwester steckt in dem Film?« und »Wie reagierte Ihre Schwester, als sie den Film das erste Mal sah?«.

Den Artikel würde ich ganz unter das Thema Schwestern stellen, genug privates Material hatte ich jetzt. Spiel, Satz und Sieg Gretchen Fingerhut, jubelte ich innerlich.

Ilona Richter klinkte sich mit einer super originellen Frage wieder ein, nämlich wie es denn gewesen sei, mit Violette Sunder, der Hauptdarstellerin des Films, zu arbeiten. In diesem Stil stellte sie noch zwei Fragen, dann war das Interview beendet.

Gerade wollte ich aufstehen, um mich für das Interview zu bedanken und zu verabschieden, da zog Ilona Richter eine Kamera aus der Tasche, drückte sie mir in die Hand und rief: *»Can you take* *a picture of Cathy and me?*«, und stellte sich, ohne eine Reaktion abzuwarten, neben Cathy McGillivray, legte ihr einen Arm um die Schulter und zeigte ihr mit Kronen überzogenes Lächeln. Sprachlos drückte ich ab.

Es gab ein ungeschriebenes Gesetz, und das hieß, dass man als seriöser Kritiker eine gesunde Distanz halten sollte. Gesunde Distanz konnte Ilona wahrscheinlich nicht mal buchstabieren, mir war auf alle Fälle klar, weshalb sie diesen Beruf ergriffen hatte, bestimmt nicht, weil Filme oder Bücher ihre Leidenschaft waren. Nein, hier ging es um schnödes Promischmücken, selbst Mittelpunkt sein und am besten auf jeder Gästeliste stehen. Mich wunderte nur, dass so etwas im Alter nicht langsam verging. Wenn man als pubertierender Teenager – von mir aus auch noch mit Anfang zwanzig – von Ruhm und Berühmtheit geblendet war, okay, aber mit Anfang vierzig sollte man doch einen anderen Lebensinhalt gefunden haben.

Cathy McGillivray zwinkerte mir amüsiert zu, was Ilona natürlich nicht bemerkte, dafür müsste man ja feine Antennen haben oder gar fähig sein zur Selbstreflexion.

Ich verabschiedete mich und machte mich so schnell wie möglich vom Acker.

»Warten Sie einen Moment, Gretchen!«

Hilfe, der Kettenhund war hinter mir her. Langsam drehte ich mich um.

»Ich würde dich gerne kurz sprechen!« Ilona Richter lächelte mich warm an, nahm mich am Arm und führte mich Richtung Bar. Was war denn mit der passiert? Woher der plötzliche Sinneswandel? Nur weil ich ein Foto von ihr und Cathy geschossen hatte?

»Einen frisch gepressten Ananassaft für die Dame und einen Kaffee für mich, bitte«, bestellte sie.

Sie lächelte mich immer noch freundlich an und rückte mit ihrem Hocker etwas näher.

»Du hast dich bestimmt gefragt, weshalb ich heute bei diesem Interview war, oder nicht?«

Das hatte ich allerdings, wie gesagt, es war nicht gerade üblich, dass die Chefredakteurin zu einem solchen Interview persönlich erschien.

Ich nickte.

»Nun, das hatte seinen guten Grund. Ich will ganz offen sein. Ich bin nicht gekommen, weil mich Cathy McGillivray oder der Film interessiert hätten. Wie du gemerkt hast, habe ich mich nicht besonders angestrengt. Nein, ich bin heute nur aus einem Grund gekommen, und der bist du, Gretchen.«

Wie bitte? Jetzt war ich an der Reihe zu staunen.

Mein Gesichtsausdruck musste meine Verblüffung widergespiegelt haben, denn Ilona Richter lachte los und tätschelte mir beruhigend die Hand.

»Kein Angst. Ich beobachte dich schon seit geraumer Zeit, eigentlich seit du bei der *Film ab* angefangen hast. Ich mag deine Art zu schreiben, du findest zu jedem Thema einen anderen Aufhänger als die Kollegen und gibst deinen Artikeln eine, sagen wir, gefühlvolle Note. Und mein Eindruck von dir hat sich heute vollkommen bestätigt.

Du warst früher als nötig da, warst ausgezeichnet vorbereitet, hast es geschafft, eine vertrauensvolle Atmosphäre zu schaffen, und Cathy McGillivray zum Sprechen gebracht. Das nennt man Einfühlungsvermögen, eine Gabe, die nicht jeder Journalist hat. Außerdem hast du Gelassenheit und Souveränität bewiesen, als ich dich versucht habe zu provozieren. Das alles hat mir gut gefallen. Kurzum, ich würde dir gerne ein sehr lukratives Angebot machen. Willst du nicht zu *Zeitgeist* wechseln? Frauen wie dich können wir gut gebrauchen.«

So fühlte sich also die kleine ahnungslose Mücke vor dem Spinnennetz, die überlegte, was die säuselnde Spinne von ihr wollte. Das Schlimme war, dass ich mich wider Willen geschmeichelt fühlte und sie inzwischen auch gar nicht mehr so unsympathisch fand! Bevor ich etwas sagen konnte, fuhr sie auch schon fort.

»Du musst dich nicht jetzt gleich entscheiden, denk in aller Ruhe über mein Angebot nach. Ich weiß übrigens auch, welcher Ruf mir vorauseilt. Daran gibt es nichts zu beschönigen. Ich bin bestimmt nicht einfach und verlange sehr viel von meinen Leuten, aber wer einen guten Job macht, kann von mir alles haben und muss mich auch nicht fürchten. Ich sehe das als Geschäft, gibst du mir, so geb ich dir. Hier ist meine Karte, meine Tür steht immer offen.«

Sie legte Geld für die Getränke hin, stand auf, verabschiedete sich mit Küsschen links, Küsschen rechts und verschwand – nicht nur der Barmann und ich schauten ihr hinterher.

In der Redaktion stürmte ich gleich in Clemens' Büro und berichtete brühwarm von Ilonas Abwerbungsversuch. Er schien nicht sonderlich überrascht.

»Sieh es als Kompliment. Sie hat einen Riecher für gute Leute. Mir war klar, dass sie dich früher oder später ansprechen wird. Nun hat sie es eben früher getan.«

Woher kannte Clemens die Richter eigentlich? Es stellte sich heraus, dass beide kurze Zeit bei einer überregionalen Tageszeitung gearbeitet hatten. Das war kurz bevor Clemens nach Paris gegangen war.

»Wie fandest du sie denn?«, wollte er wissen. Gute Frage! Direkt nach dem Interview hätte ich wohl etwas wie »eine Unterform von Cholera« geantwortet, aber nach dem durchaus herzlichen Abwerbungsversuch war ich völlig durcheinander. Nicht, weil sie mir nette Dinge gesagt hatte, sondern wie sie es gesagt hatte. *No Bullshit,* die Frau sagte, was sie dachte, kompromisslos, und deshalb wog ein Kompliment aus ihrem Mund doppelt. Auf seltsame Weise hatte sie mir auch imponiert, aber das Furcht einflößende unberechenbare Verhalten war dadurch nicht vergessen. Sich zu entscheiden, für Ilona Richter zu arbeiten, musste so sein, als würde man beschließen, an den Vesuv zu ziehen.

»Ich fand sie imposant. Einerseits hat sie zwar nicht besonders viel Klasse, aber ein Durchsetzungsvermögen und Selbstbewusstsein, dass einem schwindlig wird. Außerdem kann sie durchaus nett sein, wenn sie will. Als Mann wollte ich nicht in ihre Fänge geraten, da hat man nichts zu melden, oder was meinst du?«

Clemens grinste.

»Besser hätte ich es nicht beschreiben können. Aber siehst du, dein erstes unangenehmes Treffen für diese Woche ist schon überstanden.«

Allerdings, jetzt musste ich nur noch mit Sarah sprechen, und mein Glück war vollkommen.

Vollkommen nervös stand ich Freitagabend mit schlotternden Knien vor Sarahs Tür. Das war mit Abstand der schwerste Moment in unserer Freundschaft, dabei hatten wir schon so viel gemeinsam durchgestanden und erlebt. Als Sarah von ihrem Freund Andreas wegen Nina Winkler in der Oberstufe verlassen wurde, hatte ich sie getröstet und wieder aufgebaut. Als ich wegen Mathe, meine Stärken lagen eindeutig im sprachlichen Bereich, fast sitzen geblieben wäre, prügelte Sarah so lange binomische Formeln in mich hinein, bis ich eine Zwei schaffte, mit der meine Versetzung gerettet war. Wie oft war ich Alibi gewesen, wenn ihre Eltern sie nicht auf eine Party gehen lassen wollten? Wie oft hatte sie mir gezeigt, wie man praktische Dinge anging, angefangen von Fruchtsaftfleckenentfernung aus Lieblingsshirts, Marmorkuchen backen und Drucker installieren? Ich musste an unsere gemeinsamen Urlaube denken, in denen wir nicht nur einmal bestohlen worden waren, meist völlig übermüdet in den Tag hineingelebt hatten und uns mit einer gehörigen Portion Leichtsinn in spanische, französische Jungs verliebt hatten, mit denen wir am liebsten eine Doppelhochzeit in einer kleinen Kapelle am Meer gefeiert hätten.

Ich versorgte Sarah mit Büchern und Filmen, wenn sie krank war, und sie zeigte mir, dass man Kleider ganz einfach umnähen konnte. Niemand kannte mich so in- und auswendig wie Sarah, wusste, wer ich war, wo ich herkam, wie meine Familie tickte. Niemandem vertraute ich so sehr wie ihr, und umgekehrt war es genauso. Uns verband einfach zu viel, als dass ein Mann das zwischen uns ändern könnte, auch wenn dieser Mann Clemens hieß und zugegebenermaßen eine Ausnahme darstellte.

»Da bist du ja endlich! Ich hab dich schon vermisst.« Sarah fiel mir strahlend um den Hals. Das hatte ich auch, es tat gut, sie zu sehen.

»Komm rein, ich hab uns 'nen riesigen Salat mit Nüssen und angebratenem Speck gemacht.«

Ihre Wohnung sah wie immer aus, als ob gleich das Preisrichterteam der *Schöner Wohnen* vorbeikommen würde. Automatisch zog ich meine Schuhe aus und schlüpfte in meine Hausschuhe. Ja, ich hatte mein eigenes Paar Hausschuhe bei Sarah, um keinen Straßendreck auf dem Boden zu verteilen.

In der Küche stand schon alles perfekt angerichtet und dekoriert auf dem Tisch. Sarah schenkte mir Wein ein und begann, von der Fortbildung in München zu erzählen und wie es in Italien bei Dani gewesen war.

Daniela war eine gemeinsame Freundin aus Studienzeiten, die ein Auslandssemester in Mailand eingelegt hatte, um ihre Italienischkenntnisse aufzufrischen, tatsächlich hatte sie andere Kenntnisse aufgefrischt, denn nach einigen Monaten war sie von Leonardo, einem ihrer Kommilitonen, schwanger gewesen. Zum Glück waren die beiden richtig verliebt und lebten heute am Luganer See. Daniela arbeitete beim Goetheinstitut in Mailand und wollte nicht mehr nach Deutschland zurück.

»Das ist traumhaft schön dort. Das nächste Mal musst du unbedingt mit. Diese Ruhe und Landschaft ist einfach zum Verlieben. Ich verstehe die Italiener nicht, die meinen, die Seen wären nur was für alte Leute, und finden sie irgendwie traurig. Sie verstehen nicht, wieso die Süddeutschen immer an den Luganer und Comer See verreisen. Sie zieht es ans Meer.«

Sarah sah erholt aus. Hoffentlich hatte sie Clemens durch die Ablenkung und vielen neuen Eindrücke vergessen.

Während des Essens vermied ich, das Thema auf Clemens zu lenken, und ließ Sarah einfach nur erzählen. Als Nachtisch gab es heiße Schokolade mit Sahne. Sarah machte die weltbeste heiße Schokolade mit frischer Milch, aber nicht der fettarmen. Wir tranken immer eine heiße Schokolade bei ihr, egal ob Sommer oder Winter, das war unser Ritual. Wir machten es uns im Wohnzimmer auf ihrer Couch bequem.

Sarah legte ihre Beine über meine.

»Jetzt hab ich die ganze Zeit nur von mir erzählt. Sag doch mal, was hier los war, als ich weg war? Hab ich etwas verpasst? Was macht Diane? Schleimt sie immer noch deine Mutter zu? Und das Wichtigste natürlich, was ist mit Clemens? Hab ich dir erzählt, dass wir uns getextet haben?«

Nein, hatte sie nicht.

»Ja, er hat mich etwas Medizinisches gefragt, das war aber bestimmt nur ein Vorwand.« Sie kicherte.

Ich nahm all meinen Mut zusammen und setzte mich aufrecht hin.

»Ich fürchte, das war es nicht. Sarah, es tut mir Leid, aber ich muss dir was sagen. Glaube mir, ich hab tausendmal hin und her überlegt, wie ich es dir am schonendsten sagen kann, aber da es nie eine gute Nachricht sein wird, mach ich es kurz. Es ist zwar noch ganz frisch, aber Clemens hat sich für mich entschieden, wir sind zusammen.« Endlich war es raus!

Sarah sah mich ungläubig an, vielleicht hoffte sie, ich habe einen Scherz gemacht. Aber da sie mich zu gut kannte, verstand sie schnell, dass ich die Wahrheit sagte.

Sie schüttelte den Kopf.

»Autsch. Das tut weh. Ich weiß auch nicht, warum, aber ich hätte schwören können, dass er meine Gefühle erwidert. Oh Mann, ich blöde Kuh! Das ist mir ja noch nie passiert, dass ich mir so was einbilde. Seit wann seid ihr denn zusammen?«

Sarah wäre nicht Sarah, wenn sie nicht vernünftig und rational reagieren würde. An ihrer Stelle wäre ich schon lange in Tränen ausgebrochen und hätte ein Drama daraus gemacht. Nicht so Sarah. Verletzt und traurig wie sie war, versuchte sie immer noch, den Verstand Oberhand gewinnen zu lassen, aber ich sah ihr an, dass sie sich quälte. Es brach mir fast das Herz. Vorsichtig und ohne schmerzhafte Details erzählte ich das Nötigste. Sie musste nicht wissen, wie glücklich ich war und dass Clemens alle Erwartungen, die er auf den ersten Blick weckte, bei weitem übertraf.

Sarah war tapfer und zwang sich zu einem Lächeln.

»Na ja, wer kann's ihm verübeln. Du bist ja auch toll, ich kann Clemens verstehen.«

Das war wahre Größe und tat mir umso mehr weh. Es gab nichts, was ich tun konnte, um ihr zu helfen, außer mit Clemens Schluss zu machen, das war mir klar.

»Wenigstens hat Diane ihn nicht bekommen«, frohlockte Sarah tapfer.

»Ja, aber sie weiß es nicht, weil wir es in der Redaktion geheim halten müssen«, antwortete ich.

Trotzdem war es Sarah eine Genugtuung, dass zumindest jemand aus unserem Team mit Clemens zusammen war und nicht Diane oder eine andere im Rennen um ihn gesiegt hatte.

»Sag, kann ich irgendetwas machen oder lassen, um es dir leichter zu machen?«, fragte ich nach.

Sarah überlegte.

»Hm, also ehrlich gesagt, wäre ich jetzt gerne ein bisschen allein, und wenn wir uns in nächster Zeit nur zu zweit treffen könnten, ohne Clemens, würde mir das auch helfen, glaube ich.«

Das war das Mindeste, was ich tun konnte. Sarah begleitete mich zur Tür. Wir umarmten uns.

»Sag, hat er vielleicht 'nen ledigen Bruder«, versuchte Sarah einen Scherz.

»Leider nur Schwestern, aber ich frage gleich nach Cousins oder Halbbrüdern.« Es war eine schwierige Situation, aber Sarah verhielt sich so anständig und fair, wie man sich nur verhalten konnte. Wahrscheinlich dachte sie an ihren Ärzteeid, den sie hatte schwören müssen, bestimmt machte das einen zu einem besseren Menschen. Mit Sicherheit könnte ich nicht sagen, wie ich an ihrer Stelle reagiert hätte. Im besten Fall genauso, aber meine Hand würde ich nicht dafür ins Feuer legen.

»Gehen wir morgen auf den Kollwitzmarkt einkaufen?«, versuchte ich wieder Normalität herzustellen. Sarah liebte den Markt samstags am Kollwitzplatz. Stundenlang konnte sie an den Ständen Fisch, frische Ravioli, Wurst mit Ökosiegel und Eier von glücklichen Hühnern einkaufen. Man musste nur vor zwölf da sein. Ab Mittag waren die Gänge nämlich verstopft, weil dann auch all diejenigen aus dem Viertel auf den Mark strömten, die das Improvisationstheater am Abend zuvor besucht hatten und nach einer langen Nacht erst um elf ausgeschlafen waren.

Sarah lächelte, sie hatte verstanden, was ich sagen wollte.

»Nur wir beide um zehn?«

»Nur wir beide um zehn!«, antwortete ich erleichtert. Wir hatten auch diese Situation gemeistert, na ja, ehrlich gesagt, hatte Sarah sie gemeistert, sie war eben die beste Freundin der Welt, und falls wir je wieder in eine ähnlich doofe Situation kommen würden, nur mit vertauschten Rollen, würde ich mich auch so verhalten, nahm ich mir fest vor.

»Wo soll der Champagner hin?«

Es war Samstag. Am Abend stieg endlich die von Rudi und jedem, der nicht seine Wohnung dafür hergeben musste, ersehnte Einweihungsparty. Wenn mich nicht alles täuschte, würde ganz Berlin samt brandenburgischem Umland bei mir vorbeischauen, und so wie Rudi eingeladen und Werbung gemacht hatte, würde es mich nicht wundern, wenn Bürgermeister Wowereit zum ersten Korkenöffnen samt Delegation erscheinen würde – nur ein rotes Band zum Durchschneiden würde es leider nicht geben.

»Stapel den Champagner im Kühlschrank, bitte«, gab ich Rudi Anweisungen, der so guter Laune war, wie ich früher vor dem Geschenkeöffnen unterm Weihnachtsbaum, bis meine Eltern bei der Aktion »Verzicht auf Konsum« mitgemacht hatten und es keine Geschenke mehr gegeben hatte, zumindest keine gekauften. Selbst gemacht hieß die Devise, im Keller standen mindestens zwei Kartons mit selbst gemachten Vasen, Makrameeampeln, Batikbriefpapier und Seifen, bei deren Herstellung etwas schief gelaufen war, denn wenn man versuchte sie zu benutzen, flossen oder fielen sie sofort auseinander.

Meine Wohnung sah aus, als ob ich nie eingezogen wäre, so sauber und aufgeräumt war sie. Ein paar Möbel hatte ich vorübergehend im Keller eingelagert, damit mehr Platz war, falls ganz Mutige später tanzen wollten. Leila, die gute Seele, hatte sich extra eine Aushilfe für ihren Laden besorgt und half uns bei den Vorbereitungen, die sich im Rahmen hielten, da ich Essen und Häppchen beim Catering bestellt hatte. Zum Glück verdiente ich gut! Wenn ich daran dachte, wie ich in Studententagen bergeweise Kartoffel- und Nudelsalat vorbereitet und deshalb stundenlang in der Küche gestanden hatte, sodass ich bereits völlig fertig gewesen war, wenn die erste hungrige Meute eingetrudelt war, wurde mir ganz anders. Meistens kamen auch recht knackige Sportstudenten, die zwar unglaublich feierfreudig waren und Garant für gute Laune, nur leider, leider den Nachteil hatten, Unmengen zu essen.

Sarah war glücklich, geradezu verzückt, meine Wohnung in diesem einwandfreien Zustand zu sehen, und inspizierte die Räume immer wieder aufs Neue. Sie nahm mich bei der Hand und zwang mich zu einem Rundgang, während dessen sie auf mich einredete.

»So könnte deine Wohnung doch immer aussehen. Wäre das nicht ein Traum …«

Ich nickte und ging zurück an die Arbeit, die Sarah mir zugeteilt hatte.

Mit ihrer praktischen Ader hatte sie generalstabsmäßig alles im Blick und verteilte jetzt die Aufgaben. Am liebsten hätte sie alles allein gemacht, nur dann wusste sie nämlich, dass es genauso erledigt war, wie sie es wünschte. Wenigstens hatte sie keine Liste geschrieben, Listen schreiben war eine von Sarahs Lieblingsbeschäftigungen.

Wenn es nach ihr ging, gab es nichts, wofür man keine Liste schreiben konnte, angefangen vom Picknickkorb packen bis hin zum Fahrradreifen wechseln.

Vielleicht war sie aber auch nur nervös und lenkte sich durch die Arbeit ab. Heute Abend traf sie zum ersten Mal wieder auf Clemens, seit sie von ihm und mir wusste. Zwischen Sarah und mir stimmte zum Glück alles wieder, was aber auch daran lag, dass wir uns nur allein trafen und ich das Thema Clemens, so gut es ging, vermied und höchstens mal einen Kommentar losließ, dass ich jetzt gehen müsse, um ihn zu treffen. Auf diese Weise fiel es jedem leicht, Abstand vom Objekt der Begierde zu bekommen. Aber heute, beim Wiedersehen, würde sie wissen, ob sie sich wirklich damit abgefunden hatte, Clemens nicht zu bekommen, oder ob es ihr doch noch wehtat. Da auch andere von der *Phosphor* kamen, war sichergestellt, dass Clemens und ich uns auf gar keinen Fall unsittlich berühren würden, was Sarah die Situation außerdem noch erleichtern würde. Wir probten sozusagen eine schrittweise Enttraumatisierung, vergleichbar mit der Verhaltenstherapie für Spinnenangstpatienten. Erst sprach man über die Spinne, dann sah man ein Foto, dann sah man die Spinne in echt, und irgendwann fasste man sie an wie einen Hundewelpen, gab ihr Namen und sah sie nur noch als das, was sie war, ein ungefährliches, aber nützliches Insekt. Wenn alles gut ging, sah Sarah am Ende in Clemens zwar kein ungefährliches, aber nützliches Insekt, sondern hoffentlich einen für sie ungefährlichen, aber sehr netten Freund ihrer besten Freundin, den sie auch als Mensch schätzte.

Leila begutachtete Essens- und Getränkemengen und befand, dass es locker reichen musste. Eingeladen waren ungefähr dreißig Gäste, von denen aber bestimmt nicht alle kommen würden.

Auf der Liste standen Sarah, Rudi, Leila, Ben mit Liv der Heiligen, einige alte Studienfreunde und die komplette Redaktion mit Ausnahme von Diane. Es reichte vollkommen, wenn wir ihre fiese Art während der Arbeit ertragen mussten, denn obwohl sie mit meiner Mutter wirklich dicke zu sein schien, zumindest telefonierten die beiden regelmäßig, hatte sich deren Weltfriedenansatz noch nicht auf Diane übertragen. Sie war wie eh und je: egoistisch, selbstverliebt, arrogant und überheblich vermeintlich Schwächeren gegenüber. Michi hatte erst letzte Woche wieder unter Dianes charmantem Naturell leiden dürfen, als sie Michi als mickrigen Bücherwurm ohne Ahnung vom wirklichen Leben titulierte. Leider nahm sich Michi solche Äußerungen zu Herzen, dachte darüber stundenlang nach und wurde immer unsicherer. Es war, als ob Michi alles Schlechte sofort glaubte, aber all ihre guten Eigenschaften nicht ernst nehmen konnte.

Rudi stellte einen großen Karton mit Nachtisch ab. Wabbelpudding in allen möglichen Geschmacksrichtungen.

Ich sah ihn warnend an.

»Ruuudiiii. Was ist denn in den Schalen drin, die kenn ich doch, oder?«

Wenn mich nicht alles täuschte, versuchte er, seine so genannten »Mädchenfallen« auf meine Party zu schmuggeln, die aus neunundneunzig Prozent purem Wodka und so viel Zucker und Aromastoffen bestanden, dass man den Alkohol nicht mehr schmeckte und nach einem Schälchen nicht mehr den eigenen Namen buchstabieren konnte oder erblindete. Früher gab es die auf jeder Party, damit auch die schwer vermittelbaren Jungs ein Mädchen abbekamen, ich erinnerte mich aber vor allem an die Nebenwirkungen, die diese Schälchen mit sich brachten, nämlich dass man morgens um vier ein buntes Allerlei an Erbrochenem wegwischen durfte und Krankenwagen für junge Mädchen bestellen musste, die nur »Nachtisch« gegessen hatten.

Stolz hielt Rudi mir eine Schale Wabbelpudding hin.

»Hab ich selbst gemacht, probier mal!«

Mein warnender Blick schien nicht auszureichen.

»Pack die Dinger sofort wieder ein, oder kipp das ins Klo. Die Zeiten sind vorbei, du Kindskopf!«

Wieso nur hatte ich manchmal das Gefühl, die ältere und nicht die jüngere Schwester zu sein?

Rudi packte beleidigt seine »Mädchenfallen« wieder ein und murmelte vor sich hin, dass ich echt spießig geworden sei.

»Falsch, Rudi, ich bin nicht spießig geworden, ich war schon immer spießig, und eigentlich solltest du wissen, dass du mich damit nicht beleidigen kannst!« Ich musste lachen.

Alles in allem, mit Musik aufbauen, Geschirr aufstellen und Dekorieren, dauerten die Vorbereitungen länger, als wir gedacht hatten. Es war schon neun, und ich musste mich dringend umziehen, schließlich hatte ich mein sexy kurzes Spaghettikleidchen bestimmt nicht umsonst gekauft. Mein Handy klingelte, als ich gerade bei Leila unten im Bad stand, wo ich mich umzog und schminkte. Sarah hatte uns allen verboten, in meiner sauberen, von ihr abgenommenen Wohnung irgendetwas zu benutzen oder anzufassen, bis die Gäste kamen.

Meine Mutter mit ihrem untrüglichen Gefühl, im passenden Moment anzurufen, war am anderen Ende.

Sie hatte ein schlechtes Gewissen, das konnte ich schon beim »Hallo Gretchen« heraushören.

Die Zeit drängte, wir hatten definitiv keine Zeit für ein langes Vorgeplänkel.

»Spuck aus, Mama, was ist los? Du hast doch was, oder?«

Sie druckste erst ein wenig herum, dass es ihr ja so Leid tun würde und sie es bestimmt nicht mit Absicht gemacht hätte, es sei ihr eben so rausgerutscht, und ich müsse ihr versprechen, nicht böse zu sein, dafür hätte ich im Gegenzug bei ihr etwas gut.

»Ja, was denn? Mama, red bitte nicht um den heißen Brei rum, wie du weißt, mach ich 'ne Party, und die Gäste sind gleich da!«, sagte ich ungeduldig, nebenbei trug ich Lipgloss auf.

»Ähem. Mit deiner Party hat es im weitesten Sinne zu tun. Diane rief mich vorhin wegen einer Frage zu ihrem Wochenhoroskop an. Wir plauderten, und am Ende wünschte ich ihr viel Spaß auf deinem Fest heute Abend. Ich wusste ja nicht, dass sie nicht eingeladen ist, du sagtest, die ganze Redaktion würde kommen. Sie war furchtbar verletzt und getroffen, dass sie als Einzige nicht eingeladen ist, und da habe ich ihr gesagt, dass du es nur vergessen hast und sie ganz bestimmt auch eingeladen ist.«

Stille! Mir fiel vor Wut der Gloss aus der Hand.

»Du hast bitte was getan?«, rief ich außer mir. Ich wollte nicht altklug klingen und sagen »Siehst du, ich hab's gleich gewusst! Finger weg!«, aber das, genau das war der Grund, weshalb es absolut falsch und nicht wünschenswert war, wenn die Eltern sich mit dem Freundes- oder noch schlimmer Feindeskreis ihrer Kinder anfreundeten und versuchten, darin herumzupfuschen. Sie sollten eben einfach mit ihresgleichen spielen, sonst gab es nur Ärger. *Quod erat demonstrandum!*

»Diane ist bei mir ungefähr so willkommen wie Saddam Hussein bei Dick Cheney zu Heiligabend. Wenn du sie aus mir völlig unverständlichen Gründen magst, ist das deine Sache, auch wenn ich dir vorwerfen könnte, mich verraten zu fühlen als deine Tochter, die unter Dianes selbstgefälliger Art täglich leiden muss, aber dass du mir sie auf den Hals hetzt, und das auch noch in meiner eigenen Wohnung, geht zu weit. Hör bitte endlich auf, dich überall einzumischen und Frieden stiften zu wollen!«

Ohne eine Antwort abzuwarten, legte ich auf. Das war unglaublich! Konnte man nur hoffen, dass Diane sich zu schade war, auf einer Party aufzukreuzen, zu der sie offensichtlich nicht eingeladen war, auch wenn meine Mutter in letzter Minute das Gegenteil behauptet hatte. Ihre Abneigung mir, Sarah und allen anderen aus der Redaktion gegenüber sollte ausreichen, damit sie sich fern hielt.

Sollte man zumindest meinen!

Sarah klopfte wie wild gegen die Badezimmertür.

Ich öffnete und ahnte nichts Gutes, Sarahs hochroter Kopf war ein deutliches Zeichen.

»Rate mal, wer gerade als erster Gast aufgetaucht ist, oder besser, rate, wer als Einziges nicht eingeladen war, aber trotzdem als Erstes auftaucht?!«

Da musste ich nicht raten.

»Diane, ich weiß, und rate mal, wem wir das zu verdanken haben? Meiner Mutter!« Schnell klärte ich Sarah auf, die auch nur verständnislos den Kopf schüttelte.

Nichts wie hoch, bevor Diane meine Freunde wie ihre Zofen behandelte.

Die Begrüßung hätte herzlicher nicht sein können. Entweder hatte Diane bewusstseinsverändernde Drogen geschluckt, oder sie war die geborene Schauspielerin, ich tippte auf Letzteres. Hinter einem Blumenstrauß, der so groß war, dass man wieder Hoffnung für die deutsche Blumenindustrie hegen konnte, strahlte mich eine auffällig gut gelaunte Diane an.

»Für dich! Und vielen Dank für die Einladung, ich bin gerne gekommen!« Sprach's, streckte mir die Blumen entgegen, überreichte mir zwei Flaschen sehr guten Champagner und ließ ein Kompliment nach dem anderen vom Stapel, angefangen bei meiner entzückenden, geräumigen Wohnung bis hin zu meinem bezaubernden Kleid. Es war gespenstisch, erst recht, als Rudi mir zuzwinkerte, Diane einen anerkennenden Blick zuwarf und mir zuflüsterte: »Heißer Feger, diese Diane.«

Sarah übernahm es, Rudi in die Mangel zu nehmen und ihm klar zu machen, dass er heute Abend mit allen Mädchen spielen durfte – nur nicht mit Diane! Auf Rudis Frage, was Diane uns eigentlich getan hätte, antwortete ich nur kurz, »frage lieber, was sie uns nicht getan hat«.

Falls Diane je verletzt gewesen sein sollte, dass sie nicht eingeladen war, so tarnte sie das zu gut. Mir war ihr Verhalten zwar völlig fremd, wenn mich jemand nicht haben wollte, wollte ich erst recht nicht hin, aber Diane verstehen zu wollen, hatte ich mir bereits abgewöhnt. Man lebte mit ihr wie mit einer lästigen Allergie, die immer da war, mal schlimmer, mal weniger schlimm. Diane machte sich mit jedem bekannt, Rudi schien es ihr besonders angetan zu haben, zumindest schenkte sie ihm eines ihrer seltenen Frontal-rundum-Lächeln, die sie sonst für Clemens aufsparte, und fragte, ich hörte es mit eigenen Ohren und vor Zeugen, ob sie etwas helfen könne! Dumm nur, dass Rudi solche Fragen immer ernst nahm und nicht wie von Diane beabsichtigt als rhetorische Frage. Dankbar streckte er ihr die leeren Eiswürfelmacher entgegen und bat sie, neue Eiswürfel zu machen.

Ich hielt den Atem an, spätestens jetzt würde die Fassade der barmherzigen Diane bröckeln, aber nein, ohne auch nur das leiseste Zucken oder Anzeichen eines Murrens ging Diane, das liebe Kind, geschwind in die Küche und fabrizierte Eiswürfel, als ob sie ihr Leben lang nichts anderes gemacht hätte, Rudis anerkennenden Blick im Nacken.

Inzwischen trudelten die anderen Gäste ein, die Klingel stand überhaupt nicht mehr still, und ich war damit beschäftigt, Freunde, Kollegen und ein wildfremdes Mädchen einzulassen, das sich auf Rudi berief und nur schnell fragte, ob ich die Schwester sei, der die Wohnung gehöre. Die Party war in vollem Gange, die Stimmung heiter und ausgelassen, als Michi gegen elf ankam. Sie musste ihren Auftritt genau geplant haben, nicht zu früh, damit ausreichend Zeugen anwesend waren, und nicht zu spät, weil sonst eventuell alle schon wieder im Bett waren.

»Wer ist das denn?« Rudi stieß mich ungläubig in die Seite und deutete auf Michi. Michi hatte sich nicht nur ins Zeug gelegt, sie hatte einfach alles gegeben, was nicht unbedingt Gutes bewirkte. Michi war als Pfau gekommen oder Paradiesvogel, wie sie mich gleich aufklärte, im Schlepptau ihre Freundin, die sie in allen Modefragen neuerdings zu beraten schien und das Kostüm auf dem Gewissen hatte. Sie stellte mir ihre persönliche Designerin als Anna vor, die ungefragt erklärte, Michi sei ihre Muse. Michi die Muse kicherte stolz und verlegen und wehrte fuchtelnd mit ihren Federflügelarmen ab. Man muss sich ihren Aufzug folgendermaßen vorstellen: Auf dem Kopf trug sie eine Art schwarzes Diadem aus Federn, nur eine große Pfauenfeder ragte seitlich aus dem Haar in Anlehnung an die dreißiger Jahre. Am Körper trug Michi einen dunkelgrünen glitzernden Ballettanzug mit langen Armen und Beinen, über dem Anzug ein fluoreszierendes kurzes Kleidchen mit dunkelblauem und lila Muster. Das Röckchen, eine Art Tutu, bestand aus seitlich abstehenden künstlichen Pfauenfedern, ihre Augen waren mit allen schillernden Farben ummalt, falsche Wimpern inklusive. Liza Minelli nach einem verunglückten Abschminkversuch sah besser aus. Schon seltsam, dass Michi, die eigentlich schüchtern war und es vermied, jede Form der Aufmerksamkeit auf sich zu lenken, zugleich eine so exhibitionistische Ader hatte – oder die falschen Freunde.

Rudi, der sich wieder gefangen hatte, konnte überhaupt nicht glauben, dass das die graue schüchterne Maus sein sollte, mit der ich mir ein Büro teilte und von der ich immer erzählte.

»Also die habe ich mir echt anders vorgestellt. Ich meine, sie sieht aus wie David Bowie in seiner schlimmsten Phase in Berlin. Zieht sie sich immer so an?«

Ja, das wüsste ich auch gern, wenn man sie nicht bald Annas Einfluss entzog, fürchtete ich schon. Rudi, routinierter Charmeur und Frauenkenner, stellte sich Michi vor und war herzallerliebst zu ihr, was ihr sogleich die Röte in die Wangen schießen ließ. Wenigstens musste ich Rudi nicht warnen, die Finger von Michi zu lassen, das kapierte selbst mein Bruder, dass man Michi nicht so einfach angraben, poppen und dann fallen lassen konnte. Dafür war sie einfach zu naiv und zerbrechlich.

Rudi ging los, um Michi und Anna einen Drink zu besorgen. Er nahm mich kurz beiseite und kicherte. »Mach dir keine Sorgen um Michi, sie wird nicht die Einzige sein, die heute Abend anders aussehen wird.« Keine Ahnung, was diese Andeutung zu bedeuten hatte, aber auf eine Überraschung mehr oder weniger kam es auch nicht mehr an.

»'nen tollen Bruder hast du!« Michi war hin und weg, wer weiß, vielleicht konnte ich sie und Diane von Clemensanbeterinnen auf meinen Bruder umpolen. Diane! Siedend heiß fiel mir wieder ein, dass sie auch da war und Michi nichts davon ahnte. Schnell, ich musste zu Michi, um Schlimmeres zu verhindern. Zu spät, Michi steuerte geradewegs auf Diane zu, die sich in der Küche Nachschub von der Lachspastete geholt hatte.

Diane schaute Michi entsetzt an, zwang sich zu einem eher frostigen Lächeln und sagte laut und vernehmlich.

»Michi, wie schön, dich zu sehen, und welch originelle Kleidung.« Kein Hinterhertreten, kein gehässiges Lachen, stattdessen ging sie schnell weiter und Michi aus dem Weg. Glück gehabt, dachte ich bei mir. Wenn Diane auch nur ein dummes Wort hätte fallen lassen, wäre sie in hohem Bogen von mir persönlich vor die Tür gesetzt worden.

»Was macht die denn hier?« Michi drehte sich zu mir um und sah mich fassungslos an. Schnell klärte ich sie auf. Michi zuckte nur mit den Schultern.

»Na ja, was soll's. Ich will mich heute amüsieren, komme, was wolle. Ist Clemens eigentlich schon da?«

Ja, diese Frage hörte ich schon den ganzen Abend aus verschiedenen Mündern, und ehrlich gesagt, mich interessierte auch, wo er blieb. Eigentlich sollte er schon lange da sein, ich hatte weder eine SMS noch eine Nachricht bekommen, und am Handy erwischte ich ihn nicht. Allmählich machte ich mir Sorgen, das war überhaupt nicht Clemens' Art. Wer weiß, vielleicht war er schon da, und ich hatte ihn nur noch nicht in der gut mit Gästen gefüllten Wohnung entdeckt.

Dafür kamen gerade Ben und Liv zur Tür herein. Ben sah ziemlich gut aus, mit seinem schlichten schwarzen Shirt, Jeans, den grauen Converse dazu, und Liv am Arm. Sie waren zweifelsohne ein sehr attraktives Pärchen.

Kurz dachte ich an unsere Diskussion der verschiedenen Möglichkeiten von Liebe und überlegte, was für Liv vorgesehen war. Obwohl ich Liv seit diesem Gespräch viel mehr Mitgefühl entgegenbrachte, war sie umgekehrt keinen Deut netter zu mir. Wieso auch, sie ahnte weder, dass ich mit Clemens glücklich war, noch, dass mir jetzt erst klar wurde, wie schwierig Ben war.

Jeder, der nicht völlig abgestumpft war, spürte sofort, dass es zwischen Liv und mir Spannungen gab, auch wenn oder gerade weil wir offensichtlich versuchten, diese zu verbergen. Die neue, erschreckend nette Diane, die neben uns gestanden hatte, stellte sich sofort zu Liv und begann eine Unterhaltung. Klar, wer mich nicht leiden konnte, musste sich mit Diane verstehen. Es dauerte nur kurze Zeit, da lachten die beiden, sprachen sehr vertraut miteinander und flüsterten sich immer wieder etwas ins Ohr, das bestimmt mit mir, Ben und seinem Abiball zu tun hatte, zumindest konnte ich einige Wortfetzen aufschnappen, die das vermuten ließen. Das war der Beginn einer wunderbaren Freundschaft!

»Auweia, ungefähr so muss es ausgesehen haben, als Thelma und

Louise sich das erste Mal begegnet sind, nur dass bei diesen beiden Schätzchen der gemeinsame Feind kein Mann ist, sondern *du* bist!« Sarah, die sich gerade einen Drink holen wollte und die Situation messerscharf erkannt hatte, tätschelte mir belustigt die Schulter. Wie war das noch, viel Feind, viel Ehr? Ich versuchte, mich aufzuheitern, denn die Idee, dass künftig Diane nicht nur meine Mutter, sondern auch noch meinen Freundeskreis belagerte, ließ mir eiskalte Schauer den Rücken hinunterlaufen. Was wollte sie eigentlich von mir und meinen Freunden, meiner Familie und meinen Feinden? Hatte sie keine eigenen, mit denen sie spielen konnte? Fehlte nur, dass Rudi, der sie offensichtlich rattenscharf fand, sie zur ersten festen Dauerfreundin seines Lebens machte.

Ben, der in der neuen Frauenfreundschaft fehl am Platz war, kam zu mir und fragte sichtlich irritiert: »Wer ist denn diese grausame Diane? Die geht ja überhaupt nicht. Ich glaube, ich hab noch nie eine so affektierte, künstliche Frau getroffen, und das will was heißen.«

Keine Ahnung, worauf er anspielen wollte, denn dass Ben in seinem Uni-Umfeld nicht auf die Art von Frauen wie Diane traf, war klar. Auf alle Fälle fand er sie schrecklich, und das sprach für ihn. Dankbar lächelte ich ihm zu und drückte ihm ein Glas Punsch in die Hand.

Wo blieb nur Clemens? Nicht, dass ich mich an ihm in aller Öffentlichkeit hätte anlehnen können, aber allein seine Gegenwart würde alles leichter machen.

Jemand gab mir Zeichen, dass es geklingelt hatte, also nichts wie hin, vielleicht war er das ja. Erwartungsvoll wartete ich, wer da die Treppen hochkam. Wenn es Clemens sein sollte, konnten wir uns vielleicht heimlich vor der Tür im dunklen Treppenhaus küssen.

»Hallo?«, rief ich hoffnungsvoll ins Treppenhaus.

»Huhu, winki, winki«, tönte ein Chor zurück.

Bevor ich mir überlegen konnte, wer das wohl war, bogen drei Gestalten um die Ecke, und ich schwor gleichzeitig dem Alkohol für immer ab, denn was ich sah, musste eine Halluzination sein.

Vor mir standen drei winkende Teletubbies und kicherten.

»Bist du Gretchen?«, quietschte ein gelber. »Ich bin Lala!« Kicher, kicher.

Ungläubig nickte ich.

»Wir sind Freundinnen von Rudi, er hat uns eingeladen. So eine Kostümparty ist echt super.«

Rudi! Okay, die gute Nachricht war, ich konnte getrost weitertrinken, denn unter Halluzinationen litt ich offensichtlich nicht. Die schlechte Nachricht war, dass mein Bruder völlig durchgeknallt zu sein schien.

Ich bat die Teletubbies einen Moment vor der Tür zu warten und suchte Rudi, den ich natürlich mit Diane flirtend auf dem Balkon fand.

Ohne Diane zu beachten, zog ich Rudi hinter mir her.

»Kommst du mal bitte mit? Vor der Tür stehen drei Teletubbies, die von dir zu meiner Kostümparty eingeladen wurden. Spinnst du jetzt völlig?«

Rudi lachte lauthals los.

»Super Idee, oder? Das wollte ich schon immer mal machen!«

Es stellte sich heraus, dass Rudi, seit ich ihn vor Jahren in Bridget Jones mitgeschleppt hatte, die Szene, als Bridget, ihr Vater und ihr Onkel als Einzige kostümiert auf einer Party auftauchten, weil man vergessen hatte, ihnen Bescheid zu geben, dass doch keine Kostüme gewünscht waren, so lustig fand, dass er das immer mal live selbst miterleben wollte. So hatte er mehreren Leuten Bescheid gesagt, dass es sich um eine Kostümparty handeln würde, um diesen Peinlichkeitseffekt nachzustellen. Nett, dass er das ausgerechnet auf meiner Party machte, noch netter, dass er mir nichts davon gesagt hatte, und am allernettesten, sich ausgerechnet ein so bescheuertes Thema wie Teletubbies auszudenken.

»Wie kommt man denn auf Teletubbies als Motto?«, fragte ich entgeistert.

Rudi kriegte sich immer noch nicht ein vor Lachen.

»Super, oder? Warte mal ab, ich hab zwei weitere Themen angegeben, da müssten bald noch ein paar Verkleidete mehr auftauchen.«

Ja, total super! Ich konnte es kaum abwarten. Jetzt verstand ich auch, was er vorhin gemeint hatte, als er Michis Paradiesvogel-Aufzug kommentiert und mir beruhigend versichert hatte, sie würde den Abend über nicht allein bleiben.

»Würdest du dann bitte so nett sein und dich um deine Tinkiwinki-Gäste kümmern? Sie warten noch völlig ahnungslos vor der Tür.« Rudi sollte schön selbst erklären, dass so ein »bisschä Witzischkeit« eben alle Mittel rechtfertigte.

Da sich meine Halluzinationen aufgeklärt hatten, trank ich noch zwei, drei Drinks, achtete aber darauf, immer schön Häppchen als Grundlage dazwischen zu essen und genug Wasser zu trinken, schließlich musste ich fit genug bleiben, um Brandlöcher auf dem Parkett zu verhindern. Ja, so änderten sich die Zeiten. Früher wurde einfach Zeitung ausgelegt, alle trampelten rein und wieder raus. Die Jungs hatten sich mit ihren Schuhen an der Wand abgestützt, und nach der Party musste die Wohnung eben neu gestrichen werden. Damals wohnten wir aber auch zu dritt in WGs und nicht allein in hochwertig renovierten schönen Wohnungen. Die Prioritäten verschoben sich mit der Zeit, ob man wollte oder nicht. Neulich hatte ich mich sogar erwischt, mit Sarah über den Vorteil einer Putzfrau zu diskutieren, ein Thema, das ich immer mit Altsein gleichgesetzt hatte.

Rudi, der sich strikt weigerte, älter oder sagen wir besser erwachsen zu werden, bog mit einem Werbekollegen um die Ecke, den er mir unbedingt vorstellen wollte.

»Ich bin Gretchen!«

»Na, dann bin ich Hänsel«, antwortete der Typ, und er und Rudi kriegten sich vor Lachen gar nicht mehr ein. Haha, lustig aber auch, den Spruch hatte ich ja noch nie gehört. Mir wurde es zu blöd. Ich war zwar die Gastgeberin, aber trotzdem musste ich nicht mit jedem Smalltalk halten, zumal gerade eine Formation der Village People zur Tür hereinkam. Dem Indianer, der am wenigsten von allen trug, war es auch am unangenehmsten, wie man deutlich sehen konnte. Rudi führte die Truppe geradewegs in die Küche, wo schon die Teletubbies in einer Ecke etwas abseits standen und sich sichtlich unwohl und etwas fehl am Platz fühlten. Gemeinsam unter Kostümierten konnte man sicher besser feiern. Höchste Zeit für einen Rundgang, vielleicht war Clemens inzwischen unbemerkt gekommen.

Aus dem Wohnzimmer drang großes Geschrei und Geklatsche. Was war da denn los?

Sarah kam mir mit einem Ausdruck des ungläubigen Entsetzens entgegen.

Bevor ich fragen konnte, legte sie los.

»Schnell, du musst was unternehmen. Michi ist betrunken und will im Wohnzimmer strippen!«

Eigentlich keine schlechte Idee bei diesen furchtbaren Klamotten, dachte ich kurz. Sarah zog mich in die Höhle des Grauens, in der Michi ihren Tanz der sieben Schleier aufführte, mitten im Raum völlig enthemmt, noch völlig bekleidet, zum Glück. Ihre Busenfreundin und modische Beraterin Anna feuerte Michi mit an, anstatt einzugreifen, bestimmt war ihr endlich aufgegangen, wie scheußlich ihre eigenen Kreationen waren, anders konnte ich mir ihre »Ausziehn, ausziehn!«-Rufe nicht erklären. Michi gab sich ganz ihrem Tanz hin und ließ sich auch nicht vom Blitzlichtgewitter einer Kamera stören. Geblendet durch das Licht konnte ich nicht sehen, wer die Fotos machte. Sarah und ich verständigten uns kurz, dass ich mich um Michi und Sarah sich um den Fotografen kümmerte.

Gerade rechtzeitig holte ich Michi von der Tanzfläche, die bereits begonnen hatte, unter den peinlich berührten Blicken der anderen ihr Oberteil zu lüften. Als Spielverderber des Jahres nahm ich Michi mit ins Bad, Sarah kam mit der Kamera hinterher.

»Rate mal, wer die Fotos gemacht hat?«

Keine Ahnung, ich zuckte mit den Schultern.

»Jemand, der Michi nur das Beste wünscht. Und wer kann das nur sein? Richtig, Diane!«

Diese Schlange! Jetzt war der Moment gekommen, sie hochkant rauszuschmeißen.

Michi, die langsam zu sich kam, wehrte ab. Sie wollte nicht noch einen Skandal hervorrufen.

»Wie viel hast du denn getrunken?«, fragte ich Michi, die sich kaltes Wasser übers Gesicht laufen ließ.

»Eigentlich gar nicht so viel, und ich hab darauf geachtet, auch was zu essen. Diane hat mehrere von diesen köstlichen Wackelpuddings gebracht.«

Rudis Mädchenfalle! Er hatte sie extra auf dem Balkon in Plastiktüten verpackt weggestellt, das hatte ich mit eigenen Augen gesehen. Er musste Diane davon erzählt haben, sodass sie wusste, dass diese Wackelpuddings aus purem Wodka hergestellt waren. Das würde sie büßen!

Michi, etwas nüchterner, schämte sich nun so sehr für ihre Einlage, dass sie überhaupt nicht mehr hinaus zu den anderen wollte. Mal abgesehen davon, dass das sehr unpraktisch war, weil die Gäste ja auch auf die Toilette mussten, würde Michi nichts anderes übrig bleiben, als zu ihrem Aussetzer zu stehen und ihn mit Humor zu nehmen. Am besten, sie lachte selbst darüber, dann nahm sie den anderen den Wind aus den Segeln. Das sah sie ein, allerdings wollte sie in ihrem geschmacklosen und auffälligen Federgewand nicht mehr herumlaufen, das wiederum sah ich ein. Zum Glück fand ich einen viel zu engen kurzen Rock, der bei Michi mit einem Gürtel halbwegs normal aussah, und ein ziemlich enges Top, das bei mir das Dekolletee spannen ließ, bei Michi aber locker saß. Ohne Federn und mit normalen Klamotten getraute sich Michi wieder unter die Meute, denn abhauen hätte höchstens einen Triumph für Diane bedeutet.

Vor lauter Aufregung hatte ich vergessen, auf die Uhr zu schauen. Viertel vor eins und noch immer keine Spur von Clemens.

Langsam machte ich mir Sorgen. Er ging weder an sein Handy, noch hatte er mir eine Nachricht auf meinem hinterlassen. Vielleicht wusste Marion als seine Assistentin mehr. Was, wenn er zu einem Abendtermin eingeladen war, den er vergessen hatte? Marion tanzte mit ihrem Freund frisch verliebt im Wohnzimmer, ich störte offensichtlich. Marion wusste auch nicht, wo Clemens sein konnte, zumindest hatte sie keinen Termin für ihn arrangiert, und er hatte zu ihr gesagt, dass sie sich auf meiner Party treffen würden.

Die schlimmsten Bilder schossen mir durch den Kopf: Clemens in einen Autounfall verwickelt, entführt, weil er reicher Leute Kind war, in einem Tiefkühlraum eingeschlossen, als er kurz eine Torte für mich besorgen wollte. Zur Beruhigung ließ ich mir von Rudi einen Drink geben, der schnell und zuverlässig wirkte. So zuverlässig, dass ich gar nicht bemerkte, wie mir jemand von hinten die Augen zuhielt und ins Ohr flüsterte.

»Wie gerne würde ich jetzt über dich herfallen und unaussprechliche Dinge mit dir tun.«

Clemens! Endlich! Er lebte, sah besser aus denn je und war nüchterner als wir alle zusammen.

Er war zu einer Krisensitzung zu Feline gerufen worden, anscheinend gab es beunruhigende Nachrichten, die er uns Montag erzählen wollte. Sein Handy hatte er vor lauter Hetze bei sich zu Hause liegen lassen, aber jetzt war er da und bereicherte die Party mit seinem Charisma. Mir fiel auf, dass er auffiel, egal, wo er gerade stand. Wir gingen in mein Arbeitszimmer, weil dort weniger los war, und wie Moses das Meer geteilt hatte, teilte er die Menschen, die in meinem Flur standen. Fehlte nur noch, dass sie klatschten. Wir waren noch nicht mal im Zimmer, da fielen schon Diane und Michi über Clemens her. Marion winkte ihm zu, und Sarah verschwand schnell, wie ich aus den Augenwinkeln sehen konnte. Rudi, der schon den ganzen Abend auf Clemens den Frauenflüsterer gespannt gewartet hatte, stand auf und stellte sich vor. So sehr Ben und Clemens beim ersten Treffen sofort ihre Abneigung hatten spüren lassen, so sehr sah man auf einen Blick, dass Rudi und Clemens sich mochten.

Rudi besorgte Clemens einen Drink und begann, sich mit Clemens lebhaft zu unterhalten. Schon nach kurzer Zeit lachten die beiden und waren so sehr miteinander beschäftigt, dass ich in aller Ruhe nach Sarah schauen konnte. Sie hatte sich in mein Schlafzimmer geflüchtet.

»Alles okay?«

Sie nickte.

»Ja, es geht schon wieder. Hat mir doch einen Stich versetzt, als ich Clemens sah. Aber geh ruhig wieder rüber, ich komm gleich.«

Im Arbeitszimmer standen Clemens und Rudi umringt von lieben Kolleginnen aus der Redaktion, Rudis Teletubbies und einer verirrten Starlight-Express-Kopie, der Rudi gesagt hatte, das Thema sei »Musical«. Deswegen war mir auch gerade eine Cats-Katze im Flur begegnet. Rudi hasste Musicals, und so nahm ich an, dass die beiden, die er zu diesem Motto eingeladen hatte, entweder in Ungnade gefallen waren oder über besonders viel Humor verfügten.

»Komm zu uns, Gretchen!« Clemens zeigte neben sich, was die Damen ringsumher zu einem säuerlichen Gesichtsausdruck verleitete.

Zur illustren Runde gesellten sich Ben und Liv dazu.

Rudi, der mir immer noch leicht übel nahm, ihm einen Strich durch die Rechnung gemacht zu haben, was eine nostalgische »Halli-Galli-Drecksauparty« hätte werden sollen, rief kühn in die Runde:

»Was sind wir doch für langweilige Säcke geworden. Wir feiern wie die Scheintoten, aschen nicht mehr auf den Boden, keiner pinkelt vom Balkon, nirgendwo übergibt sich jemand, keine knutschenden Pärchen oder eifersüchtigen Freunde. Stattdessen gibt's Champagner und Catering im Hochglanzapartment. Keine Skandale, sondern leichte Unterhaltung, in einigen Jahren wird das dann die gepflegte Langeweile, weil nicht mal mehr jemand versucht, sein Oberteil zu lüften, und dann geht's unter den Rasen. Prost!«

Diane war vorbeigekommen und hatte Rudis Kommentar gehört.

»Also an mir soll's nicht liegen, ich bin alles andere als langweilig und immer noch für jeden Spaß zu haben!« Sie grinste kokett abwechselnd Rudi und Clemens an.

»Was vermisst du denn am meisten?«, legte sie nach.

Rudi musste nicht lange überlegen.

»Wisst ihr noch, wie lustig das war, als wir die ersten Partys feiern durften und in allen Partykellern zu *La Boum – Die Fete* Stehblues getanzt wurde?«

Michi, die sich anscheinend sehr gut erinnern konnte, rief verzückt: »Bei uns hieß das Engtanzpartys!«

Ja, auch ich erinnerte mich an diese Zeit. Natürlich fanden bei uns die meisten dieser Partys statt, wer sonst hatte solch liberale Eltern. Ich war gerade mal zwölf gewesen, schon heimlich in Ben verknallt und litt schrecklich, wenn er mit seiner ersten Freundin, einem blonden, fröhlichen Mädchen Stehblues tanzte.

Leila, die sich ebenfalls an ihre Jugend erinnerte, rief:

»Aber noch besser fand ich das erste Mal Flaschendrehen. Gott, waren wir aufgeregt und ich in einen Jungen verknallt, der zwei Jahre älter war. Was hab ich gebetet, dass die Flasche auf ihn zeigt, aber natürlich zeigte sie auf einen anderen Jungen. Erst in der vierten Runde mussten wir uns küssen, das war mein erster Kuss, und ich war so verliebt!«

Rudi sah sie verträumt an, oh nein, nicht doch, den Blick kannte ich! Zu spät, schon legte er los.

»Leute, alle mal herhören, ich hab 'ne super Idee. Wir machen eine Zeitreise in die achtziger Jahre und spielen das Spiel unserer Jugend, ein unschuldiges Spiel voller Neugierde und Nostalgie. Heute dürfen alle noch mal vierzehn sein. Wir spielen Flaschendrehen!«

Erst schauten sich alle an, als ob es sich um einen gelungenen Scherz handelte, aber dann fanden immer mehr daran Gefallen und kicherten los.

Man schwelgte in Erinnerungen der ersten Engtanz- oder Stehbluespartys, zählte auf, mit wem man »Wahrheit oder Pflicht« zum ersten Mal gespielt hatte, und natürlich konnte jeder was zum ersten Mal Flaschendrehen sagen.

Sofort spalteten sich zwei Lager, als es um das Reglement ging. Die einen kannten die Regel so, dass der, auf den die Flasche zeigte, aussuchen durfte, wer wen küssen musste. Die andere Fraktion behauptete, dass der, auf den die Flasche zeigte, sich selbst sein Kussopfer aussuchen durfte.

»Kinder, keine Panik, wir können ja zwei Runden mit jeweils unterschiedlichen Regeln spielen. Also daran soll's nun wirklich nicht scheitern!«, setzte sich Rudi als großer Diplomat in Szene, dabei wollte er einfach nur der Reihe nach die Mädels beglücken. Das gedämpfte Licht, der Alkoholpegel, die ausgelassene Stimmung zur späten Stunde, all das führte schließlich dazu, dass Diane eine leere Weinflasche holte, in die Mitte stellte, herausfordernd in die Runde schaute und sagte:

»Letzte Chance, wer jetzt nicht das Zimmer verlässt, spielt mit!« Mir wurde mulmig, mir gefiel nicht, dass Clemens und ich noch im Zimmer waren. Er schien dasselbe zu denken und flüsterte mir ins Ohr, dass er sich nicht sicher sei, ob er die Idee gut finden sollte, zumal die Hälfte im Raum seine Untergebenen seien. Rudi, der unsere Bedenken mitbekommen hatte, wischte sie beiseite mit einem »Hach, jetzt habt euch nicht so. Das ist doch komplett harmlos, ein kurzer Kuss auf den Mund!« und schenkte uns beiden noch mal nach.

Rudi hatte Recht, man musste ja nicht mit Zunge küssen, und ein kleiner Kuss auf den Mund war zu vertreten. Die jungen Menschen heutzutage küssten sich auch einfach so zur Begrüßung auf den Mund. Mir war das aber im Grunde zu modern. Sarah, die sich ins alkoholische Weltall geschossen hatte, bestimmt um Clemens zu vergessen, sah mich verständnisvoll an und hickste.

»Das ist dir zu modern, hab ich Recht?« Ich nickte, aber wollte auch kein Spielverderber sein. Dianes Augen funkelten. Schnell ging sie zur Tür, drehte den Schlüssel um und zog ihn ab.

»Los, alle einen Kreis bilden!« Sie klatschte in die Hände.

Wir formierten uns zu einem Kreis, wohin ich blickte, bekannte Gesichter. Rudi, Leila, Ben, Liv, Sarah, Michi, Clemens, Diane, alle waren sie hier gelandet, nur Marion und ihr Freund hatten rechtzeitig den Raum verlassen. Die durften ja aber auch offiziell zusammen sein. Bei diesem Gedanken fragte ich mich, was Ben und Liv noch hier machten. Hilfe, gehörten die am Ende auch zur Sorte »Wir sind eigentlich ein ganz offenes Pärchen«?

Ben blickte äußerst genervt drein. Wenn der Eindruck nicht täuschte, war Liv diejenige, die die Aktion total crazy und witzig fand, vielleicht wollte sie auch vor ihrer neuen Busenfreundin Diane Eindruck schinden und nicht als langweiliges Pärchen gelten.

Was würde ich drum geben, als sterbenslangweiliges Pärchen Hand in Hand mit Clemens rauszumarschieren, stattdessen trank ich mein Glas in einem Zug leer, in der Hoffnung, vielleicht noch ins Koma zu fallen und nicht ansehen zu müssen, wie Clemens' Lippen gleich jemand anderes küssten. Denn dass er und Rudi sich abwechseln würden, war klar, auch wenn zwei Kumpels von Rudi etwas anderes hofften. Ben hatte auch gute Chancen, öfter dranzukommen, als Liv lieb sein konnte, mal sehen, wann sie aufsprang, um einem Mädel ein blaues Auge zu verpassen.

Rudi verkündete die Spielregeln.

Es gab zwei Spielrunden. Jede bestand aus zehn Mal Flasche drehen. Runde eins unterschied sich von Runde zwei nur darin, dass in Runde eins die Person, auf die der Flaschenhals zeigte, sich ihren Partner selbst aussuchen durfte, bei Runde zwei musste der, auf den die Flasche zeigte, zwei andere bestimmen, die sich küssen mussten. Mir graute jetzt schon vor Runde zwei!

»Achtet bitte darauf, genug Abstand zum Nachbarn zu halten, damit es klar bleibt, auf wen die Flasche zeigt«, kommandierte Diane in gewohnter Feldwebelmanier.

Sie hatte so viel Übung, dass ich argwöhnisch wurde. Spielte man das in ihren Kreisen zu später Stunde womöglich öfter? So nach dem Motto »Jetzt haben wir wieder ein Tierheim gerettet und Geld für ein Waisenheim in Riga gesammelt, das reicht dicke, um in den Himmel zu kommen, dann wollen wir es mal richtig krachen lassen, der liebe Gott wird schon ein Auge zudrücken, nach so viel Charity«.

Diane dimmte die Lampen, bis nur noch die im Zimmer verteilten Teelichter Licht spendeten.

»Dann mal los!«

Rudi stieß die grüne Weinflasche energisch an, sie war nicht ganz leer gewesen, einige Tropfen flogen aufs Parkett. Die Flasche drehte sich schnell und brauchte lange, bis sie unter großem Geschrei und Ruckeln zum Stillstand kam – und drei Mal darf geraten werden, vor wem. Natürlich vor mir!

Alle schauten mich erwartungsvoll an. Keine Ahnung, was sie erwarteten, Kinky-Küsse mit anderen Mädels, eine Ohnmacht oder dass ich kniff?

Mein Blick schweifte langsam von einem Gesicht zum nächsten. Hier saß so viel emotionaler Zündstoff in einer Runde, wenn ich die Augen schloss und irgendwen küsste, konnte ich immer noch sicher sein, in irgendeinen Fettnapf getreten zu sein. Hatte ich schon erwähnt, dass mir das alles viel zu modern war?

»Los, küssen!«, forderte mich ein Kumpel von Rudi auf, der wohl hoffte selbst dranzukommen.

Auf allen vieren und bewusst langsam bewegte ich mich mit zu einem Kussmund geschürzten Lippen auf Clemens zu, die Messer aller Jüngerinnen im Rücken spürend, nur um im letzten Moment abzudrehen und Rudi einen schwesterlichen Kuss auf die Wange zu geben.

Alle lachten und johlten los. Das Eis war gebrochen. Clemens zwinkerte mir lachend zu.

Erleichtert, das erste Spiel einigermaßen glimpflich überstanden zu haben, gab ich der Flasche einen ebenso schwungvollen Stoß wie mein Vorgänger, in der Hoffnung, dass sie weder bei Diane noch bei Michi stoppte. Bei Michi hatte ich einfach die Befürchtung, sie könne sich noch mal blamieren, und ein Auftritt pro Abend reichte aus, bei Diane musste man generell immer mit dem Schlimmsten rechnen. Meine Berechnungen stimmten, die Flasche stoppte nicht bei Michi oder Diane, sondern bei Ben.

Ben grinste kurz, ließ sich nicht aus der Ruhe bringen und gab Liv einen Kuss, die erleichtert aufatmete.

»Langweiler!« Lala von den Teletubbies, die offensichtlich gern an Livs Stelle gewesen wäre, kicherte.

Ben ignorierte den Kommentar und drehte die Flasche ungerührt weiter. Sie zeigte auf Clemens. Sofort sah mich Ben an, er war einer der wenigen Eingeweihten im Raum. Natürlich ließ ich mir nichts anmerken, aber wen würde Clemens küssen? Mich? Oder war das zu auffällig? Vielleicht ein ihm unbekanntes Mädel … dann war er aus dem Schneider.

Clemens ließ sich Zeit, ich wurde nervös und nicht nur ich, wie ich an Michis Reaktion sah, die Fingernägel kaute. Sich seiner Wirkung bewusst, bewegte er sich in meine und Sarahs Richtung. Sarah begann, unruhig hin und her zu rutschen, die Arme, wer konnte es ihr verdenken.

Clemens kam näher, und zwar eindeutig auf mich zu. Zärtlich nahm er mein Gesicht in beide Hände, schloss die Augen und gab mir einen sanften Kuss auf die Lippen, vor allen anderen! Das konnte ihn oder mich den Job kosten, aber dieser Moment war es allemal wert. Mein Herz jubelte vor Glück, das war ein Beinahegeständnis gewesen, zumindest sah ich es so – und Dianes entnervtem und viel zu lautem »Ttsss, nur weil sie die Gastgeberin ist« nach zu urteilen, sie auch.

Clemens nahm die enttäuschten Gesichter nicht wahr, setzte sich wieder auf seinen Platz, drehte die Flasche, die bei Michi stoppte. Was jetzt kam, war vorhersehbar und richtig. Michi überlegte nicht eine Sekunde. Ohne zu zögern, krabbelte sie geradewegs auf Clemens zu, sie konnte mir danken, dass sie es in meinen Klamotten und ohne ihre Federboa auf dem Kopf tat. Michi konnte ich nicht böse sein. Sie hatte etwas Rührendes und Hilfloses an sich, man wollte sie nur vor sich selbst beschützen.

Kurz vor Clemens' Gesicht schloss sie die Augen, küsste ihn auf den Mund und wollte gar nicht mehr aufhören. Ein Bild, auf das ich gern verzichtet hätte. Clemens war zu einfühlsam, um Michi abrupt zurückzuweisen. Vorsichtig löste er sich. Selig taumelte Michi auf ihren Platz zurück und starrte nur noch Clemens an. Diane verdrehte die Augen, etwas zu sagen, wagte sie nicht mehr, sie wusste genau, dass sie sich in Bezug auf Michi bereits zu viel geleistet hatte.

»Du musst die Flasche weiterdrehen, Michi«, erinnerte Rudi Michi an ihre Pflichten.

Mit dem Kopf in den Wolken, den Blick weiterhin auf Clemens gerichtet, gab sie der Flasche einen leichten Schubs, der nicht einmal für eine ganze Drehung ausreichte. Die Flasche schaffte es gerade bis zu ihrem Nebenmann, und das war Rudi. Ob diese Situation Rudis persönliche Hölle war? Flaschendrehen mit lauter hübschen Mädels, und er musste sich entscheiden und eine aussuchen. Jetzt war ich gespannt. Wen würde sich Rudi wohl aussuchen. Leila, mit der er schon so lange flirtete, die Teletubbies oder etwa Diane, die es ihm ja leider angetan hatte und die sich schon in Position setzte.

Es lag ungefähr dieselbe Spannung in der Luft wie bei Clemens vorher. Rudi, der bestimmt kein Flaschendrehen als Hilfe oder Vorwand nötig hatte, um ein Mädchen zu küssen, bewegte sich in meine Richtung. Hey, so viel diplomatisches Geschick hätte ich ihm gar nicht zugetraut. Sehr weise, den brüderlichen Wangenkuss zu erwidern, dachte ich und sah zu, wie Rudi an mir vorbeizog und zu meinem allergrößten Erstaunen Sarah küsste! Wenn mich nicht alles täuschte, wurde er sogar etwas rot. Was war denn hier los? Hegte mein Bruder verborgene Gefühle ausgerechnet für Sarah, die einzige Frau, die gegen seinen Charme und seine Masche immun war?

Sarah schien genauso überrascht und stammelte nur: »Hä?«

Rudi lachte und flüsterte ihr laut genug ins Ohr, dass ich es auch noch hören konnte. »Danke! Du bist der einzige neutrale Boden außer meiner Schwester in diesem Raum. Du bist die Schweiz für mich!«

Sarah knurrte zurück, solange er keine schlechte Kampagne wie »Du bist Deutschland« daraus mache, ginge es in Ordnung.

Kraftvoll drehte Sarah die Flasche weiter. Sie drehte sich schnell und lange, bis sie vor Diane zum Stillstand kam. Diane genoss die Situation sichtlich. Klar, einen Augenblick lang die Macht, das Sagen über alle zu haben, gefiel ihr. Ihre Entscheidung konnte wenn überhaupt nur zwischen zwei Männern fallen. Clemens oder Rudi. Beide waren höchst attraktiv, und mit beiden konnte sie genug andere Mädchen ärgern, mich inklusive. Gespielt ratlos schlug sie die Hände vors Gesicht, wartete ab, bewegte sich in die Mitte, um endlich Clemens mit angewinkeltem Zeigefinger zu sich herzuwinken. Clemens blieb sitzen und ließ Diane zu sich kommen. Ich wollte die Augen schließen, aber es war wie bei einem Unfall oder einem anderen schrecklichen Ereignis, die Faszination des Grauens zwingt dich hinzuschauen. In diesem Fall hätte ich es besser nicht gemacht, denn Diane öffnete ihren Mund und versuchte tatsächlich, Clemens ihre Zunge in den Mund zu schieben. Zum Glück wich er schnell genug weg, aber die Vorstellung, ihn später wieder zu küssen, nachdem Diane versucht hatte ihn abzuschlecken, war wenig appetitlich. Ich konnte froh sein, dass ich ihn zuerst geküsst hatte, bevor alle anderen dran waren. Falls Diane von Clemens' Reaktion enttäuscht war, ließ sie es sich nicht anmerken. Geschickt bewegte sie die Flasche, die sich pirouettenartig und sehr gleichmäßig drehte. Bei jeder Drehung hielt ich die Luft an, denn natürlich konnte es einen immer zweimal erwischen. Falls es mich noch mal traf, würde ich Michael, einen guten Freund von Rudi, küssen, hatte ich mir vorgenommen. Denn Clemens zurückzuküssen wäre zu auffällig. Die Flasche hielt unter großem Geschrei vor mir, nein doch nicht, sie zeigte zum Glück knapp neben mir auf Sarah. Die Arme, ich wusste, wen sie eigentlich gern küssen würde. Sarah zögerte nicht lange, kroch auf Ben zu, gab ihm einen kurzen freundschaftlichen Kuss auf den Mund und zog sich wieder auf ihren Platz zurück. Liv, die die Geste nicht verstanden hatte, zischte »Wie, die etwa auch?«, was sich eindeutig darauf beziehen sollte, dass nicht nur ich hinter ihrem Ben, sondern jetzt auch Sarah hinter ihm her war. Warum tat Liv sich das an? Es gab für sie keinen anderen Mann als Ben, und jede Frau, die auch nur wagte ihn zu grüßen, war eine potenzielle Konkurrentin und musste aufs Härteste bekämpft werden. Bestimmt verfluchte sie, die die Eifersucht für sich gepachtet hatte, den Moment, in dem sie leichtsinnig diesem Spiel zugestimmt hatte. Jetzt, wo ich mit Clemens zusammen war und Liv mich nicht mehr ganz so nervte, konnte ich sie mit Abstand und etwas objektiver betrachten. Sie war sehr hübsch, auffallend hübsch mit den glatten, langen dunklen Haaren und den hellen grünen Augen, groß, schlank und hatte perfekte Zähne. Sie war das, was Männer als Feger bezeichneten und Mädchen als Albtraum, denn was ihr Wesen anging, war sie eindeutig auf Männer fixiert und konnte mit Frauen nicht viel anfangen. Soweit ich wusste, hatte sie gerade mal eine Freundin, selbstverständlich potthässlich und somit keine Gefahr. Sobald ein Mädchen hübsch war, wurde sie von Liv als suspekt eingestuft. Liv war eindeutig ein Papakind und musste den von Kindesbeinen an um den Finger gewickelt haben. Diese Masche hatte sie immer noch drauf, und die großen bittenden Augen zusammen mit dem süßen Kussmund mussten eine Wirkung auf Geldbeutel und Jungs haben, die legendär war. Wie sonst hatte sie es geschafft, Ben zu bekommen und festzunageln? Gemeinsame Interessen konnten es kaum sein. Ben mit seinem unglaublichen Wissen über Bücher und Filme und seiner großen Liebe zur Musik.

Die Flasche drehte sich noch einmal weiter, Rudis Kumpel küsste eine von den Teletubbies.

Diane stand auf, nahm die Flasche in die Hand und rief:

»So, jetzt kommen wir zur zweiten Runde. Die Spielregeln sind klar? Wenn die Flasche auf einen zeigt, bestimmt derjenige zwei Personen, die sich küssen müssen. Noch Fragen?«

Ja, wann hatte das wohl bei ihr angefangen, dass sie sich so ekelhaft verhielt? Bekam man das in die Wiege gelegt, oder musste man sich das hart erarbeiten? Lernte man am Vorbild, oder brauchte es Talent? Alles Fragen, die ich lieber gestellt hätte, als in die verflixte zweite Runde Flaschendrehen zu gehen.

Dafür war es zu spät, die Flasche suchte sich bereits ein Opfer. Es war Michi, zum zweiten Mal. Ich war beruhigt. Da Michi auf Clemens stand, würde sie alles tun, aber bestimmt nicht ihn eine andere küssen lassen. Und richtig, Michi entschied sich für Rudi und Leila. Das war eine gute und freundliche Geste, denn wer nicht ganz blind war, konnte sehen, dass die beiden ständig flirteten und es ihnen somit nicht unangenehm sein konnte, sich zu küssen. Grinsend kamen sich beide auf allen vieren näher, bis in die Mitte, und küssten sich deutlich länger als nötig. Man musste sie geradezu wieder auseinander drängen. Leila, deren Name zuerst genannt wurde, musste die Flasche weiterdrehen und damit den nächsten Auswähler bestimmen. Mit leuchtenden Wangen und entrücktem Blick kam sie ihrer Aufgabe nach. Die Flasche fiel auf das Starlight-Express-Mädchen, die ihrerseits ein Teletubbie Mädchen und einen Typen bestimmte, den ich nicht kannte. Das Spiel war unspektakulär, wenn man diejenigen nicht kannte, die an der Reihe waren. Der Typ drehte weiter, und die Flasche stoppte vor Liv. Somit war schon mal klar, dass Ben in dieser Runde aussetzen würde. Liv genoss die Aufmerksamkeit, die ihr zuteil wurde, und ließ sich Zeit mit ihrer Wahl, bestimmt überlegte sie, wem sie wie am besten eins auswischen konnte. Sie spielte am Flaschenhals herum, während sie lauter Hms ausstieß, bis Rudi, dessen Stärke noch nie die Geduld gewesen war, genug hatte und sie aufforderte, endlich zwei Namen zu nennen.

Eingeschnappt ließ sie überzogen gedehnt verlauten: »Na gut, ich nehme Clemens und Sarah.«

Diese linke Bazille! Entweder hatte Ben nicht dichtgehalten, oder Diane, die gute Seele, hatte Liv in der noch jungen, aber umso intensiveren Freundschaft upgedatet, wer alles so Interesse an Clemens hatte, schließlich war Diane Sarahs Auftritt in Verbindung mit Clemens im Café Petersburg in schmerzlicher Erinnerung geblieben.

Clemens, der um Sarahs Gefühle für ihn wusste, ließ sich nichts anmerken, wofür ich ihm sehr dankbar war. Sarah hatte sich so die Kante gegeben, dass sie hoffentlich nicht mehr viel merkte. Vorsichtshalber flüsterte ich ihr ins Ohr: »Du musst das nicht machen, wenn du nicht kannst. Keiner zwingt dich, du kannst auch einfach sagen, dass dir schlecht ist und du aufs Klo musst.«

Sarah nickte, aber winkte ab.

»Da muss ich durch. Höchste Zeit, dass ich ein normales Verhältnis zu Clemens bekomme.«

Na ja, ob ein Kuss da die passende Methode war, wollte ich mal dahingestellt sein lassen, aber ich verstand, was sie damit sagen wollte.

Liv, die unser Geflüster natürlich nicht unkommentiert lassen konnte, rief zuckersüß: »Was ist? Küssen kann doch nicht so schwer sein. Einfach beide Lippen auf die Lippen des anderen drücken.«

Clemens warf ihr einen »Und töten kann auch nicht so schwer

sein, wenn man dir zuhören muss«-Blick zu. Diesen Blick hatte ich zuvor noch nicht gesehen, aber er war eindrucksvoll, wie auch Liv fand, die schnell verstummte.

Clemens nickte Sarah zu, kam ihr entgegen und gab ihr einen flüchtigen Kuss.

Ohne ein weiteres Wort zu verlieren, drehte Clemens die Flasche und traf Diane. Zugegeben, ich war selbst schuld, so war das eben, wenn man meinte, das Schicksal herausfordern zu müssen, niemand hatte mich gezwungen mitzumachen, und dass Diane ein zweites Mal am Zug war, konnte eben bei diesem Spiel passieren. Wenigstens würde sie nicht sich selbst und Clemens in dieser Runde wählen können, dachte ich noch froh, ohne zu ahnen, was im nächsten Moment auf mich zukam.

Diane schaute in die Runde. Ein selbstgefälliges Lächeln umspielte ihren Mund. Sie hatte ihre Wahl schon längst getroffen, das merkte jeder, aber sie genoss es, die Unentschlossene zu spielen, sich mit den Fingern gegen die Lippen zu trommeln und vor sich hin zu murmeln: »Wen nehm ich da bloß, wen nehm ich da bloß!«

Plötzlich hielt sie inne, rief, als ob ihr im Moment zwei Namen eingefallen wären: »Ich hab's«, und sah mir spöttisch in die Augen.

»Gretchen und Ben!«

Genüsslich weidete sie sich an meinem erschrockenen Gesicht und Livs wütendem Aufschrei. Ob Liv in diesem Moment bereute, Diane alles, was sie über Ben und mich wusste, erzählt zu haben? Ich konnte es nur hoffen, vielleicht lernte sie wenigstens etwas daraus. Zum Beispiel, dass jemand, der mich auch hasste, dadurch nicht zu einer netten Person oder automatisch neuen Busenfreundin wurde. Diane spielte Informationen aus, wenn sie ihr nutzten. Liv hatte ihre Schuldigkeit getan, zu mehr war sie nicht mehr zu gebrauchen, also wozu diskret sein.

Ben schaute mich mit einem undefinierbaren Blick an. Rudi, dem die ganze unangenehme Situation bewusst war, versuchte die Situation mit einem Scherz aufzuheitern.

»Gretchen und Ben gilt nicht, Ben gehört quasi zur Familie«, war sein Rettungsversuch. Stille, die Anspannung blieb und stieg noch an, als Diane laut und vernehmlich wiederholte.

»Ich sagte Gretchen und Ben. Die Spielregeln habt ihr doch kapiert, oder? Ihr wisst, was zu tun ist?«

Ich kann mit gutem Gewissen behaupten, dass ich sie in diesem Moment hasste.

Ben verzog keine Miene und kam langsam auf mich zu. So sah niemand aus, der gleich ein, wie ich fand, eigentlich sehr passables Mädchen wie mich küssen durfte, sondern eher wie jemand, der im Dschungelcamp Känguruhoden vorgesetzt bekam. Zögernd rutschte ich ihm auf Knien entgegen. Wir schauten uns an, sein Gesicht war von meinem nur noch Zentimeter entfernt, ich konnte seinen Atem spüren, sein leicht geöffneter Mund war im Begriff, mich zu küssen. Er schloss die Augen. Sein Mund suchte nach meinem, plötzlich und gerade noch rechtzeitig brach er ab, sah mich an, rief: »Ich kann das nicht, Flaschendrehen war eh 'ne Schwachsinnsidee, ich hör auf.«

Stand auf und verließ das Zimmer. Liv sofort hinterher. Im Vorbeigehen zischte sie mir zu: »Na, bist du jetzt glücklich?«

Als ob ich etwas dafür konnte!

Allgemeines Gemurmel wurde laut, Diskussionen brachen los, ob man jetzt aufhören oder weitermachen sollte, und in all dem Trubel thronte Diane mit einem unübersehbaren zufriedenen Lächeln.

Clemens stand auf und machte mir Zeichen, mit rauszugehen, was ich nur allzu gern tat, schließlich wurde man nicht alle Tage öffentlich zurückgewiesen – und das bei einem eigentlich harmlosen Kuss. Wenn ich unter üblem Mundgeruch litt, es selbst noch nicht gemerkt hatte, es aber unter allen anderen ein offenes Geheimnis war, à la »Gretchen stinkt immer aus dem Mund«, dann sollte mir das besser jetzt jemand stecken. Nicht, dass ich jahrelang ahnungslos wie Fabian Hinz aus dem Fotoarchiv herumlief, der selbst im Winter extrem starken Schweißgeruch absonderte und allmählich sein soziales Umfeld verlor. Dabei hätte ich nur mal mit Odol gurgeln müssen.

Clemens blickte sich im Flur um, ob ihn jemand sah, öffnete die

Wohnungstür und ging vor ins dunkle Treppenhaus – ich unauffällig hinterher.

»Hier oben bin ich«, flüsterte er. Kluger Junge, er war einen Absatz nach oben gegangen und saß auf dem Treppenabsatz.

Clemens fasste nach meiner Hand, zog mich zu sich und küsste mich so leidenschaftlich, dass sich meine Sorge, was den Mundgeruch anbetraf, sofort zerschlug.

»So, das wollte ich schon den ganzen Abend machen. Was für ein Irrenhaus! Es wird Zeit, dass wir nach Venedig abhauen und endlich mal für uns sind.«

Ich war ihm dankbar, dass er den Vorfall von gerade nicht ansprach. Venedig! Unentwegt dachte ich daran und zählte schon die Tage. Nur noch vier Tage, dann stand *dolce vita* und *amore* auf dem Plan und keine labilen und gemeinen neurotischen Großstädter mit Hang zu pubertären Gesellschaftsspielen.

Leider konnten wir nicht zu lange verschwunden bleiben, um nicht aufzufallen. Auf der Party suchten schon alle nach mir. Rudi machte sich Sorgen, ob mich die Sache mit Ben eventuell verletzt habe. Sarah wollte entweder nach Hause oder gleich anfangen zu putzen. In der Küche sah ich Liv und Diane in ein Gespräch verwickelt, wobei Liv diejenige war, die wütend auf sie einsprach und ihre Haare zur Betonung aufgeregt schüttelte. Diane stand mit verschränkten Armen und einem kühlen, abschätzenden Blick da und ließ gelangweilt an sich abprallen, was Liv ihr zu sagen hatte. Es sah doch nicht nach dem Beginn einer wunderbaren Freundschaft aus, dabei hatte der Abend so viel versprechend begonnen.

Ben, Auslöser der Hysterie, stand ungerührt im Wohnzimmer mit Michi und diskutierte über Michel Houellebecq. Eigentlich hatte ich versucht, unbemerkt vorbeizukommen, aber Michi hatte mich entdeckt und dazugerufen. Ben benahm sich mir gegenüber völlig entspannt, als ob nichts vorgefallen sei, und fragte mich, wie ich *Die Möglichkeiten einer Insel* von Houellebecq fand. Ich ließ ein paar Sätze vom Stapel, dass ich Houellebecq im Grunde für einen Romantiker hielt und mich ein paar derbe Sätze nicht so leicht darüber hinwegtäuschen konnten. Ben vertrat die Meinung, dass wir uns laut Houellebecq von allem, was uns Vergnügen bereitet und damit in Abhängigkeit bringt, losmachen sollen, um endlich frei zu sein, und dass es für unsere Generation kein Altern in Würde mehr geben würde. Michi, ganz in ihrem Element und leidenschaftliche Houellebecq-Hasserin, meinte, Houellebecq sei einfach ein hässlicher Gnom, dessen Problem sei, dass er nie eine Frau abbekommen habe, und der jetzt seine Komplexe in lauter Selbstmitleid getunkt als philosophische Betrachtungen an andere zu kurz gekommene Männer verkaufe. Provokation sei das Einzige, was ihm einfiele, dabei würde heute nicht einmal mehr die Landbevölkerung durch Wörter wie »Schwanz« oder »ficken« geschockt sein, die mussten nämlich durch eine härtere Schule, wenn man sich so ansah, was viele Provinztheater aus falsch verstandenem Kunstanspruch aufführten, die mindestens zwei Nackte pro Stück über die Bühne schickten, Scheiße schreiend selbstredend, auch wenn es Macbeth war und Shakespeare diese freie Interpretation bestimmt nicht vorgesehen hatte.

»Also ich mag Houellebecq. Man kann sagen, was man will, ich lese seine Bücher immer in einem Rutsch, er kann unterhalten, und zum Nachdenken hat er mich angeregt, auch wenn ich bei weitem seine Lebensauffassung nicht teilen kann, die ist mir einfach nicht menschlich genug und zu kalt«, ließ ich mein abschließendes Resultat verlauten und verdrückte mich, bevor ich in weitere literarische Grundsatzdiskussionen einbezogen wurde.

Die Party neigte sich dem Ende, es war auch schon kurz nach drei. Clemens machte sich auf den Weg und nahm Sarah, die zum Glück wieder frischer aussah, im Taxi mit in Richtung Westen, sie wohnten ja nicht so weit voneinander entfernt.

Ich umarmte beide zum Abschied.

Sarah versprach gegen Mittag zum Aufräumen zu kommen, und Clemens machte Zeichen, dass wir telefonieren würden.

Müde und mit schweren Beinen ging ich eine Runde durch die Wohnung, die noch ganz passabel aussah. Nur der Rauch hing immer noch in der Luft, weshalb Leila mir anbot, bei ihr zu übernachten, was ich gern annahm.

Langsam wollte ich ins Bett, und als Partybremse machte ich einfach in allen Zimmern das große Licht an, was die gewünschte Wirkung erzielte, nämlich ungefähr eine so gemütliche Atmosphäre wie beim Gefangenentransport nach Sibirien. Diane hatte den Schneid, zu mir zu kommen, um sich noch mal für die Einladung zu bedanken und zu betonen, dass sie sich wirklich gut amüsiert hätte. Keine Ahnung, was mich antrieb, aber ich konnte und wollte dieses verlogene Getue nicht einfach so stehen lassen.

»Diane, präge dir besser noch mal alles ein, denn das war das erste und letzte Mal, dass du bei mir eingeladen warst. Ach, da fällt mir ein, du warst ja gar nicht eingeladen, sondern hast dich selbst aufgedrängt. Verspritze dein Gift in Zukunft wieder woanders, wo man es zu schätzen weiß, aber was mein Privatleben angeht, halte ich mich von Schlangen fern.«

Einen Moment lang hätte ich schwören können, dass sie getroffen zusammengezuckt war, aber nur einen Moment lang, und Diane wäre nicht Diane, wenn sie nicht gleich ihr Pokerface wieder aufgesetzt und sphinxgleich lächelnd »Nur nicht so vorschnell, wir werden ja sehen« gerufen hätte und winkend verschwunden wäre. Wäh, wie widerlich! Wo hatte Sarah das Sagrotan gleich wieder hingestellt?

Leila und ich beschlossen, alles so zu lassen, wie es war, und gleich zu ihr runter ins Bett zu gehen. Rudi zog mit einer der Musical-Cats-Katzen ab und versprach, morgen zum Aufräumen zur Stelle zu sein, was ich eher bezweifelte, aber so viel war auch nicht zu tun.

Egal, ich konnte meine Augen kaum noch offen halten. Schweigend schminkten Leila und ich uns bei ihr im Bad ab, zogen uns um und ließen uns todmüde in ihr bequemes Doppelbett fallen.

Es tat so gut, den Kopf in ein weiches, frisch bezogenes, nach Waschmittel riechendes Kissen sinken zu lassen. Meine Glieder waren schwer, meine Beine schmerzten vom langen Tag, endlich durfte ich schlafen.

Leila war schon eingeschlafen, schnarchte kurz und laut auf, worüber sie erschrak und sich selbst noch mal weckte.

Zufrieden rollte sie sich auf die andere Seite und grunzte.

»Wusstest du eigentlich, dass Ben Liv noch nie gesagt hat, dass er sie liebt? Hab ich zufällig gehört, als Liv sich bei Rudi nach der Flaschendrehen-Eskapade ausgeheult hat. Ich versteh Ben nicht, aber interessanter Typ. Wusstest du, dass er Liv noch nie gesagt hat, dass er sie liebt?«, wiederholte sie sich schlaftrunken.

Nein, wusste ich nicht und, ehrlich gesagt, war mir das, müde wie ich war, ziemlich egal, abgesehen davon, dass mir Liv noch ein bisschen mehr Leid tat.

Warum müssen Montage immer so schlimm sein wie ihr Ruf? Wäre es nicht schön, wenn sich eine Volksweisheit mal nicht bewahrheiten würde, wir froh gelaunt und ausgeschlafen an unsere Wirkungsstädte eilten und es gar nicht abwarten könnten, unser frohes Gemüt und die einhergehende Motivation unter die Menschen zu bringen? Dieser Montagmorgen hatte es zu allem Übel noch mehr in sich als ein gewöhnlicher. Meine Party, die erst achtundvierzig Stunden her war, aber schon als legendär galt, hatte tiefere Spuren hinterlassen, als ich befürchtet hatte. Ja, so war das eben, wenn man meinte, mit dreißig wie die Zwanzigjährigen feiern zu müssen, und dann feststellte, dass die Zellregeneration und alle anderen Körperfunktionen einen kläglich im Stich ließen. Man sah nicht nur bescheiden aus, man fühlte sich auch so, ja auch noch eineinhalb Tage danach.

Wenigstens saß ich in einem abgedunkelten Kino, sah mir den Film eines neuen angeblichen Ausnahmetalents aus Frankreich an und kämpfte damit, nicht einzuschlafen.

Hier musste ich nichts sagen oder mich zusammenreißen – leider ging die Vorführung nur bis zwei, dann musste ich in die Redaktion, es stand ein außerordentliches Meeting an, das bestimmt mit den schlechten Nachrichten zu tun hatte, die Clemens bereits Samstag auf meiner Party angedeutet hatte. Genau das Richtige für meine Gemütslage heute … Der einzige Lichtblick war die Biennale in drei Tagen. Endlich raus, mit Clemens ein paar Tage allein in Venedig, allerdings war »allein« Auslegungssache, immerhin waren alle Journalisten und Kritiker, die ich kannte, auch da, aber wenigstens Clemens' lästige Verehrerinnen ließen wir hinter uns, und im Hotel hatten wir unsere Ruhe, auch wenn wir offiziell natürlich zwei Zimmer buchten.

Das Licht ging abrupt an, der Film war zu Ende. Widerwillig machte ich mich auf den Weg in die Redaktion. Es herrschte wie immer reges Treiben, Telefone, Handys, Musik, Geschrei und Türengeknalle inklusive, eine Geräuschkulisse, die mir an gewöhnlichen Tagen nichts ausmachte.

Michi hatte mich bereits sehnsüchtig erwartet, zum Glück ohne eine alberne Verzierung auf dem Kopf. Ihren Klamotten nach hatte sie Abstand zu ihrer Designerin Anna genommen, zumindest war sie dezent, aber trotzdem gut gekleidet.

»Gut siehst du aus!«, sagte ich, schließlich musste man Michi den Rücken stärken, falls sie trotz ihres Musendaseins Anna in die Wüste geschickt hatte. Michi freute sich sichtlich über das Kompliment, wie vermutet, waren die Kleider von ihr selbst ausgesucht.

Sofort begann Michi aufgeregt, alle Skandale und Skandälchen meiner Party aufzuzählen, ihre kurze verhinderte Stripeinlage eingeschlossen. Zwar konnte sie jetzt darüber kichern, aber vor allem war sie erleichtert, dass Clemens noch nicht da war, als ihr das kleine Missgeschick passiert war. Überhaupt Clemens, ihre Augen leuchteten.

»Hast du gesehen, wie wir uns geküsst haben?«, schwärmte sie verträumt. Wie bitte? Von einem *Wir* konnte kaum die Rede sein, sie hatte sich an seine Lippen geheftet, und wenn sie kleine Widerhaken am Mund hätte, hinge sie immer noch an ihm. Wie konnte man sich so verblendet die Realität zurechtbiegen? In meinem Kopf fing es sofort wieder an zu pochen. Kein Wunder, wer hört schon gern auf Dauer zu, wie andere Mädels den eigenen Freund als vermeintlichen Single anbaggern und unwissentlich einem von ihm vorschwärmten.

Wenigstens war Michi gut drauf, was hieß, dass ihr Gesundheitszustand heute kein Thema sein würde. Inzwischen wusste ich die Anzeichen zu deuten. Wenn eine Tasse dampfender Kamillentee auf dem Tisch stand und Michi ihre Shirtärmel lang zog, bis die Hände darin verschwanden, und sie mit unbewegtem Gesichtsausdruck dasaß, litt sie entweder an Blähungen oder einem Magengeschwür in fortgeschrittenem Stadium. Das Schlimme war, man konnte nicht mehr unterscheiden, welche Beschwerden real und welche psychosomatisch waren, wobei die psychosomatischen früher oder später auch real wurden. Alle Versuche, Michi klar zu machen, dass ihre Leiden immer dann auftraten, wenn ihr zwanghafter Vater mit unangenehmen Nachrichten anrief oder der Druck im Büro zu groß wurde, wischte sie mit »alles Zufall« vom Tisch und kauerte sich lieber als kleines Häufchen Elend auf den viel zu großen Schreibtischstuhl. Am besten, man tröstete sie ein wenig, denn die Beschwerden durchlitt sie ja wirklich, egal ob eingebildet oder nicht. Was auch gut funktionierte, wie ich neulich herausgefunden hatte: selbst Beschwerden vorzutäuschen. Michis Neugierde und Interesse waren dann sofort geweckt; und einerseits war sie so abgelenkt, andererseits konnte sie mir mit ihrem Fachwissen und Fundus an Tipps weiterhelfen, was ihr sehr gefiel.

Marion kam in unser Büro, frisch wie der junge Morgen. War ich eigentlich die Einzige, die eine durchzechte Nacht nicht mehr wegsteckte? Na ja, Marion war gut fünf Jahre jünger, beruhigte ich mich.

»Kommt ihr zur Redaktionssitzung? Clemens, Feline und die anderen sind schon da.«

Das bedeutete, der Raum war voll und laut. Wenn Clemens als einziger Lichtblick nicht dabei gewesen wäre, hätte ich die Toilette vorgezogen. Da war es wenigstens ruhig, kühl und dunkel.

Der Konferenzsaal war proppenvoll, Marion schleppte zusätzliche Stühle an. Clemens stand als Einziger – strahlend, heiter, schön und so was von nüchtern und gesund! Das war nicht gerecht und bestimmt nicht gut für eine junge Liebe, wenn der deutlich ältere Freund durchfeierte Nächte optisch besser wegsteckte als das schöne Geschlecht. Jetzt war ich mal gespannt, ob es ihm peinlich war, mit der halben Belegschaft Flaschendrehen gespielt zu haben. Er machte Zeichen, dass wir uns setzen und still sein sollten. Von Peinlichkeit oder unangenehmer Situation konnte nicht die Rede sein. Er wirkte gefestigt und souverän wie immer. Diane huschte als Letzte zur Tür herein und sah, Hand aufs Herz und nicht gelogen, noch fertiger als ich aus! Ha, vielleicht bekam man ja wirklich ab einem gewissen Alter das Gesicht, das man verdiente, zumindest die Stirnfalte zwischen den Augen würde sie bald botoxen lassen müssen, wenn sie weiterhin freiwillig und für den guten Zweck Lose auf Wohltätigkeitsgalas verteilen wollte.

Dummerweise war nur noch ein Stuhl neben mir frei. Das dachte sie wohl auch, setzte sich mit genervtem Blick und ignorierte mich. Es gab doch einen Gott, denn mir schlagfertige Antworten auf ihre feindseligen Kommentare auszudenken, dazu wäre ich an diesem Tag nicht in der Lage gewesen.

Clemens, der von allen erwartungsvoll angeschaut wurde, legte los.

»Schön, dass ihr alle da seid. Leider ist der Anlass selbst nicht ganz so schön. *Zeitgeist* fährt eine extrem aggressive Verkaufsoffensive bei unseren Anzeigenkunden, leider mit teilweisem Erfolg, wie wir seit kurzem wissen. Fischer gibt einen Teil ihres Werbebudgets zunächst probeweise für drei Ausgaben an die *Zeitgeist*.«

Vivienne, Praktikantin in der Textredaktion, fragte, was alle interessierte: »Aber wie konnte das passieren? Wir haben nicht nur die Auflagenzahl mit dem neuen Heft gesteigert, sondern sind auch eindeutig Marktführer geworden.«

Feline, die bisher schweigend und mit dem für sie typischen Sphinx-Blick daneben gesessen hatte, fiel es sichtlich schwer, uns die Erklärung mitzuteilen.

Wie sich herausstellte, kannte Ilona Richter, meine neue Möchtegernchefin in spe, durch ihr kurzes Zwischenspiel bei *Phosphor* unsere

Preistabellen sehr genau und wusste, mit welchem Angebot sie gezielt unterbieten konnte.

Die Zwischenfrage, ob Ilona denn nicht vertraglich untersagt worden sei, zur Konkurrenz zu gehen und eben solche Firmengeheimnisse mitzunehmen, verneinte Feline. Zwar habe es eine Sperrklausel von einem halben Jahr gegeben, aber das sei schon längst abgelaufen, und außerdem könne man ihr ja nicht nachweisen, dass sie mit Absicht unsere Preise unterboten habe, immerhin würden wir den Gesetzten der freien Marktwirtschaft unterliegen – wenn Ilona ab morgen die Seite für drei Euro verticken wolle, konnte sie das eben auch.

»Das war leider nicht alles«, übernahm Clemens wieder.

Er sah trotz der schlechten Nachrichten immer noch umwerfend aus, wenn er dann noch so brillant sprach und auftrat, war es wieder um mich geschehen.

»Sie werden die erste Ausgabe von *Zeitgeist* kostenlos verteilen, was legitim ist und nicht unüblich, aber das Beste kommt noch. Ihre Werbekampagne! Wie ihr wisst, darf man seit einiger Zeit auch bei uns vergleichende Werbung machen. Die *Zeitgeist* hat eine Kampagne vorbereitet, die auf einen direkten Vergleich mit uns abzielt. Angeblich sieht man ein Mädel nachts auf einer Parkbank liegen. Sie ist über einem Magazin eingeschlafen, das rein zufällig wie unseres aussieht und den originellen Schriftzug ›Fossfor‹« – er buchstabierte den Namen – »trägt. Als Claim ist aufgedruckt: ›Keine Leuchten‹ Alles in Anspielung auf unseren Namen. Als Rettung geht am Horizont die Sonne auf in Form von, na, ratet mal, genau in Form von *Zeitgeist.*«

Widerwillig mussten einige lachen, nicht wegen der Kampagne an sich, aber der Spruch »Keine Leuchten« war zugegebenermaßen irgendwie witzig, auch wenn wir damit gemeint waren. Was allerdings weniger witzig war, war die Aggressivität, mit der die *Zeitgeist* vorging, nämlich mit dem offensichtlichen Ziel, uns komplett vom Markt zu drängen und zu vernichten, was in der Branche dann doch eher unüblich war. Normalerweise belebte auch bei uns Konkurrenz das Geschäft, man ließ sich gegenseitig leben, richtete sich inhaltlich komplementär oder eben entgegengesetzt aus, wie das *Der Spiegel* und *Focus* erfolgreich vormachten.

»Und das dürfen die wirklich, einfach so?«, fragte Michi ungläubig. Diane, die trotz Kater wieder genug Energie gesammelt hatte, äffte Michi nach und flüsterte laut genug, damit es jeder hören konnte.

»Nein, da müssen sie wie du immer erst den Papi fragen.«

Clemens überhörte Dianes Kommentar geflissentlich und ging besonders nett und ausführlich auf Michi ein.

»Eigentlich muss diese vergleichende Werbung auf Fakten basieren und darf nicht eine Meinung widerspiegeln oder gar beleidigend sein, aber dadurch, dass sie *Phosphor* anders geschrieben haben, werden sie versuchen sich rauszureden. Wenn wir die Anwälte loslassen, wird das ein paar Tage dauern, bis wir eine Unterlassungsklage erwirkt haben. Bis dahin ist die Republik mit Plakaten, Flyern, Spots und Anzeigen voll gekleistert worden, und wir werden als spaßfrei und unsouverän gelten.«

Schach und schachmatt! Gar nicht doof, das Fräulein Richter, musste man ihr schon lassen. Feline erklärte, dass sie entschieden habe, genau aus diesem Grund nicht zu klagen, aber man konnte ihr ansehen, dass es sie Beherrschung kostete. Man sollte in nächster Zeit ihrer Assistentin stecken, regelmäßig Felines Handtaschen nach Schusswaffen zu durchleuchten, zu ihrer eigenen und Ilona Richters Sicherheit.

»Ich finde, wir sollten den Spruch ›Keine Leuchten‹ als Titel unserer nächsten Ausgabe nehmen und darauf ironisch eingehen. Wir widmen uns den Losern in all unseren Bereichen, also Losern im Bereich der Literatur, Musik und Film, auch Politik oder Fernsehen und stellen uns selbst, die wir keine Leuchten sind, mit Foto und Begründung, warum jeder von uns keine Leuchte ist, vor.«

Diane! Kam dieser originelle und gute Vorschlag gerade eben wirklich von Diane der Humorlosen? Ich konnte es nicht fassen, am Ende besaß sie wirklich Qualitäten, zumindest berufliche. Irgendeinen Grund musste es ja gegeben haben, weshalb Clemens und all ihre anderen Chefs Diane eingestellt hatten, denn nur mit Beziehungen kam man heute nicht mehr weit.

Alle lachten laut los. Feline fand die Idee genial.

»Das machen wir! Wir beweisen Humor und Größe!«

So gut die Idee war, würde sie für mich doppelte Arbeit bedeuten. Zusätzlich zur regulären Ausgabe musste ich die Biennale-Beilage vorbereiten, aber gut, dann sollten eben meine freien Mitarbeiter für die normale Ausgabe mehr abliefern als sonst, wenn es uns alle weiterbrachte.

In der November-Ausgabe würde Michi ein Special über die Frankfurter Buchmesse beisteuern, und im Dezember musste Diane mit dem Noise Festival ran. Wir hatten gute Themen für die kommenden Hefte und sahen der *Zeitgeist* gelassener entgegen.

Nachdem Clemens uns eingeschworen hatte, unser Bestes zu geben, stoben alle leider viel zu laut für meinen Geschmack und meine Kopfschmerzen auseinander.

»Gretchen, kommst du bitte kurz mit in mein Büro, ich müsste was mit dir besprechen«, bat mich Clemens.

Kaum waren wir bei ihm in seinem Büro, ließ ich mich auf seinen Besuchersessel fallen. Clemens sah mich besorgt an.

»Ist alles in Ordnung? Du siehst heute so anders aus, als ob dich etwas bedrückt. Was ist denn los?«

Wie gern hätte ich ihm all meine Sorgen und Nöte in diesem Moment gebeichtet, wenn ich denn welche hätte, man wurde nicht alle Tage so verständnisvoll gefragt. Leider konnte ich nur mit einem verlängerten Kater dienen und ziemlich üblen Kopfschmerzen.

Auch in dieser Situation war Clemens umwerfend. Ungefragt begann er, mir sanft die Schläfen zu massieren. Die Augen halb geschlossen, ließ ich mir auch den Nacken und die Schultern kneten und sah dabei auf die Wand, an der Clemens' Banner mit dem Zitat aus *Heat* hing, das mir schon beim allerersten Mal aufgefallen war. *»Don't let yourself get attached to anything you are not willing to walk out on in thirty seconds flat if you feel the heat around the corner.«* Wie war das noch: Binde dich an nichts, was du nicht innerhalb von dreißig Sekunden loswerden kannst!

Während ich fast wegnickte und überlegte, ob Schnurren übertrieben wäre, fragte ich Clemens schläfrig, welche Bewandtnis es mit dem Filmzitat auf sich habe. Er hielt kurz mit Massieren inne, fuhr fort und begann den Versuch einer Erklärung.

»Weißt du, manchmal, wenn mir der Job zu viel wird oder ich denke, wie soll ich das alles schaffen, lese ich den Spruch und denke mir, alles halb so wild. Keiner kann dich zu irgendwas zwingen, du kannst immer und zu jeder Zeit neu anfangen, und das nimmt dann der momentanen Situation fast immer den Druck.«

Soso, Clemens war doch einer von uns Sterblichen mit einem Empfinden für Druck und Versagensangst. Beschwörend sah er mich an.

»Das weißt nur du, Gretchen, das hab ich so noch niemandem erzählt. Ich vertraue dir einfach, weil ich weiß, dass du mich verstehst wie keine andere.«

Meine Kopfschmerzen waren schlagartig weg, das Blut klopfte nicht mehr gegen die Schläfen, dafür mein Herz umso mehr, denn was Clemens eben gesagt hatte, war mit das Schönste, was mir je jemand gesagt hatte. Anstatt zu antworten, gab ich ihm einen Kuss. Er strich meine Haare aus dem Nacken und begann mir auszumalen, wie schön Venedig werden würde, wir beide in der Gondel, auf dem Lido, beim Pastaessen. Eigentlich Klischees, aber bei Clemens und vor allem mit Clemens klang es nur nach einem: dem Paradies.

Geheilt und wie auf Watte wandelte ich zurück an meinen Platz, gerade rechtzeitig, um den reuigen Anruf meiner Mutter entgegenzunehmen. So sehr sie sonst ein Geschick für falsches Timing hatte, so sehr hatte sie Glück, mich in diesem Moment anzurufen. Ich hätte jedem alles verziehen. Heute konnte mich bitten, wer wollte, ohne Ablass und Vorwürfe. Meine Mutter versprach, den Kontakt zu Diane einzuschränken, und war froh, dass ich nicht mehr auflegte, wenn sie anrief. Natürlich musste sie hinterherschicken, dass sie den richtigen Zeitpunkt, um mich anzurufen, erpendelt habe.

In dieser emotionalen Geberlaune rief ich Sarah an, um zu fragen, ob sie nicht Lust habe, bei mir zum Essen vorbeizuschauen, sozusagen als Dankeschön für ihren Einsatz am Wochenende. Leider war sie schon verabredet, aber klang sehr fröhlich.

Da ich seit der Party bisher nicht fit genug gewesen war, mit Sarah die Geschehnisse zu diskutieren, fragte ich jetzt nach, solange ich noch allein im Zimmer und Michi in der Küche war.

»War das mit Clemens ein Problem für dich, oder ist das jetzt okay?«, fasste ich mir ein Herz.

Sarah musste nicht lange überlegen.

»Denk da ja nicht mehr drüber nach, es ist alles gut. Ich muss jetzt nicht zu dritt die ganze Zeit was unternehmen oder über ihn sprechen, aber es geht mir wirklich gut, glaube mir, sogar mehr als gut.« Ihre Stimme klang so fröhlich und ausgelassen, dass ich ihr die gute Stimmung tatsächlich sofort abnahm. Das klang nicht aufgesetzt, dazu kannte ich sie zu gut. Mir fiel ein Stein vom Herzen.

»Sag, was war das eigentlich für eine Aktion mit Ben beim Flaschendrehen? Fandest du das nicht auch mehr als seltsam, wie er da plötzlich abgebrochen hat?«, wälzte Sarah schon das nächste Thema vom Wochenende. Seltsam und Ben? Das waren zwei Wörter, die sich gefunden hatten und bestimmt bald als Kompositum Hochzeit feierten.

Bella Italia, la dolce vita, wir kommen!

Endlich, es war Donnerstag. Mit gepackten Sachen stand ich an der Straße und wartete auf Clemens, der mich jede Minute mit dem Taxi abholen würde. Das Leben war schön, das Leben war gerecht, zumindest für mich. Diane und Michi sahen das anders und hatten keinen Hehl daraus gemacht, was sie davon hielten, dass Clemens und ich nach Venedig reisten. Dabei konnten sie sich nicht beschweren. Clemens würde bald mit Michi zur Buchmesse und im November mit Diane zum Noise Festival reisen. Diane bei diesem Musikfestival, das konnte ich mir zwar so gar nicht vorstellen – Papas Prinzessin zwischen besoffenen Menschen, die tagelang ohne eine Dusche den größten Spaß überhaupt hatten, während *sie* das kleine Schwarze eindeutig bevorzugte und als Rockröhre oder Indiebraut keine sehr glaubwürdige Rolle abgab. Anscheinend tat es ihrer Schreibe keinen Abbruch, denn wenn man Kennern Glauben schenken durfte, kannte sie sich in allen Musikrichtungen gut aus. Und wer weiß, auch auf Festivals gab es einen VIP-Bereich, und vielleicht befand Diane einen wilden Rockstar durchaus für reizvoll, um ein gewagtes Abenteuer oder eine willkommene Abwechslung zu erleben.

Bevor ich mir weitere Gedanken machen konnte, wie Diane mit einem gepiercten und tätowierten Rockstar Stagediving übte, bog das Taxi mit Clemens um die Ecke. Voller Energie und bestens gelaunt sprang er aus dem Taxi, begrüßte mich stürmisch und ruck, zuck waren meine Koffer verstaut, und los ging es nach Tegel.

Natürlich gab es wieder einmal keinen Direktflug mit der Lufthansa von Tegel aus. Überhaupt war die Flughafensituation eine Katastrophe in Berlin. Wenn man bedachte, dass Berlin unsere Hauptstadt war und dennoch kein vernünftiger Flughafen gebaut wurde, aber der erste Direktflug nach New York wie die Erfindung des Rades gefeiert wurde, war das nichts anderes als ein Armutszeugnis. Es gab nicht einmal innereuropäische direkte Flüge, man musste fast immer über Frankfurt oder München fliegen, was wirklich nervte und kostbare Zeit in Anspruch nahm. Doch heute war mir das alles egal. Von mir aus konnten wir auch in Wanne-Eickel Zwischenstopp machen, solange Clemens nur neben mir saß.

Am Flughafen standen schon beim Einchecken alle bekannten Gesichter der Filmbranche. Kritiker, Journalisten, Produzenten, Schauspieler. Sollte diese Maschine abstürzen, die Jahresrückblicke wären gesichert, und die *Bunte* könnte eine Sonderausgabe drucken.

Man grüßte sich, wechselte mit dem ein oder anderen ein paar Worte. Clemens kannte, wen überraschte es, alle und wurde sofort in Beschlag genommen.

Weil Clemens dabei war, durfte ich auch Businessclass fliegen, wobei das bei innereuropäischen Flügen eigentlich totaler Schwachsinn war, für die kurze Zeit brauchte niemand mehr Beinfreiheit oder eine warme Mahlzeit, aber angenehm war es schon. Natürlich war Clemens bei den vielen Meilen, die er flog, »Senator« bei der Lufthansa und wurde so zuvorkommend behandelt, dass ich fast schon Angst bekam. Es fehlte nur noch, dass ihm die Stewardess eine Fußmassage anbot. Nach einiger Zeit hatten alle im fancy Filmflieger ihr Handgepäck verstaut, sich neben den Nachbarn gezwängt, angeschnallt und warteten auf den Start.

Nach einer Weile beruhigte die Chefstewardess die immer ungeduldiger werdenden Passagiere.

»Meine Damen und Herren, der Abflug verzögert sich um wenige Minuten. Wir warten noch auf einen Passagier, der sich beim Checkin befindet. Wir bedauern die Verzögerung.«

Verspätete Passagiere waren das Schlimmste, mir war das auch schon einmal passiert. Man wurde kollektiv gehasst, wenn man denn dann endlich seinen Sitzplatz einnahm. Zu allem Übel hatte ich damals einen Platz sehr weit hinten im Flieger gehabt und musste an den entnervt dreinschauenden und kopfschüttelnden Passagieren vorbei. Seither war ich immer, wirklich immer, eine der Ersten am Flughafen, um mir diese Peinlichkeit ein zweites Mal zu ersparen.

Nach einer Ewigkeit kam der verspätete Passagier. Wie es der Zufall wollte, war es ausgerechnet Ilona Richter! Während ich mich damals schamgebeugt und mich entschuldigend durch den Mittelgang gequetscht hatte, konnte man Ilona Richter nicht den leisesten Anschein von Bedauern ansehen. Mit dem Selbstverständnis einer Dampfwalze stolzierte sie herein, scherzte mit dem Steward, gab ihm ihre Jacke in die Hand und ließ sich vernehmlich in ihren Sitz in der ersten Reihe fallen, sicher nicht ohne dem Typen neben ihr eines ihrer »Ich bin eine Frau, die weiß, was sie will, und du gehörst dazu«-Lächeln zu schenken.

Keine Ahnung, aber irgendwie schien man mit solch einer dreisten Haltung besser durchs Leben zu kommen, ganz nach dem Motto »Was kümmert mich der Rest der Welt«. Leider war mir diese Haltung nicht vertraut genug, um sie konsequent durchzuhalten, trotz der Frauenpower-Unabhängigkeitsschule, die ich unter Führung meiner Mutter durchlaufen hatte.

Clemens, der in ein Buch vertieft war – hatte ich übrigens schon erwähnt, dass ich Männer, die lesen, unheimlich sexy finde –, hatte Ilona Richters Auftritt verpasst. Unauffällig stieß ich ihn in die Seite und flüsterte: »Rate mal, auf wen wir gerade warten mussten? Ilona Richter!«

Clemens sah auf und hatte nach wenigen suchenden Blicken die toupierte Mähne in der ersten Reihe erkannt.

»Typisch, wenn sie pünktlich wäre, würde sie ja nur die halbe Aufmerksamkeit ergattern. Ob manche Väter wissen, was sie ihren Töchtern und dem Rest der Welt antun, wenn sie sich nicht genug um sie kümmern?«

Was sollte das denn heißen?

Clemens hatte durch die kurze Zusammenarbeit vor einigen Jahren mit ihr einige Hintergrundinformationen, die sehr interessant waren, wie zum Beispiel die Vernachlässigung durch den Vater und eine Mutter, die mit ihren eigenen Problemen und vor allem mit ihrer Scheidung beschäftigt war. Wahrscheinlich war Ilona Richters Handeln und Streben nichts anderes als ein Schrei nach Aufmerksamkeit und Liebe.

Eine Gesprächstherapie hätte es auch getan.

Wenigstens war es unterhaltsam, der Ilona-Richter-Show zuzusehen. Wie sie die Stewardessen wie Zofen behandelte, immer wieder aufstand, um etwas aus dem Handgepäck zu holen, zur Toilette ging, immer im Augenwinkel bedacht, dass alle ihr zusahen. Clemens, der die Showeinlagen schon kannte, las weiter, ich aber musste immer wieder fasziniert hinblicken. Wie konnte jemand einen solchen Wind um die eigene Person veranstalten?

Natürlich gehörte sie zu der Sorte Passagiere, die schon im Landeflug mit Handgepäck an der Kabinentür rütteln, als ob es um Leben und Tod ginge. Glücklicherweise war sie als Erste aus dem Flieger, sodass wir ihr aus dem Weg gehen konnten.

Unglaublich, aber wahr, beim Weiterflug wiederholte sich das

Theater noch einmal. Ilona wieder zu spät, wieder in der ersten Reihe, kommandierte die Crew nach ihren Launen hin und her und stand als Erste bereits am Ausgang.

Gerade wollte ich frohlocken, dass wir um eine Begegnung mit ihr herumgekommen waren, da blieb sie stehen, um etwas aus ihrer Tasche zu holen, drehte sich um und sah Clemens und mich.

Eisig ist eine nette Beschreibung für ihre gefrorenen Gesichtszüge.

»Clemens.« Dazu ein verachtendes Nicken, was wohl als Begrüßung gedeutet werden sollte. Ihr Hass erstreckte sich also auch auf Clemens, Feline würde sich freuen, einen Leidensgenossen an ihrer Seite zu wissen.

Mich lächelte Ilona an und begrüßte mich ausnehmend freundlich.

Clemens nickte höflich und ging weiter zur Gepäckausgabe, ich nichts wie hinterher. Fehlte noch, dass sie versuchte, mich weiter zu bezirzen, außerdem war dieser Ausflug nicht als eine Verlegung der ganzen Berlin-Dramen nach Venedig gedacht, sondern einzig und allein als romantischer Liebes-Arbeitsurlaub.

Wir machten uns mit dem Gepäck auf den Weg nach draußen, wo bereits ein älterer Italiener wartete, mit einem Schild, auf dem unsere Namen und die einiger anderer Gäste geschrieben standen. Er sprach englisch mit starkem italienischen Akzent und brachte uns zum Hotel-eigenen Boot, wo erst unser Gepäck und dann wir verstaut wurden. Mit Höchstgeschwindigkeit brauste Salvatore, wie unser Fahrer hieß, übers Meer in Richtung Lido. Die kleine Insel vor Venedig war einfach perfekt für das Festival, man hatte praktisch die Insel für sich, während die Festival-Veranstaltungen in Cannes fast immer von Touristen belagert wurden.

Das Wasser spritzte uns ins Gesicht, Salvatore lachte und hatte so viel Spaß an seinem Boot wie mein lieber Bruder früher an seinen Lego-Spielsachen, die er natürlich von meinen Großeltern bekommen hatte. Von meinen Eltern gab's nur Holzspielzeug.

»Look, look!«, rief Salvatore und zeigte auf das Hotel des Bains am Ufer, dem wir uns rasant näherten. Mein Herz war übervoll. Allein

mit Clemens die Stadt der melancholischen Romantik für uns zu entdecken, und das bei strahlendem Sonnenschein und angenehmer Lufttemperatur Ende September. Das legendäre Hotel, in dem Thomas Mann damals seinen Tadzio heimlich angeschmachtet und in dem er so Stoff für sein *Tod in Venedig* gesammelt hatte, erinnerte an rauschende, vermeintlich romantischere Zeiten mit seinem weißen Anstrich, den langen schmalen Fenstern mit Verzierungen, den kleinen Stehbalkonen und den drei angedeuteten Türmchen.

In den vergangenen Jahren war ich zwar öfter im Hotel des Bains gewesen, aber nur am wunderschönen Swimmingpool, der mitten in einem alten Garten mit hohen Bäumen stand. Hier führte ich Interviews mit Regisseuren oder Schauspielern, die sich auf den einladenden dick bepolsterten Liegen lümmelten, während ich Fragen stellte und mein Diktiergerät laufen ließ. Oft hatte ich mir vorgestellt, wie schön es sein musste, hier ein Zimmer zu haben, am besten mit Meerblick, und morgens im Garten in einem der großen Korbsessel zu frühstücken.

Im Hotel des Bains buchten sich während des Festivals alle ein, die Rang und Namen hatten, wodurch auch die Preise in dieser Zeit ins Astronomische wuchsen. Normalerweise bekam man zur Festivalzeit kurzfristig kein Zimmer, es sei denn, man war bekannt genug, denn die meisten Zimmer waren schon seit Monaten reserviert. Viele Gäste buchten bereits bei einer Abreise gleich für das nächste Jahr. Ohne Kontakte hätte Clemens uns also niemals in dieser noblen Herberge einquartieren können, schon gar nicht mit eigenem Zimmer für jeden.

Nun war es so weit. Zusammen mit Clemens schrieb ich mich an der Rezeption ein. Mein Zimmer war im ersten Stock, seines im dritten. Wir schritten durch die vertäfelte Halle mit ihren prunkvollen Kronleuchtern Richtung Aufzug. Ich fühlte mich sofort wohl hier, was auch daran lag, dass ich Viscontis *Tod in Venedig* oft genug gesehen hatte, in welchem das Hotel eine große Rolle spielt.

Im Aufzug strich Clemens mir über den Hals.

»Denk erst gar nicht daran, im ersten Stock auszusteigen, du fährst sofort mit mir in den dritten.« Nur zu bereitwillig blieb ich im Fahrstuhl und stieg mit Clemens im dritten Stock aus. Er schloss die Zimmertür auf, und mir blieb der Atem stehen. Er hatte kein normales Doppelzimmer, sondern eine riesige Suite mit Balkon und Meerblick. Gerade ging die Sonne unter, und die letzten warmen Strahlen fielen in das Zimmer. Unglaublich, aber das gab es wirklich, dass etwas die Vorstellung übertreffen konnte und man nicht enttäuscht wurde. Die schweren, langen beigefarbenen Vorhänge mit dunkelroten Bordüren, deren Farben sich im Muster des Teppichs wiederfanden, die langen Fenster mit den messingverzierten Stehbalkonen, die blumenverzierten Sessel und das riesige mit edlen Stoffen überzogene Bett waren wie ein perfekter Traum. Jubelnd ließ ich mich auf das frisch bezogene Kingsizebett fallen, das nach frischer Wäsche roch.

Clemens legte sich lachend zu mir auf das Bett. Ich sah ihn strahlend an.

»Nur damit das klar ist, aus dem Bett steh ich nicht mehr auf. Die Matratze ist so bequem, da schläft man sicher wie ein Stein!« Ich freute mich immer noch wie ein kleines Kind an dem luxuriösen Ambiente.

»An Schlafen habe ich nicht wirklich gedacht, aber wenn du meinst …« Clemens grinste zweideutig. Ja, er konnte ziemlich verwegen sein, auch eine Seite, die ich an ihm mochte.

Er begann langsam, aber bestimmt, mein Oberteil hochzustreifen.

»Weißt du eigentlich, dass wir uns, was Liebespaare und Affären betrifft, an einer geradezu historischen Stelle befinden?«

Nein, das wusste ich nicht, war mir aber auch ziemlich egal, solange seine Hände mein Oberteil auszogen.

Clemens küsste mich lange und sprach schon atemloser weiter.

»Genau hier begegneten sich Marlene Dietrich und Erich Maria Remarque zum ersten Mal. Und der russische Ballett-Maestro Diaghilew führte hier am Lido seinen jungen Geliebten Waslaw Nijinskij in das mondäne Badeleben ein, *shocking,* nicht?« Clemens riss gespielt entsetzt die Augen auf.

Meine Antwort fiel eher mau aus, denn ich lag schon mit halb geschlossenen Augen da, bereit, Clemens' Ausführungen über Liebespaare in der Praxis und im Jetzt zu erleben.

Zum Abendessen führte Clemens mich ins Piccolo, ein kleines abgelegenes Restaurant, das vor allem von Einheimischen besucht wurde und so gar nichts mit dem Pomp der Filmfestspiele zu tun hatte, dafür aber umso mehr mit dem, was ich unter italienischer Lebensart verstand: gutes, einfaches Essen, Wein und viel Lärm. Clemens sprach fließend italienisch, was ihn noch attraktiver machte inmitten der rassigen Papagallos, und kümmerte sich gemeinsam mit dem Kellner namens Piero, der sich dem Klischee entsprechend über eine *bella bionda* mit hellblauen Augen sehr freute, rührend um mich. Beide wurden nicht müde, wild gestikulierend zu diskutieren, welche Speisen ich unbedingt probieren musste, welcher Wein der richtige für mich sei und was ich auf gar keinen Fall verpassen durfte. Das Paradies hatte einen Namen, und der war Venedig. Wer hätte gedacht, dass ich, die allgemein gültige Massenromantik immer verurteilt hatte, ausgerechnet in Venedig dem Mekka des Mittelschicht-Europäers und aller Flitterwochenpaare, das fand, was ich überall, aber nicht in Venedig vermutet hätte. Ich, die ich immer das ganz große Kino wollte, mit Romantik und der einzig wahren Liebe, aber bitte genau auf mich zugeschnitten und noch nie da gewesen und wehe, wenn der Verehrer dasselbe Lied seiner Ex schon mal gebrannt hatte oder an einen Ort mit mir fuhr, wo er bereits mit einer anderen gewesen war. Das waren für mich handfeste Trennungsgründe.

Sarah mit ihrer praktischen und nüchternen Art hatte mir so oft vorgeworfen, dass ich viel zu verkitscht an die Liebe herangehen würde, meine Ansprüche würden jeden Mann überfordern, zumal ich einerseits filmreife Überraschungen und Ideen von dem Liebsten erwartete, er gleichzeitig aber auch nicht zu exzentrisch sein durfte. Wenn Sarah mich jetzt mit Clemens sehen könnte, wüsste sie, wonach ich immer gesucht hatte, genau nach diesem aufmerksamen, aufregenden Mann, der sich gemeinsam mit dem Kellner ernsthaft Gedanken machte, ob ich das Himbeertiramisu oder doch lieber ein Stück vom frisch gebackenen Pistazienkuchen versuchen sollte. Gemeinsam entschieden sie, mir einfach einen Teller mit beidem bringen zu lassen, verfolgten gespannt meine Probierlöffel und bekamen bei jedem meiner entzückten Ahs, Ohs und *»benissimo«*-Ausrufe leuchtende Augen und lachten sich zufrieden an. Manchmal wurde einem eben doch zuteil, was man sich wünschte, dachte ich, als ich die kleine Kerze sah, die der bezaubernde Piero für mich extra auf den Pistazienkuchen gesteckt hatte, und wünschte im selben Moment, dieses Glück ewig anzuhalten. Nach einem langen, wunderschönen Abend verabschiedeten wir uns ausgiebig von meinem persönlichen Kellner, der uns noch ein paar Mal sagte, was für ein schönes Paar wir seien und dass er uns viele Kinder wünsche. Angenehm angetrunken gingen wir Hand in Hand über die kleinen Brücken, durch die verwinkelten Gässchen zum Hotel.

Im Aufzug küsste Clemens zärtlich meinen Nacken und zog mich ungeduldig die letzten Meter zur Suite. Wir waren berauscht.

Wenn man sich für die letzten Lebensminuten eine Filmszene aussuchen dürfte, wäre es diese, und zwar auf Dauerschleife.

Am nächsten Morgen schaltete sich der Radiowecker um neun Uhr mit klassischer Musik ein. Clemens schlief noch, also stand ich auf, ging zum Fenster und genoss den überwältigenden Ausblick auf das offene Meer. Leise ging ich ins Bad, duschte, cremte mich ein, zog Unterwäsche an und versuchte, Clemens sanft zu wecken, der immer noch regungslos auf dem Bauch lag.

Zärtlich begann ich, seinen Rücken zu küssen und zu massieren, und erntete ein zufriedenes Gemurmel. Doch bevor ich mich versah, drehte er sich um, sah plötzlich recht wach aus und ließ seine Hand mit eindeutiger Absicht meine Beine hinaufwandern.

»Ich hab gerade meine Beine eingecremt, jetzt hast du bestimmt ganz fettige Hände«, sagte ich kichernd.

Clemens fackelte nicht lange.

»Weißt du, da halte ich es doch einfach mit Casanova, der hier in Venedig kein Unbekannter war und der zu Recht sagte: ›Die Beine einer Frau sind das Erste, was ich beiseite schiebe, wenn ich ihre Schönheit beurteilen will‹.« Sprach's und begann da, wo wir heute früh erschöpft aufgehört hatten.

Hormontrunken und mit liebesweichen Knien machten wir uns etwas später auf zum Frühstück, das uns im wunderschönen Garten mit altem Baumbestand serviert wurde. Normalerweise brachte ich keinen Bissen hinunter, wenn ich frisch verliebt war, aber mit Clemens war das anders. Ich genoss die ofenfrischen Croissants, das kurz vor dem Servieren zubereitete Rührei mit Schnittlauch, den süßen frisch gepressten Orangensaft und natürlich den unvergleichlich schmeckenden italienischen Kaffee.

Als das Angenehme an der Biennale befand ich mal wieder, dass sie morgens ohne Hektik startete und somit auch ohne unausgeschlafene, schlecht gelaunte Journalisten – in Cannes und Berlin sahen die morgendlichen Gesichter ganz anders aus. Nur für manche deutsche Kritiker konnte die, sagen wir mal, lässige Art der Italiener einen erhöhten Blutdruck bedeuten, denn entweder gab es zu wenig Personal, das rechtzeitig die Kinosäle öffnete, oder die Öffnungszeiten wurden aus anderen nicht offensichtlichen Gründen nach hinten verschoben, was zur Folge hatte, dass der sorgsam ausgearbeitete Plan, welchen Film man zu welcher Zeit in welchem Saal schauen konnte, zunichte gemacht wurde, was jedes Mal zu großer Aufregung führte. Da es nicht meine erste Biennale war, wusste ich diese unplanbaren Verspätungen einzurechnen, am Ende hatte ich es bisher immer geschafft, alle Filme zu sehen, und die bezaubernde Atmosphäre entschädigte zudem für solch nichtige Unannehmlichkeiten.

»Wir sollten langsam los, wir müssen uns noch akkreditieren«, unterbrach Clemens meine Gedanken und stand auf. Gemütlich schlenderten wir zum Casino, dem zentralen Gebäude zwischen Pala Galileo und Mussolinis Gedächtnisbau. Im Casino waren Pressebüro und Akkreditierung untergebracht. Wir brachten die üblichen Sicherheitsfragen hinter uns, mit welcher Luftgesellschaft man geflogen war und in welchem Hotel man wohnte, nahmen unseren Pass mit Schwarz-Weiß-Foto entgegen und reihten uns in die Schlange vor dem Pala Galileo ein, um den ersten Film des Tages zu sehen. Im Pala Galileo wurden ab morgens die Hauptfilme, die an der Biennale teilnahmen, für Journalisten gezeigt, abends dann noch mal im Mussolini Festivalkino als Galavorstellung mit rotem Teppich und Pomp. Das Pala Galileo sah von außen wie eine Blechhütte aus den späten Siebzigern aus, aber von innen war es ein Erlebnis. Ungefähr eintausendfünfhundert Zuschauer passten in den großen Saal, dessen Stuhlreihen muschelförmig aufgereiht waren.

Mit der für Venezianer typischen Verspätung wurde der Saal geöffnet, um den ersten Film des koreanischen Regisseurs Wong Kar-Wai vorzuführen. Sobald wir saßen und es dunkel wurde, legte Clemens seine Hand auf meinen Schenkel, was nicht gerade dazu beitrug, meine Konzentration zu fördern. Nichtsdestotrotz schaute ich aufmerksam auf die Leinwand und war wieder einmal glücklich, meine Leidenschaft zum Beruf gemacht zu haben. Diese Festivals, auf denen ich lauter neue, ungewöhnliche Filme ansehen durfte, waren ein Grund, weshalb ich meinen Beruf über alles liebte und gegen keinen anderen auf der Welt eintauschen wollte. Die Möglichkeit, neue Talente mitzufördern, Leser auf Filme neugierig zu machen, Schauspieler zu entdecken, Regisseure zu begreifen, all das übte einen nicht nachlassenden Reiz auf mich aus. Sarah oder Rudi mochten zwar Filme und Kino, konnten aber nicht begreifen, wie man sich freiwillig für knapp zehn Tage von morgens bis abends in dunkle Kinosäle setzte, um unbekannte, teils skurrile Filme meist mit Untertiteln anzuschauen. Ben war der Einzige, der meine Leidenschaft teilte und mich um diesen Job beneidete. Wann immer ich einen Film sehen wollte, der im Kulturkino lief, konnte ich sicher sein, mit Ben allein zu sein, denn nicht einmal Livs Liebe oder Eifersucht reichten aus, um sich dreistündige mongolische Wüstenfilme mit Untertitel anzuschauen. Anfangs war sie als Wachhund mitgekommen, aber nachdem sie regelmäßig schon nach der Titelmusik einschlief, sah selbst sie ein, dass sie sich den Kinobesuch sparen konnte. Aus ihrer

Sicht konnten Filme dieser Art keine sinnlichen oder erotischen Spannungen aufkommen lassen, höchstens pure Langeweile!

Clemens hingegen, der immer offen für neue Reize und Themen war, sah gebannt auf die Farbenpracht und visuelle Vielfalt, die der Film bot, abgesehen von der auf mehreren Ebenen erzählten Liebesgeschichte.

Perfekt, er ist einfach perfekt, dachte ich, als ich ihn kurz von der Seite musterte, und musste, ohne es bemerkt zu haben, diesen Satz laut gesprochen haben.

»Ich finde den Film auch umwerfend!«, flüsterte Clemens und sah mich begeistert an.

Ich lächelte zurück und nahm mir vor, meine Gefühlseruptionen mehr unter Kontrolle zu behalten.

Der Film erhielt geradezu frenetischen Beifall und »Bravo«-Rufe, was zum einen daran lag, dass er wirklich gut war, aber auch, dass alle noch frisch ausgeruht und sozusagen heiß auf die Leinwanddarstellungen waren. Meistens gab es nach fünf bis sechs Tagen bei allen Beteiligten ein kleines Tief, was auch die Veranstalter wussten, die an diesen Tagen strategisch günstig den ein oder anderen Knaller, auf den alle gespannt warteten, platzierten.

Ich hätte den ganzen Tag mit Clemens dasitzen und Filme gucken können, aber es gab, zumindest für Clemens, auch noch jede Menge anderes zu tun.

»Gretchen, ich treffe mich gleich mit dem Verleiher der Filmpool, danach bin ich zum Lunch mit den englischen Kollegen der *Cinema* verabredet, und heute Nachmittag habe ich ein Treffen mit Vertretern der Landesmedienanstalten. Ruf mich an, wenn du fertig bist, dann treffen wir uns im Hotel und gehen gemeinsam zur Premiere von *Empire,* okay?«

Auch wenn mir das nicht passte, er hatte nun einmal seinen Job und ich meinen. »Na klar, viel Spaß, bis später«, sagte ich und lächelte so relaxed wie möglich, gleichzeitig dachte ich daran, wie wichtig es war, nicht zur Klette zu mutieren. Je länger die Leine, desto treuer der Hund.

Der Tag – zwei weitere Filme hatte ich angesehen – verging so schnell, dass ich gar nicht bemerkte, dass der Nachmittag bereits in den Abend überging. Schleunigst lief ich um sechs Uhr zum Hotel, um mich für Clemens in Schale zu werfen.

Er war bereits im Hotel und saß im Garten, mit einer auffällig schönen Frau in ein Gespräch vertieft. Die schöne Fremde, ich schätzte sie auf Anfang vierzig, hatte einen Festival-Pass um den Hals baumeln, also musste sie ebenfalls beruflich hier sein. Als Clemens mich sah, winkte er mich zu sich heran und stellte mich vor.

»Chris, das ist Gretchen, meine beste Mitarbeiterin bei der *Phosphor.* Sie schreibt die spannendsten und unterhaltsamsten Kritiken, die du dir vorstellen kannst. Chris ist Herausgeberin der *Central Park* und betreut die New Yorker Dependance.«

Chris lächelte mich gewinnend an und entblößte dabei ein perfekt gepflegtes und geformtes Gebiss. Chris war Deutsche mit einer amerikanischen Mutter und von jeher gewohnt, zwischen Deutschland und New York zu pendeln. Sie besaß das typische Selbstbewusstsein einer New Yorkerin, gepaart mit europäischer Klasse und deutscher Höflichkeit. Ich fand sie sofort sympathisch, nicht nur weil ich ihr Hochglanzmagazin *Central Park* jeden Monat verschlang, sondern weil sie eine natürliche, unaufgesetzte Art hatte, die mich sofort für sie einnahm. Clemens und sie kannten sich noch von einem Auslandsjahr, das Clemens an der Bostoner Uni verbracht hatte, sie waren sozusagen alte Freunde. Das Einzige, was mich leicht irritierte, war, dass Clemens mich als Mitarbeiterin vorgestellt hatte. Zwar waren wir beruflich in Venedig, aber wenn Chris eine alte Freundin war, konnte man ihr doch sagen, in welchem Verhältnis wir zueinander standen. Im selben Moment fiel mir auf, dass Clemens zwar meine Familie samt engem Freundeskreis schon kannte, ich hingegen gerade zum ersten Mal jemanden aus Clemens' Bekanntenkreis traf, von seiner Familie ganz zu schweigen.

Ich versuchte, mir nichts anmerken zu lassen, aber mein Magen zog sich heftig zusammen. Zum ersten Mal verletzte es mich, dass wir in der Öffentlichkeit nicht zueinander stehen konnten, auch wenn ich dem selbst zugestimmt hatte. Eins war klar: Lange würde und wollte ich nicht mehr wegen des Jobs auf Clemens und mein Privatleben verzichten und ein Versteckspiel aufrechterhalten, das sich anfangs vielleicht spannend gestaltet hatte, inzwischen aber eher lästig wurde.

Warum störte es mich, Clemens mit jemandem so vertraut herumalbern zu sehen? Warum passte es mir nicht, obwohl ich Chris auf Anhieb mochte, dass die beiden alte Anekdoten austauschten und sich mit einer Insidergeschichte nach der anderen übertrafen. Wenn ich ehrlich war, wusste ich die Antwort nur zu genau: weil ich lediglich als die nette Kollegin dabeistand, die einen guten Job machte, aber ansonsten nichts mit Clemens zu tun hatte. In jeder Beziehung kommt irgendwann der Punkt, an dem man sein gemeinsames Glück herausschreien, nicht mehr hinterm Berg halten, sich zum anderen bekennen will. Solange es sich wie in Berlin nur um Kollegen wie Diane oder Michi handelte, konnte ich damit umgehen, aber Chris war ein Stück aus Clemens' Leben, seiner Vergangenheit, eine Freundin von ihm.

Den aufsteigenden Kloß im Hals schluckte ich hinunter und ging unter dem Vorwand, mich für die Party umzuziehen, aufs Zimmer.

»Wir sehen uns aber noch, ja? Schließlich hab ich noch nie eine so liebenswürdige Kollegin von Clemens getroffen. Wir sollten alle etwas gemeinsam unternehmen«, verabschiedete Chris mich herzlich mit Küsschen links und rechts auf die Wange.

Ich nickte freundlich und rettete mich auf das Hotelzimmer, wo mir die Tränen in die Augen schossen. Schleusenartig entleerten sich meine angestauten unterdrückten Gefühle, und mit einem Schlag war mir klar, dass ich das beruflich begründete Versteckspiel von Clemens und mir so nicht mehr weiter spielen wollte und konnte. Allein, wenn ich an die Kommentare der weiblichen Belegschaft in den letzten Wochen dachte … die Flaschendrehszenen auf meiner Einweihungsparty; die Spekulationen; die Fragen, ob Clemens Single sei oder nicht, wie er wohl küsse, und und und. All das hatte ich tapfer geschluckt und mir vorgemacht, dass es mich nicht wirklich störe. War ich eigentlich noch normal? Da hatte ich endlich einen Mann wie Clemens gefunden, der alles mitbrachte, wonach ich mich gesehnt hatte, und was machte ich? Ich tat cool, gab vor, es spielend zu schaffen, die Beziehung geheim zu halten, und außerdem dabei auch noch völlig professionell meinen Job zu machen.

Mein verheultes elendes Spiegelbild bestätigte mir, was ich immer schon gewusst hatte: Ich war ein romantisches Seelchen mit Hang zum Dramatischen, und wenn ich für etwas nicht geschaffen war, dann für Kalkül und Versteckspiel.

»Mein Gott, Gretchen, was ist passiert?«

Clemens war unbemerkt hereingekommen, hatte mich gesehen, war zu mir gestürzt und nahm mich beschützend in den Arm. Schluchzend, nach Luft schnappend und von neuen Krämpfen geschüttelt, versuchte ich, mich verständlich zu machen.

»Ich kann uns nicht mehr verleugnen. Das tut zu sehr weh!«

Clemens zog mich fest an sich, küsste mich und strich mir über die Haare. Ich sah, dass er selbst feuchte Augen bekam und mit den Tränen kämpfte.

Stammelnd stieß er aus.

»Das musst du auch nicht mehr, ich verspreche es. Ich wusste nicht, dass es so schlimm für dich ist, glaube mir, wenn ich gewusst hätte, wie sehr du leidest, hätte ich diesen Vorschlag niemals gemacht.«

Ich wischte mir die Tränen von den Wangen und antwortete immer noch nach Luft schnappend: »Ich wusste das ja auch nicht, ich alte Heulsuse!«

Wir sahen uns an und mussten unter Tränen lachen.

Clemens zog mich an sich.

»So, jetzt ziehen wir zwei Hübschen uns um, gehen auf die Premiere, und später beim Essen unterhalten wir uns in aller Ruhe über unsere Zukunft.«

Nach diesen Worten fühlte ich mich leicht und beruhigt.

Das klang gut. Ein Mann, der von sich aus über die Beziehung sprechen wollte, kam ungefähr so häufig vor wie gut gelaunte Frauen kurz vor der Menstruation. Ich sprang unter die Dusche und ließ kaltes Wasser über mein Gesicht laufen, um die roten Schwellungen abzukühlen. Ich wollte heute Abend umwerfend aussehen und nicht als verheultes und derangiertes Aschenputtel auf den Ball gehen!

Wozu sonst hatte ich den letzten Samstag im KaDeWe verbracht, um ein passendes Abendkleid samt Schuhen zu suchen? Nach stundenlanger Odyssee, unzähligen Kleidern, kurz vor Ladenschluss hatte mir die freundliche, sehr elegante und stilsichere Verkäuferin das Du angeboten, schließlich hatten wir einiges zusammen durchgestanden, um das perfekte Outfit zu finden. Es gab kein Label, dessen Abendrobenkollektion ich nicht anprobiert hatte. Mal war es die Farbe, die nicht passte, mal erschien mir mein Dekolletee zu üppig, mal wurden die Hüften zu sehr betont. Miriam, so hieß meine geschulte Beraterin und Leidensgenossin, hatte sich durch nichts aus der Ruhe bringen lassen, obwohl ich von Kleid zu Kleid verzweifelter wurde und mich schon in ein Bettlaken eingehüllt mit Clemens über den roten Teppich stolzieren sah. Miriam war Verkäuferin aus Leidenschaft, eine aussterbende Spezies.

»Wir finden es, glaube mir, und wenn wir dir eins schneidern müssen!«, rief sie voller Optimismus und Überzeugung, die selbst mir die Zweifel nahmen. Fünf Stunden sind eine lange Zeit, vor allem wenn man sie zwischen Umkleidekabine und Spiegel verbringt, schonungslos die Schwachstellen des eigenen Körpers im selten vorteilhaften Umkleidelicht einer Wildfremden offenbart. Diese sich zwangsläufig einstellende Intimität zwischen Verkäuferin und Käuferin lässt einen Dinge erzählen, die man sonst lieber für sich behielt. Miriam wusste nach einer halben Stunde, für welchen Anlass ich das Kleid brauchte, nach einer weiteren war sie bestens über die Beziehung zu Clemens informiert, und als sie nach weiteren zermürbenden vier Stunden mit dem Kleid der Kleider, meinem Ballkleid, um die Ecke kam, wollte ich sie fragen, ob sie nicht Taufpatin meines erstgeborenen Kindes werden wollte.

»Das ist es! Das ist es!«, hatte sie gerufen und mir aufgeregt den Traum aus hellblauer Seide entgegengestreckt. Armani! Auf ihn war einfach Verlass! Wie passend, in einer italienischen Kreation in Venedig aufzuschlagen.

Schnell schlüpfte ich in das Kleid, Miriam half mir, den Reißverschluss zu schließen.

Als ich vor den Spiegel trat, war ich platt. Dass es angegossen saß, war eine Untertreibung, das Kleid war sozusagen nur für mich entworfen worden, zumindest musste der gute Giorgio sich das genauso vorgestellt haben. Sehr klassisch mit feinen Spaghettiträgern, einem herzförmigen Dekolletee, geradem Schnitt bis zur Taille und einem leicht ausgestellten fließenden Rock, der bis zum Boden reichte. Solche Kleider trug Grace Kelly früher! Das zarte Hellblau passte perfekt zu meinen blauen Augen, den blonden Haaren und dem gesunden goldenen Braunton meiner Haut, den ich mir redlich bei Fahrradtouren im Sommer verdient hatte. Miriam jubelte vor Entzücken, wir fielen uns in die Arme, mein Auftritt auf der Biennale war gerettet, und Clemens würde aus dem Staunen nicht mehr herauskommen – mein Bankberater allerdings auch nicht, denn der Preis machte schnell klar, wie Armani seine Ferienhäuser finanzierte. Egal, man musste wissen, wann es sich lohnte zu investieren, und wenn Armani weiterhin solche Traumkleider entwarf, sollte man sich auch an der Finanzierung seiner Ferienhäuser beteiligen, damit er sich weiter entspannen konnte und nicht vor lauter Überarbeitung auf die Idee kam, Avantgarde zu betreiben und Krepppapierminiröcke zu basteln.

Die passenden Schuhe waren zum Glück schneller gefunden, kurz überlegten Miriam und ich, ob ich eine Stola dazunehmen sollte, entschieden uns dagegen und fanden dafür noch ein paar Ohrringe, die in Chandelierform mit durchsichtigen Brillanten den Look abrundeten. Eine passende Abendtasche hatte ich zum Glück noch zu Hause.

Miriam umarmte mich herzlich zum Abschied und sah so zufrieden aus wie ich, wenn ich eine gelungene Rezension geschrieben hatte.

Frisch geduscht, geschminkt und mit einer zum Glück gelungenen Frisur, stieg ich in das Kleid. Die Wirkung war die gleiche wie beim ersten Mal, als ich mich darin gesehen hatte. Sofort fühlte ich mich unwiderstehlich schön, und obwohl ich weder mit Prinzessinnenkleidern, noch Ballett oder Krönchen aufgewachsen war, verstand ich zum ersten Mal, woher diese Faszination kam. Natürlich war ich schon oft aufgestylt und mit teuren Designerklamotten auf Events gewesen, aber nie hatten die Kulisse, der Anlass und der Mann besser zu solch einem Traum von Kleid gepasst wie heute Abend.

Gespannt, was Clemens sagen würde, öffnete ich die Badezimmertür und trat in den kleinen Wohnbereich, der zur Suite gehörte. Clemens saß ausgehbereit im Smoking auf der Chaiselongue und las ein Buch, eine Strähne hing ihm ins Gesicht. Ich war es, der es den Atem verschlug, denn Clemens vereinte, ohne es zu wissen, alles, wonach ich mich sehnte: Interesse, Intellekt, Herz, Humor und Leidenschaft. Das alles, kombiniert mit einer schier unfassbaren Attraktivität und Ausstrahlung, deren er sich noch nicht einmal bewusst zu sein schien – oder zumindest setzte er sie nicht bewusst ein –, ließ meinen Atem stocken. Ich war die Glückliche, mit der er zusammen sein wollte.

Das Rascheln meines Kleides ließ ihn aufblicken. Was er sah, gefiel ihm offensichtlich. Er legte das Buch beiseite, stand auf und ging mit glänzenden Augen auf mich zu.

»Du siehst atemberaubend aus! Du glaubst aber doch nicht, dass ich so mit dir vor die Tür gehe und dich Blicken anderer Männer aussetze. Das teile ich mit niemandem, die Premiere ist hiermit gestrichen«, scherzte er und sah mich mit einem Blick an, der eindeutig Besitzerstolz preisgab. Wenn man einen Bruder hat, der einem früher mit dem gleichen Blick die Playmobilsammlung präsentierte, später das erste Motorrad, dann das begehrteste Mädchen der Schule, kannte man sich mit dieser Art Blick aus.

Er griff in seine Smokingtasche, holte ein kleines Geschenk hervor, überreichte es mir und beobachtete mich aufmerksam, wie ich die Schleife entfernte und den Geschenkkarton öffnete. In dem Karton lag eine schwarze Schatulle, die ich vorsichtig aufklappte. In schwarzen Samt eingebettet, lag eine feine Silberkette mit einem kleinen, sehr aufwändig gearbeiteten Sternenanhänger aus kleinen Brillanten. Falls Elfen Schmuck trugen, dann solche Ketten, denn der Anhänger war so filigran und leicht verarbeitet, dass man den Eindruck haben musste, ein federleichtes glitzerndes Etwas zu tragen. Ungläubig schaute ich Clemens an.

»Für mich?«

»Na ja, zumindest dachte ich, dir wird es besser als mir stehen«, gab er lachend zurück und legte mir die Kette um den Hals.

»Lass uns gehen, Augenstern!«, sagte er zärtlich und nahm mich an die Hand. Augenstern ... Deshalb hatte er bestimmt den Stern ausgewählt.

Als wir durch die Halle gingen, wandten sich alle nach uns um, obwohl es nur so von festlich hergerichteten Paaren wimmelte. Aber Clemens und ich strahlten anscheinend so viel Glück aus, dass wir überall angelächelt und bestaunt wurden. Beim Verlassen des Hotels, auf dem Weg zum Festivalpalast und schließlich auf dem roten Teppich, der unter Blitzlichtgewitter in den Kinosaal führte. Zwar hielten wir nicht Händchen, ich unterließ es auch, mich bei Clemens einzuhaken, aber jeder, der Augen im Kopf hatte, musste sehen, dass wir zusammengehörten.

Der Film, der als Galavorstellung gezeigt wurde, hieß *Careful what you wish for* und war ein kommerzieller Hollywoodstreifen mit Staraufgebot. Natürlich liefen diese Streifen nicht im Wettbewerb, sondern außer Konkurrenz, waren aber für das Festival genauso wichtig, weil sie Stars, Fotografen, Fans anzogen und der Veranstaltung den nötigen Glanz gaben. Die Hauptdarsteller kannten das Spiel und machten bereitwillig mit, drehten sich auf dem Teppich, lachten, scherzten und ließen sich feiern. In Venedig sahen sich die meisten sogar den Film noch einmal an und blieben nach der Vorführung da, um sich den Fragen des Publikums und ausgesuchter Journalisten zu stellen. Im Gegensatz zu sonstigen Promotionveranstaltungen ging es in Venedig immer unverkrampft und mit einer Leichtigkeit zu, die bestimmt an der bezaubernden Umgebung und Stimmung lag. Der Film selbst war nichts Außergewöhnliches, solides Handwerk, gut gemacht, ein vorprogrammierter Publikumserfolg. Außergewöhnlich wurde er jedoch, weil ich ihn mit Clemens sah, der im Dunkeln meine Hand hielt und an sich drückte.

Er ließ sie erst wieder los, als die Lichter angingen, zwinkerte mir dabei aber verschwörerisch zu. Ich wusste, was er sagen wollte. Nicht mehr lange, dann kann ich sie auch in der Öffentlichkeit halten … Mein Herz schlug sofort schneller.

Auf der anschließenden Party, die in einem Nebensaal stattfand, war alles an Rang und Namen der Filmbranche versammelt. Schauspieler, Produzenten, Verleiher, Regisseure, Kritiker tummelten sich um die Häppchen und Tabletts mit Drinks, die von hübschen Hostessen im thematisch passenden Outfit zum Thema des Films verteilt wurden. Wenn man einige Jahre dabei ist, kannte man die wichtigen Gesichter. So blieb es nicht aus, dass sowohl Clemens als auch ich immer wieder kurz stehen bleiben mussten, um Kollegen zu begrüßen, Smalltalk zu halten und anschließende Verabredungen in irgendwelchen Restaurants auszuschlagen.

Ich war gerade in ein Gespräch mit Thomas Stömer, meinem früheren Chef bei der *Cinema,* vertieft, als Clemens sich dazugesellte und ihn kurz begrüßte, natürlich kannten sie sich auch. Er entschuldigte sich höflich, dass er mich für einen Moment entführen müsse, und zog mich hinter eine Säule, wo uns niemand sehen konnte. Bevor ich ein Wort sagen konnte, waren seine Hände überall, er küsste mich heftig, schob meinen Rock hoch, strich mir über die Beine, atmete schneller, hielt abrupt inne, sah mich an und sagte bestimmt:

»Lass uns hier verschwinden, sonst falle ich noch über dich vor allen anderen her. Ich will mit dir in unserem kleinen Restaurant essen und danach Dinge tun, wovon hier alle nur träumen.«

Da ließ ich mich nicht zweimal bitten. Wir verließen als Erste die Party. Vor den Eingängen standen italienische Mädchen, die uns mit sehnsüchtigen Augen anbettelten, ihnen unsere Einladungen zu geben, damit sie sich zu den Stars und Sternchen gesellen konnten, und vor allem, um dem neuen Shootingstar und Mädchenschwarm Robert Shiver nahe zu sein. Mein Bändchen war sehr locker festgemacht, ich schaffte es tatsächlich, es abzustreifen, ohne es zu zerreißen, und einer unendlich dankbaren *ragazza* zu geben. Clemens bekam seines ebenfalls ab, die Freundin des Mädchens fiel ihm um den Hals, bestimmt dachte sie, er sei auch Filmstar und es könne nichts schaden, ihn vorsorglich zu berühren. Die Begeisterung der beiden Mädchen war rührend, sie erinnerte mich an meine Pubertät, in der ich felsenfest überzeugt gewesen war, einmal die künftige Mrs. Morton Harket, seines Zeichens Sänger bei A-ha, zu werden.

Im Piccolo erkannten uns alle wieder. Piero, der Kellner vom Vorabend, deckte höchst erfreut sogleich einen Tisch am Fenster mit Blick auf den kleinen alten Kanal ein und brachte unaufgefordert eine Flasche des Weins, der mir am besten geschmeckt hatte. Clemens und er begannen sofort, wieder auf Italienisch zu diskutieren, was wir essen würden. Vorspeise, etwas Pasta, Fisch und natürlich Süßes zum Nachtisch. Ein paar Brocken Italienisch verstand ich, in der Schule hatte ich zwei Halbjahre lang einen Italienischkurs belegt, aber so fließend und perfekt wie Clemens würde ich wohl nie sprechen. Nachdem Piero mir aber- und abermals Komplimente für mein Kleid gemacht hatte, zog er los, um uns mit den bestellten Leckereien zu versorgen. Außer uns waren wieder nur Einheimische im Lokal. Ein wahrer Geheimtipp war dieses Restaurant.

Clemens beugte sich näher zu mir und schob Salz und Pfefferstreuer beiseite.

»So, und wie geht es mit uns beiden weiter?«

Am liebsten so wie jetzt für immer, wäre meine spontane Antwort gewesen, die ich natürlich lieber für mich behielt. Offen sprach ich aus, was mir auf dem Herzen lag: dass ich nicht mehr nur seine Kollegin sein wollte, sondern Teil seines Lebens auch Freunden gegenüber, dass mir kein Job der Welt wert war, mich verstecken zu müssen, und dass ich so nicht mehr weitermachen wollte.

»Mir geht's genauso. Pass auf, ich glaube, wir brauchen einen absehbaren Zeitpunkt, ein Ziel sozusagen, wann wir dieses Versteckspiel beenden, damit wir es besser ertragen. Meinst du, du hältst es noch drei

Monate aus? Dann ist das Jahr um, die *Phosphor* eingespielt, und wir starten offen und ohne Lüge ins neue Jahr.«

Das klang gut, und wieder einmal verstand er mich ohne Erklärung. Wenn ich wusste, dass ich im Januar kündigen konnte und das Ende der Qual absehbar war, schaffte ich die drei Monate spielend und konnte bis dahin noch gut beim Aufbau der *Phosphor* helfen, mich aber gleichzeitig schon nach einem neuen Job umschauen.

Darauf stießen wir an, mehrmals natürlich. Mein Handy klingelte, ich hatte vergessen, es auf lautlos zu stellen. In Italien schien sich niemand daran zu stören, wenn man im Restaurant telefonierte. Das Handy war zu einem fast natürlichen zusätzlichen Kommunikationsmittel geworden, so als ob man eben elf Finger oder zwei Münder hätte, und wenn jemand neben einem Gespräch noch SMS tippte oder Anrufe entgegennahm, empfand das offensichtlich niemand als störend. Gut, Italiener waren, was die Aufnahmefähigkeit an Mimik, Gestik und Lautstärke eines Gesprächs anging, von jeher Profis gewesen, und so fügte sich das Handy mühelos als neue Tradition ein.

Entschuldigend schaute ich Clemens an, während eine ziemlich aufgekratzte Leila hörbar angeschickert in mein Ohr kicherte.

»Endlich erreiche ich dich mal. Dein Handy ist ständig aus!«

Kein Wunder, wenn man auf einem Filmfestival war und nichts anderes machte, als Filme zu schauen, Interviews zu führen und abends auf Premieren oder essen zu gehen. Da schaltete man eben das Handy mal aus. Leila wollte offensichtlich meine Antwort gar nicht hören, denn sie fuhr gleich fort.

»Stell dir vor, ich hab endlich einen guten Mann kennen gelernt, ich schwör's! Er heißt Jakob, ist Anfang vierzig, Unternehmensberater, unglaublich seriös und gut aussehend. Und vor allem meint er es ernst. Wir haben uns sogar schon geküsst!«

Das klang wirklich gut und Leila glücklich. Anscheinend waren sie gerade essen gewesen, und er hatte ihr gesagt, dass er sich in sie verliebt hatte, und nun musste sie das mit jemandem teilen. Ich freute mich von ganzem Herzen für sie. Vielleicht lag es am Karma in unserem Haus, dass wir jetzt beide so viel Glück in der Liebe hatten. Wenn dem so war, sollte Sarah schleunigst ihre Zelte im Westen Berlins abbrechen und zu uns ziehen, denn sie war auch schon länger auf der Suche nach einem neuen Freund. Ihre letzte Beziehung zu Paul war nun schon über zwei Jahre her. Zwar hatte sie hin und wieder eine kurze Affäre gehabt, aber verliebt war sie nicht mehr gewesen – okay, einmal abgesehen von Clemens, was aber nicht wirklich zählte und eher als positives Signal gewertet werden konnte, dass sie wieder bereit war, sich zu verlieben und auf eine richtige Beziehung einzulassen. Wo ich gerade an Sarah dachte, fiel mir auf, dass wir die letzten Tage überhaupt nicht gesprochen hatten, was ziemlich ungewöhnlich war, denn üblicherweise sprachen wir fast täglich miteinander. Sofort meldete sich mein schlechtes Gewissen, was war ich für eine treulose Seele. Die Sorte Mädels hatte ich immer gehasst, die, kaum dass sie einen Freund hatten, von der Bildfläche verschwunden waren, um Jahre später, wenn Schluss war mit dem Allerliebsten, wieder aufzutauchen, weil sie eine Schulter zum Ausheulen brauchten. Wenn ich nicht aufpasste, mutierte ich auch zu einer von ihnen. Andererseits war es ebenso seltsam, dass Sarah sich nicht meldete. Vielleicht wollte sie Rücksicht nehmen und nicht stören, oder sie nagte doch mehr daran, dass ich mit Clemens zusammen war, oder sie war mal wieder im Krankenhaus derart eingespannt und schob so viele Bereitschaftsdienste, dass sie vor Müdigkeit nicht sprechen wollte. Wie auch immer, ich schickte ihr sofort eine SMS, nachdem ich mich von Leila verabschiedet hatte.

»Süße, alles klar bei dir? Hab so lange nichts von dir gehört, mache mir Sorgen. Deine treulose Freundin!«

Postwendend kam die Antwort.

»Mir geht's gut, überarbeitet wie immer, also nichts Neues. Freue mich, wenn du wieder zurück bist. Sarah«

Erleichtert steckte ich das Handy wieder in die Tasche. Clemens, der mich aufmerksam beobachtet hatte, fragte gleich nach, ob alles in Ordnung sei.

Ich nickte.

»Ja, ich hatte so lange nichts von Sarah gehört, aber kein Grund zur Sorge.«

Clemens wusste ja um die komplizierte Situation und war ebenfalls erleichtert.

»Weißt du, ich mag Sarah auch sehr gern. Sie strahlt so viel Selbstbewusstsein aus und steht souverän im Leben.«

Ich wusste genau, was er meinte. Sarah war das, was man unter tough verstand. Viele, vor allem Männer, schüchterte das ein, manche bezeichneten sie als spröde, tatsächlich gab es kaum jemanden, der so viel Sicherheit ausströmte wie sie und einem das Gefühl gab, alles unter Kontrolle zu haben. In ihrer Nähe hatte ich vor nichts Angst, denn wenn jemand wusste, wie man Probleme lösen und das Leben in den Griff bekommen konnte, dann sie.

»Allerdings«, sinnierte Clemens, »allerdings finde ich es lustig, dass ihr beide befreundet seid, denn unterschiedlicher kann man nicht sein.«

Da war er nicht der Erste, der sich das fragte. Aber eigentlich ergänzten wir uns sehr gut. Sie war die Pragmatische, die mich immer wieder auf den Boden zurückbrachte, wenn ich mich in Schwärmereien, Dramen und romantischen Hirngespinsten verlor. Trotzdem interessierte mich, wie Clemens unsere Freundschaft sah.

»Wie meinst du das? Was findest du denn so unterschiedlich?« Dass unser Background ein komplett unterschiedlicher war, wusste ja jeder. Ich mit den kiffenden Hippieeltern ohne wirkliche Regeln, sie mit den pflichtbewussten, wohlhabenden Mittelstandseltern, die genau wussten, wann Sperrmüll abgeholt wurde, und sonntags nie Wäsche wuschen.

Äußerlich waren wir auch unterschiedlich, aber davon mal abgesehen hatten wir auch viel, das uns verband – eine gemeinsame Kindheit und Jugend! Wer konnte das schon vorweisen? Außerdem ergänzten wir uns perfekt!

Clemens lächelte.

»Na, du bist so niedlich, süß, romantisch auf der Suche nach dem einzig Wahren, der großen Liebe, ein einziger Gefühlsmensch. Du schreibst nicht nur über Filme, du lebst das. Ich möchte nicht wissen, wie oft du dir dein eigenes Leben in filmische Szenen einteilst oder dir überlegst, wer dich spielen würde, wenn dein Leben verfilmt würde. Bestimmt denkst du auch darüber nach, mit welcher Musik du die Szenen unterlegen würdest.«

Keinen Zweck zu leugnen, er hatte mich durchschaut! Inzwischen war ich alt genug und schlau genug zu verstehen, warum ich so war. Meiner Meinung nach gab es genau zwei ausschlaggebende Gründe: zum einen mein Aufwachsen in einer Familie, die für die freie Liebe und offene Beziehungen gewesen war, auch wenn meine Eltern all das zum Glück nicht tatsächlich gelebt hatten. Doch ich war von ihrer Einstellung geprägt. Mich hatte diese Art Freiheit, jeder darf, kann, soll mit jedem, von Anfang an abgestoßen. Anstatt es befreiend zu finden, machte es mir Angst, die Liebe zu einem Menschen wurde dadurch beliebig und austauschbar. Als ich in das Alter kam, in dem ich begann, mich für Jungen zu interessieren, waren mir Treue und Einzigartigkeit sehr wichtig. Ich glaubte mehr als alle anderen Mädels in meiner Klasse, dass es den einen Richtigen gab, der durch niemanden ersetzbar war. Dieser sehr romantische Ansatz wurde durch meine Leidenschaft für Filme nur verstärkt – und woher die kam, brauchte ich auch nicht lange zu überlegen. Filme waren von jeher meine Flucht aus dem Alltag gewesen und halfen mir, mich in eine andere Welt zu wünschen, wenn bei uns zu Hause mal wieder alles anders war als bei anderen. Auch Familienserien wie die Cosbys hatte ich nur allzu gern geschaut, im Grunde sehnte ich mich nach einer ganz normalen Familie. Natürlich liebe ich meine Eltern. Immer hatten sie ein offenes Ohr für mich gehabt, und ihr Erziehungsstil hatte bestimmt sogar viele Vorteile und gute Seiten, aber wenn man als Teenager cool sein möchte, und das hieß zu meiner Zeit nun einmal in erster Linie nicht durch ultrahippe Eltern aufzufallen, gibt es nichts Schlimmeres als Vater und Mutter, die in der Fußgängerzone für die Abschaffung des Paragrafen § 218 demonstrierten, anstatt im Tennisclub Bälle zu schlagen.

»Hallo? Langweile ich dich, oder schläfst du jetzt mit offenen

Augen?« Clemens wedelte mit seiner Serviette vor meinen Augen herum. Vor lauter Abschweifungen in die Vergangenheit war mir entgangen, dass ich seit einigen Minuten nichts gesagt hatte, sondern nur ins Leere blickte.

»Da hab ich wohl einen Nerv getroffen«, schmunzelte Clemens.

Allerdings.

»So, und jetzt setze ich noch einen drauf und sage dir auf den Kopf zu, dass du genau aus diesem Grund fast dein ganzes Leben in Ben verliebt warst. Er ist nämlich mit seiner Nähe-Distanz-Nummer die perfekte Projektionsfläche für junge romantische Mädchen, wie du es warst und in deinem Herzen immer noch bist. Der coole, undurchsichtige, nachdenkliche Ben. Ich kann mir sehr gut vorstellen, wie seine Art auf einige Jahre jüngere Mädchen gewirkt haben muss. So einen hatte jeder an seiner Schule. Der unverstandene Steppenwolf, von den Jungs bewundert, von den Mädchen heimlich und unbemerkt geliebt. Stimmt's?«

Clemens wurde mir unheimlich, es war, als ob er mein Innerstes nach außen wenden konnte.

»Ja, du hast wahrscheinlich Recht. Aber lass uns doch an so einem schönen Abend nicht über Ben sprechen. Seit ich dich kenne, gibt es keinen Ben mehr für mich. Du hast das mit einem Schlag ausgelöscht!«, ließ ich mein Gefühlsvisier runter.

Clemens streichelte meine Hand und sah ziemlich glücklich aus.

»Komm, wir lassen den Nachtisch ausfallen.« Er warf mir einen verliebten Blick zu und winkte Piero herbei, der es sich nicht nehmen ließ, uns die frisch gemachte Panna cotta einzupacken und mit einem verschwörerischen »für später« zu übergeben. Überschwänglich wurden wir von unserem Kellner verabschiedet. Beim Hinausgehen fiel mein Blick auf zwei Frauen, die nicht weit entfernt von uns gesessen hatten, mir aber nicht aufgefallen waren – wie auch, wenn man mit Clemens beim Essen war. Die eine mit den hochgesteckten Haaren kam mir seltsam vertraut vor, bei näherem Hinschauen wusste ich, weshalb. Es handelte sich um Ilona Richter, die mit einer Freundin, Mitarbeiterin oder Geschäftspartnerin in ein Gespräch vertieft war.

War es Zufall, oder war Ilona Richter wirklich so besessen, die Konkurrenz bis in ein Restaurant zu verfolgen, um eventuell interessante Themen aufzuschnappen? Oder war sie so hartnäckig, dass sie versuchte, mich mit allen Mitteln abzuwerben? Wer weiß, vielleicht hatte sie mich auf dem Klo mit einem unterschriebenen Blankoscheck abpassen wollen. Mit einigen Gläsern Wein und Prosecco intus sah man eine solche Situation von der lustigen Seite. Am liebsten wäre ich an den Tisch getreten und hätte gerufen: »Nur noch drei Monate, Frau Richter, dann können sie mich haben!«

Natürlich dachte ich nicht im Traum daran, zu *Zeitgeist* abzuwandern, ich konnte doch nicht die *Phosphor* mit aufbauen und dann zur Konkurrenz gehen. Das würde ich Feline und Clemens nie antun.

Vor der Tür stieß ich Clemens in die Seite.

»Hast du sie nicht gesehen? Da saß die Richter!«

Clemens war sprachlos, schüttelte den Kopf und murmelte: »Die hört auch nie auf. So was Verbissenes!«

Allerdings, aber wen interessierte das im Moment? Es war Ende September, eine laue Nacht – und ich bis über beide Ohren verliebt unter einem klaren Sternenhimmel in Venedig. Ich war so sehr in Clemens verliebt, dass es beinahe Angst machte.

Auf dem Rückweg konnten wir weder Augen noch Hände voneinander lassen. Im Hotelzimmer machten wir kein Licht an, ich stellte mich ans Fenster und sah auf das offene Meer hinaus. Clemens umarmte mich und küsste zärtlich meinen Nacken. Auf einen Schlag war ich sentimental und wollte nie wieder zurück nach Berlin, sondern an diesem wunderbaren Ort bleiben, alles sollte immer so sein wie jetzt, ohne Redaktion, ohne Kolleginnen, die allesamt in Clemens verknallt waren, und ohne Arbeitsstress und den sich nähernden Winter.

Vom Garten herauf drang leise die Musik von *In the mood for love,* die eine Swingkapelle für die Gäste spielte. Dies war der perfekte Moment, kein Film, kein Buch könnte es besser vorsehen, beschreiben. Das reale Leben übertraf jede Vorstellung, jede Hoffnung, die ich je gehegt hatte. Mein Magen krampfte sich zusammen, und zum ersten Mal fühlte ich, dass die Liebe und das Glück Angst einjagen können.

»Was ist? Du bist so nachdenklich?«, fragte Clemens leise.

»Hast du schon mal einen Augenblick erlebt, der so stimmig und vollkommen ist, dass du intuitiv spürst, dieser Augenblick setzt Maßstäbe für dein weiteres Leben, und alles, was du noch erleben wirst, wirst du an diesem einen Moment messen?«

Er drehte mich zu sich um.

»Ja, habe ich. Seit ich mit dir hier bin!«

Wir hielten uns so fest, dass ich nicht mehr atmen konnte. Und endlich sagte ich, was ich eigentlich seit dem ersten Moment, in dem ich Clemens traf, gefühlt hatte, mich bisher aber nicht getraut hatte auszusprechen.

»Ich liebe dich Clemens. Ich liebe dich so sehr, dass es mir Angst macht. Das ist mit nichts vergleichbar.«

Er sagte darauf nichts, sondern sah mich einfach nur an. In seinem Blick lag die Antwort, er musste nichts sagen, wir verstanden uns auch so.

Bevor ich mich versah, nahm er meine Hand, hielt sie gegen seine Brust, in der es heftig pochte.

»Spürst du meine Liebe?«

Ich nickte stumm, dann legte er seine Hand auf mein Herz, das genauso schnell schlug.

»Und hierfür lebe ich, für dein Herzschlagen!«

Und genau selbiges Herzschlagen setzte vor lauter Schreck und Freude für einen kurzen Moment aus.

Berauscht, trunken von Gefühlen, völlig benebelt ließ ich mich in seine Arme fallen und war verloren, hoffnungslos verloren an Clemens, den Einzigen.

Vor einigen Jahren las ich, dass frisch Verliebte die gleichen Gehirnströme auf einem CT-Bild aufweisen wie Menschen, die unter einer Psychose leiden. Anscheinend ist das der Grund, weshalb die erste Verliebtheit auch nicht für immer anhalten kann, weil wir auf Dauer einfach nicht lebensfähig wären oder eben nur eingeschränkt.

Auf mich traf die wissenschaftliche Beobachtung im vollen Umfang zu, ich merkte selbst, wie ich nur noch lächelte, jeden anstrahlte, träumte, nicht ansprechbar war und eigentlich nur ein Thema hatte, und das hieß Clemens.

Nach der Nacht der Wahrheit war alles noch intensiver zwischen uns geworden. Der einzige Schatten, der sich auf unser Glück legte, war der, dass Clemens nicht die ganze Festivaldauer bleiben konnte. Zehn Tage waren einfach zu lange, das konnte selbst Clemens vor Feline nicht begründen. Denn seine Termine waren alle in ein paar Tagen zu erledigen, wohingegen ich natürlich bis zum Ende bleiben musste, um alle Filme gesehen zu haben und später die Festivalbeilage schreiben zu können.

Außerdem standen für Clemens in nächster Zeit verschiedene Dienstreisen an, die vorbereitet werden mussten.

So packte er am fünften Tag seine Sachen zusammen und machte sich schweren Herzens auf den Weg Richtung Berlin. Ich blieb zurück und vermisste ihn jede Minute fast körperlich. Das Leben war viel leichter, spannender und bunter, wenn er da war.

Nachdem ich Rudi stundenlang am Telefon voll geheult hatte, wie sehr ich Clemens vermisste und dass das Festival keinen Spaß mehr mache, hatte er offensichtlich genug. Unverblümt sagte er mir, was er von meinem Gejammer hielt.

»So, und jetzt reicht's dann auch mal wieder, Schwesterherz! Was willst du eigentlich noch? Du hast ihn doch bekommen, deinen Clemens, also freu dich und hör auf, dich als Dramaqueen aufzuspielen, nur weil du ihn ein paar Tage nicht siehst. So kenn ich dich gar nicht! Pass auf, dass du nicht zur Klette mutierst, und vergiss nicht, dein eigenes Leben zu leben. Mann, du bist in Venedig, auf deinem Lieblingsfestival, hast gerade super Tage verlebt und darfst noch länger bleiben und das Filmgeschäft genießen. Vielleicht konzentrierst du dich mal auf die positiven Seiten und darauf, wie viel Glück du hast!«

Kleinlaut gab ich ihm Recht. Manchmal schoss ich eben übers Ziel hinaus, oder sagen wir so, ich konnte mich gut in Menschen, Situationen einfühlen, was aber manchmal den Nachteil hatte, dass ich mich in manches zu sehr hineinsteigerte. Ein Glück, dass ich einen älteren Bruder hatte, der mich nur zu gut kannte und wusste, wann mal wieder ein Denkanstoß nötig war.

Ich riss mich zusammen, verbrachte die letzten Tage damit, mich auf die Filme, Interviews und Artikel zu konzentrieren, und dachte natürlich ständig an Clemens, telefonierte so oft es ging mit ihm und konnte das Wiedersehen trotz allem kaum abwarten.

Am letzten Tag packte ich wehmütig meine Koffer, ging noch mal durch das Hotel und prägte mir alles so gut wie möglich ein.

Zusammen mit einigen anderen Hotelgästen brachte Salvatore uns mit dem Boot zum Flughafen. Ich blickte ein letztes Mal zurück und seufzte. Auf Berlin freute ich mich mäßig, Clemens war unterwegs, wir würden uns erst Ende nächster Woche wieder sehen und auch nur für zwei Tage, denn dann musste er schon weiter zur Frankfurter Buchmesse.

Die Lufthansa-Maschine war bis auf den letzten Platz ausgebucht, hauptsächlich mit rückkehrenden Festivalbesuchern. Die meisten kannte ich schon vom Hinflug. Witzigerweise waren sogar die Stewardessen dieselben, was mir noch nie zuvor passiert war. Obwohl ich mich als *frequent traveler* bezeichnen konnte, in meiner Branche musste man flugtauglich sein, hatte ich noch nie eine Stewardess ein zweites Mal auf einem Flug gehabt. Der Flug war einigermaßen ruhig, nur über den Alpen gab es die üblichen Turbulenzen. In Tegel am Gepäckband starrte ich geistesabwesend auf die eintrudelnden Koffer.

»Sie schon wieder? Das ist ja ein Zufall oder fast schon Schicksal, so oft, wie wir uns über den Weg laufen.«

Neben mir stand, wie konnte es anders sein, Ilona Richter. Müde, wie ich war, hatte ich überhaupt nicht bemerkt, dass sie sich neben mich gestellt hatte und auf ihre Louis-Vuitton-Koffer wartete, drei an der Zahl!

Oh, jetzt bitte nicht ein zweiter Abwerbungsversuch, so fertig, wie ich war, unterschrieb ich aus Versehen noch einen Vertrag samt Abo und KFZ-Versicherung. Aber sie schien mir etwas anderes sagen zu wollen, denn sie zog mich zur Seite, sah mich eindringlich an und sagte laut und vernehmlich:

»Ich möchte Ihnen einen Rat geben, denn ich halte Sie für sehr fähig und sehe Ihr Potenzial. Achten Sie darauf, Berufliches und Privates strikt zu trennen. Ich kenne die Branche und ihre Vorurteile nur zu gut, was glauben Sie, was man mir alles nachsagt?« Sprach's, nahm ihre Koffer, verschwand und ließ mich verdutzt stehen.

Worauf sie anspielte, war mir natürlich klar. Sie hatte Clemens und mich zusammen gesehen und sich den richtigen Reim darauf gemacht, auch wenn wir uns nicht einmal zärtlich berührt hatten. Augen im Kopf und das richtige Gespür hatte sie, aber warum sprach sie mich darauf an? Meinte sie es wirklich gut und wollte mich warnen, oder war das ein Erpressungsversuch oder der Versuch, mich einzuschüchtern? Eins stand fest, ich war froh, wenn ich endlich kündigen konnte und das Versteckspiel ein Ende hatte. Nur noch elf Wochen, die würde ich durchstehen, komme, was wolle.

»Stell dir vor, Diane lässt sich den Busen vergrößern!«

Willkommen zurück im wirklichen Leben, im alltäglichen Wahnsinn, der sich in Form von Michi manifestierte, die mich auf den neuesten Stand brachte, was die Neuigkeiten in der Redaktion anging. Gerade mal zehn Tage war ich weg gewesen, aber das reichte aus, um alle durchdrehen zu lassen.

»Woher weißt du das denn?«, fragte ich neugierig nach. Michis Augen funkelten. Diane hatte sich Adresse, Termin und Infomaterial ausgedruckt und leider einen Tick zu lange im Drucker liegen lassen, zumindest hatte Michi zufällig alle Unterlagen sehen können.

»Silikon, von B auf C. Ist gar nicht mehr so teuer, vielleicht sollte ich mir das auch überlegen?«

Waren jetzt alle durchgeknallt? Meine Gespräche über Brüste hatten seit knapp einem Jahr höchstens mit Schwangerschaften oder Stillen zu tun, seit immer mehr Freundinnen Kinder bekamen und mit leuchtenden Augen berichteten, wie sie BHs eine Größe größer kaufen mussten. An diesen Gesprächen merkte ich, dass ich älter wurde, und daran, dass mich kürzlich ein Mädchen im Supermarkt, von dem ich eigentlich dachte, wir seien eine Generation, gesiezt hatte! Bei meinem Arbeitsumfeld mit einem Altersdurchschnitt von Mitte zwanzig, leitende Positionen natürlich ausgeschlossen, bestand leicht die Gefahr, als Berufsjugendliche zu enden und irgendwann den richtigen Zeitpunkt für ein Kind zum Beispiel zu verpassen. Bei Diane bestand dieses Risiko nicht. Oft genug und laut genug hatte sie jedem, den es interessierte und nicht interessierte, gesagt, dass sie nie im Leben Kinder wolle. Allein bei der Vorstellung, wie eine Schwangerschaft ihren Traumkörper verändern würde, breitete sich die nackte Panik in ihrem Gesicht aus. Musste jeder selbst entscheiden. Und Diane steckte ihr Geld eben lieber in Silikon.

»Denk an die Nebenwirkungen und Operationsrisiken!«, warnte ich Michi, die sich gerade ihren BH mit Papierbällen ausstopfte. Mein Einwand verfehlte die Wirkung natürlich nicht. Sofort googelte Michi Fotos von missglückten Eingriffen und Horrormeldungen von geplatzten Silikonkissen. Mit entsetztem Gesichtsausdruck las sie alles, was sie finden konnte, und war so eine Weile ruhig gestellt, was mir die Möglichkeit gab, endlich an meiner Extraausgabe zur Biennale weiterzuarbeiten.

Zwar war ich gerade einmal einen Tag zurück, aber schon schien es mir, als ob ich nie weg gewesen wäre, und Venedig kam mir nur wie ein Traum vor. Die Realität sah aber auch ernüchternd aus: Clemens war unterwegs, ich musste mich auf mindestens zwei Wochen Überstunden für das Extraheft einstellen; Sarah hatte überhaupt keine Zeit mehr vor lauter Krankenhaus; Leila war schwer verliebt und jeden Abend unterwegs, und meine Kolleginnen durchgedreht.

Keine Ahnung, was in meiner Abwesenheit passiert war, aber irgendwie nahm das Büro Ally-McBeal-mäßige Formen an. Michi und Diane waren auffällig gut gelaunt ohne ersichtlichen Grund.

Zwar wurde ich von Diane wie üblich in ihrer charmanten Art angeblafft – »Na, wieder zurück aus dem bezahlten Urlaub?« –, aber ansonsten war es den Tag über merkwürdig still, beinahe friedlich.

Feline, die für Clemens die Redaktionssitzung leitete, war ebenfalls froh gestimmt und verkündete Erfolgszahlen zur letzten Ausgabe. Die *Zeitgeist* würde mit ihrer ersten Ausgabe nächste Woche erscheinen, aber allzu große Sorgen machte sich im Moment niemand.

Außer Michi, aber ihre Sorge galt einzig und allein der Frage, welche Klamotten sie zur Buchmesse mitnehmen sollte. Stimmt, die Buchmesse, Michi und Clemens fuhren auf die Buchmesse. Kein Wunder, dass Michi sich überlegte, wie sie Clemens am besten beeindrucken konnte, Busenvergrößerung inbegriffen.

Michi legte mir die *Elle* hin, auf verschiedenen Seiten klebten Post-its, die mögliche Outfits für die Buchmesse markierten. Abgesehen davon, dass die meisten Outfits von irgendwelchen Laufstegen stammten, zur Haute Couture zählten und damit weder erhältlich noch bezahlbar waren, kam es mir vor allem auffällig vor, dass Michi sich immer Models und Kleider aussuchte, die komplett konträr zu ihrem eigenen Typ waren.

»Michi, ich denke, du solltest dir überlegen, was du ausdrücken möchtest, also welcher Typ du sein möchtest. Die Kleider, die du rausgesucht hast, sind sehr klassisch, elegant und eher was für die typische höhere Tochter. Du hingegen hast eine angesagte Frisur, trägst kleine schräge Designerlabel.«

Michi leuchtete der Einwand in gewisser Weise ein.

»Weißt du, eigentlich ist es mir egal, welcher Typ ich bin, Hauptsache, es gefällt Clemens!«

Gut, das war immerhin ein Ansatz, auch wenn er mich innerlich in den Wahnsinn trieb. Es wurde höchste Zeit, dass die Karten auf den Tisch kamen und ich nicht länger Clemens' Verehrerinnen bei der Auswahl ihrer Garderobe beraten durfte, mittels der sie ihn ins Bett bekommen wollten.

Die beste Ablenkung hieß Arbeit, und so bereitete ich das Biennale Special vor. Ich hatte vor, keinen üblichen Festivalbericht abzuliefern, also welcher Film wann gelaufen war, sondern den Filmbetrieb hinter den Kulissen ins Visier zu nehmen und dazu lustige Rubriken zu erfinden. »Was trägt man am besten im Kino«, »Wie sehen Menschen aus, die Kritiker wurden, und woher kommen sie?« ... plus einen Selbstversuch mit Foto, der dokumentierte, wie viele Filme man pro Tag schauen kann, wie man danach aussieht und ab wann die Aufnahmefähigkeit abnimmt.

Gegen neun ging ich nach Hause. So ein Abend allein hatte auch sein Gutes. In Ruhe lesen, Freunde anrufen oder stundenlang Fotos sortieren.

Normalerweise fand ich es angenehm, nach dem ganzen Trubel in der Redaktion, den klingelnden Telefonen, dauernden Gesprächen und Meetings meine Ruhe zu haben, aber heute funktionierte das einfach nicht.

Ich vermisste, nein, nicht Clemens, das war ja nichts Neues und würde sich so schnell auch nicht ändern, nein, mir fehlten vielmehr meine Freunde und meine Familie. Mir fiel auf, dass ich mit Sarah schon lange nicht mehr richtig etwas unternommen hatte, nur wir beide allein. Wenn wir uns getroffen hatten, dann nur kurz für gemeinsame Besorgungen oder um zum Fitness zu gehen, also lauter Dinge, bei denen man nicht gerade tiefgründige Gespräche führt. Mir war klar, dass die Geschichte mit Clemens eine Rolle gespielt hatte und dass wir anfangs befangen miteinander umgegangen waren, auch wenn wir uns bemüht hatten, die Situation möglichst schnell in den Griff zu bekommen. Sarah fehlte mir, unsere vertrauten Gespräche, unsere Wochenendreisen oder gemeinsamen Kochabende. Auf den ersten Blick konnte man alles entschuldigen, wir waren beide berufstätig und hatten Jobs, bei denen Überstunden auf der Tagesordnung standen, aber bevor ich nach Berlin gezogen war und noch in Hamburg arbeitete, hatten wir uns fast häufiger gesehen als jetzt. Auch

Rudi sah ich fast nur noch in geselligen Runden, und so sehr ich es mochte, mit ihm zu lachen und zu feiern, so war er doch eigentlich eine meiner engsten Bezugspersonen. Wenn ich ehrlich war, wusste ich momentan überhaupt nicht, was in ihm vorging, nur dass er nach wie vor so viel wie möglich mit Ben unternahm.

Ben! Gut, der wurde von Liv besser bewacht als der Louvre, und das hieß, dass wir in den letzen zwei Jahren sehr selten allein gewesen waren, abgesehen von unseren gemeinsamen Kulturkinobesuchen.

Wie lange war ich jetzt schon in Berlin zu Hause? Aber bei meinen alten Freunden aus Studienzeiten, die auch in Berlin lebten, hatte ich mich noch immer nicht gemeldet. Der neue Job, Clemens, die Aufregung mit Sarah, die Konkurrenzsituation, die ich so nicht kannte, irgendwie schon seltsam, was in dieser kurzen Zeit alles passiert war.

Nachdenklich, wie ich war, rief ich Rudi an.

»Gretchen, du schiebst ja richtig Depri! Ich sag dir, das ist der Entzug von Clemens. Das sind die Hormone, die fehlenden Endorphine, die du auf alles überträgst. Aber du hast Recht, wir haben schon lange nicht mehr allein gequatscht. Ich komm rüber!«

Manchmal dankte ich meinen Eltern aus tiefstem Herzen, dass sie mich nicht als Einzelkind aufgezogen und Rudi in die Welt gesetzt hatten, der nicht nur mein Schicksal, sondern auch die Peinlichkeit des Namens teilte.

Wenig später stand Rudi mit einer Pizza und einer Flasche Cola vor der Tür. Kohlehydrate und Zucker waren das Richtige in meiner Gemütslage, befand er, und streckte mir die Imbisspizza hin, die sogar lecker schmeckte.

»Magst du Wein? Soll ich eine Flasche aufmachen?«, fragte ich ihn.

Entsetzt wehrte er ab.

»Mit Depri nie trinken, du weißt nicht, ob es nicht schlimmer wird. Cola oder Tee von mir aus, aber ja keinen Alkohol. Mann, sag bloß, das weißt du nicht! Zum Glück hast du ’nen großen Bruder!«

Allerdings! Dieser setzte sich an den Küchentisch, aß ein Stück

Pizza und begann, mir zuzuhören, ohne mich zu unterbrechen. Als ich fertig war, sah er mich streng an und setzte zu einer »Der große Bruder sagt dir jetzt mal, wie der Hase läuft«-Rede an.

»Pass auf, ich versteh, dass die letzte Zeit aufregend war. Du bist umgezogen, hast einen neuen Job, einen neuen Freund, den du geheim halten musst und hinter dem halb Berlin her ist, die andere Hälfte will ja mich, wie du weißt. Deine beste Freundin und du seid in den gleichen Kerl verknallt, es gab einige komische Situationen mit Ben, und du arbeitest momentan zu viel wegen der Konkurrenz, die auch schon versucht hat, dich abzuwerben.

So, und jetzt tritt mal einen Schritt zur Seite und freu dich. Du bist endlich in Berlin, wo du schon als Teenager immer hinwolltest, ich und einige Menschen, die dir superwichtig sind, leben hier, du hast tolle neue Menschen kennen gelernt, denk an Leila oder Michi, auch wenn die in Clemens verknallt ist. Du hast 'nen Hammerfreund, und richtig gute Männer sind eben umkämpft, aber, hey, das wird dich doch nicht abschrecken. Überleg mal, durch welche Schule du gegangen bist? Dein Job macht dir Spaß, du hast keinen Grund, schlecht drauf zu sein, außer einem …«

»Außer einem?«, fragte ich neugierig.

»Ja, da hast du dir so sehnlich gewünscht, mit diesem super Typen Clemens zusammenzukommen, und jetzt hat es zu allem Übel auch noch funktioniert, und du hast Angst, es könnte nicht halten, stimmt's? Ich meine, du hattest zwar einige Freunde, aber wenn wir ehrlich sind, wolltest du früher nichts so sehnlich, als mit Ben zusammen zu sein. Das hat nie geklappt, also musstest du es auch nie leben oder in den Alltag integrieren. Deine Gedanken reichten immer nur bis zu dem Punkt, in dem der Film oder jedes Märchen aussteigt, nämlich bis zu dem Moment, in dem sie sich kriegen. Bis dahin kennst du dich aus, aber nicht, wie es weitergeht, wie man das am Leben hält, wie man eine Beziehung mit jemandem führt, der einem richtig wichtig ist, bei dem man Verlustangst verspürt.«

Während Rudi sprach, spürte ich, dass er mit allem, was er sagte,

Recht hatte. Ich hatte den Hauptgewinn gezogen und wusste nicht damit umzugehen. Wenn ich Clemens nicht sah oder er mir keine Aufmerksamkeit und Liebesbezeugungen schenkte, war ich sofort verunsichert und bekam Angst, etwas falsch gemacht zu haben. Und jetzt versuchte ich, mein Bedürfnis nach Sicherheit auf Freunde und meine Familie zu übertragen.

Rudi steckte sich zufrieden das letzte Stück Pizza in den Mund und ging zu seiner abschließenden Betrachtung über.

»So, Problem erkannt, aber wie gebannt? Ja, du hast ja zum Glück einen großen Bruder, der sich nicht nur mit Frauen auskennt, sondern auch das Geheimnis, solche Jungs wie Clemens zu halten. Ich sag einfach nur Prada-Stiefel!«

Die Parabel von den Prada-Stiefeln verfolgte mich, seit ich Clemens kannte.

»Du willst mir also sagen, ich soll mich auch in der Beziehung rar machen, obwohl er jetzt weiß, dass ich ihn liebe?«

Rudi verschluckte sich fast vor Aufregung.

»Na klar, jetzt erst recht! Das ist die einzige Möglichkeit, das Interesse wach zu halten und immer einen Rest Geheimnis zu bewahren. Gib ihm viel, aber nie alles. Er muss immer ein leichtes Hungergefühl verspüren, was dich angeht.«

Mein Verstand sagte mir, dass, so absurd diese Taktik klang, sie wahrscheinlich funktionierte, aber wollte ich das? Mein Gefühl riet mir, keine Spielchen. Was war das denn für eine Beziehung, wenn ich mich nicht so verhalten durfte, wie ich mich fühlte?

Rudi sah mir meine Zweifel an.

»Du musst dich natürlich nicht danach verhalten. Aber es funktioniert, glaub mir!«

Das hielt ich durchaus für möglich, aber so wollte ich nicht weitermachen. In der Anfangsphase der Jagd schien es mir ein probates Mittel, aber jetzt wollte ich doch eher durch Offenheit und Ehrlichkeit auch in puncto Gefühlen bestechen.

»Gibt es denn keine andere Möglichkeit?« Hoffnungsvoll sah ich Rudi an, der kurz innehielt, überlegte und dann den Kopf schüttelte.

»Nein, ich fürchte nicht, zumindest nicht, wenn Clemens so ist wie alle Männer.«

Das war er definitiv nicht und Rudi auch nicht, er wusste zwar, wie man Mädchen schwach machte und bekam, aber eine wirklich ernste oder feste Beziehung hatte Rudi noch nie geführt.

Dieses Argument ließ er nicht gelten, denn er fragte mich, ob ich etwa schon mal einen Wegweiser gesehen hätte, der selbst den richtig angezeigten Weg ging.

»Sag mal, warum hast du noch nie eine feste Freundin gehabt, gab es denn nie ein Mädchen, das dich so gefesselt hat, dass du sie zur Freundin und nicht nur zum Spaß haben wolltest?«

Rudi hasste diese Frage, er hatte sie schon so oft gehört von allen Seiten, aber noch nie wirklich beantwortet. Er sah mich an, und ich konnte sehen, dass er zum ersten Mal gewillt war, eine ehrliche Antwort zu geben. Anscheinend wirkte ich verzweifelt genug, denn er räusperte sich und sagte so schnell, dass ich es erst gar nicht richtig verstanden hatte.

»Doch, klar gab es die. Es gibt sie noch immer, aber ob du es glaubst oder nicht, ist es genau die eine, die mich nicht spannend findet, bei der mein Charme komplett versagt.«

Schau an, mein Checkerbruder Rudi hatte Gefühle, romantische Gefühle!

»Woher willst du das denn wissen? Hast du es ihr schon mal gesagt?«

Rudi schien zu bereuen, dass er eben so offen gewesen war. Er wehrte ab.

»Nein, aber ich bin nicht blöd. Ich merke, ob ein Mädchen mich gut findet oder nicht, und gerade von der einen würde ich es nicht ertragen, einen Korb zu bekommen.«

Ich konnte es nicht fassen! Mein Bruder war ein genauso großer Schisser wie ich, sogar noch schlimmer, er versuchte es erst gar nicht und ging mit irgendwelchen Frauen ins Bett, während sein Herz für eine bestimmte schlug. Wer war sie? Kannte ich sie?

Aus Rudi war nichts mehr herauszubekommen, er hatte schon

mehr gesagt, als ihm lieb war. Aber diese neue romantische Seite machte ihn nur noch liebenswürdiger, wir waren eben doch ein Fleisch und Blut, da führte kein Weg dran vorbei.

Was Clemens anging, so würde ich meinem Gefühl folgen und keinen noch so schlauen Regeln.

In Rudis Gesellschaft ging es mir gleich viel besser; es tat gut, sich jemandem anvertrauen zu können, eine andere Perspektive gezeigt zu bekommen. Es war schon fast Mitternacht, wir saßen immer noch in der Küche, als es klingelte.

Wir sahen uns erstaunt an, Rudi, der näher zur Tür saß, stand auf und öffnete.

»Gretchen, wo steckst du?«, hörte ich eine übersprudelnde Leila aus dem Flur rufen. Bevor ich antworten konnte, war sie schon an Rudi in die Küche vorbeigesaust und fiel mir glücklich um den Hals.

Lachend sah ich sie an.

»Dein Jakob scheint dir gut zu tun! Du leuchtest ja förmlich!«

Begeistert hüpfte sie auf und ab, verglichen mit Leilas Euphorie wirkte Tom Cruise' und Katie Holmes' Kennenlernphase wie eine von den Eltern gestiftete Vernunftehe!

Leila war nicht zu bremsen. Detailliert berichtete sie von Jakob, dem Unternehmensberater, der sie endlich als Mensch wahrnahm, rücksichtsvoll, fantasievoll, leidenschaftlich liebte, sie nicht nur als passende Armdekoration sah, sondern wissen wollte, was sie dachte, fühlte, wollte.

»Du musst ihn kennen lernen! Er wird dir gefallen!«, rief sie.

Rudi saß merkwürdig still daneben und lächelte gezwungen, die Situation schien ihm nicht zu behagen. Ohne dass Leila es bemerkt hätte, griff er nach seiner Jacke und stand auf.

»Ihr beiden habt euch sicher eine Menge zu erzählen, da will ich nicht stören.«

Ich sah ihn verwundert an und begleitete ihn zur Tür. Plötzlich kam mir ein Gedanke, was, wenn Leila seine heimliche Angebetete war und er sich nicht ihr detailliert geschildertes Liebesglück mit anhören konnte?

»Alles klar? Wieso gehst du denn? Kann es sein, dass du in Leila verliebt bist?«, flüsterte ich so leise, dass Leila uns unmöglich hören konnte.

Rudi schüttelte entnervt den Kopf.

»Mann, hätte ich bloß nichts gesagt. Ich hab einfach keine Lust, bei euren Frauengesprächen zuzuhören und bei jedem »Jakob ist so süß« begeistert zu nicken, das ist alles.«

Er gab mir einen Kuss auf die Wange und verschwand. Wenn mir schon mein eigener Bruder ein Rätsel war, wie sollte ich jemals verstehen, wie Männer tickten.

»Also, was sagt ihr zu dem Heft?« Clemens war endlich zurück und leitete wieder die Redaktionssitzung. Er war am Morgen mit dem ersten Flieger aus Wien gelandet, gleich in die Redaktion gefahren, wo er, bevor wir uns heimlich in die Arme fallen konnten, von Feline abgepasst wurde, um die eben erschienene erste Ausgabe von *Zeitgeist* zu diskutieren. Gleich im Anschluss an das Gespräch war die Redaktionssitzung einberufen worden, sodass mir nichts anderes übrig blieb, als ihm gemeinsam mit seinen anderen Verehrerinnen sehnsüchtige Blicke zuzuwerfen und zu warten, bis wir einen Moment allein sein konnten.

Clemens' Rückkehr hatte geradezu groteske Blüten hervorgerufen, was das Styling meiner Kolleginnen anging. Wenn sich an diesem Morgen jemand ahnungslos in unsere Redaktion verirrt hätte, würde er denken, bei der *Vogue* oder *Harper's Bazaar* gelandet zu sein, zumindest war es eher unüblich, an einem gewöhnlichen Donnerstagmorgen ausgehfertige laufstegtaugliche Outfits samt Komplett-Make-up zu sehen. Zum Glück hatte ich selbst es nicht übertrieben mit der Aufmachung.

Den Vogel schoss, abgesehen von Diane in einem schwarzen Paillettenvampoberteil mit gewagtem Dekolletee, das sie bestimmt schon für die Zeit nach ihrer Busenoperation gekauft hatte, natürlich wieder einmal Michi ab.

Nachdem sie ihre »Designerfreundin« Anna nicht mehr die Klamotten aussuchen ließ, hatte ich Hoffnung geschöpft, Michi würde wieder zu ihrem dezenteren Stil zurückfinden.

Weit gefehlt! Anscheinend waren Annas Ideen nur die Initialzündung zu dem gewesen, was in Michi schon länger geschlummert haben musste: der Hang zum exzentrischen Exhibitionismus. Anders ließ sich zumindest ihr weißes transparentes Oberteil, das freie Sicht auf ihren fast nackten Busen gewährte, nicht erklären.

Wieder einmal lernen wir daraus, dass das, was auf dem Laufsteg an Topmodels während einer Bühnenschau und in der Theorie gut aussieht, in der alltäglichen Praxis nicht ohne weiteres ebensolche Hingucker bieten muss. Feline, die für ihre Stilsicherheit bekannt war, schaute dementsprechend indigniert auf Michis Oberteil, wurde aber sogleich von Dianes Glitzerlook abgelenkt. Ob Feline durchschaute, was hier gespielt wurde? Ahnte sie überhaupt, dass ihr Chefredakteur und Retter des maroden Blattes gleichzeitig in den Fantasien der weiblichen Belegschaft herumgeisterte?

Feline bemerkte auf alle Fälle, dass ich in Gedanken gerade irgendwo war, aber nicht dort, wo ich sein sollte, und sprach mich direkt an.

»Deine Meinung würde mich interessieren. Wie findest du *Zeitgeist?* Gelungen? Desaströs?«

Schnell sammelte ich mich und gab meine Einschätzung wahrheitsgetreu wieder, die da lautete, dass wir es mit wirklicher Konkurrenz zu tun hatten. Das Layout, die Aufmachung waren gut gemacht, die Themen durchaus interessant ausgewählt, nur in der Ausführung zu steif und gewöhnlich.

Das Überraschende fehlte mir, das Blatt war eher traditionell aufbereitet, eine Schwäche, die eindeutig auf Ilona Richters Mitarbeiter zurückzuführen war. Denn die waren es, die die Artikel mit Leben, Witz, Anregungen füllen mussten, auch wenn die Verpackung noch so gelungen war.

Genau das schien Ilona Richter erkannt zu haben, sonst würde sie nicht so krampfhaft an mir baggern und bestimmt auch andere, von denen ich nichts wusste, versuchen abzuwerben. Diesen Gedanken formulierte ich natürlich diplomatischer.

»Zusammengefasst würde ich sagen, sie sind auf dem richtigen Weg, was Themen und Aufmachung angeht, inhaltlich weit von uns entfernt, zumindest noch! Wir wissen alle, was passiert, wenn sie sich die richtigen Leute ins Boot holt.«

Feline hatte mir aufmerksam zugehört und nickte.

»Ich gebe dir Recht. Zum Glück sind gute Autoren seltener, als man denkt, aber ich sehe auch im Inhalt unsere Stärke. Wir müssen schauen, dass wir unsere Originalität und Kreativität mit Texten umzugehen weiter ausbauen und die Leser damit an uns binden.«

Genau, aber noch wichtiger war mir im Moment, Clemens weiter an mich zu binden, und das ging nur, wenn dieses Meeting bald zu Ende war und wir endlich allein sein konnten.

Feline beendete die Sitzung, wir konnten sowieso nichts anderes machen, als abzuwarten, wie hoch die Abnahmezahlen von *Zeitgeist* sein würden – und das würde noch ein paar Tage dauern, bis sich ein Trend abzeichnete.

Clemens machte mir ein Zeichen, in sein Büro zu kommen, was nicht nötig gewesen wäre, ich würde sogar die Tür mit meinen Zähnen aufhebeln, wenn erwünscht und nötig, nichts, aber rein gar nichts, würde mich abhalten, ihn endlich für mich zu haben.

So schnell konnte ich die Tür gar nicht hinter mir schließen, wie Clemens über mich herfiel. Wie war Rudis Rat gewesen? Er muss immer ein wenig hungrig nach dir sein? Auf einer Skala von null bis zehn – von satt bis ausgehungert – stünde Clemens kurz vor der Zwangsernährung.

Nur ein Kuss, eine Berührung von ihm reichten aus, um mich sofort wieder lebendig, unbezwingbar und begehrenswert zu fühlen.

»Lass uns heute Abend ausgehen. Ich hol dich um acht ab, einverstanden?«

Na und ob ich einverstanden war! Aufgetankt und mit Dauergrinsen trat ich auf den Flur und rannte Marion beinahe um, die mich ansah und fragte, ob ich gerade eine Gehaltserhöhung bekommen hätte?

»So was Ähnliches«, antwortete ich, aber sie fragte nicht genauer nach. Überhaupt interessierte sich niemand für die Zeit, die Clemens und ich in Venedig verbracht hatten. Von Michi oder Diane hätte ich auf alle Fälle Fragen oder Kommentare erwartet, aber nichts dergleichen geschah. Sollte der Himmel mich erhört haben und alle Frauen ihr Interesse an Clemens auf einen Schlag verloren haben?

Der Auftritt am Morgen sprach dagegen. Alle hatten sie wieder an seinen Lippen geklebt, ihn mit Blicken verfolgt, Augenkontakt gesucht, gelacht, wenn er was sagte, und sich ständig die Haare zurechtgezupft, ein untrügliches Zeichen. Michi wollte Clemens bei der Buchmesse unbedingt gefallen, und Diane ließ sich den Busen bestimmt nicht nur aufpumpen, um nächsten Sommer in Saint Tropez eine bessere Figur zu machen, nein, das Interesse an Clemens war ungebrochen. Was also hatte sich verändert?

Die einzige Erklärung konnte und musste sein, dass sie mich nicht mehr als Konkurrenz sahen. Aber warum? Ich hatte nicht zugenommen, meine Frisur nicht geändert, war meinem Stil treu geblieben, verhielt mich wie immer, zumindest dachte ich das.

Obwohl, wenn ich es mir richtig überlegte, sprach ich immer weniger über Clemens, schon allein um mich nicht zu verplappern. Vielleicht war das die Erklärung.

Ich ging zurück an meinen Platz, wo Michi schon aufgekratzt alle Unterlagen für die Buchmesse zusammenpackte.

»Oh, es wird großartig werden, ich spür es genau! Clemens und ich allein unterwegs!« Sie kicherte vor sich hin und fuhr ekstatisch über ihre Unterlagen, die sie in Klarsichtfolien gesteckt hatte.

Genau! Allein mit Millionen Besuchern, Verlagen, Agenten und Schriftstellern in der Traum- und Messestadt Frankfurt.

»Sag mal, Michi, hat es dich denn überhaupt nicht gestört, dass ich mit Clemens alleine in Venedig war?« Ich wollte wissen, weshalb ich in ihren Augen aus dem Spiel war.

Sie hielt inne und sah mich erstaunt an.

»Nein, wieso? Seit ich weiß, dass du schon immer hinter Ben her warst und dich nie ein anderer interessiert hat oder interessieren wird, ist mir das völlig egal.«

Im selben Moment merkte sie, dass der Satz unfreundlicher klang, als er gemeint war, und schickte beschwichtigend hinterher:

»Also ich hoffe natürlich, dass Ben sich irgendwann auch für dich entscheidet, diese Liv ist ja eher unangenehm, und nur weil die wie ein Model aussieht, solltest du die Hoffnung nicht aufgeben.«

Den Modelvergleich mit Liv fand ich nicht unbedingt geglückt, aber ich verstand, dass Michi es gut meinte und nur versuchte, mich zu trösten. Was ich allerdings nicht verstand, war, wie um alles in der Welt sie davon erfahren hatte, dass ich früher mal in Ben verliebt gewesen war, und was sie zu der Annahme brachte, dass ich ihn immer noch wollte.

Eigentlich die perfekte Tarnung, grinste ich in mich hinein.

»Woher weißt du das mit Ben und mir? Ich hab das niemandem erzählt!«

Michi sah mich mitfühlend an und strich mir beruhigend über die Hand.

Sie klärte mich auf, dass ich das auch nicht musste, denn anscheinend hatte Liv sich auf meiner Einweihungsparty netterweise schon selbst darum gekümmert, und nach dem seltsamen Vorfall beim Flaschendrehen, als Ben mich *nicht* geküsst hatte, musste sie jedem von meiner lang gehegten und verschmähten Liebe erzählt haben.

Wie rührend!

»Wir waren uns nicht sicher, ob das so stimmt, schließlich hast du Clemens ziemlich angehimmelt, ich meine, das ist jedem hier aufgefallen. Diane hatte befürchtet, Clemens könnte auf dich oder Sarah stehen, aber als deine Mutter ihr versichert hat, dass die Geschichte mit Ben stimmt und du, seitdem du zwölf bist, für ihn schwärmst, waren wir beruhigt.«

Ich wusste nicht, was ich schlimmer finden sollte, dass Michi und Diane plötzlich gemeinsame Sache machten, wenn es darum ging, die Konkurrenz um Clemens zu verringern, oder dass meine Mutter augenscheinlich wieder mit Diane gesprochen haben musste, nachdem sie versprochen hatte, sich von ihr fern zu halten.

Warum spielte ich das Theater eigentlich noch mit? Sollten doch alle wissen, was mit mir und Clemens war, selbst wenn ich meinen Job verlor, meinen Stolz konnte ich wenigstens behalten.

»Michi, was würdest du sagen, wenn Clemens und ich zusammen wären?«, platzte es aus mir raus.

Sie sah mich verständnislos an.

»Jetzt mach mal halblang. Du musst nicht versuchen, von dir und Ben abzulenken, und Geschichten erfinden. Das ist schon okay. Man kann sich eben nicht aussuchen, in wen man sich verliebt. Was für dich Ben ist, ist für mich Clemens. Ein bisher unerreichter Traummann, aber irgendwann kommt auch unser Tag, ich spür es genau.« Sie lächelte aufmunternd.

Hilfe, es war zwecklos. Michi sah nur, was sie sehen wollte. Mir fielen die Wahrsagerin und ihre Warnungen ein. Wann hörte dieser Wahnsinn endlich auf?

Noch lange nicht, wie ich schnell herausfinden sollte, denn natürlich rief meine Mutter wieder im passenden Augenblick an. Ich ging nach draußen vor die Tür, es sollten nicht alle mithören, was ich ihr zu sagen hatte.

Bevor sie dazu kam, mich zu begrüßen, legte ich los. Genug angestaut hatte sich ja.

Meine Mutter war sichtlich zerknirscht, wieder rückfällig geworden zu sein, was Diane anging.

»Wenn du deine soziale Ader ausleben musst, weil du denkst, Diane, das arme vernachlässigte Kind, braucht Unterstützung, ist es das eine, aber wenn du ihr private Dinge von mir erzählst, wie zum Beispiel, dass ich mein Leben lang schon in Ben verliebt bin und es immer sein werde, ist es Verrat!«

An diesem Punkt widersprach sie heftig. Diane habe das Thema angeschnitten und sie mich nur verteidigt, dass es mein Recht sei, in ein und denselben verliebt zu sein, und zwar so lange ich wollte, außerdem habe sie ja schon nicht von Clemens erzählen dürfen.

»Weißt du, ich erfahre gerade mehr von Diane aus deinem Leben und wie es dir geht als von dir«, beschwerte sie sich.

»Okay, und jetzt überleg mal genau, woran das liegen könnte!«, rief ich sauer und beendete das Gespräch. Wieso lief alles, was nicht mit Clemens zu tun hatte, unrund? Da war ich endlich glücklich verliebt, mal abgesehen von der Tatsache, dass es noch keiner wissen durfte, und plötzlich fing meine Umgebung an zu spinnen. Gab es ein ungeschriebenes Gesetz, das besagte, man konnte nicht beides haben, ein glückliches Liebesleben und gute Freunde mit Familie? Sozusagen das Kind-und-Karriere-Problem nur verlagert? War der Mensch – insbesondere ich – nicht dazu geschaffen, zu viel Glück auf einmal zu ertragen, oder war ich am Ende einfach selbst schuld und merkte vor lauter Clemens nicht mehr, dass ich selbst anfing, meine Freunde zu vernachlässigen und meine Familie anzuzicken?

Wie dem auch sei, ich war gewappnet und gewillt, falls es an mir gelegen hatte, daran zu arbeiten. Als Erstes würde ich mit Sarah und Leila einen Mädelabend machen und sie bekochen. Meine Familie konnte ich nächstes Wochenende, wenn Clemens wieder unterwegs war, besuchen, und mit Ben würde ich ins Kino gehen.

Wenn das alles nichts half, wusste ich zumindest, dass es nicht an mir lag.

Entschlossen schritt ich zur Tat und rief zuerst Sarah an, deren Mailbox sich aber nur meldete, wie so oft in letzter Zeit. Sie arbeitete einfach viel zu viel, nicht nur wegen des Ärztenotstands, wie ich vermutete. Ich wurde den Verdacht nicht los, dass sie sich in die Arbeit stürzte, um sich abzulenken. Clemens hatte sie mehr berührt, als sie und ich uns eingestehen wollten.

Kostümpartys! Ich liebe Kostümpartys, auch wenn ich damit die Einzige in meinem Freundeskreis bin, die auch noch mit dreiunddreißig Jahren Gefallen daran findet, sich zu verkleiden und Kostüme selbst zu schneidern. Obwohl, wenn ich mich zurückerinnerte, war ich schon immer die Einzige gewesen, die Kostümpartys etwas abgewinnen konnte. Alle anderen stöhnten bei dem bloßen Gedanken, sich eine Verkleidung ausdenken zu müssen, was meistens an den bescheuerten Themen lag, denn dass man sich zum Thema »Orange« oder »Büro« nicht viel einfallen lassen konnte, war klar. Ein gutes Thema war elementar und dass alle gern mitmachten und nicht von Rudi gezwungen wurden, sich als Teletubbies zu verkleiden. Dieses Kostümfest war besonders toll, denn erstens war das Motto super, nämlich »Großes Kino«, zweitens fand dieses Kostümfest standesgerecht im Colombi, einem alten kleinen Theater mit großem Ballsaal statt und, *last but not least,* war es Clemens' Geburtstag, dem wir die Idee zu verdanken hatten. Er wurde am 18. Oktober vierzig, ein Alter, in dem andere Männer schon ein Haus gebaut, einen Baum gepflanzt und ein Kind gezeugt hatten, während Clemens der Kindskopf immer noch Flausen und tausend Ideen im Kopf hatte und im Traum nicht daran dachte, sesshaft zu werden – leider, denn momentan war ich die Leidtragende. Vor lauter Arbeit, Reisen, Messen, Interviews und dem massiven Druck, den Abstand zur *Zeitgeist* auszubauen, rieb der Gute sich so sehr auf, dass ich ihn kaum noch zu Gesicht bekam. Wenn er zwischen Flughafen und Büro einen freien Abend hatte, sah man ihm die viele Arbeit förmlich an. Zwar beklagte er sich nie und versuchte, den Stress außen vor zu lassen, aber es kam häufiger vor, dass er einfach am Tisch einschlief, so hart schuftete er. Uns anderen in der Redaktion ging es nicht viel besser, es gab kaum einen Abend, an dem ich vor neun rauskam, Wochenenden oft eingeschlossen. Wenn ich meinen Job nicht so sehr geliebt und nicht gewusst hätte, warum und für wen ich das machte, nämlich für Clemens und Feline, ich weiß nicht, ob ich diesen Einsatz so lange gebracht hätte. Einziger Trost war wie so oft in der jüngsten Vergangenheit die Gewissheit, dass dieser Wahnsinn zeitlich begrenzt war und ich ab Januar frei sein würde, frei, was meine Arbeit anging, denn Clemens hatte die geniale Idee gehabt, ich könnte weiter als Freie für die *Phosphor* schreiben, aber eben ohne ihn als Chef zu haben und täglich in einem Büro zu sitzen.

»Was hältst du davon, wenn ich als Marilyn Monroe gehe und ihm in JFK-Manier ein Happy-Birthday-Ständchen bringe?«, rief ich Leila zu, die mich nach dem üblichen samstäglichen Ansturm auf ihren kleinen, aber feinen Designerladen eingeladen hatte, in übrig gebliebenen Stoffen zu wühlen, um mich für Clemens' Mottoparty inspirieren zu lassen. Als Clemens' geheime Freundin durfte ich Extrawurst-Leila mitbringen, die auch eine der wenigen war, die ein Faible für Kostüme hatte – schließlich war sie auch Designerin.

»Abgedroschen, zu oft kopiert und nichts für dich«, kam ihr ehrlicher Kommentar.

All das wollte ich natürlich nicht sein, vor allem nicht an Clemens' großem Ehrentag. Überrascht und vor allem enttäuscht war ich schon gewesen, als er mir seine Pläne für den Geburtstag mitgeteilt hatte, denn eigentlich hatte ich gehofft, dass er sich mit mir aus dem Staub machen und für ein Wochenende irgendwo in den Süden absetzen wollte oder auch nach Paris. Stattdessen rief Clemens die Party des Jahres aus und lud die gesamte Redaktion und andere Bekannte aus der Branche ein. Mit einem persönlichen Geburtstag hatte es nicht mehr viel gemein, doch Clemens erklärte, dass er vorhatte, die Redaktion für all die Strapazen und Überstunden ein wenig zu entschädigen, es wäre mal wieder an der Zeit, dass alle gemeinsam Spaß hatten, und bis zur Weihnachtsfeier sei es ja noch hin. Privat wollte er im Sommer mit Freunden, Familie und mir nachfeiern, was mich ein klein wenig milder stimmte.

Jetzt musste ich nur noch das perfekte Kostüm finden, gerade von mir als Filmexpertin wurde bestimmt etwas Ausgefallenes erwartet, zumal in der Redaktion die Vorbereitungen schon auf Hochtouren liefen und alle Feuer und Flamme waren, aber jeder ein Geheimnis daraus machte, welche Filmrolle er sich ausgesucht hatte. Ich sah uns schon auf der Party alle als *Vom Winde verweht*-Scarlett-Doubles aufschlagen.

Michi sprach von nichts anderem mehr, ach doch, ein anderes Thema gab es, ihr gemeinsamer Besuch mit Clemens bei der Buchmesse. Anfangs hatte ich interessiert gelächelt, wenn sie bei jedem alltäglichen Handgriff einen Kommentar verlauten ließ, der garantiert mit der Messe zu tun hatte. Wenn sie Kaffee trank, sagte sie: »Hach, der Kaffee auf der Buchmesse schmeckte vielleicht übel. Clemens und ich haben dann nur noch Tee getrunken.« Wenn sie ein neues Buch besprechen musste, raunte sie: »Der Autor ist unglaublich toll, Clemens und ich haben ihn auf der Messe kennen gelernt«, fehlte nur, dass sie aufs Klo ging, um uns mitzuteilen, dass das Toilettenpapier auf der Buchmesse dreilagig und mit Muster bedruckt gewesen war. »Clemens und ich« war Michis geflügeltes Wort geworden, mit dem sie uns alle in den Wahnsinn trieb. Behutsam versuchte ich, ihr klar zu machen, dass sie den Bogen überspannte und ihre Clemensverehrung groteske Formen annahm, was leider nichts half. Diane fand deutlichere Worte, und zum ersten Mal hegte ich so etwas wie Sympathie für Diane. Sie sagte Michi nach einer »Clemens und ich auf der Buchmesse«-Erwähnung klipp und klar, dass es niemanden interessiere und sie ihre Wahnvorstellungen lieber für sich behalten solle, schließlich gebe es auch in Deutschland neue harte Gesetze für Stalker. Clemens sah amüsiert über Michis Schwärmerei hinweg und fand ihre Bewunderung irgendwie süß.

»Sieh mal, wie findest du die roten Rüschen mit dem schwarzen Stoff? Das schreit geradezu nach Carmen. Findest du nicht?«

Leila wickelte sich die beiden Stoffe um den Körper, nestelte ihre Haare zu einem Dutt und war eindeutig die hübscheste Carmen, die man sich vorstellen konnte.

Jetzt musste sie nur noch einen Fächer und Flamencoschuhe besorgen, eine Blüte in die Haare stecken, das umrüschte ausgeschnittene Dekolletee mit Bronzeglitzer einpudern, roten Lippenstift auftragen, und Spaniens Feuer, Stolz und Leidenschaft waren in ihr vereint.

»Perfekt, Amiga! Wenn ich nur wüsste, als wen ich mich verkleide. Kennst du diesen blonden Androiden aus *Blade Runner*, gespielt von Daryl Hannah. Wäre das nicht abgefahren?« Ich seufzte.

Leila schüttelte den Kopf.

»Das erkennt doch niemand! Warum machst du es dir so schwer?

Niemand erwartet, dass du dich besonders ausgefallen verkleidest, such dir einfach was aus, was du schon immer sein wolltest und worin du dich wohl fühlst.«

Sie hatte Recht, nur leider wollte ich aber besonders schön für Clemens aussehen, der mir partout nicht verriet, in welcher Verkleidung er auftauchen würde.

Grace Kelly wäre ich gern, aber sie war nicht einfach nachzumachen, es gab nicht das typische Grace-Kelly-Outfit. Und bevor mich jeder fragte, wen ich denn darstellte, ließ ich es lieber.

Na ja, ein paar Tage hatte ich noch, und bis dahin würde mir sicher etwas einfallen. Viel schwieriger gestaltete sich Clemens' Geburtstagsgeschenk, denn natürlich wollte ich ihm das persönlichste, passendste, originellste Geschenk aller Zeiten machen, eines, das spiegelte, wie ich für ihn empfand. Bisher war mir diese eine Idee nicht gekommen, eine Reise war eine schöne Idee, aber so vergänglich und eher als Überraschung geeignet. Ein selbst gebasteltes Fotoalbum mit Venedigfotos war für seinen vierzigsten Geburtstag nicht speziell genug. Was, wenn ich ihm einen Baum pflanzte? Nicht, dass er das am Ende als Hinweis sah und sich von mir gedrängt fühlte, eine Familie zu gründen, ein Thema, das er sehr zwiespältig sah. Generell wollte er angeblich Familie, fühlte sich aber noch zu unruhig und rastlos. Wenn ich eines gelernt hatte, dann nie Druck auf einen Mann auszuüben, der sich nicht richtig binden wollte.

Leila begann gekonnt, die Stoffballen auf dem Schneidertisch auszubreiten und den Stoff für ihr Carmen-Outfit zuzuschneiden.

»Und wenn ich mich als blauer Engel verkleide?«, wagte ich einen neuen Versuch.

Leilas Blick reichte vollkommen aus, ihren Kommentar, dass ich weder die Strenge noch Verruchtheit, geschweige denn in meinem Alter die Lolita-Qualitäten einer Dietrich verkörperte, hätte sie sich sparen können. Während Leila alle Utensilien, die sie brauchte, zusammenpackte, sah ich noch mal die Stoffe durch, um auf eine Idee zu kommen. Leider tat sich nichts dergleichen. Außerdem waren wir noch mit den anderen in der Neuen Nationalgalerie zur *Melancholie-*

Ausstellung verabredet. Die »anderen« waren eine geschrumpfte Truppe, die aus meinem Bruder, Ben und im schlimmsten Fall Liv bestand. Clemens war das gesamte Wochenende mit Feline und den anderen Senior Managern auf einer Konferenz auf Sylt, wo sie in aller Ruhe die anstehende Anzeigenkundentour vorbereiteten, was mich maßlos nervte. Sarah schob zur Abwechslung keinen Bereitschaftsdienst, sondern besuchte eine Weiterbildung, um endlich ihren Facharzt zu bekommen; und Leilas Jakob, den ich leider bislang nicht getroffen hatte, war wie jedes Wochenende in München, um sich um seinen Papa zu kümmern. Leila vermisste ihn zwar sehr, hatte aber Verständnis. Da sie selbst wegen des Ladens nicht einfach wegkonnte, hatte sie Jakob auch nicht begleiten können.

»Wollen wir zwei Strohwitwen dann mal los?«, drängte ich Leila und schob sie zur Ladentür.

Sie hakte sich bei mir unter.

»Sag mal, stört es dich denn gar nicht, dass Clemens immer so eingespannt ist? Auf den musst du wirklich aufpassen, nicht dass der irgendwann umkippt, mal abgesehen davon, dass ihr euch so wenig außerhalb der Arbeit sehen könnt.«

Natürlich störte es mich, ich machte mir Sorgen um ihn, aber auch um unsere Beziehung, denn wie sollte die sich zwischen Tür und Angel weiterentwickeln? Wir mussten unbedingt mal wieder raus aus der Tretmühle, gemeinsam Zeit verbringen, Urlaub machen, bloß wann?

Hinter der Nationalgalerie fand ich auf Anhieb einen Parkplatz. Wir gingen mit meinem Presseausweis an der langen Schlange durch den zweiten Eingang. Ich mochte den schnörkellosen Betonbau mit seinen klaren Strukturen und Glasfenstern. Wir waren die Ersten, gingen die Treppen runter und stöberten im Museumsshop nach ungewöhnlichen Büchern und Mitbringseln. Wir standen gerade mit unseren Errungenschaften an der Kasse, als der Rest der Meute eintraf. Ben hatte ich seit meiner Einweihungsparty nicht mehr gesehen, worüber ich nicht sonderlich traurig war, ich wollte seine Gründe gar nicht so genau wissen, die dazu geführt hatten, dass er es nicht über sich bringen konnte, mich zu küssen, und lieber das Spiel abgebrochen hatte. Wenn ich es mir richtig überlegte, hatte ich sogar allen Grund, beleidigt zu sein.

Rudi fiel mir um den Hals und bemerkte, ich würde viel zu abgearbeitet aussehen; Ben umarmte mich flüchtig und ohne mich wirklich zu berühren; Liv küsste mich ohne den Hauch von Herzlichkeit auf die Wangen. So ähnlich mussten sich Judasküsse anfühlen. Vollzählig gingen wir in die Ausstellungsräume, *Melancholie – Genie und Wahnsinn in der Kunst* lautete der vollständige Titel. Kurz nach dem Eingang blickte uns Dürers *Melencolia* entgegen, verschiedene Textauszüge von Robert Burtons *Die Anatomie der Melancholie* waren an die Wand gepinselt, eine Black Box verschiedener Künstler aufgestellt, und ein zeitgenössisches Exponat des Künstlers Ron Muek, *Der dicke Mann,* füllte die Ecke eines Raums. Langsam schlenderten wir weiter, vorbei an Munch- und Picasso-Bildern und lasen nebenher verschiedene Gryphius-Gedichte. Ben schwebte im siebten Himmel und passte in diese Ausstellung so gut hinein, dass er bestimmt am Ende fragte, ob er im Museum einziehen dürfe.

Rudi ging dicht neben Leila her und quetschte sie nach ihrem Superfreund Jakob aus und ob er sie denn auch verdient habe und anständig behandele. So wie Rudi Leila ansah, überlegte ich, ob Rudi nicht doch Leila gemeint hatte, als er mir von seiner heimlichen großen Liebe gebeichtet hatte. Neben Edward Hoppers *Kino in New York* blieb ich länger stehen, um das Bild genauer zu betrachten. Ben sah mich eine Weile schweigend an, als ob er etwas sagen oder fragen wollte, ließ es aber bleiben. Liv, leider schön wie immer, fiel eine halb leere Flasche auf, Symbol für eine positive oder negative Lebenseinstellung, je nach Auge des Betrachters. Liv wollte natürlich keinen Exkurs darüber anstellen, ob die Flasche halb voll oder halb leer war, sondern zeigte demonstrativ auf sie, sah mich herausfordernd an und sagte: »Die lassen wir aber schön hier stehen, nicht damit wieder jemand auf die Idee kommt, pubertäre Spielchen zu veranstalten!«

Offensichtlich hatte sie die Flaschendrehen-Aktion weder vergessen noch verdaut, und wem sie die Schuld dafür gab, war eindeutig, natürlich mir. Neu war die offene, direkte und aggressive Art, mit der sie mich anfeindete. Bisher war sie subtiler mit gut gesetzten Spitzen vorgegangen, doch seit der Party schien sie aus ihrer Abneigung mir gegenüber kein Hehl mehr zu machen. Voller Freude sah ich unseren künftigen Treffen entgegen, die gute, ausgelassene Stimmung unter Freundinnen versprach. Bestimmt mussten bald getrennte Treffen koordiniert werden, damit wir den anderen nicht die Laune vermiesten.

Ich wollte nicht wissen, wie oft Liv verflucht hatte, dass Ben und Rudi beste Freunde waren, denn solange das der Fall war, wurde sie mich nicht los.

Seit ich wusste, wie kompliziert Ben sein konnte, und vor allem seit ich mit Clemens glücklich war, tat Liv mir nur noch Leid, was ich aber beides nicht sagen konnte. Meine Versuche, besonders nett zu sein, empfand sie als Provokation, was ich ihr nicht verübeln konnte.

»Weißt du, als was du dich verkleiden wirst auf Clemens' Party?«, fragte Leila Rudi, der auch eingeladen war.

Rudi bekam leuchtende Augen, anscheinend hatte er im Gegensatz zu mir eine Idee.

»Ja, ich geh als Peter Sellers in *Partyschreck,* witzig, oder?«

Fand ich auch, die Rolle passte super zu Rudi.

»Als was geht ihr denn?«, fragte Rudi zurück und zog mich ein Stück zur Seite, weil ich einem Paar die Sicht auf ein Kräuterallerlei versperrte, das gegen Melancholie helfen sollte. Leila als Carmen konnte er sich nur zu gut vorstellen, und ich musste zugeben, dass ich noch keine Idee hatte.

Rudi konnte es nicht glauben.

»Mensch, das ist doch dein Metier sozusagen! Kostümball und auch noch mit Kino als Motto! Da müssten die Ideen nur so sprudeln, was ist denn bloß los?«

Gute Frage, nächste Frage. Ich verstand es ja selbst nicht. Wir steuerten die schwarzen Lederkippsofas an, die am Rande des Ausstellungsraums zum Verweilen aufgestellt waren, und ließen uns nieder.

»Was haltet ihr davon, wenn ich als Julia gehe?«, fragte ich versuchsweise in die Runde, nur um die Frage gleich wieder zurückzuziehen, als ich die Reaktion auf den Gesichtern sah.

»Wie verkleidet man sich denn als Julia? Mit Giftfläschchen um den Hals?«, machte Rudi einen Witz, über den Liv eindeutig zu laut und zu lange lachte.

»Ich hab's, ich hab's«, kreischte sie und schlug sich vor Lachen auf die Schenkel, womit sie einige entnervte Blicke auf sich zog. Zu Recht, wer wollte schon Gelächter in einer Melancholieausstellung hören? Dazu ein so unangenehmes!

»Warum gehst du nicht als Glenn Close in *Eine verhängnisvolle Affäre?* Wäre doch passend als Einbrecherin in eine bestehende glückliche Partnerschaft!« Sie sah sich Beifall heischend um. Zum Glück erntete sie nichts außer eisiger Stille.

»Mann, versteht ihr denn keinen Spaß?«, schmollte sie.

»Spaß schon, fiese falsche Seitenhiebe hingegen nicht!«, verteidigte mich Leila, wofür ich sie dankbar ansah.

Liv, die puterrot angelaufen war, zischte: »Ihr wollt es nicht wahrhaben, weil Gretchen euch alle blendet, aber in Wirklichkeit hat sie nur ein Ziel, und das ist Ben und mich auseinander zu bringen, aber ich lasse das nicht zu. Und wenn ihr alle so tut, als ob das nicht stimmt, mich täuscht sie nicht, mich nicht!«

Sprachlos, ich war nur noch sprachlos. Leila reagierte an meiner Stelle.

»Abgesehen davon, dass du überhaupt nicht ahnst, was für einen Mist du da redest, wenn du dir Bens Liebe sicher wärst, müsstest du dir wohl keine Sorgen machen, dass euch jemand auseinander bringen könnte.«

Während ich nach Luft schnappte, stand Ben auf. Ruhig und bestimmt sagte er:

»Es reicht. Liv, wann glaubst du mir endlich, dass Gretchen nichts von mir will? Gretchen, wann merkst du endlich, dass Liv mehr ist als eine schöne Fassade? Ich glaube, das Beste ist, ihr sprecht euch endlich mal aus. Rudi, kommst du mit?« Sprach's und ging.

Super, würden jetzt alle unsere Treffen so enden?

Rudi sprang auf, grinste entschuldigend.

»Nichts für ungut, aber wir Männer müssen zusammenhalten.«

Klasse, genauso hatte ich mir einen Nachmittag mit Kunstgenuss vorgestellt. Leila schielte zum Ausgang, ganz klarer Fall eines Absetzungsversuchs. Ich trat sie gegen das Schienbein und rollte unmissverständlich mit den Augen als Zeichen, dass sie es ja nicht wagen sollte, mich allein zu lassen. Wie es schien, war ich im Angsteinflößen nicht besonders erfolgreich, sie versuchte nicht mal, eine Ausrede zu erfinden, sondern meinte, es sei wirklich eine gute Idee, wenn wir beide diese Spannungen zwischen uns mal klären würden, und ging.

Völlig perplex saßen Liv und ich uns gegenüber, mehr als überfordert mit der Situation. Wir sahen uns an und mussten plötzlich lachen. Erst kichernd aus Verlegenheit, denn das halbe Museum hatte die Szene mitbekommen, dann weil wir merkten, wie albern es war, und schließlich lauthals, weil es so gut tat und befreiend wirkte.

»Also wir beide allein hätte ich mir auch nie träumen lassen! Eher wäre ich bereit gewesen, mich auf ein Doppeldate mit Cherno Jobatey und Götz Alsmann einzulassen – und wie die beiden zueinander stehen, wissen wir«, erklärte ich kichernd und war erstaunt, dass sie einstimmte. Sie schien sogar zu wissen, von wem ich sprach.

Ich holte tief Luft und wollte zur großen Aussprache ansetzen, da ließ sich eine Schulklasse neben uns nieder. Wir siedelten ins museumseigene Café über, wo es sich bei einem Milchkaffee diskreter sprechen ließ.

»Also, ich werde jetzt ganz ehrlich zu dir sein, okay? Es ist wahr, dass ich jahrelang in Ben verliebt war, und frag mich nicht, wie sehr. Den kleinen Finger hätte ich mir für ihn abgehackt, alles hätte ich dafür gegeben, um ihn nur einmal zu küssen, einmal diesen Panzer zu durchbrechen und *den* Ben zu spüren, den ich dahinter sehe oder vermute. Mein Liebesgeständnis an Bens Abiball und den peinlichen Ausgang kennst du ja. Glaube mir, ich hab lange gelitten und versucht ihn zu vergessen, aber immer, wenn ich einen Freund hatte oder glaubte, mich richtig verliebt zu haben, kam der Punkt, an dem ich Vergleiche mit Ben anstellte. Untrügliches Zeichen, dass ich immer noch verliebt war, auch wenn ich es nicht wahrhaben wollte, war, dass ich sofort alles stehen und liegen ließ, wenn Ben sich mit mir treffen wollte. Dann brachte er eines Tages dich mit, ohne Vorankündigung oder Erklärung. Ich gebe zu, dass ich dich gehasst und zugleich beneidet habe. Gehasst, weil du so unglaublich gut aussiehst, und beneidet, weil du es geschafft hattest, Ben zu bekommen. Anfangs dachte ich, das ist nur 'ne Phase, Ben muss doch spüren, dass eigentlich *wir* zusammengehören, uns verband so viel mehr, aber nein, ein Jahr, zwei Jahre später warst du immer noch da. Dein Instinkt hat dich nicht getäuscht, bis vor kurzem, wahrscheinlich sogar noch am Anfang in Berlin, hegte ich Gefühle für Ben, auch wenn ich sie mir verbat und ernsthaft versuchte abzugewöhnen. Doch dann ist das passiert, was ich nicht mehr für möglich hielt. Ich habe einen Mann kennen gelernt, der mich so umgehauen hat, dass Ben keine Rolle mehr spielt. Ich bin so glücklich verliebt, dass ich keinen anderen – auch nicht Ben – überhaupt anfassen könnte. Ich schwöre, ich bin über Ben vollkommen hinweg!«

Puh, was für eine flammende Rede, mein Mund war ganz ausgetrocknet.

Liv hatte mir aufmerksam zugehört.

»Wow! Danke für die offenen Worte. Vielleicht hätten wir mal früher sprechen sollen, obwohl, vielleicht auch nicht, denn früher fandest du Ben ja noch gut.« Sie grinste. Sieh an, Liv konnte auch ironisch sein, nicht nur schnippisch.

»Weißt du, wo wir gerade beim Seelenstriptease sind. Ich habe dich von Anfang an gehasst, nicht, weil ich sofort gespürt habe, dass du auf Ben stehst, damit wäre ich locker fertig geworden, nein, was mich rasend machte, war die Art, wie Ben von dir sprach, wie er dich behandelte. Ich spürte einfach, dass du ihm wahnsinnig wichtig bist.«

Ich unterbrach sie.

»Das mag sein, ich bin die Schwester seines besten Freundes, und er kennt mich, seit ich zwölf bin. Wenn es dich beruhigt, es war nie etwas zwischen uns, nicht einmal ein Kuss. Ich glaube, ich habe in seine Freundschaft einfach immer etwas hineininterpretiert, was von ihm aus nie da war. Nur weil wir uns auch ohne Worte verstehen, ähnlich ticken und gerne dieselben Sachen machen, heißt das noch lange nicht, dass da Liebe von seiner Seite im Spiel war. Man kann in Ben viel hineininterpretieren, wenn man will.«

Sie seufzte.

»Allerdings. Was meinst du, wie oft ich gerne wüsste, was in seinem Kopf vorgeht. So brillant, unterhaltsam und lustig er sein kann, so undurchsichtig und unvorhersehbar ist er andererseits. Das ist nicht immer leicht, ich schätze, dass ich genau aus diesem Grund auch so eifersüchtig auf dich war. Ihr habt diese Gemeinsamkeiten und Art der Kommunikation, die er sonst mit niemandem hat, und weil du eine Frau bist, zudem eine sehr hübsche, hat mich das enorm gestört.«

Das waren Einsichten! Liv fand mich hübsch und war auf mich eifersüchtig gewesen? Auf mich, Bens verschmähte Verehrerin?

Ihre Stimme wirkte gar nicht mehr so unangenehm, und wenn sie lachte, konnte sie wirklich sympathisch sein. Langsam wurde mir klar, was Ben an ihr fand, abgesehen von den langen Beinen und den Mandelaugen.

»Weißt du, Liv, du kannst, was Ben angeht, wirklich beruhigt sein. Überleg doch mal, wenn er mich wirklich gewollt hätte, hätte er das haben können, schließlich war ich jahrelang bereit, und er wusste das, aber er hat sich für dich entschieden, und das inzwischen schon für eine ziemlich lange Zeit.« Dieses Totschlagargument, das für mich zwar wenig schmeichelhaft war, musste auch den letzten Geschworenen überzeugen.

Es war, als ob Liv eine Last von den Schultern gefallen wäre. Sie hatte auf einmal überhaupt nicht mehr den Gesichtsausdruck einer hohlen, arroganten Litfaßsäule.

Beinahe schüchtern rückte sie ein Stück näher, um mir den letzten Grund ihrer Unsicherheit anzuvertrauen.

»Weißt du, ich bin einfach verunsichert, und ich glaube, aus dieser Unsicherheit heraus habe ich viele Dinge falsch interpretiert, auch was dich angeht. Ben hat mir noch nie gesagt, dass er mich liebt. Ich habe mich sogar erniedrigt und ihn gefragt, ob er mich liebt, weil er nie etwas antwortet, wenn ich es sage. Weißt du, was er gesagt hat?«

Ich schüttelte den Kopf, musste aber zugeben, dass ich vor Neugierde platzte.

»Er sagte, ob ich das denn nicht spüren würde, seine Taten würden die Antwort von allein geben. Außerdem hat er gesagt, dass alles Elend immer damit anfängt, wenn man ›Ich liebe dich‹ sagt. Er meint, ab dem Moment sei man unfrei, würde Erwartungen und Fantasien wecken, die meistens bei einer gemeinsamen Haftpflichtversicherung und einem Smart als Zweitwagen enden würden.«

Ja, diese Antwort wünschte sich einfach jede Frau anstatt einer altmodischen Liebeserklärung. Ben grübelte einfach zu viel, anstatt sich mal fallen zu lassen, nur zu fühlen und zu leben. So stark und selbstbewusst er auch wirkte und so belastbar er war, wusste ich doch, dass ihn öfter Ängste quälten und er phasenweise Xanax nahm, wenn er mal wieder schlaflose Nächte verbrachte. Eigentlich war er einfach nur sensibel, und das versuchte ich, Liv zu erklären.

»Übrigens, ich bin überzeugt, dass Ben im Grunde seines Herzens ein unverbesserlicher Romantiker ist, zumindest kenne ich keinen anderen Mann, der selbst gebrannte melancholische Compilations und Bücher verschenkt, die er teilen möchte. Ich habe immer vermutet, dass er mal so sehr verletzt wurde, dass er seither mit angezogener Handbremse lebt und vermeidet, Gefühle zu zeigen. Rudi hat mal in einem Nebensatz erwähnt, dass Ben lange an seiner ersten Freundin hing, die mit ihren Eltern weggezogen ist. Was da genau war, weiß ich allerdings nicht!«

Liv hingegen wohl schon. Sie stöhnte entnervt und verdrehte die Augen.

»Isabella, seine erste große Liebe! Ben ist geradezu besessen von ihr bzw. der ersten Liebe an sich. Eine seiner Theorien ist, dass man sich nur einmal richtig verliebt, und das beim ersten Mal. Alle anderen

Lieben sind nur Replikationen und der Versuch, das, was man bei dieser ersten Liebe gespürt hat, wieder zu finden, was aber nicht möglich ist, da die erste Liebe rein und unschuldig ist und noch nichts von Schmerz, Enttäuschung und ihrer Endlichkeit weiß.«

Wie mir schien, war das Thema nicht neu für Liv, sie konnte die Theorie beinahe auswendig runterbeten. Für mich klang das nur nach einem weiteren Schutzschild von Ben. Indem er die Vergangenheit verklärte, musste er sich in der Gegenwart nicht öffnen.

Trotz all dieser Ansichten, trotz seiner komplizierten Gedanken war Ben ein besonderer Mann, klug, schlagfertig, geheimnisvoll und sehr sinnlich. Obwohl ich seit Clemens genug Abstand zu Ben hatte, war es nicht schwer nachzuvollziehen, weshalb Liv von Ben fasziniert war und seine Marotten mitmachte.

»Weißt du, aber ich glaube, dass du eigentlich mit Ben glücklich bist oder er es zumindest wert ist«, formulierte ich meine Gedanken.

Sie lächelte.

»Sagen wir so, wenn er dir plötzlich näher kommt, dich unvorbereitet küsst, berührt und will, ist es das beste Gefühl, das es gibt, das geht so tief … und dafür bin ich bereit, einiges in Kauf zu nehmen.«

Gut, ihre Prioritäten schienen eher auf den sinnlichen Ben gerichtet zu sein, den Denker nahm sie wohl eher in Kauf.

Zum Glück war ich verbandelt, wenn ich noch in Ben verliebt gewesen wäre, hätte mich dieses Statement ins Grab gebracht, denn wenn man etwas nicht hören wollte, dann dass das angehimmelte Objekt der Begierde begnadet im Bett zu sein scheint.

Liv bestellte uns beiden noch Kaffee nach. Auch wenn sie kaum innerhalb eines Tages eine Freundin werden würde, so war es zumindest ein Anfang. Die Aussprache hatte die aufgestauten Spannungen verschwinden lassen, zum ersten Mal sah sie mich nicht mehr als Gefahr und ich sie nicht nur als Bens nervende Freundin.

Beim Verlassen der Nationalgalerie fiel mir ein, was ich sie fragen wollte.

»Du, und wenn ich als Ingrid Bergmann auf das Kostümfest gehe?«

Liv im Zeichen unserer neu gewonnenen Offenheit zeigte mir den Vogel.

Gut, war ja nur so 'ne Idee gewesen.

»Mist, ich hab nur noch 'ne Viertelstunde, bis Rudi uns abholt, das schaffe ich nie!«, rief ich Leila vom oberen Treppenabsatz zu, die bereits gemeinsam mit Mimi im Treppenhaus auf mich wartete. Mimi war verrückt nach Verkleidungen und durfte deshalb ausnahmsweise auch mit. Sie war eine Prinzessin mit funkelndem Diadem, was so niedlich aussah, dass sie ohne Probleme als weiterer Grimaldi-Spross hätte durchgehen können.

»Soll ich nicht doch hochkommen und dir helfen?«, rief Leila, die natürlich bereits als Carmens Reinkarnation perfekt verwandelt und abholbereit war. Kein Wunder, für eine Designerin ein Leichtes.

Dankend lehnte ich die angebotene Hilfe ab, schließlich wollte ich die Überraschung nicht schon vorher aus dem Sack lassen. Ich hatte niemandem verraten, als was ich ging.

»Am besten, ihr fahrt ohne mich los, ich nehme mir ein Taxi und komme nach, dann muss ich mich jetzt nicht so hetzen«, schlug ich vor und flitzte außer Puste wieder in meine Wohnung und machte mich an meinen Haaren zu schaffen. Heute war Clemens' großer Tag, sein vierzigster Geburtstag, und ich wollte so hinreißend wie möglich aussehen, wenn wir um Mitternacht auf ihn anstießen.

Leider konnte ich ihm um zwölf nicht einfach um den Hals fallen und ihm sein Geschenk überreichen, aber nach der Feier hatten wir den Rest der Nacht für uns allein.

Seit ich das passende Kostüm und Geschenk gefunden hatte, freute ich mich wie ein Schneekönig auf den Ball. Jetzt konnte ich auch nachvollziehen, was Clemens mit seiner öffentlichen Geburtstagsparty bezweckte, denn alle in der Redaktion waren seit seiner Einladung aufgedreht. Es gab kein anderes Thema mehr, und die gute Stimmung, die sich ausgebreitet hatte, war den Verzicht auf eine intime Feier allemal wert. Michi hatte ihre »Clemens und ich«-Leier eingestellt, Marion war in die Vorbereitungen eingebunden, was ihr als Organisationstalent richtig Spaß machte, und selbst Diane, wer hätte es gedacht, war neuerdings erträglich, zumindest hatte sie keiner in letzter Zeit beim Lästern erwischt. Neulich, als Marion einen Tag Urlaub gehabt hatte, war sie sogar über ihren Schatten gesprungen und hatte von sich aus angeboten, Protokoll zu schreiben, ohne Druck oder Aufforderung, sondern einfach so und freiwillig, ja, es geschahen noch Zeichen und Wunder. Wenn man Diane genau betrachtete, schien sie ausnahmsweise zufrieden, fast glücklich, und wenn sie sich unbeobachtet fühlte, huschte ein Lächeln über ihr Gesicht. Für diese wunderbare Wandlung konnte es nur zwei plausible Erklärungen geben. Entweder hatte Ute Ohoven, die Mutter aller Charityveranstaltungen, Diane angeboten, sie zu adoptieren, oder es steckte ein Mann dahinter, ein sehr mutiger, ein sehr starker Mann, denn sich an Diane heranzuwagen forderte ein gewisses Maß an Zivilcourage. Ich für meinen Teil stellte es mir nicht leicht vor, Diane zufrieden zu stellen und ihren Forderungen und Vorstellungen zu entsprechen, verwöhnt und verzogen wie sie war. Auf alle Fälle hoffte ich, dass der waghalsige Unbekannte über Zähmungskünste verfügte, die Diane für lange Zeit bei Laune hielten – wir profitierten alle davon.

Endlich war ich mit den Haaren fertig, der Friseur hatte heute früh das meiste schon hochgesteckt, ich musste nur noch die Frisur festziehen und mit Spray fixieren. Mühsam zwängte ich mich in mein Kleid, das ich nach einem ziemlich schwierigen Schnittmuster genäht hatte, worauf ich sehr stolz war. Da hatte sich der Handarbeits- und Schneiderkurs, den ich zu Schulzeiten nur deshalb belegt hatte, um meine Mutter in den Wahnsinn zu treiben, doch gelohnt. Ich musste grinsen, wenn ich daran dachte, wie sie fast ausgerastet war, als ich als Begründung angegeben hatte, später als Hausfrau für meinen Mann nähen zu wollen.

»Dafür haben wir damals nicht gekämpft!«, hatte sie gerufen, wobei ich mich jedes Mal fragte, wofür und wie sie damals eigentlich gekämpft hatten. »Menstruieren gegen rechts« nannte mein Großvater diese Kampfaktionen abfällig.

Während ich mir ein Taxi bestellte, sah ich in den Spiegel und war mehr als zufrieden mit meinem Werk. Wenn Clemens bei diesem Anblick nicht in die Knie sank oder lachte, wusste ich auch nicht mehr.

Als ich vor die Tür trat, blieben die Passanten mit offenen Mündern stehen, kein Wunder, so ohne Vorwarnung und mitten im Jahr. Der Taxifahrer lachte, schlug die Hände über dem Kopf zusammen und rief: »Nee, nee. Wie soll ich sie denn nur transportieren?«

Irgendwie schafften wir es gemeinsam, mich ins Taxi zu zwängen. Von unterwegs aus rief ich Rudi den Partyschreck an, um zu erfahren, wie weit die Party im Gange war.

Rudis begeisterten Schilderungen zufolge musste die Stimmung bereits bestens sein. Neugierig fragte ich, als was Clemens verkleidet sei, ich wollte zu gern wissen, ob unsere Kostüme zusammenpassten, aber Rudi verriet mir kein Wort und ließ mich zappeln.

»Gib mir mal Sarah, bitte!«, bat ich Rudi, der das Telefon weiterreichte. Sarah schien ebenfalls glänzender Laune.

»Wo bleibst du denn bloß? Hier ist schon richtig was los, und alle fragen mich, wo du steckst. Als was hast du dich jetzt verkleidet?«, fragte sie, denn nicht einmal Sarah hatte ich mein Kostüm verraten. So waren die Regeln, und fast alle hatten sich daran gehalten, außer Rudi und Leila.

»Das wirst du gleich sehen«, gab ich mich weiter geheimnisvoll.

Sarah klang beunruhigt.

»Sag mir, dass du nicht die Idee als Doris Day oder der Kleinen aus *Interview mit einem Vampir* aufgegriffen hast, alles andere ist mir egal!«

»Auch wenn ich als *Belle de jour* komme?«, foppte ich sie, woraufhin sie lachen musste.

Sie war guter Laune, also versuchte ich, zu erfragen, als was Clemens verkleidet war, aber Sarah hielt dicht, stattdessen wollte sie wissen, wie ich mein Kostüm gefunden hatte.

»Ganz einfach, ich hab auf deinen Rat gehört, nicht auf Teufel komm raus originell sein zu wollen, sondern einfach aus dem Bauch heraus das zu wählen, was zu mir passt.«

Ob mir das gelungen war, sollte sich gleich herausstellen, das Taxi hielt vor dem hell angestrahlten Colombi-Theater.

Das verspielte Theatergebäude im Rokoko-Stil sah etwas runtergekommen aus, was ihm aber erst recht Charme verlieh. Eine bessere Kulisse für den Kostümball gab es nicht, dachte ich, als ich den mit Lampions geschmückten Weg vorbei an den hohen verwachsenen Hecken entlangging. Mit jedem Schritt, den ich mich dem Eingang näherte, pochte mein Herz schneller. Aufgeregt und gespannt fragte ich mich, wie die anderen aussahen und ob Clemens meine Verkleidung gefiel.

Meine Absätze klapperten auf den von Rissen durchdrungenen Marmortreppen, zwei als Schweizer Garde kostümierte Türsteher öffneten für mich die schwere Eisentür und riefen mir ein »Oh nein, wie süß!« hinterher.

Im Halbdunkel ging ich die Eingangshalle hindurch in die Richtung, aus der Licht und Musik drangen.

Geblendet stand ich schließlich im Ballsaal und kam mir vor, als ob ich beim Jubiläumstreffen der *Actors Guilde,* der amerikanischen Schauspielinnung, gelandet war. Wohin ich blickte, nur Hollywoodstarkostüme.

»Sissy?!«, rief Sarah ungläubig, die mich als Erste erblickte und wie die Zwillingsschwester von Angelica Houston aussah. Immerhin konnte man mein Kostüm auf Anhieb erkennen.

Was sollte ich antworten?

»Néné? So hieß doch Sissys Schwester im Film?«

Verunsichert versuchte ich, ihre Reaktion einzuschätzen.

»Ich flehe dich an. Sag mir, dass ich mich nicht zum Deppen gemacht habe«, flüsterte ich ihr ins Ohr.

Sarah nahm meine Hände und sah mich von oben bis unten an.

»Aber nein, du siehst hinreißend aus! Du wirst es nicht glauben, aber du hast tatsächlich Ähnlichkeit mit deinem Vorbild, abgesehen davon, dass deine Haare zu hell sind, aber sonst siehst du geradezu verblüffend aus wie Romy Schneider als Sissy, und mit deiner kitschigen Ader ist das sehr passend.«

Da standen wir als Sissy und Angelica Houston und hätten mal wieder nicht unterschiedlicher aussehen können.

Rudi und Leila stürmten auf mich zu und überhäuften mich mit Komplimenten.

Meine Nervosität legte sich, jetzt galt es nur noch, Clemens zu finden.

Keine Ahnung, wo er steckte, aber er hatte sich ganz schön ins Zeug gelegt, ein zehnköpfiges Swingorchester spielte Filmmusiken, an der Wand schlängelte sich ein meterlanges Buffet mit Vorspeisen, warmen Speisen und Nachtisch entlang, Serviererinnen im Fünfziger-Jahre-Schwarz-Weiß-Häubchen-Look verteilten Drinks auf Tabletts, und Bauchladenmädchen reichten gratis Zigaretten und Schokolade.

»Hast du Clemens gesehen?«, fragte ich Sarah, die sich ihre schwarze glatte Langhaarperücke zurechtrückte.

»Einfach der Menge nach, da, wo der größte Auflauf ist.«

Stimmte, hätte ich mir denken können. Ich raffte meinen weiten raschelnden Reifrock hoch und machte mich auf die Suche. Plötzlich hörte die Kappelle einen Moment lang auf zu spielen, die Lichter im Saal gingen aus, auf die Bühne wurde ein Lichtkegel geworfen. Die Kapelle setzte wieder ein, und zur Melodie von *Goldfinger* seilte sich von der Decke unter tosendem Beifall James Bond ab, der sich als Clemens entpuppte. Sein Anblick verschlug mir den Atem, er sah einfach umwerfend aus in seinem Smoking, elegant, distinguiert, sexy und cool. Clemens ging zum Mikrofon, die Kapelle hörte auf zu spielen.

»Einen wunderschönen guten Abend. Ich freue mich, dass ich mit so hochkarätigem Publikum in meinen Geburtstag feiern darf, und wollte die Gelegenheit ergreifen, mich für die letzten Monate bei euch zu bedanken. Was ihr in dieser kurzen Zeit aufgebaut habt, grenzt an Wahnsinn! Mir ist vollkommen klar, dass ohne eure Leidenschaft, eure Kompetenz und die Bereitschaft, Überstunden zu schieben, wir mit *Phosphor* nicht da stehen würden, wo wir jetzt sind. Ich möchte euch von ganzem Herzen dafür danken! Jetzt lasst uns feiern, verdient haben wir es alle, das Buffet ist eröffnet.«

Tosender Beifall brandete auf, Clemens' Dankesrede kam von Herzen, und das hatten alle gemerkt.

James Bond stieg die Stufen von der Bühne herab und war sofort von Scarlett O'Hara, Uma Thurman und Pretty Woman umlagert – alias Diane, Michi und Marion. Diane als Scarlett O'Hara passte wie, es fiel mir kein anderer Vergleich ein, Arsch auf Eimer. Sie musste den »Ich will aber alles, und zwar sofort«-Blick nicht einmal üben, der war ihr naturgegeben. Das grüne Kleid passte gut zu ihrem dunklen Haar und den dunklen Augen, wahrscheinlich hatte sie getippt, Clemens würde als Rhett Buttler kommen. Michi wünschte sich, Uma Thurman aus *Kill Bill* darzustellen, was voll danebenging. Sie hatte so viel Ähnlichkeit mit Uma Thurman wie Boris Becker mit Rudolf Mooshammer, Gott hab ihn selig. Abgesehen davon, dass Michi weder die körperlichen Merkmale einer langbeinigen blonden Uma Thurman mitbrachte noch deren Selbstbewusstsein, könnte sie nicht konträrer sein, was ihre Persönlichkeit betraf. Während *Kill Bill* für Stärke, Power, Mut und Kampf stand, war Michi schüchtern, verunsichert und introvertiert.

Marion als Pretty Woman trug das legendäre Pünktchenkleid samt passendem Hut aus der Filmszene, in der Julia Roberts und Richard Gere zum Pferderennen gehen.

Meinem ersten Impuls nach wäre ich am liebsten gleich auf Clemens zugegangen, aber ich ließ es bleiben, denn erstens wollte ich mich nicht in die Schlange einreihen, die vor ihm stand, und zweitens hegte ich die Befürchtung, man könnte mir und Clemens ansehen, was zwischen uns lief.

Feline war unbemerkt neben mich getreten und hielt mir ein Glas Champagner hin. Sie war als Audrey Hepburn aus *Frühstück bei Tiffany* verkleidet. Die Rolle war ihr auf den Leib geschneidert, sie wirkte überhaupt nicht verkleidet, sie trug ihr Kostüm mit einer solchen Natürlichkeit, dass sie ohne weiteres damit in einer Aufsichtsratssitzung hätte auftauchen können, ohne dass sich jemand groß gewundert hätte.

»Amüsierst du dich? Tolle Verkleidung übrigens«, prostete sie mir zu. Das Kompliment konnte ich nur zurückgeben. Sie sah zu Clemens hinüber und sagte, wie froh sie sei, ihn gefunden zu haben. Interessiert fragte ich nach, wie sie auf Clemens als Besetzung für die Redaktionsleitung gekommen sei und ob sie ihn schon früher gekannt habe. Es stellte sich heraus, dass Clemens die Empfehlung eines guten Freundes war. Er habe ihr gesagt, falls sie jemanden suche, der einen Neuanfang und frischen Wind ins Unternehmen bringen sollte, dann sei Clemens genau der Richtige. Anscheinend eilte ihm sein Ruf als Motivator geradezu voraus. Gleichgültig, wo er eingesetzt worden war, immer hatte sich die Firma in Windeseile aufgerappelt, die Mitarbeiter hatten Begeisterung und Enthusiasmus verspürt, die ihnen zuvor abhanden gekommen waren, und das alles nur wegen Clemens.

»Ich wüsste zu gerne, wie er das macht«, sinnierte Feline. Ihr Blick wanderte zur größer gewordenen Traube, die ihn umschwärmte.

Mein Handy, das ich geschickt unter der Schärpe festgesteckt hatte, klingelte.

»Bist du da? Ich kann dich nicht finden«, hörte ich Clemens beunruhigt fragen.

Kein Wunder, seine Bondgirls versperrten ihm die Sicht.

»Dreh dich mal nach rechts, ich steh unter dem Kronleuchter«, antwortete ich und beobachtete, wie er sich in meine Richtung wandte.

»Sissy?!«, rief er lachend ins Handy und stürmte auf mich zu.

»Gemach 007 und nicht den Hofknicks vergessen, oder soll ich lieber Franzl zu dir sagen?«, gab ich leise kichernd zurück.

Wir fielen uns um den Hals und küssten uns, wie es sich gehörte, nur auf die Wangen, aber unsere Augen sprachen Bände.

Clemens fand mein Sissy-Kostüm ganz bezaubernd und passend, ich fand seine James-Bond-Aufmachung ebenfalls mehr als gelungen, nur dass Sissy und James Bond nicht wirklich das kompatibelste Paar gewesen wären, aber wer wollte schon kleinlich sein, wenn er James Bond haben konnte?

»Das Fest ist ein Hammer, wie hast du das alles auf die Beine gestellt?«

Meine Hilfe hatte er kategorisch abgelehnt, die Begründung war gewesen, ich würde schon genug für ihn schuften.

Marion, das Organisationstalent und Superassistentin, war die Erklärung. Sie hatte sich nach Clemens' Angaben und Vorstellungen um alles gekümmert und strahlte zu Recht vor Stolz, dass alles gut gelungen war. Wir konnten leider nicht länger sprechen, Clemens wurde von allen Seiten belagert, also verzog ich mich diskret, schließlich würde ich ihn noch die ganze Nacht haben. Endlich, ich konnte die Zeit, die wir seit Venedig zusammen verbracht hatten, an einer Hand abzählen. Morgen musste er schon wieder los, diesmal auf das Noise Festival, gemeinsam mit Diane – oder Scarlett, wie ich sie ab heute nennen würde.

Rudi, der als Partyschreck Peter Sellers unterwegs war, kam mit zwei Drinks auf mich zu, fragte, ob Sissy schon alt genug sei, um trinken zu dürfen, und stieß mit mir an, nicht ohne zu bemerken, wie viele scharfe Mädels wir bei der *Phosphor* hätten und Diane als Scarlett gewisse Männerfantasien freisetze.

Auf meine Nachfrage, was mit Carmen *formally known as* Leila sei, grinste er mich an, meinte, für wie blöd ich ihn halte, er könne meine durchsichtige Frage durchschauen, aber wenn es mich denn so brennend interessieren würde, Leila liefe außer Konkurrenz.

Ich würde schon noch rausfinden, ob Rudis Herz für Leila schlug.

Gemeinsam mit Sarah stellte ich mich beim Buffet an, auch Prinzessinnen bekommen Hunger.

Vor uns standen Diane und Michi einträchtig nebeneinander, beide glänzender Laune. Diane lächelte sogar und schaffte es, Smalltalk zu führen, ohne auch nur einmal fies zu werden. Mein Gefühl sagte mir, dass irgendwas nicht stimmte. Ich konnte es nicht genauer begründen, aber plötzlich war alles so entspannt, alle hatten sich lieb, keiner nervte mich mehr mit Liebesbezeugungen, was Clemens anging, es war geradezu gespenstisch.

Wenn jetzt noch Clemens wieder mehr Zeit finden würde, sich

auszuruhen und unserem Privatleben zu frönen, wäre zum ersten Mal einfach alles gut, beängstigend gut!

Sarah häufte sich eine Köstlichkeit nach der anderen auf den Teller. Seit sie mit dem Rauchen aufgehört hatte, plagte sie Heißhunger auf Süßes, was man ihrer Figur jedoch nicht ansah, die Glückliche war mit einer Schilddrüsenüberfunktion gesegnet, etwas, was ich in meinem nächsten Leben auch haben wollte.

»Sieh mal, es gibt Mohnschnecken. Die magst du doch so gern!«

Sarah wollte mir gleich eine auf den Teller legen, was ich dankend ablehnte. Fehlte noch, dass Sissy ihrem Prinzen später mit Mohnkrümeln zwischen den Zähnen gratulierte.

Rudi machte seiner Verkleidung als Partyschreck alle Ehre und drängte sich bei uns in die Schlange, anstatt sich hinten anzustellen, was zu empörten Zurufen der hungrigen Meute führte. Ich stieß ihn tadelnd in die Seite und bat ihn, sich zu benehmen, er durfte sich schließlich freuen, als einer der wenigen externen Gästen eingeladen worden zu sein, und ich hatte keine Lust, dass er hier auffiel und ich Fragen beantworten musste, weshalb eigentlich mein Bruder auf der Party sei.

Mit voll geschlagenem Bauch wollte ich mich setzen und ausruhen, so ein Sissy-Kostüm war um einiges unbequemer, als man dachte. Im Fernsehen wirkten die Kleider immer so leicht und schwerelos. Vor allem versetzte mich die zusammengeschnürte Wespentaille in einen vorkomatösen Zustand. Mein hyperaktiver Bruder, der erst Scarlett, Carmen, Mimi und schließlich Angelica Houston übers Parkett geschleudert hatte, dachte nicht daran, mich in Frieden sitzen zu lassen. Meine Ausrede, dass meine Füße schmerzten, ließ er nicht gelten.

»Als Prinzessin der Herzen bist du das dem schnöden Volk schuldig!«

Bevor ich mich versah, tanzten wir zu *Nobody does it better,* einem alten Bond-Klassiker, gesungen von Carly Simon. Rudi war ein ziemlich guter Tänzer, eigentlich hätten wir uns auch absprechen und als Ginger Rogers und Fred Astaire verkleiden können, fuhr es mir durch den Kopf, während Rudi mich eine Pirouette wirbeln ließ.

Clemens als James Bond tanzte mit Audrey Hepburn alias Feline neben uns, schaute ihr über die Schultern und zwinkerte mir zu.

Ich zwinkerte zurück und konnte es kaum abwarten, bis wir endlich allein waren.

Kurz vor Mitternacht sammelten wir uns, um Clemens' Geschenk gemeinsam zu überreichen. Das Licht wurde gedimmt, die eingeweihte Kappelle begann *Happy Birthday* zu spielen, Marion zündete die Wunderkerzen auf der speziell angefertigten *Phosphor*-Torte an, und wir marschierten gemeinsam auf die Bühne, wo Clemens bereits von Michi hingeführt worden war.

Gemeinsam zählten alle Gäste die verbleibenden Sekunden bis Mitternacht laut runter. »Fünf, vier, drei, zwei, eins, Happy Birthday!«

Jubelnd fiel einer nach dem anderen Clemens um den Hals, seine Wangen waren von Lippenstiftfarben jeglicher Couleur bedeckt, die Jungs klopften ihm kumpelhaft auf die Schulter.

Feline ergriff schließlich das Wort und überreichte ihm im Namen aller sein Geschenk.

Clemens machte sich daran, unser Geschenk, das vom Boden bis zu seinen Knien reichte, auszupacken.

»Das ist ja nett von euch, 'ne CD!«, scherzte Clemens, während er das Papier entfernte.

Zum Vorschein kam ein ledernes Reiseset von Burberry.

Feline erklärte die Intention.

»Wir dachten, da du die meiste Zeit aus dem Koffer lebst und der bist, der am meisten von uns unterwegs sein muss, solltest du das *in style* machen, schließlich repräsentierst du den Verlag«, spielte sie auf Clemens' abgerockte Reisetasche an, die er vor Jahren auf einer Messe als Werbegeschenk bekommen hatte. So sehr Clemens darauf achtete, gut angezogen zu sein, so uneitel war er, wenn es um Statussymbole ging. Diese Mischung aus Stil und unprätentiöser Unachtsamkeit war Teil seines Charmes.

Unser Geschenk kam gut an, Clemens freute sich ein Loch in den

Bauch. Marion hatte aber auch wie verrückt für ihn gesammelt, von Feline wurde am Ende großzügig der fehlende Betrag für das Kofferset draufgelegt.

Hoffentlich würde er sich über mein Geschenk auch so freuen!

Die Geburtstagsparty ging ausgelassen weiter, und gegen halb drei gab ich Clemens unauffällig ein Zeichen, das ihm bedeuten sollte, ob wir nicht langsam gehen wollten.

Er kam zu mir und flüsterte mir ins Ohr, ich solle schon in meine Wohnung vorausfahren, er würde gleich nachkommen, und ich solle mich ja unterstehen, das Sissy-Kostüm auszuziehen, bevor er da sei.

Unter dem Vorwand, müde zu sein, machte ich mich aus dem Staub und fuhr nach Hause. Brav kam ich Clemens' Wunsch nach, mein Kostüm anzulassen, auch wenn es alles andere als bequem war, die Schuhe zog ich allerdings aus, dann legte ich mich auf die Couch, um auf Clemens zu warten.

»Gleich« hieß halb sechs am Morgen, wie sich herausstellte. Ich war auf dem Sofa eingeschlafen, mit offenem Mund, neben mir ein Fleck, wohl Speichel, mein Mund jedenfalls war komplett ausgetrocknet. Auch hübsch, so vom angebeteten Mann gefunden zu werden, dem man in aller Unschuld den zweiten Wohnungsschlüssel gegeben hatte.

Schneewittchen war das bestimmt nicht passiert, hoffentlich hatte ich nicht geschnarcht, angeblich tendierte ich dazu, wenn ich betrunken war.

Clemens kniete neben mir und strich mir über die Haare, das Diadem war verrutscht, und mein Rücken schmerzte an den Stellen, wo sich der Reifrock in die Rippen gequetscht hatte.

»Sissy, wach auf, wir haben die Ungarn auf unsere Seite gebracht, das muss gefeiert werden!«

Sehr witzig, ich hatte von Feiern genug, in meinem Alter sollte man es lieber lassen, stellte ich fest, nachdem ich aufgestanden war, um mich im Bad frisch zu machen, mein verschmiertes Augen-Make-up zu entfernen und das verknotete Diadem aus meinen Haaren zu wursteln. Meine Kondition reichte einfach nicht mehr aus, und meine Nerven langsam auch nicht mehr.

Die Kopfschmerzen waren nicht gerade hilfreich.

Clemens löste mir ein Aspirin auf und wartete gespannt auf sein Geburtstagsgeschenk von mir.

»Also, ich dachte, kaufen kannst du dir alles selbst, eine Reise war mir zu vergänglich, und ich wollte ein Geschenk, das länger hält oder, sagen wir mal, das ewig hält«, schickte ich vorweg.

Jetzt war er noch gespannter. Ich band ihm die Augen zu und führte ihn auf meinen Balkon. In meiner Vorstellung hatte sich diese Szene deutlich romantischer angefühlt, so durchgefeiert und mit Kopfschmerzen war es eher komisch.

Auf dem Balkon nahm ich ihm die Binde ab, überreichte ihm einen Umschlag und zeigte auf das eigens von mir aufgestellte Teleskop.

Das Fragezeichen auf seinem Gesicht beantwortete ich, indem ich auf den Umschlag zeigte und ihn aufforderte, ihn zu öffnen.

Clemens öffnete den Umschlag und las laut vor.

»Sterntaufe. Der Stern mit folgenden Koordinaten wurde auf den Namen *Clemens* getauft.«

Gerührt nahm Clemens mich in den Arm und versicherte mir, dass es das entzückendste und kitschigste Geschenk sei, das ihm jemals gemacht wurde.

Angestrengt sah er durch das Teleskop und versuchte, unter meiner Anweisung seinen Stern zu finden.

»Lass mich mal«, sagte ich nach einer Weile und schob ihn beiseite, fand nach der Anweisungskarte sofort den Stern und ließ Clemens ihn bewundern. Dieser Moment war trotz meines verkaterten Zustandes schön, ein Stern war unvergänglich, und wir beide waren ab jetzt immer durch ihn verbunden, beschwor ich. Wenn wir wieder wie so oft getrennt waren, konnte man einfach in den Himmel blicken und sich an dem Stern festhalten, wenn nicht gerade Nebel herrschte.

Nur drei Stunden blieben uns, dann musste Clemens wieder los, für drei Stunden lohnte es sich aber auf keinen Fall zu schlafen …

»Du hast ihm allen Ernstes einen Stern geschenkt?«, rief Ben ungläubig und lachte hemmungslos.

Haha, sehr witzig, ein Brüller! Dass Ben für so ein Geschenk nichts übrig hatte, konnte ich mir denken.

»Ja, und stell dir vor, er hat sich sehr gefreut, das ist ein Geschenk für die Ewigkeit!«, erwiderte ich trotzig. Ich ließ mir meine Idee nicht von Ben vermiesen, ich nicht!

»Es sei denn, du hast 'nen Stern erwischt, der am Ausglühen ist. Oder ein Meteorit fliegt zufällig vorbei und zerstört das ewige Glück!« Ben grinste mich herausfordernd an.

Warum genau war ich noch mal mit Ben verabredet? Na, weil niemand anderes mit mir in *In the mood for love* wollte und ich es hasste, allein ins Kino zu gehen, den Film mit seiner Farbenpracht und wunderschönen Musik aber unbedingt noch mal auf Großleinwand sehen und Dolby-Surround hören wollte!

»Was weißt du schon über wahre Gefühle und die große Liebe!«, bügelte ich die Diskussion ab.

Ben musste natürlich das letzte Wort haben.

»Genug, um dir zu sagen, dass Sterntaufen was für vierzehnjährige Mädels sind, die ein Pony namens Sylvester reiten, abends vor dem Einschlafen zu ihrem Lieblingssoapstar beten, ohne zu ahnen, dass der schwul ist, und sich mit der besten Freundin zweigeteilte Goldherzchenketten kaufen, um eben erwähntem angehimmelten Soapstar die andere Hälfte zu schicken.«

Ach, sollte er denken, was er wollte! Bestimmt würde Liv alles darum geben, von ihm eine Herzchenkette geschenkt zu bekommen, aber auf solch eine Liebesbezeugung würde sie vergeblich warten müssen.

»Wo ist denn eigentlich dein Superstern heute? Mag er keine anspruchsvollen Filme? Als Chefredakteur der *Phosphor* macht sich das nicht gut, aber keine Angst, ich sag's nicht weiter«, frotzelte Ben, ohne zu wissen, einen wunden Punkt angesprochen zu haben, denn es waren Schatten im Wolkenkuckucksheim aufgezogen. In der Woche zuvor hatte es sogar den ersten Streit mit Clemens gegeben, natürlich am Telefon, denn zu Gesicht bekam ich Clemens kaum noch. Für meinen Geschmack fand ich es ein schlechtes Zeichen, wenn man die Stalkerin seines Freundes öfter sieht als ihn selbst. Viola, die verwirrte Seele, lungerte in regelmäßigen Abständen vor unserem Büro herum und hinterließ mir Zettel mit ihrer Handynummer und der dringenden Bitte, sie anzurufen. Es ginge um Leben und Tod. Natürlich vermied ich jeden Kontakt, Clemens hatte mich ja gewarnt, aber er hatte auch gut reden, so selten wie er da war, konnte ihm selbst Viola die Gestörte gleichgültig sein. Wenn ich ihn weiterhin so selten zu Gesicht bekam, würde ich mich womöglich aus purer Verzweiflung mit Viola anfreunden, man traf nicht oft Menschen, mit denen einen dieselben Interessen verbanden. Ich muss zugeben, ich hatte mir das vor allem nach unserem Venedigaufenthalt anders vorgestellt. Mir war klar gewesen, wie stressig das kommende halbe Jahr werden würde, vor allem für Clemens, aber dass wir fast nur noch über Telefon kommunizierten und ich mich so vernachlässigt fühlen würde, damit hatte ich nicht gerechnet.

Das Schlimme war, ich schien viel mehr als Clemens unter der Situation zu leiden. Er war durch seine Geschäftsreisen abgelenkt, während ich den Redaktionsalltag lebte. Anfangs hatte ich mich getröstet, dass die Heimlichtuerei sich bald legen würde, es war bereits Anfang Dezember, was bedeutete, dass ich nur noch vier Wochen durchhalten musste, bis ich kündigen konnte. Dann war mir aber klar geworden, dass ich Clemens dadurch auch nicht häufiger sehen würde, es sei denn, ich begleitete ihn auf seine Reisen, was er allerdings sofort abgelehnt hatte, weil ihn das zu sehr ablenken würde.

Meine Enttäuschung war groß gewesen, und so hatte ich ihn angeschrien, wozu er eigentlich eine Freundin brauche, wenn er sie eh nie sah und offensichtlich das Interesse verloren hatte.

Das sei eine gute Frage, und ehrlich gesagt, würde er sich das auch gerade fragen, war seine beunruhigende Antwort gewesen. Clemens konnte plötzlich derart distanziert und kühl sein, dass es nicht zu begreifen war. Leider konnte ich überhaupt nicht souverän über den

Dingen stehen, und je mehr ich das Gefühl hatte, dass Clemens mir entglitt, umso mehr versuchte ich, an ihm festzuhalten, und begann zu klammern, was ich eigentlich niemals machen wollte. Zwar hatte er eine Stunde nach unserem Streit Blumen geschickt, aber trotzdem fühlte ich mich plötzlich seiner nicht mehr so sicher. Als ob dieses Gefühlschaos neben meinem fordernden Job nicht ausreichte, kam hinzu, dass meine Umgebung komplett durchgedreht war oder ich es zumindest so interpretierte. Anfangs meinte ich verrückt zu sein und mir Unmögliches einzubilden, aber aus einem nicht erklärbaren Grund gab es immer wechselnde Stimmungshochs und -tiefs, die in einem unmittelbaren Zusammenhang stehen mussten, und das lief so ab: Entweder hatte ich unglaublich gute Laune und konnte die Welt umarmen, während alle anderen um mich herum nur genervt und mürrisch dreinblickten, oder Michi war unglaublich happy und ich nicht gut gelaunt, oder Diane strahlte vor Glück, derweil ich mich in einem Stimmungstief befand, meistens ausgelöst, weil Clemens mir fehlte oder er eine Verabredung mit mir abgesagt hatte. Es war ein bisschen wie mit dem Geisterfahrer, der im Radio die Verkehrswarnung hört: »Achtung, ein Geisterfahrer auf der A8« – und er sagt nur kopfschüttelnd – »Einer? Hunderte!« Sollte heißen, ich war mir nicht mehr sicher, ob ich mir alles einbildete und falsch interpretierte oder ob mich meine Wahrnehmung doch nicht trog. Die einzig erfreuliche Nachricht war die, dass das Thema Clemens sowohl für Michi als auch Diane gestorben war. Sie mussten eingesehen haben, dass ihre Bemühungen unerwidert blieben, und seither wurde Clemens mit keinem Wort mehr erwähnt, es sei denn beruflich. Wahrscheinlich war das der einzig positive Nebeneffekt gewesen, den seine Abwesenheit mit sich brachte, auf Dauer war es schwierig, jemanden gut zu finden, den man nie sah.

Nicht einmal vom Noise Festival hatte Diane ausführlich erzählt, wo sie immerhin drei Tage mit Clemens gemeinsam verbracht hatte, was vor wenigen Wochen noch eine Steilvorlage gewesen wäre, wenigstens um Michi zu ärgern. Ich war ja schon länger keine Konkurrenz mehr in ihren Augen, da ich, wie sie immer noch annahm, unsterblich in Ben verliebt war, der uns gerade eine große Tüte Popcorn besorgte.

»Wusstest du eigentlich, dass *In the mood for love* einer meiner Lieblingsfilme der letzten Jahre ist?«, fragte ich ihn, um das Thema auf Filme zu lenken und keine weiteren Fragen zu Clemens beantworten zu müssen. Klar wusste er das, hatte ich oft genug fallen lassen, außerdem hatte er mir ja die DVD geschenkt.

Ben mochte jede Art von Film, Musik oder Buch, solange sie eine melancholische Grundstimmung hatten, und melancholisch war *In the mood for love* allemal.

Allein die Filmmusik konnte einem die Verzweiflung ins Herz spielen. Dann die Liebesgeschichte einer Liebe, die nicht gelebt werden kann, die unterdrückten Sehnsüchte und Gefühle, weil das Paar nicht die Ehepartner betrügen will, obwohl sich die beiden in ihrer Liebe zueinander verzehren, aber verzichten. Ungelebte Geschichten, die Fragen offen ließen, was wäre wenn gewesen, trieben mich im wirklichen Leben in den Wahnsinn. Ich war nicht der Typ, der gern Chancen oder vielleicht das große Glück verpasste, weil er sich nicht getraute, die Gelegenheit beim Schopf zu packen. Ben hingegen fand diesen Ansatz spannend, weil man sich ein Leben lang ausmalen konnte, wie alles anders hätte verlaufen können. Er plädierte dafür, das Schicksal entscheiden und alles passieren zu lassen, wie es passieren sollte.

»Weißt du, wenn zwei füreinander bestimmt sind, finden die Liebe oder das Schicksal einen Weg, die beiden zu einen«, sagte Ben, während wir aus dem Kino gingen. Draußen schneite es große, schwere Flocken, der erste Schnee in diesem Jahr. Es gab nichts Schöneres als Schnee in der Vorweihnachtszeit, besonders in Berlin, wo er Hundehaufen und Bierflaschen bedeckte und die Stadt plötzlich ungewöhnlich aufgeräumt und idyllisch aussehen ließ. Bisher hielt sich meine Adventsstimmung in Grenzen, was allein daran lag, dass ich keine Zeit gehabt hatte, die obligatorische Weihnachtsdekoration auszupacken oder Plätzchen zu backen. Aber jetzt, so mitten im Schneetreiben in der Stille, es waren kaum Menschen unterwegs, empfand ich vorweihnachtliche Gefühle.

Jubelnd fing ich Schneeflocken mit dem Mund auf und blieb alle paar Meter stehen, um unter Straßenlaternen in den fallenden Schnee zu schauen, der durch die Lichteinwirkung einem das Gefühl gab, zu fliegen. Ben lachte und nannte mich einen Kindskopf.

»Übrigens, ich wollte dir zwei Bücher geben, die du lesen solltest. Lass uns bei mir vorbeigehen, ich bring dich dann nach Hause.«

Büchertipps von Ben waren immer einen Umweg wert, ich konnte gar nicht mehr abzählen, wie viele Autoren ich durch ihn entdeckt hatte, außerdem war ich bisher nicht einmal in seiner Wohnung gewesen, obwohl die nur einen Katzensprung von meiner entfernt war. Ben blieb eben gern allein, er brauchte viel Zeit für sich, auch ein Grund, weshalb er noch nicht mit Liv zusammengezogen war, obwohl sie darauf drängte. Gespannt, wie seine Wohnung wohl aussah, ging ich mit Ben das Treppenhaus des Altbaus in den zweiten Stock hoch.

Seine Wohnung war meiner nicht unähnlich, drei Zimmer, Altbau, große Wohnküche, hohe Stuckwände und Parkettboden. Die Einrichtung war schlicht, aber sehr gemütlich gehalten, überflüssigen Schnickschnack gab es nicht. Allerdings war die Wohnung sehr ordentlich aufgeräumt, alles sortiert und geordnet, dass Freud seine wahre Freude daran gehabt hätte.

»Kontrollfreak!«, stichelte ich, als ich die umfangreiche alphabetisch geordnete CD-Sammlung sah.

Ben ging nicht darauf ein, sondern fragte, ob ich etwas trinken wollte. Warum eigentlich nicht? Es war noch nicht so spät und solange es kein Alkohol war.

»Hast du heiße Schokolade?«

Hatte er und brachte wenig später eine dampfende Tasse für mich und einen Wein für sich ins Wohnzimmer.

Ben machte Musik an, Paul Weller erklang leise mit *You do something to me* im Hintergrund. Ich hatte mich auf das einladende große weiße Sofa gelegt, natürlich hatte es nicht einen Fleck, mich in die warme Wolldecke gekuschelt und sah durch das große Fenster dem

Schneetreiben zu, das vom flackernden Schein einer Straßenlaterne beleuchtet wurde.

Ben stellte die Getränke auf dem Couchtisch ab, ging zu seinem Regal, zog zwei Bücher raus und setzte sich zu mir.

»Hier, die beiden solltest du dringend lesen!«

Neugierig schaute ich auf die Titel.

Casanova, aus meinem Leben und Die *geheime Körpersprache.* Sollte das ein Witz sein?

Alles, was ich bisher von Ben an Büchern erhalten hatte, war literarisch wertvoll gewesen, aber ein Sachbuch über Körpersprache und Casanovas Memoiren waren so ungewöhnlich, dass er sich vergriffen haben musste.

»Sind *das* die beiden Bücher?«, fragte ich vorsichtshalber nach.

Ben nickte.

»Ja, auf den ersten Blick eine seltsame Wahl, aber ich bin mir sicher, sie werden dir neue Einsichten geben und Horizonte öffnen.«

Na gut, wenn er meinte, warum nicht, ich konnte sie ja jederzeit wieder weglegen.

Mein Blick schweifte zu mehreren eingerahmten Fotos hinüber, die auf seinem Schreibtisch standen. Auf einem waren Ben, Rudi und ich zu sehen, wie wir uns umarmten und in die Kamera lachten. Das Foto war uralt, ich wusste noch genau, wann es aufgenommen wurde, als Rudi sein Studium erfolgreich abgeschlossen hatte und wir feierlich essen waren. Neben unserem Bild stand ein Foto, das Liv zeigte, wie sie in einer Hängematte eingeschlafen war. Sie sah irgendwie unschuldig und wunderschön darauf aus. Das sagte ich Ben auch.

Er lächelte und stimmte zu.

»Hab ich eigentlich schon erwähnt, dass ich Liv inzwischen nett finde, sogar fast mag?«, teilte ich Ben mit, der mir wiederum versicherte, dass sie dasselbe über mich gesagt habe und er sehr froh und erleichtert sei, dass sich unser Verhältnis so entspannt habe, schließlich seien wir ihm beide unglaublich wichtig.

Da schau an, eine Gefühlsregung von Ben, wie niedlich.

»Wie läuft's denn bei euch?«, fragte ich nach, irgendwie hatte ich das Gefühl, dass er gerade bereit war, sich zu öffnen, und ich endlich einmal Themen ansprechen konnte, die immer in der Luft hingen, aber nie ausgesprochen wurden.

Anscheinend lief es gut, ziemlich gut sogar, Liv sei viel entspannter, seit die Situation mit mir geklärt sei, allerdings wolle sie immer noch, dass er endlich »Ich liebe dich« zu ihr sagte, was ich nur zu gut nachvollziehen konnte.

»Das ist doch nichts Abartiges oder Ungewöhnliches, was sie sich von dir wünscht. Warum kannst du es ihr denn nicht einfach sagen?«

Ben überlegte einen kurzen Moment, dann setzte er zu einer Erklärung an.

»Weil ich es nicht so empfinde. Ich hab sie sehr, sehr gern, und auf eine gewisse Weise liebe ich sie auch, aber nicht so, wie sie es sich wünscht, und das weiß sie auch. Ich habe von Anfang an mit offenen Karten gespielt und nichts versprochen oder vorgegaukelt, und sie hat es akzeptiert. Natürlich gibt es Momente, in denen sie sich mehr erhofft oder wünscht, aber ich kann ihr das nicht geben, es wäre gelogen, ein ›Ich liebe dich‹ hat für mich zu viel Bedeutung. Es weckt Erwartungen, es ist ein Versprechen.«

So genau wollte ich es gar nicht wissen … und Liv bestimmt auch nicht. Die Gute musste Nerven haben, so am ausgestreckten Arm zu verhungern. Vielleicht war es für Ben doch das Beste, wenn er allein blieb und sich in seiner Musik, Büchern und Filmen vergrub.

»Was ist mit dir? Bist du glücklich mit Clemens?«, fragte er interessiert.

Wahrheitsgemäß antwortete ich.

»Im Prinzip ja, momentan holpert es nur ein wenig. Weißt du, er versetzt mich in einen Rausch, wenn er um mich ist, seine Begeisterung, sein Feuer, sein Witz, das alles ist so mitreißend, einfach großes Kino. Klingt wie eine Sucht, nicht? So ähnlich fühlt es sich auch an, und wenn ich nicht genug von ihm bekomme, bin ich wie ein Junkie auf Entzug, was momentan leider der Fall ist. Ich habe das Gefühl, dass ich ihn mehr brauche als er mich.«

Ben sah mich nachdenklich an.

»Woher weißt du denn, wer er ist und was er braucht? Er hat vielleicht einfach zu viel um die Ohren, und sein Privatleben ist ihm nicht so wichtig wie sein Job!«

Wie bitte? Hatte ich richtig gehört? Wieso ergriff Ben plötzlich Clemens' Partei? Empört wehrte ich seine These ab, Ben zuckte mit den Schultern und wechselte das Thema.

Innerlich kochte ich einen Moment lang weiter und überlegte, wieso niemand anderes als Ben mich so auf die Palme bringen konnte. Wieso gab ich so viel auf seine Meinung? War das Gewohnheit oder weil er mich gut kannte und oft tiefer in mich hineinblicken konnte als andere? Es war seltsam, es gab Momente, da stand eine Mauer zwischen uns – und dann wieder erkannte ich sein Innerstes und er meins.

Plötzlich hielt Ben mitten im Satz inne, sah mich an und sagte völlig aus dem Zusammenhang gerissen heraus: »Willst du den wahren Grund wissen, warum ich Liv nicht sagen möchte, dass ich sie liebe?«

Hallo? Ich war eine Frau, die Neugierde war eine unserer natürlichsten Eigenschaften, und wenn Ben plötzlich Tag der offenen Tür feierte und seine innersten Gedanken aussprach, wer würde da bitte Nein sagen?

Erwartungsvoll sah ich ihn an.

»Der eigentliche Grund, warum ich ihr nicht sage, dass ich sie liebe, ist der, dass ich weiß, dass ich viel mehr lieben kann.«

Er sprach in Rätseln, stellte ich enttäuscht fest.

»Das klingt aber sehr hypothetisch. Woher willst du das denn bitte wissen?«

Ben sah mich an. Mir wurde mulmig, als er antwortete: »Weil ich es genau spüre.«

Hilfe, was geschah hier? Diese Stille, mit einem Schlag wurde mir bewusst, dass wir allein auf seiner Couch lagen und uns tief in die Augen blickten. Wenn ich nicht ganz bescheuert war, führten solche Situationen zwangsläufig zu einem Kuss.

Warum pochte mein Herz wie wild? Ich war über Ben hinweg,

vollkommen hinweg! War das die Gewohnheit, die mir einen Strich durch die Rechnung machte? Ben näherte sich meinem Gesicht und strich mir eine Haarsträhne aus dem Gesicht. So also fühlten sich Blitzschläge an, wollte er mich etwa küssen? Jahrelang hatte ich mir nichts sehnlicher gewünscht. Wenn ich ehrlich war, verspürte ich in diesem Moment ein altbekanntes Verlangen, endlich seinen Mund auf meinem zu spüren, endlich zu wissen, wie es sich anfühlte. Ben sah mich aufmerksam und zärtlich an, während sein Mund sich meinem näherte. Plötzlich durchfuhr mich ein Gefühl, mit dem ich als Letztes gerechnet hätte: Angst! Die nackte Angst stieg in mir hoch. Das hier war kein Spiel, das war unberechenbar, gefährlich, einfach weil Ben so überhaupt nicht vorhersehbar war.

Im letzten Moment drehte ich meinen Kopf weg und flüsterte mit belegter Stimme.

»Ich habe Angst!«

Angst, alles aufs Spiel zu setzen, Angst, dass es sich so gut anfühlte, wie ich es immer vermutet hatte, Angst, wieder da zu landen, wo ich nicht mehr sein wollte, Angst, eine Freundschaft zu verlieren, Angst, wie Liv zu enden, Angst, wieder die Kontrolle zu verlieren.

Ben zog mich an sich und umarmte mich. Allein diese Umarmung verursachte mir derart weiche Knie, dass ich erst gar nicht wissen wollte, wie sich ein Kuss anfühlte.

»Wir dürfen uns nicht küssen«, sagte ich schwach und war kurz davor, meine Beherrschung zu verlieren. Er ließ mich los.

»Du hast Recht!« Mit einem Schlag schien Ben sich wieder im Griff zu haben, die Nähe, die noch Sekunden zuvor zwischen uns bestanden hatte, war weg.

»Ich glaube, es ist besser, wenn du gehst!«, sagte er und stand auf. In seinem Gesicht konnte ich keine Regung festmachen.

Das musste er mir nicht zweimal sagen. Nichts wie weg wollte ich, raus aus diesem Gefühlsstrudel. Ohne mich richtig zu verabschieden, packte ich schleunigst meine Sachen zusammen und rannte kopflos nach Hause.

Was war da bloß gerade passiert?

Ich dachte nicht groß nach, lief zu meinem Auto, das sich auf halbem Weg zwischen Bens und meiner Wohnung befand, und fuhr geradewegs zu Sarah. Ich musste mit jemandem sprechen, sie würde mich verstehen, sie würde eine Erklärung finden und mich wieder auf den Boden der Tatsachen zurückbringen.

Vor ihrer Tür war kein Parkplatz. Schnell entschied ich mich, zweite Reihe zu parken, stieg aus und klingelte Sturm, doch nichts rührte sich.

Ich sah auf die Uhr, es war halb drei. Sie musste zu Hause sein, es sei denn, Sarah hatte Notdienst, aber das wüsste ich. Ihr Handy war ausgeschaltet und nur die Mailbox erreichbar.

Das Krankenhaus, in dem sie arbeitete, lag auf meinem Weg, also fuhr ich vorbei, doch die Dienst habende Schwester suchte Sarahs Namen auf dem Dienstplan vergeblich. Sie ließ sie für alle Fälle ausrufen, aber Sarah blieb verschwunden. Wo bitte war sie an einem stinknormalen Donnerstag um drei Uhr nachts? Hatte sie ein Date? Zu wünschen wäre es ihr, nur hatten wir vor dem Kino telefoniert, ich hatte versucht sie zu überreden mitzukommen. Sie hatte abgelehnt, weil sie zu Hause bleiben und sich einen gemütlichen Abend machen wollte.

Ich sprach ihr beunruhigt auf die Mailbox und fuhr wieder in den Osten direkt zu Rudi.

Nach nur zweimal klingeln öffnete er mir verpennt. Wenn er um diese Uhrzeit nicht anzutreffen gewesen wäre, hätte ich mich nicht weiter gewundert.

»Ich muss dringend mit dir reden«, warf ich meinem verdutzten Bruder entgegen und stürmte an ihm vorbei in die Küche, wo ich mir ein Glas Milch einschenkte. Milch soll angeblich beruhigend wirken, zumindest trinkt sie jeder amerikanische Serienheld, wenn es verstörende Nachrichten zu verdauen gibt.

»Was ist denn passiert?«, wunderte sich Rudi, inzwischen hellwach. Ja, wenn ich das wüsste, wäre ich wohl kaum bei ihm.

»Es ist wegen Ben!«

Rudi wurde weiß im Gesicht.

»Was ist mit Ben? Ist was passiert?«

»Allerdings, wir haben uns vorhin fast geküsst!«, rief ich empört.

Rudi fiel ein Stein vom Herzen, und er warf mir vor, ihm einen tierischen Schrecken eingejagt zu haben. Das hatte mir sein bester Freund Ben auch! Überhaupt, eigentlich war Rudi ja an allem schuld. Wenn er sich früher einen anderen Freund ausgesucht hätte, einen netten, unscheinbaren oder hässlich harmlosen, aber nein, er musste sich ja unbedingt mit Ben anfreunden, der schon viele Mädchen in den Wahnsinn getrieben hatte und das Objekt unerfüllter Liebe schlechthin darstellte.

Haarklein berichtete ich Rudi, was sich zugetragen hatte.

»Und weißt du, was das Schlimmste ist? Ich hab nicht ein einziges Mal an Clemens gedacht! Ich schwöre, in diesem Moment wusste ich nicht mal mehr, dass ich einen Freund habe! Rudi, was hat das zu bedeuten? Das macht mir Angst!«

Rudi legte mir beide Hände auf die Schultern und forderte mich auf, erst einmal tief durchzuatmen, was erstaunlich gut wirkte. Große Brüder waren ein wahrer Segen.

»Du bist durcheinander, was kein Wunder ist, wenn man bedenkt, wie lange du Gefühle für Ben hattest. Solche Momente kann es in jeder Freundschaft geben, du musst nicht gleich alles infrage stellen, erst recht nicht deine Beziehung zu Clemens. Ich verspreche dir, wenn du erst eine Nacht darüber geschlafen hast, siehst du alles wieder in der richtigen Perspektive.«

Schön wäre es! So einfach ließ sich das, was geschehen war, nicht unter den Teppich kehren. Und was war mit Clemens?

Ich erzählte Rudi von unserem Streit und dass ich das Gefühl hatte, dass das Gleichgewicht zwischen Clemens und mir nicht mehr stimmte. Während ich so sprach, fiel mir auf, dass wir uns nur einmal in Venedig »Ich liebe dich« gesagt hatten und seither nicht wieder. Rudi hörte mir aufmerksam zu und gab mir abschließend folgenden Rat.

»Du hörst es nicht gern, aber ich denke, das mit Ben ist passiert, weil du dich von Clemens vernachlässigt fühlst und du all deine Wünsche und Sehnsüchte in diesem Moment unbewusst wieder auf Ben projiziert hast. Vergiss die Sache mit Ben und kümmere dich um Clemens. Aber nicht, indem du dich wie eine Klette an ihn hängst und ihn mit Vorwürfen überhäufst, sondern indem du dich rar machst und ihm die Chance gibst, zu vermissen, was er an dir hat.«

Wahrscheinlich hatte Rudi Recht, zumindest klang es sehr plausibel.

Langsam beruhigte ich mich wieder, da fiel mir Sarah ein. Rudi winkte ab.

»Bestimmt hat sie nur fest geschlafen und dich nicht gehört. Also wenn ich ein Mädchen kenne, um das man sich keine Sorgen machen muss, dann ist das Sarah.«

Auch wieder wahr! Müde von der unerwarteten Aufregung machte ich mich auf den Nachhauseweg, jedes Mal, wenn mir das Bild wieder in den Kopf schoss, wie Ben mich beinahe küsste, durchfuhr mich dieses Blitzkribbeln, daran musste ich noch arbeiten. Eine Nacht drüber schlafen, dann würde sich das sicher legen.

Was klingelte denn, bitte, so penetrant und mitten in der Nacht? Im Halbschlaf versuchte ich, das lästige Geräusch zu ignorieren, vergeblich. Blinzelnd sah ich auf den Wecker. Mich traf der Schlag! Es war halb elf, seit fast zwei Stunden sollte ich in der Redaktion sein! Was da klingelte, war mein Telefon, bestimmt Diane, die mich abmahnen lassen wollte. Hektisch sprang ich aus dem Bett und nahm den Hörer ab. Am anderen Ende der Leitung war Sarah und fragte besorgt, was gestern Nacht los war.

Mist! Sofort fiel mir alles wieder ein, der Kinobesuch, Bens und mein Beinahekuss, Rudis Ratschläge und Sarah, die vom Erdboden verschwunden war.

»Ich erzähl's dir später, ich hab verschlafen und muss sofort los! Wo warst du denn gestern Nacht, als ich bei dir war?«

Angeblich im Bett, tief und selig schlafend, ohne auch nur ein Geräusch gehört zu haben.

In Windeseile zog ich mich an, setzte mich ins Auto, tuschte mir die Wimpern an der roten Ampel, kämmte mir die Haare kurz vor dem Aussteigen und rannte, so schnell ich konnte, die Treppe zur Redaktion hinauf.

Meine Jacke warf ich auf den Schreibtischstuhl, nahm meine Unterlagen und platzte zu spät in die vollzählig besetzte Redaktionskonferenz. Gerade wollte ich zu einer Entschuldigung ansetzen, da sah ich erst, wer sie leitete.

Clemens stand am Flipchart und sah belustigt zu, wie ich langsam begriff, dass er da war.

»Was machst du denn hier?«, rutschte mir heraus, wofür ich spontanes Gelächter erntete.

Clemens lachte ebenfalls.

»Hi, ich arbeite hier«, scherzte er und fügte hinzu, dass ein Termin in Köln geplatzt sei und er somit früher zurückkommen konnte.

Perfektes Timing, würde ich mal sagen, denn falls ich je an meiner Liebe zu Clemens gezweifelt hatte, genügte ein Blick zwischen uns, und ich war wieder auf Droge, und nichts um mich herum zählte, vor allem kein Ben, der sich alle Schaltjahre einmal emotional öffnete und versuchte, mich damit durcheinander zu bringen.

»Und du? Bist du neu hier, oder warum weißt du nicht, wann wir anfangen?«, tadelte er mich zwinkernd.

»*Sorry,* hab verschlafen«, murmelte ich verlegen und setzte mich schnell neben Marion.

Clemens musste ja nicht erfahren, weshalb ich verschlafen hatte, Ben war ihm ein Dorn im Auge.

Leider brachte Clemens keine erfreulichen Nachrichten mit. Wie es schien, wurde die *Zeitgeist* gut im Markt aufgenommen, sowohl bei Kunden als auch bei Lesern. Zwar standen wir immer noch mit Abstand besser da, aber der verringerte sich zunehmend. Ohne diese unliebsame Konkurrenz im Nacken könnten wir unseren Erfolg, die *Phosphor* wieder auf die Gewinnspur gebracht zu haben, jeden Tag feiern. So aber hatte sich das Blatt gewendet, und wenn auch die Konkurrenz das Geschäft belebt, war es um einiges anstrengender, vor allem, weil Ilona Richter überhaupt nicht daran dachte, klein beizugeben. Erst neulich wieder hatte sie bei einem Interview mit einer überregionalen Zeitung keine Gelegenheit ausgelassen, um über Feline direkt und indirekt ausführlich herzuziehen.

Sie versuchte, Feline als arrogant und kalt darzustellen, sie kenne gestandene, erfolgreiche Männer, die seit Jahren in der Branche arbeiteten, die regelrecht Angst vor dieser Frau – damit war Feline gemeint – und ihrem undurchsichtigen Blick hätten. Ilona Richter hatte in einem Interview dann heftigst auf persönlicher Ebene weiter gestänkert und geäußert, dass sie sich frage, wie Feline Beruf und Kind denn unter einen Hut bringe wolle, bei dem Arbeitspensum, das sie leistete oder zumindest leisten sollte, wenn sie ihren Job richtig machen wollte.

»Ich«, war zu lesen gewesen, »habe mich ja genau aus diesem Grund gegen Kinder entschieden, denn Kinder zu bekommen, um sie dann an Fremde abzugeben, ist den armen Kindern gegenüber nicht fair und verantwortbar.« O-Ton Ilona Richter.

Diese Schlange, erstens wusste jeder, der mit Feline arbeitete, wie sehr sie an ihrem Kind hing und besorgt war, immer genügend Zeit für den Kleinen aufzubringen, ohne dabei ihren Job zu vergessen. Mit Planung und Homeoffice-Tagen klappte das, und ihr Sohn wirkte zudem ausgesprochen glücklich. Was Felines Sphinxblick anging, der war tatsächlich legendär, vor allem weil er Poser und Blender sehr schnell entlarvte. Sie ließ sich eben nichts vormachen und heuchelte oder spielte keine Begeisterung, wenn sie sie nicht empfand, auch nicht aus Höflichkeit. Genau das war das Angenehme an Feline, diese unaufgeregte, uneitle Art, die sich auf sachliche Fragen und nicht auf den Schein konzentrierte.

Clemens hatte sich bereits Gedanken gemacht, wie wir uns mit dem Januarheft weiter von der *Zeitgeist* absetzen konnten. Titellayout und Themen standen seit langem fest. Clemens' Vorschlag war, zusätzlich zum normalen Januarheft wieder ein Sonderheft zu machen. Wie sich herausgestellt hatte, funktionierten die Ausgaben mit den Sonderheften um ein Vielfaches besser, vor allem konnte die *Zeitgeist*

Sonderhefte bisher weder infrastrukturell noch manpowermäßig stemmen, was für uns eine weitere Möglichkeit war, zu punkten.

»Bitte überlegt euch bis morgen Themenvorschläge für ein Sonderheft und schickt sie mir«, bat Clemens abschließend, bevor alle wieder auseinander stoben.

Betont langsam packte ich meine Sachen ein. Clemens machte mir Zeichen, gleich zu ihm ins Büro zu kommen. Nichts lieber als das, allerdings war ich nervös, weil wir zum ersten Mal seit unserem Streit am Telefon wieder allein waren. Außerdem befürchtete ich, dass man mir meine Beinaheverfehlung der gestrigen Nacht mit Ben an der Nasenspitze ablesen konnte. Ich war nicht sonderlich gut im Versteckspiel.

Marion, die vor Clemens' Büro saß, bat mich einen Moment zu warten, Diane war bei Clemens mit einer dringenden Angelegenheit. Was war denn so dringend? Eine Gästeliste, auf der sie nicht draufstand, ein Kollege hatte ein Werbegeschenk bekommen und sie nicht?

Geduldig blieb ich stehen und unterhielt mich mit Marion, die nebenher Unterlagen abheftete und mit mir Ideen für Weihnachtsgeschenke austauschte. Zufällig fiel mein Blick auf den letzten Reiseplan für Clemens und wenn mich nicht alles täuschte, stand da zu lesen, dass Clemens' Rückflug gestern Abend bereits nach Berlin gegangen war. Ich wunderte mich, davon hatte er mir überhaupt nichts gesagt. Na, ich würde ihn ja gleich fragen können, wenn Diane denn dann irgendwann fertig gejammert hatte.

Endlich ging die Tür auf, und Dianes zufriedenem Gesichtsausdruck nach hatte sie, was immer es auch war, bekommen. Herablassend lächelte sie mich an und ging an mir vorbei, ohne ein Wort zu sagen.

Zu doof, dass Clemens ein so korrekter Chef war und nie über seine Schäfchen sprach und alles, was man ihm anvertraute, auch für sich behielt. Doof war das natürlich nur, wenn es nicht um mich ging, an sich fand ich diese Eigenschaft nämlich sehr löblich.

Ich trat ein und schloss leicht verunsichert die Tür. Clemens saß an seinem Schreibtisch, stand auf und kam langsam mit einem fragenden Gesichtsausdruck auf mich zu.

»Alles okay? Sind wir wieder Freunde?«

Er bezog sich auf unseren Streit.

Als Antwort nickte ich nur und wartete darauf, dass er mich endlich küsste. Telepathisch begabt, wie er war, tat er genau das, und falls auch nur ein Quäntchen Zweifel mein grüblerisches Gehirn geplagt hatte, was die Situation mit Ben anging, so war es hiermit beseitigt, und zwar ein für alle Mal.

Clemens nahm meine Hand.

»Gretchen, ich weiß, die letzte Zeit war nicht gerade leicht. Die viele Arbeit, ständig bin ich unterwegs ... Wir haben kaum Zeit füreinander. Glaube mir, ich finde das auch nicht ideal, aber es sind nur noch drei Wochen bis Weihnachten, dann sind Ferien, Sylvester, und schließlich kannst du kündigen, und wir fangen von vorn an. So lange halten wir das durch, oder?«

Natürlich würden wir das, notfalls bis zum Sankt Nimmerleinstag, wenn er mich mit seinem Blick weiter so verrückt machte.

Wir verabredeten uns für den Abend bei ihm, Clemens wollte selbst kochen.

Beim Hinausgehen fiel mir der Reiseplan ein, den ich bei Marion gesehen hatte.

»Sag mal, bist du eigentlich schon gestern Abend gelandet?«

Clemens sah mich erstaunt an.

»Nein, wieso? Das hatte ich ursprünglich vor, aber dann ist mir noch ein Geschäftsessen dazwischengekommen.«

Hätte ich mir eigentlich denken können, war mir schließlich auch schon einmal passiert, wozu sonst hatten wir alle flexible Flüge.

Beruhigt ging ich wieder an meinen Platz und stellte fest, dass Rudi mit seiner Einschätzung vollkommen richtig gelegen hatte. Nur weil ich mich von Clemens vernachlässigt gefühlt hatte, war die Sache mit Ben möglich gewesen. Erleichtert merkte ich, dass sich meine Gefühle für Clemens kein bisschen geändert hatten, die Verunsicherung durch Ben war nur auf eine momentane Verwirrung zurückzuführen.

Rein aus Neugierde würde mich allerdings sehr interessieren, wie Ben eigentlich diesen Beinahekuss am helllichten Tag erklärte, wobei ich mir darüber keine Sorgen machen musste, denn wie ich Ben kannte, schwieg er den Vorfall so lange tot, bis ich irgendwann selbst nicht mehr wusste, dass er stattgefunden hatte.

»Gretchen, schau dir diese Decke an. Die wäre was für Leila!«

Sarah hielt mir eine bordeauxfarbene Kaschmirdecke vor die Nase; sie war so nett gewesen, mich zum Weihnachtsgeschenkeeinkauf zu begleiten. Hatte ich schon erwähnt, dass ich Weihnachtsgeschenke besorgen hasste? Es lag nicht daran, dass ich keine Ideen hatte oder mir nahe stehende Menschen nicht beschenken wollte. Nein, mich stresste vielmehr, mich samstags am Ku'damm, der Friedrichstraße oder den Hackeschen Höfen durch die Massen zu quälen und die knappe Zeit, die einem blieb, mit Schlangestehen und aggressiven vorweihnachtlich gestressten Menschen zu verbringen, die einem Schläge androhten, wenn man wagte, den letzten vorrätigen Bildband von Berlin zur Kasse zu tragen, den sie selbst von weitem anvisiert hatten.

Sarah konnte so was natürlich nicht passieren. Sie gehörte zu den gut organisierten Menschen, die bereits im Spätsommer alle Geschenke beisammen, spätestens im Herbst verpackt hatten und Anfang Dezember nur noch die Karten dazu schrieben. Chaotisch wie ich war, gehörte ich zur Gruppe all derer, die kurz vor Ladenschluss am Heiligabend Verzweiflungskäufe tätigten, um nicht mit leeren Händen dazustehen, was zugegebenermaßen schon zu manch einem Fehlkauf geführt hatte. Anscheinend war ich eine Ausnahme, was diese Käufergruppe anging, denn sie bestand zu neunzig Prozent aus Männern, zumindest wenn man den jährlichen Umfragen Glauben schenkte.

Dieses Jahr war alles anders. Ich hatte mir fest vorgenommen, nicht erst kurz vor Ladenschluss die erschöpften Verkäuferinnen mit meinen Ideen zu malträtieren, nein, dieses Jahr wollte ich vor dem 24. Dezember alle Geschenke haben, vor allem natürlich eins für Clemens! Und nur deshalb tat ich mir diesen ausgedehnten Horror seit mehreren Stunden an.

Dank Sarah, die trotz des Gewimmels den Überblick behielt und mich von Geschäft zu Geschäft, von Tisch zu Tisch dirigierte, konnte ich bereits die Geschenke für meine gesamte Familie inklusive Großeltern abhaken und Leilas gleich mit, denn die rote Decke würde ich kaufen, äh …, auch wenn sie schlappe hundert Euro kostete. Egal, bevor ich mir eine weitere Stunde diesen Stress antat und meine Lebenserwartung drastisch minimierte, nahm ich lieber den Preis in Kauf, schließlich wollte man ja auch nicht kleinlich sein.

»Gekauft!«, rief ich Sarah zu, die mich auf wundersame Weise an den Menschentrauben vorbeilotste, eine fast leere Kasse auftrieb, sodass wir innerhalb kürzester Zeit wieder an der frischen Luft standen.

Das helle Lichtermeer der Weihnachtsbeleuchtung auf der Einkaufsmeile weckte weihnachtliche Gefühle, jedoch nur kurz, denn Sarah zog mich sofort weiter, es standen noch zwei Geschenke auf der Liste.

Sarahs Geschenk war das einzige, das ich bereits vor langem gekauft hatte. Gemeinsam hatten wir ein schlichtes Silberarmband mit fein gearbeiteten Edelsteinen entdeckt, in das Sarah sich sofort verliebt hatte. Heimlich war ich in das Geschäft zurückgefahren und hatte es gekauft. Jetzt fehlten mir nur noch ein Geschenk für Ben und Clemens. Für Ben fielen mir tausend Sachen ein. Wir waren uns seit dem Vorfall, der eigentlich keiner war und schon drei Wochen zurücklag, aus dem Weg gegangen.

»Für Ben hab ich 'ne Idee, der bekommt von mir *Die Anatomie der Melancholie* von Robert Burton im Original. Das kann ich übers Internet bestellen. Und Clemens wollte ich eigentlich mit 'nem Wochenendtrip in die Berge zum Skifahren oder einem romantischen Wochenende in Paris überraschen. Was findest du denn besser?«

Sarah fand im Winter die Berge besser, denn jede Großstadt war im Winter anstrengend, selbst Paris. In den Bergen hingegen konnte man Sonne tanken, die frische Luft genießen und sich abends auf der Hütte gemütlich vor den Kamin kuscheln. Wir beschlossen, dass ich für Clemens Mütze, Schal und Handschuhe kaufte und darin den Gutschein verpackte, damit nicht nur ein Kuvert unter dem Tannenbaum lag.

»Wie läuft's denn so mit Clemens?«, fragte Sarah, während ich die eben ergatterte schwarze Wollmütze bezahlte. Sie wusste um die Probleme, die ich mit Clemens gehabt hatte, und den »Ben-Vorfall«, wie wir ihn inzwischen nannten. Sarah hatte ausnahmsweise keine Meinung zu diesem Thema und hörte mir einfach nur zu, ohne zu urteilen, was ich als sehr angenehm empfand.

Ja, wie lief es mit Clemens? Unglaublich, aber wahr, es lief wieder richtig gut! Keine Ahnung, ob es auf lange Sicht gesehen gut war, auf alle Fälle hatte ich mir Rudis Ratschlag zu Herzen genommen und mich rarer gemacht, nicht jeden Anruf beantwortet. Auch mal einer seiner SMS so stehen lassen und vor allem, und das war das Schwierigste gewesen, eine Verabredung mit ihm abgesagt, weil ich angeblich mit Sarah verabredet war, die prompt keine Zeit an diesem Abend gehabt hatte. Auf alle Fälle hatte die Taktiererei, so blöd ich sie fand, funktioniert. Clemens war auf einmal wieder hellwach und schwer dahinter, dass wir uns trafen. Mir war klar, dass ich nicht mein Leben lang solche Spielchen spielen konnte, aber für den Moment funktionierte es und machte mich glücklich. Wenn ich erst einmal gekündigt und wieder mehr Zeit hatte, konnte ich mir immer noch überlegen, wie es weiterging. Zugegeben, jetzt wo meine Kündigung nur noch zwei Wochen entfernt war, wurde mir doch irgendwie mulmig, denn die Joblandschaft in Berlin sah bei einer Arbeitslosenquote von zwanzig Prozent nicht gerade rosig aus, und meine Zukunft als Freie war auch nicht sicher. Bisher hatte ich keinem von meinen Plänen erzählt, irgendwie hatte ich Angst, dass sie mir abraten oder versuchen würden, mich wieder umzustimmen. Sarah musste ich erst gar nicht fragen. Ihre Meinung kannte ich nur zu gut. Sie würde mich zwingen, erst dann zu kündigen, wenn ich ein anderes sicheres Angebot in der Tasche hatte. Leider musste ich mir selbst zuschreiben, mich noch nicht richtig um einen neuen Job gekümmert zu haben. Zwar las ich die brancheneinschlägigen Stellenangebote, meistens waren die aber in München oder Hamburg zu finden. In Berlin hatten die meisten Firmen immer noch nur eine kleine Dependance und trauten sich nicht, den großen Schritt zu wagen und das Gesamtunternehmen in die Hauptstadt zu verlegen. Bei dem Arbeitspensum, das ich täglich leistete, fand ich einfach nicht die Kraft, mich auch noch gezielt um Bewerbungen zu kümmern, gerade mal zwei Stück hatte ich abgeschickt, aber bisher nicht einmal eine Eingangsbestätigung bekommen.

»Wollen wir noch Kaffee trinken? Ich lade dich ein als Dankeschön!«

Sarah liebte Kuchen, und so fuhren wir zu mir ins Viertel und gingen ins Café Albrechts. Das Café hatte zwar nur drei Tische, dafür standen aber diese direkt am Fenster, und man konnte sich auf eine der gemütlichen weißen Bänke mit roten Sitzkissen lümmeln. Die Chefin hatte ihre Patisserieausbildung in Paris gemacht, was man den leckeren Eclairs und Petits Fours auch anmerkte.

Wir bestellten zweimal Milchkaffee und eine gemischte Auswahl an Schoko-, Früchte-Petits-Fours, verschiedenen Baisers und Eclairs. Zum Glück waren die süßen Stückchen im Albrechts so klein, dass man mehrere verschiedene essen konnte. Hach, tat das gut, die schmerzenden Füße auszustrecken mit dem guten Gefühl, vier Tage vor Heiligabend alle Geschenke zu haben.

»Wie wär's, wollen wir Leila anrufen und fragen, ob sie Lust hat vorbeizukommen?«, fragte ich Sarah, die die Idee gut fand. Wenig später schneite Leila herein, gut gelaunt, denn die Weihnachtsumsätze in ihrem Laden waren an diesem Samstag rekordverdächtig.

»Mädels, ich sag's euch. Der Laden läuft inzwischen so gut, dass er richtig Geld abwirft. Goldgrube ist vielleicht übertrieben, aber auf alle Fälle werde ich mit Jakob und Mimi in den Urlaub fliegen können, und zwar in einen richtig langen, schönen Urlaub.« Sie strahlte vor Glück. Ich freute mich so für sie, denn ich wusste, wie schwer die

Anfangszeit gewesen war, wie risikoreich ihre Investitionen, und wie lange es gedauert hatte, sich einen Namen zu machen.

Jetzt, zwei Jahre später, lief der Laden erfolgreich, ihr Label bekam immer mehr Erwähnungen in diversen Zeitschriften, und auch privat schien Leila mit ihrem Jakob endlich den Richtigen gefunden zu haben.

»Feiert ihr Weihnachten gemeinsam, du und Jakob?«

Leila seufzte.

»Nein, leider nicht. Er feiert bei seinem Vater in München. Aber nach Sylvester ist er wieder in Berlin, dann müsst ihr ihn unbedingt mal treffen. Und du, feierst du mit Clemens?«

Natürlich nicht! Wo kämen wir denn da hin? Nein, ich würde brav nach Dehling zu meinen Eltern fahren und er sich mit seinem Vater und den Schwestern in London treffen. Sylvester waren wir wieder in Berlin und konnten wenigstens gemeinsam ins neue Jahr feiern. Und ab dem neuen Jahr, das hiermit zum offiziellen Clemens-und-Gretchen-Jahr ausgerufen wurde, würde alles sich fügen und noch besser werden, wer weiß, vielleicht gab es eine gemeinsame Wohnung nächstes Jahr oder eine Verlobung? Gut, ich hatte das Thema nicht explizit angesprochen, wäre ja auch etwas voreilig nach einem knappen halben Jahr, aber so leidenschaftlich und romantisch wie Clemens veranlagt war, musste er einer Hochzeit etwas abgewinnen können.

Einmal hatte ich ihn darauf angesprochen, und er sagte, dass er schon einmal gedacht hatte, die Richtige gefunden zu haben, und sogar verlobt gewesen war, aber letztlich hatte es sich nicht gefügt, und die Beziehung war an der Distanz gescheitert.

Die Verlobung ließ mich natürlich aufhorchen, aber er wollte nicht darüber sprechen, es sei nicht schön auseinander gegangen, war alles, was er dazu gesagt hatte.

»Sagt mal, wenn wir alle Sylvester in Berlin sind, wollen wir dann nicht gemeinsam feiern? Wir könnten zur Abwechslung in meiner Wohnung die Party machen«, schlug Leila vor. Eine gute Idee. Ich hasste Sylvester! Immer gab es diesen Druck, die ultimative Veranstaltung zu finden, und am Ende landete man bei schlecht organisierten Partys, wo man viel zu überteuerten Eintritt bezahlte und an Buffets mit fremden Menschen in der Schlange stand. Jedes Jahr sagte einer von uns, wir sollten eigentlich mal in einer Hütte in den Bergen feiern, eine der wenigen Vorstellungen, die ich verlockend fand. Dann kümmerte sich wieder keiner darum, und Mitte Dezember ging erneut die Fragerei los, was man Sylvester eigentlich unternehmen sollte.

Hinzu kam, dass ich an Sylvester regelmäßig melancholisch wurde, eine Art Jahresbilanz zog und überlegte, was die Zukunft und das kommende Jahr wohl mit sich bringen würden. Diese Überlegungen hielt ich am liebsten in einer kleiner Runde mit Menschen, die ich mochte, anstatt über komatös besoffene »Partypeople« zu stolpern, denn eine unumstößliche Regel war, dass an Sylvester alle so sturzbesoffen waren wie sonst nie unter den Jahren, nicht einmal an Karneval.

»Also ich glaube, ich würde gerne erst mit Clemens essen gehen und anschließend in kleiner Runde bei Leila feiern, oder willst du 'ne richtige Party schmeißen?«

Leila wehrte dankend ab. Sie dachte an maximal zwanzig Leute.

Das klang gut. Clemens würde sicher auch froh sein, wenn er es ausnahmsweise einmal ruhiger angehen lassen konnte.

Sarah hoffte, dass sie keinen Bereitschaftsdienst über Sylvester aufgedrückt bekam, weil sie als Einzige Single war und keine Familie hatte, was fast immer das Totschlagargument der Kollegen war, wenn es um die Feiertagsplanung ging. Die letzten Jahre hatte Sarah sich regelmäßig breitschlagen lassen, aber dieses Jahr versuchte sie, freizubekommen.

Müde und mit den ergatterten Geschenken bepackt, verließen wir das Café. Ich wollte mich schnellstmöglich zu Hause in die Badewanne legen und danach mal wieder einen gemütlichen Abend allein vor dem Fernseher verbringen oder endlich eines der beiden Bücher, die Ben mir geliehen hatte, beginnen. Clemens war gemeinsam mit Feline und den anderen Mitgliedern der Geschäftsleitung bei einem wichtigen Anzeigenkunden, dessen oberste Bosse sie im Anschluss an die Verhandlungen noch auf den Nürnberger Christkindlesmarkt einluden, sodass Clemens erst Sonntagabend wieder zurück war. Wenn es im Kampf gegen die *Zeitgeist* half und so das dringend benötigte Geld hereinkam, sollte mir alles recht sein. Clemens war zwar sichtlich genervt, seine Wochenenden regelmäßig opfern zu müssen, aber der Druck von der Verlagsleitung war so groß, dass es nicht an der Zeit war, sich für Überstundenabbau oder Gleitzeiten einzusetzen.

»Wo kommt denn das Zeug fürs Bleigießen hin?«, rief ich Leila zu, die in der Küche vor sich hin werkelte. Kaum zu glauben, dass schon wieder ein Jahr um war – und was für eins! Im Gegensatz zu meinen sonstigen Sylvesterabenden hatte ich noch keinen Weltschmerz oder gar Zukunftsangst, im Gegenteil, ich blickte diesem Abend, diesem Jahr, ja diesem Leben so positiv entgegen, dass es nahezu beängstigend war. Kein Wunder, wenn man Clemens an seiner Seite wusste, wurde man unverwundbar. Ich zählte die Stunden, bis er endlich landen würde, ich hatte mich so nach ihm gesehnt, dass ich meinte, körperliche Entzugserscheinungen wahrnehmen zu können. Die Woche räumlicher Trennung war mir unendlich lange vorgekommen trotz sehr schöner und gemütlicher Feiertage zu Hause, wo es zwei Highlights gegeben hatte. Eins war natürlich das obligatorische Weihnachtsessen bei meinen Großeltern gewesen, die alljährliche Zerreißprobe. Mein Vater weigerte sich normalerweise, die dekadente Prunkvilla, in der seiner Meinung nach ganze bedrohte Volksstämme bequem leben könnten, zu besuchen. Dreimal im Jahr machte er eine Ausnahme, am Geburtstag seiner Schwiegereltern und eben an Weihnachten, aber natürlich nur den Kindern zuliebe.

»Eva, wollen wir was essen, bevor wir zu deinen Eltern gehen?«, hatte mein Vater an Heiligabend gefragt, der behauptete, vom vergifteten Essen meiner Großeltern noch tagelang später unter Darmkoliken zu leiden. Vergiftet hieß in diesem Fall nicht ökologisch angebaut. Aus reiner Bosheit dachte sich mein Vater jedes Jahr neue

Lebensmittelallergien aus, die es meinen Großeltern erschweren sollten, ein luxuriöses Weihnachtsessen aufzutischen. Leider hatte mein Vater nicht mit dem Erfindungsreichtum ihres Kochs gerechnet, der es inzwischen geradezu als Herausforderung ansah, trotz der Sperenzchen, die sich mein Vater ausdachte, ein Menü zuzubereiten, das Sterne-Niveau besaß. Meine Mutter hatte meinem Vater einen Teller mit Hirseauflauf gegeben, damit er etwas Vernünftiges als Grundlage im Magen hatte, ihr schmeckte es immer ausgezeichnet bei meinen Großeltern, auch wenn sie es nie zugeben würde.

Rudi hatte seine Jacke geholt und meinen Vater gedrängt, schneller zu essen, damit wir endlich loskonnten, nicht etwa, weil er so gern zu meinen Großeltern wollte, nein, je eher wir dort wieder aufbrachen, umso früher konnte er in die Stadt und alte Flammen abchecken, zumindest die noch nicht verheiratet waren oder runde Bäuche vor sich herschoben.

Wir waren zum Auto gegangen. Mein Vater war vor der Garage stehen geblieben und hatte sein Fahrrad herausgeholt.

»Ihr könnt mit dem Auto fahren, ich nehme das Fahrrad.« Er wollte ein Zeichen setzen wie jedes Jahr, ganz nach dem Motto »Mich habt ihr nicht klein und angepasst bekommen«. Leider war es dieses Jahr so unglaublich kalt gewesen, das Thermometer zeigte minus einundzwanzig Grad, dass sein Statement ihn locker eine Lungenentzündung kosten konnte; da vergaß selbst meine Mutter die Gesinnung.

»Frank, sei nicht albern, es ist spiegelglatt und so kalt, dass auch solch eine Rossnatur nicht unbeschadet Fahrrad fahren kann.«

Gerade sie müsste meinen Vater besser kennen.

»Dann lauf ich eben!«, hatte er trotzig erwidert, wenn er etwas nicht leiden konnte, war es gemahnt zu werden oder Widerstand zu spüren. Ich vermutete, dass er, auch in einer anderen Zeit geboren, also ohne Achtundsechziger oder politische Aufklärung, ein Rebell und Sturkopf geworden wäre. Diese Gesinnung lag seinem Naturell, und außerdem war es schicker, aus Überzeugung trotzig zu sein, als aus einer Laune heraus.

Rudi, der eine Verspätung befürchtete und all seine Felle davonschwimmen sah, was das Abschleppen ehemaliger Jugendlieben betraf, hatte versucht, meinen Vater auf die Kumpeltour zu ködern.

»Hey, Frank. Steig ein. Wir lassen dich kurz vorher raus, dann läufst du die letzten Meter, und wir sagen, du bist ohne Auto gekommen, okay?«

Sein Vorschlag war weit davon entfernt gewesen, okay zu sein. Im Gegenteil, er ließ meinen Vater nur noch wütender werden. Ob er seinen Sohn zu einem Heuchler ohne Rückgrat erzogen habe, schrie er, was meine Mutter auf den Plan rief, die sich immer für Rudi ins Zeug warf, sie war seinem Charme seit seiner Geburt erlegen.

Im Prinzip war so ein Familienstreit an Heiligabend nichts Neues, aber dass er unbedingt stattfinden musste, bevor wir überhaupt beim ausgemachten Feind aufschlugen, und das auch noch bei Minusgraden, war mir dann doch zu doof gewesen. Außerdem war ich für dieses Wetter viel zu leicht angezogen und wollte mir auf keinen Fall eine Blasenentzündung zuziehen und Sylvester flachliegen.

»Also ich fahr jetzt los. Wer mitwill, steigt jetzt ein, der Rest schaut selbst zu, wie er hinkommt.« Verdutzte Gesichter verfolgten, wie ich mich in meinen Wagen setzte. So schnell konnte ich gar nicht hinsehen, da waren Rudi und meine Mutter zum Auto gesprungen und nahmen ihre Plätze ein. Kein Wunder, bei der Kälte vergaß man sogar verwandtschaftliche Beziehungen.

»Was ist, Papa, kommst du auch?«, hatte ich meinem Vater zugerufen, der unentschlossen zwischen meinem Auto und seinem Fahrrad dreinblickte. Natürlich wollte er nicht mehr einsteigen, das verstieß gegen all seine Überzeugungen und all das, wofür er jahrzehntelang gekämpft hatte.

Meine Mutter hatte noch ein letztes Mal versucht, ihn zur Vernunft zu bringen, und malte ihm aus, welche Krankheiten oder Stürze er sich zuziehen konnte, was er nur mit einem verächtlichen »Pah« wegwischte. Rudi beschloss schließlich, dass Frank alt genug sei zu wissen, was er macht, und so fuhren wir los.

Mit schlechtem Gewissen und einer halben Stunde Verspätung kamen wir bei meinen Großeltern an, die nichts so sehr hassten wie

Unpünktlichkeit. Als sie den Grund der Verspätung erfuhren, tobte mein Großvater los und hielt uns Vorträge, wie schwer es sich gestaltete, das Essen, das sowieso schon immer eine Krux wegen der komischen Lebensmittelallergien meines Vaters war, warm zu halten.

»Bei uns gibt es keinen Eintopf, sondern ein auf die Minute abgestimmtes Fünfgangmenü!«, hatte er lautstark losgebellt.

Wir hatten schließlich beschlossen anzufangen, man wusste ja nicht, ob und wie mein Vater gedachte herzukommen und wie lange es dauerte.

»Wenigstens hat er schon den Hirseauflauf gegessen«, beruhigte meine Mutter sich selbst und widmete sich der geschäumten Kürbiscremesuppe.

Vom vielen Trinken musste ich dringend mal zur Toilette, ich entschuldigte mich. Während ich mir in der großzügig geschnittenen Gästetoilette die Hände abtrocknete, hörte ich ein leise heranrollendes Auto durch das gekippte Fenster, was mir um diese Uhrzeit und an Heiligabend ungewöhnlich vorkam. Ich linste durch die Spalte des Fensters und musste lachen. Die Kälte hatte selbst meinen prinzipientreuen Vater in die Knie gezwungen, denn der stieg aus dem Taxi, das ohne Scheinwerferlicht in die Straße gefahren sein musste, gab dem Fahrer Geld und machte ihm Zeichen, leise und ohne Motor weiterzurollen.

Was ich dann sah, toppte alles. In der Dunkelheit hatte ich nicht bemerkt, dass er aus dem Kofferraum des Taxis sein Fahrrad geholt haben musste, das er jetzt die Auffahrt heraufschob. Vorsichtig blickte er sich um, nahm Schnee in die Hand und rieb sich damit mehrmals die Wangen ein, bestimmt, damit sie authentisch kalt und rot wurden. Etwas Schnee auf die Haare, dann war er bereit zu klingeln und seinen Auftritt als unbeugsamer Held aus der Kälte zu haben. Von mir würde niemand ein Wort erfahren!

Gerade rechtzeitig war ich zurück gewesen, um mitzubekommen, wie Frau Pfleger, die Haushälterin meiner Großeltern, die Tür öffnete und mein Vater lautstark bemerkte, wie arschkalt es draußen sei!

So sprach er nur und absichtlich bei meinen Großeltern, die Kraftausdrücke verabscheuten, was mein Vater nur zu gut wusste und deshalb gern das ganze Repertoire ausschöpfte, vor allem an Heiligabend.

Meine Mutter war sofort um die Ecke geflitzt, hatte das Fahrrad gesehen und die Hände über dem Kopf zusammengeschlagen, aber eigentlich hatte ich das Gefühl, dass es ihr gefiel, wie mein Vater sich nicht unterkriegen ließ und ihren Eltern die Stirn bot.

Das war das eine fragwürdige Highlight gewesen, und das andere: dass ich in unserer alten Stammkneipe erstmals seit dem Beinahekuss wieder auf Ben getroffen war.

Im Libero war wie jedes Jahr die Hölle los gewesen. Sofort hatte ich mich in meine Gymnasialzeit zurückversetzt gefühlt. Die Rauchschwaden waren weniger geworden, anscheinend rauchten nicht mehr so viele wie früher, aber die Getränkekarte und die Einrichtung sahen unverändert aus und kurz davor, wieder in Mode zu kommen. Rudi und Ben waren bereits von den üblichen Verdächtigen umringt gewesen. Wie gut konnte ich mich an alle die Mädels erinnern, und wie sehr hatte ich es gehasst, wenn sie es geschafft hatten, mit Ben etwas anzufangen, selbst wenn es nicht lange hielt, weil Ben wieder Zweifel hatte und nach der einzig Richtigen suchte.

Mein Atem war ungewollt schneller gegangen, was daran lag, dass ich Ben seit diesem verwirrenden Moment nicht wieder gesehen hatte. Zufällig drehte er den Kopf in meine Richtung, sah mich und hielt einen Moment lang inne. Im Film hätte die Kamera sein Gesicht rangezoomt, um seinen erschrockenen und gleichzeitig undurchsichtigen Blick festzuhalten. Er, der mir vor ein paar Wochen die Haare aus dem Gesicht gestrichen und versucht hatte, mich zu küssen, sah mich einfach nur an. Sarah hatte die Situation gerettet, indem sie Ben um den Hals gefallen war, der aus seiner Starre erwachte und ihr frohe Weihnachten wünschte. Ben hatte erfreut gelacht und zwei Geschenke hervorgeholt. Eines gab er Sarah, das andere hielt er mir hin.

Ungeschickt hatte ich mich bedankt, ihm mein Geschenk hingestreckt, darauf bedacht, jeden Körperkontakt zu vermeiden, man konnte nie wissen. Ben hatte mein Geschenk ausgewickelt und sich sichtlich über *Die Anatomie der Melancholie* gefreut.

Sein Geschenk war eine selbst gebrannte CD. Es stand einfach nur Gretchen auf der selbst gestalteten Hülle, ohne weitere Angaben, was drauf war, typisch Ben, immer schön die Spannung halten. Neben mir hatte ich plötzlich eine altbekannte und unangenehm durchdringende Stimme vernommen.

»Na, wenn das nicht Gretchen Fingerhut ist! Kann ja nicht weit weg sein, wenn Ben in der Nähe ist. Ja, manche Sachen scheinen sich nie zu ändern.« Die Stimme gehörte Yvonne Metzel, meiner ehemaligen Erzfeindin auf dem Gymnasium. Sie hatte Recht, manche Sachen schienen sich nie zu ändern, meine Abneigung ihr gegenüber auf alle Fälle nicht.

Yvonne war früher ebenfalls hinter Ben her gewesen, doch im Gegensatz zu mir hatte sie es geschafft, Ben auf einer Engtanzparty zu küssen, was ihr jahrelanger Triumph mir gegenüber gewesen war. Keine Ahnung, weshalb Yvonne sich ausgerechnet mich als Feindin ausgesucht hatte, denn anders konnte man es nicht bezeichnen, aber ob ich wollte oder nicht, ab der siebten Klasse wurde jede Note, jede Klamotte, jeder Auftritt in der Theatergruppe, einfach alles, was ich tat, entweder kopiert, torpediert oder belästert. Gelassen hatte ich mich umgedreht und sie zuckersüß angelächelt. Was ich sah, hatte mich noch viel mehr lächeln lassen. Yvonne war aufgegangen wie ein Hefeteilchen und war inzwischen Ulla-Popken-Stammkäuferin. Leider hatten die Pfunde mehr auf den Hüften die schnelle Alterung im Gesicht und die Faltenbildung nicht verhindern können. Das war Strafe genug, und ich hatte mir einen Kommentar verkniffen.

»Hast du eigentlich die Bücher gelesen, die ich dir letztens mitgegeben habe?«, hatte Ben betont locker gefragt.

Mein Magen hatte sich ungewollt zusammengekrampft. Wie konnte er so mir nichts, dir nichts über die beiden Bücher sprechen, die er mir an besagtem Abend mitgegeben hatte, aber über den Abend selbst kein Wort verlieren? Vielleicht lag es an der Umgebung, den altbekannten Gesichtern, aber irgendwie war ich mir in eine Zeitreise versetzt vorgekommen, die bekannte Gefühle von Abweisung in mir weckte.

»Nein, die Bücher hab ich noch nicht gelesen, aber über die Feiertage fange ich an!«, hatte ich verkrampft geantwortet und vermieden, ihn anzusehen.

Ben hatte sich sofort abgewendet und sich wieder Rudi zugedreht, der versuchte, sich an den Namen eines Mädels zu erinnern, mit der er in der Oberstufe immerhin ein paar Monate zusammen gewesen war.

»Sie heißt Ines, und du hast sie wegen Caro verlassen!«, flüsterte ich ihm als Gedächtnisstütze ins Ohr, während ich mich durch die lärmende Masse nach oben durchboxte. Ich war sofort nach Hause gefahren, in mein blumiges, unverändertes Mädchenzimmer unterm Dach. In meinem alten CD-Player hatte immer noch eine CD von The Cure gelegen, die ich damals gehört hatte, als ich ausgezogen war, um an die Uni zu gehen.

Gespannt hatte ich sie gegen Bens CD ausgetauscht. Als ersten Song hatte er *Colorblind* von den Counting Crows aufgenommen. Der Song und Text hatten etwas Verzweifeltes, fast Flehendes, vor allem die Zeilen *»I am covered in skin … No one gets to come in … Pull me out from inside …«* In dieser Art ging es weiter von Tom Waits *Martha* über Jeff Buckley bis hin zu den Czars. Die Musik und die Auswahl waren wunderschön melancholisch und passten perfekt in die Jahreszeit.

Leila kam aus der Küche und riss mich aus meinen Gedanken an meinen Weihnachtsbesuch zu Hause, indem sie mir einen Stapel Teller in die Hand drückte und mich bat, den Tisch zu decken. Sie war zwar traurig, dass ihr Jakob nicht mitfeiern konnte, ließ sich aber nichts anmerken, allein schon wegen Mimi, und stürzte sich in die Arbeit, was immer als todsicheres Ablenkungsmanöver funktionierte.

Rudi gab sich alle Mühe, heitere Stimmung zu verbreiten, er half Leila in der Küche und füllte sie kaum merklich mit Champagner ab, was sich am zunehmenden Kichern bemerkbar machte.

Ich blies gerade einen Luftballon auf, als Clemens genervt anrief.

»Gretchen, ich stecke in Heathrow fest. Wir haben Nebel, und ich hab keine Ahnung, wann wir losfliegen können. Auf der Anzeigetafel steht, dass wir etwa zwei Stunden Verspätung haben, was bedeutet, ich würde erst gegen elf in Tegel landen. Ich kann's echt nicht glauben, ausgerechnet an Sylvester!«

Was für ein schlechter Scherz, den das Universum uns spielte. Na ja, noch war ja nicht alles verloren, Hauptsache, mein Aschenputtel war um Mitternacht hier. In dieser Hinsicht war ich sehr altmodisch, denn wenn ich schon endlich den Mann fürs Leben gefunden hatte, wollte ich ihn zumindest um zwölf zu *Auld Lang Syne* küssen und nicht wie sonst von alkoholisierten Grapschern unter dem Vorwand, zum neuen Jahr gratulieren zu wollen, die Zunge in den Hals gesteckt bekommen, während dessen Frau oder Freundin gerade mit einer Wunderkerze beschäftigt war.

»Alles klar?«, fragte Sarah. Sie hatte zumindest bis zwölf keinen Dienst, musste dann aber los, um die Nachtschicht im Krankenhaus zu übernehmen.

»Clemens steckt in Heathrow fest, es kann sein, dass er es nicht rechtzeitig her schafft!«

Musste dieser Mensch auch immer unterwegs sein und alle Freunde und Familie über den gesamten Globus verstreut haben. Ab heute war ich überzeugte Globalisierungsgegnerin, meine Mutter hatte eine Mitstreiterin mehr und durfte mir gleich ein Transparent mitbasteln.

Leider konnte ich den Gedanken, wie meine Mutter und ich einträchtig mit Megaphon einen Demonstrationszug anführten, nicht weiter spinnen, auch wenn ich mir sicher war, dass meine Mutter vor Stolz platzen würde, denn an der Tür hatte es geklingelt, die ersten Gäste trudelten ein.

Sofort machten Sarah und ich mit den vorbereiteten Tabletts die Runde und boten den wahnsinnig gestylten Menschen, alles Freunde und Bekannte, Aperitifs an. Kein Wunder, die meisten stammten aus der Modebranche. Rudi war im siebten Himmel, denn Leila hatte auch zwangsläufig Models im Freundeskreis, von denen einige gekommen waren, und auch noch solo!

Sarah sah amüsiert zu, wie Rudi mit einem großen rothaarigen Model flirtete.

»Manchmal kann ich wirklich nicht glauben, dass ihr Geschwister seid, du mit deiner Suche nach dem einzig Wahren und Rudi auf der Suche nach möglichst vielen. Meinst du, Rudi wird je bindungsfähig werden?«

Bis vor kurzem hätte ich automatisch den Kopf geschüttelt und vehement verneint, das war, bevor mir Rudi gestanden hatte, dass sein Herz sehr wohl für nur eine schlug. Ich zog Sarah beiseite und sagte ihr im Vertrauen, was Rudi gesagt hatte. Sie schaute mich genauso ungläubig an wie ich damals Rudi.

Aufgeregt bohrte sie weiter.

»Ja, und wer ist sie? Kennen wir sie? Das ist ja total niedlich! Hätte ich Rudi nie zugetraut!«, freute sich Sarah, die Rudi trotz seiner Fehler natürlich sehr gern mochte.

Leider musste ich zugeben, dass mein Spionagetalent kläglich versagt und ich weder mit Versprechungen noch Drohungen aus Rudi herausbekommen hatte, wer seine Herzensdame war.

»Aber ich habe eine Vermutung!«, sagte ich und schaute in Leilas Richtung, die Mimi und zwei anderen Mädchen Kindersekt einschenkte.

Sarah schlug sich an die Stirn.

»Na klar, das macht Sinn. Warum sonst hat er sie noch nicht ins Bett geschleift. Immerhin hatte er lange genug die Gelegenheit, bevor Leila Jakob kennen gelernt hat. Sonst ist er doch auch nicht so zurückhaltend.«

Genau das war auch meine Theorie. Armer Rudi, er musste furchtbar leiden, aber anmerken ließ er sich nichts.

Nervös blickte ich auf die Uhr, die halb neun zeigte. Clemens würde jetzt aber langsam boarden müssen, wenn er noch rechtzeitig kommen wollte. Ich zog mich in Leilas Schlafzimmer zurück, um ungestört mit Clemens sprechen zu können, der immer noch in der Abflughalle wartete, zwar schon eingecheckt war, aber noch nicht mal ein Gate wusste.

»Augenstern, ich befürchte, das wird ’ne längere Angelegenheit hier. Wenn das noch viel länger dauert, bekommen wir Probleme mit dem Nachtflugverbot, was heißt, dass wir nicht in Tegel, sondern Schönefeld landen müssen, das dauert dann noch länger.«

Die Enttäuschung, die in seiner Stimme mitschwang, drückte genau aus, wie ich mich auch fühlte. Dabei ging es nur um ein paar blöde Stunden. Was wirklich zählte, war, dass ich ihn irgendwann heute Nacht endlich wieder anfassen und spüren konnte.

Wir vereinbarten, dass wir einfach nicht damit rechneten, dass es für Mitternacht reichte, auch nicht mehr alle fünf Minuten anriefen, sondern er sich einfach meldete, sobald er gelandet war.

»Wenn wir uns sehen, muss ich dir etwas Wunderbares erzählen«, sagte er noch und beendete das Gespräch.

Die Zeit bis Mitternacht verging wie im Flug, Leilas Essen schmeckte ausgezeichnet, sie hatte frischen Fisch mit gratinierten Kartoffeln und Gemüse aufgefahren und ein Sanddornparfait als Dessert gereicht.

Doch die Hauptattraktion des Abends sollte noch kommen. Leila mit ihrem Hang zum Okkulten hatte zwar die üblichen Sylvesterscherze wie Bleigießen und Kaffeesatzlesen vorbereitet, aber als Krönung eine Wahrsagerin bestellt, die allen, die wollten, das neue Jahr voraussagte.

Mein Bedarf an Wahrsagerinnen war für mein restliches Leben gedeckt, ich knabberte und rätselte immer noch daran, was Birgit, die Hellseherin auf der Esoterikmesse, mir alles gesagt hatte. Den Gedanken hatte ich kaum fertig gedacht, da stand plötzlich besagte Birgit, meine Wahrsagerin vom Sommer, in der Tür, sah mich an, erkannte mich auch sofort, aber sagte kein Wort, was ich sehr diskret fand. Berlin schien nicht besonders viel Auswahl an Hellsichtigen zu bieten, bei Gelegenheit musste ich das in den *Gelben Seiten* überprüfen – oder war Birgit die lokale Größe ihres Metiers? Die Partygesellschaft guckte genauso erstaunt wie ich beim ersten Treffen, als Birgit mit ihren blonden Haaren und der aufgeräumten Art als Wahrsagerin vorgestellt wurde. Weder einen Raben auf der Schulter noch lange dunkle Zottelhaare bot sie, nur ein freundliches Lächeln.

Leila, die die aufkeimende Skepsis gegenüber ihrer groß angekündigten Wahrsagerin spürte, fühlte sich genötigt, diese anzupreisen. Birgit, so erfuhren wir, berate die ganz Großen aus Politik und Wirtschaft, auch viele Künstler würden sich ihrer Voraussagen erfreuen, und sie sei nicht, wie einige vermuteten, Leilas Buchhalterin, die für »'nen Fuffi« die Wahrsagerin gebe.

Birgit, der die Situation unangenehm wurde, zog sich in Leilas Atelier zurück, wo eine kleine Sitzecke für sie aufgestellt war, und bat Freiwillige vor. Zu meiner Überraschung stand Sarah auf, die sonst alles, was nicht physikalischen Gesetzen unterlag, für Humbug hielt.

Nach einer Weile kam sie sehr nachdenklich wieder und wurde von allen Seiten bestürmt und ausgefragt. Sie wehrte ab und meinte nur, die anderen sollten es am besten selbst ausprobieren.

Mich konnte Sarah natürlich nicht so einfach abwimmeln.

»Du wirst es nicht glauben, aber das ist die Wahrsagerin, bei der ich auf der Eso-Messe war. Was'n Zufall, oder? Seit wann lässt du dir freiwillig die Zukunft voraussagen?«, zog ich meine vernunftbezogene Freundin auf.

»Seit Wahrsagerinnen mehr nach harmloser Lenor-Werbung aussehen und einem keine Angst einflößen, gleich die ganze Sippe zu verfluchen.«

Ich wusste, was sie meinte. Birgit flößte Vertrauen ein, nichtsdestotrotz schützte das nicht vor den unangenehmen Voraussagungen, die sie traf.

Ich wurde ungeduldig, denn Sarah musste bald los und ihren Bereitschaftsdienst antreten.

»Jetzt lass dich doch nicht bitten! Was hat sie gesagt?«

Sarah sah aus, als ob sie ernsthaft nachdächte, ob sie es mir erzählen sollte.

Ich boxte sie auffordernd in die Seite.

»Ja, is ja gut. Sie sagte mir, dass ich einen sehr turbulenten Start ins Jahr haben würde und dass man, wenn man an manchen Sachen zu nah dran ist, nicht sieht, was tatsächlich passiert, und mir Abstand zu einigen Dingen gut tun würde. Aber alles in allem solle ich mir keine Sorgen machen, denn meine große Liebe würde ich finden, sogar in diesem Jahr noch, wichtig sei nur einen Schritt zur Seite zu treten, und außerdem soll ich mir meinen Pragmatismus bewahren, komme, was wolle.«

Für mich klang das nach Wischiwaschi und sehr allgemein gehaltenem Horoskop-/Tarotgerede, keine Ahnung, was Sarah an diesen Worten so verstört haben konnte. Da hätte sie sich meine Prophezeiung mal im Gegensatz dazu anhören sollen.

Sarah packte benommen ihre Sachen zusammen, irgendwie wurde ich das Gefühl nicht los, dass Birgit ihr noch etwas anderes gesagt haben musste.

Sarah verabschiedete sich von allen, ich brachte sie zur Tür und bedauerte, dass ich ohne sie anstoßen musste.

»Morgen nach der Bereitschaft muss ich erst mal schlafen, aber wie sieht's am Zweiten aus? Wollen wir uns treffen?«, schlug sie vor.

Theoretisch nichts lieber als das, aber ich hatte ab dem zweiten Januar Vollgas für unser Sonderheft zu geben, das Mitte Januar erschien, die komplette Redaktion war wieder da, um das Extraheft zu stemmen. Feline kam ab dem dritten Januar wieder ins Büro. Bei dem Gedanken, sie um einen Termin zu bitten und zu kündigen, wurde mir kurz schlecht. Außer Clemens und mir wusste immer noch niemand von meinen Absichten, nicht einmal Sarah. Es fiel mir nicht leicht, Feline und die Redaktion zu verlassen, andererseits wollte ich meine Liebe zu Clemens endlich frei leben können, mein Clemens … der sich immer noch nicht gemeldet hatte. Gemeinsam ins neue Jahr zu feiern, konnte ich mir abschminken.

Oder etwa doch nicht, denn kaum war Sarah zur Tür hinaus, klingelte es erneut. Aufgeregt und hoffnungsvoll öffnete ich. Im Treppenhaus hörte ich Schritte, dann sah ich eine dunkle Fischerwollmütze, die aber nicht zu Clemens, sondern Ben gehörte. Wie sich die Zeiten ändern konnten. Noch letztes Sylvester wäre ich durchgedreht, mit Ben allein im Treppenhaus zu stehen, dieses Jahr war ich enttäuscht, weil er nicht Clemens war. Die Enttäuschung verbarg ich wohl schlecht, denn er grinste mich breit an und meinte: »Soll ich wieder gehen, oder darf ich reinkommen, auch wenn ich nicht Clemens bin? Lässt du die Tür bitte offen, Liv kommt auch gleich.«

Super, so hatte ich mir Sylvester vorgestellt. Ohne Clemens mit lauter Pärchen aufs neue Jahr anzustoßen und mir auch noch blöde Kommentare von Ben anzuhören. Wenigstens war Liv inzwischen erträglich.

Die letzten Sekunden vor Mitternacht zählten alle gemeinsam herunter, ein gefülltes Glas in der Hand. Punkt zwölf gingen wir auf den Balkon, Leila spielte *Auld Lang Syne,* und die Verliebten lagen sich in den Armen.

In Gedanken prostete ich Clemens zu, der vermutlich gerade irgendwo in der Luft ins neue Jahr feierte. Ob die Stewardessen wohl Partyhüte trugen und der Pilot *Happy New Year* von Abba laufen ließ?

Schließlich lagen sich auch alle guten Freunde in den Armen, und es kam der Teil, vor dem mich dieses Jahr eigentlich Clemens hätte beschützen sollen, nämlich die Fraktion der männlichen Singles oder der Männer, die in Langzeitbeziehungen steckten. Unter dem Vorwand »Alle Menschen werden Brüder« fielen sie Frauen ohne Begleitung um den Hals und küssten sie ungefragt auf den Mund. Das beste Mittel war Fliehen, und so zog ich mich mit meinem Glas in die Küche zurück und sprach Clemens auf die Mailbox, um wenigstens ein bisschen Sylvester mit ihm zu feiern.

Rudi wirkte für seine Verhältnisse ernst, setzte sich zu mir und seufzte.

»Was wünschst du dir denn fürs neue Jahr?«, fragte er und stupste mich an.

»Das alles genauso weitergeht wie letztes! Und Gesundheit. Ab dreißig sollte man immer auch Gesundheit mitwünschen. Und du? Irgendwelche Wünsche oder Vorsätze?«

Rudi nahm einen tiefen Schluck von seinem Wodka-Tonic.

»Wenn du es genau wissen willst. Mein Vorsatz für dieses Jahr heißt, dass ich meine Angst vor Zurückweisung überwinde und dem Mädchen, in das ich verliebt bin, es endlich sage und notfalls um sie kämpfe. Wenn es nichts wird, kann ich weitermachen wie bisher, aber wenigstens habe ich es dann versucht.«

Ein weiterer Grund, weshalb ich Sylvester hasste, alle wurden plötzlich so anders, tiefsinnig oder melancholisch. Ben gesellte sich zu uns und musste lachen.

»Die Fingerhutgeschwister unter sich. Habt ihr eure schwierige gemeinsame Kindheit gewälzt, oder weshalb guckt ihr so trüb drein?«

Sehr witzig, das musste gerade Ben, die staatlich geprüfte Stimmungskanone und Weltschmerzauskoster, fragen.

»Setzt dich und sag lieber, was deine Vorsätze für dieses Jahr sind«, bedeutete Rudi Ben, sich zu setzen.

Ben nahm sich ein Bier, überlegte kurz und sagte dann: »Mein Vorsatz für dieses Jahr ist: endlich zu leben!«

»Was hast du denn bisher bitte gemacht?«, wollte Rudi wissen. Ben winkte ab und zeigte wieder sein distanziertes »Mir kann keiner was«-Gesicht.

Birgit gesellte sich zu uns in die Küche. Bei Fremden Sylvester zu arbeiten war bestimmt auch keine so tolle Sache.

»Na, wie geht's dir?«, fragte sie mich und sah mich an, als ob sie nach Schlangenbissen auf meiner Haut suchte.

»Super, im Prinzip super! Ich denke aber viel an das, was du mir gesagt hast.«

Birgit tunkte eine Möhre in den Quarkdip und sagte so leise, dass nur ich es hören konnte:

»Der Wechsel steht kurz bevor, du musst wachsam und stark sein, und verrate nie dein Herz, hörst du? Denk daran, im richtigen Moment loszulassen, verzeihen zu können, und verrate deine Ideale unter keinen Umständen. Wenn du dich daran hältst, wird alles gut werden, aber sei vorsichtig!«

Wo waren wir hier eigentlich? Bei *Der Herr der Ringe,* oder wieso schwang Birgit eine Rede, die auch Gandalf den drei Hobbits aus dem Auenland mit auf den Weg hätte geben können, zumindest was

Pathos und Rätselhaftigkeit betraf. Vielleicht war Birgit aber auch nur bekloppt, und was wir für eine Masche hielten, war eine ihrer multiplen Persönlichkeiten, und keiner merkte es. Anstatt sich in Behandlung zu begeben, sahnte sie mal richtig Kohle ab. Oft sahen die ja geradezu auffällig harmlos aus, dachte ich und beobachtete Birgit, wie sie ihre Möhre aß und sich mit Ben und Rudi unterhielt. Vielleicht, überlegte ich, war sie auch total normal und fand es nur witzig, Menschen wirre Botschaften mitzugeben, worüber sie grübeln konnten. Vielleicht war sie aber auch vom CIA und versuchte mir mit diesen Sätzen einen Code zu überliefern, ich konnte es aber nicht verstehen, weil eine Verwechslung vorlag.

Leila gesellte sich zu uns in die Küche. Sie hatte Mimi ins Bett gebracht, sah ziemlich müde aus und leicht traurig, was daran lag, dass Jakob nicht da war.

»Amüsiert ihr euch gut?«, fragte sie in die Runde, worauf alle nickten. Abgesehen davon, dass wir eine potenzielle verwirrte Attentäterin neben uns sitzen hatten, die wir irgendwann in den Tagesthemen wieder sehen würden, weil sie einen Politiker angefallen hatte, in der festen Überzeugung, die Welt von einem wild gewordenen Klingonen zu befreien, und mein Liebster das neue Jahr in zehntausend Metern Höhe verbrachte, war alles tipptopp.

Kurz nach eins kam endlich ein Anruf von Clemens. Er war zwar gelandet, aber sein Gepäck war nicht aufgetaucht, und er musste zum Gepäckverlustschalter. Es war nicht zu glauben!

Endlich, als ich schon nicht mehr daran glaubte, um halb drei, die ersten Gäste waren bereits gegangen, kam Clemens.

Und wieder einmal wurde sein Erscheinen zu einer Art Erscheinung. Keine Ahnung, warum, aber wenn er, gleich wo, auftauchte, verwandelte sich alles in einem Raum. Alles konzentrierte sich auf ihn. Diese Aufmerksamkeit, die er auf sich zog, ließ sich einfach daran festmachen, dass alle in ihren Gesprächen innehielten und ihn anschauten. So etwas konnte man nicht kaufen, das nannte man Charisma. In Sekundenschnelle hatte er mich mit seinem Lachen wieder da, wo er mich jedes Mal hatte: Ich betete ihn an.

Wir fielen uns in die Arme und hielten uns einfach nur fest. Ich kann gar nicht beschreiben, wie gut es tat, dieses aufregend vertraute Gefühl wieder zu spüren.

»Happy New Year!«, flüsterte er mir ins Ohr und küsste mich. Ja, so konnte das neue Jahr beginnen, mit glückseligem Kribbeln und dem aufregendsten Mann der Welt.

»Lass uns zu dir gehen, ich will dich für mich haben!«, sagte Clemens und sprach mir aus der Seele. Wir verabschiedeten uns, gingen in meine Wohnung nach oben und waren endlich allein! Wie selbstverständlich ging Clemens in der Küche an den Kühlschrank, nahm sich etwas zu trinken und holte mein Weihnachtsgeschenk aus seiner Tasche. Schnell zog ich meins für ihn ebenfalls hervor, und gleichzeitig machten wir uns daran, die Geschenke zu öffnen.

Ungeduldig entfernte ich das Papier und traute meinen Augen kaum. Clemens hatte einen Gedichtband für mich drucken lassen, ein Foto meines Gesichtes zierte den Einband, und mit geschwungener Schrift war »Darf ich es wagen …?« als abgekürztes Zitat und als Anspielung auf Gretchen aus dem *Faust* auf dem Cover eingestanzt.

Meine Haare auf dem Einband waren mit welligen Goldfäden durchwoben worden, die Augen und der Mund farbig betont und etwas erhöht herausgearbeitet, sodass der Einband fast einen plastischen Eindruck erhielt. In dem Band hatte Clemens lauter Gedichte, Textpassagen und Liedtexte abgedruckt, die sich auf uns bezogen. Einige Gedichte waren sogar selbst verfasst, aber auch Rezepte von gemeinsamen Essen, Flugtickets oder Filmzitate von Filmen, die wir gesehen hatten, waren eingefügt, zwischendurch Fotos oder Skizzen, die er gemacht hatte. Der Gedichtband war ein kleines Kunstwerk, atemberaubend schön und wertvoll; ich konnte mich nicht erinnern, je ein so besonderes und liebevoll gestaltetes Geschenk bekommen zu haben, mal vom mundgeblasenen Pendel meiner Eltern abgesehen.

»Das ist so unglaublich schön, mir fehlen die Worte!«

Clemens freute sich sichtlich, einen Volltreffer gelandet zu haben, und bedankte sich für mein Geschenk, das mir auf einmal gar nicht mehr so toll vorkam. Na ja, aber es ging nicht darum, sich gegenseitig zu übertrumpfen, sondern seine Liebe in Gesten und Geschenke zu verpacken, und Clemens schien sich über mein Geschenk sehr zu freuen.

»So, du sagtest vorhin, dass du was Wunderbares zu erzählen hast?«

Clemens stellte sein Glas ab, nahm meine Hände und legte los.

»Ja, stell dir vor. Ich fliege morgen spontan nach Zürich, und von dort aus geht es in die Berge zu einem Managementseminar. Das ist unglaublich spannend. Vor Jahren habe ich das schon mal mitgemacht. Kein Handy, kein Internet, keine Zivilisation, nur eine kleine Gruppe mit Bergführer und Seminarleiter, die sich ohne moderne Hilfe durchschlagen und selbst versorgen muss. Ich kenne Peter, den Seminarleiter. Ein Seminarmitglied ist krank geworden, und er hat mir den freien Platz angeboten. Ich hab sofort zugesagt, normalerweise steht man ewig auf der Warteliste. Gretchen, das musst du unbedingt auch mal machen. Ich sage dir, das ist wie eine Reinigung, eine Meditation! Einfach wunderbar!«

Ich wunderte mich tatsächlich, und zwar dass Clemens solche Seminare gut fand, denn nötig hatte er sie auf keinen Fall, aber er steckte nun mal voller Überraschungen.

Den Rest der Nacht machte ich kein Auge zu, was nicht an Clemens' Reinigungsabsichten lag, sondern an seiner Leidenschaft. Irgendwie schien Sylvester ihn auch nicht kalt zu lassen, denn in seinen Berührungen schwang etwas fast Wehmütiges mit. Auf alle Fälle spürte ich mich ihm nah wie nie zuvor, und wenn es einen Moment des vollkommenen Verstehens und Gleichklangs zweier Menschen gab, war diese Nacht Beweis dafür.

»Wach auf Augenstern, ich muss bald los.« Sanft streichelte Clemens mir über die Haare, darauf bedacht, mich vorsichtig zu wecken. Neben dem Bett stand eine Tasse mit Breakfasttee, Clemens war, ohne dass ich es gemerkt hatte, aufgestanden und saß in voller Montur am Bettrand.

Ich sah auf die Uhr, es war bereits kurz nach zwei Uhr.

»Warum hast du mich nicht geweckt?«, beschwerte ich mich schläfrig.

Clemens küsste mich auf die Nasenspitze.

»Weil du den Schlaf dringend gebraucht hast und ich unbemerkt schmutzige Aufnahmen von dir machen konnte, die jetzt jederzeit im Internet für 3,99 die Minute herunterladbar sind.«

Leider war ich noch zu schwach, um ihn zu schlagen, aber für einen Kissenwurf reichte es allemal.

Ich räkelte mich aus dem Bett, warf mir ’nen Bademantel über, verschwand im Bad, schließlich wollte ich Clemens mit frisch geputzten Zähnen verabschieden.

Durch die Badezimmertür hörte ich, wie Clemens *Leaving on a jet plane* pfiff. Das machte er jedes Mal, bevor er losmusste, ob ihm klar war, welchen Text das Lied hatte? Dass John Denver in der zweiten Strophe sinngemäß sang, »Wenn ich wiederkomme, bringe ich den Ring mit, und wir heiraten«. Ein Verlobungsring wäre ein Geschenk, das ich bestimmt nicht ablehnen würde, und in Zürich gab es doch ein Tiffany-Geschäft.

Clemens’ Koffer stand bereits im Flur, ein Bild, das ich nur zu gut kannte. Mich verwunderte immer wieder, wie Männer im Allgemeinen und Clemens im Besonderen mit nur einem Koffer auskamen.

Die Klingel läutete, das bestellte Taxi für Clemens wartete unten.

Wie er auf mich zuging, groß, gut aussehend, mit diesem Blick und seinem Strahlen, das der Inbegriff des Lebens war, konnte ich mein Glück mal wieder nicht fassen.

Er nahm mich in den Arm und begann unser Abschiedsritual einzuläuten.

»Warum sind wir nicht traurig?«, fragte er.

»Weil wir im Hier und Jetzt leben und jeden Moment genießen, wie er kommt, und glauben, dass es gut ist, wie es ist«, antwortete ich.

»Und was machen wir niemals?«

»Bereuen, wir bereuen nie.«

»Richtig!« Er lächelte und küsste mich so innig, dass ich doch begann, traurig zu werden.

Noch einmal strich er mir eine Strähne aus dem Gesicht, gab mir einen Kuss auf die Stirn und verschwand.

Ich tröstete mich mit dem Gedanken, dass er bald wieder da sein würde, mit einer Geschichte über interessante Meditationstechniken im Gepäck. Ab morgen früh war ich eh wieder so mit Arbeit zugeschüttet, dass ich ihn nicht vermissen würde, denn ich hatte mir vorgenommen, das letzte Sonderheft, an dem ich mitarbeitete, perfekt abzugeben, das war ich der Redaktion und vor allem Feline schuldig.

Auch wenn ich noch gern länger frei gehabt hätte, das lange Ausschlafen, die frische Luft und das gesunde Essen taten mir im Gegensatz zum Redaktionsalltag gut, so freute ich mich dennoch auf die Redaktion, selbst auf Diane, nicht weil ich sie ins Herz geschlossen hatte, Gott bewahre, aber wenigstens hatte sie einen gewissen Unterhaltungswert. Wie sie und Michi wohl Sylvester verbracht hatten? Michi war sich noch nicht sicher gewesen, ob sie zu Hause mit den Eltern feiern sollte, und Diane hatte von einem Galadiner gesprochen. Vor kurzem hätte mich ihr oberflächlicher, auf Geld und Aussehen fixierter Lebensentwurf auf die Palme gebracht, aber das wurde mir immer gleichgültiger.

Hinzu kam, dass jetzt, wo die Zeit bei *Phosphor* absehbar wurde, sich alles zu verklären begann und es mir sogar wehtat, das, was wir gemeinsam in der kurzen Zeit aufgebaut hatten, einfach zu verlassen, aber ich wusste ja, wofür ich es tat.

»Wo bleibt dein verdammter Beitrag zu den optimistischsten Filmen aller Zeiten? Ich muss noch den Soundtrack dazu beschreiben, das ist aufwändig! Ich brauch das Ding in spätestens einer halben Stunde!«

Vor mir stand eine aufgebrachte Diane, die vor lauter Wut fast schäumte. Hatte ich gesagt, dass es mir Leid tat, die *Phosphor* zu verlassen? Wenn ja, war das in einem Anfall völliger Umnachtung gewesen, zumindest was Goldstück Diane anging, die gerade durchdrehte. Gut, wir hatten alle keine Lust gehabt, am zweiten Januar wieder zu arbeiten, aber das war kein Grund rumzuzicken, zumal sie anteilig am wenigsten zu tun hatte, der Großteil kam von Michis und meiner Abteilung. »Du bekommst den Artikel von mir wie abgemacht um zwölf und keine Minute früher!«, keifte ich zurück.

Diane zog türknallend ab.

»Was ist denn mit der los?«, fragte Michi. Nicht, dass Diane je eine natürliche Freundlichkeit umgeben hätte, aber so ätzend hatten wir sie noch nie erlebt. Vielleicht hatte sie Sylvester zu tief ins Glas geschaut und litt immer noch an einem Kater, zumindest war von ihrer gut gelaunten, beinahe sanften Stimmung von vor Weihnachten nichts, aber auch gar nichts übrig geblieben.

Kopfschüttelnd wandte ich mich wieder meinen Themen zu. Das Sonderheft hatte den Titel *Neues Jahr, neues Glück.* Ich bereitete eine Liste von Filmen vor, die entweder mit Vorsätzen zu tun hatten oder so gute Laune verbreiteten, dass man mit einem »Alles wird gut«-Gefühl aus dem Kino kam.

Keine fünf Minuten später platzte Diane wieder herein.

»Könnt ihr mir wenigstens gnädigerweise die Zeilenangaben schicken, damit ich weiß, wie viel Platz mir bleibt?«

Ohne eine Antwort abzuwarten, rauschte sie wieder ab und ließ einen verächtlichen Kommentar »Alles Dilettanten« fallen. Michi und ich sahen uns fragend an. Das übertraf auch für Dianes Verhältnisse alles bisher Dagewesene. Michi beugte sich zu mir herüber.

»Sag mal, bilde ich mir das ein, oder hatte sie knallrote Augen? Wenn es sich nicht um die stoische Diane handeln würde, könnte ich wetten, dass sie geweint hat.«

Leider konnte ich dazu nichts sagen, ich hatte jeden Augenkontakt vermieden, um nicht ausfällig zu werden. Bevor ich weiter darauf eingehen konnte, kam Marion herein, ich hatte sie noch nicht gesehen und wollte ihr gerade ein schönes neues Jahr wünschen, da legte sie aufgebracht los.

»Wisst ihr, was mit Rittmeister Diane los ist? Die spinnt ja jetzt komplett! Ich bat sie gerade, übrig gebliebene Reisekosten vom Dezember zu machen, weil sonst die Buchhaltung Stunk macht, und ratet mal, was sie mir antwortet: ›Mach's doch selbst, wenn das so wichtig ist!‹ Dann ist sie abgerauscht, und ich höre sie die ganze Zeit toben und Türen knallen.«

Diane im Normalzustand war schwierig, Diane mit schlechter Laune nicht zu ertragen. Wenn es jemanden geben würde, der einen guten Draht zu ihr hatte, um zu fragen, was los war, aber dieser jemand war Clemens, und der saß irgendwo in den Alpen, gewann Trinkwasser aus Schnee und war nicht erreichbar. Ich stand auf und legte Marion beruhigend den Arm auf die Schulter.

»Reg dich nicht auf, und bezieh es ja nicht auf dich. Sie tobt bei allen, irgendwas ist passiert. Das ist nicht mal für Diane normal. Wir behalten sie im Auge!« Ich schickte Marion mit einem aufmunternden Nicken wieder an ihren Platz.

Ich nahm mir vor, Diane anzusprechen, überlegte es mir aber sofort wieder anders, als Michi vom Klo zurückkam und meinte, Diane schluchzen gehört zu haben, worauf sie ihr angeboten hatte, mit ihr zu sprechen. Als Antwort hatte Diane einen Schuh nach Michi geworfen, unter der Toilette hervor.

Langsam machte ich mir ernsthaft Sorgen, wer Diane zur Vernunft bringen konnte, denn abgesehen von ihrer seelischen Verfassung stand das Sonderheft auf der Kippe, wenn Diane ausfiel oder sich weigerte, weiter zu arbeiten. Ich hinterließ Clemens eine Nachricht auf der Mailbox mit der dringenden Bitte, sich wegen Diane zu melden. Vielleicht fuhren er und die anderen Seminarteilnehmer ja doch mal ins Tal zum Einkaufen, wenn sie keinen Hasen erlegt hatten, und er konnte die Mailbox abhören. Feline im Urlaub anzurufen war übertrieben, zumindest noch.

Michi und ich überlegten, wer im schlimmsten Fall für Diane einspringen konnte, außer einem festen Freien fiel uns auf die Schnelle keiner ein, und der war auf den Malediven bis Ende Januar.

Hastig redigierte ich einen meiner drei Artikel und schickte ihn per Mail sofort an Diane, die die E-Mail nicht öffnete. Ich rief durch, um Bescheid zu geben, dass sie loslegen konnte, aber sie ging nicht ans Telefon. Na super, wenn der Berg nicht zum Propheten kommt, muss der Prophet eben zum Berg gehen … Ich stand widerwillig auf, um mich auf den Weg in die Höhle der Löwin zu machen.

Für alle Fälle druckte ich den Artikel noch aus und ging den Gang entlang zu Dianes Büro. Sie hatte als Einzige ein Einzelbüro, weil sie das bei ihrer Einstellung gleich mitverhandelt hatte. Bestimmt war der eigentliche Grund, dass sie aus Erfahrung wusste, dass niemand anderes ein Büro mit ihr teilen wollte.

Gerade hob ich die Hand, um an ihrer Tür zu klopfen, da hörte ich, dass sie telefonierte. Ich beschloss, kurz zu warten, so lange konnte das Gespräch ja nicht dauern, und die Zeit zu nutzen, um meinen Artikel gegenzulesen. Während ich versuchte, mich zu konzentrieren, drangen einige Wortfetzen durch die Tür zu mir. Erst wollte ich sie ignorieren, aber Dianes Stimme wurde immer lauter und war nicht mehr zu überhören. Ich überlegte schon, mir die Ohren zuzuhalten, und versuchte krampfhaft, konzentriert weiter zu lesen, doch plötzlich verstand ich einige Sätze, die ich nicht glauben konnte. Sofort hörte ich auf zu lesen, war hellwach und lauschte aufmerksam. Durch die Tür konnte ich laut und deutlich hören, wie Diane die einzelnen Themen des geplanten Sonderheftes durchging, und nicht mit jemandem aus der Redaktion, denn sie sprach die ganze Zeit von »wir« und »euch«.

Mir kam eine Vermutung, die ich erst gar nicht zu Ende denken wollte, so schlecht wurde mir dabei.

»Die Literaturseiten werden von den wenigen nicht melancholischen deutschen Schriftstellern handeln und der Frage, ob wir für Frohsinn nicht gemacht sind. Dazu machen wir eine Topliste der fröhlichsten Bücher aller Zeiten«, fuhr sie detailliert fort.

Ihr Gegenüber schien sie etwas zu fragen, denn sie sagte einige Zeit lang nichts mehr, dann antwortete sie mit fester Stimme, sodass ich es deutlich hören konnte.

»Ja, sobald ich das im Mail habe, schicke ich es dir von meinem Privataccount, Ilona.«

Geschockt suchte ich das Weite und konnte immer noch nicht fassen, was ich gerade gehört hatte. Diane verriet tatsächlich unsere Themen der *Zeitgeist!* Das hatte selbst ich ihr nicht zugetraut! Wenigstens Clemens gegenüber, dachte ich, verspürte sie eine gewisse Loyalität, aber anscheinend nicht einmal das.

Michi sah mich erschrocken an, als ich mit weichen Knien wieder zur Tür hereinkam.

»Was ist denn passiert? Du bist so blass und guckst so starr.«

Ich schloss die Tür und lehnte mich dagegen.

»Diane verrät unsere Sonderheft-Themen an die *Zeitgeist*!«, sagte ich immer noch geschockt.

Michi sah mich verständnislos an.

»Was redest du da?«

Wie in Trance berichtete ich, was ich alles mit angehört hatte, Irrtum und Zweifel ausgeschlossen, auch wenn Michi mehrmals nachbohrte, ob ich auch ganz sicher sei.

»Warum macht sie das? Ich meine, dass sie 'ne blöde Kuh ist, ist kein Geheimnis, aber eine Verräterin, das hätte ich nicht gedacht.«

Bei aller Antipathie: ich auch nicht!

»Was machen wir jetzt bloß?«, überlegte ich laut. Michi zuckte mit den Schultern. Clemens war nicht erreichbar, Feline im Urlaub und unser Sonderheft, das wir in sechs Tagen zum Druck geben mussten, im Eimer, je nachdem, was Ilona Richter mit den Informationen anfangen würde.

»Wenn wir Diane darauf ansprechen, wird sie bestimmt alles abstreiten, und dann haben wir keinen Beweis, außer deiner Aussage, die gegen ihre steht. Marion muss ihre Administratorrechte freischalten lassen, damit wir beweisen können, dass sie die Mails weiterschickt!«, sagte Michi mit klarem Kopf und holte sofort Marion herein.

Marion konnte erst nicht glauben, welche Anschuldigungen ich erhob, aber als sie mein geschocktes Gesicht sah, merkte sie, dass es ernst war. Als Clemens' Assistentin konnte sie auf seine Administratorrechte zugreifen.

»Na gut, ich mache es!«, sagte sie zögernd und ging an Clemens' PC, während Michi und ich Diane schnell all unsere Unterlagen schickten, die sie brauchte, um sie weiterzuleiten. Da sie die Themen sowieso telefonisch verraten hatte, machte es keinen Sinn mehr, ein Dokument zurückzuhalten, es gab nichts mehr zu retten.

Nervös blieben Michi und ich in unserem Büro sitzen. Wir mussten nicht lange warten, nur wenige Minuten später kam Marion mit einem Stapel ausgedruckter Blätter herein und schaute ziemlich geschockt drein.

»Ihr hattet Recht, ich hab die Mails nachverfolgt, sie hat alles an die Richter weitergeleitet, diese Schlange!«

Bei Schlange fiel mir kurz meine Wahrsagerin ein, und eine Alarmglocke schrillte.

»Was machen wir denn jetzt?«, rief Michi panisch und begann so hektisch zu atmen, dass ich befürchtete, sie könne jederzeit hyperventilieren.

Ratlos sahen wir uns an. Clemens war noch drei Tage lang nicht erreichbar, niemand hatte die Adresse, wenn es denn eine gab in dreitausend Meter Höhe auf einer Berghütte.

Ob wir Feline anrufen sollten, ohne vorher mit Clemens gesprochen zu haben? Wir hatten allerdings keine Privatnummer, sondern nur ihre Geschäftshandynummer. Die Privatnummer hütete ihre Assistentin, die auch erst in zwei Tagen wieder zurückkam. Leider drängte die Zeit, die Sonderausgabe ging in den nächsten zweiundsiebzig Stunden in Druck, so viel Zeit blieb uns noch, um ein neues Thema auf die Beine zu stellen, was fast unmöglich war!

Das wurde uns allen mehr oder weniger zeitgleich bewusst, was Michi dazu veranlasste, »Ich bringe sie um!« zu rufen.

»Euch ist schon klar, dass wir tatsächlich etwas gegen sie unternehmen müssen. Wer weiß, wie lange das schon geht, und jede Minute, die sie hier länger spioniert, schadet uns! Marion, kannst du versuchen, Felines Privatnummer ausfindig zu machen, und Michi und ich nehmen uns Diane vor?«, rief ich Jeanne-d'Arc-gleich aus.

Bebend vor Wut stampften Michi und ich zu Dianes Büro. Wahrscheinlich war das einer der Hauptgründe gewesen, weshalb sie unbedingt auf ihr Einzel-Quarantänebüro bestanden hatte, die linke Bazille, schoss es mir durch den Kopf: Sie hatte ungestört Informationen weitergeben wollen. Ohne anzuklopfen, rissen wir die Tür auf und bäumten uns vor Diane auf. Bevor sie den Mund öffnen konnte, konfrontierten Michi und ich sie abwechselnd mit ihrem Verrat. Zu meinem Erstaunen versuchte Diane überhaupt nichts abzustreiten, die Ausdrucke zur Beweisführung hätten wir uns sparen können.

»Spart euch euer aufgeregtes Getue, ich geb's ja zu, und wenn ihr es genau wissen wollt, tut es mir überhaupt nicht Leid!«, stieß sie verächtlich aus.

Ich war keine zwanzig mehr und hatte bestimmt schon einiges erlebt, aber eine solch abgebrühte und eiskalte Frau war mir noch nicht untergekommen, höchstens in Filmen, und da hatte ich solche Figuren stets als überzeichnet und unrealistisch kritisiert!

Trotz ihrer eisigen Miene und der abgeklärten Sätze sagte mir mein Instinkt, dass irgendwas nicht zusammenpasste. Die roten Augen, die wirklich aussahen, als ob sie stundenlang geweint hätte, und ihr regungsloses Statement passten nicht zusammen. Mein Name war nicht umsonst Gretchen, ich sah es immer als erforderlich und gegeben, der Wahrheit auf den Grund zu gehen, besonders in diesem Fall, der uns alle betraf.

Was mich wirklich interessierte, war Dianes Motiv.

»Warum hast du das denn überhaupt gemacht? Bekommst du Geld dafür?«, versuchte ich eine Erklärung aus ihr herauszulocken.

Schnippisch fuhr sie mich an.

»Süß, aber für Geld werde ich in meinem Leben nie etwas tun müssen. So gut müsstest selbst du mich inzwischen kennen.«

Ratlos zuckte ich mit den Schultern.

»Aber ich versteh nicht, warum du das getan hast. Ich dachte, du hast wenigstens einen Funken Loyalität, wenn schon nicht Feline oder uns, dann wenigstens Clemens gegenüber. Dir ist doch klar, dass das Konsequenzen hat. Wir werden Clemens alles sagen müssen, das bedeutet deinen Rausschmiss!«

Anstatt peinlich berührt zu sein oder Angst zu haben, lachte Diane nur höhnisch auf und feuerte zurück.

»Clemens! Macht das ruhig. Clemens' Reaktion will ich sehen. Was meint ihr denn, warum ich das getan habe? Doch nur wegen Clemens, ihr Naivchen! Und was dich angeht, Gretchen, du kannst aufhören, so scheinheilig zu tun, wenn wir schon von Versteckspiel oder Verrat sprechen. Ich weiß genau, was mit Clemens läuft. Für wie blöd hältst du mich eigentlich?«

Michi sah mich überrascht an, meine Knie drohten wegzusinken. Woher wusste Diane über Clemens und mich Bescheid? Und war das etwa ihre Rache, weil sie von Clemens verschmäht worden war?

Unsicher versuchte ich, mich zu rechtfertigen.

»Keine Ahnung, woher du das mit Clemens weißt, aber eins kann ich garantiert sagen, unsere Beziehung hat nie seine beruflichen Entscheidungen beeinflusst!«

Diane und Michi sahen mich total verdutzt an, ihnen schien jetzt erst zu schwanen, was ich da gerade gesagt hatte.

Diane rang nach Atem und bekam hektische Flecken auf der Stirn.

»Wieso denn du und deine Beziehung zu Clemens? Ich spreche von deiner Busenfreundin Sarah!«

Sarah? Was hatte denn Sarah mit Dianes Rache zu tun, ich verstand überhaupt nichts mehr und hielt für die wahrscheinlichste Erklärung, dass Diane tatsächlich durchgeknallt war. Michi, die ebenfalls überhaupt nicht mehr durchstieg, fragte noch mal nach.

Diane sah mich anschuldigend an und platzte raus.

»Du bist doch an allem schuld, wenn du Sarah nicht mitgebracht hättest, hätte sie nie was mit Clemens anfangen können!«

Diane hatte irgendwas in den falschen Hals bekommen, ich klärte das Missverständnis auf.

»Diane, du verwechselt da was. Ich bin mit Clemens zusammen, und zwar schon seit einigen Monaten, tut mir Leid, dass ihr es so erfahren müsst, aber es ist wahr und hat mit Sarah gar nichts zu tun.«

Diane sah mich einen Moment lang an, als ob ich nicht zurechnungsfähig sei, dann dämmerte ihr, dass ich die Wahrheit sagte, und sie schlug sich an den Kopf.

»Das gibt's nicht, das ist ja alles noch viel kruder, als ich dachte, du hast ja wirklich keinen Schimmer! Gretchen, mag ja sein, dass du auch was mit Clemens hast, auf alle Fälle hat deine Freundin Sarah ebenfalls was mit ihm am Laufen, davon konnte ich mich gestern live überzeugen, als ich Clemens mit Sarah wild knutschend gesehen hab. Was du nicht wissen kannst, ist, dass ich mit Clemens seit einigen Wochen zusammen bin und es ihm ernst mit mir ist, zumindest dachte ich es bis gestern.«

Dianes Worte drangen zwar an mein Ohr, und rein akustisch verstand ich auch, was sie sagte, aber die Botschaft wollte nicht mein Gehirn erreichen, ich war wie betäubt und verstand überhaupt nicht den Sinn ihrer Worte.

Sie hingegen den Sinn meiner Worte sehr wohl, denn plötzlich fing die ansonsten so beherrschte Diane fürchterlich an zu weinen, was mich noch mehr verstörte, falls das überhaupt ging.

»Scheiße, der hat uns gelinkt, der hat uns alle gelinkt!«, schluchzte sie.

Michi, die bisher regungslos daneben gestanden hatte, sagte tonlos: »Mich hat er auf der Buchmesse geküsst, und im Februar wollten wir eine Woche Ski fahren!«

Das war alles zu viel und alles nicht wahr, es musste eine ganz einfache Erklärung geben, eine solche Situation konnte einfach nicht real sein, allein die Behauptung über Sarah war Beweis dafür! Sarah würde so etwas nie tun!

»Stopp! Das lässt sich bestimmt alles aufklären, da bin ich sicher. Diane, du kannst Clemens und Sarah nicht gesehen haben. Sarah hatte gestern Bereitschaftsdienst und musste die ganze Zeit im Krankenhaus arbeiten! Es muss eine Verwechslung sein«, versuchte ich Licht ins Dunkel zu bringen.

Diane sah mich mit einem Blick an, der eine Mischung aus Mitleid und Hoffnungslosigkeit war.

»Ich weiß, ich war im Krankenhaus. Meine Mutter hat sich das

Sprunggelenk angebrochen, und während sie beim Röntgen war, hab ich Sarah und Clemens zusammen gesehen.« Auf meinen ungläubigen Blick hin holte sie ihr Handy hervor, tippte auf die Fototaste und streckte mir ein Bild entgegen mit gestrigem Datum.

Auf dem Foto sah man deutlich und ohne Zweifel Sarah in ihrer weißen Arztkluft, wie sie Clemens innig küsste. Dann wurde mir schwarz vor Augen, und ich kippte um.

Als ich wieder zu mir kam, standen Diane, Michi und Marion aufgeregt um mich rum. Sie hatten meine Beine hochgelegt, und Michi tupfte mir mit einem nassen Handtuch die Stirn. Erleichtert tätschelte Marion meine Hand und gab mir ein Glas Wasser.

»Versuch mal, ob du dich aufrichten kannst!«, sagte sie und stützte mir beim Versuch den Rücken. Ich fühlte mich benommen und wie auf Watte gebettet, so war das also, wenn man ohnmächtig wurde.

Mit einem Schlag fiel mir ein, weshalb es dazu gekommen war, und sofort schoss das Adrenalin in meine Adern, und ich war hellwach, mehr als hellwach.

Diane, die immer noch knallrote Augen hatte und verheult aussah, zeigte mir auf meinen eigenen Wunsch hin erneut das Foto. Eindeutig Sarah und Clemens sich innig küssend, Zweifel ausgeschlossen. Mein Magen zog sich zusammen, und mein Kopf begann mit einem Mal so zu schmerzen, dass es kaum auszuhalten war.

Ausgerechnet Sarah, meine beste Freundin, hinterging mich mit meiner großen Liebe! Die beiden Menschen, denen ich am meisten vertraute und für die ich meine Hand ins Feuer gehalten hätte! Wie unfassbar und gleichzeitig banal und alltäglich. Wie oft hatte ich über solche Geschichten gelesen und nie gedacht, dass mir das je passieren könnte.

Wie lange das wohl schon ging? Wieso hatte ich nichts gemerkt, wie konnte Sarah mir in die Augen schauen, wie konnte Clemens mich küssen? Meine Verletzung verwandelte sich augenblicklich in Wut!

Vorsichtig stand ich auf, weil mir immer noch schummrig war, und wollte gehen.

»Wo willst du denn hin? Du hast einen Schock!«, rief Michi, die selbst nicht viel stabiler aussah und sich eine Baldriantablette nach der anderen einwarf.

Michi und Diane hatte ich komplett ausgeblendet! Die beiden behaupteten ja auch, mit Clemens zusammen zu sein.

»Ich will zu Sarah! Sie soll mir in die Augen sehen und sagen, wie es sich anfühlt, mich und unsere Freundschaft zu verraten!«

Marion, die Einzige, die nicht mit Clemens verbandelt schien und einen klaren Kopf bewahrte, hielt mich zurück, befahl mir, mich zu setzen, und beorderte einen Praktikanten, Kaffee für uns zu machen.

»Ihr müsst euch aussprechen und überlegen, wie es weitergeht privat, aber vor allem auch beruflich.«

Marion hatte gut reden, im Moment war ich benommen und nicht in der Lage, auch nur einen Gedanken zu fassen – und als Letztes konnte ich daran denken, wie es weiterging. Für mich hatte mein Leben eben aufgehört zu existieren, und eine Zukunft gab es nicht mehr, es sei denn, Clemens klärte alles auf. Irgendwie klammerte ich mich immer noch an die Hoffnung, alles würde gut, wenn ich ihn erst einmal gesprochen hatte. Ich konnte und wollte nicht glauben, mich so in ihm getäuscht zu haben. Alles, was zwischen uns war, konnte man nicht spielen, das war echt gewesen, da war ich mir ganz sicher. Diane und Michi empfanden es aber anscheinend genauso, sonst wären sie nicht so am Boden zerstört.

Marion setzte uns alle an Dianes Tisch, stellte jedem eine Tasse Kaffee hin und forderte uns beinahe rigoros auf, miteinander zu sprechen.

Alle schauten mich an, als ob ich den Anfang machen sollte.

»Na gut, ich bin mit Clemens seit dem Abend im Café Petersburg zusammen. Ich bin früher gegangen, und ihr seid geblieben. Er kam mir hinterher, als ich ins Taxi steigen wollte, küsste mich einfach und ließ mich stehen. Seither sind wir heimlich zusammen, aber nächste Woche wollten wir unsere Beziehung öffentlich machen. Eigentlich sollte ich nur noch an dem Sonderheft mitarbeiten und dann die Kündigung einreichen, damit wir endlich frei sind.« Wie ich so sprach, wurde mir plötzlich klar, was eigentlich passiert war, und plötzlich schossen mir die Tränen nur so aus den Augen. Diane reichte mir wortlos ein Taschentuch und übernahm.

»Ich hatte mit ihm relativ früh, in der ersten Woche, einen One-Night-Stand, da hattet ihr hier noch gar nicht angefangen. Natürlich wollte ich sofort mehr, aber er sagte, das ginge nicht mit dem Beruflichen zusammen. Erst einmal müssten wir die *Phosphor* aufbauen, dann könnten wir weitersehen. Natürlich hatte ich dementsprechend auch einen Hals, als ihr angefangen und euch sofort auch in Clemens verliebt habt. Ich hatte ihn schließlich zuerst gehabt! Als wir auf dem Noise Festival waren, sind wir uns endlich wieder näher gekommen, und seit seinem Geburtstag war es ernst. Auch wir hatten uns vorgenommen, unsere Beziehung dieses Jahr öffentlich zu machen.«

So sehr es auch wehtat, Diane zuzuhören, und jedes ihrer Worte einem Messerstich gleichkam, so sehr erklärte sich mir gleichzeitig ihr Verhalten uns gegenüber.

Michi, die aufgrund der Situation wieder mit Fingernägelkauen angefangen hatte, obwohl sie sich das vor vielen Jahren abgewöhnt hatte, schüttelte nur fassungslos den Kopf.

»Ich kann und will das nicht glauben! Wir sprechen von Clemens, der macht so was nicht! Ich meine, er hat mir gesagt, dass er mich liebt und beschützen wird. Auf der Buchmesse haben wir uns zum ersten Mal geküsst, und Sylvester haben wir gemeinsam reingefeiert, nur wir beide. Er macht doch keine gemeinsamen Urlaubspläne einfach so!«

Meine Kopfschmerzen wurden stärker. Sylvester war er in der Luft gewesen, weil seine Maschine aus London Verspätung hatte. Bevor ich etwas sagen konnte, fuhr Diane dazwischen.

»Sylvester sagst du? Jetzt wird mir alles klar. Wir waren auf einem Galadiner zusammen, aber gegen elf wurde ihm so schlecht, dass er nicht mehr bleiben konnte und nach Hause musste. Natürlich wollte ich ihn begleiten, aber er wollte lieber alleine sein!«

Das Pochen in meinem Kopf wurde lauter.

»Mir hatte er gesagt, dass seine Maschine Verspätung hat und er erst so spät gelandet ist, denn ab halb drei war er bei mir und hat auch da geschlafen, am nächsten Morgen musste er weg, um für die Schweiz zu packen.«

Diane drehte sich zu mir und sagte beinahe entschuldigend.

»Keine Ahnung, wie lange er gepackt hat, aber auf alle Fälle blieb ihm genug Zeit, um sich von Sarah im Krankenhaus zu verabschieden!«

Sarah! Wieder stieg das Gefühl von Wut und unfassbarer Enttäuschung in mir hoch. Was ich für Clemens momentan fühlte, war mir noch nicht klar. Alles, was ich ihn betreffend hörte, konnte ich nicht einordnen.

Marion, die zwar genauso geschockt wie wir war, aber als nicht Betroffene den Überblick behielt, sprach ein weiteres Thema an, das im Raum stand.

»Sorry, das mag jetzt sehr profan klingen, aber was machen wir denn mit der Sonderausgabe?«

Eine unangenehme Stille breitete sich aus, und wir schauten alle auf Diane.

Sie sah sichtlich betreten auf den Boden.

»Also nur dass ihr es wisst, ich habe das heute zum ersten Mal gemacht, und zwar aus Rache Clemens gegenüber und weil mir alles egal war. Ich war nicht in der Lage, klar zu denken, und habe eine Kündigung mit Absicht riskiert, tja, tut mir Leid, dass ihr drunter leiden müsst!«

Zum ersten Mal verstand ich Diane und ihr Motiv zu handeln. Ich könnte keine Garantie für mich abgeben, nicht genauso gehandelt zu haben, wenn ich Clemens mit Sarah erwischt hätte.

»Warum hast du Clemens eigentlich nicht gleich zur Rede gestellt?«, wollte ich von Diane wissen.

Das hatte sie versucht, aber bevor sie die beiden erreichen konnte, waren diese in einem Gang verschwunden. Clemens hatte das Handy aus, und Sarah wollte sie nicht ausrufen lassen, da ihre Mutter in der Notaufnahme auf sie wartete.

Marion versuchte wieder das Thema auf das Sonderheft zu lenken, aber weder Michi, Diane noch ich waren in der Lage, auch nur im Entferntesten an Arbeit zu denken. Für uns stürzte gerade ein Traum, ein Lebensentwurf ein.

Ich glaube, Marion wurde schlecht bei dem Gedanken, wie es weitergehen sollte mit Clemens, der seine gesamte Führungsriege im Bett gehabt hatte, und mit uns, die wir nicht in der Lage waren, professionell weiterzumachen. Was würde Feline sagen, wenn sie aus dem Urlaub zurückkam und kein Sonderheft, dafür aber drei depressive Ressortleiterinnen vorfinden würde, und die Zusatzinfo erhielt, dass die Themen der Sonderausgabe alle bei ihrer Erzfeindin Ilona Richter bekannt gegeben worden waren.

»Ihr werdet mich gleich hassen, aber später einmal sehr dankbar dafür sein. Ich stelle jetzt einen Plan auf, an den wir uns genau halten werden, ist das klar? Ihr seid momentan zu verwirrt, also überlasst das Denken mir! Als Erstes werden wir uns ein Ersatzthema für das Sonderheft überlegen. Dann sagen wir Feline Bescheid, dass die *Zeitgeist* irgendwie an unsere Themen rangekommen sein muss, wir nicht wissen, wie, aber schon an einem Ersatzthema arbeiten. Egal, wie gleichgültig euch im Moment alles ist, ihr werdet kein Wort zu Feline über Clemens verlieren, und niemand kündigt voreilig. Heute Abend gehen wir zu mir, ich koche was, und morgen machen wir genauso weiter wie heute. Ihr werdet sehen, die Arbeit ist genau das, was ihr jetzt braucht, damit euch nicht alles wegbricht.«

So energisch hatte ich Marion noch nie erlebt, aber ihre Worte brachten uns auf Trab. Michi protestierte als Erste und fragte, worüber wir denn schreiben sollten: verratene Liebe, zerplatzte Träume, einen Mann, dessen Blicke lügen?

Marion fand die Idee gar nicht so schlecht, sozusagen die Situation kreativ zu verarbeiten.

»Super, wollen wir etwa das Sonderheft als Gruppentherapie nutzen?«

Ich teilte Dianes Zweifel. Wie sollten wir in dieser Verfassung etwas Hochwertiges abliefern und ohne Abstand solch ein Thema bearbeiten. Auf der anderen Seite wusste ich, dass Marion Recht hatte und es die einzige Rettung für die Redaktion war, wenn wir ein neues Sonderheft auf die Beine stellten.

»Seid mir nicht böse, aber ich muss hier einfach raus, lasst es für heute gut sein. Wir haben noch drei Tage, wenn wir durcharbeiten und alle guten freien Mitarbeiter mobilisieren, bekommen wir es hin. Jeder überlegt sich ein Thema bis morgen, dann einigen wir uns auf eins und legen los. Ich glaube, es war für uns alle zu viel heute, lasst uns morgen weitersprechen.«

Dankbar nickten Michi und Diane, Marion sah ein, dass es keinen Sinn machte, jetzt noch etwas über den Zaun zu brechen, und stimmte zu. Feline würde erst morgen Nachmittag im Büro sein, so blieb uns noch der gesamte Morgen, um uns auf ein Thema zu einigen.

Wie in Trance setzte ich mich in mein Auto, eigentlich sollte ich in meinem Zustand nicht fahren, und lenkte wie ferngesteuert in Richtung Krankenhaus, in dem Sarah arbeitete.

Dort angekommen, parkte ich direkt vor der Tür, ohne darauf zu achten, ob es ein Halteverbot gab, und stürmte ohne Anmeldung auf die Station. Im Arztzimmer fand ich Sarah, die nach fast achtundvierzig Stunden Bereitschaft nicht gerade frisch aussah. Eins konnte ich garantieren, wenn ich mit ihr fertig war, würde sie sich wünschen, so auszusehen wie jetzt.

Sarah sah mich überrascht an, mit mir hatte sie um diese Tageszeit unangemeldet bestimmt nicht gerechnet und mit dem Ausdruck im Gesicht schon mal gar nicht, oder doch? Sie musste damit rechnen, dass die Sache mit ihr und Clemens irgendwann aufflog.

»Ist was passiert? Wie siehst du denn aus?«, fragte sie besorgt.

Die besorgte Freundin konnte sie sich wer weiß wohin stecken. Mit vor Wut bebender Stimme antwortete ich so beherrscht wie möglich:

»Ich sehe so aus wie jemand, der von seiner besten und engsten Freundin verarscht, verraten und betrogen wurde. Ich sehe so aus wie jemand, der innerhalb eines Momentes den Freund und die beste Freundin verloren hat, und ich sehe aus wie jemand, der an nichts mehr glaubt, keine Perspektive sieht und alles, einfach alles für möglich hält.«

Sarah riss entsetzt die Augen auf, sie wusste genau, wovon ich sprach. Sie ging auf mich zu und begann, wie wild auf mich einzureden. Wie sehr es ihr Leid täte, sie würde sich selbst dafür hassen, aber sie habe Clemens einfach nicht widerstehen können.

»Glaube mir, du kennst mich und meine Prinzipien. Nie im Leben kann ich gutheißen, was ich getan habe, ich habe nicht einmal versucht, mich zu wehren, es war einfach stärker als ich, was keine Entschuldigung ist, aber ich hab es getan, weil ich Clemens so sehr liebe, dass alles andere gleichgültig wurde.«

Ich sah sie an. Wie seltsam es war, dass man meinte, Menschen zu kennen, durchschauen und berechnen zu können, und dann waren es die, die einem am nächsten standen, die man überhaupt nicht kannte.

Sarah flehte mich an, ihr zu verzeihen, und weinte bitterlich. Ich fühlte mich aber nur wie abgestorben und empfand nichts mehr. Nur ein kalter, lebloser Klumpen in meiner Magengegend rührte sich.

»Sarah, ich weiß momentan nicht einmal, wie ich weitermachen soll, und normalerweise würde ich mit solchen Problemen zu dir kommen. Das ist ab heute wohl vorbei. Übrigens keine Ahnung, was das zwischen dir und Clemens war, aber nur der Vollständigkeit halber, Clemens war auch mit Diane und Michi zusammen, und mich würde es nicht wundern, wenn es noch mehr Frauen gibt!«

Sarah schrie entsetzt auf, brach in sich auf dem Boden zusammen und weinte ohne Unterlass. Kurz verspürte ich den Impuls, sie in den Arm zu nehmen, doch dann schoss mir wieder das Bild in den Kopf, auf dem Sarah und Clemens sich küssten, und diese Regung verschwand sofort wieder. Ohne mich umzudrehen, ging ich, stieg in mein Auto, das nicht abgeschleppt worden war, und fuhr zu Rudi, der noch Urlaub hatte.

Rudi, der mit mir nicht gerechnet hatte, öffnete überrascht die Tür. Bevor er überhaupt »Hallo« sagen konnte, lag ich ihm in den

Armen und weinte so markerschütternd, dass er es mit der Angst zu tun bekam.

»Ist was mit Mama oder Papa?«, versuchte er etwas aus mir herauszubekommen. Ich schüttelte den Kopf und brachte zwischen Schluchzern und einem einsetzenden Schluckauf nur »Clemens« heraus.

Rudi, der wusste, dass Clemens in den Alpen herumturnte, wurde kalkweiß.

»Ist ihm was passiert?«

Wieder schüttelte ich den Kopf und konnte mich immer noch nicht beruhigen. Rudi, der zwar ahnte, dass was Schlimmes passiert sein musste, zumindest aber niemand tot oder verletzt war, schob mich in seine Wohnung, wo ich sofort sein Bett ansteuerte, mich angezogen in es reinfallen ließ und die Decke über den Kopf zog. Rudi setzte sich auf die Kante und strich mir zur Beruhigung über den Rücken.

Allmählich bekam ich wieder Luft, auch wenn die Tränen weiter flossen. Stockend und von einem Schütteln begleitet, sagte ich Rudi, was passiert war. Mein Bruder, selbst kein Kind von Traurigkeit und hartgesotten, konnte nicht fassen, was ich erzählte, und versicherte sich mehrmals, dass sich alles genau so zugetragen hatte.

»Was sagt Clemens dazu? Vielleicht gibt es eine Erklärung?«

Ha, sehr lustig! Gar nichts hat er gesagt! Wie auch? Er war ja damit beschäftigt, sich beim Überlebenstraining näher zu kommen. Vielleicht traf er ja gleich alle seine verschiedenen Persönlichkeiten auf einen Schlag!

Wie gern würde ich glauben, dass es eine Erklärung gab, aber je länger ich darüber nachdachte, für umso wahrscheinlicher hielt ich es, dass er eben tatsächlich mit uns allen verbandelt war.

»Wie kann man sich so in einem Menschen täuschen? Nein, wie konnte ich mich gleich in zwei Menschen so täuschen?«, fragte ich Rudi. Er sah mich ratlos an, ein Ausdruck, den ich noch nicht oft gesehen hatte.

»Wer kümmert sich denn um Sarah?«, wollte Rudi tatsächlich wissen. Ich sagte, dass wenn mir etwas egal war, dann die Frage, wer sich um Sarah kümmere. Rudi schien sich jedoch Sorgen zu machen und ging kurz aus dem Zimmer, um zu telefonieren. Ich hörte nur Wortfetzen, wie er jemanden bat, bei Sarah vorbeizufahren und nach ihr zu schauen. Keine Ahnung, wen, aber das war mir auch egal.

Wenn ich mir überlegte, wie sich das Leben innerhalb eines Moments ändern konnte. Noch gestern hatte ich mich auf das, wie ich dachte, schönste Jahr meines Lebens gefreut, stand kurz davor zu kündigen und hatte heimlich überlegt, mit Clemens zusammenzuziehen. Clemens! Noch nie hatte ich so das Bedürfnis verspürt, ihn bei mir zu haben und mit ihm sprechen zu können. Ich stand kurz vor dem Wahnsinn, was Rudi, der mich in- und auswendig kannte, bemerkte. Wieder ging er in den Flur, um zu telefonieren. Wenige Minuten später kam Heiner, ein guter Freund von Rudi und seines Zeichens Hausarzt, vorbei. Er sah mich an, sprach mit mir und fragte, wie ich mich fühlte. Ich versuchte das, was in mir vorging, in Worte zu fassen, während ich krampfhaft mein Handy in der Hand hielt, das ich seit Stunden nicht losließ für den Fall, dass Clemens anrief.

»Ich fühle mich, als ob mein Kopf und Körper voneinander abgetrennt sind. Mein Kopf denkt sich heiß und steht kurz davor durchzubrennen, während mein Körper einfach nur funktioniert.«

Heiner murmelte etwas von Schock und fragte, ob es okay sei, wenn er mir eine Spritze mit Beruhigungsmitteln gebe. Sanft sprach er auf mich ein und strich mir väterlich über die Hand.

Rudi sah mich aufmunternd an, ich nickte, bekam die Spritze. Mir wurde wohlig warm, und ich wurde immer müder, allerdings versuchte ich, immer noch das Handy in der Hand zu behalten, selbst als ich schon fast in den Tiefschlaf versunken war.

»Wie fühlst du dich, Gretchen?«, hörte ich eine vertraute Stimme fragen. Mit Mühe versuchte ich, die Augen zu öffnen. Ich war wie benebelt. Ich blickte in das besorgte Gesicht meiner Mutter. Vielleicht war alles nur ein böser Traum gewesen, und ich war wieder sechzehn, zu Hause bei meinen Eltern im Bett und hatte mir eine Grippe mit Fieber und Halluzinationen zugezogen, hoffte ich. Ich stützte mich langsam auf und sah, dass ich immer noch in Rudis Wohnung war, der sich neben mich gesetzt hatte und nicht mehr ganz so sorgenvoll wie zuvor dreinblickte.

»Wie lange habe ich denn geschlafen?«, fragte ich mit ausgetrockneter Kehle.

Anscheinend lange genug, sodass Rudi Zeit gehabt hatte, meine Mutter anzurufen, die sich sofort von Dehling auf den Weg gemacht hatte und schon seit einer Weile an meinem Bett wachte.

Ich war froh, sie zu sehen, auch wenn ich mit ihren Ansichten nicht immer konform ging und wir uns auch öfter mal stritten, so hatte sie bisher immer einen Ausweg für alle Probleme gewusst. Sie gab mir ein Gefühl der Sicherheit, und die Kraft, die von ihr ausging, machte mir Mut.

So seltsam es klingen mochte, aber nachdem ich geschlafen hatte, war ich auf gewisse Weise beruhigt. Gleichgültig, was noch passierte oder passiert war, Clemens' Gefühle mir gegenüber waren aufrichtig, das spürte ich deutlich, und mein Bauchgefühl hatte mich sehr selten im Stich gelassen. Wer weiß, vielleicht hatten ihn die Hormone übermannt und zu anderen Frauen getrieben. Kein Wunder, wenn man permanent eindeutige Angebote erhielt, wer würde da nicht schwach werden? Ich war inzwischen sogar bereit, ihm zu verzeihen, wir würden das wieder hinbekommen, unsere Liebe war stärker. Und hieß es nicht »In guten wie in schlechten Tagen«? Wir hatten so viele gute gehabt, da konnten auch mal schlechte kommen, auch wenn die nicht nur schlecht, sondern richtig schwarz waren.

Meine Mutter hatte meinen Gesichtsausdruck verfolgt.

»Was denkst du?«, fragte sie ohne eine Spur von Vorverurteilung in der Stimme.

»Dass es bestimmt eine Erklärung gibt!«, antwortete ich überzeugt.

Meine Mutter nahm mich in den Arm und drückte mich fest.

»Es wird alles wieder gut werden, so oder so, alles wird wieder gut werden!«, wiederholte sie.

Rudi, an dem mein Leiden nicht spurlos vorübergegangen war, stand auf.

»Also, ich finde, zu dem Drama würden Pommes ganz gut passen. Kommt ihr auch in die Küche?«

Ich merkte, dass ich tatsächlich ein wenig Hunger hatte. Nach dem Wahnsinn waren Pommes genau das richtige Wohlfühlessen. Kohlenhydrate machten ja angeblich glücklich.

Nach dem Essen wechselten wir in meine Wohnung. Meine Mutter wollte bis auf weiteres erst einmal in Berlin bleiben, und ich war froh, diese Nacht nicht allein in meiner Wohnung schlafen zu müssen, denn auch wenn es mir ein wenig besser ging, rumorten ständig quälende Fragen und Gedanken in meinem Gehirn.

Meine Mutter kochte mir einen Schlaftee und träufelte alle Arten von Bachblüten dazu, was mir recht war. Und wenn ich mir glühende Rosenquarze auf die Zehennägel legen musste, um abzuschalten, ich würde alles tun.

Meine Mutter legte sich neben mich und schlief ziemlich schnell ein. Neben meinem Bett lagen die beiden Bücher, die mir Ben zum Lesen mitgegeben hatte. Ich begann mit dem Casanova-Buch, und langsam dämmerte mir, warum Ben mir die Bücher mitgegeben hatte. Die Sonne ging schon fast wieder auf, als ich das Buch aus der Hand legte und mir vieles klarer war.

»Guten Morgen allerseits. Immerhin sind wir alle erschienen. Ich finde, dafür gebührt uns ein großes Lob!« Diane hatte sich nicht wirklich gefangen, machte aber wenigstens den Versuch. Wir sahen alle furchtbar aus, und ich musste erst gar nicht fragen, wie die anderen geschlafen hatten.

»Wir können ja versuchen, der Situation was Komisches abzugewinnen. Ich finde, so langsam bekommt das hier den Touch einer

Selbsthilfegruppe. Wie wär's, wenn wir alle aufstehen und uns einander vorstellen, à la ›Hi, mein Name ist Michi, und Clemens ist vor zwei Monaten in mein Leben getreten‹«, versuchte Michi die Situation aufzulockern.

Mich würde brennend interessieren, ob sie auch noch an eine Zukunft mit Clemens glaubte, aber das war nicht das beste Thema, um den neuen Tag zu starten, zumal unser Ersatzthema, bis Feline eintraf, stehen musste. Wir hatten kurz diskutiert, ob wir Feline von Clemens erzählen sollten, entschieden uns aber dagegen, denn erstens wollten wir zuerst Clemens selbst stellen, wenn er wieder zurück war, und außerdem warf es kein gutes Licht auf uns alle, wer weiß, am Ende hing Feline selbst noch mit drin und war Clemens' Magie auch erlegen. Seit gestern rechnete ich mit allem.

Marion, die der Schutz der frisch Verliebten umgab, bemühte sich, dem absurden Drama Normalität zu verleihen. Sie lenkte gleich zum Beruflichen über und fragte nach unseren Themenvorschlägen. Diane und Michi war leider nichts eingefallen, wer konnte es ihnen auch verdenken? Zögerlich erzählte ich von meiner Idee.

»Ich habe gestern ein Buch gelesen, es waren die Memoiren von Casanova samt einer Analyse seiner Persönlichkeit, und da kam mir die Idee! Mir fielen plötzlich die Parallelen zu Clemens auf, ich muss noch genauer nachdenken und recherchieren, aber auf alle Fälle sollten wir unser Heft *Casanovas Brüder* nennen und über Schwerenöter, Blender und Herzensbrecher in Film, Musik und Literatur schreiben. Den Reiz, den sie ausüben; die Fallen, die sie bauen; die Gefahren, einem solchen Mann zu verfallen – das ist unser Thema!« Das ist unser Thema, Schwestern, hätte ich beinahe gerufen, so überzeugt war ich von der Idee.

Diane überlegte und stimmte dann zu.

»Ja, das könnte klappen. Das Thema ist ein Dauerbrenner, aber so noch nicht aufbereitet worden!«

Michi war sowieso alles recht, solange sie sich endlich wieder in Literatur verkriechen konnte und Ablenkung fand. Marion sah deutlich erleichtert aus und trieb uns an die Arbeit.

Konzentriert bereitete jede einen groben Entwurf mit Vorschlägen vor. Je mehr ich mich mit dem Thema beschäftigte, umso mehr Parallelen von Casanova zu Clemens entdeckte ich. Dieses Feuer, die Leidenschaft, einen Moment zu kreieren, einen immensen Aufwand zu betreiben für die Auserwählte und immer im Moment zu leben und alles andere vergessen zu machen, die Intensität, die Leichtigkeit, das Einfühlen in die Gedanken und die Gefühle der Frau, bis man mit ihr verschmolz, und gleichzeitig die Unfähigkeit, sich mit einer zu begnügen oder sich an eine fest zu binden.

Im Internet fand ich einen höchst interessanten Artikel zum Thema »Casanova«. Eine Psychologin legte die verschiedenen Eigenschaften und Vorgehensweisen eines Casanovas dar und erklärte gleichzeitig, wie sie funktionierten. »Casanovas sind romantisch, hartnäckig, leidenschaftlich, sensibel, Kavaliere und unnahbar«, fasste die Psychologin zusammen, deren Warnungen ich besser gelesen hätte, bevor ich Clemens zum ersten Mal getroffen hatte. Einzeln führte sie jeden Punkt aus, beginnend mit der Romantik.

»Für seine Auserkorene setzt ein Casanova Himmel und Erde in Bewegung, Blumen, Kerzenmeere, Liebeserklärungen der ganz großen Art. Er will einen magischen Moment kreieren und bedient sich sämtlicher romantischer Hilfsmittel, um unvergessliche Erinnerungen zu schaffen. Je überwältigender die Geste, umso besser, denn damit will ein Casanova seine unendliche Fantasie zur Schau stellen. Dieses Vorgehen ist gleichzeitig ein Ablenkungsmanöver, um sich nicht in die Karten schauen zu lassen, sondern seine wahren Gefühle hinter diesen inszenierten Momenten zu verstecken.«

Laut der abgeklärten Psychologin erlagen viele Frauen der Magie des Moments, da diese romantischen Augenblicke so lebendig, prickelnd und einzigartig waren. Dieses prickelnde Gefühl würde man schnell mit dem Gefühl, endlich dem »Richtigen« begegnet zu sein, verwechseln. Jede Frau würde einem Mann, der sich so ins Zeug legte, natürliche, aufrichtige Gefühle unterstellen und sich ganz auf ihn einlassen. Kannte sie mich, oder wieso hörte sich das alles so vertraut an?

Der nächste Punkt zum Thema Hartnäckigkeit kam mir ebenso vertraut vor.

Anscheinend war einem Casanova kein Hindernis zu groß, kein Nebenbuhler zu gefährlich, eine Abfuhr galt ihm niemals als endgültiges Nein. Im Gegenteil, all das reizte einen Casanova umso mehr. Die Jagd, mit allen Mitteln zu kämpfen, zu beobachten, wie eine Frau nach und nach ihre Hemmungen überwand, das faszinierte ihn. Das Problem war, dass eine Frau, die es einem Mann schwer machte, damit sehen wollte, ob der Mann sich anstrengte und sich um sie bemühte, weil sie es als Zeichen seiner Aufrichtigkeit und ernsthaften Gefühle deutete. Tatsächlich war ein Casanova aber nur bis zu dem Punkt an ihr interessiert, an dem die Frau das Burgtor endgültig öffnete und sich geschlagen gab.

»Wenn er sein Ziel bei einer Frau erreicht hat, hält er bereits nach der nächsten Ausschau«, erklärte die Psychologin.

Bei den Ausführungen zur Leidenschaft eines Casanovas musste ich unwillkürlich seufzen.

»Für diese Männer ist das Leben eine Bühne, auf der sie ihre Gefühle mit Pathos ausleben. Sie gehen aus sich heraus, lassen Frauen das Feuer, das in ihnen lodert, spüren und fühlen sich wohl, wenn sie alle Aufmerksamkeit auf sich ziehen und große Auftritte haben«, las ich. Und weiter: »Alle sollen mitbekommen, wie der leidenschaftliche Casanova fühlt, und zwar so intensiv, dass es nie langweilig mit ihm werden wird und der graue Alltag keine Chance hat.« Genau das war das Problem: Nach diesem Gefühlsrausch, dem Heiß und Kalt der Emotionen, wird man süchtig. Wortwörtlich stand da: »Wenn man die ganze Zeit emotionale Ausnahmesituationen durchlebt, ist die Gefahr groß, den Wechsel aus Erregung, Furcht und Spannung mit Leidenschaft zu verwechseln.«

War die Autorin auch eine Geliebte von Clemens?

Als sie zum Punkt »sensibel« kam, rutschte mir beim Lesen ein »Das gibt's doch nicht!« heraus, sie beschrieb einen Mann, der zweifelsohne Clemens sein musste.

Die Psychologin und Paartherapeutin erläuterte, dass ein Casanova gern betont, wie einfühlsam er ist, und dass er jeder Frau in die Seele schauen kann.

»Der Casanova ist mit einem ausgezeichneten Einfühlungsvermögen gesegnet. Er hört einer Frau lange aufmerksam zu, spürt sich in ihr Fühlen und Denken ein und nimmt sich in diesen Momenten ausnahmsweise komplett selbst zurück, bis er sie vollkommen durchleuchtet und verstanden hat. Dann zeigt er gern seine verletzliche Seite: Er öffnet sich und lässt die Frau an seinen Ängsten, traumatischen Erlebnissen oder Jugenderinnerungen teilhaben. Der Trick ist simpel, funktioniert aber immer. Er vermittelt der Frau damit, wie sehr er ihr vertraut, und gibt ihr das Gefühl, dass nur sie auserwählt ist, ihn zu verstehen. Sie glaubt ihn durch und durch zu kennen, wie sonst kein anderer Mensch. Umgekehrt erliegen die Frauen oft dem Irrtum, noch nie von einem Mann so verstanden worden zu sein, und sprechen gar von Seelenverwandtschaft, nur weil der Verführer verstanden hat, wie die jeweilige Angebetete tickt, und einzig und allein als Spiegel fungiert und nur ihre Träume und Wünsche eins zu eins zurückwirft.«

In dem Artikel stand, dass Frauen dem Casanova unbewusst Worte in den Mund legten, die man gern von ihm hören wollte. Man schmiedete gemeinsame Zukunftspläne – und musste sich später vielleicht zu Recht von ihm sagen lassen: »Ich habe dir nie etwas versprochen!«

Den Kavalier-Aspekt fand ich nicht so spannend. Gute Manieren und Höflichkeit waren immer in Mode. Aber der letzte Punkt klang sehr interessant.

»Ein Casanova gibt sich immer wieder unnahbar. Das ist Teil des Spiels. Gerade noch ist er der Auserwählten so nah und innig zugetan, nur um sich im nächsten Augenblick abrupt zu entziehen, ohne Erklärung sich in Luft aufzulösen und eine aufgewühlte, leidende Angebetete zu hinterlassen, die nicht versteht, warum er sich entzieht, und nach Gründen oder einem Auslöser für sein Verhalten und oft auch noch die Schuld dafür bei sich sucht. Die Erklärung für dieses wechselnde Nähe-und-Distanz-Verhalten ist einfach. Ein

Casanova fürchtet nichts mehr, als sich festzulegen, Verantwortung zu übernehmen oder gar eine Verpflichtung einzugehen! Er braucht seine Freiheit, alle Optionen zu haben, wie andere die Luft zum Atmen.«

Der Artikel las sich wie eine Zusammenfassung meiner Beziehung zu Clemens. Allen Gefahren, die die Psychologin aufzählte, war ich aufgesessen. Plötzlich ergab so vieles einen Sinn, Clemens' unwiderstehliche Ausstrahlung, warum er Feuer und Flamme war, sobald ich mich rar machte, sein nachlassendes Interesse, als ich ihm meine Liebe gestand. Das Thema »Casanova und seine Brüder« mussten wir einfach machen. Es war unsere Pflicht, die Frauenwelt zu warnen und aufzuklären.

Bis zur Mittagspause hatte ich mehrere Entwürfe parat, und als Marion uns das Zeichen gab, dass Feline im Haus war, machte ich mir keine Sorgen mehr, ob sie das Thema mögen würde.

Kurz nach dem Mittagessen rief Feline uns zu sich. Marion hatte den Termin vereinbart und kam mit, um Protokoll zu führen.

Felines Assistentin bat uns, kurz zu warten.

Wenig später holte uns Feline in ihr Büro. Ich war jedes Mal fasziniert, dass dort nicht ein Fetzen Papier lag. Feline nannte das entsprechend »ein papierloses Büro« und organisierte alles über ihren Laptop. Das Büro war schlicht und modern gehalten, nur einige private Fotos von ihrem Mann und Kind standen auf dem Schreibtisch, aber ansonsten nichts Persönliches oder Überflüssiges, das störte. Der Raum war hell, und man konnte dadurch, dass nichts voll gestopft war, befreit atmen.

Feline sah wie immer blendend aus und dazu noch richtig erholt, ganz im Gegensatz zu uns. So sah keine Frau aus, die von Clemens sitzen gelassen wurde. Feline mit ihrem Mr. Big und ihrer Familie war dagegen wohl immun, selbst gegen Clemens' Blick, wenn er einen diesen einen Tick länger als die anderen ansah.

»Ein schönes neues Jahr allerseits. Ihr Armen seid schon fleißig am Arbeiten, wie man euch ansieht. Wie geht es denn voran?« Feline hatte keinen Schimmer.

Ich fasste mir ein Herz und trug die schlechten Neuigkeiten, dass die *Zeitgeist* von den Themen unseres Sonderhefts erfahren hatte, vor. Zum Glück war Feline erst mal gar nicht so sehr daran interessiert, wie die *Zeitgeist* an die Informationen geraten war, wahrscheinlich traute sie Ilona Richter alles zu, sondern sie war eher besorgt, was jetzt aus dem Sonderheft werden würde. Da wir gut vorbereitet waren, erklärte ich ihr zügig unseren Plan B, der ihr auf Anhieb gefiel. Ich war mir nicht sicher, ob es nicht daran lag, dass sie froh war, dass wir überhaupt einen Plan B hatten, oder ob ihr das neue Thema wirklich zusagte.

»Dieser Hinterhalt war leider zu erwarten, und ich befürchte, das war erst der Anfang!«, murmelte Feline. Wir sahen sie überrascht an. Was meinte sie denn damit?

Sie bat uns, einen Moment länger zu bleiben, dann setzte sie erneut an.

»Ich bitte euch, diese Information vertraulich zu behandeln, aber Clemens und ich hatten kurz vor Weihnachten ein Gespräch, in dem er mir anvertraut hat, dass er mit Ilona Richter vor einiger Zeit verlobt war. Zu einer Heirat ist es nie gekommen, weil Clemens die Verlobung gelöst hat. Er ging danach ins Ausland, und als er wiederkam und den Posten hier angenommen hat, schwor Ilona Richter Rache. Daher zielten all ihre Angriffe und Abwerbungsversuche nicht wirklich auf mich, sondern einzig und allein darauf, Clemens zu schaden. Ich bin für sie nur eine gelungene Vorlage, denn Clemens direkt anzugehen wäre zu offensichtlich. Wenn man dahinterkommt, dass die verschmähte Exverlobte auf den neuen Chef der *Phosphor* losgeht, würde es ihrer Glaubwürdigkeit schaden. Damit sind wir die perfekten Ersatzgegner, um eigentlich Clemens zu treffen. Clemens ist sich sicher, dass Ilona nie mit ihren Attacken aufhören wird, solange er die *Phosphor*-Redaktion leitet. Er bot mir sogar an zu kündigen, was ich fair fand, aber natürlich abgelehnt habe. Diese Schlacht schlagen wir gemeinsam!«

Feline hatte sich wohl gedacht, dass wir überrascht, vielleicht auch geschockt sein würden, dass sie aber vier paralysierte Frauen vor sich sitzen sah, musste sie wundern. Aufmunternd lächelte sie uns an, stand auf, um zum nächsten Termin zu eilen, betonte aber noch mal, dass ihre Tür immer offen stehe und wir mit redaktionellen Fragen jederzeit zu ihr kommen könnten.

»Lasst uns morgen in der Redaktionssitzung schauen, wie weit wir mit dem Sonderheft vorangekommen sind – und danke, dass ihr so selbstständig ein neues Thema ausgearbeitet habt.«

Kaum waren wir draußen, rief Marion außer sich:

»Dieses Arschloch! Nicht nur, dass er euch an der Nase herumgeführt hat, nein, dem haben wir den Stress wegen Ilona Richter zu verdanken. Und er steht auch noch gut da, weil er märtyrermäßig angeboten hat, wegen Kettenhund Ilona Richter zu kündigen!«

Mir schossen ganz andere Gedanken durch den Kopf.

»Ich fasse es nicht, dass er mit Ilona Richter verlobt war! Hallo, verlobt? Das heißt, er hat sich ernsthaft überlegt, mit dieser Frau sein Leben zu verbringen und Kinder in die Welt zu setzen?« Ich schüttelte mich allein bei der Vorstellung angewidert, mal davon abgesehen, dass die beiden aus völlig verschiedenen Welten kamen.

Michi blickte sich in Clemens' Büro um.

»Ist euch schon mal aufgefallen, dass hier rein gar nichts Persönliches von ihm hängt, so als ob es keine Privatperson Clemens Vogelmann geben würde?!«

Sie hatte Recht, seine Fotos waren Fotos von beruflichen Veranstaltungen, der Zengarten auf seinem Schreibtisch ein Geschenk von Feline, die Pflanzen hatte Marion aufgestellt, und ansonsten standen da sein Laptop, DVDs, Bücher und CDs zur Bemusterung.

Das einzige Persönliche im Raum war das De-Niro-Zitat aus *Heat.*

»Nicht ganz, Michi, du hast was vergessen!«, rief ich und zeigte auf den Spruch.

»Don't let yourself get attached to anything you are not willing to walk out on in thirty seconds flat if you feel the heat around the corner.«

Widerwillig mussten wir lachen. Es war zu absurd ... und plötzlich kam mir die Vermutung, dass überall Kameras angebracht sein mussten und wir die unfreiwilligen Protagonisten einer neuen Realityshow waren, die da hieß *Lass dich nie mit deinem Chef ein!*«.

»Das ist doch filmreif!«, rief Diane. Ich überlegte, ob es nicht doch Hinweise gegeben hatte, die ich nicht wahrhaben wollte, wie zum Beispiel dieses Filmzitat, das er groß und gut leserlich drapiert hatte, damit jeder, der mit ihm sprach, es lesen konnte. Eigentlich hätte er auch einfach ein großes Warndreieck anbringen können mit dem Schriftzug: »Achtung, bin weder bindungsbereit noch zu greifen. Lasst euch besser nicht auf mich ein, und wenn doch, macht euch nicht zu große Hoffnungen!«

Ratlos wechselten Michi, Diane und ich zur Sitzecke. Ich war mir sicher, dass uns alle der gleiche Gedanke beschäftigte, nämlich, wie wir eigentlich reagieren wollten, wenn Clemens wieder zurück war.

»Es kann ja wohl nicht sein, dass er einfach ungeschoren und ohne ein Wort der Erklärung davonkommt, ich meine, wir haben ein Recht darauf, zu erfahren, was eigentlich los ist«, ereiferte sich Michi.

Was los war, konnten wir uns inzwischen denken.

Diane ging pragmatisch an die Sache heran und überlegte laut, was ihm am meisten wehtun würde.

»Wo können wir ihn richtig treffen?«, überlegte sie laut.

Sehr witzig, dafür müssten wir Clemens erst mal kennen, um zu wissen, was ihn trifft.

»Ich glaube, wenn seine Wirkung auf Frauen nachließe, würde ihn das sehr treffen, aber darauf haben wir wohl kaum Einfluss«, sagte ich, und Michi und Diane stimmten mir zu.

Wahrscheinlich könnten wir Clemens jetzt, wo wir wussten, wie er funktionierte, in den Wahnsinn treiben, und zwar einfach indem wir uns seinen Avancen gegenüber standhaft gezeigt hätten. Dafür war es leider zu spät, nachdem er uns alle schon eingefangen hatte.

»Wie wär's, wenn wir ihn ignorieren und so tun, als ob wir niemals mit ihm liiert waren?«, schlug Diane vor.

Michi und ich schüttelten unisono den Kopf.

»Nee, damit tust du ihm eher einen Gefallen, dann muss er sich nämlich nicht rechtfertigen und kommt geschickterweise auch noch um eine Erklärung herum!«, antwortete ich stellvertretend für alle.

Das sah sie ein.

»Was, wenn wir sagen, wir hätten kein Interesse mehr, so toll sei er nun auch nicht, und es gebe ja auch weitaus bessere Liebhaber?«

Im Ansatz nicht verkehrt, es würde zumindest an seiner Eitelkeit kratzen, aber nicht glaubhaft genug. Das würde er uns nie abnehmen.

Aus Michi sprudelte es auf einmal heraus.

»Ich hab's! Marion verschafft sich die Daten für seine Bankkonten, die wir leer räumen, und dann schreiben wir allen Menschen, die er in seinem Mailverteiler hat, eine Warnmail, was er uns angetan hat!«

»Michi, wir wollen uns rächen und nicht gleich kriminell werden!«, versuchte ich sie auf den Teppich zu bringen, wobei mir die E-Mail-Aktion gefiel. Wenn wir dabei nur nicht selbst schlecht weggekommen wären, denn wer will schon namentlich darauf hinweisen, dass er sich mit seinem Chef eingelassen und es nicht geschnallt hat, dass dieser die komplette Belegschaft samt Freundinnen beglückte. Warf auf einen selbst kein allzu gutes Bild!

Nach langer Diskussion kamen wir zu dem Ergebnis, dass es für Clemens das Schlimmste sein musste, wenn wir ihn gemeinsam zur Rede stellten und ihn fragten, wie sich das so vereinbaren ließ, wer er denn eigentlich wirklich sei und in wen von uns er denn nun ernsthaft verliebt sei? Konfrontation war für den gemeinen Mann schon schlimm, für einen wie Clemens die Hölle!

Wenn er etwas beherrschte, dann sich aus Situationen herauszuwinden und ihnen zu entkommen. Unseren berechtigten Fragen nicht entkommen zu können musste für ihn eine maximal unangenehme Situation sein!

Plötzlich kam mir eine Idee, wie man ihm noch was »Gutes« tun könnte.

Viola, seine Stalkerin!

»Liebe Kolleginnen, ich weiß, was er noch weniger mögen wird! Wir sollten diese Viola anonym mit einigen sehr privaten Infos versorgen und ihr wichtige Termine verraten, an denen ihr Erscheinen unpassend ist. Ihre Adresse lässt sich leicht über seine Anwaltsschreiben herausfinden. Marion, wie praktisch, dass du Einsicht in seine Post und seinen Terminkalender hast. Schau doch mal, was du an wichtigen geschäftlichen wie privaten Terminen finden kannst!«

Wir verständigten uns darauf, dass Marion, die Zugang zu Clemens' E-Mails hatte, recherchieren würde, während wir weiter an dem Sonderheft arbeiteten.

Zwar war ich weit entfernt davon, Normalität zu empfinden, meine Gefühle befanden sich nach wie vor im Ausnahmezustand, aber wenigstens half die Konzentration auf die Arbeit eine gewisse Zeit, an etwas anderes zu denken.

Nur einmal wurde ich unterbrochen, als mein Handy klingelte und ich erwartungsvoll draufsah, in der Hoffnung, es sei Clemens, der aufklären wollte, dass es sich um einen schlechten, ausgedehnten Aprilscherz handelte. Der Anrufer stellte sich aber nicht als Clemens, sondern Sarah heraus, die ununterbrochen versuchte, mich zu erreichen, und eine Nachricht an der anderen hinterließ. Auch dieses Mal ging ich nicht ran, sondern stellte das Telefon auf lautlos. Keine Ahnung, ob und wann ich mit Sarah wieder sprechen wollte, denn im Gegensatz zu Diane und Michi, die überhaupt nicht geahnt hatten, dass ich mit Clemens zusammen war, und keine engen Freundinnen, sondern lediglich Kolleginnen waren, hatte Sarah Bescheid gewusst und war trotz allem, was uns verband, auf Clemens eingegangen. Natürlich musste ich fairerweise ihm gegenüber genauso sauer sein, aber Sarah als meine langjährige Freundin sah ich mehr in der Pflicht.

Michi, die mir gegenübersaß und eine wahre Apotheke an Vitaminen, Baldrian, Johanniskraut und Kava-Kava-Tabletten auf ihrem Schreibtisch aufgebaut hatte, starrte ins Leere und tippte seit einiger Zeit keinen Buchstaben mehr.

»Michi, alles klar? Denkst du über deinen Artikel nach, oder bist du bei Clemens?«

Ertappt sah sie mich an und zuckte mit den Schultern.

Natürlich ging es um Clemens. Wie sie von ihm sprach und beschrieb, weshalb sie sich so unsterblich in ihn verliebt hatte, ließ mich aufhorchen, denn keine der Eigenschaften, die sie in ihm sah, waren mir je an ihm aufgefallen.

Michi beschrieb Clemens als fürsorglich, väterlich, er hatte Entscheidungen für sie getroffen, Dinge erledigt, ihr Geborgenheit und Sicherheit gegeben, ja sogar einen Steuerberater für sie besorgt. Darauf geachtet, dass sie sich gesund ernährte, und ihr Mut und Selbstvertrauen zugesprochen. Nicht ein einziges Mal war Clemens so bei mir gewesen. Was mich allerdings erstaunte, war, dass sie sich nur geküsst hatten und es nicht weiter gegangen war, zumindest bisher nicht. Es schien, dass bei Michi wirklich die Versorgerrolle im Vordergrund gestanden hatte und ihr Clemens sich mit meinem Clemens nicht im Geringsten deckte.

Das Einzige, was im Nachhinein Sinn ergab, waren die Stimmungsschwankungen in der Redaktion. Wir rekonstruierten, dass immer die gut drauf gewesen war, mit der Clemens sich gerade getroffen hatte, während die anderen dachten, er sei noch auf einer Geschäftsreise oder bei einem Abendtermin. Ansonsten aber machte nach wie vor nichts Sinn, zumindest konnte ich nicht nachvollziehen, wie Clemens Platz für andere Frauen in seinem Herzen oder Lenden gehabt hatte, obwohl zwischen uns alles so intensiv gewesen war.

So sehr schlecht es mir ging, so rührend kümmerten sich auf der anderen Seite meine Mutter und Rudi um mich. Einer brachte mich zur Arbeit, zu Hause wurde für mich gekocht. Wenn ich wollte, konnte ich reden, wenn ich meine Ruhe haben wollte, war das auch okay. In Zeiten wie diesen hörte ich sogar gern den New-Age-Formeln meiner Mutter zu, und wenn die Karten sagten, dass ich bald wieder glücklich sei, so hoffte ich es auch.

Mit unserem Sonderheft kamen wir gut voran, was vor allem daran lag, dass jede von uns die Nächte durcharbeitete, weil an Schlaf nicht wirklich zu denken war. Feline war überrascht und erfreut, wie groß unsere Fortschritte waren, so viel stand fest, das Sonderheft konnte gedruckt werden.

Nur noch zwei Tage, bis Clemens aus seinem Selbsterfahrungscamp wieder herabsteigen würde, um nicht sich, sondern uns kennen zu lernen! Nachdem sich der erste Schock gelegt hatte, erfasste uns eine Art Galgenhumor, und wir machten schon Witze über Clemens.

»Wir könnten ihm ja auch sagen, dass wir die Situation, so wie sie ist, super finden, uns mit dem mormonischen Glauben beschäftigt haben und eine Kleeblatthochzeit mit uns vieren und Ilona Richter als Trauzeugin und seiner Stalkerin als Blumenmädchen in Utah vorbereitet haben.« Diane, die langsam wieder zu ihrer alten Form fand, aber lange nicht mehr so bissig und gemein war wie früher, kicherte.

Clemens war für sie endlich eine Bezugsperson gewesen. Er hatte ihr zugehört und Beachtung geschenkt und schickte sie nicht weg wie ihr Vater, wenn es Probleme gab. Außerdem war Clemens als der kultivierte Mann von Welt, der genug Geld mitbrachte und ihr die Welt zu Füßen legte, genau der Richtige gewesen. Gesellschaftlich passte er ebenfalls hervorragend ins Bild, und Dianes Neureichen-Manko hob er mit seinem Intellekt und den Kontakten zu alteingesessenen Familien auf. Man konnte ihn mit auf eine Veranstaltung nehmen, ohne erst erklären zu müssen, was ein Dessertwein oder eine Etagere waren. Vor allem aber war er furchtlos genug gewesen, sich nicht von ihrem Panzer abschrecken zu lassen, und hatte es geschafft, weiche, sanfte Seiten an Diane zu Tage zu bringen. Diane war sicher nicht in den paar Tagen zu einer Freundin mutiert, nur weil wir eine Schicksalsgemeinschaft bildeten, aber immerhin war ihr Verhalten nachvollziehbarer geworden, und als sie von ihrem Elternhaus und der emotionalen Verwahrlosung erzählte, war mir noch einiges mehr klar geworden. Kein Wunder, dass sie, wenn sich jemand ihrer annahm, wie Clemens es getan hatte, alles daransetzte, um ihn für sich allein zu haben und mit allen Mitteln gegen jede Art von Konkurrenz zu verteidigen.

»Aber was machen wir, wenn wir vor ihm stehen und ihn zur Rede stellen nicht ausreicht? Habt ihr denn gar keine Mordgelüste?«, fragte Michi, die ebenfalls neue Seiten erkennen ließ und sich langsam von der Hoffnung löste, in Clemens ihren neuen Vaterersatz gefunden zu haben, und stattdessen lieber auf Rache schwor.

Allein der Gedanke, Clemens nach allem, was passiert war, wieder zu treffen, verursachte mir weiche Knie, ich konnte nicht einschätzen, wie ich mich verhalten, was ich fühlen würde oder ob ich mich rächen wollte.

Michi die feurige Amazone schwang ihre zierlichen Ärmchen, ballte sie zur Faust und legte nach.

»Wir müssen ihn vernichten, finanziell, gesellschaftlich, beruflich, und vor allem privat. Was uns passiert ist, darf keiner anderen Frau mehr passieren, das sind wir seinem neuen Umfeld schuldig!«

Amen.

»Vor euch seht ihr gerade frisch aus der Druckerpresse die erste Ausgabe der *Phosphor* im neuen Jahr samt Sonderheft. Lasst die Korken knallen!«, jubelte Feline und schenkte uns ein Glas Veuve ein. Wir stießen mit unseren Volontären, Praktikanten, freien Mitarbeitern, der Grafikabteilung, den Fotografen, sprich allen, die maßgeblich an diesem Wunderwerk mitgearbeitet hatten, an. Übermüdet, überarbeitet, aber überglücklich fielen wir uns um den Hals. Wir hatten es geschafft, trotz allem, was wir in den letzten Tagen durchgemacht hatten! Keine hatte das Handtuch geschmissen, jede hatte versucht, das Beste zu geben. Mit einer gewissen Portion Stolz, es allein geschafft zu haben, ohne einen Chefredakteur im Hintergrund, prosteten wir uns zu.

Feline sah man die Erleichterung über das gelungene Heft deutlich an.

Plötzlich fiel mir ein, dass ich unter anderen Umständen an diesem Tag gekündigt hätte, um mein neues Leben mit Clemens zu beginnen, der morgen wieder von seinem Alpenmanagementseminar zurückkehrte.

Ich spürte ein Ziehen in der Magengegend. Hinweg war ich noch nicht über den zerplatzten Traum, aber deutlich auf dem Weg der Besserung, und Erlebnisse wie diese halfen, immerhin hatte ich noch einen Job, der immer mehr Spaß machte, dank des inzwischen sehr kollegialen, fast freundschaftlichen Umgangs.

»Ich nehm noch ein Glas!«, rief Michi vorlaut und lachte dabei. Es war komisch, wie jeder auf die Enttäuschung mit Clemens reagierte, sich mit der Erfahrung veränderte.

Michi war eindeutig unerschrockener geworden, fast so, als ob sie sich dachte, wenn sie Clemens überlebt hatte, konnte sie mit allem fertig werden. Vielleicht war ihr aber auch klar geworden, dass es keine Sicherheiten oder Garantien im Leben gab. Ihre psychosomatischen Krankheiten waren auf alle Fälle so gut wie weg, von ihren übervorsichtigen Eltern ließ sie sich nicht mehr bevormunden, und als Zeichen ihrer neuen Stärke hatte sie sich einen zweiwöchigen Abenteuerurlaub durch Südamerika gebucht, und zwar allein!

Um unseren Heilungsprozess zu unterstützen, waren wir Clemens-Geschädigten an diesem Abend von meiner Mutter zu einem Reinigungsritual eingeladen. Mit Ausnahme von Sarah. Bisher war ich einfach noch nicht in der Lage, sie zu sehen und zu vergessen, auch wenn meine Umgebung, vor allem meine Mutter, es sich sehr wünschte.

Normalerweise hätte ich allein bei dem Wort »Reinigungsritual« das Weite gesucht, aber da ich meiner Mutter eine Menge verdankte und sie sich so liebevoll um mich gekümmert hatte, war ich ihr das einfach schuldig. Seit gestern war sie unterwegs und mit Einkäufen beschäftigt. In den entlegensten Stadtteilen suchte sie Dinge zusammen und werkelte mit brennenden Wangen und glühenden Augen geheimnisvoll vor sich hin. Allein meine Abwehr, die sich wieder gegen ihre spirituellen Spleens regte, zeigte mir, dass ich auf dem Weg der Besserung war, auch wenn mir einiges abhanden gekommen war: der Glaube an die große Liebe und der Hang zu Romantik zum Beispiel. Vielleicht war es aber auch nur ein nötiger Reifungsprozess, der längst fällig gewesen war.

Gegen halb fünf machte ich mich aus dem Staub, weil ich meiner Mutter versprochen hatte, verschiedene frische Kräuter zu besorgen, die ich am einfachsten in der Lebensmittelabteilung des »Lafayette« bekam.

Berlin zeigte sich nicht wirklich von seiner schönsten Seite im Januar, es wurde tagsüber fast nicht hell, stattdessen wehte ein fieser kalter Ostwind aus der Uckermark, und der Schneematsch, der nur eines machte, nämlich kalte Füße und dreckige Schuhe, heiterte das Bild leider auch nicht gerade auf. Wenn man dann noch am Alex mit seinen leer stehenden trabantenstadtähnlichen Wohnblocks vorbeimusste, um zur Arbeit oder wieder nach Hause zu gelangen, machte es einem weder den Winter noch die Stadt zum Freund. So sang ich, wenn ich an den wenigen beleuchteten Wohnungen, die ein Bild des Jammers und der urbanen Einsamkeit darstellten, meinen selbst gedichteten Song zur Aufheiterung vor mich hin, der eigentlich nur aus einer Textzeile bestand, die mir dafür umso besser gefiel: »Trabantenstadt, ich hab dich satt!« Ich sang so lange, bis die Honecker-Gedächtnissiedlungen hinter mir lagen.

In der Friedrichstraße fuhr ich direkt ins Parkhaus, es machte keinen Sinn, um diese Uhrzeit nach einem Parkplatz zu suchen.

Schnell huschte ich ins Lafayette, um dem fiesen Wind zu entkommen, und stellte mich benommen vor Kälte auf die Rolltreppe nach unten. Am Gemüsestand hatten sie zum Glück alles, was ich mitbringen sollte, auch frisches Eisenkraut. An der Kasse war nur eine kurze Schlange, vor mir stand eine Dame im Nerzmantel mit blonden auftoupierten Haaren. Für einen kurzen Moment überlegte ich, ob ich wie in der PETA-Werbung an ihrem Fell lecken sollte, um dann vor ihren Füßen einen Haarbollen herauszuwürgen, ließ den Gedanken dann doch wieder fallen. Zumal, als sie sich zur Seite drehte und ich in ein mir zu gut bekanntes Profil blickte. Ilona Richter, wer sonst! Es gab kaum Menschen, die ich in Berlin zweimal traf, aber sie an jeder Ecke! Neuerdings platinblond gefärbt. Na ja, vielleicht ging sie jetzt auch zu Udo Walz wie alle Grunewalddamen.

»Ach schau an, die Frau Clemens Vogelmann in spe!«

Ich konnte mir eine Anspielung auf ihre Verlobung mit Clemens einfach nicht verkneifen. Immerhin hatte sie ihre verschmähten Gefühle indirekt an uns ausgelassen.

Sie sah mich erstaunt an, das Thema Verlobung war ihr unangenehm, das konnte ich sehen, und flüsterte hektisch:

»Nicht hier. Lassen sie uns um die Ecke ins Einstein gehen!«

Eigentlich hatte ich keine Zeit, wie ich mir nach einem Blick auf die Uhr sagte, andererseits brannte ich vor Neugierde und wollte auf alle Fälle erfahren, wie sich eine ausgebuffte Frau wie sie hinters Licht hatte führen lassen können.

Im Einstein ging sie natürlich vor mir, platzierte uns strategisch geschickt an einen Tisch fernab in der Ecke, wo uns niemand zuhören konnte, und bestellte zwei Latte macchiato. Ilona Richter zog ihren Pelz aus, und zum Vorschein kam wieder ein geschmackloses, mit Strass besetztes Oberteil, das allerdings sündhaft teuer gewesen sein musste, zumindest ließ es das gut lesbare Designerschildchen vermuten.

Hätte ich mir auch nie träumen lassen, dass mich ausgerechnet mit einer Frau wie Ilona Richter eine Gemeinsamkeit oder ein ähnliches Schicksal verbinden würde.

Nachdem sie im gewohnten Befehlston, der keinerlei Widerrede duldete, die Bedienung aufgescheucht hatte, einmal um Zigaretten zu besorgen, dann um ihr extra geschäumte Milch zu bringen, kam sie zur Sache. Lange Vorreden oder ein vorsichtiges Herantasten an die Materie schenkte sie sich, sie war niemand, der lange um den heißen Brei herumredete.

»Sie wissen also von mir und Clemens. Na ja, war wohl nur eine Frage der Zeit. Aber Sie hat es auch erwischt, oder? Ich habe Sie in Venedig zusammen gesehen, da war mir alles klar! Ja, Clemens kann einfach unwiderstehlich sein! Sein Geheimnis ist, dass er sich in jede Frau hineinversetzen kann. Er sieht ihr in ihr Innerstes und spürt ihre Wünsche, ihre Verletzungen und weiß, wie er ihre Traumvorstellungen erfüllen kann. Natürlich hilft es auch, dass er kein hässlicher kleiner glatzköpfiger Zwerg ist, aber die Hauptsache ist seine Wirkung. Das Interessante ist, dass jede Frau, die an ihn geraten ist, ihn anders beschreiben wird, das ist sein zweites Geheimnis, er ist wie Luft, einfach nicht zu fassen, und niemand kennt im Gegenzug seinen Kern oder wie er wirklich denkt oder fühlt, wahrscheinlich weiß er das selbst nicht einmal. Für ihn sind die Liebe und das Leben ein großes Spiel, eine Versuchung, der er immer wieder erliegen will, jede Frau hat für ihn etwas, das es zu knacken gilt oder das ihn interessiert. Je schwieriger oder je höher die Hürde, desto spannender für ihn und desto mehr legt er sich ins Zeug!«

Sie sprach im Prinzip das aus, was ich mir inzwischen auch zusammengereimt hatte. Mir wurde klar, dass ich mit der Taktik, mich selten und schwierig erreichbar zu machen, erst recht Clemens' Interesse geweckt haben musste.

Sie nahm einen tiefen Zug von ihrer Zigarette, kein Wunder, diese raue, kehlige Stimme bekam man nicht einfach so, und musterte mich nachdenklich.

Wahrscheinlich überlegte sie sich auch, wie zwei von ihrer Art und ihrem Alter so unterschiedliche Frauen, zudem beide intelligent, auf ein und denselben Mann hereinfallen konnten.

Nicht, dass ich meinte, ich hätte ein besseres Paar mit Clemens abgegeben, aber Ilona Richter passte ungefähr so gut zu ihm wie ein Pappbecher zu Meißener Porzellan, nämlich überhaupt nicht. Ihre schrille, auffällige, künstliche Art und Clemens, ein Mann von Welt, das ging mir überhaupt nicht in den Kopf. Allein bei dem Gedanken, wie die beiden gemeinsam an einem Tisch saßen, versagte meine Vorstellungskraft, geschweige denn, wenn ich an intimere Dinge dachte.

Nein, was Clemens an ihr besonders gereizt haben musste, war ihre strenge, abweisende und kühle Art, nur so ließ sich die Verlobung erklären. Das musste der ultimative Beweis gewesen sein, als diese ehrgeizige, egomanische Frau, die so sehr auf ihre Karriere und einen gesellschaftlichen Aufstieg fokussiert war und keine Kinder wollte, plötzlich ihren Lebensentwurf aufgab und für Clemens bereit war, die Rolle der Ehefrau und Mutter zu übernehmen, nur deshalb war er so weit gegangen. Die Herausforderung war besonders schwer, die Latte hatte besonders hoch gelegen, Ilona war so zu einem würdigen Exemplar für Clemens geworden, der nur wieder seine Verführungskünste hatte unter Beweis stellen wollen. Zumindest war das meine Vermutung.

»Darf ich sie etwas Persönliches fragen? Waren Sie bereit, für Clemens auf Ihren Job zu verzichten und dafür seine Kinder großzuziehen?«

Ertappt sah sie mich an und fingerte nervös an ihrem deutlich zu tiefen Ausschnitt herum.

»Ja, allerdings. Wie ich sehe, haben Sie ihn und seine Art zu denken verstanden.«

Schien mir auch so, nur leider zu spät.

Vorsichtig fragte ich nach, wie es denn zwischen ihr und Clemens auseinander gegangen war. Sie lachte so laut und höhnisch, dass die Gäste am Nebentisch erstaunt zu uns herübersahen, was sie überhaupt nicht wahrnahm. Kein Wunder, Empathie war nicht eine ihrer größten Stärken.

»Theoretisch überhaupt nicht, eigentlich sind wir bis zum heutigen Tag verlobt, zumindest hat er die Verlobung nie gelöst, sondern war plötzlich einfach verschwunden. Nach spätestens einem Monat ohne Lebenszeichen war mir dann auch klar, dass die Hochzeit wohl abgesagt ist. Später bekam ich mit, dass er ins Ausland gegangen war, ich habe versucht, ihn zu kontaktieren, aber vergeblich. Bis heute kam es zu keiner Aussprache!«

Ihr ansonsten stolzer, leicht arroganter Gesichtsausdruck war wie aufgeweicht, vor mir saß eine verletzte Frau, die eine zerstörte Illusion nie verwunden hatte, was ich ihr nicht verdenken konnte.

Ich spürte Mitleid in mir hochsteigen.

»Ich hätte ihn an Ihrer Stelle umgebracht. Das schreit nach Rache!«

Ilona Richter schüttelte den Kopf und machte eine abwehrende Geste.

»Was meinen Sie, wie viele perfide Arten der Rache ich mir für diesen Blindgänger schon ausgedacht habe, zumindest am Anfang. Irgendwann verschwindet das Gefühl, und das Einzige, was bleibt, sind tausend unbeantwortete Fragen. Alles, was ich heute will, ist eine Aussprache, um endlich dieses Thema abschließen zu können.«

Mist, ich musste heftig schlucken. Keine guten Aussichten für eine mögliche Zukunft ... aber so konnte auch ich enden, wenn ich es nicht schaffte, von Clemens loszukommen, oder mir blühte ein Schicksal wie Viola, seiner Stalkerin. Gab es nicht irgendwo eine Frau, die Clemens unbeschadet überstanden hatte?

Ilona Richter wäre nicht Ilona Richter, wenn sie mich ungeschoren davonkommen ließe. Natürlich wollte sie meine Geschichte im Gegenzug hören, bei ihr gab es nie etwas umsonst, erst recht keine privaten Einblicke in ihr Liebesleben. Sie verlangte im Austausch für ihren Seelenstrip Informationen, was mich und Clemens anging.

»Also raus mit der Sprache, sie hat er doch auch gelinkt. Das seh ich doch auf einen Blick!«

Ja, das hatte er, und zwar gleich mehrfach.

»Sagen wir so. Ich alleine habe ihm nicht ausgereicht.«

Wissend sah sie mich an.

»Das sieht dem Schwein ähnlich. Bekommt den Hals nicht voll und weiß nie, wo die Grenzen sind. Solche Typen gehören kastriert! Hach, was würde ich darum geben, mit Clemens nur eine Stunde in einem Raum eingeschlossen zu sein!«

So ganz schien mir das Rachethema noch nicht vom Tisch zu sein! Wenn ich in ihre funkelnden Augen sah, bekam ich fast ein wenig Angst vor ihr. Wenn dieser Frau im Normalzustand einiges zuzutrauen war, so musste sie in Rage unberechenbar sein.

Auf alle Fälle wurde mir klar, dass ich es schaffen musste, mit Clemens abzuschließen. Ich wollte garantiert nicht mein Leben lang als Rachegöttin auf den Moment der Abrechnung warten und dabei zu einer zweiten Ilona Richter mutieren.

Ihr Handy klingelte, sie nahm ab und war sofort wieder in ihrer Rolle der gnadenlosen Chefin angekommen. Mit schneidendem Ton putzte sie einen armen Untergebenen namens Thomas herunter, den sie erst gar nicht zu Wort kommen ließ.

Leise legte ich Geld hin und gab ihr ein Zeichen, dass ich losmusste. Sie hielt kurz inne, umschloss die Sprechmuschel mit der Hand, lächelte mich mit ihren falschen Porzellankronen an und rief abschließend: »Ein Gespräch, das ist alles, was ich will!«

Mir lief ein kalter Schauer über den Rücken. Lieber Gott, lass mich nie so werden wie sie, flehte ich und stolperte fast über ihren affigen Pelzmantel.

Schweigend ging ich zum Auto zurück, vielleicht war dieses Reinigungsritual meiner Mutter doch keine so schlechte Idee, wer weiß, vielleicht half es.

»Da bist du ja!« Meine Mutter war in ihrem Element, armen verletzten Frauenseelen zu helfen, dazu war sie anscheinend geboren. Diane als verlorene Tochter, deren Charakter sich als doch nicht so mies bestätigt hatte, umhegte sie besonders herzlich.

Diane saß bereits mit Michi in der Küche bei einem selbst gebrauten Getränk und verzog das Gesicht. Das Gebräu, von dem mir meine Mutter sogleich einen Becher reichte, war bereits eine Vorstufe des Reinigungsrituals.

»Was ist denn da drin?«, fragte ich vorsorglich und hätte es lieber gelassen.

Die Mischung war natürlich selbst kreiert aus Ibogastrauch, einer leicht giftigen Pflanze, deren Wirkung Lebenskraft, Stimulans nachgesagt wurde und die als seelischer Muntermacher galt. Hinzu kam gelbe Teerose, die bei Stress, Schlaflosigkeit eingesetzt und außerdem als sanftes Beruhigungsmittel verwendet wurde, ebenfalls leicht giftig.

Die Dosierung war das Geheimnis, und angeblich waren die Pflanzen so schwach giftig, dass es auf keinen Fall zu Nebenwirkungen kommen konnte. Hoffentlich stimmten die Angaben, die sie in ihren Kräuterbüchern nachlas, auch und stammten nicht aus dem Handbuch einer Sekte, die damit Selbstmordmassenrituale vollzogen hatte. Ich sah uns im Geiste mit Vergiftungserscheinungen die gesamte innere Abteilung des städtischen Krankenhauses lahm legen.

Angewidert vom Geruch hielten wir uns die Nase zu und tranken wie angeordnet eine Tasse. Erwartungsvoll sah meine Mutter in die

Runde. Sie ließ sich heute Abend bei ihrem Hexennamen ansprechen, der Hekate war.

»Na, merkt ihr schon was?«

Ehrlich gesagt nicht, das Einzige, was mir auffiel, war, dass Michi und Diane kleine grüne Teereste zwischen den Zähnen hingen. Die Wirkung trat wohl erst nach einiger Zeit ein.

Meine Mutter, Verzeihung, Hekate tischte ein weiteres magisches Essen auf. Dinkelnudeln mit Fenchel und eine Vanille-Zimt-Ingwer-Creme, die uns spirituell öffnen sollte. Für dieses Ritual, das wir Clemens zu verdanken hatten, würde er büßen, denn eins war klar, der Abend hatte gerade erst begonnen, und wir waren noch lange nicht durch.

Michi und Diane waren entweder höflich, belustigt oder so verzweifelt, dass sie an den Lippen meiner Mutter der Oberhexe Hekate hingen, als sie alle bat, uns in mein Arbeitszimmer zu begeben.

Bevor wir eintreten durften, mussten wir lange rote Umhänge anlegen, die bis auf den Boden reichten, die paar Wochen im Aschram mussten doch mehr Eindruck bei ihr geschunden haben, als ich gedacht hatte. Zumindest der farbige Einheitslook hatte es ihr angetan, auch wenn sie ihn mit Rot etwas abwandelte.

Sie ging vor und rief uns nach einigen Minuten rein. Mich traf der Schlag.

Das Zimmer war abgedunkelt, wallende farbige Stoffe verdeckten die Fenster. In der Mitte des Raums hatte sie einen Kreis aus Kissen und Steinen angeordnet, darin stand ein Zimmerbrunnen, wie man ihn auch auf Homeshopping Europe bestellen kann. Den Zimmerbrunnen, der an sich schon geschmacklos genug war, umgab ein Pentagramm aus Münzen und Blüten. Beleuchtet wurde das kleine Hexenparadies von Kerzen, die sie großzügig im Zimmer verteilt hatte. Von der ursprünglichen Atmosphäre und Einrichtung war nicht mehr viel zu sehen. Alle Möbel waren weggeräumt oder mit Laken verhüllt. Aus meiner Anlage drangen sphärische Klänge, und es roch fast schon penetrant nach Rosmarin.

Michi war hin und weg und ließ sich voll auf die magische Reinigung ein, während Diane mich in die Seite stieß und ein Kichern unterdrücken musste. Meine Mutter, Verzeihung, Hekate trennte uns sofort. In diesen Dingen verstand sie keinen Spaß, mein Protestverlangen unterdrückte ich, nicht dass sie mir am Ende Warzen auf die Nase zauberte …

Neben jedem Kissen stand eine Schale mit Wasser.

»So, ab jetzt sprecht ihr nur noch, wenn ich euch auffordere, mir etwas nachzusprechen. Ansonsten folgt einfach meinen Anweisungen.«

Ja, da gab man sich immer antiautoritär, und die dominante Seite wurde dann also in magischen Ritualen ausgelebt. Meine Mutter reichte einen Sack mit Steinen herum und forderte uns auf, je einen auszusuchen, natürlich nur mithilfe des Tastsinns.

Nachdem jede von uns einen Stein ausgesucht hatte, stand sie auf, ging zum Brunnen in der Mitte meines ehemaligen Arbeitszimmers und reinigte den Stein, was wir schließlich nachmachten. Sie hielt den Stein mit beiden Händen unter das fließende Wasser und sprach laut und deutlich eine Reinigungsformel, die wir zeilenweise nachsprachen.

»Mit diesem Wasser fließt alles Negative, Dunkle und Schmutz von diesem Stein und lässt das Licht sowie die guten Mächte wieder durchscheinen. Dieser Stein wird mein Schutz sein gegen schwarze Gefühle, Verzweiflung und Aufgabe. Er hilft mir, die guten Mächte an meiner Seite zu haben, die mich empfänglich machen für Liebe, Verständnis und Hoffnung. Er weckt meine Lebensgeister und spirituellen Fähigkeiten und spendet mir den Trost, den ich brauche, um mit Enttäuschungen abzuschließen.«

Meine Mutter ging zu einem kleinen Altar, den sie aufgebaut hatte. Wenn mich jetzt mein Vermieter sehen könnte, er würde mich im hohen Bogden aus der Wohnung werfen, wer würde es ihm verdenken, wenn eine sektenähnliche Frauen-WG ihr Unwesen trieb. Auf dem Altar stand eine große kristallene Schüssel mit einer Flüssigkeit, die stark nach Eukalyptus roch. Meine Mutter badete ihren Stein in dem Bad, wir taten es ihr nach. Dann zündete sie in einer anderen Schale etwas Beifuß an, dessen Geruch ich erkannte, sie veranstaltete Beifuß-Räucherungen zu allen möglichen Gelegenheiten. Sie hielt ihren Stein in den aufsteigenden Rauch, wir brav hinterher.

»Dieser Rauch nimmt alle schlechten und negativen Schwingungen der Vergangenheit hinfort, er reinigt eure Herzen von allem, was euch beschwert, und gibt euch die Leichtigkeit zurück.«

Wie ich diese Formeln nachsprach, war mir überhaupt nicht mehr zum Lachen zumute, im Gegenteil, irgendetwas passierte in diesem Raum, während wir gemeinsam diese magischen Worte sprachen. Ob es an den gleichzeitig ausgeführten Handlungen lag oder dem rhythmischen Gleichklang der Sätze … auf alle Fälle fühlte ich eine Kraft in mir aufsteigen, die mich innerlich aufrichtete und meinen Körper mit Wärme durchströmte. Vielleicht war das aber auch nur die Wirkung des Tees, und ich spürte die ersten Vergiftungsanzeichen. Was auch immer es war, es tat gut, und ich war schon lange über das Stadium hinaus, die Angelegenheit lächerlich zu finden und als Spinnerei abzutun. Diane, die ich aus den Augenwinkeln beobachtete, musste es ähnlich ergehen, sie sah merkwürdig gelöst aus, einen Ausdruck, den ich seit Clemens' Verwüstung nicht mehr gesehen hatte, und Michi lächelte verzückt. Wer hätte gedacht, dass meine Mutter tatsächlich etwas mit ihrem spirituellen Kram bewirken konnte.

Sie ging zum Fenster und entfernte eins der Stofftücher, bedeckte das Fensterbrett damit und legte ihren Stein darauf, der vom aufgegangenen Vollmond beleuchtet wurde. Jetzt war mir klar, warum wir den Reinigungsabend unbedingt heute machen mussten. Eigentlich wären wir heute Abend feiern gegangen, um das Gelingen der Ausgabe samt Sonderheft zu feiern, aber meine Mutter hatte darauf bestanden, uns heute zu treffen, weil wir den Vollmond brauchten, wie sich gerade rausstellte. Die Steine wurden noch für eine gewisse Zeit besprochen und dann mit verschiedenen Schutzzaubern versiegelt.

»Ihr könnt jetzt euren Stein nehmen. Ihr müsst ihn sieben Stunden am Körper tragen, dann ist er auf euch geeicht und wird euch beschützen.«

Spätestens jetzt wäre normalerweise der Zeitpunkt für mich gewesen loszulachen, aber stattdessen nahm ich den Stein ehrfürchtig an mich und achtete darauf, ja den Körperkontakt zu halten.

Anschließend machte Michi meiner Mutter, die sich außerhalb des Pentagramms wieder mit Eva ansprechen ließ, ein Kompliment.

»Eva, du hast heilende Kräfte. Das tat so gut, ich fühle mich wirklich gereinigt!«

Diane stimmte in das Lob ein. Meine Mutter war restlos glücklich und strahlte über das ganze Gesicht. Endlich hatte sie beweisen können, dass ihre Freizeitbeschäftigung nicht nur Humbug war.

Gegen Mitternacht, als alle gegangen waren, bedankte ich mich bei meiner Mutter für all ihre Unterstützung und Hilfe der letzten Zeit.

Sie lächelte mich an und nahm mich in den Arm.

»Wofür hat man denn eine Mutter? Aber ich glaube, jetzt geht es dir wieder besser, wenn du nichts dagegen hast, reise ich morgen wieder ab. Frank hat sich schon beschwert. Er vermisst mich.«

Natürlich hatte ich nichts dagegen. Im Gegenteil, es war an der Zeit, mein Alltagsleben zu leben und gestärkt dem Showdown mit Clemens entgegenzusehen.

»Gute Nacht!«, rief ich und ging in mein Bett, nicht ohne vorher zu prüfen, dass mein Mondstein auch schön in meiner Pyjamahosentasche verstaut war.

Heute war es endlich so weit, der Tag der Abrechnung war gekommen! Clemens verließ unwissend über die Geschehnisse in Berlin nach vier Tagen seine Enklave in den Bergen, wo er bestimmt neue Psychotricks gelernt hatte, um noch mehr Frauen in ihr Unglück zu stürzen. Meinen Wecker hatte ich auf sieben gestellt, was ich mir hätte sparen können, denn nach einer unruhigen Nacht lag ich seit sechs hellwach im Bett und versuchte, mich auf das, was da kommen mochte, mental vorzubereiten. Unfassbar, was in dieser kurzen Zeit alles passiert war. Clemens hatte sich als unseriöser Casanova entlarvt, meine Freundschaft zu Sarah bestand momentan nicht mehr, Diane hatte unsere Themen an Ilona Richter verraten, die sich ihrerseits als Clemens' Exverlobte herausstellte, und zu all dem Chaos hatten wir nebenbei ein Sonderheft auf den Weg gebracht. Zuerst war ich fast verrückt geworden, dass ich Clemens nicht sofort zu Rede stellen konnte, denn das war mein allererster Impuls gewesen. Aber Clemens machte seine Sachen stets hundertprozentig, und wenn er meinte, zur Heilsfindung in völliger Abgeschiedenheit sein zu müssen, so gab es keinen Kompromiss, keine Rufnummer für alle Fälle. Nicht einmal Marion hatte eine Adresse oder Nummer für den Notfall gehabt.

Inzwischen war ich froh, etwas Zeit gehabt zu haben, den ersten Schock verdauen zu können, und hoffte mit aufrechter Haltung in das Gespräch zu gehen und nicht bei Clemens' Anblick gleich einzubrechen.

Warum änderte sich Liebeskummer eigentlich nie? Egal, wie alt man wurde, wenn es einen richtig erwischt hatte und der Kummer einsetzte, fühlte er sich genauso schlimm an wie beim ersten Mal. Zwar hatte ich mit Anfang dreißig gelernt, dass das Leben weiterging, und Erfahrungen gemacht, was mir am besten und schnellsten half, damit fertig zu werden, aber die Intensität des Schmerzes ließ wohl nie nach.

Nervös und mit flauem Gefühl im Bauch stand ich auf und machte mich zurecht.

Wie abgesprochen, zog ich mich komplett schwarz an, wir wollten in derselben Aufmachung in Clemens' Büro warten. Die Idee, alle in Schwarz zu kommen, stammte von Diane, sie meinte, das sähe eindrucksvoll aus, in Anlehnung an *Die Hexen von Eastwick.* Zum Glück stand mir schwarz, und das schlichte Cocktailkleid sah gut aus, was wichtig war, denn ich wollte mich stark und selbstbewusst fühlen, wenn ich Clemens gegenübertrat.

Viel zu früh und ohne gefrühstückt zu haben, ging ich aus dem Haus und rannte beinahe Leila um, die Mimi zur Schule brachte.

»Heute ist es also so weit?«

Ich nickte.

Leila, die eine lustige bunte Wollmütze trug, machte eine kampfeslustige Geste.

»Ich hoffe, ihr lasst Clemens richtig schön bluten. Ach, und schaut ihm ja nicht in die Augen, sonst vergesst ihr am Ende wieder alles. Dieser Blick ist gefährlich! Wenn sich die Gelegenheit geboten hätte, wäre ich bestimmt auch schwach geworden.«

Ja, da konnte sie ihrem Herrn und Schöpfer danken, dass dieser Kelch an ihr vorübergegangen war.

In der Redaktion war ich nicht die Erste. Michi saß schon brav in Schwarz gekleidet im Büro und bastelte bereits seit sechs Uhr an einem Banner. Neben ihr lag eine Schachtel mit Baldrian-Hopfen-Beruhigungstabletten. Mit Tesa im Mund nuschelte sie: »Ich hab sein blödes De-Niro-Zitat schon abgehängt, stattdessen werden wir eines dieser Banner aufhängen.«

Michi hatte zwei Spruchbänder vorbereitet. Ich las die beiden roten, handgepinselten Zitate.

»Wenn wir einen Fehler machen, dann nennt man das etwas Böses, wenn Gott Fehler macht, dann nennt man das Natur.« Der Satz stammte aus den *Hexen von Eastwick,* ein Film, der thematisch zu unserer Situation passte, das Zitat allerdings überhaupt nicht, was ich Michi auch gleich sagte.

Das andere Zitat stammte aus *Thelma & Louise* und lautete: »Würden Sie bitte so nett sein und in den Kofferraum steigen?«

Das war gar nicht schlecht! Wenn er die Stelle und den Film kannte, könnte ihm dieses Zitat Angst einjagen.

»*Thelma & Louise,* stimmt's?«

Michi nickte stolz. Meine Bedenken, ob das nicht etwas übertrieben und zu dramatisch sei, wischte sie mit einer Handbewegung weg.

»Wie man sich bettet, so liegt man.«

Ein sehr passender Kommentar, in Anbetracht der Tatsache, in wie vielen Betten unser lieber Chef gleichzeitig gelegen hatte.

Gemeinsam gingen wir in Clemens' Büro und tauschten die Banner aus.

Michi überschlug sich vor Aufregung, ihre Stunde, die Stunde der Abrechnung, war gekommen, bestimmt stand das Köfferchen mit Folterinstrumenten schon fein säuberlich gepackt bereit.

Wenig später stieß Diane ebenfalls in Schwarz gekleidet dazu, mit einer Champagnerflasche unterm Arm. Wie wir da so standen, sahen wir eher aus wie drei schwarze Krähen und nicht wie die drei Hexen von Eastwick. Dianes Champagner war nicht für nach der Abrechnung gedacht, sondern um uns Mut anzutrinken, denn mulmig war es jeder. Wie es wohl war, wieder auf Clemens zu treffen, nach allem, was passiert war?

Gegen acht kam Marion und mit ihr die ersten Volontäre. Sie musste unwillkürlich lachen, wie sie uns nervös, jede mit einem Glas Champagner in der Hand, in Clemens' Büro vorfand.

Unruhig gingen wir auf und ab und warteten. Nach einer Ewigkeit steckte Marion den Kopf zur Tür herein und rief.

»Es kann jeden Moment losgehen. Clemens ist gelandet und bereits auf dem Weg im Taxi hierher. Er rief mich gerade an, weil ich einen Termin heute Nachmittag absagen soll.«

Mal sehen, ob er nicht noch mehr Termine absagen würde nach unserem kleinen Rendezvous.

»Wie war er drauf?«, wollte Michi wissen. Marion grinste.

»Blendend! Die frische Bergluft und der Einklang mit der Natur haben ihm so gut getan … Ich zitiere: ›Diese Seminare sollte jeder einmal gemacht haben, danach betrachtet man sich und die Welt wieder mit anderen Augen!‹«

Ja, mit anderen Augen würde er uns auch gleich betrachten. Die Warterei machte mich nervös. Endlich gab Marion Zeichen, dass Clemens im Anmarsch sei.

Am meisten hatte ich Angst, wie es sich anfühlen würde, ihn zu treffen, schließlich hatte Clemens mich nie schlecht behandelt. Und wenn nicht alles herausgekommen wäre, fände ich ihn noch immer umwerfend.

»Egal was gleich passiert, wenigstens sind wir gemeinsam hier!«, sagte Michi, worauf ich mit »Das ist der große Vorteil, wenn der

Liebste nicht nur eine Freundin hat« versuchte, die Situation aufzulockern.

Mit verschränkten Armen lehnten Diane und Michi jeweils rechts und links von mir an Clemens' Schreibtisch.

Wir saßen mucksmäuschenstill in seinem Büro und lauschten auf jedes Geräusch. Dann hörten wir Türgeklapper, ein Gespräch, Lachen und eindeutig Clemens' Stimme.

Keine Sekunde später wurde die Türklinke runtergedrückt, und Clemens stand im Raum.

Völlig überrascht blieb er stehen, starrte uns an und vergaß sogar, die Tür zu schließen.

Keine Ahnung, was ich erwartet hatte, aber er sah aus wie immer und wirkte kein bisschen verändert. Vor mir stand immer noch der Clemens', den ich kannte. Mein Herz klopfte unwillkürlich schneller.

Sofort dachte ich daran, was Leila gesagt hatte, und ließ meinen Blick an ihm vorbeigleiten.

»Seid ihr mein Begrüßungskomitee? Warum guckt ihr denn so trübselig drein? Die Geschichte wegen des Sonderhefts habe ich schon gehört. Habt ihr doch super gelöst.«

Mein Magen zog sich heftig zusammen, Clemens sah so überhaupt nicht nach einem miesen Casanovaverschnitt aus. Am liebsten hätte ich die Aktion abgeblasen und wäre ihm um den Hals gefallen – zunächst.

Diane fragte betont harmlos nach, wie das Seminar gewesen sei. Clemens' Augen leuchteten begeistert, und sofort holte er aus und berichtete von körperlicher Arbeit wie Holzhacken und der unglaublichen Stille.

»Haben sie dir auch beigebracht, wie man sich am besten verhält, wenn man mit drei Untergebenen gleichzeitig ein Verhältnis hat, oder gibt es dafür ein extra Seminar?«, hakte sie zuckersüß nach und lächelte undefinierbar.

Clemens zuckte zusammen und sah sich unruhig um. Dabei fiel sein Blick auf den ausgetauschten Bannerspruch. Man konnte ihm dabei zusehen, wie es Klick machte, und er kapierte, dass wir alles wussten und er in der Falle steckte. Diane, die seinen Blick zur Tür richtig als Fluchtversuch gedeutet hatte, kam ihm zuvor, schloss ab und nahm den Schlüssel an sich.

Clemens' Souveränität begann zu schwinden, stattdessen kam das blanke Entsetzen zum Vorschein, zumal wir begannen, ihm abwechselnd Fragen zu stellen und ihn ins Kreuzverhör zu nehmen.

Ich begann.

»Nur damit ich das richtig verstehe, eigentlich soll ich ja kündigen, damit wir unsere Beziehung endlich öffentlich machen können. Soll ich immer noch, wo jetzt eh alle Bescheid wissen, oder willst du das lieber mit Sarah publik machen?«

Clemens begann zu stottern, doch bevor er antworten konnte, fuhr Michi fort.

»Soll ich den Skiurlaub im Februar stornieren oder einfach Gretchen und Diane mitbuchen?«

»Ach, und schöne Grüße von deiner Exverlobten Ilona Richter soll ich bestellen!«, setzte Diane noch eins drauf.

Nervös und kalkweiß sah er uns abwechselnd an und setzte murmelnd zu einer Erklärung an.

»Ilona, die getriebene Seele …«, war jedoch sein einziger Kommentar.

Dafür, dass er sonst der Meister der großen Worte war, fand ich ihn ziemlich wortkarg.

Michi platzte schließlich mit der Frage heraus, die uns alle quälte.

»Warum hast du uns das angetan, wieso hast du uns so verarscht? Wie kann man denn bloß all diese Gefühle spielen?«

Unsere anklagenden Blicke schienen zu viel für Clemens, die gesamte Situation traf ihn unvorbereitet.

Er fuhr sich fahrig durch die Haare und begann leise und überlegt zu sprechen.

»Ich habe nichts gespielt, bei keiner von euch, das müsst ihr mir glauben, allerdings weiß ich schon länger, dass ich nicht für eine dauerhafte monogame Beziehung gemacht bin, auch wenn ich es jedes Mal hoffe und von vorn versuche. Bei dir, Gretchen, zum Beispiel dachte ich, es könnte halten. Du gabst mir dieses Gefühl, der einzig Wahre zu sein, als ob noch nie jemand so sehr auf der Erde geliebt hätte wie wir. Aber dann weckte Sarah mein Interesse, dann Diane und schließlich Michi. Mein Problem ist, dass ich an euch und an fast jeder Frau etwas Einzigartiges entdecke, das mich anspricht und interessiert. In eurer Unterschiedlichkeit ergänzt ihr euch so sehr, und leider treibt mich die Neugierde immer weiter und ist nie gestillt. Warum kann ein Kuss nicht einfach ein Kuss sein und muss sich immer gleich in ein Eigenheim mit Garten und Familienkombi verwandeln?«

Er sprach so ernsthaft und ehrlich, dass ich fast versucht war, ihm das so abzunehmen, doch dann erinnerte ich mich wieder, dass ich sogar für ihn kündigen wollte und wie sehr ich gelitten hatte – und an den doppelten Vertrauensbruch mit Sarah.

»Das klingt ja alles toll. Sollen wir jetzt noch Mitgefühl für dich aufbringen? Wenn du doch weißt, dass du nicht dafür gemacht bist, warum spielst du dann nicht von Anfang an mit offenen Karten? Wieso spielst du allen was vor, machst Versprechungen und hältst Liebesschwüre ab?«, rief ich wütend.

Clemens nickte.

»Weil ich jedes Mal hoffe, dass es so ist und bleibt. Das war unverzeihlich und ist nicht wieder gutzumachen. Ich fürchte, so bin ich einfach. Das ist keine befriedigende Antwort, aber wahrscheinlich die ehrlichste.«

Irgendwie hatte sich mit einem Schlag meine und Clemens' Zukunft erledigt, und die gemeinsame Vergangenheit kam mir total unwirklich vor. Nicht, dass Clemens seine Wirkung oder Ausstrahlung verloren hätte, wenn ich ihn zu lange anblickte, bestand bestimmt Gefahr, seine Wirkung zu spüren, aber jetzt, wo ich verstand, wer er war, wie er tickte, ich ihn durchschaute, kam er einfach nicht mehr infrage, abgesehen davon, dass ich ihm nie wieder vertrauen konnte. Irgendwas war zerbrochen, und wenn ich ihn jetzt ansah, so fühlte ich, wie mehr und mehr die Distanz die Überhand gewann und ich ihn objektiver betrachten konnte. Die wichtigste Errungenschaft war aber eine andere: Er berührte mich nicht mehr!

Diane und Michi schien es ähnlich zu gehen, denn anstatt weiter zu fragen, sahen sie mich ratlos an und zuckten mit den Achseln. Wie Clemens so in die Enge getrieben mit Schweißperlen auf der Stirn vor uns stand, hatte er nichts mehr mit dem gefährlichen Verführer und mitreißenden Chef gemein, in den wir uns verliebt hatten und dem wir zu Füßen lagen. Es wirkte fast schon lächerlich, und eigentlich stellte sich mir die Frage, wie in aller Welt wir weiter zusammen arbeiten sollten, wenn wir ihm keinen Respekt mehr entgegenbringen konnten.

Nach einer langen, unangenehmen Pause sprach ich die Frage, die in der Luft lag, aus.

»Wie soll es denn jetzt weitergehen? Ich meine, wie wollen wir denn nach all dem in Zukunft zusammen arbeiten?«

Clemens wachte aus seiner Starre auf und war hellwach.

»Wir sind doch ein Spitzenteam, jetzt mal nur beruflich gesehen. Das wollt ihr doch nicht einfach wegwerfen, oder? Lasst ein wenig Gras über die Angelegenheit wachsen, das renkt sich schon wieder ein? Glaubt ihr nicht auch?«

Sofort schüttelten wir alle den Kopf. Das war nicht mehr zu retten und würde zur täglichen Tortur werden. Unfassbar, wie Clemens, nachdem er gemerkt hatte, dass im privaten Bereich nichts mehr zu retten war, versuchte, wenigstens beruflich das Steuer in der Hand zu behalten. Schon seltsam, wie er, der große Chef, auf unser Gutdünken plötzlich angewiesen war, denn eines war klar: So schnell fand er keinen adäquaten Posten, vor allem falls sich in der Branche seine »Motivationsmethoden« herumsprechen sollten.

Flehend sah er uns an und wiederholte noch einmal: »Das renkt sich doch wieder ein, denkt daran, was wir gemeinsam erreicht haben!«

Diane, Michi und ich tauschten nur einen einzigen Blick aus. Im Römischen Reich wäre das der Moment gewesen, in dem der Imperator den Daumen nach unten gestreckt hätte.

Ich übernahm die Urteilsverkündigung.

»Tut mir Leid, aber wir haben einfach keinen Respekt mehr vor dir. Unser Chef sollte nicht nur kompetent und fachlich auf der Höhe sein, sondern uns auch menschlich und charakterlich eine Stütze. Schon mal was von emotionaler Intelligenz und Integrität gehört? Wir können und wollen nicht mehr mit dir zusammen arbeiten, das muss dir doch klar sein!«

Verzweifelt sah er mich an und fragte kleinlaut.

»Was soll das heißen?«

Konnte oder wollte er nicht verstehen?

Diane antwortete ungeduldig, bevor ich etwas sagen konnte.

»Das soll heißen, dass wir dir genau eine Woche geben, um zu kündigen. Den Grund überlassen wir dir. Falls du innerhalb einer Woche nicht gekündigt hast, sprechen wir mit Feline und packen aus.«

Clemens wurde kalkweiß. Ihm wurde klar, dass wir es ernst meinten und sein Charme, seine Ausstrahlung ihm nicht mehr weiterhelfen würden, zumindest nicht mehr bei uns.

»Und wenn ich euch bitte, noch mal alles in Ruhe bis morgen zu überlegen?«

War es zu fassen? Wie konnte er so an seinem Job kleben, nachdem er mich sofort aufgefordert hatte, meinen zu kündigen für unser privates Glück?

Wie vor allem stellte er sich denn vor, mit uns weiterzuarbeiten, nach dem, was vorgefallen war.

Michi kochte vor Wut.

»Da gibt es nichts mehr zu überlegen! Sei froh, dass wir dir die Chance geben, von alleine zu gehen, nach allem, was du angerichtet hast.«

Clemens sah ein, dass es zwecklos war. Geschlagen und gar nicht mehr energetisch spritzig ließ er sich auf seinen Schreibtischstuhl fallen und stützte seinen Kopf in beide Hände.

Diane gab uns ein Zeichen zu gehen. Sie schloss dic Tür wieder auf, und wir gingen befremdet in ihr Büro.

»Puh, das war vielleicht eine seltsame Situation! Anfangs hatte ich Angst, seiner Wirkung nicht widerstehen zu können, aber wie er anfing zu schwitzen und um seinen Job gebettelt hat, war es vorbei mit Clemens dem Traummann«, sprach Michi als Erste aus.

Ich nickte zustimmend.

Diane brachte es auf den Punkt.

»Keine Ahnung, wie der das macht, aber lasst uns hoffen, dass es keinen zweiten von dieser Sorte gibt – nirgendwo auf der Welt!«

Allerdings! Wobei, vielleicht würde ich einen zweiten nach dieser Erfahrung sofort erkennen. Für irgendetwas musste diese Erfahrung doch taugen.

Ich spürte, dass die Anspannung nachließ und ich mich erleichtert fühlte, dass es rum war.

»Sollen wir was trinken gehen?«, fragte Diane in die Runde.

»Nehmt's mir nicht übel, aber ich würde gern für mich sein!«

So sehr ich Michi mochte und Diane inzwischen erträglich fand, so wollte ich diese Geschichte lieber für mich allein abschließen, und ich wusste auch schon, wie.

Ich fuhr nach Hause, legte *Lovestory* ein, heulte, was das Zeug hielt. Danach war es raus und ich bereit abzuschließen und Clemens hinter mir zu lassen.

»Warum genau soll ich mich warm einpacken? Wir gehen aber nicht Schlittschuh laufen, das kann ich überhaupt nicht!«

Am Telefon war Ben, der sich mit mir für den Abend verabredet hatte und mich noch mal daran erinnerte, auch warme Klamotten anzuziehen. Super Hinweis für Mitte Februar, wäre ich so nicht draufgekommen. Mir war schon klar, weshalb er mit mir ausging, bestimmt steckte Rudi dahinter, der sich Sorgen um die kleine Schwester und ihren neuen Lebenswandel machte, und jetzt sollte Ben mir mal ins Gewissen reden, nachdem es Rudi vergeblich versucht hatte. Rudi missfielen die vielen Verabredungen, die ich in letzter Zeit angenommen hatte, was sonst so gar nicht meine Art war. Bisher konnte ich in meinem Leben die Verabredungen immer noch an zwei Händen abzählen, die festen Freunde sogar an einer, doch seit Clemens' Supergau war mir dieses »Ich warte auf den einzig Richtigen« ziemlich gleichgültig geworden, und ich ging fast jeden Abend mit einem Verehrer und potenziellen Freund aus. Warum auch nicht? Ich war erwachsen, die Lebensuhr tickte, und es war Zeit, sich von überzogenen Ansprüchen und kitschigen Filmillusionen zu verabschieden. Gretchen und nüchtern, das waren zwei Worte, die seit Clemens sehr wohl zusammenpassten, die Schwärmereien und das große Kino hatten sich gelegt, was man auch an meinen Rezensionen deutlich erkennen konnte. Momentan waren realistische Dokumentationen mein Favorit, allem, was mit Romantik oder großen Liebesdramen zu tun hatte, stand ich äußerst skeptisch gegenüber und legte Wert auf die Machbarkeit oder Glaubwürdigkeit der Geschichte. Das große »Hach, ist das schön und so romantisch«-Gefühl wollte sich einfach nicht mehr einstellen, wenn der Hauptdarsteller Himmel und Hölle in Bewegung setzte, um zur Angebeteten zu gelangen, und egal wie viele Haie, Gebirge oder Orkane sich ihm in den Weg stellten, mich berührte es nicht. Ich dachte immer nur »Und was passiert nach dem Happyend? Rennt er dann für die beste Freundin, mit der er eine Affäre begonnen hat, durch die Wüste?«.

Wenigstens war es leicht, Abstand zu Clemens zu bekommen, denn er hatte gekündigt und sich sofort freistellen lassen. Wir glaubten, dass er als Kündigungsgrund Ilona Richter angegeben hatte, um besser dazustehen. Einen neuen Job hatte er noch nicht, das wussten wir von Marion, die ihm einige Unterlagen für das Arbeitsamt besorgen musste.

Seltsamerweise waren Michis und Dianes Artikel ebenfalls dunkler, abgeklärter und leicht zynisch geworden, aber durchaus unterhaltsam. Feline hatte nichts gegen den Stilwechsel einzuwenden, solange die Qualität stimmte, obwohl sie das ein oder andere Mal nachfragte, weshalb wir plötzlich so anders schreiben würden. Wir bezeichneten das als »die neue Abgebrühtheit« – ein Trend, der vor allem unter jungen Frauen stark im Kommen sei.

Abgebrüht war ich dann doch nicht, ich dachte trotz meiner Fortschritte ab und zu an die Zeit mit Clemens und an das letzte Mal, als der tolle Superheld Clemens sich nach der Sylvesternacht von mir verabschiedet hatte. Sein letzter Satz war gewesen »Und was machen wir nie? Wir bereuen nie!«. Ein Credo, das ich leider noch nicht leben konnte, denn auch wenn ich mich wieder gefangen hatte, so waren doch genug Kratzer geblieben, bei uns allen. Rudi erzählte, dass Sarah zum Beispiel ihren Putzwahn von einem Tag auf den anderen aufgegeben hatte und ihre Wohnung oft verwüsteter aussah als meine.

Die Energie, die sie in ihren Putzwahn gesteckt hatte, brauchte sie jetzt, um den normalen Alltag zu bewältigen. Noch hatte ich sie nicht wieder getroffen, aber der Hass und die Gleichgültigkeit ihr gegenüber legten sich langsam, was ich als gutes Zeichen deutete.

Diane, die bisher immer die Eiskalte gespielt hatte, war plötzlich ein verunsichertes Häufchen und verließ öfter das Zimmer, weil sie in Tränen ausbrach. Es schien, als ob sich eine Schleuse geöffnet hatte, die jahrelang verschüttet war und sich jetzt nicht mehr schließen wollte.

Michi war immer noch auf ihrem neuen »Ich lass mir von keinem mehr was sagen oder vormachen!«-Trip und sogar schon mit einer Polizeistreife in Konflikt geraten, weil sie es nicht einsah, einen Strafzettel zu bezahlen, nur weil sie kurz vor ihrem Haus in zweiter Reihe geparkt hatte, um einen schweren Wasserkasten bis zur Tür zu schleppen.

Ich zog mich für meine Mitleidsverabredung mit Ben an und suchte vergeblich eine warme Strumpfhose. Wofür gab es gute Nachbarn, dachte ich mir und rannte halb bekleidet durchs Treppenhaus zu Leila, die laut auflachte, als sie mich sah.

»Danke, ich hab schon einen Freund, und auf Exhibitionistinnen, die bei Minusgraden in der Unterhose und dickem Wollpulli kleine Kinder im Treppenhaus erschrecken wollen, steh ich nicht.«

Sehr lustig!

»Lässt du mich mal rein? Ich hol mir noch 'ne Blasenentzündung!« Ich hüpfte mit meinen Flipflops frierend von einem Bein aufs andere.

Sie schob mich in die warme Wohnung direkt an ihren Kleiderschrank, was dem Besuch eines Weight-Watchers-Mitglieds bei McDonald's gleichkam, das noch zehn Extrafettpunkte übrig hatte.

Es war herrlich und gab in diesem Schrank einfach alles, abgesehen von einer wollenen Strumpfhose, die ich dringend gebraucht hätte.

»Nimm die hier. Die halten total warm, und sexy sind sie auch noch!«

Leila hielt mir ein paar seidene halterlose Strümpfe hin. Dazu packte sie mir ein süßes warmes schwarzes Unterhemd mit Spaghettiträgern aus Merinowolle ein, was angeblich genauso wärmte wie eine Heizdecke.

»Wo gehst du denn hin?«, fragte sie neugierig.

»Wenn ich das wüsste. Ben plant irgendeine Überraschung!«

Leila, die meine neue Einstellung verstand und es löblich fand, dass ich viele Kandidaten in Betracht zog, sah mich überrascht an. Ich erklärte ihr, dass Ben bestimmt von Rudi gebeten worden sei, sich um mich zu kümmern. Leila runzelte die Stirn.

»Du bist alt genug, um zu wissen, was du willst. Ben soll sich lieber mal um Liv kümmern, anstatt dir Ratschläge zu geben!«

Da hatte sie Recht. Allerdings war sie selbst neuerdings ja so glücklich mit ihrem Jakob, dass sie nicht mehr wusste, wie das ist, wenn man versuchte, über Liebeskummer hinwegzukommen, und für jede Ablenkung dankbar war, die einen aus der Wohnung lotste, wo man sonst doch nur bei jedem Telefonklingeln vollkommen irrational hoffte, dass *er* anrief.

Sie drückte mir einen Kuss auf die Wange und wünschte mir trotz der Kälte viel Spaß.

Eingepackt mit Mütze, Schal und Handschuhen stand ich pünktlich um halb acht vor dem Haus, im selben Moment bog Ben auf seinem Motorrad um die Ecke!

Er hielt an, nahm den Helm ab, begrüßte mich und streckte mir einen Zweithelm hin.

»Äh, willst du mich umbringen? Bei diesen Temperaturen steig ich auf kein Motorrad, egal wie warm ich angezogen bin!«, feuerte ich los.

Ungerührt zog Ben sich seinen Helm wieder an und grinste durch die offene Klappe.

»Wir haben zwei Grad plus, also beweg deinen Hintern und steig auf!«

Widerwillig stieg ich auf.

»Aber es kommt auf die gefühlte Temperatur an, und die ist minus zwanzig. Falls es mir zu kalt wird, drehen wir um, verstanden?«

Ben nickte und ließ die Maschine an.

»Wo fahren wir überhaupt hin?«, schrie ich gegen den Lärm an.

»Überraschung!«, rief Ben, wenn ich es richtig verstanden hatte.

Ich stieg auf und hielt mich an ihm fest, erst sehr zögerlich, was sich nach der ersten Kurve, die er fuhr, jedoch schleunigst änderte, so viel Lebenswillen hatte ich dann doch noch trotz Clemens.

Ben fuhr zügig, aber sicher und ging auf meine Uis und Ohs ein, wenn es mir zu schnell wurde, indem er das Tempo wieder einem ängstlichen, frierenden Mädchen anpasste.

Wir durchquerten die Stadt Richtung Wilmersdorf. Dort hielt er vor einem Restaurant namens Winterschlaf an. Ich wollte ja nicht nörgelig sein, aber Essen und kleine nette Restaurants gab's auch im Prenzlauer Berg, dafür mussten wir mitten im Winter nicht extra in den Westen fahren. Vielleicht wollte Ben ja auch nur nicht mit mir auf dem Kiez gesehen werden, weil er sich um seinen Ruf sorgte, jetzt, wo ich so oft in unterschiedlicher Männerbegleitung unterwegs war.

Mit blau gefrorenen Fingern nahm ich den Helm ab und folgte Ben in das Restaurant.

Okay, ich hatte mich getäuscht. So ein Restaurant gab es nicht überall, es sei denn bei Schneewittchen und den sieben Zwergen, denn das Restaurant sah original wie ein Märchenschloss aus.

Es war nicht sehr groß, gerade mal zehn Tische waren in dem kleinen Saal untergebracht. Das Besondere war aber, dass die Einrichtung eine Mischung aus allen bekannten Märchen präsentierte, in denen es um Prinzessinnen ging, die auf ihren Traumprinzen warteten. Angefangen bei Aschenputtel bis hin zu Schneewittchen waren thematisch überall Spuren in der Dekoration zu finden. Auch wenn die Beschreibung kitschig klingen mag, so war die Dekoration äußerst geschmackvoll umgesetzt und hatte nichts mit einer Disneylandvariante gemeinsam. Hier waren liebevoll sehr wertvolle und alte Antiquitäten zu einer Märchenlandschaft arrangiert worden. Aufwändig gearbeitete echte Kristallkronleuchter, barocke Stühle mit rotem Samtbrokat überzogen, schwere Vorhänge und an den Wänden zwischen verzierten Spiegeln und schweren Gemälden überall Kerzen in den Wandhaltern.

Das Personal trug Gewänder, die mittelalterlichen Bediensteten gehören könnten, und ein kleines Streichquartett, das im angrenzenden Wintergarten platziert war, sorgte für leise angenehme Musik. Eine freundliche Bedienung in ihrem blauen schlichten Kleid, weißer Schürze und der passenden Haube führte uns an unseren Tisch, der direkt neben einem prasselnden Kamin stand und von dem man einen wunderschönen Blick auf den angrenzenden alten Garten hatte.

Ich fühlte mich sofort verzaubert und in eine andere Welt versetzt. Nie im Leben wäre ich darauf gekommen, dass Ben solch ein romantisches Restaurant kannte.

»Also die Überraschung ist dir gelungen. Das ist wunderschön hier, und vor allem kannte ich es noch gar nicht!«

Ben freute sich, dass es mir so gut gefiel, zumal es wohl nicht einfach gewesen war, einen Tisch zu bekommen, und man normalerweise lange im Voraus reservieren musste.

»Das ist aber noch gar nicht die eigentliche Überraschung, sondern nur der erste Teil.«

Das klang viel versprechend! Langsam machte mir der Abend richtig Spaß, egal ob es eine »Mitleids oder ins Gewissen reden«-Verabredung war.

Ben bestellte für uns beide, mir sollte es recht sein, wenn schon, ließ ich mich heute in allem überraschen.

Die Kellnerin brachte uns einen Riesling, Ben probierte und nickte zufrieden. Wir stießen an.

»Wie geht's dir?« Er sah mich ohne eine Spur Mitleid an, was ich als sehr angenehm empfand. Wahrheitsgemäß erzählte ich ihm, wie ich mich so durchschlug, und erntete keinen »Ich hab dich vor ihm gewarnt«- oder »Ich hab's dir ja gesagt«-Kommentar. Ben hörte einfach nur zu, was bestimmt nicht in Rudis Sinne war. Ab und zu stellte er eine Zwischenfrage, aber ansonsten ließ er mich alles sagen und schaute mich wissend an.

Eines interessierte mich brennend.

»Als du mir die beiden Bücher über Casanova und die geheime Körpersprache zu lesen gabst, hattest du da Clemens schon durchschaut, oder was wolltest du mir damit sagen?«

Ben schmunzelte.

»Sagen wir so, ich hatte eine Vermutung, weil es so viele Parallelen gab, wie er sich verhielt und wie du von ihm erzählt hast. Außerdem war mir aufgefallen, dass er Körpersprache absichtlich imitierte.«

Keine Ahnung, was das sollte, aber Ben erklärte, dass es eine Methode gab, Menschen zu manipulieren oder eine gemeinsame Ebene oder Verständnis zu erzeugen, indem man bestimmte Gesten oder Haltungen einfach nachahmte. Natürlich musste man wissen, welche es waren, denn es gab auch Drohgesten oder Abwehrhaltungen, die man aber auch über eine gezielte Körpersprache aufbrechen konnte.

»Als ich ihn genauer beobachtete, merkte ich, dass er genau die Methode anwandte, die in dem Buch beschrieben wurde, also gab ich es dir mit.«

»Und warum hast du so ein Buch, und wieso hast du mir nicht einfach von deiner Beobachtung erzählt?« Fragen über Fragen. Das Körpersprachebuch hatte Ben als Vorbereitung für ein Meeting mit einem seiner wichtigen Kunden gedient, für den er Reden schrieb und dem er immer auch gleich Tipps mitgab, was Haltung und Gesten anging. Seine Vermutung, was Clemens anging, hatte er sich gespart, weil er wusste, ich hätte ihm damals kein Wort geglaubt. Immerhin hatte er mich anfangs vor Clemens gewarnt und ich ihm peinlicherweise Eifersucht unterstellt. Netterweise erinnerte Ben mich daran nicht mehr.

Es tat gut, mit ihm zu sprechen, nicht nur, weil er ein so kluger Kopf war und mich immer zum Nachdenken anregte, sondern weil er vor allem einen guten Humor hatte und wir ständig lachen mussten.

Während des Desserts fiel mir wieder ein, dass dies hier eigentlich ein von Rudi angezetteltes Mitleidsdate war, was ich so auch ansprach.

Ben fiel aus allen Wolken und sah mich entgeistert an.

»Spinnst du? Rudi hat hiermit überhaupt nichts zu tun! Er weiß nicht einmal, dass wir heute Abend gemeinsam unterwegs sind, und wenn für mich zwei Wörter bestimmt nicht zusammenpassen, dann Mitleid und Gretchen. Ich mache mir Sorgen um dich, aber aus einem ganz anderen Grund, und der hat mit Rudi gar nichts zu tun.«

Wie peinlich! Ich war überzeugt gewesen, dass Rudi dahintersteckte, wie kam ich denn aus dieser Situation wieder raus, ohne die Stimmung zu verderben?

»Tut mir Leid, irgendwie hatte ich den Eindruck. Aber wieso machst du dir Sorgen um mich? Hat man dir gesteckt, dass ich neuerdings gerne Verabredungen annehme?«

Ben sah mich ernst an.

»Ja, hat man, was mich aber nichts angeht, du bist schließlich alt genug. Ich sorge mich, weil ich das Gefühl habe, dass Clemens deinen Wesenskern zerstört hat, das, was dich ausmacht!«

Der Wechsel zu einem solchen ernsten Gespräch, und ausgerechnet mit Ben über Clemens und mich, gefiel mir nicht. Der leichte Ton war weg, und mein Wesenskern angeblich auch.

»Was ist denn bitte mein Wesenskern?«

Ben wehrte ab.

»Lass uns draußen weitersprechen, das ist kein Gespräch für hier.« Er ließ sich die Rechnung bringen.

Vor der Tür gingen wir ein Stück spazieren, besser gesagt, ich ging einfach mit, denn es war dunkel, und ich hatte keine Ahnung, wo wir uns befanden.

Ben schwieg einige Minuten, dann erklärte er, was er mit Wesenskern gemeint hatte.

»Gretchen, ich kenne niemanden außer dir, der solch einen Glauben an die Liebe mitbringt und alles, was mit ihr zu tun hat, als das höchste der Gefühle ansieht. Du verkörperst Glaube, Liebe, Hoffnung, du lebst Romantik, du bist wahrhaftig mit deinen Gefühlen und bleibst lieber allein und suchst weiter nach dem einzig Richtigen, anstatt einen Kompromiss, eine zweite Wahl anzunehmen. Das macht dich aus, es ist kein arroganter Anspruch, den du hast, er muss weder reich, berühmt oder besonders schön sein, dein Anspruch ist einzig und allein der, dass dieser Richtige dein Herz berührt, und zwar so, dass dir der Atem stockt. So kenne ich dich, ohne Angst, dir Blessuren einzufangen oder verletzt zu werden. Große Liebe birgt große Risiken, und du bist bereit, das mit allen Konsequenzen zu leben.«

Mir wurde ganz warm, selten hatte mir jemand so präzise gesagt, was er an mir mochte, erst recht nicht Ben, auch wenn mir noch nicht klar war, worauf er hinauswollte.

Wir liefen immer weiter und kamen auf einen breiten beleuchteten Spazierweg, der geradewegs durch einen Park oder Wald führte.

»Danke, das klingt doch sehr schön, worüber machst du dir dann Sorgen?«, fragte ich unbedarft.

»Dass dir genau das abhanden gekommen ist, deine Schwärmerei, deine Begeisterung, dein Glaube an die große Liebe.«

Ha, wenn das nicht Ironie des Schicksals war! Ausgerechnet Ben, der Denker, verstandesgeprägte Analytiker, der mir immer wieder erklärte, warum Liebe zum Scheitern verurteilt war, der sich nach jedem Buch von Houellebecq oder Beigbeder neue Theorien zum Thema Beziehung oder Liebe überlegte, schwang sich zum Retter meiner verkitschten Kleinmädchen-Ansichten auf! Wer hätte das geahnt!

»Ich dachte, gerade du müsstest dich freuen, dass ich endlich in der Realität angekommen bin und nicht mehr überzogene Vorstellungen habe?«

Er blieb stehen, sah mich nachdenklich an und sagte: »Da kennst du mich aber schlecht.«

Stimmt! Das war mal wieder einer dieser Momente, in denen ich dachte, ihn überhaupt nicht zu kennen oder neu kennen zu lernen.

Auf alle Fälle freute ich mich über seine Absicht, meinen Glauben an die wahrhaftige Liebe retten zu wollen.

»Weißt du, ich denke, das ist eine Phase, in der ich mich befinde. Wahrscheinlich eine Art Schutzmechanismus, bis meine Wunden völlig verheilt sind. Wer weiß, vielleicht kommt es ja bald wieder.«

Auch wenn ich mir nicht sicher war, ob ich jemals wieder so fühlen würde, hoffte ich es doch insgeheim.

»Genau das ist der Plan des heutigen Abends. Ich werde dich so mit schwülstiger Romantik und Gefühlsduseleien zuschütten, dass du als Gretchen, wie wir es kennen und lieben, zu Bett gehst.«

Wenn wir noch lange im Wald weiterspazierten, würde ich vor allem mit Frostbeulen ins Bett gehen, falls wir hier je wieder herausfanden.

Wie sich zeigte, war meine Sorge unbegründet, der Spaziergang war Teil eines Plans gewesen, denn wir standen nur wenig später an einem Bootsanlegeplatz, wo eine Fähre abfahrtbereit wartete. Im Dunkeln war mir nicht aufgefallen, dass wir an einem großen See entlangspaziert waren, vermutlich der Hafelsee.

Wir gingen auf die Fähre, Ben bezahlte und verriet endlich unser nächstes Ziel.

»Wir fahren auf die Pfaueninsel. Dort gibt es heute im Kavaliershaus einen Gedichteabend der besonderen Art für einen kleinen eingeladenen Kreis, Öffentlichkeit ist ausgeschlossen.«

Das klang spannend, vor allem als Ben ausführlicher wurde. Die Pfaueninsel, die man nur mit einer Fähre erreichen konnte, trug ihren Namen, weil dort tatsächlich Pfaue frei herumliefen. Besonders bekannt war das Schloss der Pfaueninsel, das 1794 als Liebesnest für Friedrich Wilhelm II. und seine damalige Geliebte Gräfin Lichtenau errichtet worden war. Das waren noch Zeiten, in denen man nicht aufpassen musste, dass der Ehegatte der Geliebten plötzlich zur Tür hereinkam, sondern man sich ein abgelegenes Schloss auf einer Insel baute, die man nur mit einem Boot erreichen konnte. Für Clemens zum Beispiel wäre so eine Insel äußerst praktisch, obwohl er das Spiel der Illusion so perfekt beherrschte, dass er vermutlich keine heimliche Insel brauchte.

Der damaligen Mode folgend wurde eine künstliche Ruine errichtet, die die Illusion einer mittelalterlichen Burg erzeugte. Das Kavalierhaus, in dem die Lesung stattfand, stand ebenfalls auf der Insel und war von Schinkel umgebaut worden.

Die Überfahrt war einfach atemberaubend. Wir waren die einzigen Passagiere, die Stille und die einzelnen Lichter, die anheimelnd von den Gebäuden der Pfaueninsel herüberleuchteten und immer näher kamen, schafften eine unwirkliche sentimentale Stimmung.

Nachdem wir angelegt hatten, sprang Ben vom Boot und ließ suchend seinen Blick schweifen.

Zufrieden winkte er mich zu sich. Vor dem kleinen Fährhaus stand ein Wegweiser, der zum Pfaueninselschloss zeigte.

Die letzten hundert Meter zum Schloss waren mit Fackeln hell erleuchtet, und die Türen des herrschaftlichen Gebäudes weit geöffnet. Vereinzelt sah man Menschen hineingehen.

Wir stiegen die Marmortreppe hinauf zum Eingang. Wir mussten weder eine Karte kaufen noch eine Einladung vorzeigen. Diese Veranstaltung schien so klein und privat zu sein, dass Ungebetene davon sowieso nicht erfahren konnten.

Eine Marmortreppe mit edlem Holzgeländer im Innern des Schlosses, dessen italienischer Stil mir auf Anhieb gefiel, führte rundlaufend in die zweite Etage. Wir betraten einen Saal, dessen Kristallkronleuchter den Raum in einem angenehmen Licht erstrahlen ließ. Der Fußboden war mit verschiedenen Holzsorten ausgelegt, eine Wandmalerei mit Apollo und Aurora zierte den Raum, und laut einem Informationsschildchen war Kastanienholz für die aufwändigen Schnitzereien an der Decke verwendet worden.

Um den Kamin aus Marmor, in dem ein Feuer brannte, waren verschiedene antike Stühle aufgereiht, die einladend gepolstert waren.

Daneben standen ein Flügel und ein Cello mit Notenständer, außerdem eine Chaiselongue.

Weniger als zwanzig Gäste zählte diese Veranstaltung. Aufgrund der hochherrschaftlichen vornehmen Atmosphäre flüsterte ich.

»Was ist das denn für ein Gedichteabend?«

Ben kam näher und flüsterte ebenfalls.

»Es werden Gedichte aus der Spätromantik, der so genannten Berliner Romantik, vorgetragen.«

Die Berliner Romantik sagte mir was. Eichendorff, Brentano, Hoffmann, Arnim, und wie sie alle hießen. Den Abend hatte sich einer von Bens Persönlichkeiten aus Politik und Wirtschaft, wie wir sie spöttisch nannten, gegönnt und Ben samt Begleitung, also mich, eingeladen. Ben sprach sehr selten über die Menschen, die er beriet, aber als ein momentan amtierender Minister ihn begrüßte, war klar, wem wir die Einladung zu verdanken hatten.

Nach und nach setzten sich die Anwesenden, das Licht wurde gedämmt, und plötzlich traten zwei aus Funk und Fernsehen bekannte Schauspieler auf, setzten sich auf die Chaiselongue und begannen, mit Klavier- und Cello-Untermalung, Gedichte vorzutragen. Die Gedichte zeugten von Sehnsucht, der völligen Poetisierung des Lebens, gleichzeitig aber auch von Dunklem, Unheimlichem und unbekannten Dingen. Ich war völlig hin und weg, die Leidenschaft und der Ausdruck, mit dem die beiden Schauspieler die Texte vortrugen, zogen mich in ihren Bann.

Bei einem meiner Lieblingsgedichte, *Mondnacht* von Eichendorff, stiegen mir die Tränen in die Augen. Lautlos sprach ich die Zeilen: »Es war, als hätt der Himmel die Erde still geküsst, dass sie im Blütenschimmer von ihm nun träumen müsst« und »Und meine Seele spannte weit ihre Flügel aus, flog durch die stillen Lande, als flöge sie nach Haus«. In diesem Augenblick hatte ich das Gefühl, dass auch meine Seele wieder zu mir zurückgeflogen kam. Ben sah mich von der Seite an und legte seine Hand auf meine Schulter, was mir einen ungewollten Schauer über den Rücken laufen ließ. Nach all den Jahren, nach all der Zeit und den Enttäuschungen, die ich erlebt hatte, war ich immer noch nicht immun gegen eine spontane Berührung von Ben. Nicht einmal Clemens hatte mich dagegen abhärten können, stellte ich verwundert fest.

Die Veranstaltung war viel zu schnell zu Ende. Völlig trunken und glückselig folgte ich Ben zum Ausgang. Während wir zurück zur Fähre gingen, sprach keiner von uns beiden ein Wort. Erst als wir allein am Bug der Fähre standen, die anderen Gäste waren noch zu einem Umtrunk geblieben, dankte ich Ben für den wunderschönen Abend.

»Ich habe mich so aufgehoben gefühlt, als ob ich wieder langsam bei mir ankomme.«

Ben strahlte mich glücklich an und zog mich als Antwort und ohne Vorwarnung fest an sich. Meine Knie gaben reflexartig nach. Ich musste ihm bei Gelegenheit sagen, dass er mich nicht einfach anfassen konnte, zumindest nicht, solange er immer noch diese Reaktion bei mir auslöste. Für den Moment sagte ich aber nichts, es fühlte sich viel zu gut an, wieder einen charismatischen Mann so nahe zu spüren, auch wenn ich vom Regen in die Traufe kam. Still genoss ich Bens Umarmung, das Beben seines Brustkorbs und die Gewissheit, einen unvergesslichen Moment zu erleben.

Als die Fähre anlegte und wir an Land gingen, fiel mir auf, dass ich die Kälte überhaupt nicht mehr gespürt hatte, so warm war mir von innen heraus.

Auf dem Motorrad umarmte ich Ben eng, schmiegte mich an ihn und wusste, dass es Liv gegenüber nicht fair war, denn die Gefühle, die in mir hochstiegen, als ich seinen Körper trotz der Winterjacke so nahe spürte, waren alles, nur bestimmt nicht freundschaftlicher Natur.

Vor meiner Tür hielt er an, ich stieg ab und fragte eher höflichkeitshalber: »Magst du noch einen Tee zum Aufwärmen?«, was Ben zu meinem Erstaunen bejahte.

Im Leben hätte ich nicht gedacht, dass er mitkam, er vermied es sonst wie die Pest, mit mir allein zu sein, und achtete darauf, dass wir uns immer dort aufhielten, wo noch andere Menschen in der Nähe waren.

Wie selbstverständlich ging er in mein Wohnzimmer, legte einen seiner Musikmixe, die er für mich gebrannt hatte, ein, und es erklang die Titelmelodie von *In the mood for love.*

Mit zwei Tassen Tee setzte ich mich zu ihm und hatte ein Déjà-vu. So saßen wir schon einmal bei ihm auf der Couch, an dem Abend, an dem wir uns beinahe geküsst hätten. Mein Magen zog sich bei der Erinnerung unwillkürlich zusammen.

Die sinnliche Stimmung des Abends klang noch nach. Wir sprachen nicht viel, sondern hörten auf die Musik und sahen uns still an. Ben war für mich ein Mysterium, das ich trotzdem wahrscheinlich besser begriff als sonst etwas auf der Welt.

Je länger wir nichts sprachen und uns nur anblickten, umso heißer wurde mir, abgesehen von der Gänsehaut im Nacken. Langsam, voneinander angezogen, bewegten wir uns aufeinander zu. Sein Blick drückte so viel Verlangen und Sehnsucht aus, dass mir schwindelig wurde. Dieses eine Mal würde ich nicht zurückschrecken, ihn zu küssen, und wenn es das erste und letzte Mal war. Kostbare Momente waren so vergänglich und selten, und auf diesen hier wartete ich, seit ich dreizehn war.

Ben legte sanft, aber mit Nachdruck eine Hand auf meine Wange und zog mein Gesicht ganz langsam an seines heran.

»Gretchen …« war alles, was er leise sagte, allerdings so zärtlich, dass ich fast zu atmen vergaß.

Mein Mund suchte zitternd seinen. Er war mir so nahe, und als er mich endlich küsste, war es, als würde ich mich in seinem Innersten verlieren. Ich küsste nicht irgendwen, ich küsste Ben, in den ich verliebt war, seit ich mich für Jungs interessierte, Ben, dem ich schlaflose Nächte zu verdanken hatte, der mich dazu gebracht hatte, fast durchzudrehen durch seine Abweisungen, ich küsste eine verwandte Seele.

Dieses Gefühl war unbeschreiblich, es ging weit über ein körperliches Gefühl hinaus. Wir waren eins, die Verbindung, die ich immer schon gespürt hatte, war so offensichtlich, dass ich zu weinen begann, vor Glück.

Ben trocknete mir die Tränen und sprach beruhigend auf mich ein.

»Hey, es ist alles gut!«

Er küsste mich erneut, dieses Mal wilder und fordernder. Was dann folgte, war so intensiv, dass ich keine Kontrolle mehr hatte über das, was geschah. Lange, viel zu lange waren diese Gefühle angestaut und konnten endlich an die Oberfläche. Unsere Berührungen waren stimmig und intensiv. Es war, als ob ich endlich angekommen war. Noch nie hatte ich einen glücklicheren Moment mit einem Menschen erlebt.

Bewegungslos hielten wir uns fest, als wollten wir uns nie wieder loslassen. Gleichgültig, was passierte, allein für diesen Moment hatte es sich gelohnt zu warten, zu leiden, zu hoffen, zu leben. Mein Gefühl hatte mich nicht getäuscht, Ben und ich waren füreinander bestimmt, und wenn er das nicht auch spürte, war die Erde eine Scheibe.

Er küsste mich immer und immer wieder und wollte mich überhaupt nicht mehr loslassen.

Am nächsten Morgen wurde ich von einem dumpfen Geräusch wach. Es dauerte einen Moment, bis ich begriff, dass es eine Tür gewesen sein musste, die ins Schloss gezogen worden war. Sofort griff ich neben mich, aber das Bett war leer.

Benommen von der kurzen Nacht, stand ich auf und suchte nach Ben. Statt seiner fand ich einen gedeckten Frühstückstisch mit frischen Brötchen. Allerdings war nur für mich gedeckt, ein Zettel von Ben lag auf meinem Teller.

»Entschuldige, aber ich kann nicht aus meiner Haut. Es ist komplizierter, als ich dachte.«

Ich schluckte die aufkeimende Enttäuschung hinunter, aber eigentlich hätte ich damit rechnen müssen. Ben war mit Liv zusammen, warum sollte er sich trennen, er, der alltägliche Beziehungen für zum Scheitern verurteilt ansah. Mit dem ersten Kuss hatte ich keine Sekunde mehr an Liv gedacht, ich hätte an überhaupt niemanden denken können außer an Ben. Aber jetzt packte mich das schlechte Gewissen Liv gegenüber umso heftiger. Wie konnte ich, der erst vor kurzem dasselbe zugefügt wurde und die bitterlich darunter gelitten hatte, jetzt einer anderen Frau dasselbe antun? Wie war das? Wer frei von Schuld ist, werfe den ersten Stein! Die Steine würde ich ab heute mal schön am Boden liegen lassen und stattdessen die Geißel zur Selbstgeißelung meiner Sünden einsetzen.

Trotzdem konnte ich diese Nacht nicht als etwas Schlechtes betrachten. Dafür hatte es sich zu wahrhaftig angefühlt und überhaupt nichts Verwerfliches an sich gehabt, im Gegenteil.

Zuerst wollte ich niemandem etwas von dieser Nacht erzählen, dann entschied ich mich, Leila anzurufen, sie würde mich verstehen.

Leila war gerade auf dem Kollwitzmarkt einkaufen, wie jeden Samstagmorgen, und fragte, ob wir uns nicht im *Sisters Café* treffen wollten.

Ruckzuck war ich geduscht und angezogen und machte mich auf den Weg.

Ich setzte meinen I-Pod auf und hörte den Mix, den mir Ben zu Weihnachten gebrannt hat. Bei *Colorblind* musste ich schlucken. Der Text fasste so ziemlich zusammen, was Ben nach letzter Nacht auf den Zettel geschrieben hatte – »… ich kann nicht aus meiner Haut« –, der Sänger der Counting Crows sang *»I am covered in skin … No one gets to come in … Pull me out from inside …«*. Vielleicht war es das, was Ben wollte, raus aus seinem sicheren Schutzwall gezogen werden.

Wie auch immer, vergessen konnte ich diese Nacht nicht, immer wieder dachte ich daran zurück.

Bereuen konnte ich sie erst recht nicht. Ich würde alles wieder genauso machen.

Leila saß ausgeschlafen und gut gelaunt vor einem frisch gepressten Orangenananassaft.

»Ich bekomme auch so einen und bitte noch ’nen Milchkaffee dazu!«, rief ich Roberta, der freundlichen Bedienung, zu und setzte mich. Leila hatte einen Fensterplatz ergattert mit Blick auf die Kollwitzstraße samt ihren schönen Jugendstilbauten und Baumalleen, die im Winter ohne Blätter den Blick auf die Wohnungen freigaben und die an Paris erinnerte.

Leila sah mich an und fragte, bevor ich überhaupt was gesagt hatte: »Was ist passiert, du glühst ja vor Aufregung!«

Auweia, konnte man mir alles ansehen?

»Du wirst es nicht glauben, aber Ben und ich haben gestern die Nacht zusammen verbracht.«

Als ich den Satz ausgesprochen hatte, fiel Leila aus allen Wolken und kriegte sich gar nicht mehr ein. Alles wollte sie wissen, jedes noch so kleine Detail, und immer wieder rief sie aufgeregt »Das glaub ich ja nicht!« dazwischen.

Moralische Vorhaltungen ersparte sie mir, worüber ich sehr dankbar war, denn es wäre ein Leichtes gewesen, mir einen Spiegel vorzuhalten und zu sagen: »So, jetzt siehst du, wie das ist, wenn du jemandem erliegst, den nicht nur du allein gut findest.«

Stattdessen überlegte sie, wie es jetzt weitergehen sollte, was Bens Zettel bedeutete und wie ich mich verhalten sollte.

Sie war überzeugt, dass Ben in mich verliebt war, aber Angst hatte.

»Das macht alles Sinn, wie er dich behandelt und ansieht, du musst ihn jetzt ermuntern, das heißt, du willst doch mit ihm zusammen sein, oder?«

Seit ich denken konnte, wollte ich nichts anderes, als mit Ben zusammen zu sein, mal abgesehen von Clemens, für den ich auch meine Großmutter verkauft hätte, so berauscht, wie ich gewesen war.

Leider sah ich keine wirkliche Chance, denn solange Ben mir schrieb, es sei zu kompliziert, war an keine Beziehung zu denken, mal abgesehen davon, dass er eine Freundin hatte, fiel mir wieder siedend heiß ein.

»Ben reagiert auf Druck nicht, den muss man von alleine kommen lassen. Wenn es mit uns etwas geben soll, wird das Schicksal schon einen Weg finden. Außerdem will ich Liv das nicht antun, zumindest will ich keine treibende Kraft sein«, ergab ich mich fatalistisch. Mir war klar, dass es durchaus möglich war, dass es die erste und einzige gemeinsame Nacht blieb und Ben es vorziehen würde, mich nicht an sich ranzulassen.

Solange würde ich davon zehren, zumindest hatte ich gemerkt, dass ich Clemens vergessen konnte, und wenn das möglich war, würde es mir eines Tages auch mit Ben gelingen.

»Weißt du, vielleicht sollten wir uns von der Vorstellung verabschieden, traditionelle Beziehungen zu wollen, irgendwie scheint das heute nicht mehr zu klappen, egal, ob die Gefühle stimmen oder nicht. Vielleicht sollten wir uns darauf einrichten, unsere Freunde als Familie zu sehen und die Männer als schöne Schmetterlinge, die vorbeiflattern und dann aber auch schon wieder weg sind«, überlegte ich.

Leila verdrehte die Augen.

»Das tut dir nicht gut, du hältst schon wieder schwülstige Reden, außerdem – um dich zu zitieren –, mir sind deine Ansichten einfach ›zu modern‹!«

»Meinst du, ich werde den Richtigen in diesem Leben noch finden?«, fragte ich sie.

Leila überlegte nur einen kurzen Augenblick lang.

»Finden bestimmt, aber ob du ihn auch bekommen wirst?«

Wir mussten beide laut lachen, und zum ersten Mal seit Clemens hatte ich das Gefühl, dass alles wieder gut würde.

Gedankenverloren ging ich nach Hause, holte die Post aus dem Briefkasten und stieg langsam die Stufen zu meiner Wohnung hoch, während ich die Post durchging.

Auf einmal wäre ich beinahe gestolpert. Ich schaute hoch, und auf den Stufen vor mir saß Clemens, der ziemlich übernächtigt und fertig aussah.

Hilfe, was wollte der hier?

Mit mir reden, wie sich schnell herausstellte. Woher wusste er, dass ich gerade nach Hause kam, beobachtete er mich etwa, oder musste Viola, seine Stalkerin, jetzt ran und ihn mit Infos versorgen? Eigentlich keine schlechte Institution, so ein Stalker, dann konnte man sich auf alle Fälle viel Geld für Detektive sparen.

Clemens sah mich flehend an.

»Darf ich mit reinkommen? Ich muss mit dir reden!«

Ich lehnte ab, ihn in meine Wohnung zu lassen, und forderte ihn auf, jetzt oder nie wieder etwas zu sagen.

Er sah mir in die Augen, und auch wenn da immer noch dieses gewisse Etwas war, packte es mich zum Glück nicht mehr.

»Ich habe bei Feline gekündigt und werde mir einen neuen Job suchen. Gretchen, ich weiß, wie viel Mist ich gebaut habe, aber ich will ein neues Leben anfangen, und zwar mit dir! Du bedeutest mir alles!«

Kopfschüttelnd antwortete ich.

»Weißt du, was ich nicht verstehe: Wenn du doch angeblich so viel für mich empfindest, wie konntest du Platz in deinem Herzen für all die anderen Frauen haben?«

Jetzt würden wir alle Fragen, die ich noch nicht gestellt hatte, klären!

Er nahm meine Hand, die ich sofort wieder wegzog.

»Ich kann es nicht erklären, aber ich habe gemerkt, dass es bei mir immer nach demselben Muster abläuft. Ich fange Feuer für eine Frau und will sie haben. In diesem Moment gibt es nur diese Frau auf der Welt, und nichts anderes zählt. Ich würde in diesem Moment alles für sie tun, für sie sterben, nur um diese Ungewissheit auszuräumen, ob sie auch so fühlt wie ich. Sobald das Bangen und Zittern sich gelöst hat und sie mir sagt, dass sie fühlt wie ich, dass sie mich liebt, lässt kurz danach mein Interesse nach, ob ich will oder nicht.«

Das hatte ich schon selbst verstanden. Nicht umsonst hatte ich nach Venedig, wo ich Clemens zum ersten Mal gestand, dass ich ihn liebte, bemerkt, wie seine Gefühle mir gegenüber abkühlten.

»Und als ich mich zurückgezogen habe, wurde es wieder interessant für dich, richtig?«

Clemens nickte.

»Warum hast du es mir nicht gesagt, und wie konntest du dich ausgerechnet mit Sarah einlassen?«

Clemens schüttelte den Kopf.

»Ich weiß es nicht. Es war einfach dieser Reiz des besonders Verbotenen. Dann wuchs mir alles über den Kopf, und ich wollte die

Sache beenden, aber ich kann nicht sehen, wenn eine Frau wegen mir leidet, und Schluss machen fällt mir auch nicht leicht.«

War es zu fassen? Vor mir saß der vierzigjährige ehemalige Chefredakteur und Mitglied der Geschäftsleitung der *Phosphor* und sagte mir, dass er konfliktscheu sei und es nicht schaffe, Beziehungen zu beenden, weil er keiner Frau wehtun könne.

Wie wollte er eigentlich eine Firma leiten oder Mitarbeiter entlassen? Verließ er vor jeder Kündigungswelle das Land? Wundern würde es mich nicht.

»Was meine Gefühle für dich angeht, die sind nicht weg, die waren nie weg. Gretchen, du bist etwas ganz Besonderes für mich, vom ersten Augenblick an. Was du hast, das hätte ich gern. Glaube mir, wenn ich tauschen könnte mit deinem Glauben an den Einzigen, mit deiner Hingabe daran glauben könnte, dass eine Liebe ein Leben lang hält, ich würde es sofort machen.«

Wie er jetzt so verzweifelt vor mir stand, glaubte ich ihm das sogar und überlegte mir, dass er eigentlich der Bestrafte von uns beiden war, denn solange man jung war, war so eine Lebensweise vielleicht spannend, doch irgendwann, wenn sich nie etwas weiterentwickelte und immer nur der Rausch der anfänglichen Liebe im Mittelpunkt stand, wurde es arm.

Ich war verwirrt, eigentlich wollte ich ihm Gemeinheiten zufügen, ihn bluten sehen für seinen Verrat, stattdessen empfand ich Mitleid.

»Komisch, eigentlich wollte ich mich rächen …!«

»Glaube mir, du würdest mein Leben und diesen ewigen Drang nach Verführung nicht wollen. Während du bald jemanden fürs Leben findest, eine Familie gründest, ein gemeinsames Leben aufbaust und im Alter jemanden hast, der dir die Hand hält, werde ich immer noch rastlos auf der Suche sein und hoffen, irgendwann eine zu finden, die mich für immer fesselt. Ist das nicht Rache genug?«

»Es ist nie zu spät, sich zu ändern!«

Clemens sah mich flehend an.

»Heißt das, wenn ich mich ändere, gibst du mir noch mal eine Chance?«

Das verneinte ich ausdrücklich.

Er unternahm einen letzten Versuch.

»Denk doch an diese Magie, die zwischen uns war. Ich kann versuchen, mich zu ändern, oder wir arrangieren uns irgendwie, aber das, was wir haben, ist doch viel zu groß, um es einfach wegzuwerfen!«

Ja, das sah ich inzwischen etwas anders. Groß waren höchstens seine Gesten und der Vertrauensbruch gewesen.

Ich bat ihn zu gehen, schließlich musste nicht das ganze Haus mitbekommen, wie ich mich zum Narren gemacht hatte.

Traurig stand er auf und fragte mich.

»Kannst du mir wenigstens verzeihen?«

Ja, das konnte ich seltsamerweise, und ich wusste, wem ich noch verzeihen konnte, Sarah!

Bei »verzeihen« hatte ich mich sofort an Birgit, die Wahrsagerin, erinnert, die, wie inzwischen amtlich bestätigt, nicht bekloppt oder schizophren war, sondern erwiesenermaßen über die Gabe verfügte, in die Zukunft zu schauen. Sie hatte nicht nur Wechsel, Verrat, Schlangen und Frauen, die mir Böses wollen, vorausgesagt, sondern auch geraten, egal was komme, zu verzeihen.

»Weißt du Gretchen, die Gabe und Kraft zu verzeihen hat etwas Reinigendes, das wird dir sehr gut tun«, hatte auch meine Mutter immer mal wieder gesagt.

Mein sich liebevoll sorgendes Umfeld war schon länger der Ansicht gewesen, dass mich die unausgesprochene Situation mit Sarah zusätzlich belastete, und so waren alle glücklich, dass ich bereit war, mich endlich mit Sarah auszusprechen.

Rudi meinte erleichtert, jeder würde Fehler machen und dass Sarah eine zweite Chance verdiente nach allem, was wir zusammen durchgestanden und erlebt hatten.

Er hatte ein Treffen auf neutralem Boden arrangiert und begleitete mich ins Marietta, wo Sarah bereits an einem der Fenstertische saß.

Ich erschrak, als ich sie sah. Sarah, die sonst die Aufgeräumtheit in Person war, stets adrett und mit bügelfrisch gestärkten Kleidern, sah fast schon verwahrlost aus. Die Haare fettig, ein Kleidermix, der überhaupt nicht passte und außerdem schon einige Tage getragen aussah, dazu mit Flecken übersät und einem blassen Gesicht, das ein Ausschlag zierte.

Sie zu fragen, wie es ihr ging, konnte ich mir sparen, zu sehen, wie sehr sie litt, ließ mich nicht kalt und tat mir weh. Sie sah mich ängstlich an, weil sie meine Reaktion nicht einschätzen konnte. Wortlos ging ich auf sie zu und nahm sie in den Arm. Sarah drückte mich so fest, dass ich keine Luft mehr bekam. Sie begann heftig zu schluchzen, ich musste ebenfalls weinen und fühlte mich mit einem Schlag leichter, denn auch wenn ich es nicht wahrhaben wollte, so hatte ich sie schmerzlich vermisst. Rudi verzog sich diskret und ließ uns allein. Wir sprachen uns gründlich aus, und Sarah versuchte zu erklären, wie alles gekommen war. Dass sie in Clemens unsterblich verliebt gewesen war, wie sie versucht hatte, ihn sich aus dem Kopf zu schlagen, als klar war, dass er sich für mich entschieden hatte, aber dass es nicht funktioniert hatte. Dann am Abend nach meiner Einweihungsparty war es passiert. Sie und Clemens hatten dieselbe Richtung gehabt und sich ein Taxi geteilt. Da beide schon sehr alkoholisiert waren, hatte Clemens sie bis zur Tür begleitet. Es war zu einem Kuss gekommen, und ab diesem Moment war sie verloren gewesen.

»Du weißt, wie oft ich Männer mit meiner herben Art erschrecke und wie oft ich mir wünsche, weniger spröde, weniger praktisch zu sein, nicht nur der gute Kumpel für alle. Clemens hat es mit nur einem Blick geschafft, mir das Gefühl zu vermitteln, dass ich weiblich, sinnlich, so was von sexy und begehrenswert bin, dass ich ihm sofort verfiel. Glaube ja nicht, dass ich kein schlechtes Gewissen hatte oder nicht gelitten, weil ich dich hintergangen habe. Vielleicht hast du gemerkt, wie ich versucht habe, auf Abstand zu dir zu gehen, und, wann immer du was Liebes gesagt hast, anfangen musste zu weinen.«

Was ich für Tränen der Rührung gehalten hatte, waren in Wirklichkeit Tränen der Reue gewesen.

Mir war klar geworden, dass Sarah, die immer kontrolliert und vernünftig durchs Leben ging, die Gefährdetste von uns gewesen war, denn wenn es erst einmal ein Mann geschafft hatte, diesen gut aufgebauten Schutzpanzer aus Kontrolle und Vernunft einzureißen, musste man verloren sein. Sarah hatte plötzlich erlebt, was es hieß, sich gehen zu lassen und Gefühle auszuleben. Wie sie so vor mir saß, waren all meine Vorwürfe und mein Groll verflogen, weil ich merkte, dass Sarah nicht anders hatte handeln können. Sie war ihm hörig geworden und brauchte vielmehr meine Hilfe denn Vorwürfe, gestraft war sie zur Genüge!

Eines interessierte mich brennend.

»Hast du mit Clemens gesprochen, seit alles aufgeflogen ist?«

Sie nickte schuldbewusst.

»Ich komm einfach nicht von ihm los. Das ist wie 'ne Sucht bei mir geworden. Er will nichts mehr und sagt, es sei vorbei, aber obwohl ich weiß, dass er mich ins Verderben stürzt, würde ich sofort wieder zu ihm gehen. Kannst du das glauben? Ich, die alles im Griff hat und immer genau plant, wie das Leben verlaufen soll!«

Sarah war Clemens machtlos ausgeliefert, ich konnte dankbar sein, dass ich ihn durchschaut hatte und seine Anziehung nicht mehr auf mich wirkte.

Ich versuchte, Sarah nahe zu bringen, wie Clemens funktionierte. Sein Jagdtrieb, die Lust als Herausforderung, ein Hindernis zu überwinden. Seine Masche, für einen Moment alle Register zu ziehen, keine Mühen zu scheuen und großes Kino zum Besten zu geben. Seine Reaktion auf den Moment, in dem man ihm »Ich liebe dich sagte«, am besten noch »Ich liebe dich wie keinen zuvor«, womit seine Mission eigentlich beendet war. Wahrscheinlich konnte man Clemens auf Dauer halten, wenn man das Spiel mitmachte und sich ihm immer wieder im Wechsel hingab und entzog. Sein Einfühlungsvermögen und die Gabe, das Wesen einer jeden Frau zu erkennen und darauf einzugehen, gepaart mit seinem Aussehen, Selbstbewusstsein und Bildung, gaben ihm eine Waffe in die Hand, gegen die wohl fast jede Frau machtlos war.

»Weißt du, dass Ben mir vor einiger Zeit ein Buch über Casanova in die Hand gedrückt hat und meinte, es würde mir zu Einsichten verhelfen? Er hatte Clemens bereits durchschaut.«

Sarah nickte.

»Ben mochte Clemens von Anfang an nicht. Wir haben es als Platzhirschgehabe abgetan, aber vielleicht hat Ben sich mal wieder nicht blenden lassen. Hat er dich nicht noch vor Clemens gewarnt?«

Doch, das hatte er, was ich allerdings als beleidigten Versuch abgetan hatte, à la »Ich will sie zwar nicht, aber ein anderer soll auch nicht mit ihr spielen«, und nicht als gut gemeinte Warnung. Im Nachhinein fühlte ich mich doppelt bescheuert.

»Findest du nach allem, was ich aufgezählt habe, Clemens immer noch gut?«

Sarah nickte peinlich berührt.

Auweia, da lag aber noch ein ganzes Stück Arbeit vor uns. Sie war der Junky, und ich würde ihr helfen, von der Droge loszukommen.

»So, als Erstes löschst du seine Handynummer, um erst gar nicht in Versuchung zu geraten, schwärmerische SMSen zu schicken.«

Im Geiste sah ich nämlich schon Clemens, wie er seine Anwälte auch auf Sarah loshetzte. Bestimmt gab's 'ne Menge Frauen, die nicht von ihm loskamen, und bei den Anwälten bekam er schon Rabatt!

Sarah sah mich bei meinem Vorschlag entsetzt an, so als ob ich ihr eben unterbreitet hätte, sie solle nicht mehr atmen.

»Okay, dann eben in kleinen Schritten. Du löschst seinen Namen und speicherst ihn stattdessen unter »Fiese Möpp!« ein. Zögerlich löschte sie seinen Namen, und als sie »F-i-e-s-e M-ö-p-p« eintippte, huschte ein leichtes Grinsen über ihr Gesicht. Na also, das war doch ein Anfang.

»Sag, hast du Lust, mit zu mir zu kommen? Ich koch uns was, du siehst aus, als könntest du etwas Nahrhaftes vertragen.«

Sarah willigte froh ein. Wir bezahlten und machten uns auf den Weg.

»Wusstest du, dass Robbie im März in die Stadt kommt und ein Konzert im Velodrom gibt?«

Meine Lebensgeister waren geweckt, gleichzeitig musste ich grinsen, und Sarah wusste genau, wieso. Wann immer Robbie auf Tour oder in die Stadt kam, war ich gerade wieder Single und fluchte, dass ich keinen Freund hatte, der mich begleitete und in dessen Armen ich bei *Angels* lag. Es war so etwas wie eine sich selbst erfüllende Prophezeiung. Vielleicht sollte ich in Zukunft Robbies Tourpläne vorab checken, um mich gleich auf eine Trennung einstellen zu können.

»Da gehen wir ja wohl hin, oder?«, fragte Sarah.

Na klar. Karten würden kein Problem sein, die bekamen wir über die *Phosphor.*

»Au ja, endlich mal wieder einen monogamen, bindungsfähigen Mann bewundern, der es ernst mit einem meint und bei dem man keine Konkurrenz zu befürchten hat«, antwortete ich, worauf Sarah kichern musste.

Bestimmt würde es noch dauern, bis die Verletzungen unserer Freundschaft komplett verwunden waren, aber darüber zu lachen war auf alle Fälle ein guter Anfang.

Meine Wohnung befand sich im Ausnahmezustand, aber wenigstens aus gutem Grund. Die offizielle Clemens-Trauerzeit war um, es galt wieder, sich auf den Markt zu schmeißen, der Welt und den wenigen guten Männern zwischen dreißig und vierzig da draußen zu zeigen, dass man zu haben war! Und wie konnte man das besser machen, als mit einer *Loslass-Party.*

Die Idee war einfach, jeder, der eingeladen war, musste einen Gegenstand mitbringen, der symbolisierte, was er loslassen wollte oder sollte. Angefangen von Fotos, Stofftieren von Exfreunden oder einfach einer schlechten Mariah-Carey-Platte war alles erlaubt.

Eingeladen waren Freunde von Freunden und deren Freunde. Es ging auch darum, das männliche Sortiment zu sondieren, da konnte die Anzahl nicht groß genug sein – solange sie Single waren und eine Schufaauskunft samt psychologischem Eignungstest vorweisen konnten, der sie von pathologischen Fremdgängern und Serienmördern unterschied.

Meine Laune war bemerkenswert gut, ich hatte Lust, endlich mal wieder lautstark zu feiern, zu tanzen, mich sorglos in der Nacht zu vergessen. Die Männer durften gern dabei sein, aber vor allem ging es mir darum, heute mal wieder richtig Spaß zu haben. Geheult, getrauert und gelitten hatte ich lange genug. Damit war Schluss, der Frühling stand vor der Tür, und so ein Gefühlsputz war dringend nötig.

Dazu gehörte auch Ben. Wahrscheinlich würde ich bis zum Sankt Nimmerleinstag Gefühle für ihn hegen, er würde bis zu diesem Datum immer eine andere Freundin haben, aber mich trotzdem irgendwie gut finden. Ich war drauf und dran, mich mit der Tatsache abzufinden, dass nicht jede Liebe im Leben erfüllt wird und das, so bildete ich mir zumindest ein, der erste Schritt war loszulassen und sich für Neues zu öffnen.

»Schau mal, ich hab 'ne original The-Who-Platte mitgebracht, ist das nicht stark?«, hielt mir mein Vater stolz seine alte Plattensammlung entgegen.

Ja, auch das gehörte dazu, um sich Neuem zu öffnen, ich hatte tatsächlich freiwillig meine Eltern auf diese Party eingeladen. Nicht, dass das zur Gewohnheit wurde, aber wenn mir eins klar geworden war in der letzten Zeit, dann, wie wichtig es war, eine Familie zu haben, die einen auffing, egal wie nervend ihre Ansichten waren. Da nahm man eben auch in Kauf, dass der eigene Vater gegen zwei Uhr nachts den DJ zur Seite schieben würde, um mal »anständige Musik« aufzulegen, und die eigene Mutter die Party zur Suche verlorener hilfsbedürftiger Schäfchen nutzte, um mit ihnen Steinrituale durchzuführen. Aber sie wurden auch nicht jünger, und die Zeit, die wir alle gesund und munter verbringen konnten, war begrenzt.

Diane, der ich eigentlich mal Hausverbot erteilt hatte, machte sich tatsächlich in der Küche nützlich und half beim Kartoffelschälen für einen Salat. Jawohl, Kartoffeln schälen, eine Tätigkeit, die man auch als Normalsterblicher ätzend finden konnte, wenn man nicht jede Woche wie Diane zur Maniküre ging.

Nicht einen Beschwerdemucks hatte sie von sich gegeben, sondern von allein Hilfe angeboten, ja, es geschahen Zeichen und Wunder.

Dass sie allerdings Rudi ihren Autoschlüssel zugeworfen hatte, damit er ihr einen Parkplatz suchte, sie stünde in zweiter Reihe vor der Tür, ließ noch das Stück Arbeit erkennen, das ihrem Sozialisierungsprozess vorausging.

Wir waren mitten in den Vorbereitungen, als schon die ersten Gäste eintrudelten. Egal, heute konnte jeder machen, was er wollte, ich als Gastgeberin eingeschlossen. Die Leute waren alt genug, sich zu beschäftigen und Spaß zu haben.

»Wo kommen denn die Loslass-Sachen hin?«, fragte mich ein ziemlich sympathischer Typ, den ich mein Lebtag noch nicht gesehen hatte.

Ich nahm ihm seinen Gegenstand ab und steckte ihn in unseren großen Tombolasack. Später am Abend würden wir die Gegenstände verlosen und das Ganze karmisch ein wenig aufmischen.

Die Musik lief, die Getränke flossen, die Stimmung war prächtig, es wurde heftig getanzt, und das schon vor Mitternacht.

Rudi, der DJ spielte und ganz in seinem Element war, legte *Best of you* von den Foo Fighters auf.

Sarah zog mich auf die Tanzfläche. Hach, tat das gut, mal wieder laut singend und tanzend sich treiben zu lassen, rechts und links von gut aussehenden Männern angetanzt zu werden, allerdings auf freundliche und nicht aufdringliche Weise.

»Is someone getting the best of you? Has someone taken your faith? It's real the pain you feel, you trust, you must, confess is someone getting the best, the best of you?«, sangen Sarah und ich lautstark mit und schrien uns die Seele aus dem Leib.

Völlig high schwangen wir die Haare, die Hüften, vergessen in der Musik, bis plötzlich Ben vor mir stand. Er musste mich länger beobachtet haben, denn er tanzte nicht, sondern sah mich nur an, mit einem Ausdruck, als ob es ihm wehtat, mich zu sehen. Egal, sollte leiden wer wollte, ich nicht mehr!

»*Is someone getting the best, the best of you!*«, formte ich den Refrain in Bens Richtung, der zusammenzuckte.

»*I've got another confession my friend, I'm no fool, I'm getting tired of starting again somewhere new!*«, sang ich und tanzte lachend weiter.

Ben sah mich an und bewegte sich keinen Meter, bis Liv, die ihn offensichtlich suchte, vor ihm stehen blieb und ihm wegen der lauten Musik ins Ohr schrie. Ben schüttelte nur den Kopf und sah weiter in meine Richtung. Liv verfolgte seinen Blick, sah mich und machte einen enttäuschten Gesichtsausdruck; dann schüttelte sie entmutigt den Kopf und ging.

Vor kurzem hätte mich noch das schlechte Gewissen gepackt, aber jetzt stand ich auf dem Standpunkt, dass alle groß genug waren, um zu wissen, was sie wollten, wie und mit wem sie leben wollten.

Rudi, der sich freute, dass seine Musik ankam, rockte an seinem Tisch, schüttelte sein Haar zum Rhythmus und flirtete dabei mit einer sehr niedlichen und jungen Assistenzärztin namens Doreen, die Sarah mitgebracht hatte. Doreen war neu in der Stadt, musste ihr Abi mit vierzehn gemacht haben und ihr Physikum mit siebzehn, zumindest war sie als Assistenzärztin mit fünfundzwanzig ganz schön jung.

Doreen war sichtlich angetan von Rudi und, wie mir schien, noch nicht von Sarah gewarnt worden, wobei das Angenehme an Rudi war, dass er den Mädchen nie etwas vorspielte.

»Man kriegt, was man sieht, aber eben nur für einen Abend. Weshalb soll ich den Damen etwas vormachen, wenn ich kein Interesse an einer festen Beziehung habe«, pflegte Rudi zu sagen und fand mehr Mädels, die das okay fanden und ebenso handhabten, als ich gedacht hatte. Mir war das zu modern, aber wenn es sie glücklich machte.

Durstig boxte ich mich in die Küche durch, die von fröhlichen Menschen, die sich prächtig amüsierten, nur so überquoll.

Natürlich stieß ich direkt vor der Anrichte mit den Getränken mit Ben zusammen, den ich im Schummerlicht erst gar nicht erkannt hatte.

»Wie geht's dir? Freut mich, dass du dich mit Sarah wieder versöhnt hast!«

Aha, die Stille Post oder Rudi war mal wieder aktiv gewesen.

»Mir geht's gut, sogar sehr gut, und mit Sarah ist auch alles bestens!«

Was sollte das Gespräch? Anstatt auf das einzugehen, was zwischen uns vorgefallen war, lenkte er ab. Sollte ich ihn fragen, wie es ihm ging so nach der Nacht der Nächte, die auch dem Unterbelichtetsten eigentlich klar gemacht haben müsste, dass wir füreinander bestimmt waren? Kam bestimmt gut, vor allem mit Liv in der Nähe, aber eigentlich ärgerte ich mich, dass Ben immer die offensichtlichen Dinge totschwieg und mit Nichtigkeiten ablenkte.

Ich glaube, er wollte noch was sagen, aber darauf hatte ich keine Lust, heute würde mir Ben nicht die Laune verderben.

Ich rauschte wieder Richtung Tanzfläche. Rudi hatte den Morrissey-Klassiker *First of the gang to die* aufgelegt, und Sarah tanzte gemeinsam mit Leila und Michi dazu.

Sofort stürzte ich mich zu ihnen ins Getümmel. Aber plötzlich wurde ich am Arm zurückgezogen. Ich drehte mich um, es war Ben, der mir hinterhergekommen war.

Bevor ich mich versah, zog er mich ohne Vorwarnung zu sich heran und küsste mich mitten auf der Tanzfläche so innig und lange, als ob er nie wieder aufhören wollte. Alles drehte sich um mich, was nicht nur am Alkohol und der lauten Musik lag, sondern vor allem an Bens Kuss. Mein Gott, wer hatte ihm was ins Glas geworfen? War Liquid Ecstasy nicht schon lange out?

Ich rechnete jeden Moment damit, ein Messer in den Rücken gerammt zu bekommen, denn jeder hatte diesen Kuss mitbekommen, zumindest wenn ich die offenen Münder der Mädels und Rudi sah. Wo sich Liv befand, konnte ich nicht orten, bestimmt war sie auf der Suche nach einem Gegenstand, den sie mir über den Kopf ziehen konnte.

Egal, meine Endorphine spielten so verrückt, das würde jeden Schmerz lindern.

Fassungslos rief ich: »Was war das denn?«

Ben antwortete: »Das war schon lange fällig!«, und zog mich an den Rand der Tanzfläche, wo die Musik leiser war und man sein eigenes Wort verstand.

Ich wollte kein Spielverderber sein, aber so ging das nicht.

»Das kannst du nicht bringen. Was soll denn Liv denken? Bist du völlig übergeschnappt?«

Ben kam näher und sagte: »Ich bin nicht mehr mit Liv zusammen. Nach diesem Abend, als wir *In the mood for love* gesehen und uns beinahe geküsst haben, wusste ich, dass ich mir nicht länger in die Tasche lügen konnte, und habe mit Liv das erste Mal Schluss gemacht.«

Ich war total verwirrt!

»Äh, was heißt denn das erste Mal, und wieso wart ihr Sylvester zusammen bei Leila?

Ben unterbrach mich.

»Das will ich dir gerade erklären. Wir haben es zu Sylvester noch mal versucht, aber es hat keinen Sinn gemacht, weil ich nur noch an dich denken konnte.«

Wie bitte? Und wieso erfuhr ich das erst heute in einem Nebensatz?

»Weil ich nicht sicher war, was mit dir und Clemens ist, außerdem hast du schon genug durchgemacht, da wollte ich dich nicht noch zusätzlich verwirren. Gretchen, ich empfinde für dich sehr viel, mehr als freundschaftliche Gefühle, und das schon lange.«

Mein Herz raste, meine Gedanken schwirrten durcheinander.

Atemlos und verunsichert fragte ich: »Heißt das, du bist in mich verliebt?«

Ben nickte.

Mir wurde schlecht.

»Und wieso hast du nie was gesagt? Wieso hast du mich immer abgewiesen?«

Seine Augen flackerten, während er antwortete.

»Weil ich Angst hatte. Angst, dich zu enttäuschen, deinen Erwartungen nicht zu entsprechen, Angst, etwas falsch zu machen.«

Ich konnte es nicht fassen.

»Heißt das, wir sind jetzt zusammen?«

Ben zuckte mit den Achseln.

»Ich weiß nicht. Das ist so kompliziert. Ich glaub, ich brauch noch ein wenig Zeit.«

Ha, da war es wieder! Das war so typisch Ben. Da machte er mir gerade eine Liebeserklärung, um im nächsten Satz wieder mit seiner »Ist das alles kompliziert«-Nummer zu kommen.

Ich spürte die Wut in mir hochsteigen.

»Du bist feige, das ist alles. Weißt du, wenn Leute sagen, dass etwas kompliziert ist, heißt das nur, dass sie genau wissen, was sie eigentlich wollen, und es sich nur nicht zu sagen oder zu leben getrauen. Dann reden sie sich nicht mit fadenscheinigen Erklärungen heraus. Das ist nur feige. Also komm mir nicht mit so 'nem Satz! Du hast doch auch gespürt, was in dieser Nacht mit uns passiert ist.«

Ben fuhr sich nervös durch die Haare, schluckte und sagte dann endlich das, was ich ihm glauben konnte.

»Pass auf, ich habe Angst, das mit uns zu versemmeln, deine Erwartungen zu enttäuschen, dir nicht genug zu sein, nicht das zu sein, was du in mir siehst, denn eines sage ich dir, wenn ich es mit dir nicht schaffe, dann mit keiner.«

Bevor ich etwas sagen konnte, verschwand er, daran würden wir noch arbeiten müssen, diese französischen Abgänge nervten ungemein.

Mit dem breitesten Grinsen lehnte ich an der Wand, bis sich die Mädels aufgeregt um mich scharten, die nur darauf gewartet hatten, mich endlich ausfragen zu können.

Ich erzählte alles, was Ben gesagt hatte, und sie seufzten auf.

»Hach, ist das romantisch! Das heißt, er liebt dich doch!«

»Wer liebt Gretchen?«, fragte mein Bruder hellhörig, der den Plattenteller widerwillig meinem Vater überlassen und den letzten Satz mit angehört hatte.

»Ben hat Gretchen gerade gesagt, dass er in sie verliebt ist und er mit Liv Schluss gemacht hat.«

Rudi zeigte sich sichtlich ungerührt.

»Ich weiß.« Er zuckte gelangweilt mit den Achseln, als ob wir ihm etwas Spannenderes erzählen sollten.

»Wie bitte? Was wusstest du?«

»Na beides. Dass er in dich verliebt ist, weiß ich seit Jahren, und dass mit Liv Schluss ist seit Sylvester.«

Mein eigener Bruder hielt mir lebenswichtige Informationen vor!

»Und wieso sagst du mir nichts davon?«

Rudi sah mich verständnislos an.

»Weil ich versprochen habe, die Klappe zu halten. Ich bin doch kein Verräter und schon gar keine Tratsche. Ist doch Ehrensache zwischen Kumpels.«

Auch wenn es um die eigene Schwester ging?

Gerade dann! Rudi sah es pragmatisch.

»Na, dann ist es doch jetzt endlich raus. Wo ist er denn hin?«

Keine Ahnung, auf alle Fälle ist er zwar in mich verliebt, aber ob wir je zusammenkommen, kann ich nicht sagen, denn er hat Angst, es zu verbocken, und grübelt sich lieber zu Tode.

Ich konnte nicht fassen, was Ben gesagt hatte. Ich war so glücklich, mir nicht all die Jahre eingebildet zu haben, dass da was zwischen uns war. Jetzt musste er nur noch über seinen Schatten springen. Vielleicht war es das, was die Wahrsagerin gemeint hatte.

Plötzlich überkam mich eine große Gelassenheit. Ich würde das Schicksal entscheiden lassen, wenn wir zusammengehörten, würden wir einen Weg finden.

Ben war tatsächlich verschwunden, Liv übrigens auch, was ich ihr nicht verdenken konnte, wobei ich an ihrer Stelle nicht auf die Party gegangen wäre. Was versprach sie sich davon, dass Ben und sie es ein drittes Mal versuchten?

Wahrscheinlich ja und trotz aller Offenheit, die Ben ihr gegenüber an den Tag gelegt hatte, was seine Gefühle für sie betraf, und obwohl sie gewusst hatte, dass er sie nie richtig lieben würde, tat sie mir doch Leid, und zwar nicht von oben herab, sondern mitfühlend. Wenn jemand die Erfahrung gemacht hatte, wie es ist, auf eigentlich verlorenem Feld zu kämpfen, weil man eben einfach liebt und nichts dagegen tun kann, dann ich. Eines hatte ich mir fest vorgenommen, ich würde nie mit jemandem zusammenkommen, für den ich nur einen Kompromiss darstellte oder der mich schon irgendwie liebte, aber der genauso gut ohne mich leben konnte.

Aus dem Wohnzimmer erklang *The Age of Aquarius* aus dem Musical *Hair*. Na, wer den Titel wohl aufgelegt hatte?

Ich ging ins Wohnzimmer und sah meine Eltern ausgelassen tanzen und musste grinsen. Rudi tippte mir auf die Schulter.

»Du wirst doch nicht erwachsen werden und unsere Eltern so akzeptieren, wie sie sind?«

Ich knuffte ihn mit dem Ellenbogen in die Seite und antwortete: »Wenn sie *Let the sunshine in* auflegen, fliegen sie raus!«

Rudi zog von dannen, um sich weiter mit Doreen zu »unterhalten«.

Sarah zeigte sich besorgt, sie fühlte sich verpflichtet, Doreen gegenüber, die einen ziemlich naiven Eindruck machte und Rudi jetzt schon anhimmelte. Mit Doreen zu sprechen machte keinen Sinn, aber Rudi konnte sie zur Seite nehmen und ihm auf die Finger hauen.

Sarah nahm ihr Handy aus der Tasche und spielte nervös damit herum.

»Sag mal, denkst du, ich sollte Clemens mal eine klitzekleine SMS schicken, um zu fragen, wie es ihm so geht? Ich hab jetzt schon über zwei Wochen durchgehalten, aber mir ist gerade so danach!«

So schnell konnte sie gar nicht schauen, wie ich ihr das Handy abnahm und gegen heftigen Protest Clemens' Nummer löschte!

Richtig war sie immer noch nicht über Clemens weg. Vorgestern war sie rein zufällig an seinem Haus vorbeigefahren, weil es auf dem Weg lag, und hatte geschaut, ob Licht brannte. Tatsächlich hatte Licht gebrannt und gut sichtbar Viola seine Stalkerin angestrahlt, die ebenfalls kontrollierte, ob Clemens zu Hause war.

Viola hatte ihre abschreckende Wirkung nicht verloren und Sarah immerhin davon abgehalten auszusteigen und einen Spontanbesuch bei Clemens zu starten.

Schon seltsam, dass Clemens gegen Viola nichts unternahm, am Ende gefiel ihm das noch oder er benutzte sie als Wachhund.

Auf alle Fälle war es gut, dass Sarah offen mit ihrer Obsession umging, nur so konnte ich ihr helfen und sie davor bewahren, sich zum Deppen zu machen.

Mitten im Gewühl stand plötzlich Leila vor mir mit ihrem Jakob an der Hand.

Überglücklich und überstolz stellte sie ihn vor. Jakob war ein gut aussehender Bursche mit offenem Blick und sympathischem Grübchen-Lächeln, allerdings sah er aus wie der klassische Berater und passte auf den ersten Blick so überhaupt nicht zur hippen Leila. Doch wie die beiden sich verliebt anschauten und er mit ihr umging, ließ sofort alle Zweifel in mir verstummen.

»Hallo Jakob, dich gibt's ja wirklich! Wir dachten schon, Leila hat dich erfunden und spielt mit einem imaginären unsichtbaren Freund. Da bin ich doch sehr erleichtert!«, begrüßte ich ihn fröhlich.

Jakob lachte und gab zurück, an ihm habe es ja nicht gelegen, im Gegenteil, er habe sich schon Sorgen gemacht, ob wir wirklich existierten, weil wir einen Termin am anderen verschoben hatten.

Jakob war ein guter Typ, das spürte man sofort, und er tat Leila gut. Die Art, wie er sie ansah, sich um sie kümmerte und immer schaute, ob es ihr gut ging, ohne aufdringlich zu sein, war alles, was sich eine Frau wünschen konnte, zumal, wenn sie so unschöne Erfahrungen wie Leila gemacht hatte.

Wir unterhielten uns eine Weile, dann mischte ich mich wieder unter die Gäste, bis Sarah mich vor die Tür zog.

»Wir müssen unbedingt reden!«

Was war denn jetzt wieder los? War Clemens zurück, Sarah auch in Ben verliebt? Hatte Rudi Doreen einen Heiratsantrag gemacht? Auf alle Fälle schien es wichtig.

»Was ist denn los?«

»Ich kenne Leilas Jakob aus München!«

Ja, da kam er ja auch her, was war denn daran besonders?

Sarah holte Luft, vor lauter Aufregung verhaspelte sie sich.

»Das letzte Mal, als ich ihn getroffen habe, war er mit Sabine verheiratet, einer ehemaligen Kommilitonin von mir! Zähl doch mal eins und eins zusammen. Warum war er an den Feiertagen und

Wochenenden nie hier, sondern in München? Von wegen seinen armen Vater pflegen! Ich sage dir, der musste bei Sabine antanzen und den braven Ehemann geben, und Leila ist seine Geliebte für unter der Woche!«

Sprachlos sah ich Sarah an. Lieber Gott, mach, dass es nicht wahr ist! Das konnte und durfte nicht passieren. Es würde Leila das Genick brechen!

Sarah war sich ganz sicher, dass Jakob der Mann dieser Sabine war, Verwechslung ausgeschlossen.

Wie konnte mich mein Bauchgefühl so trügen, okay, ich nahm die Frage zurück, schließlich hätte ich beinahe meinen Job für Clemens gekündigt.

»Haben die beiden Kinder?«

Sarah verneinte, immerhin das nicht!

»Was machen wir jetzt?«

Wir überlegten hin und her. Dann beschlossen wir, Jakob zur Rede zu stellen und dafür zu sorgen, dass er Leila die Wahrheit sagte.

Nervös ging ich rein und suchte nach Jakob. Ich musste nicht lange suchen, er stand mit Leila auf dem Balkon. Er hatte den Arm um sie gelegt, verträumt schauten beide auf den beleuchteten Alex. Es war eindeutig, dass ich störte, was mir aber egal war.

»Leila, darf ich dir Jakob kurz entführen? Ich bringe ihn gleich wieder!«

Ohne eine Antwort abzuwarten, zog ich Jakob mit nach draußen in den Hausflur, wo Sarah schon wartete.

Jakob erkannte sie sofort und begrüßte sie, allerdings nicht sehr nervös, wie mir schien. Die Männer hatten heutzutage wohl kein Unrechtsbewusstsein mehr!

Sarah fackelte nicht lange und kam sofort zur Sache.

»Jakob, wieso trägst du eigentlich deinen Ehering nicht? Poliert den Sabine gerade in München auf, oder ist sie bei deinem kranken Vater und hält Händchen?«

Jakob hielt ihrem Blick stand.

»Das glaube ich eher nicht. Sabine hat mich nämlich vor einem

Dreivierteljahr wegen eines Chefarztes an ihrer Klinik verlassen. Die Scheidung läuft und ist nächsten Monat endlich durch.«

Also, ich glaubte ihm aufs Wort. Sarah sah mich verunsichert an. Jakob deutete ihren Blick richtig und streckte ihr sein Handy mit Sabines Nummer hin.

»Ruf doch Sabine an und frag nach. Sie freut sich bestimmt, von dir zu hören!«

Unglaublich, aber wahr, Sarah wählte tatsächlich die Nummer und holte Sabine offensichtlich aus dem Bett. Smalltalk sparte sie sich, Sabine konnte sich denken, dass Sarah nach so langer Zeit nicht einfach spontan nachts anrief, um zu fragen, wie es geht. Sabine schien Sarahs Gesichtsausdruck nach alles zu bestätigen, was Jakob gesagt hatte, denn sie wurde immer kleinlauter, bedankte sich und legte auf.

»Soweit ich weiß, hast du Leila aber noch nie erzählt, dass du verheiratet warst, oder? Da kann man ja schon misstrauisch werden!«, rechtfertigte sich Sarah.

Jakob verstand ihr Misstrauen und fand es sogar löblich, dass Sarah sich so sorgte und ins Zeug legte.

»Bitte behaltet das für euch, aber ich möchte Leila einen Antrag machen, sobald die Scheidung durch ist. Sie ist die Liebe meines Lebens, da bin ich ganz sicher.«

Und er war ein guter Typ, da war ich mir ganz sicher. Jemand, der seinen kranken Vater pflegte, Leila so glücklich machte und sie heiraten wollte, war herzlich willkommen.

»Also ich bin froh, dass Leila dich hat! Ich freue mich für euch!«, sagte ich und umarmte Jakob spontan, Sarah schloss sich an.

Leila sah uns verwundert an, wie Jakob mit uns beiden untergehakt wieder hereinkam, aber wir lachten alle nur und sagten, es sei ein Geheimnis, das sie aber bald erfahren würde.

Zeit, nach den anderen Gästen zu schauen. Marion tanzte Stehblues mit ihrem Freund und war versorgt. Michi unterhielt sich mit einer Freundin von Leila, die schon allein Touren durch die Wüste gemacht hatte, und ließ sich Reisetipps geben. Diane saß vertraut mit einem schüchtern wirkenden Typen in der Küche und unterhielt sich angeregt.

Meine Eltern fühlten sich wie zwanzig und bedankten sich mehrmals, dass sie kommen durften.

Und ich dachte einfach nur an Ben und daran, dass er in mich verliebt war, und war selig. Kurz überlegte ich, ob ich einfach bei ihm vorbeigehen sollte, dann überlegte ich mir, dass er das mit uns schon selbst auf die Reihe bekommen musste. In diesen Dingen war ich altmodisch.

In der Redaktion war die Stimmung besser denn je. Seit Clemens nicht mehr bei der *Phosphor* arbeitete, herrschte Waffenstillstand seitens Ilona Richter gegenüber Feline, was uns allen gut tat, denn wir konnten uns auf den eigentlichen Job konzentrieren, der richtig Spaß machte. Im Gegensatz zu früher, als jeder nur sein Gebiet abgehandelt hatte, achteten wir mehr darauf, wo es Verknüpfungspunkte in unseren Bereichen gab und wir Sammelthemen finden konnten, die sowohl in der Musik, Literatur und im Kino Bedeutung hatten.

Feline hatte uns nicht ausgefragt, was Clemens betraf, obwohl sie alles mitbekommen hatte, wie ich bei meinem letzten Meeting mit ihr erfahren hatte.

»Was meint ihr, warum ich so weit gekommen bin? Nur weil ich hübsch aussehe und was in der Birne habe? Nein, weil ich immer bestens informiert bin, meine Augen und Ohren offen halte. Gepaart mit einer guten Intuition und Bauchgefühl habe ich meistens die richtigen Schlüsse gezogen.«

Erstaunt hatte ich sie angeschaut und überlegt, woher sie alles wusste. Von uns hatte bestimmt keine ausgepackt.

Und wieder konnte sie meine Gedanken lesen.

»Ich weiß, was ihr durchgemacht habt. Kurz nachdem Clemens gekündigt hat, habe ich einige Gerüchte gehört, und dann setzte sich das Puzzle für mich zusammen. Du musst mir allerdings glauben, dass ich nichts von seinem Spiel bis dahin ahnte, das war auch für mich eine Überraschung.«

Geplättet saß ich da.

»Warum hast du uns nie darauf angesprochen?«

Feline sah mich mit ihren klugen dunklen Augen an und antwortete:

»Weil ihr das nicht wolltet, sonst wärt ihr ja zu mir gekommen. Ich habe eure Entscheidung respektiert, aber ich wollte schon lange sagen, dass ich beeindruckt war, wie ihr mit der Situation umgegangen seid, sowohl beruflich als auch privat. Dass ihr damals nicht einfach das Handtuch geworfen und mich nicht im Stich gelassen habt, rechne ich euch hoch an.«

Und ich rechnete ihr hoch an, dass sie mir keinen Vortrag hielt zum Thema »Beziehung mit dem Chef am Arbeitsplatz« und uns den Freiraum und das Vertrauen gelassen hatte, selbst aus dem Chaos herauszufinden.

Momentan suchte Feline eine Nachbesetzung für Clemens, auf Dauer konnte sie auf keinen Fall beides machen.

Feline ließ uns zu sich rufen und hielt einen Stapel Bewerbungsunterlagen in der Hand.

»So, was ich jetzt mache, ist äußerst unorthodox, aber ich möchte euch die Möglichkeit geben, Clemens' Nachfolger mit auszusuchen. Das sind die Kandidaten, die in die engere Auswahl kommen. Schaut euch die Unterlagen durch und sagt mir, wen ihr zum Jobinterview einladen würdet.«

Wir freuten uns über das Vertrauen sowie die Tatsache, dass Feline Wert auf unser Urteil legte, und gingen die Kandidaten sofort durch. Wir entschieden uns für zwei Frauen, die in der Branche gut bekannt waren und einen guten Ruf genossen, außerdem für zwei Männer. Mit einem hatte Michi früher zusammengearbeitet und lobte ihn in höchsten Tönen, der andere brachte einen breiten Background mit. Beide Männer sahen vom Foto her auf keinen Fall so aus, als ob sie eine ernsthafte Gefahr darstellen könnten, der Sexappeal, den sie verströmten, kam dem eines Sellerie gleich.

Während wir damit beschäftigt waren, einen freien Chefredakteursposten zu besetzen, tat Ilona Richter das Ihrige, damit Clemens keinen neuen Job mehr fand.

Sie verfügte anscheinend über genug Kontakte in der Branche, um ihm das Leben zu erschweren und Bewerbungsgespräche, die gut gelaufen waren, durch einen kleinen Anruf unter Freunden zu torpedieren.

Wie der Zufall es wollte, war ich auf sie beim Bundespresseball getroffen, bestens gelaunt, geradezu aufgeblüht sah sie aus, in einer sehr gewagten blutroten Michael-Korr-Kreation.

Hinter vorgehaltener Hand hatte sie mir von ihrem privaten Kreuzzug gegen Clemens berichtet und sich dabei prächtig amüsiert. Sie schien zu den Menschen zu gehören, die Rache vollkommen auskosten können.

Auf meine Frage, wie lange sie denn Clemens, der mir dann doch Leid tat, noch darben lassen wollte, überlegte sie kurz und rief:

»Mmh, lassen Sie mich überlegen? Wie lange hat er sich einer Aussprache verweigert und mich links liegen lassen? Zwei Jahre? Legen wir noch ein Jahr für seelische Grausamkeit obendrauf, dann macht das drei Jahre!«

Lachend warf sie den Kopf in den Nacken und genoss sichtlich, am längeren Hebel zu sitzen.

Fast hätte ich mir Sorgen um Clemens gemacht, auch wenn ich wusste, dass er aus einer wohlhabenden Familie stammte, aber dann wurde mir klar, dass Männer wie Clemens immer auf die Füße fallen werden. Und richtig, es dauerte nicht lange, da kam mir zu Ohren, dass Ilona Richter und Clemens das Kriegsbeil nach einer langen Versöhnungsaussprache begraben hatten und inzwischen öfter gemeinsam auf Veranstaltungen und bei romantischen Diners gesehen wurden. Es würde mich nicht wundern, wenn die *Zeitgeist* bald einen neuen Chefredakteur hätte und Ilona Richter ihren Verlobten zurück, wenn auch nur auf Zeit oder mit mehreren Nebenfrauen dazu. Manche Frauen, und Ilona Richter gehörte offensichtlich dazu, waren nicht immunisierbar gegen Clemens' Charme, gleichgültig, wie viel

Lehrgeld sie bezahlt hatten, sie würden immer wieder auf ihn hereinfallen. Wenigstens machte Sarah Fortschritte, was ihre Clemens-Obsession anbelangte, die Gerüchte um ihn und Ilona Richter hatten einen nicht geringen Anteil daran gehabt.

Sollten Clemens und Ilona Richter doch glücklich werden, verdient hatten sie sich allemal! Über seine SMS, die ich in regelmäßigen Abständen bekam, in denen er mich anflehte, mit ihm woanders neu zu beginnen, weil wir füreinander bestimmt seien, musste ich nur noch schmunzeln. Ich löschte sie kommentarlos und hatte inzwischen eine neue Handynummer beantragt.

»Bis morgen, die Damen, ich muss los!«, rief Diane. Sie hatte ein Date, und zwar mit dem sensiblen, schüchternen Mann von unserer Loslass-Party. Er hieß Patrick, war Drehbuchautor und schien Diane gut zu tun. Sie war so ausgeglichen und entspannt wie noch nie, was uns allen zugute kam.

Machten wir uns nichts vor: Diane würde immer Diane bleiben, aber im Rahmen ihrer Möglichkeiten war sie wirklich nett und kollegial geworden, und ab und zu einen Hammer konnten wir brauchen, allein schon zu Unterhaltungszwecken, würde ja sonst auch langweilig.

Michi surfte im Internet und legte die Route für ihren Abenteuerurlaub fest, den ihre Eltern ihr am liebsten verboten hätten, wenn sie noch erziehungsberechtigt gewesen wären. Wenn jetzt ihr Vater anrief, hatte Michi das Zepter in der Hand und ließ sich nicht einschüchtern von den Horrormeldungen, die ihr Vater eigens sammelte, um Michi von ihrer Reise abzubringen. Bestimmt hatten sich die Eltern schon ein Ticket gekauft und würden Michi heimlich auf ihrem Trip folgen, mit der Aspirin in der Hinterhand, falls es dem Kind nicht gut ging. Seit dem Bruch mit Clemens war Michi nicht einmal mehr krank gewesen, sondern strotzte vor Gesundheit und Kraft. Am Ende hatte die Erfahrung mit Clemens doch was Gutes für uns alle gehabt.

Ich packte meine Sachen ein, ich wollte mit Sarah, Rudi, Leila und Ben noch etwas trinken gehen.

Mein Herz klopfte wie wild, wenn ich an Ben dachte. Jetzt, wo ich wusste, dass er auch in mich verliebt war, hielt ich es fast nicht in seiner Nähe aus, weil ich ihn eigentlich nur berühren wollte.

Es war seltsam, wir gingen miteinander um wie immer, aber diese Spannung, die in der Luft lag, entging niemandem, jeder fragte sich, worauf wir noch warteten, jetzt, wo alles ausgesprochen war.

Warum fragten sie das nicht Ben?

Neulich hatte ich Ben gesprochen. Ich wollte wissen, warum er mir nie gesagt hatte, dass er mich auch gut fand.

»Du warst die vier Jahre jüngere Schwester meines besten Freundes, außerdem dachte ich immer, du musst erst deine Erfahrungen machen.«

Es war seltsam, ihn so über uns sprechen zu hören und zu wissen, dass die Gefühle zwischen uns stimmten und uns nur Bens Angst zurückhielt.

Wie gesagt, den ersten und entscheidenden Schritt musste er machen und sich aus seinem komplizierten Labyrinth herauswagen, dass ich bereit war, wusste er.

Im Goldenen Hahn saßen bereits alle an unserem Stammplatz. Bens Augen leuchteten, als ich hereinkam. Ich lächelte ihn an. Rudi und Sarah waren in eine heftige Diskussion vertieft und nahmen mich überhaupt nicht wahr. Sie stritten wegen Doreen, der jungen Assistenzärztin, die Sarah zur Loslass-Party mitgebracht hatte und mit der Rudi natürlich was angefangen hatte. Zwar war sie gewarnt gewesen, hatte sich aber trotzdem in Rudi verliebt, was Sarah sich jetzt jeden Tag anhören durfte.

Leila war der Streit sichtlich unangenehm. Ben, der wusste, was ich im Goldenen Hahn immer aß, hatte mir bereits einen Chianti bestellt und Vitello tonnato.

Rudi und Sarah wurden immer lauter und fetzten sich richtig, es geschah selten, eigentlich nie, dass jemand es schaffte, Rudi derart aus der Reserve zu locken, außer Sarah.

»Wie kann ein so toller Kerl mit einem so großen Herzen wie du, der jedem der beste Freund und Bruder ist, gleichzeitig so mies mit Mädels umgehen!«, warf Sarah Rudi an den Kopf, stand auf und verschwand auf die Toilette.

Leila, der die Situation unangenehm war, folgte ihr.

Leider musste ich Sarah Recht geben und sprach Rudi ins Gewissen.

»Halt dich bitte in der nächsten Zeit zurück, okay? Ich verstehe, dass du gerade 'ne harte Zeit durchmachen musst, wo Leila so glücklich mit ihrem Jakob ist, das schmerzt, aber andere Mädels dafür bluten zu lassen ist echt mies!«

Rudi sah mich verständnislos an.

»Was hat das denn mit Leila zu tun?«

Da nur Ben noch dasaß und der sowieso alles über Rudi wusste, getraute ich mich weiterzusprechen.

»Na, ich bin ja nicht doof und kann zwei und zwei zusammenzählen. Das Mädel, in das du heimlich verliebt bist, aber nicht ansprichst, ist doch Leila, sonst hättest du doch schon lange was mit ihr gehabt!«

Rudi prustete los.

»Schwesterlein, du warst in Mathe nie 'ne Leuchte, deshalb klappt das auch nicht mit dem zwei und zwei zusammenzählen. Ich mag Leila gern und natürlich ist sie 'ne Hammerbraut, aber Leila war so labil, als ich sie kennen gelernt habe, und hatte so viel Unglück mit Männern, dass ich mich gehütet habe, ihr eine weitere Enttäuschung zu bescheren. Das war der einzige Grund.«

Aber wenn es Leila nicht war, wer dann?

»Hast du das mit dem Mädchen, für das dein Herz schlägt, nur erfunden und mich reingelegt?«, fragte ich sauer.

Rudi sah Ben an, der nickte.

»Also, wenn du versprichst, die Klappe zu halten, sage ich es dir. Schwörst du bei allem, was dir hoch und heilig ist?«

Aber natürlich und noch viel mehr, ich brannte darauf zu erfahren, wer das Mädchen war, das es geschafft hatte, Rudi schlaflose Nächte zu bereiten.

Rudi holte tief Luft.

»Es ist Sarah!«

Was?

»Schau nicht so! Ja, es ist Sarah, schon seit einiger Zeit. Ich weiß, dass es sinnlos ist, Sarah ist die Einzige, die so gar nicht auf mich abfährt oder sich von meinem Aussehen oder Charme blenden lässt, aber ich bin verrückt nach ihr und will ihr beweisen, dass ich mehr bin als einer, der nur Mädels aufreißt!«

Ich war immer noch platt und konnte nichts sagen.

Ben war eingeweiht, das sah ich deutlich. Ich stellte mir vor, wie die beiden an ihren Jungsabenden sich gegenseitig die Ohren voll geheult hatten von ihren geheimen unerfüllten Lieben, anstatt sich mal aufzurappeln und zu kämpfen oder was zu wagen.

Was für eine Konstellation!

Wenn ich es mir recht überlegte, würden Rudi und Sarah perfekt zusammenpassen, eben weil Sarah sich nichts erzählen ließ, sondern Rudi den nötigen Tritt verpasste und Respekt einflößte. Rudi hingegen schaffte es immer, Sarah zum Lachen zu bringen und sie lockerer sein zu lassen. Ob Sarah Rudi gut fand, konnte ich nicht einschätzen, einfach weil ich nie auf die Idee gekommen war, schließlich war Rudi mein Bruder und Sarah auch fast wie ein Familienmitglied.

Außerdem hatten wir immer die Vereinbarung gehabt, dass Rudi sich nie an meine engen Freundinnen heranmachen durfte. Wenn er allerdings ernsthafte Gefühle hegte, war das was anderes.

»Du musst es ihr sagen oder anders zu verstehen geben!«, rief ich.

Rudi zeigte mir den Vogel.

»Wenn ich anfange, sie anzugraben, wird sie denken, ich bin total durchgedreht. Und wieso sollte sie mir glauben, dass ich es ausgerechnet mit ihr ernst meine? Sie kennt mich und meine Art schon ein Leben lang!«

Sein Argument wollte ich nicht gelten lassen.

»Dann ändere dich gefälligst. Für den Anfang würde es doch schon reichen, nicht mehr ihre Kolleginnen oder andere Frauen ins Bett zu schleifen. Unternimm was mit ihr allein und zeige dich so, wie sie dich kennt: als liebenswerten Kerl. Was macht dich denn so sicher, dass es mit ihr anders wäre?«, fragte ich streng. Immerhin ging es um Sarah, und der wollte ich eine zweite Enttäuschung innerhalb so kurzer Zeit ersparen.

»Weil ich mir seit langem nichts anderes wünsche und weil ich sie in- und auswendig kenne und weiß, was ich aufs Spiel setze, wenn ich es mit ihr verbocke. Sie bedeutet mir einfach viel zu viel.«

Waren diese Worte eben aus dem Mund meines Bruders gekommen? Es bestand noch Hoffnung.

Sarah und Leila kamen zurück und setzten sich nichts ahnend wieder zu uns.

»Stören wir?«, fragte Sarah, weil wir sofort das Gespräch beendet hatten, als sie an den Tisch kamen.

»Nö, nö«, antworteten wir unisono und etwas zu schnell.

Rudi sah Sarah an und sagte dann, was ich als Durchbruch bezeichnen würde:

»Sarah, du hattest Recht, was ich mit Doreen gemacht habe, war daneben. Ich bin wirklich nicht stolz drauf! Glaube mir, ich versuche mich zu ändern.«

Sarah schaute ihn erst entgeistert an, dann lächelte sie erfreut.

»Freut mich, wenn du das einsiehst!«

Rudi wurde rot, was zum Glück nur mir auffiel, und wechselte schnell das Thema.

»So, und ihr geht also nächste Woche alle zu Robbie Williams?«

Und ob, dieser Termin stand, es gab nichts, was mich davon abhalten würde. Fantum oder einen Star anhimmeln war nie meins gewesen, aber bei Robbie war ich leider eine von vielen, sozusagen totaler Mainstream. Zwar zog ich mir kein Shirt mit Mrs.-Williams-Aufdruck an, aber ansonsten entblödete ich mich schon genug und kreischte nicht sehr altersgemäß, was das Zeug hielt, auf seinen Konzerten. Was ich sonst als hirnamputiert bezeichnen würde, zum Beispiel hysterisch zu werden, wenn ein Popstar seinen Hintern zeigte oder das Shirt lüftete und laszive Bewegungen andeutete, war bei Robbie einfach göttlich. Ja, auch wenn ich sonst lieber Damien Rice oder andere Geheimtipps hörte, war ich bei Robbie einfach machtlos.

Ben und Rudi lachten, als sie unsere verzückten Gesichter sahen, und sagten fast gleichzeitig.

»Völlig überschätzter Popjunkie!«

Sarah grinste.

»Das könnt ihr Gretchen nicht antun, ihr wisst ja, dass Robbie und sie etwas ganz Besonderes verbindet!«

Alle sahen mich an, und Rudi fiel es wieder ein.

»Stimmt ja, immer, wenn er nach Deutschland auf Tour kommt oder ein Konzert gibt, ist Gretchen wieder Single, dabei wünscht sie sich nichts sehnlicher, als endlich zu *Angels* jemanden im Arm zu halten, süß, oder?«

Ha, ha, sollten sie sich nur lustig machen, aber wer jemals in einem überfüllten Stadion am Ende eines Konzerts zu Millionen Feuerzeugen gemeinsam mit allen anderen Fans *Angels* gesungen hatte, wusste genau, wie eindrucksvoll es war. In diesem Moment kam eine unbeschreibliche Sehnsucht auf, dieses Gefühl mit einem geliebten Menschen zu teilen. Nicht umsonst hielten genau an dieser Stelle alle Menschen im Stadion ihr Handy zur Bühne, um jemandem, der ihnen nahe stand, wenigstens einen Funken von der elektrischen Stimmung im Stadion nahe zu bringen.

Rudi stieß Ben in die Seite und machte sich lustig.

»Wie wär's, wir gehen nächste Woche einfach mit und schauen uns die Ekstase vor Ort an. Scheint, wir können von da noch was lernen!«

Mit Blick auf Sarah korrigierte er sich sofort und meinte: »Also, so rein entertainermäßig meine ich natürlich!«

Ben schüttelte den Kopf.

»Mich kriegt niemand auf ein Robbie-Williams-Konzert. Eher fange ich mit Synchronschwimmen an!«

»Hello Berlin, ick bin Robbie Williams!«

Schreie, Lärm, hysterisches Kreischen – und wir mittendrin! Diane hatte super Karten besorgt, wir waren direkt an der Bühne mit Blick auf Robbie und seine geweiteten Pupillen. Mit nur einem *»Hello Berlin«* und dem bekannten verwegenen Grinsen hatte er uns alle! Keine Aufwärmphase, kein Warmspielen, die Halle tobte schon beim ersten Schritt auf die Bühne. Neben uns standen einige Mädels und Jungs, die bei seinem Label arbeiteten, und andere Vertreter aus dem Musikbusiness. Ich war oft genug auf Konzerten gewesen, um zu wissen, dass diese Profis nicht oft auf einem Konzert ausflippten oder die geschäftliche Coolness außen vor ließen, aber bei Robbie hatten auch die, die jeden Tag mit Weltstars zu tun hatten, keine Chance. Sein Charisma erstreckte sich auf alle. Niemand konnte ihm widerstehen, und so kreischten die Produktmanager und TV-Promoterinnen genauso laut und ekstatisch wie wir alle!

Let me entertain you!

Mit diesem Klassiker legte er los, alle kannten jedes Wort des Textes. Robbie war gut drauf, machte immer wieder Witze und flirtete mit verschiedenen Mädels.

Bei *She's the One!* fingen alle Frauen im gebärfreudigen Alter an zu kreischen, dann entbrannte ein »Ich will ein Kind von dir«-Chor!«

Beim Refrain schaute Robbie in unsere Richtung, zeigte mit dem Finger zu uns und lächelte. Ich fiel fast um!

»Er hat MICH angeschaut, ich schwör's, er hat mich angeschaut«, riefen wir alle gleichzeitig!

Sarah lachte und schrie mir ins Ohr.

»Weißt du noch, wie wir gesagt haben, hoffentlich gibt es keinen zweiten auf der Welt wie Clemens, der dieses gewisse Etwas, diese Wirkung auf Frauen hat? Robbie ist definitiv der andere!«

Sie hatte Recht! Diane und Michi schauten auch schon wieder so verzückt, den entrückten Blick kannte ich zu gut!

Hoffentlich würde Sarah Rudi eines Tages auch so ansehen, schoss es mir durch den Kopf, ich würde es mir so wünschen, jetzt wo er sich so Mühe gab. Sarah war sogar aufgefallen, dass Rudi sich positiv verändert hatte, auf die Idee, dass sie der Grund dafür war, kam sie allerdings nicht, wie auch? Immerhin waren sie schon einige Mal allein ausgegangen, und Sarah hatte es richtig gut gefallen.

Das Konzert war unglaublich, die Mischung aus neuen und alten Songs gelungen, Robbies Tanzeinlagen unfassbar sexy und seine Laune ansteckend. Robbie hatte Spaß, er war geboren dafür, auf der Bühne zu stehen, und gab allen im Saal das Gefühl, nur für sie zu singen.

Wann immer er einen Song performte, der mir Gänsehaut verursachte, schossen mir Bilder von Ben in den Kopf.

Bei *Freedom* rockte die Menge, hüpfte auf und ab und war so was von losgelöst, dass ich dachte, eigentlich sollte es solche Konzerte auf Krankenschein geben.

Robbie ließ immer wieder einige Brocken auf Deutsch fallen, was die Masse zum Ausrasten veranlasste, vor allem bei den anzüglichen Wörtern, die er besonders gern zum Besten gab.

Bei *Feel* setzte er sich auf den Bühnenrand direkt vor uns und ließ die Beine baumeln. Er saß so nah, dass wir seine grünen Augen sehen konnten und die Grübchen dazu, die uns alle fast ohnmächtig werden ließen. Mir war völlig klar, dass ich mich zum Deppen machte, wie ein pubertierender Teenie ausflippte, aber warum, wenn nicht deshalb, ging man bitte auf ein Robbie-Konzert. Diane, ebenfalls außer Rand und Band, rief uns während einer instrumentalen Stelle des Stücks völlig überdreht und albern zu:

»Wisst ihr, ob Robbie noch diese deutsche blonde Stalkerin hat, die Lebensberatungen oder so was macht? Wenn nicht, würde ich mich gern für die Stelle bewerben. Ich glaube, das könnte mich ausfüllen und glücklich machen!«

Michi, die mit ihren knapp ein Meter sechzig trotz der ersten Reihe immer auf und ab hüpfen musste, um genug zu sehen, war jenseits von Gut und Böse und kreischte hysterisch in regelmäßigen Abständen:

»Marry me Robbie! Marry me!«

Mich wunderte, dass verhältnismäßig viele coole Jungs auf dem Konzert waren, eigentlich die Sorte, die man bei Oasis oder Franz Ferdinand vermutet hätte, und auch genug Frauen in unserer Altersklasse und älter waren reichlich vertreten.

Die Zeit verflog so schnell, dass ich erst gar nicht kapierte, dass der offizielle Teil des Konzertes um war.

Erst als alle »Zugabe« schrien, setzte ich ebenfalls ein. Meine Stimme war schon total heiser.

Robbie kam völlig ermattet, aber mit seligem Grinsen zurück auf die Bühne.

»Put your hands in the air, this is a beautiful song. I'll sing it for all the lovers here tonight and my nanny who's watching us from above. This is Angels!«

Wie auf Kommando gingen alle Hände in der Halle in die Höhe, Feuerzeuge wurden angesteckt, Wunderkerzen gezündet, die ersten Handys gezückt, und schon setzte das Klavier zu den ersten Takten von *Angels* an. Die Halle sang die ersten Zeilen aus voller Seele ohne Robbie mit, der staunend zuhörte und das Mikrofon in die Menge streckte.

Es gab nicht viele Songs, die so strapazierfähig wie *Angels* waren und die ihren Zauber auch beim hundertsten Mal hören nicht verloren. Aber *Angels* war auch schon weit davon entfernt, nur noch ein Song zu sein. *Angels* hatte es zur Hymne geschafft!

Sarah holte ihr Handy hervor und tippte eine Nummer.

»Wen rufst du an?«

»Rudi, er soll hören, was er verpasst!« Ich war gerührt. Sarah war nicht bewusst, dass das etwas zu bedeuten hatte, denn zu *Angels* rief man nicht irgendwen an, sondern nur jemanden, der einem am Herzen lag. Ich war traurig und ein bisschen sentimental.

Ohne nachzudenken und obwohl ich wusste, dass Ben nicht auf Robbie stand, wählte ich seine Nummer und hielt das Handy Richtung Bühne, wo Robbie gerade sang *»… cause I've been told, that salvation lets their wings unfold!«*

Dieser Moment musste einfach jeden berühren. Zigtausend Stimmen, die gemeinsam dieses Lied sangen. Zigtausend Menschen, denen vor Rührung und Freude die Tränen herunterliefen und die völlig entrückt mit Gänsehaut jedes Gefühl für Raum und Zeit verloren, so wie ich.

Unvermittelt spürte ich, wie mich jemand von hinten umarmte, ich drehte mich um und glaubte nicht, wen ich sah! Vor mir stand Ben und strahlte mich an!

»Was machst du denn hier?«, rief ich ungläubig.

»Ich halte es einfach nicht mehr aus ohne dich! Ich will endlich anfangen zu leben, und zwar mit dir, und wenn das bedeutet, dass ich auf ein Robbie-Konzert muss, mach ich das eben auch!« Er grinste. »Übrigens gar nicht so schlecht hier!«

Er beugte sich zu mir und küsste mich innig, ich glaubte vor Glück zu schweben.

»Heißt das, wir versuchen es, mit allem was dazugehört?«, versicherte ich mich noch mal, ich wollte ja nichts missverstehen oder mich gar zu früh freuen.

»Was heißt versuchen? Wir werden es schaffen, weil wir gar nicht anders können. Das nennt man Schicksal!«

Gab es einen besseren Moment, als eine Liebe zu *Angels* zu starten? Wenn das mal kein gutes Omen war!

Ben bückte sich und gab mir Zeichen, auf seine Schultern zu steigen.

»Steig schon auf, das wolltest du doch immer, oder?«

Und ob, ich stieg auf, Ben hielt mich fest, und ich sang überglücklich die letzten Zeilen mit.

»… wherever it may take me I know that life won't break me!«

Und dann geschah das Wunder von Berlin, Robbie Williams persönlich zeigte auf mich und sagte laut und deutlich: *»Hey you, I'm staying at the Hyatt, room 200!«*, worauf ich lachend den Kopf schüttelte, mit den Lippen ein lautloses »No« formte und überglücklich als Antwort auf Ben zeigte.

Das war der Beweis, diese Liebe würde alles überstehen!

Ich danke:

Hagen, meinen Eltern, meinem Bruder Henning, Jimmy Kater, Agentur Schlück, besonders meiner Agentin Tanja »Tanina« Heitmann, Bastian Schlück, meiner Lektorin Karin Schmidt, Sylvia Gredig, Norbert Sindram, Familie Biewer, Peter Braun senior, Manou Stössinger, Nicola Rinck-Nowotny, Pia Schmiedecke, Nena, Alberto Rossini, Hans-Georg Rodek, Melanie Bliss, Christian Koch, Steffi Ackermann.